KB153144

소년의
블록

A BOY MADE OF BLOCKS by Keith Stuart

A
Boy
Made
of
Blocks

소년의
블록

키스 스튜어트 지음

권가비 옮김

달의시간

모락, 잭, 올비에게, 모두 감사해요

목차

1

내가 별거 중이라니.

집을 나와 길을 건넌 다음 낡아빠진 내 고물 차에 올랐을 때, 처음 든 생각은 바로 그거였다. 제대로 말하면 '우리는' 별거 중이겠지만 어쨌든 이 모든 게 내 탓인 것만 같았다. 아내 조디가 현관에 서 있는 모습을 백미러로 바라봤다. 헝클어진 긴 머리가 군데군데 엉킨 채였다. 그녀 옆구리에 머리를 박고 매달린 여덟 살짜리 우리 아들 샘이 보였다. 아이는 눈과 귀를 동시에 가리려 했다. 내가 떠나는 모습이 싫어서 그러는 건 아니었다. 자동차 엔진 소리가 날 거라서 그랬다. 아이한테는 그 소리가 너무 요란했다.

나는 손을 들어 어쭙잖게 사과하는 몸짓을 했다. 교차로에서 누군가를 추월할 때 그러듯. 그리고는 열쇠를 돌려 시동을 건 다음 천천히 차를 움직였다. 문득 보니 조디가 차 옆에 서서 조수석 창을 가볍게 두드리고 있었다. 창을 내렸다.

"몸조심해, 알렉스." 그녀가 말했다. "생각 좀 잘 해봐. 우리가 행복했을 때 진작 그랬어야 했는데. 만약 그랬다면…… 모르긴 해도…… 지금까지도 우린 행복하지 않을까."

그녀의 눈가가 촉촉해지더니 화가 난 듯 손등으로 눈물방울을 훔쳤다. 그리고는 나를 쳐다봤는데 내 표정에 실린 슬픔과 죄책감이 그녀의 분노에 충격을 준 모양이었다. 이글대던 시선이 다소 부드러워졌다.

"컴브리아로 우리가 캠핑갔을 때 생각나?" 그녀가 말했다. "염소들이 우리 텐트를 먹어치우고 당신이 참호족(참호처럼 춥고 축축한 곳에 오랫동안 발이 노출됐을 때 생길 수 있는 병. 동상이 심할 때처럼 조직이 괴사할 수도 있다―옮긴이)에 걸렸을 때? 지금 무슨 일이 벌어진대도, 그때보다 나쁘지는 않을 거야, 안 그래?"

나는 고개를 끄덕인 뒤 차에 기어를 넣고 도로로 향했다. 다시 백미러를 보니 조디와 샘은 이미 집에 들어가고 없었다. 현관문도 닫힌 채였다.

이렇게, 10년을 함께한 세월이 끝나버릴 판이었다. 지금 나는 다 낡은 스테이션왜건을 몰고 길을 나섰다. 하지만 어디로 가야 할지 알 수가 없었다.

샘은 예쁜 아기였다. 언제나 예뻤다. 갈색 머리는 날 때부터 숱이 많았고 입술이 도톰해서 오줌싸개 버전 믹 재거라고 할 만했다.

애초부터 아이는 까다로웠다. 먹지도 않고 자지도 않았다. 울고 또 울었다. 조디가 안아주면 울었고 내려놔도 울었다. 태어나서 분한 모양이었다. 하루가 지나서야 마침내 아이가 젖을 먹었다. 기진맥진 필사적이던 조디는 아이에게 젖을 물린 뒤 마음이 놓이자 그만 엉엉 울음을 터뜨렸다. 나는 잠을 못 자 초췌한 모습으로 어리둥절한 채 옆에서 이 모습을 지켜봤다. 손에 든 세인즈베리 슈퍼마켓 쇼핑 봉투에는 초콜릿 바와 잡지가 가득 들어 있었지만 이 신참 엄마에게 그런 건 전혀 쓸모가 없었다. 내가 그녀 일을 덜어줄 방법이 전혀 없다는 사실을 나는 금세 알아차렸다. 그게 시작이었다. 이제부터는 이렇게 사는 거였다.

너무 급작스러웠다.

"너 좋을 때까지 지내다 가라, 인마." 댄이 말했다. 내가 23분 후, 하는 수 없이 그가 사는 아파트로 찾아갔을 때였다. 댄이라면 날 도와줄 거라 생각했다. 아니 적어도 일요일 오후라면 그가 집에 있을 거라 생각했다. 왜냐하면 이때가 그에게는 (클럽 오프닝이라든가, 우발적인 섹스라든가, 혹은 신나게도 둘 다에서) 회복 중일 무렵이니까. "남는 방에서 지내면 돼." 엘리베이터에 오르며 그가 말했다. "바람 넣는 매트리스가 어딘가 있을 거야. 샐지도 모르지만. 그런 건 다 새더라, 안 그래? 새지 않는 에어 매트리스 본 적 있냐? 내 말이 맞지? 미안, 아직 이런 거 생각할 때가 아니지? 물론 그렇겠지."

이윽고 내가 그의 아파트 현관 앞에 섰다. 멍했다. 손에 든 나이

키 가방에는 옷가지와 랩톱, 시디 몇 장(대체 왜?), 세면도구 파우치, 그리고 4년 전 데본에서 휴가를 보내며 조디와 샘과 함께 찍은 사진이 들어 있었다. 조디와 샘은 바다를 배경으로 환히 웃고 있었지만, 그건 터무니없는 서싯부렁이었다. 거기서 보낸 일주일은 악몽과도 같은 나날이었다. 새 침대가 이상하고 두꺼운 이불이 낯설다며 샘이 한숨도 자지 않았기 때문이다. 게다가 아이는 갈매기 때문에 겁을 잔뜩 먹어서 우리와 함께 자면서도 매일 밤 안절부절 계속해서 잠에서 깼다. 결국 우리는 완전히 탈진해버렸고 숙소 밖으로 한 발짝도 나가질 못했다. 그다음부터 우리는 휴가 시즌이 되어도 좀처럼 집을 떠나지 않았다.

"나가서 코가 삐뚤어지게 한잔할까?" 댄이 물었다.

"난…… 먼저 방에 물건 좀 풀어놓고, 앉아서 생각부터 좀 해도 될까?"

"아, 물론이야. 그럼 찻물을 올려놓을게. 아마, 비스킷이 좀 있을 거야. 그럼, 있다마다."

댄은 부엌으로 향했고 나는 빈방으로 뚜벅뚜벅 걸어 들어가 가방을 바닥에 내동댕이친 다음, 댄의 컴퓨터 의자에 걸터앉았다. 컴퓨터를 켜고 조디에게 이메일을 보낼까도 잠시 생각해봤지만 대신 창밖만 내다봤다. 대체, 무슨 말을 쓴단 말인가? "안녕, 조디, 우리 결혼을 내가 망쳐버려서 미안해. 혹시 지난 5년간 있었던 일을 잊어줄 수는 없을까? 하하하."

사실대로 말하자면, 나는 편지는커녕 어떻게 해야 그녀에게 말이라도 다시 건네볼지 알 수가 없었다. 우리의 결혼 생활은 샘 걱정을 하느라 전부 다 소진시켰다고 해도 과언이 아니다. 아이의 발작, 아이의 침묵, 우리에게 비명을 질러대던 나날들, 자기 침대 밑에 숨어서 그 어떤 접촉도 하려 들지 않던 나날들. 오늘도 내일도 그렇게 살다가 다음 탈진은 또 언제일지 마음을 졸이다 보면 몇 달이 지나가 있었다. 그런 온갖 일에 허둥대는 사이에 조디와 내가 함께 가졌던 마음은 색이 바래버렸다. 이제 샘과 떨어져 있으니, 그게 불과 몇 시간에 불과한데도, 느낌이 이상했다. 중압감이 사라졌다. 하지만 대신 그 자리에 슬픔이 홍수처럼 밀려들었다. 자연은 감정의 공백을 증오하는 것 같았다.

시 경계 지역에 자리한 산뜻한 새 아파트 7층 댄의 집에서 밖을 내다보면 지평선을 향해 뻗은 브리스틀 시가지 전체가 보였다. 자갈로 포장된 길 위로 빅토리아 양식 테라스와 교회 첨탑, 60년대 업무 지구가 마치 출근을 서두르는 통근자들처럼 서로 밀쳐대고 있다. 저기 있는 수천 가구 집들마다 가정이 있겠지. 지금 이 순간 조각나지 않은 가정이.

한잔하는 것도 좋겠다는 생각이 들기 시작했다. 하지만 그런 생각을 하는 와중에도 시야가 흐릿해졌다. 곧, 내게 무슨 일이 일어나는 중인지 알 수 있었다. 아. 아, 그렇군, 내가 울고 있군. 커다란 눈물방울이 뜨거운 물줄기를 이루며 내 얼굴 위로 흘러내렸다. 코에는 콧물로 코 풍선이 생기고 온몸이 들썩거렸다.

"차 준비됐어!" 댄이 복도에서 소리쳤다. "우리 집에 홉놉 초콜릿 비스킷이 있는 줄 알았는데 여기 이 리치 티 비스킷 한 봉지밖에 없네. 이걸로 기분전환이 될까 몰라?"

그가 문을 열고 들어와서는 내가 의자 옆 맨바닥에 주저앉아 두 손으로 머리를 감싸고 미친 듯이 흐느끼는 모습을 내려다봤다.

"그래, 알았어." 그가 책상 위에 살포시 차를 내려놓으며 말했다. "홉놉 비스킷이 있는지 다시 한번 찾아볼게."

우리는 그날, 술은 안 마시기로 했다.

그날 밤 나는 시커먼 늪에 몸이 점점 가라앉는데 도저히 빠져나올 길이 없는 끔찍한 꿈을 꿨다. 숨을 크게 들이켜며 깨어난 뒤, 내 잠재의식 속 절망감이 반영된 악몽이라 해석했다. 그런데 알고 봤더니 누워 있던 매트리스에서 빠른 속도로 공기가 빠지는 바람에 말 그대로 몸이 가라앉던 중이었다. 잠재의식은 무슨.

매트리스에선 이따금씩 배에 가스가 가득 고인 강아지처럼 요란한 소리가 났고, 그 소리는 "내가 어쩌다 여기 와 있는 거지?"라고 자문하게 만들었다. 새벽 세 시에 자기 인생을 반추하는 일이 어떤 것인지 우리는 안다. 매사가 내가 저지른 실수로 축약되고 실패로 말미암은 빈틈이 마치 엉터리로 바른 회벽에 드러나는 금처럼 시간을 거슬러가는 그런 경험을 하게 된다. 아무리 캄캄해도 우리는 실패의 근원까지 추적해 들어간다. 아니 적어도 그럴 수 있다고 생각한다. 하지만 대개의 경우 그 근원은 미꾸라지처럼 끝없이 자리를 옮긴다. 마치 에어 매트리스에 생긴 구멍과 흡사하다. 고대 그리스 철학자들은 '너 자신을 알라'라는 말을 했다. 대학을 다닐 때 오이디푸스를 공부했던 기억이 났다. 그가 저지른 대죄는 자신이 갓 태어났을 때 부모랑 헤어진 사실을 몰라서 길에서 부딪힌 잘 모르는 남자를 죽일 때나 또 나이가 두 배나 많은 여자와 잘 때 각별히 주의를 기울이지 못했다는 것이다. 하지만 대관절 누가 자신을 잘 알까? 내 말은, 우리가 저지르는 짓을 왜 저지르는지 아는 사람이 대체 누구냐 말이다. 나는 내가 싫어하는 직업에 꼼짝없이 매달려서 산다. 근무 시간이 길어서 캄캄해진 뒤에야 터덜터덜 집으로 돌아간다. 하지만 나 스스로에게는 우리한테 돈이 필요하니까, 우리한테 안정이 필요하니까 내가 이러고 있다고 되뇌었다. 샘은 언어치료를 받아야 하는데 조디는 일을 할 수가 없다. 늘 샘을 돌봐야 하니까. 아이는 자기가 한 짓에도 식겁할 때가 있는데 그럴 때면 그녀에게만 달려가서 매달렸다. 나는 걱정이나 하며 두 사람 뒤에 엉거주춤 서 있거나 아니면 별 쓸모도 없는 도움을 주겠답시고 말해보는 게 전부다. 이 모든 걸 과연 나는 어떻게 봉합할 수 있을까.

하여튼 새벽 네 시쯤 되자 내 맘이 약간 너그러워질 수 있는, 일종의 반 혼수상태에 빠졌다가 잠이 들었다. 몇 분밖에 지나지 않은 것 같았는데 빛이 블라인드 밖에서 방안으로 쏟아져 들어왔다. 때는 월요일 아침, 까만색 캘빈 클라인 쫄쫄이 박서 팬티를 입은 댄이 문간에 서서 프로스티 시리얼 한 사발을 주린 듯 먹고 있었다.

"출근할 거지?" 댄이 물었다. "내가 열쇠를 두고 갈게. 난 이제, 그러니까 10분쯤 뒤에 나가야 해. 크레이그가 웹 사이트 만드는 걸 도와주고 있거든. 스토크스 크로프트 거리에 있는 음반사 홈페이지 말이야. 시리얼이랑 커피가 있으니까 먹어. 좀 괜찮아? 어제보다 보기가 좀 낫네. 내 말은 그러니까, 몰골은 사납다만 적어도 울고불고는 아니라는 뜻이야."

그가 샤워하러 갔다. 나는 휴대폰을 확인했다. 문자가 두 통 들어와 있었지만 둘 다 조디에게서 온 메시지는 아니었다. 직장 동료 대릴의 문자였다. 한 통은 '형님, 얼른 일하러 오라고요. 내가 먹잇감 둘을 형님 몫으로 잡아놨어요'라고 쓰여 있었다. 그다음 문자는 '죄송, 고객님 두 분이란 뜻입니다'라고 했다. 나는 두 통 다 지워버렸다.

그 후 옷을 챙겨 입고 밖으로 나온 뒤 시내를 향해 터벅터벅 걸었다. 해가 아파트 건물 바로 위로 낮지만 밝게 떠 있고, 유리와 콘크리트 벽에서 이글거리는 햇빛이 반사되었다. 20년 전 이 지역은 허물어져 가는 공장들과 텅 빈 공터뿐, 쓰레기가 굴러다니고 잡초로 뒤덮인 곳이었다. 그러다가 경제가 움직이자 갑자기 최고의 부동산 지역으로 급부상했다. 눈 깜짝할 사이에 지역 전체가 초현대적인 거주 지역, 거대한 회로판 모습의 유사 야수주의(콘크리트 노출이 많은 현대 건축 양식―옮긴이) 아파트 단지로 변신해서 전문가로 발돋움 중인 젊은이들을 겨냥한 아파트로 가득 찼다.

나는 그런 젊은이들을 많이 만났다. 그들이 이곳에 정착하도록 도왔다. 나는, 많고 많은 내 죄 중에 하나를 추가하자면, 주택 담보 대출 상담가로 일한다. 내가 하는 일은 우리 고객의 꿈과 희망의 가치를 자산 시장 및 그들이 모아둔 저금액과 비교하는 것이다. 다시 말하자면, 그 사람들이 장차 벌어들일 금액의 최대치를 가지고 스마트폰에서 내려받은 고양이 사진 한 장 못 걸 만큼 좁아 터진 스튜디오 아파트와 맞바꾸게 하는 일을 한다. 희한하게도 이 일은 양육자로서 부모의 역할이기도 하다. 자, 네가 가진 돈은 얼마고 얼마나 더 융통할 수 있는지 알아보자. 너무 무리하면 안 돼. 합리적으로 하자고. 네게 어떤 자산이 있더라? 부자 친척이 있던가? 우리는 함께 예산을 짰다. 막 결혼했거나 아니면 곧 아이를 낳게 될 젊은 부부가 그들이 가진 얼마 되지 않는 자본을 긁어모은다. 가련한 희망을 가지고 그들이 나를 바라본다. 이거면 될까요? 아닐 때가 많다. 유일한 답은 월세를 몇 년 더 살면서 바짝 모으는 것뿐이다. 이게 매일 내가 하는 일과였다. 하지만 이제 그 시스템이 무너졌다. 동네 전체가, 젊은이들이 집을 살 꿈도 못 꾸는 곳으로 변했다. 대신 그들은 가족에게서 먼 곳으로 이사를 간다. 그게 어딘지는 나도 모른다.

나는 8년을 이곳에서 일하며 호황과 불황, 경기 회복 초입에 이르기까지 모든 걸 겪었다. 미봉책으로 잠깐 일할 생각이었다. 좀 더 좋은 일을 잡을 때까지 생활비를 벌 수 있는 직업이 필요했으니까. 하지만 나는 커리어를 쌓는 과정에서 탈락해버렸고 다시는 올라서지 못했다. 그런데 알고 보니 나는 이 일을 잘했다. 가난한 사람들에게는 공감을 주었고 돈 많은 사람들에게는 도움을 주었다. 게다가 나는 인내심이 무척 많았다. 자기가 무슨 말을 하는지도 모르는 고객들을 아주 잘 참았는데 이는 내가 3년 동안 철학과에서, 니체에게 논지가 있다고 생각하는 사람들과 토론을 거듭하면서 습득한 기술이었다. 재정이 맞아 떨어지면 거래를 성사시킬수 있다. 그렇지 않으면 고객들에게 조심스럽게 거절을 알린다. 하지만 컴퓨터로 전국 담보 대출 시장에 접근하는 작업으로는 집에서 일어나는 일을 해결할 수가 없었다.

에이번 강가를, 그리고 항구 전면을 따라 조금 걸으니 사무실에 도착했다. 우리 회사 이름은 스톤워크, 시내 한복판 멋대가리 없고 복잡하기만 한 지역에 위치한 소규모 독립 부동산 회사이다. 양옆으로는 펍과 샌드위치 가게가 있다. 대릴의 자리는 창에서 제일 가까운 곳인데, 창으로 들어온 햇살이 그에게 비쳤다. 그가 입고 있는 싸구려 브랜드 톱맨 정장이 정전기를 뿜어댔고 고슴도치처럼 뾰족한 머리칼이 축축하니 시들어 있다.

"별일 없죠, 형님?" 그가 책상에 앉아 모니터에서 얼굴도 돌리지 않은 채 말했다. 대릴은 20대 초반, 과단성 있는 태도를 보이려고 애쓰지만 실상은 언제나 못 말릴 정도로 수다스러운 청년이다. 이 친구는 그야말로 부동산 중개업 적임자다. 향후 30년간 자기 판매 목표치를 엑셀 파일로 만들어서 컴퓨터 어딘가에 저장해둘 정도다. 60년대가 아니라 90년대에 태어났다는 게 그의 비극이었다. 틀림없이 청년 대처 지지자였을 텐데. 두툼한 필로팍스 가죽 수첩에 골프 GTI 같은 차가 어울리는 사람이었지만, 현실은 코르사처럼 작은 차에 스마트폰이다. 참 안됐다.

나는 대답을 얼버무리고 삐걱대는 나무 계단을 지나 내 사무실로 갔다. 거기서 조디에게 전화를 걸었다.

"안녕, 나야."

"안녕."

"어떻게 지내? 샘은 어때?"

"잘 지내. 애는 학교 갔어. 가는 내내 울더라. 내가 토이 스토리 인물들을 모조리 흉내 내준 다음에도 그랬어. 버즈 라이트이어 흉내를 낼 때는 내 입에 주먹을 날리더라. 제대로 말하자면, 내가 썩 잘하지는 못했지. 앤슨 선생님이 애를 잘 돌봐주겠다고 했어."

"당신은 괜찮아?" 내가 물었다.

한동안 말이 없었다. 비서 저넷이 사무실로 고개를 들이밀고 머그잔에 차를 마시는 시늉을 했다. 나는 고개를 끄덕이고 엄지손가락을 치켜올렸다.

내 사무실은 휑하다. 바닥에 깔린 낡은 와인색 카펫과 우리 건물 뒤쪽 주차장이 내려다보이는 희뿌연 유리창이 전부다. 원래는 빅토리아풍의 브리스틀 풍경 그림이 벽에 걸려 있었지만, 나는 돋보이고 다른 사람들은 열 받으라는 의미에서 친히 그 그림을 내리고 대신 코르뷔지에가 설계한 빌라 사보아 사진을 걸었다. 서류

캐비닛 위로는 감사 카드가 열 장 남짓 있었다. 어마어마한 빚과 함께 새 출발을 한 젊은이들이 내게 보내온 카드들이었다.

"이제 우리는 어째야 하지?" 조디가 물었다.

"니도 잘 모르겠어. 한 번도 시험 별거를 해본 적이 없어서. 근데, 미안해, 이제 끊어야 해. 또 한 커플이 사무실로 들어오고 있어."

내가 전화를 끊자 저넷이 차를 들고 들어왔다. 그녀가 차를 살며시 내 책상에 놓아주고는 동정이 가득한 표정을 내보인 뒤 떠났다. 그녀가 다 들었다. 이제 10분 뒤면 사무실 나머지 사람들도 전부 내 사정을 알게 될 것이다. 내가 아내와 자폐아 아들을 버렸다고.

고통스러운 가정사를 잠시 벗어났다고 생각했는데 그건 잘못된 생각이었다. 한 시간 뒤 점심을 먹기 위해 조디와 내가 샘을 데리고 자주 갔던 샌드위치 가게에 들렀다. 점심시간이라 손님으로 붐볐는데 그 가운데 조디와 그녀 친구 클레어가 앉아 있는 모습이 눈에 띄었다. 중간 크기 라테 두 잔 위로 상체를 수그리고 있는 모양새가 꼭 무슨 음모를 꾸미고 있는 듯했다. 나는 젊은 엄마들과 학생들 사이를 헤치고 그들에게 다가갔다. 두 사람은 아직 나를 못 본 모양이었다.

"그 사람이 너무 소원해졌어." 조디가 말하는 중이었다. "집에 있을 때도 전혀 기댈 수가 없었어. 언제나 딴 데 있는 것 같더라고."

"상담받아 볼 생각은 없대?" 클레어가 물었다. "내 말은, 예전 그 일로 네 남편이 뭐라도 해봤냐고?"

그래, 조디와 클레어는 뭐든지 터놓고 지낸다. 지금 두 사람은 점심시간을 이용해서 우리 부부 관계를 낱낱이 해부하는 중이다. 이들에게는 숨기는 게 전혀 없는, 너무도 자연스레 모든 걸 털어 놓는 솔직함이 있다. 우리 남자들이라면 꿈도 못 꾸는 그런 관계다. 말하자면 이런 식이다. "이 레몬 케이크 좀 먹어봐. 아주 맛있어. 먹으면서 얘기 좀 해봐. 9년 결혼 생활이 해체되는 정서적 대참사가 어떻게 일어난 건지 말이야."

"안녕." 내가 불쌍한 목소리로 말했다.

두 사람이 나를 올려다봤다. 살짝 놀란 얼굴들이었다.

"아, 안녕, 알렉스." 클레어가 말했다. "우리 지금 네 이야기를 하고 있었는데."

"들었어." 내가 말했다. "조디랑 잠깐 따로 얘기 좀 하고 싶은데?"

"물론이지. 난 막 나가려던 참이었어. 조디, 이따 보자, 괜찮지?"

조디가 말없이 고개를 끄덕였다. 내가 자리에 앉았다. 그녀가 자기 컵 옆에 놓인 빈 설탕 봉지를 만지작거렸다.

"이제 클레어가 다 알겠네?" 내가 말했다.

"응. 내가 너무 심란해서 터놓고 얘기할 친구가 필요했어. 알렉스, 우린 얘기 같은 거 안 하잖아. 그렇게 더는 못 살아. 내가 너무 지쳤거든. 매사에 너무너무 지쳤어."

"알아. 알아. 직장에서 나한테 시키는 일이 많았어. 그게 다야. 우리 업무가 스트레스가 심하거든. 미안해, 당신이랑 샘이랑 함께

하지 못해서. 애 보살피는 일에서 발뺌해서 미안해. 그냥 전부 너무……"

"힘들었다고?" 조디가 내 말을 끊고 외쳤다. "바로 그거야, 알렉스. 나도 욕 나오게 힘들다고. 그래도 애한테는 아빠가 필요해."

"몇 주 동안 그 애한테 아무 일 없었던 적도 가끔 있었지? 그럴 때 애도 너무 예쁘지. 그러다가 전혀 아무 이유도 없이 도로 아미타불이 되고. 그게 최악이야. 우리가 한고비 넘겼다고 내가 생각할 때마다 언제나. 그러다가 일 때문에—"

"아아, 알렉스, 일 때문이 아니야. 당신 때문이지."

"알아."

"그래서야, 알렉스. 그래서 나한테 시간이 좀 필요한 거야. 우리가 서로한테 소리 지르는 걸 샘은 감당 못 해. 필요하면 우리 엄마가 당분간 와주겠다고 했어. 클레어도 도와줄 거고. 당신은 당신이 알아서 해."

"샘은 어쩌고, 학교는? 몇 달밖에 안 남았잖아, 우리가 의논했던 대로 애를 다른 학교로 전학시킨다면 말이야."

샘은 어쩌고? 그래, 우리 삶에서는 이 말이 계속 메아리쳤다. 샘은 염려와 혼란의 행성이었고, 우리는 부부로 산 기간 거의 대부분을 이 행성 궤도만 맴돌았다. 작년에 소아과 의사가 우리에게 말했다. 끝도 없는 검사와 면담으로 몇 달을 보낸 뒤였다. 샘이 자폐 스펙트럼 상위에 있다고 했다. 고기능 쪽이라고. 그래도 수월한 쪽이라고. 심하지 않은 쪽이라고. 아이는 언어에 문제가 있고,

사회관계를 두려워하고, 소음을 끔찍하게 싫어하고, 특정한 것에 강박적으로 집착하고, 혼란스러운 상황에 닥치거나 공포를 느끼면 난폭해진다고 했다. 하지만 근저에 깔린 의미는, 다른 자폐아 부모에 비하면 수월한 편이라는 뜻이었다.

그리고 인정한다. 진단을 받고 나니 마음이 편했다. 마침내, 부를 명칭이 생겼다! 학교 가는 길에 아이가 괴성을 지르며 싸움을 벌일 때, 식당에서 테이블 밑으로 숨을 때, 조디가 아니면 그 누구든, 친척이든 친구든 포옹은 물론 아는 척도 안 하려 들 때, 그건 자폐라서 그렇다. 자폐가 그렇게 만든다. 나는 자폐를 사악한 혼령, 폴터가이스트, 악마로 보기 시작했다. 어떤 때는 정말 〈엑소시스트〉라는 영화 속 삶을 사는 것 같았다. 어느 날 문득 아이가 목을 360도 돌리면서 방 한가득 끈끈한 초록색 액체를 토해낸대도 놀랄 것 같지가 않았다. 적어도 내가 할 말은 생겼다. "괜찮아, 자폐라서 그래. 초록색 끈끈이는 뜨거운 물로 씻어내면 되고." 하지만 여기까지였다. 부를 명칭이 있다 해도 그게 잠을 자게 해주지도 않았고, 아이가 내게 뭘 던지거나 부숴버렸을 때 화를 참게 해주지도, 절망을 덜어주지도 않았다. 아이와 아이의 삶에 대한 노심초사도 막아주지 않았다. 10년, 20년, 30년 뒤에는 어떻게 될까? 자폐 때문에 조디와 나는 사라지고, 조디 따로, 나 따로, 그리고 샘이라는 문제만 남았다. 나는 그렇게 느꼈다. 하지만 그런 말을 할 수는 없었다. 생각조차 할 수 없었다.

"샘이랑 다른 일 모두……." 나는 말을 맺지 못했지만 그걸로도 충분했다.

"알아. 하지만 당신이야말로 도움을 좀 받아야 해. 아니면 상황을 직시하든지. 토요일에 와서 애를 봐주는 건 어때? 와서 애 데리고 바람 좀 쐬어줘."

나는 휴대폰을 주섬주섬 찾은 다음 손바닥에 올려놨다. 공원에 있는 샘이 연상됐다. 울며 도망치고 있었다. 문밖으로 달려나가고. 도로로 뛰어들고.

"글쎄 쉽지는 않을 것 같은데. 직장에서 날 찾을 수도 있어서."

순간 그녀의 눈에 칼이 보였다. 분노의 섬광이 확연했다. 그토록 소란스러운 카페 안이었는데도.

"아, 알았어." 내가 말했다.

"그럼 학교 이야기는 그때 하자."

"그래, 그렇게 하자."

"안녕, 알렉스. 몸조심해."

"당신도. 미안해. 정말 미안해."

2

화들짝 놀라서 잠에서 깼다. 늘 꾸던 우리 형 조지가 나오는 꿈이었다. 몸은 땀범벅이었고 숨이 가빴다. 조지를 붙들려고 손을 뻗는데 매트리스가 꺼지는 바람에 팔을 아래로 한 채 몸이 가라앉아 버렸다. 지금 보니 그 팔에 전혀 감각이 없었다. 나는 공황 상태에서 일어나 앉은 다음 팔을 휘둘러봤다. 이미 마비가 된 내 팔이 하릴없이 벽과 책상 다리에 부딪혔다. 잠시 시간이 흐른 뒤에야 팔에 감각이 돌아왔다. 그제야 내가 댄의 집에 와 있으며 여분 방에 혼자 누웠던 게 기억났다. 매트리스에서 새어 나오는 프흐흐흐 처량한 소리가 마치 나를 놀리는 것만 같았다.

때는 금요일 아침이었다. 댄이 욕실에서 테일러 스위프트의 〈떨쳐 내Shake It Off〉를 부르고 있었다. 그 가사에 맞춰 그가 저지르고 있을지도 모를 끔찍한 짓이 연상됐다. 나는 일어나 가방을 뒤져 입을 옷을 찾아낸 뒤 거실로 향했다. 거실에는 여닫이 유리 문이 있었고 그 너머에는 댄이 야외 의자 두 개를 이럭저럭 가까 스로 끼워 넣은 작은 발코니가 있었다. 거실 한쪽은 작은 부엌이 리 그 안에 레인지와 냉장고, 세탁기, 싱크내가 갖춰져 있었는데, 지금까지 사용한 적이 거의 없어서인지 입주 당시 순백색 그대 로였다. 나머지 공간은 이케아에서 사온 가구와 만화책들, 비디 오 게임 컨트롤러, 오디오 기기 따위들이 뒤죽박죽 난무했다. 벽 전체는 52인치짜리 엘이디 티브이가 차지했고, 비디오 게임 그랜 드 테프트 오토 V가 총질이 한창인 화면인 채로 정지되어 있었다. 이 아파트 단지 디자이너 팀이 여기 와서 댄이 사는 모습을 본다 면 아마 신이 나서 서로 하이파이브를 나눌 것이다. 그들이 염두 에 둔 유행에 민감한 첨단 멋쟁이 젊은이가 딱 이런 스타일일 테 니까. 그런 멋쟁이 젊은이들은 오븐과 냉장고 문이 동시에 안 열 려도 상관하지 않는다. 싱크대 개수통에 설거지 그릇이 안 들어 가도. 대신 댄은 대형 마가린 통을 넣고 썼다. 머그잔 말고는 설거 지할 그릇이 따로 없으니 큰 문제는 아니었다. 그는 외식을 하거 나 아니면 그저 간단하게 컵라면이나 즉석 수프를 먹었다. 이런 꿈 같은 독신 생활을 누리기 위해 그가 하는 일이 뭔지 나는 도대 체 모르겠다. 낭떠러지 같은 현대 경제를 바탕으로 그가 목적도 없이 이 프로젝트 저 프로젝트 옮겨 다니며 살아가는 모습을 보자 니 다소 무섭기조차 했다. 나라면 그렇게는 못 한다. 적어도 지금 은. 조지 때문에, 그러니까 조지가 당했던 사고 때문에 나는 야심이라는 걸 잃어버렸다. 세상은 암흑으로 변했고 온갖 가능성은 나를 가둔 감옥 벽 너머로 전부 다 옮아갔다. 나는 몽유병 환자처럼 별다른 생각 없이 대학을 다닌 다음 안전하고 평범한 직장들만 오갔다. 반면에 댄에게는 각종 기획사에서 일하는 친구들이 많았다. 그런데 늘 그 친구들이 전화를 해서는 웹 사이트 제작이라든가 클럽 오프닝이라든가 아니면 신장개업 가게 인테리어 같은 걸 도와 달라고 의뢰했다. 하지만 그가 그 사람들을 정확히 어떻게 돕는지 나는 알 수가 없었다. 어쨌든 댄은 너무나 매력적인 인물이라 사람들이 계속 그를 찾았다. 이곳 브리스틀은 늘 뭔가 새로운 것이 개발되는, 가령 아트 센터라든가 아니면 컨테이너로 만든 쇼핑 아케이드라든가 하는 것들이 끊임없이 건설되는 도시 아니던가. 아마 댄은 관련 인사들을 모조리 아나 보다. 그 모든 일에 다 끼어드는 걸 보면.

물론 나는 그가 엄청나게 부러웠다. 생각해보면 나는 늘 그가 부러웠다. 내가 일곱 살 때 그 집 식구들이 코발트블루 색 BMW 5를 타고 우리 옆집으로 이사 오던 날부터 부러웠다. 차에서 내린 댄은 빨간 진 바지에 노란 라코스테 폴로셔츠를 입은 조숙하고 똑똑한 다섯 살짜리 꼬마였다. 에마와 나, 조지가 우리 집 앞마당에 서서 새로 이사 온 멋쟁이 이웃을 지켜보고 있는데 그가 우리 쪽으로 걸어왔다.

"안녕, 내 이름은 댄이야. 무슨 놀이 하고 있었어? 나도 해도 돼?" 그가 느긋하게 물었다.

우리는 그에게 홀딱 반했다. 댄 평생 그에게 홀딱 반하던 주변 사람들과 똑같이. 하지만 나는, 아는 사람이 누가 있더라? 조디 친구 클레어와 그녀 남편 매트가 있었다. 둘이서 애가 넷인데 그게 두 사람의 직업이나 다름없었다. 부동산 업자와 주택 대출 상담자 몇 명도 알기는 했다. 조디와 샘도 알고. 이게 거의 전부였다. 어쩌다 나는 그 정도 인원밖에 사귀지 못했을까? 대체 무슨 일이 있었기에?

사무실에 가서 이메일을 확인해보니 직원 전체 의무 회식이 한 시 어느 펍에서 잡혀 있었다. 나와 대릴, 저넷, 또 다른 직원인 폴과 케이티, 그리고 매니저인 찰스가 모두 모였다. 폴과 케이티는 두 사람 다 30대 후반이건만 결혼한 지 300년쯤 된 것 같은 커플이었다. 둘은 떼려야 뗄 수 없는 한 단위였다. 아이는 없었다. 집이 두 사람의 아이였다. 본인들이 직접 그렇게 말한 적도 있다. 어느 때인지는 기억나지 않지만. 두 사람은 마치 오랫동안 부동산 거래를 해온 사이처럼 거래처 어조로 또박또박 대화를 주고받았다. 찰스는 40대였다. 지역 부동산 시장에서 그는 낙오자 같은 사람이었다. 지금쯤이면 거대 전국 체인에서 지역장 정도, 아니면 우리처럼 시시한 사무실에서라면 적어도 이사 정도는 하고 있어야 했다. 그런데 지금도 지방 사무실에서 힘들게 매매 작업을 했다. 그는 자기 책상 두 번째 서랍에 작은 위스키 병을 넣어둔다. 저넷이 우리한테 다 말해줬다. 매출이 떨어지네? 한 모금 들이켜자, 한숨 돌리게. 그런 그를 볼 때마다, 하늘이시여, 저는 저렇게 되지 않게 해 주세요, 라는 생각이 절로 든다.

우리가 고른 장소는 항구 주변 자갈길 위에 자리한, 킹스 헤드라고 하는 튜더 양식의 아름다운 호텔 안에 있었다. 하지만 펍 안에 들어가니 그저 여느 평범한 영국식 펍과 똑같았다. 나무가 휘어버린 바에는 술이 흘렀고 한쪽 구석에 놓인 갬블링 기계는 불이 들어왔다 나갔다 했다.

테이블마다 거의 텅 비어 있어서 우리는 창가 옆자리를 택한 뒤 래미네이트 코팅이 된 메뉴판을 집어 들었다. 메뉴에는 전형적인 영국 음식, 그러니까 부엌에서 전자레인지로 데워 접시에 담아 낸 냉동 조리 식품들이 보였다. 아마, 멋 좀 내보자고 파슬리나 한 가지 얹어 장식하겠지. 영국에서는 뭐든 죄다 이런 식인 것 같다. 성의 없이, 기계적으로 이루어진다. 진짜 펍은 이런 게 아니다. 진짜 펍 음식은 이런 게 아니다. 이건 그저 사람들이 원한다고 믿는 걸 괴상망측하게 흉내 낸 것일 뿐이다.

제길, 내가 이러니 집에서 쫓겨나지.

"저는 피시 앤 칩스(튀김 옷 입힌 생선과 채 썬 감자튀김—옮긴이) 먹을래요." 대릴이 말했다. "그런데 빨리 먹어야 해요. 두 시에 클리프튼 물건 바이어가 오기로 했거든요."

맙소사. 회식은 벌써 끝난 거네. 나는 메뉴판에 얼굴을 처박고 모차렐라 치즈를 듬뿍 뿌린 정통 라자냐를 시킬까 아니면 강물에 몸을 던질까 고민했다. 에이번 강물 맛이 더 신선하지 않을까.

그날 밤, 나는 지쳐서 신경이 곤두선 채 댄의 집으로 돌아왔다. 생각이 온통 내일 샘을 데리고 나갈 일에 쏠려 있었다. 아마도 공원이나 카페로 가야겠지. 너무 무서웠다. 오해하지 마시라, 나는 온몸을 다해, 체세포 분지 히니히니에 이르기까지, 샘을 사랑한다. 하지만 그 아이는 너무 까다롭다. 아이 다루는 법에 나는 속수무책이다. 아이가 기분이 상하기 시작하면 내 신경도 곤두선다. 가령 아이가 티브이 시청을 금지당하거나, 잠에서 깼는데 학교 가는 날이라는 사실을 알게 되거나 아니면 우리가 세운 주말 계획 때문에 아이가 혼란을 느끼면, 그럴 때면 나는 위장이 조여오고 좌절감이 치솟는다. 그러다 결국에는, 누가 먼저 느닷없이 폭발하는가 하는 상황이 되어버리고 만다. 아이를 데리고 진정시킬 수 있는 사람은 조디가 유일하다. 조디밖에 없었다.

그날 오후, 젊은 부부가 토터다운에 있는 소형 테라스 하우스를 담보 삼아 대출을 알아보러 찾아왔다. 아장아장 걷는 아기도 함께 데리고 왔다. "애가 너무 수다스러워요." 그들이 우는소리를 했다. "입을 닫지를 않아요." 은근한 자랑이었다. 본마음은 애가 얼마나 영리하고 발달이 빠른지 말해주고 싶어 했다. 그 통통한 꼬마 녀석이 내 쓰레기통을 뒤지며 디즈니 노래에 맞춰 가사를 읊어댔다. 나는 하마터면 우리 아들이 그 나이 때엔 세 단어, 아니 오늘날에 이르기까지 조디와 내가 도저히 무슨 뜻인지 모르는 말 '스클러'까지 포함하면 기껏해야 네 단어밖에 몰랐다고 털어놓을 뻔했다. 그 당시에 친구들이 말했다. "아아, 애들은 저마다 다른 방식으로 크는 거야. 나중엔 다 하게 돼." 그러면 우리는 생각 깊게 고개를 끄덕인 뒤 크게 마음 쓰지 않는 척했다. 하지만 그 뒤 곧바로 인터넷에 접속해서 육아 사이트마다 뒤져댔다. "여기 보면, 두 살 무렵 아이는 오십 단어 정도를 구사해야 한대!" 샘은 아니었다. 근처에도 못 갔다. 지금도 그 정도가 못 될 것 같은데, 아이는 벌써 여덟 살이다.

댄은 나갈 채비를 하고 있었다.

"너도 갈래? 크리에이션에 새 클럽이 열었어. 내 친구가 운영하는 곳이야."

댄은 늘 클럽에 가는데 그 클럽을 운영하는 사람이 늘 친구였다. 대체 어떻게 그럴 수가 있을까? 예전부터 이 점이 궁금했다. 댄은 나보다 두 살이 어렸다. 그런데 그게 다가 아니었다. 그는 삶을 설렁설렁, 일종의 크루즈 운행 모드로 살아왔다. 하지만 그가 원하든 아니든 좋은 일들이 많았다. 오랫동안 연락도 없던 삼촌이 3년 전에 돌아가셨는데 알고 보니 그 양반이 댄에게 차를 한 대 물려줬다. 그런데 그 차가 하늘색 빈티지 포르셰 911 카레라였다. 댄은 그 차를 거의 안 몰고 그냥 자기 아파트 지하주차장에 고이 모셔뒀다. 차의 가치는 점점 오르고 있다. 돕고 있다는 스토크스 크로프트 지역 신규 음반사 몇 개를 빼면 댄은 걱정거리도 없고 크게 책임질 일도 없어 보였다. 자랄 때 우린 같은 학교를 다니고 같은 친구들, 같은 여자애들, 같은 불량배를 대했지만, 댄은 언제나 댄이었다. 그는 싸움에서 나를 빼내고 디스코 클럽에서 원치 않는 수상한 손길로부터 에마를 구해냈다. 기타 등등의 일들, 그러니까 육아, 사별의 슬픔이라는 유령, 소리 없이 고장 나버린 가족을 부양하려면 알량한 이 직장에라도 매달려야 한다는 자괴감 따위가 나를 괴롭히는 동안에도 그는 내 옆에서 늘 느긋하게, 쿨하게 살았다.

나도 한때 몇 년 동안은 멋지게 살아봤다. 아마 4년 정도였겠다. 대학을 다닐 때 어쩌다 보니 나는 오블리비언이라는 이름의 얼터너티브 음악 동호회를 꾸려가고 있었다. 우리는 작은 방을 채운, 떨떠름해하는 음악 팬들 앞에서 포스트 록이나 괴상한 일렉트릭 댄스 음악을 연주했다. 어떤 때는 후줄근한 동네 펍에서 라이브 행사를 열기도 했고 또 한번은 문 닫은 산업 부지에서 음악 축제를 개최하기도 했다. 지역 신문사가 거길 찾아와서 보고는 '거의 들어줄 수가 없는' 공연이었다고 평을 싣기는 했지만. 그래도 우리는 그 후 2년간이나 우리 공연 광고 전단마다 그 기사를 싣고는 했다. 당시 댄은 브리스틀에 디자인 수업이 있으면 내게 와서 함께 지내다 가곤 했는데, 우리 포스터도 만들어줬고 심지어는 웹사이트까지 구축해줬다. 그는 지금도 여전히 같은 일을 하고 있지만 내게는 그런 세상이 사라지고 없다. 살자니 어쩔 수가 없었다.

"나는 그냥 집에 있을게. 그래도 고마워. 고마워, 댄."

"천만에, 친구야."

나는 빈 티브이 화면을 응시했다. 댄의 집에 볼거리가 없어서는 아니었다. 그는 사백 개 채널이 나오는 케이블이 있고 평생 다 못 볼 분량의 영화와 티브이 쇼를 하드 드라이브 가득 담아두었다. 그런데 뭘 골라야 할지 모르겠으니 바보가 된 기분이었다. 나는 무언가를, 샘 생각을 떨치고 내일 생각을 떨칠 수 있는 무언가를 찾아야 한다. 그런데 아무 생각도 안 났다. 어디에도 생각을 모으고 싶지 않았다. 그럴 수가 없었다. 조디는 내가 도움을 받아야 한다고 말했다. 아마 그럴지도 몰랐다. 만사가 내 머릿속에서 회오리처럼 몰아쳤다. 내 머리는 공포와 걱정의 소용돌이건만 나는 붙들 것이 전혀 없었다.

좋아. 숨을 깊게 들이쉬어. 그래. 결론은 이랬다. 나는 조디와 샘을 떠나야 했다. 내가 떠난 이유는 스트레스가 너무 커서 우리가 늘 다퉜기 때문이다. 이제 이 다툼을 그만둘 방도를 내가 찾아내야 했다. 나는 스트레스를 이겨낼 줄 알아야 했다. 이 상황에서 구출해줄 실낱같은 불빛이라도 나는 찾아내야 했다.

이런 생각을 한 뒤 드디어 보기 시작한 드라마가 〈브레이킹 배드Breaking Bad〉(제목이 '막 나가다'라는 의미인 범죄 스릴러 드라마—옮긴이)라니 내가 제정신일까.

3

다음 날 아침 내가 도착했을 때 샘은 준비가 다 되어 있었다. 아이는 후드 티를 입고 후드도 쓰고 있었다. 그 아래로 솔기와 바느질 땀이 피부에 닿지 않도록 테이프를 두른 특수 주문 티셔츠를 입었다. 이런 종류의 옷을 파는 웹 사이트가 꽤나 많았는데, 살다 보면, 다시 말해 일일이 설명할 수 없는 약점과 공포와 싸우다 보면, 자연히 알게 되는 것들이었다. 이 세상 살아가기가 불편한 아이들 주변으로 광대한 서비스 산업이 펼쳐져 있으니까.

"아빠, 같이 공원에 가는 거야? 같이 카페 가는 거야? 아빠, 집에 들어올 거야?"

"잠깐 들어갈게."

친숙한 거실 광경에 가슴이 아렸다. 마룻바닥 전체에 옷과 책, 장난감이 마치 파편처럼 널린 폭격의 현장. 물티슈, 뜯지 않은 편지와 신문 더미가 쌓이지 않은 곳이 한 군데도 없었다. 낡은 긴 의자에는 아침에 먹은 시리얼 얼룩이 지도처럼 그려져 있고 티브이 화면은 덕지덕지 손자국투성이였다. 책장은 육아 책 쪼가리들로 넘쳐흘렀다. 반쯤 만들다가 팽개쳐둔 레고 모델, 플레이모빌 장난감 오토바이들, 팔다리가 없는 액션 피겨들. 한쪽 구석에는 내 시디와 디브이디들이 아무렇게나 뒹굴었고 커튼레일이 반 정도 벽에서 흘러내렸다. 열린 창문으로 들어오는 바람 때문에 커튼이 덩달아 쓸데없이 펄럭대고 있었다.

이게 우리 집이지, 라고 나는 생각했다. 그러자 갑자기 목구멍에서 치밀어 오르는 덩어리를 도로 삼킬 수가 없었다.

조디가 아래층으로 내려왔다. 긴 적갈색 머리칼이 젖은 채 수건에 감겨 있었고, 삐져나온 곱슬머리가 얼굴 주변으로 흘러내렸다. 그녀는 진 바지에 헐렁한 스웨트 셔츠를 입고 있었다. 지친 얼굴에 경계심이 보였다.

"안녕, 알렉스."

"안녕. 어떻게…… 어떻게 지냈어?"

"아빠, 같이 공원에 갈 거야? 나 공 가지고 가도 돼? 아빠, 공 넣을 가방 가지고 갈까?"

"공을 가져가도 될지 잘 모르겠다. 이따가 카페에 갈 거라서……."

"으으으으으아." 샘이 말하더니 바로 울음을 터뜨렸다.

"오늘 아침에 난리 몇 바탕 치렀어." 조디가 억지로 미소 지으며 말했다. 그녀가 성큼성큼 걸어오더니 아이를 안아줬다. 그녀의 눈에 모든 사연이 어려 있었다. 아마도 아이는 다섯 시나, 아니면 더 일찍 일어났을 것이다. 아마도 티브이를 켜려고 했을 텐데 조디가 따라 들어와 꺼버리자 울며 드러누웠을 것이다. 아마 직접 아침을 차려 먹으려다가 온 사방에 우유를 흘렸을 테고 그래서 또 한바탕 울음을 터뜨렸을 것이다. 자는 조디를 다시 깨워서 티브이를 봐도 되냐고 물었을 테고 아마도 된다고 할 때까지 울어댔을 터였다. 늘 하던 대로.

"무슨 일이 있었는데?" 내가 쓸데없는 질문을 던졌다.

"아, 엑스맨 만화가 안 나온다고 리모컨을 집어 던졌는데 내 머리에 맞았어." 그녀가 말했다. 정말로 시커멓게 멍이 들어 있었다. 아이가 세 살 때는 레고 듀플로 박스로 내 얼굴을 휘갈긴 바람에 앞니가 빠진 적도 있었다. 아이는 마치 영화 〈굿펠라즈〉에 나오는 조 페시 같았다. 작고 유쾌하지만 마음에 스위치가 찰칵 켜지면 미친 듯 극단의 폭력을 쉽사리 휘둘렀다.

내 걱정 레벨이 치솟는 게 느껴졌다. 기분 좋은 샘도 힘들지만 기분 나쁜 샘은 예측할 수가 없어서 무서웠다. 두려움이 배 속에서 공처럼 엉글었다. 아이가 혹시 도망치면 어쩌지? 무슨 일이 생겼는데 내가 아이를 막지 못하면 어쩌지? 아이가 박차고 나가버린 다음 발생할 수 있는 갖가지 그림이 홍수처럼 내게 밀려들었다. 이마 위로 땀방울이 솟았다.

"우리, 딴 거 하면 어떨까? 아이 기분이 별로 좋지 않다면……."
내가 서투르게 제안했다.

조디가 나무라는 눈길을 내게 부라렸다. 익숙한 눈길이었다.

"이미 결정했잖아, 알렉스." 조디가 악다문 입으로 말했다. "그 래서 애 시간표에도 적어줬어." 매일 아침 조디는 하루 일과를 샘 에게 만화로 그려서 언제 옷 입고, 언제 밥 먹고, 잠자리에 들 때까 지 뭘 해야 하는지 등을 알려주었다. 주말마다 아이는 만화를 들 고 다니면서 시간마다 자기 일정을 확인했다. 시간표에 올라 있는 일이라면 아이는 무조건 해야 했다. 그 점을 강조하기라도 하듯 조디가 샘을 향해 눈짓을 했다. 아이는 운동화의 벨크로 테이프를 조이고 있었다. 이것도 문제였다. 샘은 신발 끈을 묶지 못했다. 게 다가 벨크로 테이프를 너무 꽉 조여야 해서 아이 발 혈액 순환에 문제가 생길까 봐 나는 늘 걱정스러웠다. 뭐든지 꽉 조여야 했다. 타협이 없었다.

"알아." 나도 마찬가지로 솟는 적대감을 누르며 대답했다. "하 지만 애 기분이 별로라면. 공원 주변 길이 많이 막히잖아. 그래서 걱정인—"

"아무 일도 안 생겨." 조디가 말을 잘랐다. "당신, 이렇게 계속 발을 빼려 들면 안 돼. 당신 아들한테서 발을 빼려 들면 안 된다고. 당신은 이게 문제야. 아침 한나절 동안만 당신 아들 데리고 나가 달라고, 그까짓 세 시간만이라도 아이를 책임져 달라고 내가 문간 에 서서 당신한테 사정사정해야 해?"

내가 뭐라고 반박하려 하자 다시 그녀가 내 말을 끊어버렸다.

"그리고 당신 일이 얼마나 힘든지 난 듣고 싶지 않아." 그녀가 으르렁거렸다. "집에 있어 봐. 그러다가 전화를 받지. 샘이 누굴 찼다, 아니면 누구한테 맞았다, 아니면 아침 내내 나를 찾느라 비명만 질러댄다는 소리나 들어야 해. 애 저녁도 만들어서 애가 먹겠다고 할 때까지 애가 원하는 비로 그 온도대로 유지해야 한다고. 당신도 해봐! 난 지쳤어. 그런데 당신은 손 하나 까딱 안 해. 정확히 그 이유로 지금 우리가 이 모양 이 꼴인 거야!"

잠시 침묵이 흘렀다. 마치 외나무다리 위에서 만난 원수 같은 감정의 대립이었다.

"아빠, 난 준비 다 됐어." 샘이 말했다. "공원 갈 준비 다 됐어. 공 가져갈 거지?"

"그래." 내가 숨을 고르며 말했다. "공은 챙기고, 엄마는 여기 두고 가자. 엄마는 혼자 있을 시간이 필요하대."

"우리, 공원 가는 거지?"

"응."

"그리고 카페도?"

"응, 샘."

"거품 우유 마셔도 돼?"

"응."

"근데 공원 먼저 가는 거지?"

"그래, 공원을 먼저, 카페는 나중에."

나는 조디에게 고개 인사를 했다. 하지만 거의 눈도 마주치지 못했다. 이 상황을 벗어날 수 있게 되어 잠시 감사한 마음이 들었다.

"아빠, 공 가져가는 거지?"

공원은 베드민스터와 토터다운 사이에 있는 언덕 위에 있었다. 그곳은 빅토리아 양식 테라스 하우스가 줄지어 늘어선 곳에 자리한 조그만 녹지대로, 도로가 천지 사방으로 마치 거대한 거미줄처럼 뻗어 있었다. 공원 가장자리를 둘러놓은 길 위에서는 사람들이 말 한마디 없이, 마치 땀 흘리는 달리기 로봇처럼 서로를 가로지르며, 거친 숨을 내쉬고 비틀거리며 조깅을 했다. 공원 한쪽에는 90년대 초 어느 땐가 세워놓고 방치해둔 그네와 미끄럼틀이 있었다. 그네는 의자가 없어진 지 오래라 녹이 슨 철제 틀만 남았고 쓸모도 없는 체인이 여러 줄 드리워져 있었다. 그 꼴을 보니 마치 야외에 세워놓은 섹스 던전 같았다. 미끄럼틀은 그라피티와 신체 부위를 묘사한 X등급 그림들이 가득했다. 시위원회가 이걸 부수기로 할지 아니면 터너 프라이즈(영국의 현대미술상—옮긴이)에 응모하기로 할지 모를 지경이었다.

샘이 가슴에 공을 끌어안았다. 우리는 이따금 공차기를 주고받기도 했지만 어떤 때는 아이가 공을 놓지 않았다. 나는 주위를 둘러보면서 이제 뭐가 그 아이의 성미를 거스를지 예측해봤다. 공원에 온 아이의 자폐성 탈진 확률은:

– 지나가던 어른이 말을 걸 경우: 1/10

– 짖는 개: 1/8

– 축구에 관심을 보이는 다른 아이들: 2/5

– 따가운 쐐기풀: 1/5

- 말벌: 3/8

- 축구 골대 뒤편에서 명상하는 임산부 워크숍(실제로 이런 일이 한 번 있었는데 샘이 질겁을 했다): 1/100

아이스크림 트럭이 여기 오지 않을 경우: 빈빈

오늘은 아이들이 그다지 많이 오지 않았는데 그나마 와 있는 애들은 죄다 섹스 던전에 흠뻑 빠져 있었다. 그러니 애들은 해결됐다. 산책 나온 유일한 개도 저 멀리 있어서 미리 샘에게 경고를 줄 시간이 충분했다. 아이스크림 트럭도 늘 있던 장소에 있다. 오늘은 드물게 해가 쨍쨍한 날이라 날씨 특수를 잔뜩 누릴 듯싶었다. 이것 역시 오케이. 내심 안도의 한숨이 나왔다.

내가 자폐에 대해 꽤나 일찍 배운 교훈은 다음과 같다. 톰 크루즈와 더스틴 호프만이 출연한 1988년 영화 〈레인 맨〉은 다큐멘터리가 아니다. 자폐아라고 해서 모두 특별한 재능이 있는 게 아니라는 뜻이다. 내가 브리스틀에 있는 카지노에 샘을 데려간다 해도 그 아이가 카드를 계산해서 우리에게 한밑천 벌어주지는 못할 것이다. 대신에 소음 때문에 기겁을 해서 아마도 룰렛 테이블 밑으로 기어들어 숨을 테고, 결국엔 아이를 카지노에 데려왔다는 이유로 경비원한테 쫓겨나기나 하겠지.

그래도 아이가 세상을 보는 방식이 흥미롭기는 했다. 나는 이 사실을 내 스트레스 레벨이 폭발 지경에 이르렀을 때 기억해내려 죽어라 애쓴다. 가령 내가 아이에게 엉뚱한 코트를 입혔다거나 아니면 조디가 아이 먹이려고 준비한 스파게티 온도가 2도 정도 더 뜨거울 때 말이다. 샘에게 세상이란 어떤 특정한 방식으로 기능해야 하는 거대한 엔진으로서 그 작동을 예측할 수 있어야 했다. 그래야만 아이는 안정감을 느꼈다. 아이는 자기 주변에서 일어나는 모든 사건들의 시간과 방향을 알아야만 마음을 놓았다. 그리고 한 손가락은 언제나 정지 버튼에 올려놓고 살아야 했다.

아이가 쓰러진 나무를 쌓아둔 장소로 달려가는 모습을 지켜봤다. 샘은 평소 그 위에서 놀기를 좋아했다. 나는 아이가 통나무를 갖고 어떻게 놀지 정확히 예측할 수 있다. 아이는 특정 나무 위로 올라가서 나무 기둥을 따라 걷다가 맞은편 끝에 도달하면 내가 자기를 지켜보는 걸 확인한다. 그다음 아이는 옆 나무로 펄쩍 뛰어 옮길까 잠시 망설이다가 그냥 걸어 내려와서 다시 걸어 올라가리라. 혹시 다른 아이들이 통나무에서 놀고 있으면 아이는 그 애들을 밀칠 것이다. 아이가 심술을 부리느라 그러는 게 아니다. 쓰러져 있는 통나무라는 기계가 그런 식으로 작동해야 하기 때문에 그렇다. 샘에게 다른 아이들의 출현은 시스템 오작동을 의미했다. 애들을 비키라고 밀치는 행위가 그에게는 안티 바이러스 프로그램이 작동하는 경우와 다름이 없다. '아이 감지. 밀어내기 실행됐음. 아이 삭제. 경고. 아이가 울면서 부모에게 달려감.'

축축한 통나무 위로 샘이 올라가는 모습을 보자니 내 마음이 허공으로 떠올라 어렸을 적 저 멀리, 우리가 살던 집 근처 공원에서 나와 조지가 놀던 장면으로 날아갔다. 우리는 정글짐 꼭대기로 겨루듯 올라갔다. 조지는 나보다 두 살이 더 많았는데 나보다 용기는 더 많았지만 조심성은 모자랐다. '꼭대기로 올라와. 어서, 알렉스.' 그런데 그 기억이 떠오르자 조지의 목소리가 어땠는지 내가 잊어버리기 시작했다는 사실이 문득 떠올랐다. 갑자기, 샘을 안아 들고 집에 있는 조디에게 데려다주고 싶었다. 애 좀 지켜줘, 조디, 잘 좀 지켜줘, 라고 말하고 싶었다.

그런 생각을 하고 있는데 낮은 덤불 숲 뒤에서 느닷없이, 아마도 래브라도인 듯한 커다란 개가 나타나더니 우리를 향해 다가오는 모습이 눈에 들어왔다. 오십 미터쯤 떨어진 곳에 있던 개가 잔디밭에 놓인 샘의 축구공을 보았다. 개는 놀고 싶어 했다. 빌어먹을. 나는 샘에게로 걸어갔다. 처음에는 천천히, 하지만 곧 속도를 올렸다. 조심해야 했다.

"샘, 놀라지 마. 개가 이리 오고 있어. 네 공 좀 아빠한테 줄래?"

샘이 몸을 돌렸다. 그러다가 하마터면 나무에서 떨어질 뻔했다. 그리고는 겁에 질렸다. 개는 이제 아주 가까워졌다. 거침없이 다가오면서 왕왕 짖어댔다. 샘이 내 쪽으로 돌아서는데 잔뜩 겁에 질려 있었다. 아이가 펄쩍 통나무에서 뛰어내려 내 쪽으로 달려왔다. 최악의 행동이었다. 개는 공으로 향할지 아니면 내달리는 아이를 쫓을지 결정을 내리지 못한 채 꼬리를 왕성하게 흔들어댔다. 그러더니 아이가 더 재미있겠다고 결정했다.

"샘, 샘, 개가 그냥 놀자고 저러는 거야."

나는 달음질을 시작해서 아이를 잡아챈 뒤 몸을 돌려 개와 아이 사이를 내 몸으로 가로막았다. 아이는 겁에 질려서 울음을 터뜨렸다. "싫어, 싫어, 싫어, 싫어." 아이가 비명을 질렀다.

"괜찮아." 내가 다시 말했다.

그때 개가 우리를 향해 왕왕 짖으며 껑충껑충 뛰어댔다. 나는 개를 밀어내며 주인을 찾아 두리번거렸다. 수풀 뒤에서 손에 목줄과 공을 들고 어느 중년 여인이 나타났다. 그녀는 미소를, 이른바 개 주인의 미소를 짓고 있었다. 그 미소는 마치 "저는 개를 좋아해요. 모두 개를 좋아하죠. 대관절 누가 무슨 일로 개를 꺼릴 수 있을까요?"라고 말하는 듯했다.

"그냥 놀자고 그러는 거예요. 우리 개는 애들을 좋아하거든요." 그녀가 말했다.

"좀 불러서 데려가실래요?" 가능한 한 정중하게 말했지만 속으로는 꾹꾹 화를 눌러 담고 있었다.

그녀의 음성이 변했다. "우리 개는 착해요. 아무도 해치지 않는다고요."

샘이 엉엉 흐느끼며 내 품을 파고들면서 개를 피하려고 애썼다. 그 여자는 들으라는 듯 혀를 차면서 개의 목덜미를 잡고 끌어당겼다.

"이리 와, 티미. 우린 이쪽에서 놀자."

그녀가 멀어졌다. 그녀는 망할 놈의 자기 개가 어떤 두려움을 초래했는지 전혀 몰랐고 이 소동이 단지 개를 안 좋아하는 아이 문제가 아니라는 사실을 짐작조차 못했다.

"이봐요!" 내가 소리쳤다. "목줄을 묶어야죠. 안내문 안 보여요?"

그녀가 돌아봤다. 내가 하도 사납게 말해서 놀란 게 분명했다.

"이리 오렴." 내가 나직이 샘에게 말했다. 얼굴 위로 흐트러진 머리칼을 쓸어줬다. 아이는 나직이 끙끙거렸다. 자기 몸을 부둥켜안은 팔에 힘을 너무 줘서 손가락 관절이 하얘졌다. "이리 와, 아들. 카페로 가자."

자리를 뜨면서 나는 뒤쪽에서 프리스비를 던지며 놀고 있는 한 무리의 아이들을 바라보았다. 그들은 서로에게 편안함과 기쁨을 느끼고 있다. 아이들의 부모들은 근처 벤치에 앉아서 이야기를 나누며 느긋하게 지내고 있다. 한순간 그들에 대한 부러움이 칼로 찌르는 듯한 통증을 주었다. 저들의 삶은 얼마나 수월할까.

"아빠, 이제 우리, 카페 가는 거야?"

"그래, 이제 카페로 가자."

"나, 거품 우유 마셔도 돼?"

"그래."

"개 무서워. 난 개 싫어."

"알아."

그렇게 우리의 공원 산책은 막을 내렸다.

4

카페는 비교적 조용했다. 가게 몇 개가 소규모로 줄지어 늘어선 곳에 자리한 이 카페는 이 지역에서 싹트고 있는, 주류에서 벗어난 다소 삐딱한 멋쟁이들이 찾는 매장들 가운데 하나다. 레이저처럼 정밀하게 겨냥한 주 고객층은 〈프렌즈〉를 보고 자라 센트럴 파크에 가보고 싶어 하던 중산층 엄마들이었다. 실내 장식은 보헤미안 스타일 커피숍의 정석을 따랐다. 오래된 로(Rowe) AMI 주크박스가 한구석에 놓여 있고, 벽은 뚱한 여인과 슬프고 커다란 눈망울을 한 남자아이들을 담은 60년대 프린트물로 키치하게 도배했다. 샘은 그 남자아이들을 좋아했다. 우리는 늘 앉던 뒤쪽 자리에 앉았다. 옛날 만화책과 잡지로 뒤덮인 널따란 목재 커피 테이블 앞에 놓인 대형 소파였다.

"아빠, 저 여자는 왜 얼굴이 초록색이야?"

"아빠, 사람들이 왜 그림 속 애들한테 커다란 머리를 달았어?"

나도 모르겠다고 말했다. 60년대는 정말 괴상한 시대다.

나는 카푸치노를 한 잔 주문했다. 이 집 바리스타는 (당연하게도) 1920년대 영화에 나오는 악당처럼 콧수염을 길렀고 몸에 꼭 붙는 빈티지 티셔츠를 입고서 흉곽을 온통 드러냈다. 그가 음료를 가져와 요란스러운 동작으로 샘에게 따뜻한 우유를 서빙했다. "손님, 여기 서머싯 최고의 거품 우유 젖소에서 짜낸 최상의 거품 우유를 대령합니다."

바리스타에게 홀딱 반한 샘이 낄낄 소리까지 내며 웃었다. 그는 샘의 영웅이었다. 샘은 부족한 사회성에도 불구하고 어떤 이유에서인지 자신감 넘치는 젊은이들의 강한 매력에 몹시 이끌렸다. 그들을 전혀 무서워하지 않았고 심지어 눈도 맞췄다. 이는 몹시 드문 경우로, 내게도 거의 하지 않는 행동이다. 그런 이유로 이 가게에서 제공하는 뜨거운 카페인 음료 한 모금에 4파운드나 지불하는 게 나는 아깝지가 않았다. 그럴 가치가 있었다.

이제 자리를 잡고 앉았으니 샘에게 학교나 집, 자기 엄마에 대한 질문을 던지며 잡담이나 나누면 좋겠지만 내 아이는 그렇게 다룰 수가 없다. 아이는 잡담을 하지 않는다. 대놓고 질문을 하면 기껏해야 고개를 끄덕이거나 도리질을 할 뿐이다. 오히려 말을 걸면 아이가 몸을 웅크리며 심란해하는 일이 많다. 우리가 공유하는 지금 이 순간은 부스러지기 쉬웠다. 뭔가 부수지 않고 더 많은 시간을 아이와 함께할 수 있는 방법을 나는 몰랐다. 대신, 말없이 내 아이폰을 샘에게 건넨 뒤 테이블에 있는 신문을 집어 들었다. 아이는 느긋하게 자기가 제일 좋아하는 애플리케이션 '비행 추적'을 켰다. 그 앱은 전 세계 하늘 위를 날고 있는 상업 비행기의 현재 위치를 보여준다. 조그만 비행기 아이콘을 건드리면 네모난 상자가 열리면서 그 비행기가 어디서 출발해서 어디로 가는지 기록이 나타난다. 아이는 이런 정보에 집착했다. 그는 차츰 주요 비행사들과 핵심 항로들과 주요 도시 간 거리 따위를 모두 알게 되었다. 내 생각에 우리 아이에게는 이 기벽이 레인맨에 가장 흡사한 경지인 것 같았다. 그 애에게 외부 세계는 대개의 경우 두려움을 주는 위협이거나 아니면 적어도 예측할 수 없는 감각 정보들이 끝없이 펼쳐진, 어떻게든 대처해야 하는 도발이었다. 그런 의미에서 비행 추적 앱은 일종의, 안전하게 탐험할 수 있는 방법일지도 모른다. 아이는 앉아서 화면을 건드리고 나한테 팝업 창에 나오는 숫자를 읽어보라고 시키는 과정을 너무 좋아했다. 가끔 나는 아이에게 이번 달에는 에마 고모가 어디에 있는지 알려주었다. 에마는 내 여동생이다. 온 세상을 돌아다닌다. 열여덟 살 생일이 지난 이틀 후에 비행기를 타더니 한 번도 돌아온 적이 없다. 샘은 그런 사실에 별 관심이 없었지만 내 나름으로는 이 모든 과정을 인간적으로 만들려는 시도였다. 나는 화면 속 토론토를 가리켰다. 에마가 지난주에 그 도시 사진 몇 장을 페이스북에 올렸다. 내가 모르는 두 여자와 함께 찍은 사진 속 그녀는 관광 보트 위에서 유쾌하게 놀고 있었는데 바늘같이 뾰족한 CN타워가 배경이었다. 그녀의 표정은 그녀가 올린 페이스북 사진마다 나오는 표정 그대로였다. 행복 가득 근심 제로, 순간순간을 제대로 즐기는 것처럼 보였다. 하지만 나는 곧이곧대로 믿지 않았다. 그녀 눈 속에 숨어 있는 뭔가를 진작 봐버렸기 때문이다.

"고모가 비행기를 타고 런던 히스로 공항으로 오면 7시간 15분 걸려." 샘이 말을 이었다. "토론토 피어슨 국제공항에서 탈 거야. 영국 항공 비행기를 타거나 에어 캐나다 비행기를 타면 돼. 왜 고모는 집으로 안 와?"

"고모는 여행을 좋아해." 내가 말했다. "새로운 걸 좋아하거든."

물론, 그보다 복잡한 이유가 있었다. 그녀가 여행을 좋아해서일 수도 있지만 집에 오기 두려워서일 수도 있다. 내 생각에는, 후자이기가 쉬웠다. 하지만 그녀가 가끔 보내오는 이메일만으로는 많은 내용을 알 수가 없었다.

"새로운 건 이걸로도 볼 수가 있어. 여기 구글 맵도 있잖아. 구글 맵으로도 새로운 거 볼 수 있어."

"알아, 그런데 똑같은 건 아니잖아, 안 그래? 실제 사람이나 실제 소리나 실제 냄새는 접하질 못하잖아……."

"난 그런 거 다 싫어. 난 자폐거든." 아이가 말했다.

샘의 주제 파악 때문에 우린 둘 다 소리 내어 웃었다. 나는 그 상태를 무슨 악령처럼 생각하는데 샘은 자기가 그렇다는 사실을 기꺼이 인정했다. 그것도 대개는 곤란한 상황을 모면하기 위해 웃기느라 그랬다. 다른 애들은 접시가 깨지거나 소파 한가득 사인펜 낙서가 돼 있거나 쿠키 통이 싹 비거나 할 경우 어린 동생들 핑계를 댄다. 그런데 샘은 "자폐 때문이야."라고 태연하게 말하면서 꾸지람을 모면했다. 지나고 나서 생각해보니 우리 부부가 아이에게 자폐를 설명할 때 인크레더블 헐크를 빗대지 말았어야 했다("있잖니, 샘? 데이비드 배너 박사는 '감마선' 때문에 어쩔 수가 없었단다!").

우리는 잠시 아무 말 없이 앉아 있었다. 그러다가 아이가 말했다.

"엄마가 나한테 엑스박스 사줬어!"

"아." 내가 말했다. "아, 그래."

처음엔 뭐라 말해야 할지 몰랐다. 샘은 벌써 충분히 은둔형이다. 혼자 있을 구실을 하나 더 가질 필요가 있을까? 아이는 학교에서도 거의 언제나 혼자 놀았다. 그게 그의 장애, 질병, 혹은 뭐라고 부르는 게 합당한지 모르지만 어쨌든 그런 것의 일부 증상이었다. 아이가 하고 싶은 걸 다른 애들이 방해하지 않는 한, 그리고 그에게 너무 말을 많이 걸지 않는 한 그도 다른 애들과 같이 놀 수는 있었다. 아이에게 우정이란 '내가 견딜 수 있는 사람들'을 의미했다. 그게 너무 이상하다고는 생각되지 않았다. 우리 모두 그런 인간관계를 맺고 있다. 당신이 사교 시스템을 뜯어보기 시작하면 상당 부분 얼마나 습관적인지 알 수 있을 것이다. 당신은 상대의 하루가 어땠는지 묻고 그 사람들의 실없는 농담에 가가대소하며 "우리, 자주 만나야겠는데요." 따위의 쌍방 소통적인 행동을 취한다. 하지만 그 아래로, 아주 흔히, 이 모든 것이 다 개똥이라는 암묵적인 이해가 깔려 있다. 말하자면 일련의 연속적인 친교 전략이 깔린, 춤이나 다름없다. 샘이 이 모든 것을 혼란스러워하는 것도 당연했다. 내가 아는 한 자폐란, 규칙을 담은 교본을 갖추지 못한 채 태어나는 것이다. 샘의 입장에서 보면 모두가 이미 규칙을 알고 하는 이 게임을, 자기 혼자만 게임을 하면서 그 규칙을 알아내야 했다. 이는 아이에게도, 그리고 조디와 내게도 몹시 지치는 일이었다. 왜냐하면 우리가 그 아이의 교본이기 때문이다. 우리는 매사 설명하고 또 설명해야 하지만 일부 규칙은 아이에게 도저히 납득이 되지 않았다.

이러니 아이에게 게임 콘솔을 사주어 세상을 벗어나도록 해준다는 생각이 썩 내키지가 않았다. 내 말은, 비록 갖고 놀라고 아이에게 내 휴대폰을 내주기는 해도, 그것과 이건 다른 문제라는 뜻이다. 아이는 비행 앱과 구글 어스를 좋아한다. 이것들은 적어도 실제 생활과 어느 정도 연결이 된다. 하지만 게임에서는 플레이어가 우주의 중심이고 모든 행위가 게임에만 관련된다. 이건 샘이 삶에서 배워야 하는 내용과 정반대처럼 느껴졌다. 그렇다고 조디에게 화가 나지는 않았다. 그녀가 샘의 끝없는 질문 공세에서, 혹은 분노발작 폭탄에서 벗어날 휴식시간이 필요했으리라 짐작했다.

"글쎄다. 엄마랑 엑스박스에 대해서 얘기 좀 해봐야겠네." 내가 말했다.

"런던발 뉴욕행 항공기 VO226는 3만 7천 피트 상공에서 날고 있어." 아이가 대답했다.

우리는 오후 세 시가 살짝 지났을 때 집에 (내 집이 아니라 두 사람의 집에) 도착했다. 단장을 한 조디는 산뜻했고 심지어 느긋해 보이기도 했다. 그녀는 뻗치는 곱슬머리를 정돈해서 묶어 올리고는 소파에 앉아서 신문을 읽고 있었다.

"우리 아들 왔네! 엄마가 아들 보고 싶었어!" 그녀가 의자를 박차고 일어나 샘을 껴안았다.

"애가 오늘 잘 지냈어." 내가 말했다. "공원에서 개 때문에 문제가 좀 있었지만 그거 말고는 다 좋았어."

"개가 날 쫓아왔어." 샘이 말했다. "카페 가서 거품 우유 마셨어. 비행 추적하며 놀았어. 아빠가 개 데리고 온 아줌마한테 '빌어먹을'이라고 했어. 나 배고파."

이것도 문제였다. 절대로 샘 근처에서 욕을 하면 안 된다. 아이는 매번 기억해뒀다가 언제나 고자질을 한다.

무슨 일이 있었는지 내 설명을 들은 뒤 조디는 아이에게 샌드위치를 만들어줬다. 아이가 먹는 유일한 샌드위치는 치즈와 피칼릴리(영국에서 흔히 먹는 피클—옮긴이)를 넣은 것이다. 그 뒤 아이는 서둘러 제 방으로 가서는 새로 받은 엑스박스를 가지고 놀았다.

샘과 음식에 관련된 규칙은 이러했다. 아이가 받아들이는 음식 네 가지를 순번대로 돌려야 한다. 그 음식들은:

- 체다 치즈와 피칼릴리 샌드위치(흰 빵에 빵 껍데기가 있으면 안 되고 빵 가장자리에 피칼릴리의 노란색 물이 묻으면 안 된다.)

- 피시 핑거(손가락 크기의 생선 튀김—옮긴이)와 가늘게 채 친 감
  자튀김(버드 아이나 막스앤스펜서 제품이어야 한다. 제길, 리들 브랜
  드로 주면 안 된다.)
- 토스트에 얹은 고리 모양 스파게티(때론 알파벳 스파게티도 허용
  된다. 하지만 정확히 언제 괜찮은지 모른다. 그러니 결론은, 시도해볼
  가치가 없다.)
- 마카로니 치즈(그러나 정확히 조디의 레시피만 가능하다. 내가 만들
  면 부엌 벽만 도배하게 된다. 하긴, 솔직히 내 요리 실력에 아주 합당한
  평가라고 생각된다.)

여기에다 아침엔 시리얼과 요거트, 신중하게 깍둑썰기한 과일
이 보충된다. 신중하게 깍둑썰기한 과일이라는 점이 중요하다. 아
침 다섯 시에 일어나 사방 일 센티미터 크기로 사과를 썰어본 적
이 있는가? 까다로운 작업이다. 특히나 고든 램지(불같은 성질과 폭
언으로 유명한 영국 요리사—옮긴이)조차 느긋하고 상냥해 보이게끔
만드는 사람을 먹여야 할 경우에는 더욱 그렇다.

"그런데…… 애한테 게임 콘솔을 사줬다며?"

"응, 내 친구 아들이 없애겠다고 해서. 척 봐도 오래된 모델이긴
해. 내 생각에 티브이보다는 나을 것 같아, 이따금이라면."

"근데 애가 혼자 있는 시간을 더 늘리는 건 아닐까? 내 말은, 애
를 사람들이랑 더 많이 어울리도록 우리가 애써야 하지 않냐는 뜻
이야."

"미안하지만, '우리가'는 아니잖아?"

"내 말뜻은 알잖아."

"그래. 당신 말뜻은 알아. 그런데, 애가 여느 애들이랑 똑같은 거 하나쯤 갖는 게 뭐 그리 나쁜 생각이겠어. 걔네 학교 애들 전부 게임 콘솔 하나쯤은 가지고 있어."

"좋아. 알았어. 미안해. 그래도 그랜드 테프트 오토는 안 돼. 알았지?"

"아, 안 돼지. 그건 엄마 전용이야. 시내를 돌아다니면서 여기저기 들이받아 버리니까 꽤나 치료 효과가 좋더군."

잠시 평화의 순간이었다. 조디가 별생각 없이 테이블과 바닥에 놓인 잡지와 색칠 노트를 치우기 시작했다.

"어떻게 지내?" 그녀가 물었다.

"잘 지내. 당신이 보고 싶었어."

그녀가 잠시 얼어붙은 듯 정돈을 멈췄다.

"나도 그랬어." 그녀가 나직이 말하더니 그 순간을 털어내듯 다시 정돈을 시작했다. "요즘 뭐 하고 지냈어?"

"뭐, 그냥. 일하고 댄네 집에 있는 엄청나게 큰 티브이도 보고."

"〈홈랜드〉(미국의 정치 스릴러 텔레비전 드라마 시리즈―옮긴이) 새 시즌은 근처에도 가면 안 돼. 완전 엉터리야."

"젠장, 당신이 나 없이 혼자서 그걸 보다니 믿을 수가 없는걸!"

"당신한테 내가 크게 '덕'을 베풀어준 거라니까."

"내가 다시 집에 돌아오면 같이 스칸디나비아 범죄 드라마나

한 편 볼까? 이미 5년 전에 다른 사람들은 죄다 봤다는데?"

어색한 침묵이 흘렀다. 아마 너무 이른 제안이었던 것 같다.

"그게 언제가 될지 난 잘 모르겠어, 알렉스." 그녀가 말했다. "지금으로신 당신이 여기 있는 것도 대응을 잘 못하겠어."

"알아. 미안해. 내가 잘할게. 나중에, 그러니까, 내가 돌아올 수 있게 되면 정말 좋겠어. 당신이 허접한 드라마를 안 보게만 돼도 그게 어디야."

조디가 억지로 미소를 지었다.

"당신 마음이 딴 데 있어서 난 의지가 안 됐어." 그녀가 말했다.

"내가 지쳐서 그래. 일도 많고 잠도 못 자고 게다가……."

곧, 내가 해선 안 될 말을 했다는 사실을 깨달았다.

"아아, 정말, 또 그 소리야!" 조디가 말했다. "당신은 맨날 그랬어. 스트레스를 잔뜩 지고 집에 와서는, 주말 내내 스트레스에 눌려 있다가, 스트레스를 짊어진 채 다시 일을 나갔어. 나는 그런 당신하고 샘한테 동시 대응을 할 수가 없었어. 당신이 어떻게든 해결해야 해."

"알아, 알아, 하지만……."

"그만해, 알렉스, '하지만'은 안 통해. 당신이 어떻게든 해결한 다음이라야 집으로 돌아올 수 있어. 진심으로 하는 말이야." 그녀는 울지 않으려고 애썼다. 그러나 나는 그녀 목소리에 실린 울음이 들리고 그녀 눈동자에 깃든 울음이 보였다. 10년 전 나를 사로잡았던 저 커다란 갈색 눈동자. 은하계만큼 크고 새카만 저 눈동자는 아무것도 숨기지 않았다. 그러나 나는 직시할 자신이 없었다. 당장에 닥쳐올 일을 나는 직시할 수가 없었다.

"당신은 일을 어떻게 좀 해야 해. 당신 자신도 어떻게 좀 해야 하고. 그런데 진짜는, 진짜는 조지를 어떻게 좀 해야 해. 내 말 알겠어?"

나중에, 나는 댄과 함께 그가 사는 아파트 근처 골목에 있는 자그마한 동네 펍인 '올드 쉽 인'으로 갔다. 그 펍은 그 동네가 과거 공업 지역이었던 시절을 홀로 기리는 유적지 같은 곳이다. 붉은 벽돌이 허물어져 내리는 앞면이 유리, 철근, 콘크리트를 소재로 하는 이 부근의 다른 건물들을 무색하게 했다. 안에는, 나이든 남자 몇몇이 모여 스툴에 앉아 있었고 그들이 데리고 온 개들이 발치에 앉아 졸고 있었다. 우리는 그 가운데 몇 사람을 알게 되었다. 프랭크와 토니는 60년대에 부두에서 일하던 사람들이다. 배에서 화물을 부려 거대한 창고에 갖다두는 일을 했다고 하는데, 두 사람은 무시무시했던 산재 사고에 대한 이야기를 쾌활하게 늘어놓았다. 알피라는 사람은 일요일에 격주로 여는 로큰롤 디스코장을 운영했다. 그는 1957년에 산 푸른색 스웨이드 구두를 아직도 신고 다닌다(대머리 주인만큼이나 구두도 털이 없었다). 한쪽 구석에는 시드라는 노인이 팔꿈치 옆에 기네스 반잔을 놓고 혼자서 체스를 두고 있었다. 그에게로 가서 어깨를 툭 두드리며 한 판 같이 두자고 눈치 없이 청하는 손님들이 많았지만 그럴 때마다 시드에게 큰 소리로 욕이나 듣던지 아니면 떠밀리던지 할 뿐이었다. "맙소사," 그때마다 바텐더가 말했다. "시드가 체스 둘 때 방해 좀 하지 마세요." 들리는 전설에 따르면, 시드는 죽은 아내 유령과 체스를 두는 거라고 했다. 그에게는 평화와 고요가 필요한 모양이었다.

그곳에서 죽치고 사는 사람들과 마찬가지로 그 펍 역시 과거의 누추한 잔재였다. 하지만 그 가게가 원래 영업 대상으로 삼았던 주변 주택들과 달리 이 가게 건물은 재개발이 안 됐다. 아마 문화유산으로 지정된 까닭인 듯했다. 이제 이 가게는 홀로 남아서 예전에는 이 지역이 전부 테라스 주택이었다는 사실을 기억하는 사람들만 손님으로 맞이한다. 게다가 대부분 연금 수령자들인 단골손님들마저 계속해서 숫자가 줄어들고 있었다. 그리고는 나와 댄. 우리가 이곳에 오는 이유는 맥주가 싼 데다 이곳에선 진짜 제대로 된 감자 칩을 팔기 때문이었다. 항구 근처 대규모 와인 바나 비스트로 체인점에서는 감자 칩을 먹을 수가 없었다. 대신 5파운드나 주고서 기껏해야 작은 종지에 담은 올리브나 먹어야 했다. 유럽아, 고맙다, 이게 다 너 때문이다.

"그런데 넌 오늘 뭐 했냐?" 내 잔에 남은 한 모금을 들이켜며 내가 물었다.

"맥 가지고 빈둥거렸지." 댄이 말했다. 댄은 커다란 모니터를 장착한 최신 모델 애플 맥 컴퓨터를 갖고 있다. 내 생각에 그 용도가 웹 사이트 디자인이거나 음악 프로덕션, 혹은…… 음, 글쎄, 잘모르겠다.

"너 요새 누구 만나는 사람 있어?" 내가 물었다.

"아아니, 그렇진 않다네, 친구. 한동안 니키를 만났는데, 요샌 좀 서먹해졌어."

댄은 좀 잘생겼다. 짧게 깎은 검은 머리에 구릿빛 얼굴, 눈망울이 사슴 같았다. 그에게는, 판박이처럼 스키니 진에 스키니 셔츠, 스키니 모자밖에 못 입는 직장 동료들을 뛰어넘는 스타일링 감각이 있었다. 지금 내 앞에 앉은 그는 검은 면바지에 버튼다운 셔츠를 받쳐 입고 그 위로 꽈배기 무늬 스웨터를 입고 있다. 색깔, 소재, 핏이 모두 완벽해서 패션 촬영에 곧 임해도 될 정도였다. 하지만 도저히 측정조차 불가능한 건 그의 매력이었다. 그저 줄줄 흘렀다. 위험할 정도로 과부하가 걸린 전기 콘센트가 웅웅 소리를 내듯 그의 매력이 울려 퍼졌다.

"댄, 어려울 때 도와줘서 고마워. 정말이지 난 좀…… 짐이 무거웠어."

"별말씀을. 우린 친구잖아. 난 네가 내 주변에 있는 게 좋아. 좋은 시절 기억을 떠올려주거든. 오늘 루크네 팟캐스트 일을 봐줬는데, 우리 아빠 낡은 피시로 우리 둘이서 라디오쇼 녹음하던 때가 생각나더라."

우리는 잠시 생각에 잠겼다.

"그런데…… 샘은 좀 어때?" 댄이 물었다.

"괜찮아. 알잖아. 그냥 샘답게 지내."

"아직도 너희 부부는 그 애 전학시킬 생각을 하고 있는 거지?"

댄이 기억하는 게 놀라웠다. 하지만 그런 느낌을 대놓고 그에게 말하는 것도 거북했다. 우리가 알고 지낸 오랜 세월 동안 그 온갖 일에도 불구하고 그와 내가 나눈 이야기는 주로 음악과 영화뿐이었다. 다른 이야기는 모두 그 이야기를 통해서 길러졌다. 어두운 주제가 수면 위로 떠오르면 고통스러웠다.

"잘 모르겠어. 아직 의논 중이야. 넌 괜찮아? 내 말은, 일이랑 다른 거 다 괜찮냐고?" 내가 물었다.

"응, 이따금 두서가 없긴 하지만 그래도 제대로 된 사람한테 제대로 일해주면 누적이 되더라. 그 사람들이 상황이 안 좋아지면, 그러니까 어디서 큰 고객이 와서는 그 사람들에게 맨날 호령해대면 나를 데려가더라니까. 근데 네가 알다시피, 난 그럴 때 생각해. 좋아, 가자, 라고."

'좋아, 가자'는 댄의 동기 부여 구호나 다름없었다. 어떤 일이든 스스로 기를 북돋아야 할 때면 그는 숨을 죽인 뒤 이 말을 읊조린 다음 그대로 실천했다. 그 일이 수백만 파운드짜리 제품 리브랜딩이든 아니면 클리브던 부두에서 바다로 뛰어드는 일이든 그렇게 했다. 한번 간다고 하면 그는 갔다.

"세상에, 댄. 난 네가 어떻게 그런 식으로 살 수 있는지 잘 모르겠다." 난 내가 생각하던 것보다 좀 더 신랄하게 말했다. "난 발밑에 항상 절벽이 느껴져. 그런데 넌…… 어떻게 신경도 안 쓸 수가 있어? 어떻게 전혀 겁을 안 낼 수가 있냐고?"

그가 미소를 짓더니 자기 잔을 내려다보았다. 지직거리는 술집

스피커에서 오티스 레딩의 〈내 두 팔은These Arms of Mine〉이 흘러나왔다. 시드가 체스판 위로 말을 움직였다. 좀이 슨 커튼 사이로 차량 전조등 불빛이 실내로 흘러들어와 담뱃진 찌든 벽지 위로 들쭉날쭉 빛을 쏘았다.

"나는, 음, 네가 겪는 일을…… 그러니까, 현실적인 상황, 현실적인 사람들을 겪지 않아도 돼." 댄이 마침내 말했다. 시선은 피했다. 잠시나마 그가 하고 싶은 말이 따로 있었던 모양이다. 막 말을 하려던 차였지만 그냥 지나가 버렸다. 그러더니 그가 말했다. "내가 주택 담보 대출 상품을 파는 모습이 상상이 돼?"

"전혀! 하지만 대출 상품 파는 내 모습도 몇 년 전에는 상상조차 할 수 없었어. 근데 지금 나 좀 보라고."

우리는 소리 내어 웃으며 분위기를 의도적으로 바꿔보려 했다.

"정말 싫으면 그만둬야 해."

"그럴 순 없어. 대출도 갚아야 하는데. 샘도 언어치료를 받아야 하고. 그게 말도 안 되게 비싸거든. 조디는 일할 수도 없고……."

"알렉스, 잘 들어. 정말 싫으면 그만둬야 한다니까."

나는 한숨을 쉰 뒤 잔을 비웠다. "내가 어째야 제일 좋을지를 남들이 더 잘 알더라."

"잠깐만." 그가 일어서서 내 머리를 헝클더니 (그가 아닌 다른 사람이 그랬으면 내가 미친 듯이 날뛰었을 것이다) 바에 가서 맥주 두 잔을 더 주문한 뒤 받아 가지고 왔다.

"좋아, 또 다른 과거 회상 타임이야. 우리가 〈배틀스타 갈락티

카〉새 시리즈, 옛날 거 말고, 보던 거 생각나지." 그가 말했다. 이번에는 전혀 예상치 못했던 화제였다.

"으으응."

"내가 너한테 그 프로는 살상용 우주 로봇 이야기가 아니라, 이라크 전쟁 이야기라고 했었어."

"으으응."

"그런데 그때 너는 뭐라 그랬지?"

"그때 나는, 세상에, 댄, 이건 살상용 우주 로봇에 관한 프로그램이야, 라고 말했지."

"그게 문제야!" 댄이 극적 효과를 내기 위해 맥주잔을 테이블에 쾅 하고 내려놓으며 말했다. "너는 내가 아는 사람들 중에서 제일 생각이 깊어. 너는 뭐든지 분석하고 뭐든 이론을 세우지. 근데 한 번 마음을 정하면 평생을 물고 늘어지더라. 하지만 혹시 네가 상황을 잘못 보고 있는 거라면?"

나는 생각에 잠겨 천천히 맥주를 들이켠 뒤 살그머니 잔을 내려놓았다.

"댄. 네가 해주려는 이야기가 뭔지 잘 알겠고 정말 고마워. 진심이야. 하지만 내 경우는 복잡해서 그냥 손 털고 모면할 수 있는 그런 상황이 아니야. 그리고 〈배틀스타 갈락티카〉는 살상용 우주 로봇에 관한 프로그램이야. 그저 수많은 20대들이 그 프로에 대고 의미를 투사할 뿐이라고. 이라크 전쟁에 대한 실제 뉴스를 보는 대신에 살상용 우주 로봇 프로그램을 본다는 죄책감을 덜기 위해서 말이지."

"인식이 현실이지." 댄이 말도 안 되게 사랑스러운 미소를 지었다. 내가 장담하건대 저 미소에 꼬여서 성사된 이윤 큰 계약이 열 개는 넘었을 것이다.

"아, 젠장, 댄. 오늘 밤엔 이런 얘기 하지 말자." 내가 신음했다. "감자 칩 좀 더 갖다 주고 화제를 바꾸자. 이제 일이랑 내 인생이랑 우주 로봇 이야기는 그만하고 싶어."

한 시간 뒤에 나는 혼자서 댄네 집으로 돌아왔다. 그는 늘 그러듯 위키드 글리치라는 클럽(80년대 배배 꼬인 아케이드 게임 음악만 틀어주는 클럽이었다)으로 밤 나들이를 나갔다. 나는 그런 음악을 내가 대학 시절, 모든 경계심을 풀고 그저 행복하기만 하던 그 3년 동안 들었었다. 젠장, 그때는 칸트도 재미있었다. 간혹 의문이 들었다. 그게 진짜 알렉스였을까? 아니면 가짜였을까?

나는 의식을 거행하듯 매트리스에 바람을 넣은 뒤 댄의 거대한 맥 컴퓨터로 가 이메일을 확인했다. 메시지가 두 개 와 있었다. 하나는 조디에게서 온 것으로 자폐 스펙트럼 아이들을 잘 돌본다고 소문난 근처 학교를 방문하기로 예약 접수한 사실을 전해왔다. 다른 한 통은 에마가 보낸 것으로, 영국으로 돌아올 생각 중이라고 했다. 물론 내 눈앞에 나타나기 전까지는 그녀 말을 믿을 수가 없었다.

5

생후 이틀이 지난 샘을 집으로 데려왔을 때 우리 부부는 기쁨과 아드레날린과 잠 부족이 짬뽕된 행복감에 몹시 취해 있었다. 한 편 샘은 마냥 울어댔다. 아이는 그 조그만 사지를 맹렬하게 비틀 며 울다가 입을 악물다가 비명을 질러댔다. 거의 매일 밤 나는 아 이를 유모차에 태우고 교외 지역의 빈 거리를 지나다니며 오랜 산 책을 했다. 아이가 진정할 때까지 나는 노래를 불러주거나 이야 기를 해주곤 했다. 그리고는 아이에게 젖을 먹이러 집으로 데려왔 다. 아이는 늘 배고파했다. 가끔 조디에게 쉴 틈을 주려고 우리는 아이에게 젖병을 물렸다. 하지만, 아이고 맙소사, 아이는 한 방울 도 먹으려 들지 않았다. 벌써 그때부터 아이는 먹는 걸로 소란을 떨었다. 한 번은 아이 입안으로 분유를 물총처럼 쏴주었던 기억도 있다. 아이는 처음에는 괜찮은 듯싶더니 내 팔에 잠시 안겨 있다 가 반쯤 소화된 분유를 왈칵 토해서 자기 눈 속으로도 토사물이

들어갔다. 이건 부모로서 죄책감이 좀처럼 가시질 않는, 그러나 좀 재미있는 일화다.

나중에 아이가 고형식을 먹기 시작했을 때 아이의 섭식 기호가 금방 분명해졌다. 아이가 먹으려 드는 특정 브랜드 특정 풍미의 유기농 이유식이 있었다. 그런데 그 제품이 단종된다는 소식이 들리는 바람에 우리는 기겁을 했고, 그 제품을 이백 병이나 구매해서 정원 창고에 쟁여두기까지 했다. 그러는 동안 사람들은 의도는 좋으나 신경을 거스르는 충고를 끝없이 우리에게 쏟아냈다.

"채소를 조그마한 막대기 모양으로 썰어줘 봤어?"

"아이 점심을 접시 말고 사발에 담아서 줘봤어?"

"음식을 재미있어 보이게 만들어줘 봤어?"

우리는 웃으면서 정말 좋은 의견이라고, 감사하다고 그들에게 인사했지만 사실 그전에 이미 수도 없이 시도해봤던 방법들이었다. 가령, 한번은 내가 햄 한 조각과 올리브 두 알과 붉은 고추를 가지고 페파 피그(영국의 유치원 어린이용 애니메이션으로 돼지가 주인공이다─옮긴이)를 복사한 듯 똑같이 만들어준 적이 있었는데, 슬프게도 내 페파 피그는 예정에도 없던 부엌을 가로지르는 공중비행을 당했다. 발달기의 이런 경험들로 우리 아이가 다른 아이들과 아마 다를지도 모른다는 사실을 우리는 알아차렸어야 했다. 하지만 그 당시 조디와 나는 샘의 심리 발달에 대한 의논은커녕 거의 서로 말도 나누지 못했다. 대신 고집스레 일을 분담했다. 우리는 사업 파트너로 전락했고 우리의 업무란 웨이트로즈 슈퍼마켓

기저귀 진열장이나 화장실에서 잠들어버리지 않도록 하루하루를 버티는 일이었다. 그래도 우리는 함께였고 확고했다. 우리가 잘 해낼 수 있으리라 믿었다. 왜냐면, 아아, 세상에나 정말이지, 우리 두 사람 사이에는 너무나도 큰 사랑이 있었기 때문이다.

이 모든 걸 회상하며 나는 조디와 함께 세인트 피터 초등학교 비서실 바깥에 앉아 있었다. 이곳은 시 경계 지점 조용한 교외 지역에 위치한 학교로서, 지금 다니고 있는 지옥 구덩이 같은 학교에서 샘을 구출해주기로 우리가 결심한 뒤 세 번째로 살피러 온 곳이었다. 이 학교는 교육 표준청 보고에서 '뛰어나다'는 평을 받았고 우리 집도 가까스로나마 통학 범위에 든 데다가 금상첨화로 샘이 이미 알고 있는 애가 이 학교에 다니고 있었다. 올리비아는 샘과 같은 유아원에 다녔는데 조디가 그 아이 엄마와 계속 연락을 해온 모양이었다. 사우스빌에 있는 그 집 식구들이 사는 집은 개발 제한 건물 2급으로 등재된 대저택으로 5층이나 되는 건물에 지하에는 방음 미디어 룸까지 있을 정도이니, 조디 입장에서 약삭빠른 사교 전략이었다. 어쩐 이유에선지 두 아이는 언제나 잘 지냈다. 한번은 샘이 모래 구덩이에 그 여자아이를 파묻어 버리려고 했는데도 그랬다.

오늘 아침 나는 업무 면제를 받은 소중한 네 시간을 이용해 차를 몰고 가서 조디를 태운 뒤 브리스틀의 교외 지역을 가로질러 달렸다. 그동안 우리 두 사람은 거의 말이 없었다. 우리 둘 다 진상은 이미 파악하고 있었다. 샘은 학교가 힘겹다. 학업을 말하는 게 아니다. 아, 물론 학업도 어렵지만 그게 우리의 주안점은 아니란 뜻이다. 우리의 주안점은 아이가 다른 아이들과 잘 지내지 못한다는 사실이었다. 필요한 만큼 어울리질 못했다. 샘은 운동장 놀이에 끼어들 때마다 울음을 터뜨리거나 축구공을 뺏거나 누군가를 발로 찼다. 그러다 보니 아이는 외톨이가 되었다. 아니 설상가상으로, 그 때문에 아이는 타깃이 되었다. 우리 아이에게서 즉각적인 반응이 나온다는 걸 알게 되자 학교 아이들은 샘에게 집적거렸다. 그들은 피라냐 같았다. 물속에서 피 냄새를 맡고 미친 듯 먹이 사냥을 벌였다. 그 아이들은 이게 왕따인 걸 몰랐다. 그냥 자연스러웠다. 아마도 집단의 안전을 위해서 무리 중에 약골을 골라내어 추방하는 게 본능인 듯했다. 적어도 내가 아는 건, 샘이 다른 애들과 놀지 않는다는 사실이다. 혹시 좀 더 분위기가 좋은 학교에서라면, 시내를 벗어나 너나 할 것 없이 대장이 되려고 애쓰는 과밀 학급에서 벗어난다면, 우리 아이가 적응을 더 잘할 수 있지 않을까 우리는 생각해봤다. 한번 해볼 만했다. 해볼 만해야 했다.

"이제 들어가시죠." 비서가 말했다. 그녀는 친절했지만 너무도 연로해 보여서 1800년대 초 이 학교가 개교할 당시 재학생이었으리라 생각해도 될 정도였다. 프릴 장식이 달린 보닛을 쓰고 석판에다가 구구단 3단을 적어 내리는 그녀의 모습을 상상하느라 정신이 너무 팔린 나머지, 조디가 이만 가자고 나를 쿡 찔러야 했다. 자그마한 사무실로 안내를 받아 들어가니 거의 방 전체를 차지하고 있는 커다란 나무 책상 위로 종이 서류와 두꺼운 레버 아치 바인더가 넘쳐흘렀다. 그 뒤쪽으로 오래된 창틀에 끼워 놓은 창이 살짝 열려 있었는데 머그잔을 올려두느라 그런 모양이었다. 벽에는 회가 갈라져서 생긴 미로 같은 금이 있었지만 그 위로 걸어놓은 열 개 남짓한 학생들 그림 때문에 대부분 덮여 있었다.

"안녕하세요. 저는 덴턴 선생입니다. 만나서 반갑습니다." 책상 위에서 앞쪽으로 비스듬히 기울어진 싸구려 컴퓨터 모니터 뒤에서 부드럽고 상냥한 목소리가 들려왔다. 모니터 옆에는 교과서들이 무더기로 쌓여 있었다. 덴턴 선생이 모니터 뒤에서 일어서더니 손을 내밀었다. 그녀는 아마도 30대 초반인 듯, 몸집은 작았지만 선명한 꽃무늬 원피스 때문에 존재감이 증폭되었다. 짧은 금발을 플라스틱 머리핀 한 개로 집어놓고 입술은 우체통처럼 새빨갛게 칠했다. 상냥하고 쾌활해 보이는 그녀는 샘의 부실 교육 초기에 만났던, 우리를 안심시키는 걸 의무로 알아 조심스럽게 암담한 말을 전하던 교사들과 선명한 대조를 이루었다.

"저는 조디고 이쪽은 샘의 아빠 알렉스예요."

'우리 남편 알렉스'가 아니었다. 나는 그저 아이의 생부로 전락했다.

나는 덴턴 선생과 악수를 나누며 열심 말고는 아무것도 내비치지 않으려고 애썼다. 이 만남이 면접처럼 느껴졌다. 아니면 시험이거나? 잘 모르겠다. 내가 아는 거라곤 실패하고 싶지 않다는 내 마음뿐이다.

"샘이 애들과 어울리는 게 힘들다고 들었습니다만?" 그녀가 말했다. "아이가 자폐 스펙트럼 선상에 놓였다고 작년에 진단을 받았군요. 맞습니까?"

"네." 조디가 말했다. "아이는……."

조디가 말을 멈췄다. 생각을 가다듬으려는 게 분명했다. 당신이라면 8년간의 고군분투를, 출판사 편집자 앞에서 비참한 회고록으로 제출하듯 하는 대신, 간단히 한 문장으로 요약할 수 있겠는가?

"아이는 언어 구사 능력이라는 관점에서 보면 늘 늦됐어요." 그녀가 말을 이었다. "늘 초조해했고요. 처음에는 아이의 청력에 문제가 있거나 뭐 그런 걸로 생각했습니다. 그런데 검사를 해봤더니 괜찮대요. 계속 의사에게 데리고 갔는데 의사마다 '지켜봅시다'라는 말만 하더군요. 대체, '뭘' 지켜보자는 말일까요? 어쨌든, 샘이 유아원에 갈 때가 되자 의사들도 뭔가 문제가 있다는 걸 알게 됐지만 그렇다고 별 도움이 못 되더라고요. 자폐라는 말을 처음 꺼낸 사람은 아이가 다니던 유치원에 소속된 특수 교육 코디네이터였는데 그 사람들이 했던 말이 뭐였지, 알렉스?"

"아이가 개별 지원을 받을 만큼 '나쁜' 상태가 아니라고 했습니다. 그래서 학교 측이 필요한 재정 지원조차 못 받는다고 했고요. 애가 너무 산만해서 아침마다 제가 아이를 떠메다시피 해서 학교로 날라야 하는데도요. 아시겠어요, 하루를 그렇게 시작했습니다. 싸우다시피 실랑이를 해야 옷도 입히고, 학교도 가고, 그러고 나서는 하루 종일 애 걱정을 해야 하죠. 그러던 게 초등학교 입학 무렵부터 살짝 나아졌어요. 하지만……."

"하지만 아이는 여전히 행복하지가 않아요." 조디가 말했다. "어떤 의미에서든요." 그녀의 눈이 나와 마주쳤지만 곧 눈길을 돌려버렸다. "애는 언제나 외톨이예요."

조디기 고드 주머니에서 휴지를 꺼내 눈가를 훔쳤다.

덴턴 선생이 우리 마음을 잘 알겠다는 미소를 지었다. 그런 다음 밝은 음성으로 학교에 대해 이야기하기 시작했다. 사백 명의 학생이 있다고, 그래서 상당히 큰 학교라고, 하지만 가족적인 분위기라고 그녀가 주장했다. 그녀는 '도와주고 돌봐주는 양육 환경을 강조'한다고 말했다. 학교 교사들 가운데 몇 명은 자폐아와의 경험이 있다고 했다. 세세한 구석까지 준비를 갖췄지만 그래도 꾸밈없는 브리핑이었다. 조용히, 희망이 부풀어 올랐다. 조디도 마찬가지인 듯했다. 이 학교는 원래 지원자가 정원보다 많았지만 근처에 새로 스타이너 아카데미가 개교를 해서 재학생 몇 명이 그곳으로 옮겨간 덕에 샘이 입학할 공석이 있었다. 우리가 원한다면.

"여름 방학 동안 생각해보세요." 덴턴 선생이 말했다. "아마 아이를 등교시킬 거리가 더 멀어지니까 아침에 준비 시간이 더 길어지겠지요. 하지만 저희가 아드님에게 최선을 다하겠습니다. 혹시 아이를 데리고 오셔서 한번 둘러보시겠어요? 아이가 재학생들과 선생님들도 만나볼 수 있게요. 물론, 많은 전문가들이 도와드릴 거라고 약속드릴 순 없습니다. 그래도, 우린, 행복한 학교랍니다."

'행복한' 학교라. 이게 판매 포인트가 된다니 이상하다. 모든 학교가 아이들을 행복하게 만들기 위해 애쓰는 게 당연하지 않을까? 그런데 실상은 그렇지 못하다고 그녀가 인정해주는 것만으로도 내 마음이 누그러졌다. 하긴, 행복이란 좀처럼 손에 쥘 수 없는 상품이긴 하다. 교안이나 사업 계획서에 적어넣을 말도 아니다. 그런 의미에서라면 어떤 계산 용지에도 마찬가지겠지. 행복은 정부 기금을 통해 분배할 수도 없고, 저렴한 한 달 치 요금을 내고 스카이 텔레콤을 통해서 구할 수도 없다.

행복이라는 게 그럴 수 있는 거라면, 우리는 모두 행복할 것이다. 온라인으로 행복을 신청하겠지. 행복이라는 앱을 다운로드하고 설치하겠지. 가격은 상관없다. 어떤 값이라도 치를 테니까.

비서가 우리를 배웅했다. 우리는 말 없이 작은 주차장으로 갔다. 놀이터를 둘러싼 산사 나무들 속에서 새들이 지저귀고 있었다. 우리는 차에 탄 뒤 한참 동안 가만히 앉아만 있었다.

"난 여기가 맘에 들어." 조디가 말했다.

"나도."

어쩔 수가 없었다. 그 모든 일에도 불구하고, 우리 관계에 드리운 그 많은 먹구름에도 불구하고, 우리는 같은 자리에 앉아서 미소 지었다. 조디가 임신했다는 걸 알았을 때도 이랬다. 너무 일렀다. 우리가 사귀기 시작한 지 채 얼마 되지도 않았을 때였다. 우리는 애였다. 뭐, 그때 내 나이가 스물네 살이었지만 지금은 21세기니까 요즘으로 치면 청소년기나 다름없었다. 임신 테스터를 봤더니 파란 줄이 '양성'이라는 작은 글씨를 드러냈다. 첫 충격이 지나가자 우리는 술 취한 사람처럼 몇 시간 동안 히죽댔다.

"샘도 데리고 와볼까?" 내가 말했다.

"또 시간 낼 수 있어?"

"있고말고. 이게 얼마나 중요한 일인데."

"잘됐네. 고마워. 당신은 아직도 그 실없는 사람 댄이랑 함께 지내?"

"응."

"그 사람이 뭐 해서 먹고사는지 이젠 알아냈어?"

"아니. 디자인 관련이지 싶어, 아마도? 아무도 제대로 알고 있는 사람이 없다고 봐."

"10년쯤 지나면 그 친구는 뭔가 희한한 소셜 미디어 신흥 기업의 CEO가 돼 있을 거야. 진심으로 말하는데 언젠가 댄은 〈와이어드〉 잡지에 실리겠지. 하얀 터틀넥 스웨터를 입고 처음으로 자기가 10억 파운드를 투자한 사업에 관해 말해줄 거야."

시동을 건 뒤 차를 학교 마당 밖으로 몰고 나가서 브리스틀 시내를 향했다. 우리의 실제 삶으로. 두 동강이 난 삶으로. 조디가 차에서 내려 우리 집 현관으로 향할 무렵, 함께 긍정적인 오전을 보냈음에도, 나는 조디가 그때보다 멀게 느껴진 적이 없었다.

6

두 시쯤 사무실로 들어갔다. 대릴은 감정할 일이 몇 건 있다며 외근을 나갔다. 아마도 얇은 줄무늬 양복을 입고 남의 집에 들어간 다음 레이저 줄자와 클립보드를 들고서 턱이나 긁적이고 있을 것이다. 폴과 케이티는 서류를 검토하면서 책상 아래로 발 희롱을 하며 노닥대고 있었다. 나는 대출 상담이 있었다. 대가족이 살던 넓은 주택에서 클리프튼에 있는 깔끔한 아파트로 규모를 줄여가는 노년의 부부였다. 세 자녀 가운데 막내가 집을 떠나자 살던 집이 이제는 너무 크다고 두 사람이 설명했다. 그들은 집에 역모기지를 설정한 뒤 그곳을 벗어나 세상을 둘러보고 싶다고 했다. "집이 텅 빈 것 같아서요." 아내가 외로운 게 당연하다는 듯 말했다. 남편을 보니 끄덕끄덕 아내 말에 공감하고 있었다. 하지만, (어쩐 이유에선지 내가 확신하건대) 남편 눈은 홀가분해 보였다.

세 시간 뒤 나는 옷가지와 책을 가지러 다시 집으로 갔다. 나는 내 책이 아쉬웠다. 8년 전 이곳으로 이사왔을 때 나는 2층 복도를 미니 서재로 만들었다. 책장을 페이퍼백 책들과 그래픽 노블, 대학 시절 공부했던 교재들로 가득 채웠다. 그런데 걸음마를 시작한 샘이 아침마다 책장을 따라 걸으며 책을 가능한 한 많이 뽑아낸 뒤 우리 침실 방문 앞에 쌓아두곤 했다. 나는 잠에서 덜 깬 눈으로 그동안 부스럭거리던 소리의 근원을 파악하려 했고, 그 순간 펭귄 클래식 책 더미 위로 엎어져 버리곤 했다. 결국 우리는 상당 분량의 책들을 박스에 넣어 다락방으로 옮겨버렸다.

조디가 문을 열어주었다. 찢어진 만화책과 포켓몬 카드가 널려 있는 거실 카펫을 나는 뚜벅뚜벅 가로질렀다. "맙소사, 조디, 자기 물건은 제대로 정돈할 줄 알아야지." 내가 건성으로 하는 농담을 던졌다. 찬찬히 둘러보니, 이건 평소 때 같은, 책과 신문과 샘의 난장판이 아니었다. 바닥과 오디오 스피커 위에는 먹던 접시 몇 개가 있었고 러그에는 뭐가 흘렀었는지 얼룩이 졌다. 소파에는 빵 부스러기와 피칼릴리가 잔뜩 묻은 샘의 숙제가 구겨져 있었다. 조디를 쳐다봤다. 티브이 불빛이 그녀 얼굴 전체에 그림자를 드리웠다. 그녀는 희미하게 미소 짓고 있었지만 고단해 보였다.

"가서 당신 물건 챙겨. 샘은 자기 방에서 엑스박스로 놀고 있어."

나는 잠시 아무 말 없이 서서 다시 방을 둘러보았다. 내 느낌으로는 방이 무너져 내리는 것 같았다.

"생각해봤는데, 몰래 올라가야 애를 방해하지 않겠지? 기분 나쁘게 하고 싶지 않거든."

조디가 어깨를 으쓱하더니 한숨을 내쉬었다. 나는 내 염려를 그녀에게 전달하려 했다고 생각했는데, 역시 그녀는 언제나 그랬 듯 내가 시도하는 모든 책략을 꿰뚫어보고 있었다.

"맘대로 해, 알렉스."

나는 위층으로 올라갔다. 조이패드에서 나는 친숙한 소리와 플 라스틱 버튼이 달각대는 소리가 샘의 방에서 복도 아래까지 울렸 다. 뜻밖에도, 섬세하고 느린, 살짝 감상적인 피아노 음악이 아이 가 놀고 있는 뭔지 모를 게임에서 흘러나왔다. 적어도, 〈콜 오브 듀티〉(2차 대전을 배경으로 하는 전쟁 게임―옮긴이) 같은 게임은 아닌 게 분명했다. 나는 노크를 한 뒤 방문을 열었다. 방 안에는, 샘이 침대 위에 주저앉아 있었다. 맞은편에 놓인 이케아 책상은 작은 엘시디 스크린과 엑스박스 360이 빽빽하게 자리를 차지했다. 그 위로 커다란 세계 지도가 보였다. 내가 작년에 사서 벽에 붙였는 데 밤에 계속해서 떨어지는 바람에 아이가 까무러칠 만큼 놀라서 결국 못으로 박아버린 지도였다. 그리고 나머지는 그냥 보통 애들 물건들, 팽개쳐놓은 옷가지와 장난감, 과자 껍질, 팔다리가 달랑 거리는 액션 피겨 따위였다.

"헤이, 샘, 뭐하고 있어?"

"마인크래프트, 마인크래프트." 아이가 화면에서 눈도 떼지 않 고 말했다.

물론 나도 마인크래프트에 대해 들어보긴 했지만 해본 적은 없 었다. 화면 위로 블록으로 만든 돌과 잔디로 이루어진 넓은 평원에 굵직한 나무들이 산재한 모습이 보였다. 얼핏 보니, 샘이 어설프게 그린 도끼로 그 나무 가운데 한 그루를 베어내는 중이었다. 배경으로 흐르는 구슬픈 피아노 음악이 희한하게도 온화한 분위기를 만들었다. 거의 최면을 거는 분위기였다.

"재미있어?" 내가 경쾌하게 물었다.

"오두막을 만들고 있어. 침실도 있는 2층짜리 커다란 오두막이야. 앉아, 아빠. 앉아서 봐."

"오늘 학교에서 잘 지냈어?"

"나무들을 베어야 이 집을 지을 수 있어."

"굉장해. 그런데 학교에서 말이야, 오늘 좋은 날이었어, 나쁜 날이었어? 샘?"

"응, 아빠. 이 돼지들 좀 봐. 너무 웃겨."

나는 화면을 들여다봤다. 분홍색 블록으로 쌓은, 애들 만화에나 나옴 직한 괴상한 돼지들이었다. 나는 뭐라고 말을 해야 할지, 또 그 게임에서 돼지들이 무슨 역할을 하는지 잘 몰랐다. 샘이 계속 게임 속 나무를 베고 돌아다니는 동안, 나는 오랫동안 침묵했다. 나는 문고리를 붙들고 반은 방 안에, 반은 방 밖에 선 채 어떻게 소통을 해야 할지 고민했다. 잠시 이러다 보니 점점 어색한 느낌이 들었다. 나는 손목시계를 보는 척했다. 샘은 날 보지도 않았고, 나를 기다리는 건 아파트에서 팬티 바람으로 비디오 게임을 하고 있는 댄뿐인데도 그랬다.

"샘, 이제 난 그만 가봐야겠다."

"안 돼! 이거 봐, 아빠, 내가 만들고 있는 것 좀 봐."

내가 어릴 적, 게임에는 쏴 죽일 나쁜 놈이 있었고 깨고 싶은 최고 기록이 있었다. 우르르 몰고 다닐, 종이 상자로 만든 것처럼 생긴 돼지는 없었다고 봐야지.

"어른들 게임은 아니잖아." 결국 이렇게 내가 우물댔다. "아빠들은 컴퓨터 게임 안 해."

"아이이이." 아이가 말했다. "아빠가 봐주면 좋겠는데!" 지금 저짜증 내는 소리는 자폐성 탈진이 일어나기 전에 내는 소리다. 그러니 내가 긴장할 수밖에. 지금, 아이가 게임에서 눈을 떼고 나를 똑바로 쳐다보고 있다. 그런데 그 눈동자에 실망감 같은 것이 어려 있었다. 이제 나는 불안해져서 참을 수가 없었다. 애를 두고 가다니 나중에 기분이 안 좋을 게 분명했지만, 내가 뭔가 잘못을 저질러서 애가 뒤집어지기 전에 가야 한다고 스스로를 채근했다. 사실은, 나는 가고 싶었다. 꼭 가야만 했다.

"난 가야 해." 내가 같은 말을 되풀이했다.

아이가 노는 손으로 침대를 쾅 내리치는 바람에 나는 잠시 그애가 컨트롤러를 던져버리지 않을까 걱정했다.

"나빠!" 아이가 소리쳤다. 하지만 반짝 화를 내더니 곧 다시 게임으로 몰두해 들어갔다.

나는 천천히 방에서 물러나며 아이의 얼굴을 쳐다봤다. 호기심 어린 표정이었고 아이의 보드라운 피부에서 화면 속 여러 색깔이 되비치고 있었다. 아이는 화면에 아주 바싹 붙어 앉아 있었고 게임에 너무나 열중한 나머지, 잠시 잠깐, 아이가 마치 게임 풍경 안에 들어 있다시피 보였다.

나는 방문을 닫고 나와서 우리 침실로 향했다. 침대는 정돈이 안 되어 있었다. 이불은 매트리스 한가운데에 형편없이 구겨진 옷들과 함께 잔뜩 쌓여 있다. 빨래 바구니는, 언제나 그렇듯, 바닥까지 넘쳐흘렀다. 너무 많이 생각하지 않으려고, 오래 맴돌지 않으려고, 가슴 조여드는 이 방 안 구석구석 광경을 마음에 담지 않으려고 애쓰면서 나는 커다란 우리 옷장 맨 아래 서랍을 열고 속옷과 셔츠 몇 벌을 꺼내 내 짐 가방에 쑤셔 넣었다. 마치 내가 강도 짓을 저지르고 있는 느낌이었다. 침대 옆에 있던 책 몇 권, 이점바드 킹덤 브루넬(잉글랜드의 공학자로서 브리스틀 건축에 영향을 많이 끼쳤다—옮긴이)의 전기(브리스틀에 사는 나로선 브루넬의 일화는 언제나 쓸모가 있었다)와 레이먼드 카버의 단편 소설집, 범죄 소설 몇 권 따위를 집어 든 뒤 방을 나왔다. 그리고는 상상 속 유령이 무서워 겁에 질린 어린애처럼 서둘러 계단을 훑어 내려갔다.

7

화요일 저녁 나는 도시를 가로질러 매트와 클레어가 사는 집으로 향했다. 그 집은 리바이어던(거대한 바다 괴물―옮긴이)처럼 커다란 대저택으로, 도시 북동부 외곽 쪽 값비싼 개발 구역에 자리했다. 이곳은 전형적인 중산층, 중급 간부들 지역이었다. 신중한 계획 아래 분포된 메가 홈들은 모두 베이지색 일색이었지만, 디자인은 저마다 아주 조금씩 달랐다. 어떤 집들은 3층짜리 타운 하우스였고 어떤 집은 더 작으면서 돌출형 창을 낸, 전형적인 1930년대식 단독 주택이었다. 원래 취지는 영국의 정통 교외 지역의 다층적인 건축 분위기를 흉내 내려는 것이었으리라. 하지만 복원된 석재 단면, 차 두 대용 차고, 높은 나무 담장 등 이 지역 모든 것이 다 반짝반짝 신제품 티가 났다. 이곳은 교외 지역이 무서운 사람들이 새로 만든 교외 지역이다.

매트가 나를 불러서 바르셀로나 대 유벤투스 챔피언스 리그를 보자고 말했다. 아, 그냥 말한 정도가 아니라 통사정을 했다. 저간의 사정을 난 정확하게 꿰뚫을 수 있었다. 그는 조용히 축구를 보고 싶어 하지만 그건 대개의 경우 불가능한 소원이다. 그에게는 한 살부터 여덟 살에 이르는 애가 넷이나 됐고, 저녁 시간이 되면 기저귀를 갈고 목욕을 시키고 잠자리 동화책을 읽어줘야 했다. 그러고 나면 파김치가 돼버린다. 하지만 내가 뭘 하며 지내는지 클레어가 알고 싶어 하니까 (아마도 조디를 위해 염탐하려는 의도겠지) 대신 매트는 자기와 나와 스물두 명의 세계 일류 축구 선수들만의 시간을 좀 얻어낼 수 있을 터였다.

클레어는 조디와 함께 자란 친구였다. 어렸을 때 두 사람은 자매지간이나 다름이 없었다. 그런데 어쩌다 보니 두 사람 모두 거의 같은 시기에 브리스틀에 정착하게 되었다. 조디가 샘과 씨름을 해야 했을 때 그녀 친구들 대부분은 아직 나가서 파티를 즐기고 있었다. 하지만 클레어가 1년 뒤에 타비타를 낳았다. 두 사람은 농담으로 무책임한 10대 엄마라고 서로를 불렀다. 그러더니 클레어가 아치를 낳게 되어 식당 매니저 일을 그만두게 됐다. 그 뒤 두 사람은 소규모 육아 지원 네트워크를 형성했고 그러다가 곧, 나와 매트 사이에 우정을 진작시키는 일이 중요하다고 깨달았다. 그래야 두 사람이 더 자주 볼 수 있으니까. 그리고 그게 성인 우정의 심리 역학이니까. 그런 이유로 샘이 어리고 매트네 아이가 아직 둘밖에 안 되던 때에는 매트와 내가 술집에서 좋은 시간을 보낸 적이 많았다. 우리는 너무 피곤해서 움직이기 힘들어질 때까지 술

집에 앉아 은근슬쩍 서로의 속을 떠보며 각자의 집에서 벌어지는 트라우마를 비교하곤 했다. 대개는 말도 안 되는 마초들의 전 우주 보편 통용 개소리였다. 가령,

"내 생각에 리버풀은 이번 시즌에도 망했어."

"맞아, 걔네들은 적어도 수비수 두 명, 미드필드 선수 한 명은 새로 들여야 해."

"가운데서 뛰는 미드필드 선수 말이 나왔으니까 하는 말인데, 내 선수는 내리 사흘 잠을 못 자는 바람에 사는 데가 어딘지도 도통 모를 지경이야."

"그게…… 그게 말이 되는 말이냐."

"나 좀 부축해줘."

이런 식이었다. 하지만 매트와 나는 사뭇 스타일이 달랐다. 그는 살집이 많고 호탕하게 껄껄 잘 웃는 호인으로, 항상 남의 눈을 의식하지 않고 축구단 티셔츠를 입었다. 비즈니스 소프트웨어 컨설턴트로 벌어들이는 수억만 금을 전부 애들에게 쏟아부었다. 초기에는 유기농 이유식과 유명 스타들이 잡지 화보마다 밀며 누비는 유모차로 시작했다. 지금은 피아노 레슨과 최고급 레고 세트와 해마다 방문하는 파리 디즈니랜드 여행이 그렇다. 그는 중산층 아빠라는 유형의 인간이었다. 특급 아빠. 두 번 생각할 것도 없이 아기띠를 메는 아빠. 하긴, 그에게 생각이라는 게 있는지도 난 잘 모르겠다만. 그와 클레어는 신문도 안 읽고, 뉴스도 안 보고 외출도 좀처럼 하지 않았다. 그들에게 실제 세상은 다른 사람들 일이었

다. 두 사람이 존재하는 세상은 부모 역할이라는 밀봉된 풍선 안쪽이었고 그 풍선은 여타 경험은 죄다 빨아들여 지워버리는 프리즘 같았다. 가정이라는 블랙홀이었다. 하지만 두 사람은 그 일을 끔찍하게 잘했다. 매트는 인도 방갈로르에 있는 소프트웨어 개발자와 화상 회의를 하면서 기저귀 두 개를 동시에 갈 수 있었다.

다행히도, 이 집도 우리 집만큼이나 난장판이었다. 사실은 더 심했다. 매트가 문을 열어줘서 들어가 보니 현관부터가 장난감 나라 판 비무장 지대였다. 바닥에는 반쯤 옷을 걸치다 만 바비와 켄 인형이 널브러져 있었고 두 인형이 벗어놓은 옷들이 사방에 흩어져 있었다. 피셔프라이스 맨션에서 굉장한 난봉 파티가 끝난 다음 날 아침 광경 같았다. 계단에는 레고 스타워즈 ATAT 워커가 부서져 있고, 블록들이 마치 토사물처럼 진분홍 바비 스포츠카 위로 쏟아져 있었다. 바닥에 깔린 플라스틱 군인 수백 개는 맨발로 밟았다가는 몹시 아플 통증 참사 부대를 형성 중이었다. 거실에 놓인 커다란 해비타트 회사의 소파는 비니 베이비스 인형들의 총공격을 받아 완전히 섬멸되고 말았다. 책장에는 단체로 이주해온 디즈니 디브이디가 늘어져 있었고 그 옆으로 장난감 부엌이 놓였다. 부엌 위에는 자그마한 금속 냄비와 팬, 플라스틱 채소가 널려 있어서 마치 미쳐 돌아가는 전쟁터에서 어떤 미슐랭 스타 요리사가 흥분한 나머지 발작적으로 세상 끝장에 어울리는 코트 드 뵈프(소고기 스테이크—옮긴이)를 요리해낸 듯했다.

"나 온다고 좀 치웠구나." 내가 말했다.

"음, 그 정도 수고는 해야지." 매트가 어깨를 으쓱했다.

난장판이 나는 좋다. 많은 걸 말해준다고 생각한다. 톨스토이 말을 패러디 해보자면(톨 선생님, 죄송합니다), 깔끔한 가정은 모두 엇비슷하지만 난장인 가정은 각자 저마다의 이유로 지저분하다 (소설 《안나 카레니나》에 나오는 문장 "행복한 가정은 모두 비슷하지만 불행한 가정은 각자 저마다의 이유로 불행하다"의 패러디─옮긴이). 우리 집의 문제는 언제나 조디와 내가 정돈을 잘 못 하고 어지르는 데 있었다. 천지사방 흩어진 물건들은 우리 것이 대부분이고 샘이 거기에다가 약간의 다채로움을 줄 뿐이었다. 반면 이 집은 아이들의 점령지이다. 적대적인 공개 매입 현장이다.

이런 생각을 하며 장난감이나 잼이 묻지 않은, 앉을 만한 자리를 찾고 있는데 매트의 딸 타비타가 적어도 네 명이나 되는 친구들을 이끌고 갑자기 들이닥쳤다. 아이들은 모두 〈겨울 왕국〉 등장인물들 의상을 입고서 비명과 웃음을 터뜨렸다. 그 꽁무니에 바짝 붙어서 매트의 아들 아치가 눈에 확 뜨일 만큼 정교한 스톰 트루퍼(영화 〈스타워즈〉에 나오는 군인─옮긴이) 복장을 하고 따라 들어와서는 꼴사나울 정도로 요란한 레이저 굉음이 나는 총을 휘둘러댔다. 아이가 누나들 사이를 정신병자처럼 마음껏 누비며 총을 채찍처럼 휘두르자 여자아이들은 모골이 송연해질 비명을 질러댔다. 그 뒤 아이들 모두가 소파에 올라가 괴성을 지르며 펄쩍펄쩍 뛰어대더니 껑충 뛰어내려 식당을 가로질러 질주했다. 인간이 지르는 괴성과 총성의 합성 포화가 만든 광란의 질주였다.

"하느님 맙소사!" 내가 말했다. "웬 난장판이야?"

"그래." 매트가 말했다. "내가 이렇게 살아. 괜찮아." 그러더니 그가 활짝 웃었다. 자기 몫을 행복으로 받아들이는 그 분명한 모습을 보니 오랫동안 그를 꼭 안아주고 싶은 마음이 절로 일었다.

우리는 소파 위를 어떻게든 치워서 앉을 자리를 마련하고 티브이 화면 위로 걸쳐놓은 배트맨 의상을 걷어낸 다음 자리에 앉았다. 클레어가 문간에 나타났다. 그녀의 필수 유니폼인, 깔끔한 체크무늬 셔츠와 진 바지를 입고 있었다. 머리는 짧은 단발로, 쌍둥이가 18개월이던 2년 전에 잘랐다. 아이들이 그녀의 머리칼을 잡고 매달리는 데 진절머리가 나서였다. 그녀가, 은총이 가득하게도, 스텔라 아르투아 캔맥주 두 개를 들고 있었다.

"안녕, 알렉스." 그녀가 따뜻하게 인사했다. 내가 일어서서 어색하지만 예의 바르게 '하늘에 맹세코 우린 절대 서로 살이 닿지 않아요'라는 중산층 포옹을 했다. "어떻게 지내?"

"그냥. 알잖아. 그럭저럭 지내."

"맥주 마셔." 그녀가 말했다. "댄네 집에서 지내지?"

"응, 당분간, 아마도. 잘은 모르겠지만."

"당분간?"

"잘 몰라, 클레어. 조디가 아무 말도 안 해?"

클레어가 또 다른 맥주를 매트에게 건넬 때 두 사람 눈이 마주치는 모습을 내가 봤다. 찰나의 눈 맞춤이었지만 이게 무슨 꿍꿍인지 그들이 내게 다 털어놓지 않으리라는 걸 충분히 알 수 있었다.

"별말 없었어, 알렉스. 걔가 많이 심란해. 그래서…… 혼자 있을 시간도 공간도 필요한가 봐."

"알아."

"그래도 괜찮게 지내고 있는 거지?"

"응. 내 말은, 썩 좋지는 않아도 그럭저럭 지내고 있다는 뜻이야. 어떻게든 방법을 찾아야지."

혹시나 내가 곧 집으로 돌아갈 수 있겠냐고 나는 묻고 싶었다. 최종 단계의 관문이 있는 건지 알고 싶었고 집에 가려면 내가 꼭 해야 할 일이 있는지 묻고 싶었다. 하지만 어쩐 일인지 물을 수가 없었다. 그녀의 대답에 너무 많은 게 걸려 있기 때문이었다.

"음, 알았어." 그녀가 말했다. "경기 잘 봐. 나는 쌍둥이들 재우러 가야겠어."

그러고 나서 그녀는 매트에게 일종의 눈짓을 했다. 부추기는 눈짓, '당신이 말해봐'라는 눈짓이었다. 그래도 난 맘 편했다. 그가 그럴 리가 없으니까. 별말 안 할 테니까.

"그런데," 그가 말했다. "샘은 어때?" 매트로서는 대담한 대화 전술이었다. 한 방 먹은 내가 잠시 뜸을 들였다.

"애는 괜찮아. 애가 뭘 얼마나 알고 있는지는 잘 모르겠어. 아이가 상황을 어떻게 생각하는지 알기가 너무 힘들거든. 내가 애한테 잘못된 저녁 식사나 잘못된 스웨터를 주거나, 신발 끈을 너무 꽉 묶어주거나 하면, 그럴 때면 금방 알 수가 있어. 하지만 그 애가 날 보고 싶어 하는지는 알 수가 없어. 애가 알기나 할는지……." 내가 말을 잇지 못했다.

잠시 침묵이 있었다. 우리는 티브이를 쳐다보며 경기 전 분석에 골똘한 척했다.

"바르셀로니는 이제 친하무직이지." 마침내 매트가 말문을 열었다.

"맞아. 천하무적이야." 내가 말을 이었다.

"내 말은, 유벤투스 수비가 좋긴 하지만, 반격할 만큼 힘이 있는지는 모르겠단 뜻이야."

나는 맥주를 마저 들이켰다. 매트가 자기 휴대폰을 건드리더니 집중하느라 미간을 찌푸렸다. 내가 그의 화면을 보려 하자 그가 휴대폰 각을 살짝 내게서 돌려버렸다. 그의 비밀에 관심이 가지는 않아서 나는 유벤투스 백 라인으로 생각을 돌렸다.

"어떤 때는 탈출구가 없어." 내가 말했다. "그럴 때는 압박을 견디며 기적을 기다릴 수밖에 없더라."

"그런데, 축구에는 그 기적이란 게 가끔 일어날 때가 있단 말이지." 매트가 말했다.

"그래, 그래. 가끔 축구에는 그런 일이 있지."

바르셀로나가 3대 0으로 이겼다.

8

다음 날 아침 찰스가 회의를 소집했다. 그의 얼굴은 무표정했고 구슬 같은 눈동자 주위가 온통 충혈되어 있었다. 그가 술에 취했거나 아니면 나쁜 소식이 있거나 둘 중 하나라는 뜻이다. 우리는 사무실 중앙으로 모였다. 대릴이 의자를 빙그르르 돌리더니 등받이에 기대앉아 휴대폰을 들여다보기 시작했다. 마치 고등학교 로비 라운지에 앉아 있는 학생 같았다.

"여러분들도 알다시피 올해, 시장이 좋은데도, 우리가 목표량을 채우지 못했다는 문제가 발생했습니다." 찰스가 말문을 여는데 혀가 굳어 있었다. 아, 이제 보니 취하기도 한 데다가 나쁜 소식도 있구나. "우리 지점만 그런 게 아니라 다른 지점도 다소간 고전을 하고 있긴 합니다." 그는 자기 말이 충분히 이해되도록 잠시 뜸을 들였다. "자, 너무 걱정 마세요. 우리가 이 업종에 대해 잘 알다시피, 도저히 설명할 길이 없는 경기 저점이 있습니다. 그러니 우리는 현장에 나가서 좋은 상품을 고르고, 우리 고객에게 유리한 거래를 하면 됩니다. 문제는 우리가 몹시 공격적이고 획기적인 주변 경쟁사들과 겨뤄야 한다는 점이지요." 다시 한번 극적인 침묵. 저 양반이 오스카상을 노리나? 아니면 어디가 아픈가? "사실, 우리 회사가 이런 경쟁사 가운데 한 곳과 협상 중입니다. 어번 칙이라고 하는 회사인데, 그 회사가 우리 회사를 사들이고 싶어 합니다."

방 안에 있던 누군가가 헉하고 숨을 들이켰다. 드디어 대릴이 휴대폰에서 고개를 들었다.

"그게, 아직 시작 단계에 불과하니까, 다시 한번 말하지만 너무 놀라지 마세요." 찰스가 말을 이었다. 진정하라는 의미로 그가 두 팔을 휘저었지만 실제로는 자기 자신이 절벽 가장자리에서 균형을 잃은 것처럼 보였다. "그렇지만 여러분께 미리 말을 해놓을 필요가 있는 것이, 아마도 앞으로 우리 회사에 몇 가지 변화가 있을 겁니다."

변화라니. 경영진이 해고 대신 쓰는 언어인데. '다운사이징' 아니면 '인원 축소'라는 말의 완곡어법 아닌가. 아무도 놀란 것처럼 보이지는 않았다. 우리는 바빴지만, 부동산 시장이 현재 호황인 것치고 충분히 바쁘지는 않았다. 우리는 모두 자기 책상으로 돌아갔다. 나는 내 사무실로 들어가서 문을 닫았다. 내가 컴퓨터를 막 켜려는데 문자가 들어왔다. 조디였다.

'오늘 밤 와서 샘을 봐줄 수 있겠어? 클레어가 만나자는데 베이비시터를 구할 수가 없네.'

나는 잠시 망설였다. 늘 하던 걱정이 다시 속에서 솟구쳤다. 나는 둘러댈 핑계를 문자로 치다가 곧 지웠다. 다른 핑계를 치다가 그것도 지웠다.

마침내, 내가 문자를 보냈다.

'그래, 물론이지. 내가 볼게. 일 끝나면 바로 갈게.'

오후 6시 37분에 나는 집 현관문 앞에 서 있었다. 만화책과 새로 나온 컬러링 북, 레고 미니 피겨와 축구 스티커 몇 장을 한 손 가득 든 채였다. 조디가 말하길 샘네 반에서 런던에 대한 프로젝트를 한다기에 그 도시 사진이 가득 들어 있는 책도 골라왔다. 나는 대비책 없이 오지 않았다. 그런데 늘 겪던 근심과 공포에 섞여 뭔가 다른 것이 느껴졌다. 문득 아이가 보고 싶다는 느낌이 떠올랐다. 조디가 문을 열어주는데 모습이 놀라웠다. 전에 보지 못했던 연한 푸른색 원피스를 하늘하늘 입고 있었고 맡아보지 못했던 향수도 뿌렸다. 화장도 세심하고 완벽했다. 반짝이는 곱슬머리가 어깨까지 폭포수처럼 흘러내렸다. 나는 그 자리에 얼어붙어 숨을 쉴 수가 없었다. 그 자리에 서서 멍청하게 그녀를 바라보았다. 이상도 하지, 내 인생에 늘 당연히 있을 것만 같던 사람이 더 이상 당연한 존재가 아닐 때, 그 사람들은 다시 살아 있는 사람으로, 속을 알 수 없고 신비로운 존재가 되어 돌아온다.

"안녕, 들어와." 그녀가 말했다. 그녀의 음성이 다정하고 느긋했다. "샘, 아빠 왔다! 미안하지만 난 가봐야 해. 클레어한테 일곱 시 반에 보자고 했거든. 늦지 않을게. 혹시 몰라서 냉장고에 와인 넣어놨어. 고마워, 알렉스. 고마워!"

그리고는 가버렸다. 조심스럽게 나는 거실을 살펴봤다. 오늘은 어떤 버전의 샘을 만나게 되려나 생각했다. 아이는 잠옷을 입고 티브이 만화를 보고 있었다. 좋아하는 액션 피겨 몇 개가 아이 주변에 있었다. 다 같이 티브이를 볼 수 있도록 신중하게 놓아둔 것이리라. 안도의 한숨이 귀에 들릴 정도로 크게 나왔다. 아이 옆에 앉아서 티브이를 얼마나 더 보여줘야 하는지 생각하고 있는데 문자가 왔다. '보던 에피소드만 보게 해'라는 내용이었다. 적어도 잠자는 시간에 대한 규칙만큼은 우리가 부모로서 똑같이 단호하구나. 나는 만화가 끝날 때까지 기다렸다가 대화를 시도해봤다.

"그런데 오늘은 어떻게 지냈니?"

"잘 지냈어. 아빠, 스파이더맨을 깔고 앉았어."

"아, 그렇구나."

나는 내 밑에 깔린 플라스틱 피겨를 꺼내서 쿠션 위에 놓인 배트맨 옆으로 던졌다. 피겨들은 대부분 몇 년 전 자선 가게에서 구입한 것이다. 그때는 아이가 슈퍼 히어로들에게 관심을 보이는 바람에 우리가 그걸 맞춰주느라 만화책, 피겨, 디브이디 따위에 돈을 써댈 때였다. 아이의 상상력을 북돋아줄 것이라면 뭐든지 샀다. 아이는 그렇게 사준 것들을 자기 주변에 늘어놓기를 좋아했고 어디든 가지고 다녔다. 하지만 그 장난감들을 혼자서 가지고 놀지를 못했고 매트네 아이들처럼 왕성한 상상력으로 놀이 시나리오를 만들지도 못했다. 아이가 다른 애들과 뭔가 다르다는 또 다른 신호였다. 만화가 끝난 후 그다음 30분 동안 나는 내가 가져온 물건들로 아이와 놀아주려 했다. 아이는 컬러링 북에다 초록색 펜으로 얼룩 몇 개를 찍은 다음 축구 스티커 봉투를 찢어 열고 스티커들을 바닥에다 뿌린 뒤 미니 피겨 조립을 시작했다. 대단한 집중력이 필요한 순간이었다. 그러더니 이내 지루해했다. 우리는 같이 만화책을 읽었다. 아이는 처음 몇 페이지에 나오는 말풍선의 대사를 더듬더듬 읽다가 내가 좀 더 읽어보라고 채근을 하자 심술을 냈다. 학교에서는 아이가 향상하고 있다고 말했다. 우리가 정말 자주 듣는 말이다. 향상 중이라는 말. 아무리 늦더라도 앞으로 향하는 추진력만이 우리가 바랄 수 있는 최선인 듯했다. 샘의 독해는 힘들고 어설펐다. 반면에 매트의 맏아이는, 샘보다 한 살이나 어렸는데도 해리 포터 소설들을 총알처럼 읽었다. 우리 아이가 다른 아이들을 과연 따라잡을 수 있을지 학교에 물어봐야 한다는 걸 우리 부부는 알았지만 사실 답을 듣기가 두려웠다. 학교도 그다지 크게 관심을 기울이지 않는 듯했다. 결국, 런던 사진 책을 아이에게 보여주며 내가 지문을 몇 개 읽어주었다. 빅벤과 거킨 빌딩, 로이드 빌딩 따위의 사진 몇 장을 뒤적이는데 아이가 런던탑에서 잠시 멈추며 관심을 보였다. 그래서 타워의 역사에 대해 읽어주었지만 듣는 것 같지는 않았다. 내가 지문을 채 다 읽기도 전에 아이가 페이지를 넘겼으니까.

"좋아, 만화도 다 봤고, 미니 피겨도 다 가지고 놀았고, 스티커도 뜯었고, 런던도 가봤으니 이제 뭘 할까?" 내가 아이에게 물었다.

"딴 거 가지고 온 건 없어?"

"응, 오늘은 더 없어. 액션 피겨 가지고 놀까?"

내가 바닥에 앉은 다음 샘도 와서 앉으라고 불렀다. 그 뒤 즉흥으로 미친 척 배트맨과 스파이더맨을 움켜잡고 마침 커피 테이블 밑에 놓여 있던 액션 맨 탱크에다 집어넣었다. 그다음으로, 빈 종이 상자가 눈에 띄기에 거기다 조커를 샘의 고양이 인형(아이는 당연히 이걸 야옹이라고 불렀다)과 함께 넣었다.

"아, 안 돼, 조커가 야옹이를 납치했어." 옛날 만화 영화 해설자의 목소리를 흉내 내며 내가 말했다. "그러기 힘들겠지만 다크 나이트와 스파이더맨이 협력해야만 고양이를 구할 수 있어!"

나는 배트맨의 고개를 돌려서 마치 그가 말을 하고 있는 것처럼 만들었다. "자, 스파이더맨! 우리가 라이벌 만화책 회사 대표 주인공들이지만 야옹이를 구하려면 우리가 같이 일해야 해."

"맞아. 우리가 연합하면 이길 수 있어!"

내가 쳐다보니 샘이 슬금슬금 물러나 소파에 웅크리고 앉아 흥미롭다는 듯 보고 있었다.

"나 재미있게 보고 있어." 아이가 말했다.

"샘, 난 만화가 아닌데!" 내가 소리쳤다.

낄낄 웃으면서 아이가 티브이 리모컨을 잡고 전원 버튼을 눌렀다. 나는 피겨들을 떨어뜨리고 바닥에 죽은 듯 드러누웠다. 아이가 신이 나서 하하 웃더니 버튼을 다시 눌렀다. 나는 벌떡 일어나 살아 움직였다. 우리는 이 과정을 스물일곱 번, 더 이상 재미있지 않을 때까지 되풀이했다. 그러고 나서는 딱히 뭘 해야 할지 몰랐다. 나는 다시 소파에 앉았다. 침묵이 내려앉았다. 내가 제일 두려워하는 순간이 있다. 전환의 순간이다. 전환은 나쁜 소식이다. 대개 티브이 끄기가 큰일이었고, 외출 준비도, 식사 마치기, 욕조에서 나오기도 그랬다. 어떤 스위치 작동도 모두 파열 지점이었다. 내 생각에 전환이란 우리 모두에게도 두려운 일이다. 그렇지 않은가? 새 직장을 구하고 새로 사람을 사귀고 사귀던 관계를 끝내는 일들. 하지만 샘의 경우, 어떤 변화든, 그게 아무리 사소한 변화라도 공포와 두려움을 자아낸다. 간단히 말해서, 침묵이 두렵다.

"내가 뭐 보여줄까?" 아이가 마침내 물었다. "근데 엑스박스에 있는 거야!"

아이가 너무 흥분하는 바람에 놀라서 나는 생각도 하기 전에 고개를 끄덕였다. 그랬더니 아이가 내 손을 잡고 소파에서 끌어내어 계단 쪽으로 향했다. 우리는 계단마다 널려 있는 장난감과 옷가지들을 피해서 우당탕쿵탕 계단을 올랐다. 아이가 가쁜 숨을 쉬면서 설명했다.

"거기엔 앞문이 있어. 아니, 앞문이 아니라 옆문, 뒷문도 있어. 열렸다 닫혔다 해. 창문이 여덟 개 있는데 네 개는 작고 네 개는 큰 거야."

아이가 제 방문을 벌컥 열자 책상 위에 엑스박스와 컨트롤러가 놓여 있었다. 화면에는 정지된 게임 장면이 보였다.

"네가 게임 틀어놓는 거 엄마가 아니?" 내가 물었다. 애 방에 콘솔을 넣어주다니 이 얼마나 잘못된 판단인지 내가 생각하고 있는데 티브이 화면이 켜지며 생기를 띠었다.

마인크래프트였다.

우리가 서 있는 곳은 높은 평원인 듯, 아래로 긴 계곡이 내려다보였다. 사각형 블록으로 만든 풍경은 울퉁불퉁 모가 나 있었고 픽셀로 만든 잔디를 뚫고 여기저기 돌밭이 펼쳐져 있었다. 샘의 캐릭터가 화면에 보이지 않았다. 대신 그 캐릭터가 보는 광경을 카메라가 비춰줘서 마치 우리가 그의 눈을 통해 구경하고 있는 것 같았다. 샘이 컨트롤러 스틱을 밀자 카메라가 위를 향해 새파란 하늘에 구름 조각이 떠 있는 광경을 보여주었다. 그러더니 아이가 앞을 똑바로 바라보며 절벽 가장자리로 움직이기 시작했다.

"이 아래 있어." 아이가 말했다.

그러자 우리 앞 수백 미터 떨어진 곳, 계단처럼 생긴 계곡 아래쪽에 자리한 커다란 건물이 보였다. 건물 외양을 보니 일부는 나무처럼 보이고 일부는 회색 점박이 돌로 지은 듯했다. 판판한 지붕 위로 세워놓은 높은 타워와 건물 옆면에서 비죽비죽 튀어나온 블록 몇 개를 제외하면 거의 직사각형 건물이었다. 나무 울타리로 바깥 대부분을 둘러놨고 그 안쪽 정원에는 화려한 꽃들이 어지러이 흩어져 있었다. 이런 부조화가 신기하게 느껴졌다. 디지털 광야 한복판에 외부와 동떨어진 건물이라니.

"이건 집이야." 샘이 말했다. "내가 만들었어."

"네가 이걸 만들었어?" 내가 물었다. "혼자서?"

아이가 그 집 옆문을 통해서 안으로 들어갔다.

"이 작업대에서 물건을 만들 수도 있고, 이 용광로에서는 뭘 녹일 수가 있어. 내 건 다 이 방에서 만들었어."

나는 잠시 조용히 화면을 보면서 그 광경을 찬찬히 마음에 담았다. 마침내 내가 말했다.

"그래, 참 잘했다, 샘. 그런데 이제 잘 시간이야."

"내가 뭐 하나 더 보여줄까?"

"다음에, 샘, 알았지."

"금방이면 돼. 사다리가 있는데ㅡ"

하지만 나는 아이를 잠자리에 넣어두고 아래층으로 가서 좀 쉬고 싶었다. 내 몫은 충분히 했다고 느꼈다. 내가 말을 잘랐다.

"안 돼, 샘. 이제 잘 시간이라고. 이제 그만 그거 꺼."

"난 자고 싶지 않단 말이야!" 아이가 소리를 질렀다. 순식간에 우리는 늘 벌이던 대치 상태로 돌입했다. 아이는 잠자리에 들기 싫어했다. 잠자리가 상징하는 통제력 상실을 싫어했다. 특히 아이는 주중에 잠자리에 들기를 싫어했다. 이제 자야 한다는 건 일찍 일어나 학교에 간다는 뜻이기 때문이다. 언제나 이랬다. 잠을 거부하는 것으로 자기 스스로의 자율성을 지키려 했고 피할 수 없는 잠을 연기시키려 들었다. 그리고 그때마다 긴장이 팽팽했다. 여느 때나 다름없이 또 시작이구나 싶었다. 그래서 여느 때나 다름없이, 내가 먼저 선수 쳐서 막다른 곳으로 내달렸다.

"샘, 어서 꺼!" 내가 고함을 질렀다.

아이가 내게서 등을 돌렸다. 컨트롤러를 손에 쥐고 단호한 얼굴로 화면만 들여다보았다. 이제 나는 화가 나서 상황의 미묘함 따위는 무시해 버리고 손가락으로 엑스박스 버튼을 딸깍 눌러버렸다. 그러자 화면이 꺼져 새카매졌다. 샘이 비명을 지르며 조이패드를 내팽개쳤다.

"저장 안 했단 말이야. 저장 안 했단 말이야!" 아이가 소리치더니 두 손으로 머리를 감싸 쥐고 바닥에 벌렁 자빠져 나를 발로 차 댔다. 아이의 몸은 분노와 슬픔으로 뒤틀렸다. 곧, 나는 죄책감이 들었다. 아니, 적어도 내 머릿속 일부분, 이런 발작에 자동 반응하지 않고 제정신으로 깨어 있는 극히 일부분이 죄책감을 느꼈다. 하지만 그 생각을 따르기에는 이미 내가 발동이 많이 걸려 있었다.

"샘, 어쩌라고, 내가 게임 끄라고 했잖아. 이제 침대로 들어가!" 나는 쿵쾅거리며 복도로 나가 화장실에서 칫솔을 들고 와서 울고불고하는 아이에게 내밀었다. 바싹 마른 아이가 애처롭게 바닥에서 구르고 있었다. 여윈 팔로 얼굴을 감싸고 있었는데 슈퍼 히어로 잠옷이 가슴께까지 걷어져 있었다. 나는 빨리 벗어나고 싶다는 맹목적인 마음으로 아이를 침대 위로 끌어 올렸다. 공포와 탈진의 아드레날린 효과였다.

"내가 만든 집을 저장 못했단 말이야." 아이가 아직도 같은 말을 계속했다. 눈물 콧물 속에서 낮은 신음이 들렸다.

"무슨 일이야?" 조디가 말했다.

느닷없이 우리 바로 뒤 복도에 그녀가 나타났다. 그녀가 들어오는 소리를 듣지 못했는데. 갑자기 분노가 부끄러움으로 변했다. 나쁜 짓을 하다가 걸린 것 같았다.

"콘솔을 안 끄려고 하더라고. 그래서 내가 껐지. 그랬더니 울더라고."

"아빠가 꺼버렸어, 엄마. 난 저장도 안 했는데. 돼지들이 다 날라갔을 거야."

그녀가 나를 나무라듯 쳐다봤다.

"아, 당신이 알아서 잘 해봐." 내가 말했다.

그리고는 문을 박차고 나가서 부비 트랩이 위험하게 잔뜩 널린 계단을 쿵쾅쿵쾅 내려갔다. 아드레날린과 수치심에 가득 차서 거실을 서성이는데 위층에서 조디가 뭐라고 말하는 소리가 들렸다. 잠시 후 그녀가 나타났다.

"왜 애가 저장하게 해주지 않았어?" 반은 속삭이고 반은 고함치는 말이었다.

"당신은 보지도 않고서. 애한테 그만하라고 말하고 또 말했어."

"당신이 컨트롤러를 가져가서 직접 저장했으면 됐잖아."

"어떻게 하는지 나도 몰랐어! 그리고, 내가 이만 끄라고 하면 제 녀석이 꺼야지!"

"아아, 한 번만 좀 봐주지 그랬어! 요즘 그 애가 행복해하는 유일한 게 그건데!"

"아, 알았어, 그러니까 내 잘못이라는 거지?"

"세상에, 알렉스, 이번에는 나하고 해보자는 거야?"

그녀의 말이 잠시 허공에 매달려 있었다. 우리 둘 다 그녀가 무슨 말을 하고 있는지 알았다. 이래서 내가 댄네 집에서 살고 있는 건데. 정확히 이래서 만사가 무너져버린 건데.

"전원을 끄게 하면 애가 별 소란 없이 침대로 갈 줄 알았어. 그런데 내가 내 분을 못 이겼어. 내가 또 한번 망쳤네. 미안해."

"당신이 중심이 아니야. 샘이랑 샘의 필요가 중심이란 말이야!" 그녀가 말을 이었다. "당신은 우리가 어떻게 살아야 하는지 마음속에 정해놓고 있어. 하지만 '모든 걸 다' 당신이 통제할 수는 없어. 어떻게든 당신도 그걸 받아들여야 해. 난 그런 식으로 살아온 게 넌덜머리가 나, 알렉스. 제발 부탁인데 올라가서 애한테 잘 자라고 인사하고 좀 달래줘. 애가 원하면 그 실없는 게임 이야기도 좀 들어주고. 그리고 가줘."

기습적으로 그녀가 쏘아붙인 말과 그 말미에 붙인 그토록 단호한 지시에 나는 잠시 얼이 빠져서 시키는 대로 고개를 끄덕이고 다시 계단 위로 올라갈 수밖에 없었다. 아이는 벌써 몸을 웅크린 채 조용히 잠이 들어 있었다. 이불 더미가 바닥에 떨어져 있었다. 아이를 덮어주기 위해 이불을 들어 올리자 빈 레고 박스와 컬러링 북 더미 아래에 내가 사온 런던 책이 팽개쳐져 있었다. 아이 몸에 이불을 살살 덮어주었다. 아이가 눈을 뜨려고 깜박이다가 머리를 베개에서 휙 들어 올렸지만 완전히 깨지 못하고 다시 드러누웠다. 아이가 더 어렸을 적 난리를 몇 번 치른 뒤 기진맥진했을 때 우리는 밤에 아이의 방으로 살금살금 들어가서 평화의 냄새를 한껏 들이켜곤 했다. 내일은 더 잘 해보자고, 어떻게 하면 더 잘 대처할 수 있을까 온갖 다른 방식을 의논하곤 했다. 서로의 팔을 상대에게 두르고 내일은 절대로 성질을 부리지 말자고 다짐하곤 했다. 눈앞의 아이가 너무 사랑스럽고 티 없이 예뻐서였다. 그렇지만 다음 날에도 언제나 다시 제자리였다.

아래층으로 다시 내려가자 조디가 부엌에서 얼음물을 들고 나왔다. 그녀에게서 빛이 났다. 그녀 주위에서 여름의 향기가 풍겼다. "돌아와."라고 그녀가 말해주길 나는 간절히 바랐다. 하지만 지금으로선 먼 일이었다. 그래도 약간이나마 수습은 해야 했다. 아니면 오늘 밤 이 생각 저 생각하다 뜬눈으로 지새워야 할 판이었다.

"클레어는 잘 지내?" 내가 가까스로 말문을 열었다.

"괜찮아. 걔는 매트가 걱정인가 봐. 왜 그런지는 모르겠어. 겉보기에도 그 사람이 좀 소원해진 것 같기는 해. 당신은 뭐 눈치챈 것 있어?"

나는 고개를 가로저었다. 이제, 우리 둘 다 무슨 말을 해야 할지 몰랐다.

"샘이 마인크래프트로 만든 걸 당신에게도 보여줬어?" 내가 말을 꺼내봤다.

화제가 다시 샘에게로 돌아가자 조디의 얼굴이 환해졌다.

"왜 아니겠어! '엄마, 나 집 만들었어, 엄마, 나 울타리 둘렀어, 엄마, 늑대가 내 소들을 잡아먹고 있어'……."

"그래도 애 방에다 콘솔을 가져다 둔 게 난 좀 염려가 돼."

그녀가 한숨을 내쉬기에 나는 곧 이 주제가 논쟁의 소지가 있고 또 지금은 그걸 꺼낼 때가 아니었음을 알아차렸다. 지금 우리 관계는 마치 계란 위를 걷고 있는 형국이었다. 그런데 나는 쇠 굽이 달린 닥터 마틴 구두를 신고 있는 셈이고.

"그럼, 언제 한번 당신이 와서 식당 좀 싹 치워줄래? 그런 다음 여기로 그걸 가져올까? 그렇게 하면 적어도 애가 뭐 한 개 만들 때마다 내가 위층으로 올라가는 수고는 덜 수 있겠네."

"어쨌든 애는 괜찮겠지, 안 그래?" 내가 말했다.

"글쎄, 내일 아침 학교 갈 때 봐야 알지. 애가 어떤지." 조디가 말했다. 그러더니 내가 그때 여기 없으리라는 사실을 그녀가 기억해낸 모양이었다. 다시 분위기가 어색해졌다.

"이제 가야겠어." 그녀는 나를 못 가게 막지 않았다.

가려고 돌아서다가 우연히 소파 아래에 있던 배트맨 피겨를 발로 찼다. 그가 스파이더맨과 잠시 잠깐 맺었던 협력 관계는 이렇게 끝나버렸다.

9

폭우가 쏟아지기 직전에 회사에 도착했다. 등 뒤로 거센 빗방울이 창을 두드려댔다. 찰스가 회사 합병 소식을 언급한 지 일주일이 지났다. 스톤웍스 사원들은 다소 불안하긴 했지만 다시 정상으로 돌아왔다. 그런데, 내가 문을 닫고 돌아서서 아침인사를 하는데, 나를 맞이하는 얼굴들이 모두 하얗게 질려 있었다. 게다가 그 끝없이 황량한 표정들이 그때 그 순간 바깥 하늘과 똑같았다. 이런 이런. 대릴은 나와 눈도 마주치지 못했고 폴과 케이티는 안절부절못했다. 내가 눈길을 천천히 돌려서 찰스를 쳐다봤다. 그는 내 시선을 피하지 않았다. 뚱뚱한 얼굴에 움푹 들어간 그의 두 눈이 마치 모래진흙 속으로 가라앉는 조약돌 같았다. 무슨 일이 벌어지고 있는지 바보가 아닌 다음에야 알 수 있었다. 힘든 시기라고 했다. 부담이 되는 인력은 방출되어야 했다. 그런데 알고 봤더니 이 회사에서 제일 부담이 되는 직원은 바로 나였다.

"잠시 이야기 좀 나눌까, 알렉스?" 찰스가 말했다. 사근사근 유연하게 말하려던 그의 시도는 실패했다. 목에서 나오는 소리는 쥐어짠 듯했고 핵이라도 터진 듯 시뻘게진 얼굴 때문에 온 방 안이 홍조로 물들었으니 도저히 유연할 수가 없었다.

"그러죠." 내가 말했다.

우리는 천천히 내 사무실로 들어갔다. 그런 다음 찰스가 문을 닫았다. 나는 낡아빠진 내 회전의자에 앉았고 찰스는 책상 맞은편, 은행 잔고 증명서를 들고 온 내 고객들이 주로 앉는 자리에 앉았다. 내 방 작은 창문 위로 빗줄기가 줄줄 흘러내렸다. 바깥쪽 녹이 슨 금속 홈통으로 폭포수처럼 빗줄기가 쏟아져 내리는 소리가 들렸다. 찰스가 목을 가다듬은 뒤 선고를 내리기 시작했다.

"최근 들어, 자네도 알다시피, 어번 칙이 우리 회사를 사려고 해. 그 사람들이 내민 조건이 좋아. 생명줄인 셈이지. 그런데 유감스럽게도 그 사람들이 주택 담보 대출 상담사를 원하지 않아. 독립 브로커를 쓰겠대. 대부분 다른 부동산 회사들도 그렇게 일해. 그래서 유감스럽지만 자네를 내보내게 됐어."

예측을 했는데도 갑작스러운 공포가 터지며 토할 것만 같았다. 샘. 샘이 받는 언어치료. 집. 대출. 조디. 내가 감당해야 하는 책임들이 마치 슬롯머신 속 그림처럼 찰칵찰칵 내 눈앞에 나타났다. 내가 입을 뻥끗해봤지만 결국 아무 말도 나오지 않았다. 찰스가 계속해서 말했다.

"자네나 자네의 업무 능력 때문이 아니야. 자네가 입사한 그날부터 자네는 이 회사의 커다란 자산이었어. 하지만 시장이 돌아가는 상황이 이래서 그렇게 됐네. 정말 미안하네."

그는 진심이었다. 복 받을 양반. 그의 어깨가 구부정하게 늘어졌고 그의 두 손은 내 컴퓨터에 있다가 자기 무릎으로 내려갔다가 다시 컴퓨터로 올라왔다. 그의 눈에 눈물이 좀 고인 것도 같았다.

"퇴직 수당 등 뒤처리를 후하게 해주겠다고 약속하지. 3개월 봉급을 그대로 다 주고 그다음 3개월치는 반을 주겠네. 퇴직 연금은 자네가 가져가게. 사직서는 필요 없어. 상황이 굉장히 빨리 돌아가거든."

"정말 그러네요." 내가 말했다.

"미안하네. 직원 모두 같은 마음이야."

"그럼 이만 갈까요?"

"서류 작업이 물론 남았어. 그리고 자네의 현재 고객들에게 우리가 고지를 해야겠지. 아마 저넷이 그 일을 도와줄 거야. 허술한 매듭은 다시 매어야 하니까. 본래대로 말이야."

그러니까 지금 내가 그거라는 말이지. 허술한 매듭.

그 후 두 시간은 엄숙한 전화 통화와 서류 서명의 시간이었다. 나는 마치 꿈을 꾸는 듯한 상태에서 그 모든 일을 치러냈다. 직원들 모두 내게 들러서 얼마나 유감스러운지 말한 다음 거북해하며 자기들 자리로 돌아갔다. 앞으로도 계속해서 일할 수 있는 그들의 자리로. 저넷은 시트콤 〈테드 신부〉에 나오는 미세스 도일처럼 계속해서 내게 차를 끓여주며 자신의 슬픔과 당황스러운 마음을 표현했다. 뜨거운 음료를 통한 이런 표현은 영국 사람들만 제대로 이해할 수 있는 방식이다. 설거지할 머그잔이 내 책상에 쌓여갔다. 내가 붙인 고르뷔지에 그림을 뜯어내고 8년간 쌓아뒀던 쓸데없는 잡동사니 사무용품들을 비닐봉지에 집어넣었다. 내 책상 위에는 사진 액자가 두 개 있었다. 하나는 바스 시에 있는 다이럼 공원에 우리 식구가 피크닉 가서 찍은 사진으로, 조디와 샘이 언덕에 앉아 점심을 먹는 모습이었다. 다른 하나는 열 살 때 내 모습으로, 런던의 어느 카페 밖에서 조지 옆에 서 있는 사진이었다. 나는 두 액자 다 가방에 넣은 다음 컴퓨터에서 로그아웃을 한 뒤 전원을 껐다. 화면이 깜빡이더니 까맣게 변했다.

나는 사무실에서 나와 우물우물 작별인사를 몇 마디 했다. 대릴이 일어섰다. 나를 안으려고 했던 것 같았지만 대신 살짝 실망스러운 부동산 계약을 마칠 때처럼 조심스레 손을 내밀었다. 찰스가 문간에서 내 등을 다독였다.

"당연히 추천서는 써주겠네. 어디서든 빈자리가 있다는 말이 들리면 자네에게 알려줄 거고. 자네라면 금방 다시 취직될 거야. 뭐든 필요해지면 언제든지 연락하게. 알렉스. 언제든지."

"그럴게요. 고마워요, 찰스."

그리고 내가 나가겠다. 내 뒤에서 문이 닫히는 바람에 뒤를 돌아봤자 사무실 너머 내 오랜 동료들을 볼 수는 없었다. 비가 많이 잦아들었지만 빗물은 여전히 강물처럼 도로를 따라 빗물받이를 향해 흘렀다. 길 건너 쪽에서 커플 한 쌍이 손을 꼭 붙들고 걷다가 어느 레스토랑으로 들어갔다. 어떤 엄마가 아장아장 걷는 아기와 함께 물웅덩이에서 철벅댔다. 정장 차림의 남자 두 명이 지나가면서 크게 웃음을 터뜨렸다. 두 사람 모두 길 위쪽에 있는 값비싼 델리 가게 종이봉투를 들고 있었다. 모든 게 정상이었다.

하지만 모든 게 정상이 아니었다.

나는 한 달 새에 두 번이나 쫓겨났다. 나는 소용돌이 위에서 뱅뱅 도는 부표처럼 정처가 없었다. 내가 원해서 잡은 직장은 아니었다. 우리한테 안정이 필요해서, 돈이 필요해서, 태어날 아기가 있어서 구한 직장이었다. 그리고 그 직장에 남은 이유는 사실 내가 뭘 하고 싶은지 몰랐기 때문이었다. 난 지금도 모른다. 내 직장은 뭔가 고정적이고 틀림없는, 뭔가 분명한 것을 제공했다. 하지만 확실한 것은 없다. 그걸 알았어야 했는데. 대학에서 철학씩이나 전공했으면서. 맙소사, 꽤도 도움이 되는 전공이네. 철학 교수 칼 포퍼라면 어떻게 했을까. 직장에서 잘려 사무실에서 쫓겨난 뒤 겁에 잔뜩 질린 채 이런 질문을 떠올리는 사람은 아무도 없을 것이다. 댄에게 전화를 걸어서 술이나 진탕 마시자고 할까 생각해봤지만 곧 그가 버스에서 어떤 디자인 일을 보고 있다는 사실이 생각났다. 이런 때 대화를 나누고 싶은 사람은 딱 한 사람밖에 없었다. 그래서 나는 휴대폰을 꺼내서 그 사람 번호를 두드렸다.

조디를 처음 만난 날 나는 35초 만에 그녀에게 빠졌다. 나는 다른 여느 문과대생과 다를 바 없는 커리어 계획을 가지고 대학을 졸업했다. 이 말인즉슨, 〈뉴 스테이츠먼〉(영국의 유명 시사 문예 잡지─옮긴이)에서 인턴을 한 것 말고는 아무 계획이 없었다는 뜻이다. 그래서 니는 돈 없이 혼사 심심하게 지내는 여느 젊은이와 마찬가지로 단기 재정 해결책인 '사과 따기' 일을 구해야 했다. 마침 옛날 우리 집 근처에 내가 10대 시절부터 종종 허드렛일을 (서툴게) 하곤 했던 농장에 몇 달간 일할 수 없냐고 했더니 좋아라 받아주었다. 10년 전 그 따사로웠던 9월 아침에 내가 농장에 가보니 조디가 밭에서 바구니를 들고 건성으로 일하는 일꾼들 사이에 서 있었다. 우리는 같은 나무 줄에 배정되었다. 화창한 날이었고 과수원에 늦여름 열기가 일렁였다.

"한 나무를 가지고 같이 일할래요, 아니면 한 그루씩 돌아가면서 할래요?" 내가 물었다.

그녀가 의아한 표정으로 나를 쳐다봤다.

"작전이 필요한 일인지 몰랐네요. 많이 해봤나 본데 어떻게 하는 게 좋겠어요?"

그녀가 아름답고 자신만만해서 나는 주눅이 들었다. 그녀의 갈색 머리칼이 굽슬굽슬 어깨까지 흘러내렸다. 그녀는 너바나 티셔츠에 밑단을 마구 뜯은 짧은 진 바지를 입고 있었는데 바지가 너무 짧아서 엉덩이 밑살이 드러날 정도였다. 나는 사과를 따면서 쳐다보지 않으려고 무척 애를 써야 했다. "내 엉덩이 좀 그만 보죠?" 그녀가 사다리 위에서 나한테 말했다.

그해 가을 조디와 나는 매일 낮에는 사과를 따고 밤에는 그 동네 술집에서 사과주를 마시는, 완벽한 도돌이표 생활을 하며 6주를 보냈다. 우리는 끝없이 이야기를 나눴다. 그녀는 내가 자란 곳에서 오 마일 떨어진 곳에 있는 여학교를 다녔고 대학에서는 산업 디자인을 전공했으며 그즈음은 예술 경영 석사 과정을 시작하기 전이라 시간을 때우는 중이라고 했다. 최근에는 카자흐스탄 고고학 발굴을 다녀왔다는데 그때쯤 나는 댄과 (지금은 이름도 기억나지 않는) 다른 두 친구와 함께 브린에 있는 임시 캐러밴에서 2주를 보냈다. "우리, 너무 비슷하다." 우리가 농을 쳤다(영국의 조립식 주택을 일컫는 캐러밴과 중앙아시아 사막의 대상 집단인 캐러밴이 동일한 발음이라던진 농담—옮긴이). 그녀는 내게 스마트폰을 어떻게 디자인하는지 자세히 가르쳐줬고 나는 그녀에게 쓸모도 없는 내 학위와 우리 가족, 그리고 10년 전에 일어났던 끔찍한 일도 모두 다 말해줬다. 어느 날 밤에는 기차를 타고 시내로 들어가 워터셰드 영화관에서 기괴한 실험 영화를 보거나 아르놀피니 현대 미술 센터 근처에서 술에 취해 비틀대며 일련의 난해한 미술 전시회 토론을 하기도 했다. 주말이면 일일 티켓을 사서 리버 택시를 타고 템플 미즈 역에서 SS 그레이트 브리튼(브리스틀에 위치한 배 박물관, 예전에는 세계 최초의 철제 원양 정기선이었다—옮긴이)까지 오르내렸다. 늪 같은 브리스틀의 강 길을 따라 천식 환자처럼 배가 털털거릴 동안 우리는 플라스틱으로 만든 의자에 느긋하게 앉아 있었다.

이로부터 2주가 지난 어느 날 밤, 부모님 댁으로 돌아가는 그녀를 자전거로 바래다주었다. 땀범벅이 된 우리 얼굴이 하얀 달빛 아래에서 빛났다.

"그럼, 잘 자." 내가 어색하게 말했다.

"나한테 키스 안 해줄 거야?" 그녀가 물었다.

그래서 나는 용기를 내어 내 자전거에서 그녀 자전거 쪽으로 몸을 기울이고 그녀의 얼굴을 두 손으로 감싼 다음 그녀의 입에다 오랫동안 입을 맞췄다. 우리가 헤어질 무렵 따뜻한 밤하늘에 불꽃놀이가 가득해 보였다고 말하면 낭만에 취한 허풍이라고 하겠지만, 나는 허풍 성향이 없는 남자인데도 어쨌든 그렇게 느꼈다.

그때 조디가 전화를 받았다. 나는 현재 시간 브리스틀로, 모든 것이 엉망이 되어버린 도시로 대뜸 다시 돌아왔다.

"안녕, 알렉스. 별 문제 없지?"

"아니, 문제가 있네. 조디, 내가 해고를 당했어."

"뭐? 이런 맙소사! 미리 귀띔이라도 받았어?"

"몇 주 동안 심상치는 않았어. 회사를 넘긴다고 했거든. 주택 담보 대출 상담사는 이제 필요가 없대……. 미안해."

"당신이 뭐가 미안한데?"

"집도, 샘도…… 내 책임이잖아."

통화에 잠시 침묵이 흘렀다. 일의 심각성이 상대편에게 제대로 전해지고 있는 건지 궁금했다.

"여보, 지금 한꺼번에 그런 걸 전부 생각하지 마." 조디가 말했다. "댄이 근처에 있어? 당신 혹시 그 사람에게 가서 같이 있을 수 있겠어?"

"그 친구는 지금 일하는 중이야. 혹시 당신이……."

"알렉스, 미안해, 난 약속이 있어서 거기 가봐야 해."

"그래, 알았어."

"이번 주 언제 만나자. 그때 얘기해, 좋지?"

"좋아."

"알렉스, 힘내. 그냥 일개 직장일 뿐이야. 우리, 언제나 그렇게 말해왔잖아. 다른 직장 구하면 돼."

버림받았다.

"알았어, 안녕."

나중에 댄이 아파트로 귀가했을 때 나는 티브이 앞에 주저앉아 그랜드 테프트 오토 V 게임을 하고 있었다. 나는 심하게 찌그러진 고성능 머슬카를 타고서 혼잡한 도시 거리를 이리저리 들이받으며 다니다가 지나가는 행인을 향해 함부로 총질을 해댔다.

"아니 이런, 내가 남의 집에 잘못 들어왔나?" 그가 말했다. "잠깐, 무슨 일 있었어? 웬일로 네가 비디오 게임을 다 하고 있냐?"

"나 해고당했어." 내가 한숨을 지었다. "미사일 발사기 암호는 어떻게 풀어?"

"일단 컨트롤러 좀 내려봐. 나가서 코가 삐뚤어지게 마셔보자."

처음으로, 그가 하는 말에 내가 아무런 토를 달지 않았다.

삶에서 안전이란 전부 허상이다. 이런 생각이, 새벽 두 시, 댄네 집 남는 방 에어 매트리스에 공기를 넣는 수고도 생략한 채 쓰러지듯 누울 때, 내 머리를 스쳤다. 오늘 밤, 우리는 글로스터와 첼트넘 거리에 늘어선 멋진 바들을 샅샅이 뒤진 다음 캐리비안 포장 음식점에 다다랐다. 전형적인 브리스틀의 술 파티였다. 우리는 지난 한 달간 있었던 일이나, 향후 내 선택이나 현재 내 감정 따위는 돌아보지 않았다. 그저 각자 술을 들이부으며 음악이나 영화 등, 인생에 망조가 들어서 정면으로 대처하기가 어려운 사람들이 택하는 안전하고 중립적인 주제로 도망쳤다. 하지만 술에 취한 채 나 혼자, 침묵이 울부짖는 이 아파트에 남게 되자 모든 것이 다시 수면 위로 떠올랐다. 이제 어떻게 해야 하나? 어떻게 조디와 샘을 돌보지? 어떻게 내 어린 아들을, 자기만의 세계에 갇혀 길을 잃고 헤매는 아이를 보조할 방법을 찾아내지? 그러던 중 어찌 된 영문인지 나는 이런 생각을 하게 되었다. 글쎄, 자폐란 약점이거나 질병이 아닐지도 몰라. 혹시 진화상의 단계일지도 몰라. 이 세상과 이 세상이 드러내는 잔인한 불확실성으로부터 스스로를 지키기 위해 거리를 두는 거야. 그러다가 다시 생각이 바뀌었다. 아마도, 마지막 예거밤 폭탄주는 마시지 말았어야 했나 보다.

다음 일주일 동안 나는 자다 깨다 하다가, 의기소침하게 댄네 집 안을 서성이다가, 다시 잠이 드는 세월을 보냈다. 시무룩한 채 티브이 드라마 박스 세트 몇 개를 끝냈고 수많은 컵라면을 먹었으며 몇십 리터쯤 되는 차를 마셨다. 그리고 몇 군데 온라인 구직 사이트를 뒤져봤다. 하지만 내가 뭘 찾는지도 알 수가 없었다. 그래서 소파에 드러누워 천장을 쳐다봤다. 댄이 비닐 레코드 컬렉션 정리하는 걸 도와주고, 부엌을 치우고, 그리고 우리가 가진 옷이란 옷은 죄다 빨았다. 시간이 흐르자, 그 아파트가 깨끗해질수록 내 몰골은 점점 엉망이 되어갔다. 어느 날 밤 조디가 문자로 혹시 샘을 좀 봐줄 수 있겠냐고 물었는데 나는 죄책감에 절어서 핑계를 댔다. 이런 꼴로 아이를 볼 수가 없었다. 아이의 필요도 맞춰주지 못하는 내게는 힘도 인내심도 없었다. 그런데 너무나 다행스럽게도, 샘의 여름 방학이 2주 남았을 즈음 조디와 샘 둘이서 조디 부모님이 사는 글로스터로 여행을 다녀오게 됐다. 이로써 나는 토요일 아침 공원 산책을 연달아 2주간 모면할 수 있었다. 매트가 축구 보러 오라고 몇 차례 나를 초대했지만 나는 그마저도 거절했다. 간식과 우유를 사러 딱 한 번 집을 나갔다. 동네 가게 계산대에서 내 뒤에 서 있던 여자가 동정심과 두려움이 복합된 시선을 내게 던졌다. 집에 돌아와 보니 내가 체크무늬 잠옷 바지에 구겨진 막스앤스펜서 셔츠를 입고 짝짝이 운동화를 신고 있었다. 게다가 5일 동안 면도를 안 했으니 내 몰골이 내 실상을 적나라하게 드러낸 셈이었다.

하지만 댄은 너무나 훌륭했다. 그는 매일 밤 집에 돌아와서 아무 문제도 없다는 듯 행동했다. 그런데 그게 남자들 특유의 "난 이런 정서적 난국은 차마 대면할 수가 없어."라는 어색한 방식으로

가 아니라 "인마, 네겐 시간이 필요해. 우리 집에서는 얼마든지 망가져도 돼."라고 말해주는 방식이었다. 내가 뭘 하는지 왜 내가 영화 〈샤이닝〉 끝부분에 나오는 잭 니콜슨 꼴을 하고 있는지 그는 꼬치꼬치 캐묻지도, 알려고도 하지 않았다. 그냥 나를 내버려두었다. 그가 여자를 집에 데려오는 일이 며칠 동안 없어지긴 했지만. 아아 세상에, 내가 다락방에 사는 미친 아내로구나. 아니, 좀 더 정확하게 말하자면 나는 남는 방에 사는, 짝짝이 신발을 신고 비프 토마토 맛 슈퍼 누들 라면 국물이 얼룩진 윗도리를 걸친, 슬픈 친구로구나.

어느 날 밤, 그가 제안하기를 에마에게 화상 통화를 해보자고 했다. 한번 웃게, 라고 그가 말하기에 내가 서둘러 면도를 하니 눈물이 핑 돌게 따가웠다. 우리 둘이 그의 맥 컴퓨터 앞에 앉아서 전화를 걸었다. 하지만 받는 사람이 없었다. 그런데 나보다 오히려 그가 더 실망스러워 보였다. 우리가 이웃으로 살 때 그가 잠깐 에마와 데이트했던 기억이 어렴풋이 떠올랐지만, 글쎄, 그게 뭐였든 간에 둘 사이는 급작스럽게 끝나고 말았다. 어느 날 갑자기 그녀가 뉴질랜드행 비행기를 잡아타고 떠난 뒤 다시는 돌아오지 않았기 때문이다.

그러던 어느 화요일 오후, 소파에 누워서 〈못 말리는 패밀리〉 일곱 번째 에피소드를 보고 있을 때 조디가 전화를 했다.

"안녕, 알렉스, 어떻게 지내?"

"아, 그냥 괜찮아. 그러니까, 그냥 좀 넋 놓고 살고 있어. 잠시."

"뭘 할지 이젠 정했어?"

"아니, 아직 아니야. 아직도 적응 중이야. 모든 걸 받아들이고 있는 중이지. 당신은 어때? 당신 부모님들은 어떠시고? 샘은 어때?"

"좋아, 모두 잘 지내고 있어." 그녀가 잠시 말을 멈췄다. "사실은, 무슨 일이 있었어. 샘네 학교에서 어떤 엄마를 만났어. 그 엄마가 시내 어느 갤러리에서 일하는데 거기서 보조 큐레이터를 구하고 있다더라. 그리고 날 데려가서 거기 사람들과 이야기를 좀 해보게 해줬어. 그런데 그 사람들이 나한테 그 일을 주겠다는 거야. 그러면서 나한테 방학이 끝나자마자 일을 시작해달래. 겨우 일주일에 두 번 하는 일이긴 하지만, 알렉스, 난 정말로 이 일이 하고 싶어. 알아. 미안하고, 타이밍이 정말 끔찍하지. 그런데—"

"당신은 그 일 해야 해." 나는 쉴 틈 없이 말했다. "항상 하고 싶어 했잖아."

"하지만 샘이……."

"같이 방법을 찾자."

"알렉스, 그러려면 당신이 아이 하교를 맡아야 해."

그 말과 동시에 갑자기 시간이 왜곡되더니 느려졌다. 끔찍한 압력이 갑작스레 내 가슴을 누르더니 시야 가장자리가 오래된 티브이 화면처럼 흐려지면서 이마에 땀방울이 송골송골 맺혔다. 내 시간과 공간이 얼어붙어 버렸다. 고통스런 연옥의 상태라고나 할까.

그러다가 20년 전으로 내가 돌아와 있었다.

형 조지와 내가, 학교 건물에서 나와 교문을 향해 달리고 있었다. 우리 둘은 서로 장난을 치느라 치고받고 쫓고 쫓겼다. 월요일 오후였다. 수업은 끝났고 우리 모두 집에 가서 티브이 앞에 앉고 싶었다. 나는 달리기를 하면서 내 다리를 쭉 뻗어 형의 다리를 걸고 넘어지게 하려 했다. "하지 마." 형이 소리쳤다. "하지 마, 알렉스." 그러나 나는 그때 형을 골리는 게 즐거웠다. 보통 때는 정 반대였으니까. 저 앞쪽에 아이들이 교문 쪽으로 몰려가고 있었고 저학년 아이들 학부모들이 자녀들을 기다리고 있었다. 때는 2월 하순, 벌써 하늘이 어둑어둑했다. 쌀쌀해지기 시작했다. 형이 속도를 올렸고 나도 덩달아 더 빨리 달렸다. 소리 높이 웃으며 내가 가방을 형 쪽으로 휘둘렀다.

"알렉스, 나 좀 놔두고 저리 가!" 형이 소리쳤다.

그러더니 형이 전력질주를 시작했다. 형은 교문에 다다르자 쏜살같이 문을 지나 부근에 모여 있던 학부모들 사이로 요리조리 달리며 인도로, 그러더니 집으로 가는 골목을 향하며 길을 건넜다. 하지만 그 골목까지 채 가지는 못했다.

아이들을 기다리며 웅성대는 엄마 아빠들 때문에 내가 잘 보지는 못했지만 타이어가 미끄러지면서 내는 끼이익 소리는 들었다. 아주 잠깐 빙그르르 도는 몸이 보였다. 그게 조지라는 걸 알았다. 하마터면 웃을 뻔했다. 허공에서 공중제비를 도는 그의 모습이 너무 우스웠기 때문이다. 나는 계속해서 달리며 조지 형이 일어날 거라고 생각했다. 울거나 나한테 소리치려고. 그러나 내가 사람들이 모인 곳에 도착하자 누군가의 비명이 들렸다. 그리고 또 한 사람의 비명. 어느 엄마가 나를 알아봤다. "여기 있어라, 알렉스, 여기 있어, 애야." 그 엄마가 두 손으로 내 얼굴을 감쌀 때 비누 냄새가 풍겼다. 차 문이 열리는 소리가 들렸다.

"아, 빌어먹을, 안 돼, 이럴 수가."

"차를 그렇게 빨리 몰면 어떻게 해요!"

"구급차 불러, 린지!"

"알렉스는 어디 있지? 저 애 동생은 어디 있어?"

"엄마." 내가 여러 번 불렀다. 처음에는 작게, 그러다가 더 크게. "엄마. 엄마."

고함과 아우성이 있었다. 어른들이 도로 주변에 모여들면서 서로 밀고 제쳤다. 나는 다리가 풀리는 게 느껴졌다. 그런데 어떤 아줌마가 나를 부축해서 세웠다. 저 멀리에서 사이렌이 울렸고 그 소리에 모르는 사람들이 흐느끼는 소리가 보태졌다. 나는 가능한 한 굳게 눈을 감았고 두 손으로 내 귀를 막았다. 내 주위 세상이 나를 조여왔다.

"애가 보지 못하게 하세요. 애한테 보여주지 마세요."

조지는 급히 병원으로 호송되었지만 도착한 뒤 사망 판정을 받았다. 심한 뇌 손상 때문이었다. 일주일 뒤 내가 다시 등교를 시작했을 때 나는 먼 길로 빙 돌아서 학교 건물 뒤쪽 실내 운동장 입구를 통해서 학교로 들어갔다. 그 후 다시는 정문을 이용하지 않았다.

"당신에게 어려운 일인 거 알아." 조디가 말했다. 도대체 얼마나 오랫동안 아무 소리도 못 듣고 있던 걸까. "아마 다른 사람한테 부탁해야겠지? 우리 엄마한테라도? 알렉스? 당신 괜찮아? 전화 끊은 거 아니지?"

"아냐, 아냐. 난 괜찮아. 내가 할 수 있어. 다른 학교잖아. 괜찮아. 괜찮을 거야." 하지만 조디는 내가 언제나 교문을 지나치지 않기 위해 도로를 건너버리거나 심지어는 몇 분씩 더 걸리는 길로 돌아가기도 한다는 사실을 알고 있었다. 어떤 학교의 문이든.

"괜찮아." 내가 다시 말했다. 우리는 인사를 나눴고 나는 휴대폰을 내려놓은 채 두 손으로 내 머리를 감싸고 앉아서 애써 천천히 호흡을 가다듬었다. 절대로 괜찮지 않은 게 분명했다. 나는 오랫동안 괜찮지 않았다.

10

오늘은 올드 쉽 인에서 퀴즈 대잔치의 밤 행사가 열리는 날이었다. 그 말은 손님이 네 명이 아니라 열 명이라는 뜻인데, 댄과 나도 엮이는 바람에 퀴즈에 참여해야 했다. 70년대 음악과 티브이 프로그램에 관한 문제들이 대다수라 우리가 이길 확률은 거의 없지만.

사람들이 북적이고 수다스러워도 시드 영감은 여전히 혼자 앉아서 체스판을 들여다보고 있었다. 그는 반 파인트짜리 스타우트 잔을 옆에 둔 채 손도 대지 않았다. 그리고 사람들이 옆을 지나가면 팔꿈치를 휘둘러서 테이블 주위로 원형의 방어선을 쳤다.

"그런데 말이야." 댄이 말했다. "이번 주에는 뭐라도 좀 나아졌냐?"

"글쎄⋯⋯." 내가 말을 시작했다. "처음으로 하는 샘 학교 픽업을 두 번이나 완수했어."

"어땠어?"

"아, 괜찮았어. 정말 괜찮았어."

실제로는 이런 일이 일어났다. 목요일에 나는 겁에 질린 채 길 옆에서 아이를 기다렸다. 학교 정문에서 좀 떨어진 지점이라 샘이 낡은 백팩을 메고 그림 두 장을 든 채 아이들 무리에서 모습을 드러냈을 때 나는 고함을 질러 아이를 불러야 했다.

"엄마는 어디 있어?" 아이가 물었다.

"엄마는 일하러 갔어. 엄마가 직장 이야기 해줬지, 그렇지?"

"엄마 언제 돌아와?"

"다섯 시 반쯤 올 거야. 그러니까 두 시간 뒤에. 내가 널 집으로 데려갈 거야."

"그래도 집에 가면 엄마 있지?"

"아냐. 엄마는 직장에 갔다니까."

"엄마가 왜 직장에 갔어?"

집으로 걸어가는 내내 상황은 거의 같았다. 나는 아이가 하루를 어떻게 보냈는지 물어보려 했지만 대답은 늘 하던 대로였다. 내 질문을 무시했다가, "좋았어."라고 대답했다가, 오히려 자기가 질문을 던지는 익숙한 도돌이표였다. 나는 내 이야기를 해주려고 시도해봤다. ("아빠는 오늘 〈심슨 가족〉 에피소드를 열다섯 개나 봤어.") 하지만 아이 두뇌 톱니는 다시 자기 관심 쪽으로 돌아갔다.

"그런데 엄마는 어디 있어?"

집에 도착하자 아이는 서둘러 위층 게임 콘솔 쪽으로 달려갔다. 조디가 한 시간은 허락한다고 말했기 때문에 나도 느긋하게 앉아서 이리저리 티브이 채널을 돌렸다. 한 시간 뒤, 내가 일어나 그의 방으로 가서 시간 다 됐다고 말하자 아이가 컨트롤러를 바닥으로 던지더니 말했다.

"엄마는 어디 갔어?"

그다음 날 나는 게걸음질을 치며 교문을 향했다. 두 손으로 학교 담장을 붙들고 걸으니 마치 위험한 등산길을 따라가는 것 같았다. 엄마들 한두 명이 의심스러운 눈초리로 나를 쳐다봤다. 그중 한 사람은 조디와 친구인 듯했지만 확신할 수가 없었다.

그때 샘이 선생님과 함께 나타났다. 싸구려 정장을 입은 젊은 남자가 내 아들을 정문 쪽으로 다정하게 밀었다. 샘이 발걸음을 떼기에 내가 손을 흔들어주려는 차에 어떤 남자아이가 뛰어오더니 우리 아들의 뒤통수를 갈겼다. 샘은 몸을 웅크려 피했다. 화가 나서 내가 정문 쪽으로 향하다가 곧 걸음을 멈췄다. 분노에 찬 보호 본능과 사람들을 헤치고 급하게 도로로 뛰어들던 조지의 환영 사이에서 나는 어쩔 줄을 몰랐다. 샘이 그런 나를 발견하고 천천히 걸어왔다. 나는 마음을 추슬렀다.

"저 애 누구야? 왜 널 때려? 무슨 일이야?"

샘이 나를 쳐다봤다. 내가 왜 질문을 퍼붓는지 이유를 몰라서 어리벙벙한 모양이었다.

"몰라. 엄마 어디 있어?"

"내가 선생님한테 말해줄까?"

"아니, 아빠, 말하지 마."

"걔가 왜 널 때렸어?"

"난 집에 갈래! 엄마 어디 있어? 난 마인크래프트 하고 싶어."

그러더니 아이가 울음을 터뜨렸다. 어깨를 들썩이며 흐느끼는, 진짜 울음이었다. 내가 아이를 꼭 안아주려 했지만 아이는 내게서 몸을 뺐다. 여느 때와 마찬가지로, 나는 아이를 달랠 줄 몰랐다. 집에 도착한 뒤 아이를 앞장서서 달리게 내버려두자 내가 채 뭐라고 말할 틈도 없이 아이는 자기 방으로 뛰어 올라갔다. 나는 위층으로 올라갔다가 다시 거실로 내려왔지만 분노와 공포로 앉을 수가 없었다. 학교에 전화를 걸어서 그 사건을 따질까도 생각해봤지만 먼저 조디와 의논부터 하기로 했다. 아마 분명히 그녀는 나보다 더 많이 알고 있으리라. 위층에서 점점 더 친숙해지는 마인크래프트 소리가 들려왔다. 부드러운 피아노 음악, 거의 최면을 거는 듯한 전자 음향이었다.

"예상하던 대로 그럭저럭 지나갔어." 내가 댄에게 말했다.

"그렇게 나빴단 말이야?" 그가 대꾸했다.

우리는 놀라울 정도로 퀴즈를 잘 풀었다. 댄이 프로그레시브 록 음악에 그렇게나 해박한지 나는 지금까지 몰랐다. 한편 나는 복고 티브이 채널을 많이 봤기 때문에 〈더 스위니〉(70년대 영국 경찰 드라마—옮긴이)에 대한 질문 두 개를 맞히고 여러 장 놓인 사진 속에서 누가 배우 풀턴 맥케이인지 알아맞힐 수 있었다. 그렇게 해서 우리가 2등을 했고 상으로 영국산 셰리 한 병을 탔다.

"그런데 대체 셰리가 뭐야?" 댄이 물었다.

파인트 네 잔을 먹은지라 이제야 제대로 된 대화를 시작할 수 있었다. 놀랍게도 시작을 끊은 사람은 댄이었다.

"그래서, 친구야, 네 계획이 뭐냐?"

"내 뭐?"

"네 계획, 목표 말이야. 이제 뭘 할 거야?"

"모르겠어. 이것저것 찾아보고는 있는데 이거다 싶게 나한테 다가오는 게 없어. 내가 뭘 하고 싶은지, 아니면 뭘 잘하는지 알면 도움이 될 텐데. 내가 너희 집에서 나갔으면 좋겠어? 충분히 그럴 수도 있다고 생각해."

"아냐!" 댄이 말했다. "하지만 네 미래에 대해서 생각을 해봐야 하잖냐, 친구. 넌 너무 오랫동안 과거에 잡혀 살았어."

"난 미래가 뭔지도 모르겠어. 나한테는 이 가슴 아픈 과거랑 끝도 없는 현재가 있어서 그 외에 다른 게 들어올 여지가 별로 없네. 나한테는 그냥 일이 많아. 무슨 말인지 알겠어?"

"그러니까 네가 뭔가 하라고! 반대로 말이야. 네가 주도권을 잡으라고."

내 신경이 거슬리기 시작했다. 나는, 내가 어디서부터 잘못됐는지 다시 한번 설교를 듣고 싶지 않았다. 댄에게서는 특히나.

"주도권을 잡으라고? 너는 퍽이나 주도권을 잡은 것처럼 말한다?" 대체 어디서 이런 생각이 났는지 모르겠지만 어쨌든 내가 입

밖으로 뱉어 버렸다.

"무슨 말이야?"

"내 말은, 너도 그냥 떠다니잖아, 애매한 자유 계약 프로젝트 한 건 마치면 그다음 건으로 정처 없이 말이야. 계획도 없고 야심도 없고. 넌 연애조차 한 달 넘게 끌어본 적이 없어. 어떻게 그렇게 살 수가 있어? 나쁘기로 말하면 너나 나나 피차 매일반이라고."

"아니지." 댄이 말했다. 나직하고 절제된 목소리였다. "난 너랑 달라. 나는 옆에 있는 사람을 비참하게 만들지는 않으니까."

우리 두 사람 사이에 잠시 감돌던 정적은 에벌리 브라더즈의 연주가 주크박스에서 시작되는 바람에 끊어졌다. 나는 댄에게 길길이 화를 내야 할지 아니면 단도직입적으로 까대는 그의 신랄함에 감탄을 해야 할지 몰랐다. 그래서 지적이고 성숙한 대처를 한 다음 그 장소를 박차고 나가기로 결심했다.

"그래, 격려의 말씀 고맙다. 그럼 나는 이만, 내 우울함은 다른 곳에서 견뎌낼게."

내가 벌떡 일어서자 댄이 내 팔을 붙들더니 나를 의자에 던지듯이 다시 앉혔다.

"알렉스, 내 친구야, 내 말 잘 들어. 나는 널 사랑해. 친형제 같은, 그런 사랑 말이야. 내가 지금 술 먹고 헛소리하는 게 아니야. 네 그 빌어먹을 짜증 유발 머릿속에는 유쾌하고 반짝반짝 현명한 알렉스가 있어. 그러니 넌 너의 그 모습을 되찾아야 해."

나는 잠시 어리둥절했다. 한편으론, 이제까지 댄이 한 번도 나를 육체적으로 몰아붙인 적이 없어서이기도 하고 (그러니 낯설었다) 또 한편으론 우리가 이 정도까지 솔직한 이야기를 나눈 적이한 번도 없기 때문이었다. 이건 전대미문의 영역이었다.

"난 그 방법을 모르겠어." 마침내 내가 말했다. "내 말은, 아마 새 일거리를 얻고, 뭔가 새 출발을 하면⋯⋯."

"아니, 잘 들어 봐. 넌 지금 일거리가 이미 있어." 댄이 말했다. "대단히 중요한 일이야. 알렉스, 네가 할 일은 네 아들을 이해하는 일이야. 다른 건 다 잊어버려. 직장도 잊어버리고 조지도 잠깐 잊어버려. 그게 네가 할 일이야. 정말이지 내 눈엔 훤히 다 보여. 넌 샘을 제대로 알아야 해."

맥주를 한 모금 마시고 나니 건너편에 시드 영감이 앉아 있는 모습이 보였다. 혼자 구석에 앉아서, 아마도 비참했으리라 짐작되는 모종의 과거를 숨기고 있었다. 너무 오래전이라 지금은 제대로 교정하기 이미 너무 늦어버린 그런 과거를.

"대체 어디서 시작해야 좋을지 그것도 말해줄 수 있겠어?" 내가 말을 이었다. "난 정말 모르겠거든."

"쉬이이, 인마." 댄이 말했다. "이제 그만하자. 지난 10년 동안 이렇게 심도 깊은 대화는 처음이야. 난 더 할 말이 없어. 이제 집에 가서, 영국산 셰리인지 뭔지 그딴 거나 마시면서 새로 나온 처치스 앨범 이야기나 하자고."

11

다음 주에 나는 파크 스트리트에 자리한 블랙웰 서점에 갔다. 헬스 섹션을 둘러보니 자폐에 관한 책이 몇 권 모여 있었다. 나는 그중 한 권을 읽기로 마음을 먹고 실제로 읽었다. 집에도 책이 몇 권 있었는데 대부분 온라인으로 구매한 것이다. 샘이 자폐성 탈진 과정을 오래도록 지속한 뒤끝에 우리가 완전히 진이 빠져버린 날 절박한 마음에서 사들인 책들이었다. 개중 어떤 책들은 자폐를 마치 고난도 DIY 작업처럼 다루며 오지랖 넓게 독자를 가르치려 들었다. 또 어떤 책들은 히피 생활 방식 안내 책자 같아서 책을 읽다 보면 자폐를 부정적으로 보는 '내가 문제'라고 느끼게 했다. 어느 경우든, 한두 챕터를 읽다 보면 딴생각에 빠지거나 더 이상 책을 읽을 수가 없었다. 그 책들이 내게 끼친 악영향은, 샘이 걸음마를 뗄 무렵부터 우리가 늘 받아온 싸구려 동정 어린 충고들과 마찬가지였다. 아이를 가진 부모라면 누구나 그런 충고를 받는 걸까. 잘 모르겠다. 하지만 자폐아의 부모라면 "이렇게 해봤어요?"라는 말처럼 듣기 싫은 말이 없을 것이다. 친구들에게서 그런 말을 듣는 것도 뭣한데 (페파 피그 사건이 다시 머릿속에 떠오른다) 지나가다 생판 모르는 사람에게서 그런 말을 들을 때는 더 우스워진다. 예를 들면,

"시내 다른 길로 가봤어요?"

장난감 가게 안으로 못 들어가게 한다고 가게 밖 인도에서 샘이 못 말릴 정도로 떼를 쓰자 들은 말이다.

"애한테 손가락으로 음식을 골라 먹게 해봤어요?"

식당에서 샘이, 우리가 실수로 음식에 옥수수 한 알을 흘려 넣었을 때 마치 독살이라도 당하는 양 구토를 시작하자 옆에서 한 말이다.

"아이가 하는 말에 귀 기울여 봤어요? 애들은 우리가 생각하는 것보다 훨씬 많은 표현을 한답니다."

샘이 하루 종일 바닷가에서 흐느끼는데 도대체 뭐가 문제인지, 우리가 무슨 잘못을 저질렀는지 몰라서 절절맬 때 들었던 말이다.

이 마지막 말은 운수 사나웠던 살콤 여행 때 일인데, 내가 각별히 좋아하는 경우다. 샘을 안아주려는 나를 조디가 말리더니 아이를 우리 옆 의자에 앉아 있던 그 사려 깊은 여자에게 건네주며 말했던 것이다. "자요, 진심으로 말씀드리는데, 직접 들어보시든가요." (우리는 아직도 뭐가 문제였는지 확신할 수 없지만 '바지 속에 모래가 들어가서'라는 이유에 내기를 걸어도 좋다.)

이런 생각을 하면서, 나는 책을 몇 권 훑었다. 그 내용이 '망가진 네 아이를 고칠 수 있어'라고 말하는 학파와 '여보세요, 고쳐야 하는 건 이 사회라구요'라고 말하는 학파 사이 어딘가에 소속된 듯한 책을 몇 권 골라 들고 계산대로 향했다. 가다가 보니 마인크래프트 책이 전시된 커다란 섹션이 눈에 띄었다. 골판지를 오려 만든 블록 피겨가 곡괭이를 손에 들고 있었는데 그 주위로 책들이 높이 쌓여 있었다. 나는 별다른 생각 없이 즉흥적으로, 게임에 대한 완전한 이해를 약속하는 책을 한 권 골랐다.

"손님 자녀도 마인크래프트 마니아인가 보죠?" 계산대에 다가가자 직원이 내게 말했다. 그가 책들을 비닐봉지에 넣으며 나를 빤히 쳐다봤다.

"우리 아들이 최근에 그 게임을 시작했어요. 그런데 네, 맞아요. 무척 좋아하는 것 같더라고요."

"아, 우리 아들은 딴 얘기는 하나도 안 해요. 마인크래프트가 어쩌고, 마인크래프트가 저쩌고. 우리 딸은 지난 주말 내내 타지마할을 짓느라 정신이 없었고요."

"그렇군요……."

"우리 아들은 올드 트래퍼드(맨체스터 유나이티드의 홈구장이다—옮긴이)를 만들기 시작했어요. 어제 저도 구글에서 스트레퍼드 엔드(올드 트래퍼드의 서쪽 관중석 섹션—옮긴이) 사진을 몇 장 찾아 프린트하느라 두 시간이나 썼네요. 우리 아이는 대체 왜 애슈턴 게이트 스타디움(브리스틀에 있는 경기장—옮긴이)을 안 만들까요? 우리 집에서 빤히 보이는 경기장인데 말이죠."

"아, 그래요. 그거 참 할 만할 텐데요."

"그래도, 애들이 그 콘솔로 다른 걸 할 수도 있잖아요. 사람들 얼굴에 대고 총질하거나 칼로 목을 싹둑 자르거나 사람을 두드려 패는 그런 게임 말이에요. 그런 게임 하는 것보다야 훨씬 낫죠."

"그렇고말고요. 계산 도와주셔서 고맙습니다."

살짝 색달랐던 이 대화로 인해 마음이 크게 흔들린 건 아니었으나, 댄네 집으로 돌아가는 길에 나는 게임 가게에 들러서 마인크래프트 게임을 샀다. 세가 메가 드라이브(국내에는 '슈퍼 겜보이'라는 이름으로 출시된 콘솔 게임기―옮긴이)로 가지고 놀 피파 풋볼 게임을 사러 간 이후 처음이었다. 그게 대략 150만 년 전쯤이었는데. 그런데 이상하게도 해방감이 느껴졌다. 내가 과학기술에 공포증이 있어서 그랬던 건 아니다. 나는 스마트폰도 가지고 있고 컴퓨터도 다룰 줄 안다. 하지만 다른 목적 없이 커다란 화면으로 게임만 한다는 게 내게는 낯설었다. 나에겐 언제나 봐야 할 영화가 있었고 읽어야 할 책이 있었다(대학교 입학 당시 받았던 필독서 리스트를 나는 아직도 지워가고 있다). 요즘도 나는 뭔가 새로운 걸 하고 싶을 때마다 그걸 무의식적으로 디킨스나 데리다와 비교하곤 한다. 하지만 이 가게에는, 그런 가식이 없었다. 선반은 근육질 해병과 분기탱천한 군인들을 그려놓은 원색의 박스로 가득했다. 벽에 걸린 커다란 엘시디 화면에서 놀랄 만큼 생생한 게임 장면들이 쏟아져 나왔다. 마침내, 나는 마인크래프트 게임을 발견하고 한 박스 집어 들었다. 이제 나도 비디오 게임을 사는 그런 사람이 되었구나, 라는 생각이 들었다. 이 게임을 로딩하려면 아마 댄의 도움을 받아야겠지만 그래도 이게 어디냐. 가게를 나서는데, 갑자기 낯선 희망의 물결이 내게 몰려들었다. 나는 나와 조디를 위해서 뭘 해야 할지를 몰랐다. 정말 몰랐다. 하지만 샘을 이해해볼 작정이었다. 자폐든 마인크래프트든 둘 중 하나는 격파할 작정이었다.

나중에 댄이 집에 왔을 때 나는 티브이 앞쪽 바닥에 주저앉아 한 손에는 엑스박스 컨트롤러를 들고, 다른 손에는 마인크래프트 안내서를 들고 있었다.

"다시 비디오 게임을?" 그가 물었다. "너 몇 살이냐? 열다섯?"

화면 속에 펼쳐진, 블록으로 만든 풍경이 점점 더 친숙하게 느껴졌다. 우툴두툴한 초원에 깍둑깍둑하게 생긴 블록으로 만든 꽃과 나무가 있었다. 나는 새로 게임을 시작할 때마다 나만을 위한 풍경이 새로 생성된다는 사실을 알게 되었다. 내가 뭘 어떻게 해야 하는지 알기만 했다면 정말 아름답고 신나는 경험이었을 듯했다. 나는 서바이벌 모드를 택했다. 아마도 밤이 될 때까지 내가 은신처를 짓지 못하면 좀비와 거대 거미들의 습격을 받게 된다는 뜻이겠지. 어쩐 일인지 나는 두려워졌다. 안내서를 따라 어찌 저찌해서 나무를 쪼개어 블록을 몇 개 만들고는 그걸 편평한 지면 위로 쌓아서 원시적인 집을 지었다. 이케아 창고같이 생긴 집이었다. 밤이 되자 화면 속 하늘도 어두워졌다. 문을 만들어 놓지 않아서 내가 집 안으로 들어갈 수가 없다는 사실을 그때 깨달았다. 재빨리 벽 하나에 구멍을 내고, 제작 메뉴를 열어서 문을 고른 뒤 그 문을 구멍에 대고 던졌다. 문이 열렸고 내가 집으로 들어가자 기분 좋은 딸깍 소리가 났다. 샘이 몇 주 동안이나 놀던 게임이 이런 건가?

"이제 내가 뭘 해야 하는지 혹시 넌 알아?" 내가 댄에게 물었다.

"총은 어디 있어?" 그가 말했다.

"이 게임에 총은 안 보이는데."

"야, 그럼 네가 알아서 하는 거야."

나는 잠시 멈춤 메뉴를 소환한 다음 저장 단추를 눌러서 내가 만든 세계가 없어져 버리지 않도록 한 뒤 콘솔의 전원을 껐다.

"나는 21세기를 이해 못하겠어." 내가 말했다.

매트리스에 누워서 마인크래프트 책과 자폐 책을 번갈아 뒤적이며 이 부분을 읽었다가 저 부분을 읽었다가 했다. 그러다가 잠이 들었다. 잠결에 스켈레톤 전사와 사회성 장벽을 걱정했던 것도 같다.

샘 요일인 토요일 아침 일찍 휴대폰 알람이 울려서 잠에서 깼다. 샘 요일이라, 친숙한 공포가 또 몰려왔다. 한동안 세차게 비가 내리더니 지금은 끝도 없다는 영국의 보슬비가 내리고 있었다. 그러니 공원은 생략해야 할 텐데 뭘 하면 좋지? 아이를 수영장으로 데려가 볼까 생각해봤지만 그건 또 다른 악몽이 될 게 뻔했다. 맞는 수건을 가지고 갈 수 있을까, 맞는 탈의실 칸막이를 찾아갈 수 있을까, 다른 아이가 샘에게 물장구를 치면 어쩌지, 그러면 샘은 또 발작을 일으킬 텐데? 샘이 물에 빠진 줄 알고 달음질쳐서 다가올 구조 요원에게 이런 구구절절한 설명을 다 해줘야 할까? 아니면 버스를 타고 브리스틀 시내로 가볼까? 카페를 전전하면서 하루 종일 케이크를 먹으며 비행 추적 앱으로 비행기를 보면 되겠지. 하지만 그러고 나서 애를 조디가 있는 집으로 데려다줄 때쯤이면 아이는 설탕과 첨가제 과다 섭취 상태가 될 것이고, 아마 그건 바람직하지 않겠지.

집에 도착해서 주차를 하며 보니까 조디는 집 안에서 정돈을 하느라 분주했다. 나는 아노락 재킷 모자를 뒤집어쓴 다음 집까지 단숨에 달렸다. 조디가 나를 보더니 손을 흔들었다. "안녕, 아빠. 나는 성을 한 채 지었어." 샘이 현관문을 열어주며 말했다.

"아, 그래, 마인크래프트 말이지?"

그러더니 아이가 갑자기 위층으로 사라졌다. 조디와 단둘이 남게 된 나는 할 말이 없었다.

"안녕."

"당신도 안녕."

내가 모르는 시디가 틀어져 있었다. 톡톡 끊기는, 일그러진 기타 소리에 쥐어짜는 듯한 보컬이었다. 조디는 스키니 진을 입고 몸에 꼭 붙는 조이 디비전(영국의 록 밴드—옮긴이) 티셔츠를 입고 있었다. 나보다 열 살은 어려 보였다.

"당신, 굉장히 보기 좋은데." 내가 말했다.

"요새 잠을 좀 자거든." 그녀가 말했다.

"일은 어때?"

"너무 좋아! 다시 이 분야로 돌아오다니 정말 신기해. 그런데 우리가 곧 재미있는 전시회를 열 거야. 그래서 신진 화가들에 대해 새로 배울 게 굉장히 많아."

그녀는 문득 북받치는 자기감정을 너무 많이 드러냈다고 생각한 모양이었다. 나를 돌아보는 표정에 죄책감이 묻어 있었다. 그녀는 뭔가 변해 있었다.

"그건 그렇고, 당신은 어때? 커피 한 잔 마실래? 금방 새로 만든 커피가 있는데."

위층에서 웃음소리가 들려왔다. 그게 샘이라는 걸 알고 나는 살짝 놀랐다. 샘이 혼자서 즐겁다니. 우리는 앉아서 커피를 마시며 우리 아들이 내는 소리를 들었다. 평소에는 끊임없이 조디의 손길을 요구하던 아이였다. 늘 우리에게서 멀찍이 떨어져 자기만의 세상에서 혼자서만 놀던 아이. 우리가 나눈 대화는 어색하고 가벼웠다. 그녀는 자기 일에 대해 좀 더 말해줬고 나는 그녀에게 자폐에 관한 책 이야기를 하며 '진짜로' 샘을 이해할 계획을 드디어 세웠다고 솔직히 말했다.

"그렇다면, 그 말을 실천에 옮길 기회가 있겠네." 조디가 말했다.

"그게 무슨 뜻이야?"

"아, 그게 말이지, 다음 달에 내 대학 친구 제마가 노퍽에서 결혼식을 올린대. 당신이 주말 내내 아이를 맡아줄 수 있을지 생각하고 있었어. 토요일 아침부터 일요일 저녁까지 말이야. 10월 둘째 주야. 할 수 있겠어?"

준비도 안 된 일로 곧장 달려들었구나. 주말 내내라고. 내 마음이 뒤죽박죽 엉키더니 공황 상태가 되었다. 조디와 내가 함께 살 때도 내가 그렇게 오랫동안 아이를 돌본 적이 없었다.

"제기랄, 이임 업무 같은 게 토요일에 있었던 것 같은데." 내가 불쑥 말했다. "동료들 전부 만나며, 마지막 작별 인사 나누고, 술도 좀 걸치고 일자리도 찾아달라고 부탁하는, 그런 일 말이야. 미안하지만."

조디가 잠시 나를 빤히 쳐다봤다.

"알았어. 아무래도 상관없어, 알렉스. 난 두 사람 모두에게 아주 좋은 기회라고 생각했는데 아니었네."

궁지에 몰리자 나는 내 두려움을 분노로 다시 포진시켰다.

"조디, 지금 뭐 하자는 거야? 벌써 거의 두 달이 다 돼가. 대체 무슨 꿍꿍이인지 모르겠어. 나보고 어쩌라는 거냐고."

필사적인 수를 두었지만 타이밍도 안 맞았고 서툴렀다. 나는 곧 아차 싶었다. 조디가 한숨을 쉬더니 창밖을 내다봤다.

우리 사이의 오랜 침묵을 집 위로 지나가는 비행기 소리가 깨트렸다. 낮게 으르렁대는 천둥처럼 불길한 소리였다. 주변을 둘러보니 마치 내가 남의 집에 와 있는 것 같았다.

"오늘 샘 보는 일은 이만 됐어." 조디가 말했다. 침착하게 가다듬은 음성이었다. "애가 위층에서 즐겁게 잘 놀고 있네. 그러니까 당신은 이제 가줬으면 해."

"우리 얘기 좀 하자." 내가 말했다.

"아니, 오늘은 싫어. 지금은 싫다고. 월요일 아침에 샘한테 세인트 피터 학교 보여주기로 약속되어 있지. 적어도 그건 해줄 수 있지?"

"아, 물론이야."

"그럼, 그때 보자."

내가 집을 나서려고 몸을 돌렸다. 문고리를 잡으려는데 그녀가 말했다.

"아, 당신 어머니가 전화하셨어. 지금 우리 일, 나는 아무 말도 안 했어. 당신이 전화 드려."

내가 잠시 걸음을 멈추고 고개를 끄덕였다.

"그리고 여보." 그녀가 말했다. "학교에서 샘 픽업해주는 거 정말 고마워. 진심으로 말하는데, 그게 당신한테 얼마나 힘든 일인지 나도 잘 알아. 하지만 당신은 정말이지 도움이 필요해. 당신은 인생을 몽유병 환자처럼 살잖아. 이제는 깰 때가 됐어."

12

조지가 죽자 매사가 우리를 조여들었다. 어머니와 에마, 나는 쥐 구멍만 한 벌 속에서 생존을 부지했다. 한동안은 친척과 친구, 이웃들이 우리 집에 모여서 도와준다며 수선을 떨었다. 처음에는 그 사람들 뜻대로 되었다. 누군지도 모르는 사람들이 와서 요리를 해주고 청소를 했다. 어떤 이웃들은 장난감과 과자를 자기 아이들에게 들려 보내기도 했다(우리는 텁석 받았다). 하지만 우리는 충격과 혼돈 때문에 그 모든 관심 속에서도 우리만 따로 유리되어 있었다. 그러다 인심과 후원이 잦아들기 시작했고 몇 년 동안 본 적도 없던 친척들은 이윽고 자기네 삶으로 다시 돌아갔다. 어머니의 친구들은 자기네가 기대하던 방식으로 우리 어머니가 슬퍼하지 않자 실망을 했다. 어머니는 강인하고 자부심 많은 여인이었다. 그 옛날 주석광 산업시대 끝 무렵 레드루스 시의 자그마한 연립 주택에서 네 명의 남자 형제들과 자란 분이다. 그때는 감정이나 슬픔

따위에 마음을 내어줄 여유가 없었고 그래서 어머니는 조지가 죽은 다음 몇 주를 결연하게 버텨냈는데 그런 어머니를 많은 사람들이 얼음장 같다고 오해했다. 슬픔을 구경하러 온 사람들이 우리 주변을 서성이며 어머니가 무너지길 기다렸지만 어머니는 절대로 무너지지 않았다. 구경거리를 뺏기자 그 사람들은 어머니에게 등을 돌리고 멀어졌다. 우리는 그때부터 또다시 오로지 셋이서 서로를 부둥켜안고 지냈다. 대지진을 겪은 뒤 겨우 살아남은 생존자의 모습과 다름없었다.

그러나 어머니는 우리를 다시 일상으로 몰고 갔다. 어머니는 그래야 했다. 아버지는 우리를 떠난 지 오래였다(우리가 기억도 못하는 이 남자를 아버지라고 부르는 게 맞는 말인지조차 나는 모르겠다). 우리 외삼촌들은 그 사람을 무책임한 개자식이라고 불렀다. 외삼촌들 생각에 우리 아버지는 무용지물에 하찮은 사람이었지만 어찌저찌 (아마도 필사적으로 집을 벗어나고 싶었으리라 짐작되는) 어머니를 설득해서 자기가 다니던 (그러나 곧 잃게 될) 직장 버스 인쇄소가 있는 서머싯으로 데리고 갔다. 그는 에마가 태어나기 전에 우리를 떠났고 그 후 단 한 번도 어머니가 그를 만나거나 이야기한 적이 없었다. 우리는 물으면 안 된다는 걸 알았다. 조지가 죽고 딱 일주일이 지난 뒤, 어머니가 우리에게 다시 등교를 하라고 말했을 때, 그게 거역할 수 없는 일임을 알았던 것과 꼭 마찬가지로. 나는 그때 이미 충분히 나이가 들어서 조지가 돌아오지 못한다는 사실을, 도저히 돌이킬 수 없는 상황이라는 걸 알았지만 에마는 아니었다.

에마는 알아들을 때까지 설명을 해줘야 했는데 나는 그게 내 몫이라고 생각했다. 덩달아 내 마음속 깊이, 다른 사람들은 모두 펄쩍 뛰며 아니라고 했지만, 내 탓이라는 뼈아픈 죄책감이 자리를 잡고는 꿈쩍도 않은 채 버티고 있었다.

"그만해, 알렉스, 나 좀 놔두고 저리 가!"

그 말이 내게서 떠나질 않았다. 낮게 드리운 먹구름처럼 내 머리 위로 따라다녔다.

그래도 차츰 나는 다른 기억을 떠올리는 법을 배웠다. 그가 죽기 전 어느 날의 기억을. 어머니가 우리를 런던으로 데리고 가서 과학 박물관과 자연사 박물관을 구경시켜준 적이 있었다. 이상하게도 더웠던 날, 다가올 봄을 알리는 첫 신호 같은 날이었다. 우리는 오전 내내 이 전시회 저 전시회 달음질쳐 다니며 버튼도 눌러보고 공룡 뼈다귀와 아폴로 우주선의 착륙 장치도 살펴봤다. 그리고는 어느 오래된 카페로 들어갔다. 길 위쪽에 자리한 그 카페는 빨간색 차양이 선명했고 가게 밖으로 나무 테이블을 몇 개 내놨었다. 우리는 햇빛이 내리쬐는 곳에 앉아 아이스크림을 먹으며 웃고 떠들다가 각자 구입한 기념품들을 비교했다. 수정 조각들, 기념엽서들, 에마가 길 건너로 던지는 바람에 잃어버릴 줄 알았지만 조지가 다시 찾아낸 탱탱 볼. 집으로 돌아가는 지하철로 걸어갈 때였다. 조지가 팔로 내 어깨를 감싸기에 나도 내 팔을 그의 몸에 둘렀다. 어머니가 웃음을 터뜨렸다. "보기 좋구나. 우리 도련님들."

나는 이 기억을 이용해서 어둠과 싸웠다. 매일 밤 여러 달 동안,

나는 그날의 자세한 기억 하나하나를 일깨우며 조금도 잊지 않으려고 애썼다. 나는 사진 한 장을 들고 다닌다. 조지와 내가 그 카페 바깥에서 서서 함께 찍은 사진이다. 어머니가 몇 년 전에 찾은 사진인데 여러 장 복사는 물론, 디지털 버전으로 전환시켜서 내 하드 드라이브에도 간직해두었다. 사랑하는 사람을 잃으면, 슬픔이 어느 날 문득 벼락 홍수처럼 밀려올 때가 있다. 아무리 견고하게 방어막을 쳐놔도 밀물처럼 뚫고 들어온다. 그러니 할 수 있는 건 다해야 한다. 갖고 있는 뭐라도 이용해서 견뎌내야 한다.

쨍하고 맑은 아침, 나는 또다시 우리 집 앞에 차를 세웠다. 똑같이 생긴 빅토리아 양식 테라스 하우스들이 줄을 지어 늘어선 작은 길이었다. 우리는 샘을 세인트 피터 학교로 데리고 갈 참이었다. 이 일을 위해 조디가 며칠이나 샘을 준비시켰다고 했다. 아이는 이런 일에 대비가 필요했다. 다니던 학교를 하루 빠지고 다른 학교로 견학 가는 건 아주 큰 행사였고, 일상이 깨지는 혼란스러운 일이다. 즐거운 일이 될 리가 없었다. 조디가 깔끔하고 멋진 셔츠를 되는 대로 치마 속으로 구겨 입은 채 심각해 보이는 얼굴로 집에서 나왔다. 그녀는 처량한 표정의 샘의 손목을 붙들고 현관문을 닫은 뒤 차를 향해 걸어왔다.

"안녕." 그녀가 지친 듯 말했다.

"안녕, 준비 잘돼가는 거야?"

"묻지 마."

샘이 뒷좌석에 앉더니 안전벨트를 채운 뒤 두 손에 얼굴을 파 묻었다.

"샘, 안녕?" 내가 밝게 물었다.

"시끄러!" 아이가 말했다.

"알았어." 내가 말한 뒤 조디를 흘끔 쳐다봤다.

"크런치넛 콘플레이크가 없었어." 조디가 속삭였다. "게다가 바 지가 너무 길대."

내가 침울하게 고개를 끄덕였다.

가는 길에 우리는 말이 별로 없었다. 내가 샘에게 나무들이 늘 어선 진입로, 소규모 교실들, 친절한 선생님들 등 새 학교에 대한 이야기를 꺼냈다. 하지만 아이는 손가락으로 두 귀를 막았다.

"난 그 학교에 안 가고 싶어!"

아이가 발로 내 등받이를 차기 시작했는데 점점 더 난폭해졌 다. 나는 잠자코 좌석을 앞으로 당겼다.

"당해보니까 알겠지?" 조디가 말했다.

"나야 당해볼 기회도 없이 쫓겨났잖아." 내가 대답했다.

차 안은 적대적인 분위기로 가득했다. 학교에 도착해서 주차를 마쳤지만 우리 중 누구도 움직이지 않았다. 서로에 대한 미움으로 얼어붙은 듯 꼼짝도 하지 않았다. 샘은 자동차 뒷좌석 아래로 깊 숙이 파고들었고 조디는 먼 산만 쳐다봤다.

"자." 내가 마침내 말했다. "가서 교장 선생님을 만나자."

내가 차에서 내리자 조디도 따라 내렸다. 하지만 샘 쪽 문을 내가 열려고 하자 아이가 몸을 돌리더니 문을 다시 닫아버렸다.

"싫어!" 아이가 고함을 쳤다. "새 학교 안 가!"

"샘." 내가 말했다. "샘, 진정해. 학교가 네 맘에 들 거야."

"아냐!"

내가 차 문을 살짝 열었는데 아이가 다시 쾅 하고 닫아버린 뒤 뒷좌석에 벌렁 드러눕더니 창문에 발길질을 해댔다.

"샘, 그만해. 유리창 깨질라." 조디가 말했다.

그녀가 화급한 몸짓으로 차 문을 거칠게 열더니 아이 발목을 움켜쥔 다음 차 밖으로 아이를 끌어내기 시작했다. 너무 놀란 나머지 잠시 뒤로 물러서서 어떻게 개입을 해야 할까 망설였다. 비슷한 기억이 백 가지도 넘게 물밀 듯 닥쳐왔다.

"좀 도와줄래?" 조디가 소리치는데 샘은 손톱이 박히도록 카시트를 움켜쥐고 조디의 손과 팔에 발길질을 해대고 있었다.

문득 우리가 학교 건물 바로 앞에 있기 때문에 교실 창문에서, 그리고 행정 안내소에서 우리를 훤히 내려다보고 있을지도 모른다는 생각이 들었다.

"당신 그러다가 애를 잡겠어!" 내가 말했다.

교실 창문으로 내다보고 있는 교사가 있나 훑어보면서 나도 모르게 화가 나서 뱉은 소리였다. 조디가 믿을 수 없다는 눈으로 나를 쳐다봤다. 그런 조디를 보는 순간 그녀를 나무란 데 대한 죄책감이 들었다. 한때 우리는 이런 일을 같은 마음으로 함께 치렀다. 달래고 달래서 교복을 입혔고 밥을 먹이려고 아이와 실랑이를 벌였다. 이제 우리가 따로 지내다 보니 서로에게 등을 돌리기가 너무나도 쉬워졌다.

"여보, 이렇게는 안 되겠어." 내가 말했다. "이런 꼴로 아이를 학교 안으로 데려갈 수는 없잖아."

"아아, 빌어먹을!" 조디가 소리쳤다. 조디가 샘의 다리를 놓아버리자 아이는 차 안으로 기어 들어가 흐느꼈다. 그러자 그녀도 울기 시작했다.

이 상황을 어떻게 진정시킬 수 있을지 간절하게 방법을 찾고 있는데 호주머니에서 내 휴대폰이 진동을 했다. 대체 주차장에서 무슨 짓이냐고 학교 측 사람이 묻는 전화일까 봐 걱정을 하며 전화기를 꺼내 화면을 확인했다.

"아, 맙소사." 발신자 이름을 확인한 뒤 내가 말했다.

나는 주변의 대혼란에 잠시 벗어나 통화 연결 버튼을 눌렀다.

"여보세요?"

"안녕, 알렉스 오빠? 나야!" 그녀의 목소리는 밝고 깨끗했다. 지금 이 순간 벌어지고 있는 일들과 너무나도 대조적이라 놀라울 정도였다.

"너 어디냐?"

조디가 휴지로 눈가를 닦고는 차에 타더니 문을 쾅 닫아버렸다. 샘이 안전벨트를 채우고 똑바로 앉았다. 학교 방문이 무산된 듯하자 순식간에 표정이 밝아졌다.

"난 잘 있어! 돌아왔거든, 알렉스!"

"뭐라고?"

"영국에 다시 돌아왔다고!"

"뭐? 언제?"

"지금, 막 도착했어! 지금 브리스틀로 가는 중이야! 미안하지만 오빠네 집에서 며칠 묵을 수 있을까?"

누군가 내 인생을 빨리 돌리기 모드로 전환한 다음 도저히 납득이 불가능한 속도로 뭐든지 내게 던져대는 느낌이었다.

"네가 뭐를 어쩐다고?" 내가 겨우 입을 뗐다.

그러더니 통화가 끊겼다. 나는 잠시 그 자리에서 바보처럼 전화기만 바라보다가, 천천히 차에 올라탔다.

"에마가 돌아왔대." 내가 말했다.

"들었어." 조디가 대답했다.

"미안해. 더 적극적으로 도와주지 못해서 미안해. 다음 주에 애를 다시 데려오자. 애 기분이 좀 더 나을 때."

조디가 고개를 끄덕이더니 시선을 돌렸다.

브리스틀로 다시 운전해서 돌아가는 동안 침묵을 깨는 사람은 이제 한결 기분이 나아진 샘뿐이었다. 아이는 도시를 지나가면서 질문을 해댔다. "저게 교회야? 교회가 뭐야? 저 빌딩은 왜 저렇게 커? 저 집에는 몇 사람이나 살아? 난 저 빌딩을 마인크래프트로 만들 거야. 아빠, 마인크래프트로 계단을 만들 수 있는 거 아빠는 알았어? 담장도? 나는 아주 높이 올라가는 사다리를 만들었어."

나는 라디오를 켰다.

집에 도착하니 바깥에 택시가 서 있었다. 사람 하나는 들어갈 듯이 커다란 백팩을 들고 차에서 내리는 여자는, 에마였다. 남자들이 하는 크롭컷처럼 아주 짧게 자른 금발에 피부는 태양에 그을어서 꿀 빛이 감돌았다. 그녀는 운전사 손에 돈을 쥐어준 뒤 몇 마디를 건네더니 트렁크에서 커다란 가방 한 개를 더 끌어 내렸다. 우리 식구는 모두 멍하니 그녀를 바라보면서 차에 앉아 있었다.

"저게 뭔⋯⋯." 조디가 말했다.

"에마답네." 내가 대답했다.

내가 차에서 내렸다.

"도와줄까?" 내가 물었다.

"알렉스!" 그녀가 비명을 지르더니 와락 나를 껴안았다. 여전히 멍하니 얼이 빠진 상태였지만 나도 그녀를 안아줬다. 그렇지만 이런 급격한 변화를 받아들이기가 힘들었다. 그녀를 안 본 지가 1년이 넘었다. 예전에 배빙턴 하우스(서머싯 지방에 있는 개인 클럽, 유명인들 결혼식이 많이 열린다—옮긴이)에서 초호화 생일 파티를 연다는 자기 친구 초대로 그녀가 잠시 귀국했을 때 한두 시간 얼굴 본 게 다였다. 거의 10년 동안 그런 식이었다. 여기서 잠깐 저기서 잠깐 겨우 얼굴만 봤다.

"너 괜찮아? 무슨 일 있었던 건 아니고?"

"알렉스답네!" 에마가 소리 내어 웃다가 드디어 차에서 내리는 조디를 봤다. 샘도 차에서 내리며 관심과 경계의 눈으로 에마를 쳐다봤다.

"얘가 샘이야?" 에마가 외쳤다. "어머나, 세상에, 많이도 컸네!"

그녀가 아이에게 다가갔다. 하지만 현명하게도 아이를 와락 안는 대신에 한 손을 내밀었다. 샘이 그녀를 똑바로 쳐다보지는 않았지만 잠시 그 손을 잡았다가 몸을 움츠렸다.

"만나서 반갑다, 샘. 나는 에마야! 꼭 그렇게 불러야 한다면 에마 고모라고 불러도 좋아. 하지만 에마 고모님이라고 하면 안 된다? 네가 비행기를 좋아한단 말을 들었어. 비행기라면 정말 많이 탔단다!"

에마가 조디 쪽으로 몸을 돌렸다. 두 사람은 전에 거의 만난 적이 없었다. 에마는 우리가 연애하는 것도 놓치고 우리가 조용하게 결혼식을 올리는 것도 놓쳤다. 비디오 촬영 축하 메시지는 베트남에서 보내줬지만. 게다가 샘이 태어나는 것도 놓쳤다. 두 사람이 화상 통화를 한 적은 몇 번 있었으나 그게 다였다. 조심스레 두 사람이 포옹을 나눴다.

"제가 이렇게 불쑥 나타나서 괜찮을까 모르겠네요!" 에마가 말했다.

"조디." 내가 불렀다. "샘 데리고 집에 들어가 있을래? 에마랑 내가 잠깐 얘기 좀 해야 할 것 같아서."

조디가 나를 쳐다보는 눈길에 뭔가 할 말이 있는 것 같았지만 그게 무슨 말인지 나로선 알 도리가 없었다. 조디가 샘의 손을 잡고 집으로 향했다.

"무슨 얘긴데?" 에마가 물었다.

"복잡해. 집으로 온다고 말 좀 하지 그랬어?"

"순간적으로 내린 결정이었거든. 무슨 일 있어?"

"들어봐. 우리가…… 사람들이 뭐라더라, 시험 별거, 맞나? 우리, 그 시험 별거를 하는 중이야. 상황이 아주 신가해. 샘이랑 다른 일들 다. 직장도……."

"젠장. 내가 가야 좋겠구나?"

"아니." 내가 마지못한 듯 말했다가 곧 다시 어조를 고쳤다.

"아냐! 절대 그렇지는 않아. 하지만, 아이고 맙소사, 지금 해결해야 할 게 너무 많아서 그래. 미리 전화하는 게 좋을 거라는 생각, 진짜 안 해봤어? 세상에. 너 못 본 지 1년도 넘었잖아."

그녀가 어깨를 으쓱하더니 휴대폰을 살피기 시작했다.

"알았어. 내 생각에 댄네 집으로 가서 너도 거기다 짐을 푸는 게 좋겠다, 아마도?"

"오빠가 댄네 집에서 묵고 있어?"

"응, 걔가 레드클리프 구역에 새로 아파트를 장만했어."

"좋네. 아무렴 어때."

나는 조디에게 앞으로 일이 어떻게 될지 말해주고 싶었지만 나 또한 장차 일을 확신할 수가 없어서 그저 대충 얼버무리고 말았다. 조디가 잘 가라고 손을 흔들어주고는 문을 닫았다.

"참으로," 에마가 말을 이었다. "어색하긴 하네."

에마가 돌아왔다고 내가 댄에게 연락을 하니 이상하게도 그가 좋아하는 듯했다. 게다가, 그의 집에서 묵어야겠다고 하니 기뻐하는 것 이상이었다. 우리는 그녀가 적응할 수 있도록 며칠 동안 손님방을 내주고 나는 거실 소파에서 자기로 했다. 익숙한 방식이었다. 나는 늘 에마를 위해 희생했다. 10대 시절 그녀는 다소 버릇없고 이기적이었지만 동시에 똑똑하고 적극적이어서 인기가 많았다. 나와는 정반대였다. 그녀 친구들은 그 애를 괴짜라고 불렀지만 따뜻한 애정을 갖고 부르는 별명이었다. 에마 친구들이 이모씬 패션(어둡고 감성적인 면을 강조한 펑크 패션—옮긴이)으로 기울어 검은 티셔츠를 입고 뚱한 얼굴에 시커먼 아이라이너를 굵직하게 바를 때도 그녀만은 슈퍼 노바처럼 환한 원피스를 입고 진분홍 닥터 마틴 신발을 신었다. 이따금 나는 생각했다. 그녀는 보상 심리가 과도한 나머지 모두를 위해서, 특히 어머니를 위해서 마치 공연을 하듯 보여주기 식으로 산 게 아닐까. 만약 내 생각이 맞는다면, 그 애는 한 번도 허술했던 적이 없었다. 그리더니 어느 날 갑자기 그 애는 떠나버렸다.

"너 별일 없었어?" 차에서 내리며 내가 마침내 그녀에게 물었다.

"응, 별일 없었어." 그녀가 말했다. "그저 집으로 돌아가서 다들 한번 만나 봐야지, 라고 생각되는 시점이 돼서 온 것뿐이야."

"그럼 앞으로 계속 여기서 살 거야?"

"그건 잘 모르겠어."

한숨이 나왔다.

"오빠, 나 시차 때문에 정말 피곤해 죽겠거든, 지금은 이런 얘기 좀 안 하면 안 될까?"

아파트에 도착하자 그녀는 댄을 곧장 지나쳐서 침실로 들어간 뒤 보란 듯이 요란하게 에어 매트리스 위로 쓰러졌다.

"헉, 이 물건은 징말 제길이다."

그녀가 말하고는 발로 문을 차서 닫았다. 나는 그녀의 백팩을 현관에 내려놓았다. 황당하기도 하고 머쓱하기도 해서 나는 거실로 가서 소파 위에 앉았다.

"방금 저거, 대체 뭔 짓이냐?" 댄이 물었다.

"네가 알아서 적응해라." 내가 대답했다.

나중에 댄이 나간 다음 나는 마인크래프트를 좀 해볼 마음을 먹었다. 그러면 기괴하게 허물어지는 내 삶을 되돌리는 데 도움이 되지 않을까 싶어서였다. 이미 시험 삼아 몇 세션을 해봤다. 대개는 풍경 속을 이리저리 헤매다녔고 밤이 되면 자그마한 은신처도 몇 개 지었다. 이제는 진짜 건축물다운 것으로, 뭔가 그럴듯한 걸 만들어보고 싶었다. 어설픈 나무 헛간은 발정 난 10대들을 괴롭히느라 전기톱이나 휘두르는 시골뜨기 사이코패스 주연 미국산 호러 영화에나 나오라지. 주말 내내 샘과 함께 지내려면 내가 좀 더 진보해야 할 필요가 있다는 생각이 들었다. 그래서 회사에서 가져온 종이 상자를 뒤져서 사무실 벽에 걸어 놓았던 코르뷔지에의 빌라 사보아 사진을 찾아냈다. 사각형 기둥 여러 개 위에 놓인 하얀 사각 건물이라면 나도 만들어볼 만했다. 그런데 두 시간 뒤에 내가 만든 걸 보니 뭉툭한 벽돌 기둥 몇 개 모아놓은 것 위로 커다란 구두 상자를 엎어놓은 듯한 꼴이었다. 크기를 완전히 잘못 잡았다. 사실상 어린 애가 코르뷔지에 건물을 3차원으로 그린 것과 다름없었다.

내가 가이드북을 보고 있을 때 댄이 와인 한 병과 프링글스 세 통을 들고 돌아왔다.

"에마는 어디 있어?" 그가 물었다.

"오, 그래, 너도 반갑다." 내가 말을 이었다. "걔는 아직도 잔다."

다음 날 오후 한 시가 될 때까지 그녀는 방에서 나오지 않았다.

그날 저녁 나는 에마를 데리고 조디와 샘을 만나러 갔다. 아이는 처음에 에마에게 낯을 가렸다. 어색하게 엄마 몸 뒤로 숨어서 치맛자락을 붙드는 아이에게 에마가 가방 한가득 들어 있는, 최근 5년 동안 타고 다녔던 항공사별로 얻어 온 모형 비행기들을 내밀었다. 아이는 너무 기쁜 나머지 애초의 경계심을 잊고 그녀에게서 비행기 모형들을 받았다.

"그럼 나 한 번 안아줄래!" 아이는 그녀의 요구도 받아들였다.

"아빠랑 2층으로 가서 네가 게임으로 뭐 했나 보여주지 그래?" 조디가 말했다.

"그럴까." 샘이 말했다. "별로 좋은 건 없어."

그렇게, 내 아내와 여동생이 더듬더듬, 하지만 화기애애한 대화를 거실에서 근근이 이어가는 동안 샘은 나를 2층으로 데리고 가서 엑스박스를 켠 다음 마인크래프트를 구동시켰다. 둘이서 나란히 앉아 있다가 아이가 살짝 내게서 몸을 떨어뜨려 엘시디 화면 쪽으로 기울였다. 아이는 재빨리 메뉴 화면을 지나 제목이 '샘의 성Sams cassel(원서에서 샘은 '성'이라는 의미의 'castle'을 'cassel'로 잘못 쓰고 있다-옮긴이)'이라고 저장된 파일을 로딩시켰다.

게임이 펼쳐지자 우리는 회색과 검은색 얼룩이 진 코블스톤으로 주로 만든 건물의 바깥쪽에 서 있었다. 건물 코너마다 굵고 낮은 탑이 있었고 옥상을 따라 크기가 불규칙한 총안 흉벽이 보였다. 마치 빅토리아 시대 공중화장실이 무너져 있는 듯한 모습이었지만 그 말은 아이에게 하지 않았다.

"이게 내 성이야. 내가 돌로 만들었어. 이제 앞으로 만들 건……."

그러다가 아이가 갑자기 말을 끊더니 자기만의 탐험에 매몰됐다. 아이는 이중으로 설치된 문을 지나 건물 안으로 들어갔다. 안으로 들어가서는 나무 마루와 지붕까지 올라가는 돌계단을 만들었다.

"침실을 만들까, 침실이 있어야 해." 아이가 말했다. "책방을 만들까, 그런데 책은 아직 안 만들었어. 그래도 혹시 모르니까……."

아이는 조용히 혼잣말을 하는 것 같았다. 톡톡 끊어서 딱딱한 문장을 구사하는데 그중에 마법, 생물군계, 포털 따위의 새로운 단어들이 간간이 들렸다. 문득 깨달았다. 언어치료사가 우리보고 애가 구사하고 있는지 주목하라던 상상력 관련 언어를 샘이 쓰고 있었다. 이건 향상이었다. 진정한 향상. 나는 그 혼잣말에 끼어들어 아이를 칭찬해가며 그 말을 대화로 승화시켜줘야 했다. 하지만 나는 게임에 대한 충분한 지식이 없어서 그저 어쩔 줄을 모르고 있었다. 그때 아이 옆에 있는 책이 눈에 들어왔다. 펼쳐진 페이지에 런던탑 사진이 있었다. 이게 내가 사준 책이라는 사실을 아는 순간 몸이 움찔할 정도로 놀랐다. 지금쯤이면 애가 별생각 없이 아무 데나 팽개쳐버렸으리라 생각했는데.

"아아, 이런 성을 만들고 있었어?" 내가 사진을 가리키며 물었다.

"해보긴 했는데." 아이가 한숨을 내쉬었다. "그런데 잘 안 돼. 너무 커서. 하기는 해도 잘 안 돼."

"당연하지. 성이 굉장히 큰 데다가 코너마다 탑들이 서 있잖아. 꽤 어려울 거야."

아이가 신이 났는지 내가 더 잘 볼 수 있도록 화면을 살짝 돌려주었다.

"이거 봐, 내가 탑도 만들어봤어." 아이가 말했다. "해봤어. 그런데 블록은 사각형이야. 높은 탑도 한 번 만들었는데 내가 떨어져 죽었어. 그래서 대신 작은 걸로 네 개 만들었어. 하나, 둘, 셋, 넷."

"이야, 이거 시작이 좋은걸? 그런데 지금은 게임을 꺼야 해. 샘, 저장은 어떻게 하는 건지 아빠한테 가르쳐줄래? 내가 어떻게 하는 줄 몰라서 그래."

"쉬워." 아이가 말했다. 놀랍게도 아이는 기꺼이 컨트롤러를 받아서 순간 정지 버튼을 누른 뒤 저장 메뉴를 불러왔다. 아이는 천천히 클릭을 한 뒤 조이패드에 있는 버튼을 보여주었다. "이제 꺼도 안전하단다." 아이가 살짝 놀리는 듯 부모 말씨를 흉내 내며 말했다.

나는 아이가 잠자리 챙기는 걸 도와준 뒤 아래층으로 아이를 데리고 가서 모두에게 밤 인사를 시켰다. 에마와 조디는 그럭저럭 잘 지내는 것 같았다. 두 사람 다 커다란 화이트 와인 잔을 들고 있었는데 아마도 그 도움을 받은 모양이었다. 조디는 갤러리에서 맡은 일 이야기를 하고 있었는데 듣자 하니 이 근방 출신 디지털 아티스트의 작품들을 그곳에서 전시하고 있다고 했다. 그 말은 전시장 안에 거대한 엘시디 디스플레이를 설치해야 한다는 뜻이었고 그 과정이 매우 복잡하게 들렸다. 조디는 그 일을 아주 좋아했다. 그때 문득, 내가 이제는 이 집에서 살지 않는다는 사실이 다시금 상기됐다. 내 동생이나 마찬가지로 나 역시 여기서는 손님이었다.

한 시간 뒤에 우리는 작별 인사를 하고 밖으로 나왔다. 서늘하고 맑은 밤이었다. 내일 아침이면 차 앞 유리에 서리가 내려 있을지도 모르겠다. 성큼 다가온 가을이 분명하게 실감됐다. 차 쪽으로 걸어가는 동안 에마가 카디건을 걸치며 보랍시고 몸을 떠는 시늉을 했다.

"그래서 이제 어떻게 되는 거야, 알렉스? 어쩔 생각이야?"

"모르겠어. 조디한테서 뭐 들은 말 없니?"

"별다른 말은 안 했어. 오빠가 도움이 필요하다고 생각한대. 조지랑 다른 일들 모두 관련해서."

"그게 무슨 뜻인지 모르겠다."

차 앞에 서자 에마가 차를 타는 대신 걸음을 멈추고 말했다.

"조디는 아직도 오빠를 사랑해. 그게 눈에 훤히 보여." 그녀가 말을 이었다. "대체 오빠의 어딜 보고 그러는지는 모르겠지만 말이야. 이 구제 불능 한심한 오빠야."

아파트로 돌아가 보니 댄이 집에 와 있었다. 내가 문을 열자 문 옆 현관에서 그가 기다리고 있었다.

"에마, 이 나쁜 계집애!"

"댄, 이 쪼다 같은 놈!"

두 사람이 서로 포옹을 나누었다. 에마는, 우리 가정에 드리운 암울함과 상관없는 사람을 드디어 만나게 되어 홀가분해진 모양이었다. 영국 최고 인기 거실 게임, '완전히 다 망하지는 않은 척하기'를 함께할 수 있는 사람이니 왜 아니겠는가.

"난 우리가 당장 술집으로 가야 한다고 생각해." 댄이 말했다. 아, 술은 어려운 일을 회피하기 위한 또 다른 영국 게임이지.

"댄 오빠는 하나도 안 변했네." 에마가 말했다.

그렇게 해서 우리는 올드 쉽에 가게 되었다. 그날은 피시 앤 칩스의 날이었는데, 그 말은 똑같은 단골 네 명이 모두 피시 앤 칩스를 먹는 날이라는 뜻이다.

"시드는 어디 있어요?" 술을 주문하러 바로 가서 내가 물었다.

"그 사람은 피시 앤 칩스 날에는 한 번도 온 적이 없어요." 바텐

더 모린이 말했다. 그녀는 왼손 관절에 러브LOVE라는 문신을 새기고 앞판에 돌고래를 그린 검은 티셔츠를 입었다. "프레드가 늘 피시에 곁들여서 달걀 피클을 먹는데 보니까 시드는 그 냄새를 못 견뎌 하더라고요. 그럴 만도 하지요."

바로 옆 의자에서 프레드가 식초에 절인 그 끔찍한 괴물을 접시에 담아 한 입 베어 무는 모습을 보면서 나는 고개를 끄덕였다. 그 괴물이 눈물 날 정도로 지독한 유황 냄새를 가게 가득 풍겼다. 내가 술을 들고 우리 테이블로 돌아오자 에마와 댄이 웃고 떠들다가 서로를 장난스레 토닥토닥 때리고 있었다. 이렇게 해서 저녁 시간이 풀려나갔다. 그녀는 댄에게 전 세계를 넘나들던 모험에 대해서 이야기했고 그는 브리스틀의 클럽 나이트와 뮤직 페스티벌 이야기를 해줘서 즐겁게 했다. 나는 내 생각에 적당하다 싶은 지점에 앉아서 조용히 술을 마시며 간간이 소리 내어 웃기는 했지만 두 사람과 어우러지지는 못했다. 술을 몇 잔 마신 뒤 일어나 화장실에 다녀왔더니 댄이 농담조로 에마에게 뭔가를 캐묻고 있었다.

"아냐, 그런데 넌 그때 왜 떠났던 거야?" 댄은 애절했다.

"그래, 나도 그 이유를 알고 싶었다." 마찬가지로 태연한 척하면서 나도 물었다. "어머나, 세상에, 이렇게 중대한 질문을 하다니!" 그녀가 잔을 들어 한 모금 마신 뒤 극적인 과장을 섞어서 손등으로 입가를 훔쳤다. "나는 나만의 공간이 필요했어! 집에서는 너무 갑갑해서 밀실 공포증이 생길 지경이었고 친구들은 나를 꼭…… 부서진 애 취급을 했어. 그런데 알렉스 오빠는 의기소침해 있기만 하고 엄마는 마치 아무 일도 없었다는 듯 행동했어. 그러니까 내 말뜻은 말이야, 댄 오빠. 나는 오빠가 좋았지만 오빠는 천지사방 다 돌아다니는데 가는 데마다 오빠 팬클럽 여자애들이 떼거지로 쫓아다녔잖아. 브리스틀 버전 저스틴 팀버레이크라도 되는 듯이 말이야. 그래서 댄 오빠를 진지하게 받아들일 수가 없었어. 아악, 미안해!"

댄이 어깨를 으쓱하고는 웃음을 터뜨렸지만 그의 행동에서 나는 뭔가, 미세하지만 움찔 아파하는 모습을 감지했다. 에마도 그를 쳐다보고 있었다. 오랫동안 침묵이 이어졌고 그동안 나는 거의 반 잔이나 되는 술을 한꺼번에 들이켰다.

"내 생각은 이래." 첫 모금 술이 뇌로 몰려드는 바람에 용기가 생긴 내가 말을 시작했다. "조지가 죽기 전에 넌 그냥 집안 막내 아기라 모두들 네 응석을 받아줬어. 네가 무대의 중심이었지. 그러다가, 그 사고가 일어났지. 우린 모두 적응을 해야 했고 집안 역학이 달라졌어. 넌 버림받은 느낌이었겠지. 왜 공원에 나간 젊은 엄마들에 대한 필립 라킨의 시도 있잖아. '무엇 때문인지 그들의 삶이 변방으로 밀려났다.' 여러 해 동안 너는 그렇게 느끼다가 결국 떠난 거야. 슬픔과 다른 것들이 너를 변방으로 밀어냈으니까. 부당한 냉대를 받는다는 느낌이었겠지."

나는 잔을 들어 마지막 한 모금을 마셔버렸다. "네가 떠난 이유는 중심에 서서 다시 주목을 받을 수 있는 새 무대가 필요해서였을지도 몰라."

에마가 쓰라린 웃음을 짧게 터뜨리더니 자리에서 일어섰다.

"웃기지 마, 오빠." 그녀가 말했다. 그러더니 내 동생이, 최근 몇 년 동안 변변히 보지도 못했던 애가 밖으로 나기며 오래된 가게 나무 문을 쾅 소리 나게 닫아버렸다.

댄이 나를 쳐다봤다. 하지만 그 눈동자에 어떤 감정이 실렸는지 나는 알 수가 없었다.

"문 닫을 시간입니다!" 모린이 바에서 소리쳤다. "그러니 여러분도 저 여자 분처럼 빨리 나가주세요."

바깥에 나가니 찬바람 때문에 술이 약간 깼다. 댄이 에마에게서 오늘 밤은 친구네 집에서 자겠다는 문자를 받았다.

"대체 어쩌다 그런 생각을 하게 된 거야?" 댄이 물었다.

나는 어깨를 으쓱했다. 우리는 집으로 가는 내내 아무 말도 하지 않았다. 나는 조디 생각을 했다. 그녀는 얼마나 막막할까. 나도 그랬었지. 어디로 피신할 데도 없을 텐데. 내가 그녀를 처음 만났을 때 그녀는 뛰어난 학생이었다. 석사 학위를 받고 나서 학교를 떠난 뒤엔 정말 멋진 전시회를 기획하는 큐레이터가 될 작정이었으나 그만 그녀의 계획은 궤도에서 이탈되고 말았다. 우리가 만난 지 1년이 됐을 때 스페인으로 떠난 싸구려 패키지여행에서 딱 하룻밤 술을 마시고 피임을 하지 않은 적이 있었다. 그 후 9개월 뒤 샘이 태어났다. 샘은, 사랑은 했지만 계획한 아기는 아니었다. 그리고 그 과정에 내가 뭘 희생했건 간에 조디가 잃은 게 훨씬 많았다.

"제길." 마침내 내가 말했다. "조디한테 나는 너무 형편없이 굴었어."

"조디한테, 라고?" 댄이 말했다. "에마한테는?"

"아, 그 애라면 괜찮을 거야."

아파트로 돌아온 뒤 나는 소파에 쓰러져 휴대폰을 꺼냈다. 잠시 나는 주소록에 있는 이름 두 개를 놓고 갈팡질팡하다가 결국 결심을 했다. 조디에게 문자로 이번 주말에 내가 할 일이 없어졌으니 당신은 여행을 가도 좋겠다고 말했다. 그녀에게 꼭 가라고 했다. 우리는 잘 지낼 거야, 라고 썼다. 샘과 나는 잘 지낼 거야.

그 말이 거의 사실처럼 여겨지다니 내가 취한 게 틀림없었다.

다음 날 아침 부산하게 출근 준비를 하는 댄 때문에 나는 잠에서 깼다. 매트리스 위에 앉아서 휴대폰을 살폈다. 조디가 문자를 남겼다. 고마워. 당신 뜻을 받아들일게. 오 맙소사, 내가 해냈구나, 라고 나는 생각했다. 그때 현관 벨 울리는 소리가 들렸다. 댄이 현관 쪽으로 가서 인터콤 옆에 놓인 자그마한 엘시디 화면 속 방문객을 확인했다.

"안녕, 에마." 그가 놀리는 듯 느릿느릿 말했다.

"들어가도 돼? 문 좀 열어줄래?" 그녀의 목소리에도 장난기가 어렸지만 살짝 조심스러웠다.

"물론이지, 친구."

나는 일어나서 거실로 갔다. 조깅 바지에다 댄의 낡은 매시브 어택(영국의 밴드—옮긴이) 티셔츠를 입고 있었다.

"네 여동생이 올라오고 있어."

"나도 알아."

"여긴 내 집이니까 예의 바르게 굴어, 인마."

"알았어."

문 두드리는 소리가 들리자 댄이 문을 열고 에마를 안으로 들였다. 그녀가 거실 문간에 모습을 드러냈는데 표정을 보니 옛날 우리가 10대 시절 그녀가 간밤에 데이트인지 파티인지를 마치고 다음 날 아침 일찍 돌아왔을 때가 대뜸 생각났다. 눈에 일종의 반항기가 죄책감과 함께 섞여 있었다. 친구의 옷장을 뒤진 게 분명한 것이, 큼지막한 보라색 모헤어 스웨터에 스톤 워시 청치마를 받쳐 입고 있었다.

"맙소사." 내가 말했다. "어제 누구네 집으로 갔었니? 80년대야?"

댄이 나를 쏘아보기에, 내가 말을 계속했다.

"이봐 동생, 내가 한 말 미안하다. 그니까, 어제 내가 했던 막말이야. 지금 옷 이야기 말고. 순서가 틀려먹었네."

"괜찮아, 이러나저러나." 그녀가 쯧 하고 뱉었다. "잘못된 건 바로잡아야지."

"나도 그렇게 생각해. 그건 그렇고, 너 꼴이 너무 우습다."

우리 모두 댄의 식탁에 같이 앉아서 시리얼을 먹었다. 화해 분위기가 깨질까 봐 대화는 소소한 얘기들로만 어색하게 채워졌다. 다 먹어갈 때쯤 비행기가 지나가자 에마가 후다닥 시선을 창 쪽으로 돌렸다. 그녀는 비행기가 먼 구름 속으로 사라질 때까지 눈으로 쫓았다. 그녀가 도로 시선을 돌렸을 때 그녀를 바라보던 나와 눈이 마주쳤다.

"벌써 발이 근질근질해?"

그녀가 눈살을 찌푸리더니 숟가락으로 젖은 콘플레이크를 내게 쏘아 던졌다.

얼굴을 닦고 있는 동안 조디에게서 문자가 한 통 더 왔다. 일주일 뒤 자폐 스펙트럼 상에 놓인 아이들을 위한 학교에 가보기로 예약했다고 했다. 학교까지 거리가 45분이나 되어서 등하교가 생지옥이 될 터였지만 그래도 가서 비교 검토는 해봐야겠다고 판단했다. 내가 집에서 쫓겨나기 전에 마지막으로 부부간에 동의한 사항 중에 하나였다. 그때, 댄과 에마가 같이 집을 나섰다. 댄은 일을 하러 가고 에마는 여행하다 만난 친구들과 브리스틀 구경을 하러 나갔다. 또다시 나는 혼자 남았다.

9월이 가고 10월이 되었다. 댄은 시간을 쪼개 새로 나온 드래건 죽이기 비디오 게임을 하거나 음반사 레이블 로고 디자인을 했다. 에마는 정처 없이 우리 생활에 드나들었다.

그러던 어느 날 오후 학교로 샘을 데리러 가기 전이었다. 자폐성 탈진이 어떻게 촉발되는지에 관한 챕터를 읽고 있는데 전화기가 울렸다. 샘의 선생님이 건 전화였다.

"오늘 아침에 샘이 다른 아이를 때리는 바람에 어쩔 수 없이 따로 격리시켰습니다. 지금 보조 교사와 함께 도서관에 데려다 놨는데 아이 다루기가 좀 힘드네요. 오셔서 좀 데려가실 수 있을까요?"

이런 일이 처음은 아니었다. 조디는 정기적으로 학교로 불려갔다. 샘이 책상 밑이나 플레이 하우스에 숨거나 아니면 고함을 치거나 울부짖어서 다른 애들이 겁을 낸다는 이유가 있었지만, 더 잦은 경우는 아이가 '싸운다'는 거였다. 우리는 왜 이런 몸싸움이 시작되는지 절대로 알 수가 없었다. 샘은 우리에게 제대로 설명을 못했고 교사들은 늘 애매하게 말했기 때문이다. 대개는 조디가 사과를 하며 샘을 데리고 나왔고 우리는 당연히 우리 아이가 잘못했을 거라고 받아들였다. 하지만 학교 정문에서 벌어졌던 사건, 어떤 아이가 뛰어와서 샘을 후려치던 모습을 본 이후로 나는 확신은 하지 말아야겠다는 생각을 했다. 오늘은 생각이 많이 달랐다. 나는 자동차 키를 들고 거의 뛰다시피 아파트를 나섰다.

입구에서 조금 떨어진 곳에 주차를 할 무렵 학교 바깥은 조용했다. 늘 줄지어 서 있던 학부모들은 아직 오지 않았고 단조로운 70년대 학교 건물 속 교실에서는 아이들이 진지하게 쓰기를 하거나 그림을 그리고 있었다. 정문에 가까이 갔을 때 잠시 걸음을 멈추고 마음을 가다듬었다. 익숙한 영상이 전개되어서였다.

나 좀 놔두고 저리 가, 알렉스.

때로 사소한 장면이 편집되긴 했지만 어두운 결론은 절대로 검

열 삭제되지 않았다.

나는 성큼성큼 길을 걸어 교문을 지나친 뒤 안내 데스크로 갔다. 학교 비서가 은행 직원처럼 유리판 뒤에 앉아 있었다. 초등학교에 어울리지 않은 이상한 안전 조처였다.

"안녕하세요. 저는 샘 로의 아빠입니다. 아이를 데려가라고 해서 왔어요."

"아, 네, 여기서 기다리세요. 아이를 데려오지요."

나는 작은 플라스틱 의자에 앉아서 빈 복도를 둘러보았다. 벽은 현란한 핑거 페인트들로 장식되어 있었다. 내가 다니던 학교 기억을 돌이켜 봤는데 마치 남의 기억을 빌려온 것처럼 초점 없는 이미지들만 스쳐 지나가버렸다.

그때 샘의 모습이 문간에 보였다. 데리고 들어온 사람은 담임인 스트란 선생이었다. 빨간 테 안경을 쓴 데다가 마르고 허리가 굽은 탓으로 몸집이 줄어들어 쉰 몇 살이라는 실제 나이보다 더 연로해 보였다. 이 학교에는 80년대부터 있었다고 매트가 말했다. 그의 동생이 당시 이 학교를 다녀서 잘 안다고 했다. 물론 당시 스트란 선생은 시류에 맞게 어린이 티브이 프로그램 사회자 같은 유쾌한 분위기를 내려 했다는데 지금은 그저 경찰 드라마에 나오는, 의심 많은 조연 배우처럼 보였다.

"안녕하세요, 샘 아버님?" 그가 억지로 밝은 목소리를 내며 물었다. 나는 바닥만 보고 있는 샘을 내려다봤다. 아이는 맞은 데다가 외톨이가 되어 있었다. "샘의 오후가 참 대단했습니다."

"안녕, 샘. 무슨 일이 있었어?" 내가 물었지만 대답 따위는 없을 거라고 미리 알고 있었다. 나한테 눈길도 주지 않으리라는 건 더더욱 분명했고. 그래서 나는 설명을 들으려고 스트란 선생 쪽으로 몸을 돌렸다.

"저어, 샘이 옆에 앉은 아이와 사소한 다툼을 벌여서 저희가 아이를 교실 밖으로 보냈습니다. 보통 그런 애들은 잠시 도서관에 보내는데 샘이 도무지 진정을 못 하는 것 같았습니다. 그런데 학교 건물 공사가 진행 중인 때라 도서관에서 수업도 하기 때문에 샘이 귀가하는 게 최선이라고 저희가 판단했습니다."

"다른 아이는 어떻게 하셨나요?" 내가 물었다.

"무슨 말씀이시죠?"

"우리 아이가 같이 싸웠다는 아이는요? 그 아이도 도서관에 있나요?"

"아닙니다. 그 아이는 그럴 필요가 없다고 생각했습니다. 샘은 놀이 시간에 또 다른 남자애들 몇 명과도 문제가 있었습니다. 샘은 오늘도 별로 상태가 좋지 않은 날인 모양입니다."

"하지만 누가 시작했나요? 선생님은 확실히 아십니까?"

"남자애들은 전부 반반이지요. 안 그렇습니까?"

내게서 자제심이 빠져나가는 게 느껴졌다. 마음에서 기어가 빠지니 첫 번째 주행 코스는 '어색한 사교적 반응'에서 '잠재적인 위협'으로 전환되었다. 사람이 어릴 때는 투쟁-도주 메커니즘(flight or fight mechanism, 위험을 감지하면 죽도록 싸우거나 필사적으로 도주하기 위해 신체가 준비되는 본능적 반응—옮긴이)이 전적으로 자기의 안전에 달려 있지만, 부모가 되면 그 메커니즘이 자신의 아이들에게로까지 확장된다. 케밥 가게가 문 닫을 무렵 폭력배들에게 위협을 받든, 학교 복도에서 아들의 행실에 대해 한마디를 듣든, 결과는 똑같은 것이다.

"반반이라고요?" 믿을 수가 없어서 내 목소리가 높아졌다. "남자애들 여러 명과 제 아이 하나가요? 그게 반반이라고요? 세상에, 선생님이 애들한테 수학은 안 가르치셨으면 합니다."

"보십시오, 샘 아버님—"

"제 생각에는 샘한테 수업 보조 교사를 구해주기로 결정했던 걸로 아는데요? 애 진단서 보셨죠, 저 아이는 자폐 스펙트럼 장애 아입니다. 어떤 특정한 상황에서는 대처를 잘 못 해요. 예를 들면, 운동장을 어슬렁대는 갱단 같은 남자애들 말이지요."

"샘의 상태에 대해서는 분명 인지하고 있습니다."

"그러신데도 남자애들은 사소한 일로 다툰다는 진부한 말씀을 하세요? 이편이나 저편이나 잘못은 잘못이겠죠. 그렇지만, 이편 아이 하나는 학교가 끔찍하게도 무서운 아이란 말입니다."

"아버님—"

"아뇨, 제 말씀 끝까지 들으세요. 학교에서 샘을 어떻게 다루는지 기록 좀 보여주세요. 저는 선생님 말고 교장 선생님하고 이야기 좀 해야겠어요. 학교가 준비한 교육 프로그램도 보고 싶고 우리 아들이 보호를 받는지도 확인하고 싶습니다. 조직적인 왕따를 반반 책임이 있는 사건이라고 하는 분 말씀은 더 듣고 싶지 않습니다. 가자, 샘."

나는 아이의 손을 잡고 돌아서서 건물 밖으로 나왔다. 차 쪽으로 걸어가면서 늘 하던 대로 무심한 척 샘 쪽 이야기를 캐내봤다.

"샘, 무슨 일이야? 오늘 무슨 일이 있었어?"

아이가 걸으며 발치로 눈을 깔았다.

"샘?"

"난 몰라. 엄마는 어디 있어?"

"엄마는 일하러 갔어. 샘, 무슨 일이 있었니?"

"몰라! 모른다고!" 아이 눈에 이제 눈물이 고였다.

차에 다 와서 내가 아이를 안으려 하자 아이가 나를 밀쳐냈다.

"샘, 난 알아야겠어……."

하지만 아이는 두 손을 귀에 갖다 대더니 울면서 머리를 자동차 유리에 가볍게 박았다.

"샘, 내가 도와주고 싶어서 그래." 내가 다시 말했다. 내가 차 문을 열자 아이가 자리로 올라타더니 쾅 소리가 나게 문을 닫았다.

"아냐, 아빠." 아이가 안에서 외쳤다. "도움 아냐!"

이렇게 대화랄 것도 없는 대화를 마친 뒤 우리는 아무 말 없이 집까지 왔다. 내가 저녁 식사 준비를 하는 동안 아이에게 티브이를 봐도 좋다고 허락했다. 그러다가 조디가 집에 와서 나는 그간 일을 설명했다.

"당신이 스트란 선생님에게 소리를 질렀다고?" 그녀가 말했다.

"소리를 질렀다기보다는……."

"정말 미치겠네, 알렉스. 나는 애를 좀 더 잘 보살펴달라고 학교에 협조를 구하고 있는데 당신은 거기 끼어들어 스트란 선생님한테 무능하다고 비난을 해댔으니!"

"그 양반이 무능하게 굴었단 말이야. 나는 그 학교가 넌더리가나. 진절머리가 쳐진다고. 우리 애는 거기서 빨리 나올수록 좋아."

그녀가 식탁에 앉아 두 손으로 머리를 감싸 쥐었다. 불과 수십 센티미터 떨어진 거리였지만 내가 그녀에게 닿으려면 100년은 걸릴 것만 같았다.

"결혼식 주말 건은 여전히 계획대로 하는 거지?"

"응." 조디가 한숨을 쉬었다. "다른 준비는 다 돼 있어."

13

혼란스럽긴 해도 특별한 일은 없는 날들이 흘러갔다. 그러다 어느
덧 결혼식 주말, 심판의 주말이 닥쳐왔다. 내가 샘을 이틀이나 데
리고 있어야 하는 때가 온 것이다. 나는 아침에 댄의 집을 나선 다
음 자동차 뒷좌석에 짐 가방 한 개를 던져 놓고 집 쪽으로 출발했
다. 가는 길에 온갖 다짐들이 머리에 떠올랐다. 참을성을 갖자, 떼
쓰기 초기 신호를 알아채자, 아이가 까다롭게 굴기 시작할 때 물
러서자, 아이 점심과 저녁을 정확한 시간표로 만들자 등. 아이의
기분 상태에 따라 각기 다르게 적용할 세 가지 시간표를 외워 뒀
다. 기분 좋을 때, 덤덤할 때, 하느님 살려주세요 일 때. 마지막 경
우에는 애가 티브이를 보게 내버려둬야 한다. 기절할 때까지. 차
를 세우고 집으로 걸어가며 보니까 현관문이 벌써 열려 있었다.
스트란 선생 건으로 말다툼을 했던 터라 조디가 나를 냉랭하게 맞
이하리라 예상했는데 역시나 예상이 맞았다. 조심스레 고개를 안

쪽으로 들이밀고 봤더니 소파에 그녀가 앉아 있었다. 그녀는 내가 진짜로 나타난 게 놀랍다는 표정이었다. 그러더니 곧바로 그 표정에 스멀스멀 경멸이 올라왔다.

"아, 왔네." 조디가 말했다. "명심할 사항 목록 작성 중이야. 애가 학교에 안 가는 날이라 다행이지 뭐야. '담임 선생님을 협박하지 말 것'은 빼도 되니까 말이야."

"정말 미안하게 생각하고 있어."

그녀는 A4 용지 몇 장을 들고 있었다. 종이에는 번호까지 매긴 지시 사항들이 깔끔하게 적혀 있었다. 분명, 내가 애 보는 게 변변치 못하리라 생각해서 저런 걸 만들었겠지. 하지만 나는 내 생각을 입 밖으로 내지는 않았다. 그녀가 집을 떠나는 마당에 새로 전투를 시작하고 싶지는 않았다.

"애가 지금 화가 나 있어. 숙제를 해야 하거든." 조디가 말했다. 나 들으라고 하는 말이기도 했지만 주로 샘에게 하는 말이었다. 그 말을 하면서 그녀가 '제 자식 직접 돌보기' 지침서에 마지막 몇 마디를 보탰다. "숙제 다 하면 아빠랑 놀아도 돼."

짧고 사무적인 그녀의 말투는 우리가 말다툼을 했던 여파이기도 했지만 한편으론 걱정에서 나온 말임이 틀림없었다. 다만 샘을 두고 떠나는 게 걱정인지, 아니면 나한테 아이를 맡기는 게 걱정인지는 알 수가 없었다. 어쨌거나 나는 그녀가 어서 떠나서 내 임무를 시작하게 되기를 바랐다.

"자." 마침내 그녀가 말했다. "당신이 필요한 건 여기 다 있어.

식사 시간, 규칙, 다시 만든 잠자리 준비 절차 등 전부 다. 내가 필요하게 되면 언제든지 전화해."

"괜찮을 거야. 하여간 고마워."

"정말 괜찮겠어?"

"정말이고말고. 어서 가. 가서 즐겁게 지내다 와."

어쩐 이유에서인지 이런 대화가 분위기를 바꾸었다. 아주 미세한 변화이지만 오래된 커플이라면, 둘 사이 모든 것이 와해되고 있는 중에라도, 이런 사소한 변화를 감지할 수 있는 법.

"몇 년이나 못 본 친구들이야. 정말 어색할 거야." 그녀가 소심하게 웃으며 말했다.

"아냐. 그럴 리가, 친구들이 당신을 아주 반가워할 거야."

잠시 우리는 아무 말 없이 서 있었다. 어색함이 정전기 불꽃처럼 파박거렸다. 해소하지 못한 긴장 요인들이 얼마나 많은지.

"자, 우리 아들." 조디가 허리를 숙여 샘을 안아주었다. 아이는 엄마가 안는 대로 가만히 있었다. "많이 많이 보고 싶을 거야! 착하게 잘 지내고 있어. 아빠도 잘 보살펴드리면서."

그녀가 대답을 기다렸지만 아무런 반응이 없었다. 아이는 입에 펜을 물고 있었다. 생각에 잠겨 있거나 아니면 지금 상황을 받아들이지 못하는 모양이었다.

"엄마 다녀오세요, 해야지." 내가 말했다.

"엄마, 다녀오세요." 아이는 쳐다도 안 보고 말했다.

당황스러워 내가 어깨를 으쓱했다. 조디가 우리 둘을 바라보았다. 그녀 인생에서 제일 중요한 두 남자 때문에 그녀는 정작 얼마나 곤혹스러울까.

"어서 가." 내가 말했다. 그녀에게 점점 치밀어 오르는 초조함보다는 따뜻한 배려를 보여주고 싶었다. "괜찮을 테니 걱정 말고."

그렇게 나는 홀로, 샘과 단둘이 되었다. 내가 조디를 배웅해주고 집에 다시 들어가자 샘에게서 어김없는 반응이 나왔다.

"엄만 어디 있어?"

"갔어." 내가 짧게 대답했다. "주말 내내 우리 둘만 있을 거야."

나는 그게 무슨 특별한 이벤트인 양 말했는데, 말을 뱉고 보니 아이에게는 윔우드 스크럽 교도소에 구금된다는 선고를 내린 것과 다름없었다.

"엄마 데려와." 아이가 칭얼거렸다.

벌써부터 패닉의 기미가 감지됐다. 자칫 잘못했다가는 걷잡을 수 없는 상황이 되어버린다. 지금 당장 어떻게든, 어떤 식의 질서라도 부여해야 했다.

"자, 숙제부터 끝내고, 그리고 나서 뭔가 재미있는 걸 해보자." 내가 말했다.

"엄마 데려와." 아이가 같은 말을 반복하며 벌떡 일어서서는 소파에 몸을 던졌다.

"그게 말이야, 아까 말했던 것처럼……." 나는 천천히 설명을 해주려고 했다. 엄마는 멀리 가서 금방 돌아올 수 없다는 사실을 분명히 해줘야 했다. 하지만 그 목표가 달성 불가능이라는 사실을 금세 알게 됐다.

"아냐. 듣기 싫어. 엄마 어디 있어?"

아이가 던진 연필이 방 너머로 날아가다 요란한 소리를 내며 떨어졌다. 나는 그걸 집어 든 뒤 탁하고 커피 테이블에 내려놓았다.

"샘, 진정해. 엄마는 멀리 가서 주말 내내 집에 없을 거야."

"엄마 데려와, 지금!" 아이가 말하더니 울음을 터뜨렸다. 하루가 계속 이런 식으로 펼쳐질 거라는 예감이 들었다. 세워놓은 계획이 전부 물거품이 돼버릴 터였다.

"어쩔 도리가 없어. 꼼짝없이 우리 둘 다 이렇게 지낼 수밖에 없어." 내가 말했다.

일부러 냉담하게 한 말이었다. 나도 싫지만, 어쩔 수 없어서 이런 허드렛일을 하고 있다는 식으로. 늘 이런 식이었다. 악순환에 빠지는 이유는 지쳐서, 두려워서였다. 그리고 언제나 아이의 떼쓰기를 미리 막기는커녕 오히려 내가 레드 카펫을 깔아준 다음 의장병이 되어 호위를 해주는 판국이 되어버린다.

"아빠는 가." 아이가 말했다. "여기 살지도 않잖아!"

아이가 소파에서 벌떡 일어서더니 나를 향해 달려들며 주먹을 휘둘러댔다. 나는 아이를 막으려고 팔을 뻗었다. 아이의 손을 붙들면서 어떻게든 내가 시작한 이 전투를 정리할 방법을 궁리했다. 종전은 선택지 목록에 들어 있지도 않았다. 잘해야 데미지를 줄이는 방법뿐이었다.

"진정해." 내가 가능한 한 조용히 말했다. "진정해. 괜찮아. 혹시 우리 같이 마인크래프트라도 하—"

"마인크래프트!" 아이가 외쳤다.

그러더니 내가 생각을 채 가다듬기도 전에 계단 위로 쏜살같이 올라가 자기 방으로 직행했다. 곧이어 콘솔 켜는 소리가 들렸다.

좋아, 내가 생각했다. 원래는 숙제를 끝낸 다음, 공원에 다녀온 뒤에, 게임을 같이 하자고 할 참이었다. 나는 조디가 남긴 목록을 훑어봤다. 콕 집어서 '내가 집을 나선 뒤 2분 만에 마인크래프트를 켜면 안 됨'이라는 지시는 없었다. 나는 2층으로 올라가서 공원에 먼저 가야 한다고 말하고 싶었지만 그러면 지옥이 되어버릴 터였다. 집에 있으면 적어도 무서운 개한테 습격받는 일은 없겠지. 내가 주말을 잘 보내려면 아마도 이 방법이 최선일 듯싶었다. 그때, 아이의 발소리가 계단 위에서 다시 들려왔다. 아이가 계단 꼭대기에 서 있었다.

"이리 와, 아빠!" 아이가 소리 질렀다. 신이 난 아이를 보니 망설이던 내 마음이 완전히 사라져버렸다. 게임만 하고 싶은 게 아니라 나와 함께하고 싶은 마음도 있었나 보다.

그래서 나는 계단 위로 올라가서 샘의 방 안으로 조심스레 한 걸음 디뎠다. 아이 방 벽에는 마인크래프트 새 포스터가 몇 장 붙어 있었다. 한 장은 주인공 캐릭터인 스티브가 활기차게 곡괭이를 휘두르는 그림이었고 다른 한 장에는 게임에 나오는 온갖 종류의 블록이 다 나와 있었다. 얼마나 많이 읽었는지 가장자리가 너덜너덜한 마인크래프트 잡지들도 침대 위에 널려 있었다. 그 틈에 샘이 허리를 꼿꼿이 세우고 앉아서 티브이 화면 속 그림 크기를 조절하고 있었다.

"그럼, 우리 이제 뭘 만들까?" 내가 물었다.

"성! 이런 성!" 아이가 런던 책을 잡더니 런던탑 사진을 가리키며 말했다.

이제는 제법 내 눈에 익숙해진 타이틀 화면이 나타났다. 아이는, 내가 그 게임을 이미 좀 해봤다고 말하는데도, 이것저것 죄다 설명해주고 싶어 했다. 주도권을 잡고 싶은 모양이었다.

"아빠는 서바이벌 모드나 크리에이티브 모드 둘 중 하나를 선택할 수 있어. 서바이벌 모드에는 몬스터가 있어서 밤에는 안으로 들어가야지 안 그러면 몬스터한테 잡힐 수가 있어. 개네들이 무서운 소리를 내서 난 개네들이 싫어. 근데 난 중요한 걸 알아. 아빠가 사용 환경을 평화로움으로 바꾸면 몬스터가 안 나와. 땅을 파면 금이랑 다이아몬드랑 쇠가 나와. 그걸로 만들기를 할 수 있고 그러면 뭐든지 오케이야."

내 생각에, 여태껏 들어본 아이의 말 중에 이게 제일 긴 문장이었다. 자기도 모르는 새 쏟아져 나오는 말들이었다. 말을 더듬지도 않았고 끊기지도 않았다. 나는 아무런 반응을 보이지 않으려고 애썼지만 그래도 드러나는 것 같았다. 이래서 자폐가 해괴하다. 바닥과 꼭대기를 오가는 급강하 급상승이 간담이 서늘할 정도였다. 1분 전 거실에서는 아이가 나를 때렸는데 지금은 사상 유례없이 능란한 말투로 내게 말을 하고 있다. 중간 지대는 좀처럼 찾을 수가 없다. 마치 볼륨을 11까지, 육아 최대치로 놓고 아이를 양육하는 듯했다.

"왜 런던탑 만들 생각을 했어?" 게임이 로딩되는 동안 내가 물었다. 대화를 계속 흐르게 하려고 그랬다.

"엄마가 그러는데 왕이랑 왕비들이 거기 산대. 못된 사람들을 잡아다가 거기서 목을 잘랐대. 그게 정말이야?"

"응, 하지만 오래전 이야기야. 요새는 사람들 목 못 잘라. 강도나 부동산 중개인처럼 아주 아주 못된 사람이래도 말이야."

"나도 가서 구경해도 돼?"

"런던탑? 언젠가는 그래도 되겠지."

"여기서 가까워?"

"기차 타고 두 시간 정도 걸려."

"나 기차 타도 돼?"

"기차에서 나는 소리가 엄청나게 커. 그리고 런던도 아주 크고 소란한 도시고."

"난 이제 귀마개 있잖아."

아이가 바닥을 터듬더듬 부서진 레고 모델과 만화책을 헤치더니 이윽고 두툼한 귀마개를 찾아냈다. 밝은 파란색에 로봇 스티커로 덮여 있는 점만 제외하면, 공사장 인부들이 에어 드릴을 사용할 때 쓰는 귀 보호 장비와 똑같이 생겼다. 아마 틀림없이 소음 관련 샘의 발작을 조디가 또 한 번 겪은 다음 그 대책으로 구입한 것이리라. 아이는 그걸 머리에 썼다.

"엄마가 그러는데 내가 우주 비행사 같대."

"오케이, 그럼 기차 타고 런던에 가볼 수도 있겠다. 좀 더 두고 보자."

"아빠가 데려갈 거야?"

"두고 보자고, 샘. 자, 새로 만들 데를 뭐라고 부를 거지?"

"샘과 아빠의 세계! 그러니까 아빠는 늘 나랑 같이 게임을 해야 해."

그 말을 듣자 나는 죄책감으로 심장이 내려앉는 것 같았다. 아빠 따위를. 너한테 소리나 지르고 이 모든 걸 허드렛일이라고 너한테 말하는 아빠 따위를.

"좋았어." 내가 말했다.

우리는 같이 제목을 입력한 뒤 환경을 쉬움으로 선택했다. 잠시 후에 새로운 풍경이 화면에 나타났다. 우툴두툴 커브를 이룬 푸른 초원이 첫 장면이었는데 곧 길고 넓은 해변으로 이어졌다. 오른편에는, 파도가 몰아치는 산들이 길게 뻗쳐 있고 듬성듬성 커다란 동굴 몇 개가 입을 벌리고 있었다. 아름답다고 할 수 있었다. 댄이 하는 그랜드 테프트 오토에 비하면 그래픽이 너무 단순했지만 그래도 웅장한 파노라마를 이루어 보는 사람에게 쾌감을 주었다. 들리는 소리라고는 잔잔한 피아노 음악과 이곳저곳 묶여 있는 사각형 블록 소들이 나직이 내는 울음소리밖에 없었다.

샘이 컨트롤러를 하나 더 건네주기에 나도 게임에 참여했다. 화면이 둘로 나뉘어 우리는 둘 다 각자의 시선으로 세계를 볼 수 있었다. 우리가 서로를 마주 보았다. 샘의 캐릭터는 표준 버전 스티브여서 머리는 크고 파란 티셔츠, 청바지를 입고 있었다. 하지만 어쩐 이유에선지 내 스티브 캐릭터는 몸에 꼭 끼는 하얀색 테니스복 차림에 머리띠까지 완벽하게 갖췄다. 강인해 보이는 외모였다. 우리는 서로의 캐릭터와 고개 숙여 인사를 나누느라 잠시 시간을 허비했다. 그리고는 이리저리 뛰고 위아래로 점프를 하며 낯선 공간에서 공존하는 느낌을 즐겼다. 하지만 나는 아직 조정법을 채 익히지 못했던 터라 곧바로 작은 절벽에서 떨어지는 바람에 체력 바 게이지가 뚝 떨어지고 말았다.

"일부러 그랬어." 내가 언덕을 기어 올라오며 말했다. "저 아래 뭐가 있나 보고 싶었거든."

"이제 성을 만들자!" 샘이 말했다. 서투른 내 실수를 눈치채지 못한 눈치였다.

"우린 평평한 땅을 찾아야 해." 통솔의 책임을 느끼며 내가 말했다.

이윽고 우리는 바다가 내려다보이고 나무로 둘러싸인 평지를 발견했다. 성을 세울 자리로 완벽했다. 우리는 나무를 베기 시작했고 나무 블록을 모았다. 우리는 작업대를 만들고 나무를 곡괭이로 변환시켰다. 작업을 하면서 샘이 나직이 중얼거렸다. "우린 나무가 필요하고, 돌이 필요해. 샘이랑 아빠는 곡괭이가 있어. 산으로 가서, 아빠는 다른 구멍에 빠지고, 샘은 돌을 부술 거야……."

나는 절벽 위에 있는 샘에게로 가서 열 개 남짓한 코블스톤을 캐냈다. 그런데 어느 순간, 이상하게 생긴 물체가 내 뒤쪽에서 게 걸음질 쳐오는 모습이 눈에 띄었다. 초록색 체크무늬 박스를 여러 개 합친 것처럼 보였다.

"야, 샘. 저 녀석 왜 저래?" 내게로 달려드는 그 녀석이 악의를 가진 게 분명해 보여서 내가 물었다.

"아빠! 저건 크리퍼야! 그게 가까이 다가오면……"

지지직 하더니 '펑!' 하고 터지는 소리가 났다. 그러고 나서 보니 내가 엄청나게 큰 분화구 속에 혼자 서 있었다.

"……폭발하는 거야." 샘이 하던 말을 마쳤다. "크리퍼는 아주 못됐어."

우리는, 폭탄 친구가 와서 의도치 않게 만들어주고 간 채석장에 떨어진 돌들을 모으고는, 다시 하던 작업으로 돌아갔다. 샘이 체계적으로 블록을 늘어놓으며 깔끔하게 산의 표면을 다듬어내는 반면에, 내가 곡괭이를 다루는 기술은 제멋대로여서 곡괭이 반경 안에 드는 건 뭐든지 닥치는 대로 난폭하게 잘라댔다.

웬만큼 재료를 갖추자 우리는 건축 프로젝트를 시작했다.

"현관 홀부터 크게 만들자." 내가 말했다. 샘이 고개를 끄덕였다.

아이는 체계가 분명했다. 벽마다 넓이는 20블록, 높이는 8블록이었는데 아이가 숨을 죽이며 숫자를 셌다. 빠르고 우아한 움직임으로 그 장소에 블록을 던져 똑같이 생긴 벽을 조직적으로 구축해갔다. 나는 도구가 낯설어서 뭘 놓을 때마다 더듬거렸다. 블록들이 벽에서 비어져 나오거나 벽으로 가지 않고 원래 놓아야 할 자리 양쪽 옆으로 놓이곤 했다. 게다가 곡괭이를 나무 자르는 데 쓰는 대신에 지도 위에 얹어두는 실수를 계속해서 저질렀다. 샘은 프로 같았던 반면에, 나는 문간마다 돌아다니며 200파운드만 주면 댁의 자동차 진입로를 새로 단장해주겠다고 일감 구걸을 다니는 엉터리 건축업자 같았다.

"아빠, 너무 늦게 한다." 샘이 꾸지람을 했다. 내가 한 섹션을 다 마치자 아이가 블록 수를 세고선 잘못된 걸 고쳐주었다.

거대(하다고 생각)한 현관 홀을 다 만든 다음 우리는 안으로 들어갔다. "내가 문을 만들게." 내가 말했다. "그러면 너는……" 하지만 샘은 벌써 지붕을 만든 다음 벽마다 블록 두 개를 부순 뒤 창을 넣고 있었다. 내가 문을 넣으려고 하는데 돼지 한 마리가 뛰어들어오는 바람에 그다음 5분은 방 안에서 그놈을 쫓아다니느라 허비했다. 결국 그놈은 샘이 만든 창문을 뛰어넘어 나가려다가 문틀에 걸리고 말았다. 샘과 나는 그 광경이 우스워서 웃음을 터뜨렸다.

"내가 돼지를 한 마리 잡았네." 내가 말했다. "오늘 밤엔 제왕들처럼 먹을 수 있겠다."

"아빠, 문 좀 만들어." 샘이 지붕 쪽으로 고개를 들며 말했다.

해가 지평선 쪽으로 저물 무렵 우리는 성 건축 첫 단계를 완수했다. 사실, 많은 협업이 이루어지지는 않았다. 샘이 대부분의 일을 하는 동안 어설픈 나는 슬랩스틱 코미디를 연출했다. 그래도 이게 시작이었다. 바깥에는 사각형 별들이 어두워진 하늘 위에 떠 있었고 나무들이 어둠 속에서 으스스한 실루엣을 띠었다. 우리는 아직 침대를 만들지 않아서 자러 갈 수가 없었다. 자면 다음 날로 빨리 진행할 수가 있는데. 대신 우리는 지붕 위에 서서 거대한 검정 구름이 하늘을 지나가는 모습을 보았다.

직육면체 태양이 떠올라 블록으로 만든 정경에 픽셀 빛을 던질 때 나는 주변을 둘러보자고 샘에게 말했다. 동굴이나 아니면 이상한 소인국 주민들이 우리와 물물 교환을 해줄, 그런 마을을 발견할지도 모른다고 말했다.

"알아." 아이가 말했다. "우리는 보석 왕관을 찾아서 그걸 타워 안에 갖다둬야 해!"

"어떻게 해야 하는데?"

"금이랑 다이아몬드랑 에메랄드를 좀 찾아야 해. 그리고 잠가야 해, 이것처럼."

아이가 런던 책을 집어 들더니 내게 유리 진열장에 보관된 보석 왕관을 보여주었다. 도전해볼 만한 꿈이었다. 땅을 좀 파다가 운이 좋아 구할 수도 있겠고, 그게 아니라면 여기저기 산재해 있는 마을이나 사원에 금은보석이 보관되어 있다고 들었다. 이건 기초 마인크래프트였다. 그건 나도 해낼 수 있다는 뜻이다.

"그래. 해보자. 보석 왕관을 찾아서 탑에 놓자!" 내가 말했다.

그래서 우리는 밖으로 나가서 숲을 지나 산으로 향했다. 당장은 풍경 속을 달릴 수 있어서 좋았다. 숲속에서 땅에 떨어진 사과를 볼 때마다 샘이 소리쳤다. "주워봐, 저거 먹으면 건강해질 수 있어!" 그 말을 듣자 현실에서 집 안 여기저기에 사과를 놔두면 아이가 그걸 먹어볼 생각이나 할는지 궁금해졌다.

이윽고 눈앞에 작게 무리 지은 양 떼가 나타나자 샘이 "저거 잡자!"라고 소리쳤다. 그렇지만 또다시, 우리 둘 다 너무 서툴러서 양들이 전부 숲속으로 사라졌다. 샘은 공연히 그 뒤를 쫓으며 칼만 휘둘러댔다. 하지만 다행스럽게도 몇 초 뒤에 다소 겁에 질린 양 한 마리가 숲에서 나와 바로 우리 눈앞에 섰다. 생각해볼 새도 없었다. 나는 갑자기 아드레날린과 분노에 차올라 계속해서 양한 테 곡괭이를 휘둘렀다. 마치 영화 〈사이코〉의 샤워 신과 비슷했다. 여배우 저넷 리가 하얀 블록 여섯 개로 만든 양이라고 생각하면. 가엾은 짐승이 뒤로 나동그라졌다가 사라진 자리에 털실 한 블록이 생겼다.

"이걸 얻자고 내가 양을 죽였단 말이야?" 내가 말했다.

샘이 나무 숲을 헤치고 나와 실을 주웠다.

"잘했어, 아빠! 이 털실로 침대를 만들 수 있어!"

나는 살짝 뿌듯했다.

게임을 하면서 우리는 점점 더 그 세계에 몰입했고 마침내 우리가 그 세계의 일원인 것처럼 느껴졌다. 어쩐 이유에서인지 이게 화면 속이라는 느낌이 사라졌다. 우리는 이제 컴퓨터로 만든 환경 속 디지털 캐릭터를 조정하는 게 아니었다. 우리 자신이, 각이 진 동굴을 들여다보고 찬란한 사각형 태양 아래 잔디 평원을 걷는 캐릭터 그 자체였다.

두 시간이 지났다. 이제 게임을 그만두고 다른 걸 해야 했다. 나는 샘에게 10분 전 경고를 주고 5분 전에 다시 한번 더 경고를 주었다. 내가 읽은 책에서 나온 준비 전략이었다. 갑작스러운 전환은 전혀 도움이 안 되기에 아이에게는 충분한 경고가 필요했다. 이윽고 내가 게임을 저장하고 마치자, 아이의 기분이 어두워졌다. 떼쓰기가 시작될 기미가 부글거렸지만 이번에는 사전 차단을 할 수가 있었다. 아이에게 카페로 가자고, 가면서 앞으로 어떻게 만들지 계획을 세우자고 제안했기 때문이다. 놀랍게도 아이가 고개를 끄덕이더니 자기가 먼저 알아서 신발과 코트를 찾으러 갔다. 나는 고개를 절레절레 저으며 혼잣말로 "고맙다, 마인크래프트." 라고 중얼거렸다.

카페에 도착해보니 사람이 많았다. 어느 자리나 커다란 라테 잔을 앞에 두고 신문을 읽고 있는 커플들이 차지하고 있었고, 주크박스에서는 소울 클래식이 배경 음악으로 흘러나오고 있었다. 나는 그 사람들의 여유와 자유가 잠시 부러웠다. 우리가 늘 앉던 자리에 어떤 엄마와 아들이 앉아 있어서 우리는 대신 그 근처 테이블로 향했다. 가죽이 낡은 팔걸이의자와 스툴이 놓여 있었는데 스툴이 내 차지가 되었다.

"이제부터는 뭘 만들까?" 자리에 앉으며 내가 물었다.

"커다란 광산!" 샘이 말했다. "우린 금이랑 다이아몬드랑 에메랄드랑 레드스톤이 필요해!"

바리스타가 우리 음료를 가지고 와서 샘 앞에 커피를 놓고 내 앞에 거품 우유를 놓았다.

"이거 맞지?" 그가 샘에게 묻자 샘이 낄낄 웃었다.

나는 마인크래프트 책을 꺼낸 뒤 샘과 함께 책장을 뒤적이며 게임에 나오는 재료들에 대한 상세 설명을 읽었다. 쇳덩어리, 레드스톤, 대체 뭔지도 모를 청금석이라는 돌 등 온갖 것들이 다 있었다. 나는 그 이름들을 이따금 일부러 잘못 읽어서 샘이 나를 고쳐주게 했다. 그런 식으로, 늘어가는 게임 지식에 대한 뿌듯함을 아이가 만끽하도록 했다. 그러던 중에, 우리 주위에서 뭔가가 벌어지고 있다는 낌새가 느껴졌다. 직원 한 명이 주문받은 음료를 우리가 늘 앉던 자리인 옆 테이블로 가져다주었는데, 그 직후 옆 테이블 아이가 스트레스를 받는 게 느껴졌다. 예닐곱 살쯤 되어보이는 남자아이 얼굴은 창백하고 가냘팠으며 금발이 흐트러져 있었다. 입고 있는 닌자 거북이 티셔츠에는 물감과 다른 얼룩이 묻어 있었다. "괜찮아." 아이의 엄마가 말했다. "같은 종류 쿠키야, 똑같은 종류라고." 하지만 아이는 고개를 저으며 신음을 했다. 그러더니 머리로 테이블을 박아대서 커피가 넘쳐 잡지 더미 위로 흘렀다. 신문을 읽고 있던 다른 커플들이 고개를 들고 쳐다보며 서로에게 수군댔다.

아이 엄마를 봤다. 아마도 20대 후반쯤 되었을 그 여자는 몸집이 작았다. 붉은 바탕에 금발 가닥이 섞인 머리칼을 한 갈래로 질끈 묶었고 짙은 녹색 레이스 원피스에 검정색 두꺼운 테 안경을 써서 일부러 50년대 스타일을 연출한 티가 났다. 얼굴 표정에는 피로감과 굳은 의지가 섞여 있어서, 나는 단박에 알아차릴 수가 있었다. 부모라면 다들 그런 표정에 익숙할지도 모르겠다. 하지만 나는 아이의 행동에서도 알 수가 있었다. 그 아이도 자폐였다. 샘보다 중증인 게 분명했지만, 뭔가 아귀가 맞지 않으면 마음을 닫았다가 곧 폭발해버리는 행동 경향이 샘과 똑같았다. 내가 겪어봐서 안다. 사실은, 바로 저 자리에서 똑같은 일을 종종 당하지 않았던가.

나는 잠시 샘을 돌아봤다. 그런데 바로 그 순간 인크레더블 헐크 액션 피겨가 우리 테이블 쪽으로 날아오다가 내 컵을 치는 바람에 내 셔츠 위로 커피가 쏟아졌다. 샘이 나를 보더니 다시 바닥에 떨어진 피겨를 쳐다봤다. 내가 허리를 숙여 그 피겨를 손에 집어 든 다음 일어섰다. 오케이, 내 식대로 해보자, 어째야 좋을지 잘은 모르겠다만. 아 맞다, 어쨌든 저쪽으로 가봐야지. 샘의 경우 어떤 때 보니까, 친절한 사람이 뜻밖에 개입했을 때 도움이 많이 되더라. 나는, 애 엄마는 무시하고 먼저 아이한테 천천히 다가갔다.

"안녕, 애야, 이게 네 헐크 맞지? 왜냐면 난 오늘 슈퍼 히어로를 주문한 적이 없거든. 아마도 애가 나쁜 놈을 추적하던 중이었나 보다?"

아이가 머리 박기를 멈추더니 나를 올려다봤다.

"내가 이걸 돌려주는 게 좋겠다. 왜냐면 헐크가 너희 테이블을 지켜야 하거든. 여기다 놓을게. 헐크야, 너 이 지역 전체를 잘 지켜야 한다. 다시는 뛰어다니지 마. 솔직히 헐크가 말을 잘 안 듣지? 대체 다른 옷은 다 어쨌담? 얼어 죽을라."

그 아이는 여전히 나를 쳐다보고 있었지만 전혀 영문을 모르겠다는 표정이었다. 하지만 적어도 내가 그 애 정신을 딴 데로 쏠리게 한 건 틀림없었다. 내가 몸을 돌려 아이의 엄마를 쳐다봤다.

"이 쿠키가 아니래요?"

"그러게요, 같은 종류인데도 저래요." 그녀가 말했다. 브리스틀 특유의 억양이 단박에 느껴졌다. "그래도 애가 원한 것과 똑같은 쿠키는 아니에요. 헐크를 도로 갖다 주셔서 감사해요. 셔츠는 죄송하고요."

"아, 다 낡아빠진 이거요? 똑같은 걸로 네 벌이나 더 있어요. 제가 특별히 좋아하는 것도 아니고요. 깅엄(면직물의 일종—옮긴이) 따위를 이제 누가 입겠어요? 제가 캐스키드슨(패션 브랜드—옮긴이)에서 파는 직물 커버를 씌운 접이식 의자같이 보이지 않나요?"

아이 엄마가 미소를 지었다. 선량한 웃음이었다. 따스하고 경계심이 없는 함박웃음. 처음 보는 이 아름다운 여인과 우연한 기회에 친교를 나누게 되다니.

"저는 이저벨이라고 해요." 그녀가 말했다. "얘는 제이미고요."

"저는 알렉스입니다. 이쪽은 샘이고요. 여덟 살인데 우리 애도 슈퍼 히어로를 좋아해요."

아이들이 서로를 의심스러운 눈으로 쳐다봤다.

"근처에 사세요?" 내가 물었다.

"길 위쪽에요. 저쪽 슈퍼마켓 위쪽 작은 아파트로 근래에 이사 왔어요. 약간 비좁긴 한데, 우리 둘만 살기에는 괜찮아요. 하지만 우리가 딱히 인기 있는 이웃은 아닐 거예요."

"아, 네. 남 얘기가 아니네요. 혹시 제이미가……."

"스펙트럼에 있냐고요? 네. 애가 18개월 무렵부터 저는 알고 있 었지만 진단을 받기까지는 4년이나 걸렸네요. 애 아빠가 질려서 도망가버리기에 족하고도 남는 시간이지요. 어머나, 나 좀 봐, 인 생 궤적을 단 5초 만에 술술 털어놓네. 남은 커피 들고 이쪽으로 오시겠어요? 헐크가 무서우면 물론 안 그러셔도 되지만요."

나는 내 커피를 들고 자리를 옮겼다. 팔걸이의자를 소파 옆으로 당기고 스툴을 당겨 샘을 앉혔는데 아이는 경계심을 늦추지 않으면서도 마지못해 수락했다. 샘이 테이블 위에 놓인 헐크를 잡으려 하자 소파에 앉아 있던 제이미가 벌떡 일어나 피겨를 낚 아챘다. 아름다운 우정의 출범이라고 볼 수는 없었다. 무슨 이유 에서인지 나는 이저벨에게 내가 처한 상황, 그러니까 조디와 우 리의 '시험 별거'에 대해서 말하고 있었다. 곧 '시험'이라는 단어 가 떨어져 나가 새로운 이름표가 붙을지도 모를 상황을. 그리고 우리 나름 자폐 진단을 받느라 고생했던 이야기도, 그리고 그 과 정에서 어떻게 우리 부부 관계가 부서지기 시작했는지도 말해주 었다. 모르는 사람에게 이렇게 내 이야기를 터놓으니 해방감이 느껴졌다. 그녀 태도에는 특유의 뭔가가 있어서 이 모든 일이 너 무도 수월했다. 그녀는 경계심이 없고 굉장히 솔직한 여자였다.

그녀 이야기를 들어보니 식구들이 전부 브리스틀 로버스(잉글랜드 축구팀—옮긴이)의 홈타운으로 한때 유명했던 이스트빌에 살고 있었다. 지금은 경기장을 부숴버리고 대신 이케아가 들어와 있지만. "적어도 지루하고 절망적인 분위기라는 점에서는 둘 다 똑같아요."라고 그녀가 말했다. 그녀는 열여덟 살 때부터 죽 같은 빈티지 옷 가게에서 일해왔는데 지금은 파크 스트리트에 있다는 그 가게의 공동 주인이라고 했다. 나는 만족감도 없고 사기도 떨어지는 커리어를 전전하다가 요즘은 쉬고 있다고 그녀에게 말했다. 그동안 내내 샘은 마인크래프트 책을 읽다가 간간이 고개를 들어 헐크에게 부러운 시선을 보내곤 했다. 샘의 관심을 느끼자 제이미는 피겨를 가지고 테이블 위아래를 걷는 시늉을 했다. 그러면서 나직이 중얼거렸다. "제이미랑 헐크, 제이미랑 헐크." 두 아이는 서로 거의 쳐다보지도 않았다.

이윽고 이저벨이 떠나야 할 때가 됐다. 어머니 댁에서 저녁을 먹는다고 했다. 우리는 일어서서 어색하게 작별 인사를 나눴다.

"아마도 여기로 오면 다시 뵐 수 있겠죠?" 이저벨이 말했다.

"네, 그렇게 되면 좋겠네요. 안녕히 가세요. 인사해야지, 샘."

아이는 책에다 대고 그 말을 웅얼거렸다. 제이미는 벌써 자리를 떠나 계산대 앞에서 줄을 서서 기다리는 사람들을 밀쳐낸 다음 커피 테이블 위로 달려가면서 신문 선반을 날려버렸다.

"쟤는 이 동네 최고 인기인이 될 것 같아요." 그녀가 어깨를 으쓱하더니 아들을 따라 밖으로 나갔다. 자기를 따라 문까지 쫓아가는 뭇사람들의 비난 어린 시선을 못 본 척하면서.

샘과 나는 마인크래프트 계획을 세우며 공원으로 갔다. 내가 화제를 바꾸려고 할 때마다 대화가 죽어버리는 바람에 걷는 내내 그 화제를 유지했다. 내가 몇 가지 질문을 던져서 아이가 말을 쏟아내게 했다. 마인크래프트에 대한 아이의 기억과 계획, 관찰이 뒤죽박죽 섞여서 흘러나오는 모습을 보니 즐거웠다. 아이는 그 게임에서 투영하는 지옥, 네더의 모습에 대해서 내게 말해주었다. 네더는 보통 풍경 아래쪽에 있다고 했다. 공원에 도착해서는 거기 있는 정글짐이 마인크래프트에 나오는 집이고, 미끄럼틀이 동굴로 내려가는 통로인 척하고 놀았다. 그러고 나서는 양을 잡으러 나무 속으로 갔다. 오후 햇살이 희미해지는 동안 아이는 자기 상상에 흠뻑 젖어 덤불 숲을 들락거렸다. 늘 보이던 머뭇거림도, 다른 아이들과 개를 두려워하던 마음도 잠시 사라져 버린 듯했다.

저녁을 먹은 뒤 7시 30분에 아이를 침대에 뉘였다. 통곡과 발작은 없었다. 우리 둘 누구 쪽에서든. 나는 아이에게 동화를 읽어주고 잘 자라고 입 맞춰 줬다. 이게 보통 부모가 느끼는 감정일까? 꽤나 이상했다. 내가 방을 나서는데 아이가 일어났다.

"엄마는 언제 와?" 아이가 물었다.

"내일 저녁에."

"엄마가 안 보이면 난 엄마가 보고 싶어."

"나도 그래."

나는 최악의 경우를 대비했지만, 아이는 다시 자리에 누웠다.

시작은 나빴지만 오늘 하루는 꽤 잘 지냈다. 사실 그 이상이었다. 재미있었다. 진짜 재미있었다. 내가 할 일은 내일도 오늘과 똑같이 해야 하는 것뿐. 나는 티브이 앞에 자리를 잡고 조디가 나를 위해 마련해둔 맥주를 한 캔 땄다. 아직 읽지 않은 조디의 메모가 테이블 위에 아까 놓아둔 그대로 놓여 있었다.

긍정적이었던 기분이 2층으로 자러 올라갔을 때 약간 상했다. 조디가 남는 방에 따로 내 잠자리를 준비해뒀다. 이 정도는 각오했어야 하지만 그래도 쓰렸다. 내가 손님이라니.

에라 모르겠다, 적어도 에어 매트리스는 아니네.

14

일요일 아침 6시 25분에 샘이 일어났다. 아이로서는 늦잠인 셈이었다. 아이가 내 방으로 들어와서 침대에 걸터앉았더니 런던 책을 내 가슴팍에 던졌다.

"사람들이 탑에다 북극곰을 가뒀대, 옛날에." 아이가 말했다.

나는 신음을 하며 돌아누워 아이를 마주 봤다.

"샘, 잘 잤니?"

"아마 사람들이 그 곰 모가지도 잘랐나 봐."

"5분만 더 주면 안 될까, 아빠가 잠에서 좀 깨게?"

"아빠, 사람들이 북극곰 목을 왜 잘랐지?"

"무슨 말인지 아빠 잘 모르겠어. 5분만 기다려주면 이 북극곰 미스터리를 같이 풀어볼 수 있을 거야. 알았지, 샘? 가서 아침 좀 먹으렴."

"알았어."

몇 초 후, 부엌에서 아니나 다를까 와장창 요란한 소리가 나기에 잠이 홀랑 깨버렸다.

"아빠." 아래층에서 아이 목소리가 들렸다. "코코팝이 좀 쏟아졌어."

한 시간 뒤, 나는 초콜릿 색깔 우유 호수를 닦아낸 다음 샘과 함께 산수 숙제라는 중노동을 했다(이 과목을 내가 이렇게 열심히 해본 적이 없을 정도였다). 그다음 우리는 받아쓰기로 옮겨갔다. 아이는 아주 간단한 단어들도 힘겨워했다. 나는 아이한테 충분한 시간을 들여 단어를 보게 한 다음 철자를 암기하게 시켰다. 예전에 샘의 보조 교사가 하는 말에 따르면, 아이가 한 학년 아래 학생들에게 주는 숙제를 종종 받는다고 했다. 학교에서는 상투적인 표현을 되풀이했다. "아이는 향상되고 있습니다." 나는 매트 딸 타비타가 해리 포터 책을 술술 읽는 모습을 떠올리지 않을 수가 없었다. 최근에, 샘이 어쩌면 난독증일지도 모른다는 귀띔을 조디가 받았는데, 두 증세가 종종 연관이 되는 모양이었다. 이 또한 제대로 진단받으려면 다시 한바탕 전쟁을 치러야 할 것이다.

마침내 샘이 단어들을 전부 똑바로 쓸 수 있게 되었다. 열 번도 넘게 힌트를 주고 다시 시작한 뒤에야 가능했다. 이때쯤 나는 이미 지쳐 있었지만 적어도 조디가 남긴 목록에서 받아쓰기 숙제는 지울 수 있었다.

"우리 이젠 뭘 할까?" 내가 물었다.

"마인크래프트?" 아이가 짧게 대답했다. 그리고는, 두말할 것도 없었다. 우리 둘 다 용수철처럼 튀어 올라 서로 밀쳐내는 시늉을 해가며 계단을 올랐다.

"몬스터 스위치를 켜야 할 것 같아." 내가 말했다. "그놈들을 죽이면 경험치를 받잖아."

"그런데 그놈들이 우릴 잡을 수도 있어. 난 싫어."

"괜찮아, 샘. 그냥 게임일 뿐이잖아."

"오케에에에이."

이제 우리는 성을 확장하느라 층 두 개를 보탠 다음 각 층을 연결할 돌계단도 만들었다. 방마다 칸막이를 만들고 오크 판으로 마루를 깐 다음 불을 밝히기 위해 횃불을 벽에 걸었다. 샘은 그 어느 때보다 꼼꼼하게 방들의 크기와 모양이 똑같은지 확인했고 머릿속 자기 계획에서 내가 벗어날 때마다 여러 번 수정을 가했다. 우리는 밖으로 나가서 먼저 성을 에워싸는 담을 구불구불하게 세운 다음 언덕을 깎고 벼랑을 메워 길을 냈다. 그리고 성의 네 귀퉁이에 탑을 짓기로 했다. 그렇게 하면 샘이 가진 책에 나온 런던탑 사진과 흡사하게 될 터였다. 이윽고 밤이 되었다. 우리가 만든 조그만 창문들 너머로 파랗던 하늘이 주홍빛으로 바뀌더니 마침내 시커멓게 변했다.

"아, 큰일 났다." 샘이 걱정과 흥분이 뒤섞인 목소리로 말했다. "몬스터들이 올 거야!"

"괜찮아, 싱겁게 굴지 말라고." 내가 아이의 어깨를 꾹 찌르며 말했다.

한동안 아무 소리도 없었다. 그저 바깥 들판에서 들려오는 소 떼 울음소리와 슬픈 피아노 음악만 들렸다. 그런데 갑자기, 근처 어딘가에서 여러 가지 소리가 났다. 기괴한 신음 소리, 으르렁대 는 소리, 그 뒤로 목구멍 깊숙한 곳에서 토해내는 컹컹 소리. 샘이 귀를 막더니 딴 데를 쳐다봤다. 좀비 한 놈이 문간에 나타나서는 생기 없는 눈으로 우리를 쳐다보며 뭉툭한 팔을 뻗었다. 샘이 펄 쩍 뛰며 비명을 질렀다.

"내가 나가 볼게." 눈앞의 장면이 흥미진진해진 내가 말했다.

"안 돼애애애!" 아이가 외쳤다. "좀비한테 잡힐 거야."

나는 한 발짝 한 발짝 천천히 문 쪽으로 다가가며 샘을 놀렸다.

"난 좀비랑 친구하고 싶어!" 내가 말했다.

"안 돼. 좀비는 친구 안 좋아해!"

"들어와, 좀비야, 와서 케이크 좀 먹을래?"

"안 돼!"

샘이 자기 컨트롤러를 집어 던지더니 내 걸 빼앗으려 했다. 잠 시 컨트롤러를 두고 우리가 씨름을 하는 동안 게임은 밤 사이클이 끝나고 해 뜨는 모습을 보였다. 따뜻한 햇볕이 성 안까지 밝혔다. 바깥에 있다가 햇빛에 노출된 좀비가 불꽃으로 타올랐다.

"내 친구가!" 내가 울부짖었다. "봤지, 우린 아무렇지도 않잖아. 좀비가 터져버렸어!"

우리는 점심을 삼각 치즈, 다이제스티브 비스킷과 도넛으로 해결한 뒤, 섭취한 당분을 건설 열기로 승화시켜서 높은 탑 네 개를 완성한 다음, 조심스럽게 벽색을 가다듬어 둥근 모양을 만들어냈다. 또다시 우리에게서, 화면을 경계로 우리가 사는 이 세계와 화면 너머 세계가 분리되어 있다는 느낌이 사라져 버렸다. 우리는 그 '안으로' 들어가서 채석장을 파서 돌을 줍고, 제일 높은 꼭대기에 닿기 위해 발판을 세운 다음 우리가 만든 흉벽 총안을 통해 계곡과 바다를 내려다봤다. 샘이 칼을 만들기에 나는 〈왕좌의 게임〉에 나오는 전사들처럼 그 칼에 이름을 붙이라고 했다. 샘은 칼을 '헤드 초퍼(Head Chopper, 단두검)'라고 불렀다.

샘과 함께 작업을 하며 나는 깨달은 바가 있었다. 평소 우리가 함께 놀 때는 (즉, 아이가 집중할 준비가 된 소중한 순간에는) 대개 각자 혼자 노는 시간을 함께할 뿐이었다. 다시 말하자면, 나는 아이를 지켜보거나 가르치거나 아니면 아이에 대해 염려를 했다. 혹은 블록 쌓기나 레고 놀이를 할 때를 예로 들자면, 내가 뭔가를 만들어서 아이에게 주면 아이는 몇 분 가지고 놀거나 아니면 그 자리에서 부숴버리고 말았다. 하지만 여기서는, 몇 시간째 우리가 혼연일체로 작업을 했다(물론, 내가 내 할 일을 제대로 할 경우에). 하지만 장점이 한 가지 더 있었다. 게임 속 세계에는, 규칙이 분명했고 논리가 정연했으며 오류라곤 없었다. 그런 세계에서는 샘이 주도권을 잡을 수가 있었다.

하지만 나는 더 많은 세계가 보고 싶어서 좀이 쑤셨다. 보석 왕관을 찾으러 원정을 떠나고 싶었다.

"자, 원정을 떠나자. 금이나 다이아몬드를 찾으러 가자." 내가 말했다.

"그러려면 평화 모드로 전환해야 해." 샘이 말했다. "갑옷이랑 횃불을 구해야 해."

"가자, 조심하면 될 거야."

아이가 어깨를 으쓱하더니 고개를 끄덕였다. 아마도 내가 좀 이 쑤셔 하는 걸 느끼고, 내가 지겨운 나머지 아래층으로 가버릴까 봐 걱정이 된 듯했다. 우리는 곡괭이를 몇 개 만들고는 산 쪽으로 향했다. 나무를 베어가며 길을 걷다가 사과와 버섯을 여러 개 주웠다. 가파른 언덕길을 오르고 블록에서 블록으로 점프를 했다. 우툴두툴한 절벽 위에서 위험하게 서 있는 돼지와 소도 지나쳤다. 꼭대기에 오르자 아래로 세상을 내려다볼 수 있게 되었다. 드넓은 땅이 펼쳐진 끝으로 현란한 색동 조각보 같은 구름이 보였다. 마치 거대한 표현주의 그림 속 풍경 같았다.

계속해서 돌길을 따라 아래로 걸어가니 동굴 입구처럼 보이는 곳에 다다랐다. 안으로 걸음을 디디자 거대한 돌 동굴이 있었는데 저쪽 끝으로 시커먼 균열이 길게 나 있었다. 마치 깊은 상처 같았다.

"저기 봐!" 샘이 말했다. 아이가 가리키는 동쪽 벽 수많은 회색 돌 사이에 분홍빛이 감도는 점들이 박혀 있었다. 철광석이었다. "다이아몬드를 파내려면 우리한테 쇠가 필요해!"

우리가 신이 나서 곡괭이질을 하는 중에 산기슭 깊이 석탄층이 길게 뻗어 있는 모습이 보였다. 우리는 몹시 들떠서 덩달아 석탄도 파내며 서로의 수확을 비교했다.

"나는 철광석이 열두 개야!"

"나는 석탄 스무 개!"

"여기 아마 보석도 있을지 모르겠다." 내가 말했다.

나는 좀 더 깊숙이 들어가기 위해 횃불을 몇 개 만들까 생각했지만 문득 밖을 보니 하늘 색조가 달라져 있었다.

"밤이 되나 봐! 밤이 되나 봐!" 샘이 비명을 질렀다.

"아직 시간이 남았어." 내가 우겼다.

하지만 아니었다. 내 생각보다 빨리 해가 져버렸다. 오두막을 지은 후 아침까지 기다려야 했지만 샘이 동굴에서 튀어나가 언덕 위로 내달렸다.

"기다려!" 내가 불렀다.

그리고는 우리 둘 다 집을 향해 달렸다. 나무를 피해 이리저리 길을 꺾으며 달리는 동안 빛이 점점 저물어갔다. 늘어져 매달린 나뭇잎 속에 움직이는 물체가 있는지 둘러보았다. 곧 어둠이 우리 주위로 내려와 앞을 보는 것조차 힘들어졌다. 샘이 앞에서 길을 재촉했다. 금방 칠흑 같은 어둠이 내려서 아이 모습조차 보이지 않았다.

"돌아가는 길이 기억 나지가 않아!" 내가 말했다.

달그락 달그락 이상한 소리가 들렸다. 전에 들어본 적 없는 이 이상한 소리가 수풀 뒤에서 내 쪽으로 다가왔다. 아마 농장에 있던 또 다른 동물, 닭이랄지 그런 게 아닐까 생각하던 차에 그만 그놈에게 등을 맞았다. 나는 곧 내가 심하게 다쳤다는 걸 알았다.

"아아, 안 돼, 스켈레톤들이 왔어! 활과 화살을 갖고 다니는 놈들이야!" 샘이 말했다.

그때 오른쪽으로 은빛 자작나무 뒤에 스켈레톤 한 놈이 숨어 있는 모습이 내 눈에 띄었다. 귀신처럼 창백한 얼굴이 해골을 음험하게 변형시킨 형상이었다. 그놈이 다시 활을 쏴서 이번에는 내 다리가 맞았다. 내가 급속하게 사라져갔다. 갑자기 또 다른 인물이 근처에 등장했다. 아마도 또 다른 몬스터겠거니 싶었으나 사실은 숲에서 다시 나온 샘이었다. 기가 막히게 잘못된 타이밍이었다.

"도망가!" 내가 외쳤다. 내 목소리가 얼마나 다급했던지 나도 놀랄 정도였다.

하지만 너무 늦었다. 화살 두 개가 내 급소를 뚫어서 남아 있는 힘이 다 사그라졌다. 어둠이 숲을 완전히 덮어버렸고 탈출의 희망은 사라졌다. 나는 바닥에 쓰러졌다. 음식이며 쇠, 내가 모아온 모든 것들이 내 주위로 흩어져 버렸다. 나는 마지막으로 겨우 몇 초 동안 샘을 볼 수 있었다. 그때 다른 화살이 날아와 내게 박혔다. 그리고는 모두 사라졌다.

몇 초 후 우리는 다시 깨어났다. 도로 성으로 돌아와 있었고 힘이 다시 생겼지만 가진 건 아무것도 없었다. 우리가 알기로 이 게임에서는 죽었던 곳으로 다시 돌아가면 잃어버린 걸 복구할 수 있었다.

"우리가 어느 길로 갔더라?" 내가 물었다. "어느 쪽이었지?"

하지만 날이 어두워서 방향을 찾기가 힘든 데다가 곧 좀비가 내는 낮은 신음 소리가 들려왔다. 그러니 오늘 밤은 아무 데도 가지 않아야 했다. 안전하게 실내에서 지낼 필요가 있었다. 전리품은 단념하고.

샘이 두 손에 얼굴을 파묻었다.

"전부 다 잃었어." 아이가 신음했다. "쇠도. 내가 만든 칼도. 내헤드 초퍼. 아빠, 아빠 때문이야!"

"괜찮아. 다시 또 구하면 돼. 그냥 쇠잖아." 내가 말했다. 하지만 소용없었다.

"내 꺼, 내 물건을 다 잃었어!" 아이가 여전히 얼굴을 손에 파묻은 채 말했다. "아빠가 안전하댔잖아!"

나는 팔을 뻗어 아이를 안아주려고 했지만 아이는 나를 피해 뒤로, 침대 끄트머리까지 물러섰다. 아이는 실망과 좌절에 빠져버렸다.

나는 게임 화면으로 돌아가 여태껏 우리가 한 게임을 저장했다. 그러나 이제는 너무 늦었다. 또 한 번, 너무 늦어버렸다.

오후는 아래층에서 조용하게 보냈다. 아이에게 토스트를 만들어주고 티브이 만화를 보게 해줬다. 언제나 그랬듯 만화를 보자 아이의 기분이 다소 나아졌다. 현관문 너머로 조디의 기척이 느껴졌을 때 나는 거의 안도의 한숨이 나왔다. 그녀 열쇠가 자물쇠에 부딪히는 소리가 들렸다.

"엄마!" 샘이 소리쳤다.

동시에 문이 벌컥 열리더니 조디가 팔을 활짝 벌리고 샘을 따뜻하게 안아 올렸다. 느긋한 표정과 아들이 파묻힐 정도로 치렁치렁한 머리칼, 그녀는 아름다웠다. 하지만 나와 눈이 마주친 순간, 그녀 얼굴에 무언가 어두운 기색이 스쳐 지나갔고 내가 그 사실을 알아차렸다는 걸 그녀도 알았다.

"우리 아들, 어떻게 지냈어?" 그녀가 말했다.

"우리 마인크래프트 하고 놀았어!" 샘이 말했다. "성을 만들었어. 그런데 스켈레톤들이 우릴 죽였어. 아빠 때문에."

내가 어깨를 으쓱하며 내 잘못을 인정했다.

"미안하다고 했잖아."

"그거 말고 다른 건 또 뭐 했는데?" 조디가 물었다.

"공원에 가서 놀면서 마인크래프트 게임인 척했어." 아이가 말했다. "엄마 보고 싶었어."

조디가 소파에 앉을 때도 아이는 엄마를 붙든 손을 놓지 않았다. 엄마를 놓고 싶지 않아 했다. 내게서 멀리 떨어지고 싶어 하는 기색이었다.

"샘이 착한 어린이였어요, 아빠?"

"네, 잘 지냈어요."

샘이 살짝 떼를 부렸던 이야기는 안 할 생각이었다. 그녀가 돌아와서 아이 기분도 나아진 마당에 다시 분위기를 끌어내리고 싶지는 않았다.

"당신은 잘 지냈어? 결혼식은 어땠고?" 내가 말했다.

"아름다웠어." 그녀가 말했다. 그러더니 가방에서 뭔가 꺼낸 다음 샘 쪽으로 몸을 돌렸다. "새 디브이디 사왔어. 위층에 가서 볼래, 보고 싶으면?"

"좋아!" 샘이 말하더니 위층으로 사라졌다.

그녀가 일부러 한 작전임을 나는 당장에 알아차렸다. 무슨 일이 있었음이 틀림없었다. 조디가 일어서더니 창가로 가서는 팔짱을 꼈다. 방어적인 태도였다.

"오케이, 무슨 일이 있었구나?" 내가 말했다.

"알렉스, 지난 몇 달간은 정말 이상하고 힘든 시간이었어. 나는…… 맞아, 무슨 일이 있었어."

잠시 무서운 침묵이 흘렀다. 마치 이 장소에서 내가 분리된 것 같은 이상한 느낌이 들었다. 지금 이 상황이 내게 벌어지는 일이 아닌 것 같았다. 아니면, 이미 벌어졌던 일이었든지. 몇백 년 전 일이라 우리 둘 다 기억해내기가 몹시 어려운 일. 나는 캄캄한 동굴 속에서 발 디딜 곳을 찾아 헤매는 기분이었다.

"무슨 일?" 겨우 물어볼 수 있었다. "무슨 일이 있었는데?"

"리처드가 거기 와 있었어. 대학교 때 수업을 같이 들었던 사람이야, 그런데……."

내 목에서 꿀꺽 소리가 났다. 만화 영화 속 인물이 충격을 받으면 취하는 과장된 몸짓 같았다.

"그 남자랑 잤어?"

"아니! 아니야. 우린 같은 테이블에 앉았어. 금방 친해졌어. 너무 쉽더라. 그러다 그날 밤 헤어질 때 키스를 했어. 그리고는 각자 방으로 돌아갔어. 미안해. 그냥 그렇게 돼버렸어."

"그게 그러니까…… 당신은…… 대체 뭐라는 거야?"

"나도 몰라." 그녀가 눈물을 글썽였다. 그게 더 나빴다. 지금 무슨 일이 벌어지고 있는지 모르지만, 어쨌든 심각하다는 뜻이니까. 사소한 일은 아니었다. 그녀가 결정을 내렸던지, 결정을 내려야 한다고 느꼈다는 의미였다.

"알렉스, 너무 어려운 상황이 너무 오랫동안 계속됐어. 난 뭐든지 넌덜머리가 나. 혹시 잠시 떨어져 휴식을 가지면 다 괜찮아지려나 기대도 해봤어. 그런데 우리가 지금 처해 있는 상황을 보니 휴식이 답은 아닌 것 같아. 오히려 끝이 아닐까 하는 느낌이 들어."

그녀가 고개를 숙이는 바람에 말끝이 흐려져서인지 그녀 음성이 잘 들리지가 않았다.

"결혼식에 가서 술김에 키스 한 번 한 걸로, 끝이라고?" 내가 말했다.

"그것만은 아니야. 그냥 벗어나는 것만으로도, 당신한테서 잠시 벗어나는 것만으로도 모든 게 나는 달리 보이는 거야. 여보, 내가 그동안 얼마나 힘들었는지 당신도 알잖아! 우리가 사귈 때 우린 애들이었어. 서로 잘 알지도 못했는데 부모가 돼버린 거잖아."

"난 당신을 알았어!" 내가 말했다. 의도치 않았던 비난이 강하게 분출했다.

"그랬을지도 모르지." 그녀가 말했다. "미안, 미안해."

나는 잠시 그녀를 쳐다봤다. 그 순간, 농장에서 만났던 그 소녀가 보였다. 태양이 그녀의 얼굴을 금빛으로 둘렀고 그때도 지금처럼 팔짱을 끼고 있었다. 오래된 울타리에 몸을 기대고 서서 자기는 누구인지, 어디로 갈 것인지 자문하고 있었다. 우리가 함께하지 않았더라면 어떻게 되었을까? 각자 다른 삶을 살았다면 우리 삶은 어떻게 펼쳐졌을까? 그녀는 대신 어디로 갔을까? 홀로 남겨진 듯한 슬픔과 내 책임이라는 느낌이 들었다. 내가 일군 과거가 부끄러웠다. 수치스러웠다.

"이만 가봐야겠어." 겨우 말문을 열 수가 있었다. "당신이 무슨 말을 하려는지 모르겠지만, 난 아직 들을 준비가 안 됐어."

나는 문 쪽으로 뒷걸음질 쳤다. 아직 열린 채였던 문을 나선 뒤 어둠의 환영을 받으며 비틀비틀 걸었다. 차가운 밤공기가 내 뺨을 때리며 내가 할 말을 하얗게 지워버렸다. 그 자리를 대신한 냉담한 말을 나는 받아들여야 했다.

나 좀 놔두고 저리 가, 알렉스. 저리 가.

15

또다시 나는 세상으로부터 도망쳤다. 댄네 아파트 남는 방에서 기운이라곤 하나도 없이 천하에 쓸모없는 그 에어 매트리스만큼이나 납작하게 누워 지냈다. 댄은 이따금 방에 고개를 들이밀고 차와 초콜릿 비스킷과 컵라면을 넣어주었다. 그리고 말도 걸어줬지만, 마치 내가 부루퉁한 10대나 되는 양 벽을 향해 돌아 누워버렸다. 에마는 포지라고 부르는 친구네 집으로 가고 없었다. 그 친구 부모님이 브리스틀에서 제일 멋진 교외 지역인 스네이드 파크에 커다란 빅토리아 양식 저택을 가지고 있다고 했다. 조디가 한두 번 문자를 보냈지만 나는 내용도 보지 않고 지워버렸다. 나는 잠만 자고 생각만 했다. 그리고는 더 이상 생각하기 싫어지면 다시 잠을 청했다. 슬픔이라기보다는 공허함이었다. 나는 텅 빈 우주 같았다. 도저히 거기서 헤어 나오지를 못했고 나오려는 시도조차 하지 않았다.

나는 말 그대로 걸어 다니는 장 폴 사르트르의 수필이었다.

마침내 에마가 나타났다. 내가 자청한 유배 생활로 접어든 지 사흘째 되는 날이었다. 그녀가 혼자 알아서 아파트로 들어와서는 (댄이 그녀에게 열쇠를 줬다는 뜻?) 내가 티셔츠에 조깅 바지 차림으로 소파에 누워 게임 쇼 〈카운트다운〉을 보는 모습을 보더니 긴한숨을 쉬었다. 나는 그녀가 가볍게 내 흉을 보거나 아니면 한잔하러 가자고 할 줄 알았다. 하지만 그녀는 부엌으로 가더니 주전자에 물을 채우고 불에 올렸다.

"호주에 있을 때 나는 상담 치료를 받았어." 그녀가 말했다. "좋았어. 이야기를 많이 했어, 아주 많이. 물론 대체로 나에 대한 이야기였지. 오빠도 알잖아, 그게 내가 제일 좋아하는 주제인걸. 끝에 가서 좀 시시해지긴 했지만 그래도 도움이 됐던 건 분명해. 그러고 나서 말레이시아에 있는 해변 마을로 갔어. 오빠도 한번 해봐. 내 말은 상담 말이야. 말레이시아는 오빠한테 아마 별로일 거야."

"그래, 너도 안녕." 내가 대답했다.

"난 진지하게 말해주는 거야." 그녀가 말했다. "문제 해결에 도움이 될 거야. 조지 문제 말이야."

"모르겠어. 이상하잖아, 그 긴 세월을 다 보내고 이제 와서."

"상담 의사한테 이상한 건 하나도 없어. 그게 그 사람들 일이거든. 오빠는 좀 풀어내야 해. 그건 그렇고, 창문 좀 열어. 이 방에 슬픈 남자가 내는 고약한 냄새가 꽉 차 있어."

그러더니 그녀가 나를 앉힌 뒤 구글로 상담 의사를 검색하게 했다. 내 기준에 맞는 (너무 가까이 있어도 안 되고 히피도 안 됐다) 의사를 한 명 고르자 그녀가 전화기를 내게 건넸다. 나는 친절하게 들리는 목소리의 한 여인과 예약을 했다. 바스에 진료실을 가진 의사였는데 몇 달 동안은 나를 받아줄 수 없다고 사과했다. 그로써 나는 정신과 의사의 진료라는 멋진 신세계에 대비할 시간을 다소간 벌 수 있었다.

닷새째 되는 날 나는 거실로 나가 서성대다가 이불보로 몸을 감싼 채 소파 위로 쓰러졌다. 끔찍한 SF 시리즈나 연달아 시청해볼까 했는데 그때 티브이 아래 놓여 있는 엑스박스 360이 눈에 띄었다. 그걸 컨 다음 느릿느릿 마인크래프트를 로딩했다. 특별한 뜻은 없었다. 그저 저장해두었던 게임이나 열어보고 광산 아래로 내 캐릭터나 던져버릴까 하는 심산이었다. 그런데 그때, 메시지 창 한 개가 열리더니 '샘크래프트04'가 연결되어 있다고 알려줬다. 그건 샘의 엑스박스 이름이었다. 그 이름을 보는 순간 슬픔으로 무력해진 내 몸속으로 전기 충격이 지나가는 듯했다. 당장에 기억이 떠올랐다. 내가 일요일에 어떻게 떠나왔는지도, 게임에서 무모한 모험을 벌인 이후 오랫동안 침묵했던 사실도. 샘은 아직도 나와 함께 게임이 하고 싶을까? 마인크래프트 메인 메뉴로 가서 혹시 엑스박스 게임 유저 가운데 누구라도 자기 세계를 공유하겠다고 열어놓은 사람이 있는지 살펴봤다. 그런데 딱 한 경우가 있었다. 내가 원하는 유일한 세계였다. 샘과 아빠의 세계. 샘은 지금 게임을 하고 있었다.

나는 클릭을 하고 그 세계가 로딩되기를 기다렸다. 뭘 해야 할지도 혹은 제대로 작동이나 될는지도 잘 모르는 채. 화면이 껌벅거렸다. 될 리가 없어, 라고 생각했다. 그런데 됐다.

갑자기, 내가 거기, 그 풍경 속에, 며칠 전 샘과 함께 만든 세계 속에 있었다. 내 주위는 온통 자작나무들이었다. 숲 바닥의 노란 꽃들이 간간이 보였다. 기분이 한결 밝아졌다. 요 며칠 그 어느 때보다도 각성이 됐다. 마치 오랫동안 병을 앓다 모처럼 햇살을 보는 기분이었다. 하지만 성이 어디 있는지, 혹은 어떻게 샘을 찾을지 도통 알 수가 없었다.

어느 방향으로 가볼까 생각하고 있었는데 텍스트 한 줄이 화면에 떠올랐다. '샘크래프트04가 당신에게 메시지를 보냈습니다.' 나는 메뉴를 불러서 메시지를 읽었다. '아빠, 해드폰(원서에서 샘은 'headphone'을 'hedfone'로 잘못 쓰고 있다-옮긴이) 써.' 나는 댄이 티브이 근처에 놔둔 플라스틱 박스를 뒤졌다. 전기 코드와 컨트롤러 더미 속에 마이크까지 다 갖춘, 비행기 조종사용 헤드셋처럼 생긴 헤드폰을 찾아냈다. 그걸 컨트롤러에 연결한 다음 머리에 썼다.

"여보세요?" 내가 말했다.

처음에는 아무 소리도 들리지 않다가 몇 초 동안 웅웅 울리는 소리만 나더니 다시 아무 소리도 들리지 않았다. 그러다가 마침내, 무슨 소리가 들렸다. 희미하지만 또렷하게, 마치 장거리 전화 같은 소리였다. 그 목소리를 알아들을 수 있었다. 가슴이 철렁했다.

"아빠!"

달콤하디 달콤한 음성이 공허한 잿빛 침묵의 날들을 뚫고 날아들었다. 내 아들이, 몇 마일이나 떨어져 있는 아이가 갑자기 여기, 블록으로 만든 똑같은 하늘 아래 있었다. 게다가 내가 와줘서 기쁜 목소리였다. 그 모든 일을 겪고도. 아이가 나를 자기 세계로 받아준 것이다. 나는 너무 흥분해서 바보처럼 어찌할 바를 몰랐다. 아이는 아직도 나와 놀고 싶어 했다. 나는 기회를 한 번 더 얻었다.

"샘! 너 어디 있니?"

"아빠가 지도를 꺼내야 해. 우리 성이 거기에 나올 거야. 내가 만들고 있어."

내가 보관함을 뒤지니 쉽사리 지도가 나왔다. 거기에 우리가 공유하는 풍경이 모자이크 형태로 비슷하게 드러나 있었다. 주말에 우리가 만들었던 성이 북동쪽 구석에 커다란 사각형으로 표시됐다.

나는 앞으로 걸어갔다. 커다란 협곡 사이로 조심조심 돌아서 가니 땅이 솟아서 풀이 무성한 절벽으로 이르는 비탈길이 되었다. 전망이 좋은 곳에서 보니까 우리가 만들었던 성이 평원 위로 크고 당당하게 자리했다. 나는 마치 추방됐다가 다시 수도로 귀환하는 왕이 된 듯한 기분을 느꼈다. 물론 충실한 신하들이 무리 지어 기다리는 대신에 언덕길 아래에서 경중대는 소 한 마리만 있었지만. 게다가 지금 보니 성에도 뭔가 변화가 있었다. 전에는 둔탁한 회색 코블스톤으로 만들었던 외벽 두 개가 지금은 표면에 노란 벽

돌을 입고 있어서 마치 햇살을 모아놓은 것 같았다. 그곳으로 다가가니 샘이 보였다. 세 번째 벽 위 높은 곳에서 벽돌을 가지고 체계적으로 한 장 한 장 층을 내고 있었다. 그때 아이가 나를 보더니 당장에 벽을 타고 내려왔다. 나는 늑대를 막으려고 우리가 쌓았던 담장으로 가서 문을 와락 열고 들어가 나를 향해 달려오는 샘과 마주 섰다. 포옹 버튼이 따로 없었다. 포옹 버튼이 있어야 하는데!

"안녕, 샘!" 내가 무작정 소리 질렀다. "잘 있었어? 지금 뭐하는 중이야?!"

"아빠! 난 지금 런던탑 색깔을 내고 있어. 사진처럼. 이건 사암이고!"

그러고 보니 알 수 있었다. 색깔만 연하게 바뀐 게 아니었다. 아이는 진짜 건물과 흡사하도록 한 층을 더 올리고 올바른 간격으로 창을 여러 개 뚫어놨다. 여러 시간이 걸렸음에 틀림없었다.

"멋지다!" 내가 말했다. "내가 도와줄까?"

"그럼! 우리 성이잖아."

"샘, 일요일 일은 미안해. 우리 물건들을 모조리 잃어버려서 정말 미안해. 내가 계속해서 잘못만 저지르네."

"괜찮아. 엄마가 그러는데 사람들이 모험을 하다 보면 잃는 게 있대. 우리도 그런 거래. 아빠, 그런데 런던탑에 사람들이 블러디 타워(런던탑에서 감옥과 형무소로 쓰인 구역, bloody는 미국의 Goddamn에 해당하는 영국 속어이기도 하다─옮긴이)라고 부르는 데가 있다는 거 알아? 정말 무례한 말이지?"

"맞아! 그런데 내가 떠난 다음에 엄마가 너한테 그런 말을 한 거니?"

"응. 내가 슬퍼하니까 엄마가 괜찮다고 했어. 엄마가 모험은 위험한 거라고, 위험하니까 산책이라고 안 하고 모험이라고 한다고 그랬어."

과연 조디다웠다. 그녀는 샘에게 세상을 설명해줄 때 언제나 아이가 사용하고 이해하는 언어로 아이의 경험을 풀어줄 줄 알았다. 내가 늘 잊어버리는 게 바로 이 점이었다. 여러 가지 측면에서 아이는 우리 세상으로 여행 온 관광객과 비슷했다. 지나가는 관광객은 이 지방 특유의 관습과 풍토를 몰라서 허둥대는 법. 조디는 샘의 구글 번역기였다. 내가 우물대고 움츠리고 도망치는 동안 조디는 아이의 손을 잡고 인도해줬다. 반면에 나는 형편없는 아빠였다. 이제 그만 형편없어야 할 텐데.

"좋았어, 이제 이 탑을 완성하자!" 내가 말했다.

나는 건물 사진을 찾으려고 휴대폰을 쥐고 구글로 이미지 검색을 했다. 귀퉁이마다 세운 탑 네 개의 크기를 줄이고 모양을 다듬어야 하는 게 분명해 보였다. 그래서 나는 그 일에 착수했다. 사다리를 몇 개 만들어서 담마다 꼭대기까지 올라가 탑을 깎아내렸다. 그게 며칠간 내가 가져본 최고의 목표였다. 나는 이불을 벗어 던진 뒤 똑바로 앉아서 완벽하게 집중했다. 다시 한번 그 이상한 느낌이, 화면 속 세계로 빠져드는 느낌이 찾아왔다. 어찌 보면 일종의 도피 같았다. 마치 옷장 문을 열고 픽셀로 만든 나니아로 들어가는 것 같았다. 종교로 가득한 은유와 말하는 사자만 없을 뿐.

성을 만들고 그 모양을 다듬으면서 우리는 이야기를 나눴다. 처음에는 재료와 도구를 나눠 쓰고, 계획을 세우고, 밤이 내리기 시작하자 서로에게 조심하라고 주의를 주는 등 당면 과제에 대한 이야기였다. 그러다가 차츰 화제를 넓혀갔다.

"아빠." 샘이 말했다. "아빠는 집 짓는 일을 해?"

"비슷해." 내가 말했다. "전에는 사람들에게 집을 파는 가게 같은 곳에서 일했어. 그런데 이제는 아니야."

"나는 커서 집을 짓고 싶어."

"건축가가 되고 싶구나? 그런 일을 하는 사람을 그렇게 불러."

"응, 나는 권축가(원서에서 샘은 'architect'을 'artitech'로 잘못 쓰고 있다-옮긴이)가 되고 싶어. 이렇게 생긴 성을 지을 거야."

"건축 허가가 순조롭도록 행운을 빌어줄게."

농담이었지만 이 말을 하면서 나는 목이 메었다. 강한 깨달음이 와서였다. 이 잠깐의 대화가, 사소하게 넘겨버린 것 같지만, 아마도 우리가 함께한 중에 가장 심도 있는 대화였을 것이다. 내가 무슨 일을 하는지 샘이 알고 있다. 나한테는 그 사실이 계시나 다름없었다. 나는 늘 아이가 이해 못 할 거라고, 아니면 자기 경험 말고는 아무 관심이 없을 거라고 지레 생각했었다. 게다가 우리는 한 번도 아이의 미래나 희망, 혹은 꿈에 대해 이야기해본 적이 없었다.

그런데 아이에게 꿈이 있었다.

우리는 계속해서 벽돌을 교환하고 탑을 가다듬으며 건물을 지었다. 아이가 내게 용광로를 만드는 법을 알려주었다. 그걸로 모래를 유리로 녹여서 제대로 된 창문을 만들었다. 건축을 다 마치고 우리는 멀찍이 떨어져서 우리가 만든 작품을 음미했다.

"이제 준비가 다 된 것 같다." 내가 말했다. "이제 칼이랑 횃불을 가지고 나가서 보물을 찾아볼 때가 됐다고 생각해. 보석 왕관을 찾아서 성에 가져다 놔야지. 나랑 같이 갈 사람?"

"응?" 샘이 말했다.

"그대는 다이아몬드와 금과 에메랄드를 찾아 펼칠 나의 이 장대한 원정에 협조할 텐가?"

"네!" 샘이 말했다.

"우리는 용감한 모험가이고 그 아무것도 우리를 막을 수 없도다!"

"맞아! 아무것도 못 막아!" 그때 헤드폰을 통해서 소리 죽인 대화 소리가 들렸다. "엄마가 이제 그만 자게 인사 나누래."

"아, 그렇구나, 우릴 막을 수 있는 건 다만 취침 시간뿐이다! 샘, 잘 자라."

"우리, 런던에 가면 안 돼? 난 가보고 싶어, 정말로."

"그럴까. 생각해보자. 런던탑이랑 다른 멋진 건물도 많이 볼 수 있어. 그리고 다른 곳도 너한테 보여주고 싶기도 해. 나랑 에마 고모한테 뜻깊은 곳이야."

"멋져." 샘이 말했다.

그리고는 마이크가 꺼지고 우리 세계가 닫혔다. 앉아서 오랫동안 메뉴 화면을 쳐다봤다. 곰곰이 생각을 했다. 마치 내 뇌가 재부팅되는 느낌이었다. 문득 정신을 차리고 보니 나는 영화 〈킹스 스피치〉를 생각하고 있었다. 그 영화는 조지 6세가 말을 할 때 음악을 들음으로써 말더듬이를 극복하는 과정을 다뤘다. 혹시 블록을 쌓는 이 이상한 게임이 샘에게 비슷한 종류의 전환을 가져다줄지도 몰랐다. 샘에겐 마인크래프트가 음악일지도 몰랐다.

이게 내가 형편없음을 면할 방법일지도 몰랐다.

그날 밤 늦게 조디에게서 문자가 왔다. 이번에는 읽었다. 월요일에 자폐 학교 견학하기로 한 약속을 일깨워주는 사무적인 문자였다. 그 학교에 샘을 입학시키기란 거의 불가능하다는 사실을 우리 둘 다 알고 있었다. 우리 아이가 보통 학교에서는 또래들보다 몇 년이나 뒤지고 말도 더듬대며 어휘도 부족하지만 자폐 스펙트럼에서는 높은 단계에 속했다. 작년에 우리 지역 자폐 모임에 간 적이 있었는데 교육 당국 상담자가 하는 말이 정도가 훨씬 심한 아이들이 많아서 우리 아이가 추천서를 받기는 어렵다고 했다. 하지만 노력은 해야 했다. 부모가 되어 일찌감치 깨달은 바는 보건과 교육 시스템은 광대하고 복잡한 일종의 게임이라는 사실이다. 당신 아이가 특별 도움이 필요하다면 법을 잘 알아서 그걸 한껏 이용해야 한다. 온갖 종류의 검사, 온갖 종류의 상담, 온갖 종류의 전문가 등 뭐든지 쟁취해야 한다. 정확한 용어를 알아야 하고, 필요한 모든 서류와 문건과 절차를 조사해야 한다. 그리고 제도 안에서 얻을 수 없는 건, 그럴 수만 있다면, 돈을 내고 구해야 한다. 기다린다고 얻어지는 건 하나도 없다.

댄이 귀가한 시간은 열한 시였다. 그는 그동안 또 다른 멋쟁이 제작사를 도와 '오프라인 광고물', 즉 광고 전단을 디자인하고 있었다. 버드하우스라는 이름의 트렌디한 유기농 프라이드치킨 포장 판매점 일이었다. 이런 가게는 아마 브리스틀에만 있겠지.

"드디어 침대에서 나왔네." 그가 어슬렁어슬렁 들어오면서 말하는데 그답지 않게 지쳐 보였다.

"응. 샘이랑 마인크래프트 하고 있었어. 온라인으로."

"21세기에 오신 걸 환영합니다. 기분은 좀 어때?"

"괜찮아. 좋아졌어. 몰라. 우리 결혼은 끝난 것 같아."

"그 얘기는 이미 했던 거잖아. 조디한테는 시간이 좀 필요한 것뿐이야. 그게 다라고."

"리처드라는 놈하고 데이트할 시간?"

댄의 역량을 벗어난 대목임이 분명했다. 그는 꺼져가는 조디와 나의 관계에 대해서 좀 더 생각해보는 시늉을 하다가 가방에서 자기 맥북 프로를 꺼내 커피 테이블에 얹은 뒤 펼쳐 열었다. 순식간에 포토샵이 화면에 열리더니 반쯤 끝낸 디자인이 화면 전체를 차지했다. 호화찬란한 광고 문구가 보였다. '당신의 영혼을 위한 버드하우스(Birdhouse for your soul, 미국 록 밴드의 노래 제목 Birdhouse in your soul의 패러디—옮긴이).' 노래를 따왔지만 목표 고객의 85퍼센트는 무슨 말인지 모를 것이다. 설상가상으로 판촉을 위한 특별 메뉴인 더블 프라이드치킨 버거와 튀긴 고구마, 라지 사이즈 콜라 세트를 '칙 비터(Chick Beater, 젊은 여자를 구타하는 사람이라는 뜻으로 도 해석될 수 있다—옮긴이)'라고 이름 지었다.

"댄, 이 메뉴를 진짜로 칙 비터라고 부를 거야?"

"응, 그 사람들이 그렇게 말하던데?"

"알았어. 네가 그 사람들 좀 말려야겠다."

"왜?"

"세상에! 가정 폭력에 대한 말장난 거리잖아. 대체 어떻게 이게 좋은 이름이라고 생각할 수가 있냐고? 사람들이 트위터에서 얼마 나 놀릴지 생각이나 해봤어? 박살이 나버릴걸."

"아, 알았어."

댄은 뜻하지 않게 당한 비판 때문에 열 받은 게 분명해 보였다.

"너는 우울증으로 허우적거리고 있을 줄 알았더니." 그가 말했다.

"그랬지. 그러다가 마인크래프트를 좀 해서 기껏 살아났더니 사람들 창의력에 절망을 하게 되네."

"그래도 그 절망을 나한테 쏟지는 말아라, 친구야."

그가 랩톱을 탁 소리가 나게 닫더니 자기 침실로 들어갔다. 나 는 다시 게임으로 돌아가 새 세계를 로딩했다. 산뜻한 풍경이 금 방 생겼다가 화면 위에서 사라졌다. 물결치는 초원이 드넓게 펼 쳐지다가 눈 덮인 삼림지가 나왔다. 진정한 처녀지로, 그전에 그 누구도 와서 더럽히거나 훼손한 적이 없는 영역이었다. 실제 인생의 어느 것이라도 이토록 쉽사리 다시 시작할 수 있다면 얼마나 좋으랴.

그 생각을 채 음미하기도 전에 내 휴대폰이 울렸다. 매트였다.

"안녕, 알렉스, 어떻게 지내?"

"그냥, 처참해."

"아이고, 안됐네. 그런데 이봐, 기분 전환 좀 해볼래? 첼시와 사우샘프턴 시합이 내일 있어. 친구들 몇 명이 빠지는 바람에 그러는데 대신 네가 갈래? 원하면 댄도 데려와도 돼. 여분으로 표가 두 장 있어."

"잠깐만, 우리 결혼이 깨질까 말까 하는 판에 넌 나한테 축구 시합이나 보자는 거야?"

"그렇게 말하니까 내가 무척 나쁜 놈 같다."

처음엔, 괴성을 질러대는 삼만 명 축구 팬들과 함께 경기장에 앉고 싶은 마음이 전혀 들지가 않았다. 하지만 곧, 한동안 매트를 못 만났으니 그의 본고장에서 한번 보는 것도 좋겠다는 생각이 들었다. 그렇게 하면 잠시나마 나도 한숨 돌릴 수 있을 것 같았다.

"그래, 좋아. 하지만 댄은 갈 것 같지가 않네. 그 친구는 축구에 관심 없거든."

때마침 그가 거실로 나와서 부엌 쪽으로 가는 중이었다.

"댄, 내일 축구 보러 갈래?"

"축구가 뭔데?" 그가 말했다.

"싫다는 것 같아." 내가 매트에게 말했다.

"아니 잠깐! 혹시 거기서 무슨 아이디어를 얻게 될지도 모르지. 완전히 낯선 장소로 가면 말이야. 좋아, 갈게."

그렇게 해서 열다섯 시간 뒤에 우리 셋은 사우샘프턴 FC의 이친 스탠드에 앉아 있게 되었다. 빨간색 줄무늬 셔츠가 바다를 이루고 있었고 매트를 비롯한 수천 명의 남자들이 자랑스레 〈성자들이 행진할 때〉를 열창했다. 날은 추웠지만 맑았고 구릿빛 햇살이 경기장 일부를 물들여 초자연적인 기운이 감돌았다. 댄이 프로그램 북을 뒤적이며 디자인과 레이아웃을 비판하는 동안 나는 내 결혼생활에 대해 곰곰이 생각해봤다. 첼시에게 무릎을 꿇을 것이 뻔한 사우샘프턴의 경기가 내 결혼 생활의 불길한 징조가 될 것 같았다. 노래가 끝나자 매트는 주변 사람들과 수다를 떨기 시작했다. 사람들이 고통스러울 정도로 열렬한, 그리고 지나치게 심각한 스포츠 분석을 주고받았다. 이런 분석이 전국의, 아니 아마도 전 세계의 사무실과 공장 바닥에서 질병처럼 퍼져나가고 있으리라. "지금 절정을 달리는 X선수가 전설적인 A선수의 진정한 후예지."라거나 "Y선수와 Z선수의 대결이 오늘의 부수적인 볼거리지."라거나 "무리뉴를 해고하면 안 되는 거였어."라거나 "무리뉴는 풋내기야."라거나 "프리미어 리그로 가는 길을 허비할 수는 없어." 등 마치 내가 오천 명이나 되는 앨런 시어러(전설적인 잉글랜드 축구선수 출신 해설자—옮긴이) 흉내쟁이들과 BBC 축구 프로그램 〈매치 오브 더 데이〉 녹화장에 갇혀 있는 느낌이 들었다.

휘슬이 울리고 군중이 환호하고, 그러고 나서 양측이 서로를 테스트하느라 15분간 하릴없이 공을 주고받았다. 매트가 턱을 손에 고인 채 몸을 앞으로 숙이고 있었다. 마치 로댕의 〈생각하는 사람〉이 줄무늬 방울 모자를 쓰고 있는 것 같았다. 댄이 긴 한숨을 내쉬더니 가방을 뒤적여 자기 맥북 프로를 꺼낸 뒤 순식간에 화면을 펼치고 포토샵을 열었다. 매트가 질색을 하며 그를 쳐다봤다.

"댄!" 매트가 쇳소리를 질렀다. "축구장에서 그딴 랩톱 따위를 열면 안 되지!"

"왜? 왜 안 되는데?"

"여기는 세인트 메리 경기장이니까, 빌어먹을 스타벅스가 아니고! 게다가, 우리가 골을 넣으면 랩톱이 날아갈 테니까."

"난 축구 전문가는 아니지만, 그게 가당키나 하겠어?"

바로 그 순간 첼시 수비수가 코너에서 헤딩으로 한 골을 넣자 일부 원정 온 서포터들이 열광했다. 그러나 우리 주위는 온통 침통한 침묵이 둘러쌌다. 그러자 댄이 조용히 랩톱을 접어 가방에 집어넣은 다음 처량한 눈으로 나를 쳐다봤다.

하프 타임이 되자 우리는 의무라도 되는 듯 바를 향해 발을 끌며 나왔다. 대머리가 되어가는 남자들이 인산인해를 이루어 나오면서 낙담으로 고개를 절레절레 젓거나 혀를 쯧쯧 차댔다. 댄과 내가 플라스틱 파인트 잔에 담은 물 탄 맥주를 마시는 동안 매트는 버거 바 앞에 줄을 서서 거대한 몸집의 스킨헤드 한 명과 우리 팀의 수비 허점을 의논했다. "여기도 스타벅스가 있으면 좋겠다."

댄이 말했다.

후반전은 보기 고통스러울 정도로 조심스러운 소모전이었다. 양측이 상대방 영역에 거의 들어가 보지도 못했다. 매트조차도 혼자서 중얼대거나 휴대폰을 확인하는 등 한눈을 팔 정도였다. 하지만, 마지막 10분을 남겨두고 홈팀에 뭔가 딸깍하고 신호가 들어온 듯했다. 영리하게 작업한 프리킥으로 동점 골이 들어가자 군중들이 광적인 함성을 토했다. 매트가 기뻐서 펄쩍 뛰더니 다시 자리에 앉은 다음 댄 쪽으로 몸을 기울였다. "가당키나 하고말고, 안 그래?" 그가 쿡 찔렀다. 그런데, 인저리타임에 들어선 지 2분 만에 첼시 공격수가 박스 가장자리에서 무너지더니 공이 거센 기운으로 방향을 틀었다. 사우샘프턴 선수 세 명이 미드필드를 돌파하며 그 공을 향해 돌진했다. 갑작스럽게, 긴박한 기대감이 스탠드 전역으로 퍼졌다. 매트가 엉거주춤 반은 앉고 반은 서 있는 자세를 취했다. 마치 변기 위에서 스쿼트를 하는 것 같았다. 심지어 댄도 경기를 주시했다. 한 번, 두 번의 패스가 수비수를 제쳤다. 스트라이커 앞이 훤하게 열렸다. 내가 눈 깜박할 새 골이 네트 뒤 깊숙이 박혔다. 스탠드가 화산처럼 터졌다. 매트는 껑충 뛰어오르며 허공으로 주먹을 날리는 등 적나라한 만족감을 끔찍할 정도로 서슴없이 표현했다.

"아아, 세상에, 매트가 절정일 때 표정이군." 댄이 소리쳤다.

그때 매트가 우리를 껴안았다가 주위 사람들을 껴안은 뒤 안내 직원들마저도 껴안았다. 포옹 세례는 마지막 휘슬이 울릴 때까지 계속됐다. 나는 군중을 내려다보며 축제 분위기를 만끽했다. 다 큰 어른이 공을 차서 알루미늄 기둥 두 개 사이로 집어넣는 데 성공했다는 이유로 사람들이 얼굴이 일그러질 정도로 기뻐했다. 그때 몇 줄 아래쪽에 어떤 남자와 아들이 보였다. 두 사람 다 똑같은 셔츠를 입었는데 아이는 샘 나이 정도 되어 보였다. 두 사람은 서로를 얼싸안았다가 주먹을 부딪쳤다가 신이 나서 떠들어댔다. 이 시합이 축구 클럽이나, 프리미어 리그 순위, 우스꽝스러운 축구라는 스포츠 일반에 어떤 의미이든 간에 저 두 사람에겐 두 사람만의 소중한 기억으로 자리할 것이다. 두 사람은 집에 가서 다른 식구들에게 자랑을 할 테고 아이가 잠자리에 들면 그 머리맡에 아버지가 앉아서 둘이 함께 경기를 복기할 것이다. 이 승리의 광란 속에, 아무리 덧없어 보여도, 스탠드 전체에 저런 소중한 순간들이 진행되고 있겠지. 그러고 보니 나는 이제 더 이상, 아니 단 한 번도 이렇게 손쉬우면서도 자연스러운 순간을, 그러니까 아무런 복잡함 없이 서로를 누리고 뭔가를 공유하는 순간을 가져본 적이 없었다는 사실이 생각났다. 샘과 나 사이에는 언제나 복잡한 문제가 있었다. 게다가 그 복잡함이 지금은 몇 배로 불거져 있었다.

"자, 어서." 댄이 내 어깨를 두드리며 말했다. "브리스틀로 돌아가자. 남자들이 너무 많아서 나는 끔찍하다."

16

월요일 아침 내가 우리 집 바깥에 차를 세웠을 때 조디는 긴 모직 코트와 스카프 차림으로 밖에 나와서 나를 기다리고 있었다. 샘은 학교 아노락(후드가 달린 바람막이—옮긴이)을 입고 방울 모자를 쓰고 있었는데 풀이 죽어 있었다. 우리 모두 화가 나고 이 상황이 못마땅한 게 분명했다. 10월 아침이라 쌀쌀했다. 하지만 우리 사이에는 더 심한 한기가 맴돌았다.

"난 그 학교 안 가고 싶어." 샘이 차 뒷자리에 올라 불손한 태도로 좌석 벨트를 채우며 말했다. "안 가고 싶어. 안 가고 싶어."

"빨리 끝내버리자." 조디가 쾅 하고 문을 닫으며 말했다.

"요새는 뭐든지 끝내고 싶은가 봐?" 내가 중얼거렸다. 그녀가 고개를 절레절레 저었다.

에이번 자폐아 학교는 숲이 우거진 교외 지역 자그마한 밭뙈기들이 밀집한 곳에 있었다. 전체 현관을 커다란 유리 패널로 만든 매우 현대적인 건물로, 디자인으로 치면 초현대식이었다. 안으로 들어가자 중앙의 큰 공간에 안내소가 보였고, 거기서 시작된 넓은 흰색 복도가 건물 뒤쪽까지 뻗어 있었다. 이번엔 샘이 자진해서 차에서 내렸는데 아마도 그곳의 외양에 반해서인 듯했다. 그래도 접수 데스크로 가는 동안 조디의 손을 꼭 붙든 채 계속해서 말했다. "꼭 잡아줘, 엄마. 내 손 꼭 잡아줘." 아이가 초조하다는 분명한 신호였다. 우리가 시내에 갔는데 차 소리가 요란할 때면 아이가 어쩌나 내 손을 꼭 쥐는지 어느 정도 시간이 지나면 그 손이 아플 지경이 되기도 했다. 아무리 꼭 쥐어도 아이에게는 만족스럽지가 않기 때문이다. 교직원이라기보다는 은행 직원처럼 산뜻한 옷차림의 접수 안내원이 우리가 오는 모습을 알아차렸다.

"아, 로씨 부부시죠? 그리고 너는 샘이고? 앉으세요. 교감 선생님이 곧 나오실 거예요."

우리가 다시 침묵으로 돌아가기도 전에 흰머리가 희끗거리는 50대쯤 되어 보이는 키 큰 남자가 접수처 옆 사무실에서 나타났다. 산뜻한 파란색 정장을 입고 있었다.

"저는 트리스탄 포스터 교감 선생입니다." 그가 말하며 나와 악수를 나눈 뒤 조디와도 악수했다. 그리고 스스럼없이 샘 앞에 쭈그리고 앉았다. "안녕, 샘?" 그가 말했다. "한 바퀴 돌아보시죠."

우리는 그의 뒤를 따라 큰 복도로 들어가는 이중 문을 지났다. 그동안 그는 설명을 했다. 학교는 정부와 자선 단체의 후원을 받고 있고 신중하게 공간을 설계했다고 했다. 폐쇄 공간도 없었고 병목 통로도 없었고 좁은 복도도 없었다. 벽은 아무 장식 없이 남겨두었다. 보통 학교마다 걸려 있기 마련인 알록달록한 그림들이 일부 학생들의 감각에는 자극이 지나쳐 난폭하게 느껴질 정두이기 때문이라고 했다. 학급 사이즈는 작고 교사와 보조 교사 모두 전문가라고 했다. 분위기는 조용하고 친밀해서 지금 조디와 나 사이의 기류와는 정반대였다. 혹시나 교감 선생이 우리 사이의 이런 갈등과 긴장을 눈치챘을는지 궁금했다.

샘이 조디의 손을, 혹은 그녀의 코트 자락을 붙든 채 우리 뒤에서 걷고 있었다. 나는 아이를 부추기기 위해 이런저런 말을 붙였다. "저것 좀 봐, 샘, 애들이 아이패드 가지고 놀고 있네…… 봐봐, 커다란 티브이도 있네." 하지만 아이는 의기소침한 눈길을 보내거나 아니면 시선을 돌렸다.

걸어가면서 트리스탄 선생이 설명을 해줬다. 재학생들은 스펙트럼상 여러 단계의 아이들이 모두 섞여 있으며 그래서 어떤 아이들은 굉장히 면밀한 주의가 필요하다고 했다. 어떤 교실에서는 한 남자아이가 책상에 앉아서 책을 읽고 있었는데 계속해서 두 손으로 자기 머리 양쪽을 갈겨대며 낮은 소리로 신음을 하고 있었다. 샘이 몸을 움츠리며 피했다. 반면에, 작은 시청각실을 지나치면서 우리가 본 광경은 10대 몇 명이 모여서 팟캐스트를 제작하는 현장이었다. 뭐하고 있냐는 트리스탄 선생의 물음에 아이들은 공손하고 재치 있게, 자신감 넘치는 태도로 대답했다. 그런 뒤 트리스탄 선생은 우리에게 입학 신청 절차와 그 지역 교육 당국의 불가해한 정책에 대한 조언을 주었다. 우리는 그 모든 내용을 빠짐없이 숙지하려고 했지만 기억해야 할 분량이 너무 많았다. 방문이 끝나갈 때쯤 그가 돌아서더니 마지막으로 강조했다.

"우리 교육의 주안점은 학생들이 독립적인 삶을 살 수 있는 기술을 갖추고 졸업하도록 하는 것입니다."

어쩐 이유에선지 그 말에 깃든 엄정한 현실이 나를 세게 강타했다. 전에는 우리가 회피하기만 했던 영역이었다. 샘이 더 크면 뭘 할까, 라는 이 거대한 질문. 그게 지금 가혹한 현실로 우리에게 제시되었다. 약간의 독립성이 우리가 바랄 수 있는 최선일까? 솔직히 지금은 그조차도 상상하지 못한다. 아이가 직장에 다니는 그림을 그려보려 했다. 지시를 따르고 사람들과 어울리고 복잡한 성인의 삶과 인간관계를 이해하는 그림을. 도저히, 도저히 상상이 되지 않았다. 그리고 혼자 산다고? 스스로를 보살피면서? 누군가를 만나 사귀고? 지금 당장으로선 판타지나 다름없는 생각이었다.

트리스탄 선생이 나와 조디와 악수를 나눈 다음 다시 한번 샘 앞에서 무릎을 굽혔다.

"아마 우리 학교가 네 마음에 들 거야." 그가 말했다.

하지만 바깥으로 나온 뒤에도 샘은 여전히 기운 없이 잠자코 있었다. 콘크리트로 깔끔하게 덮은 자동차 진입로 위에 우리가 외로이 서자 등 뒤로 자동문이 닫혔다.

"넌 어떻게 생각해?" 내가 샘에게 물었다.

"무서운 애들이 있었어. 난 여기 싫어."

"여기는 컴퓨터도 많고 조용하고 좋잖아." 조디가 말했다.

아이가 주위를 돌아봤다. 집중을 하느라 얼굴이 일그러졌다. 무언가 전달하고 싶어서 그 방법을 절박하게 찾고 있는 듯했다. 그런데 아이의 그 관심사가 너무 복잡해서 말로 옮기기가 힘든 모양이었다.

"그렇지만…… 나는 '권축가'가 되고 싶으니까." 아이가 드디어 말했다. 그러더니 천천히 차 쪽으로 갔다.

내가 조디를 봤다.

"당신은?" 내가 조디에게 물었다.

"난 정말 좋아 보여." 그녀가 말했다.

"맞아. 그런데 여기는 다르다는 사실을 샘이 알아차렸어. 애가 안다고, 안 그래? 자기가 여기로 오게 되면 자기도 다르게 분류된다는 사실을 애가 알아."

우리는 각자의 생각과 근심에 사로잡힌 나머지 더 이상 쓸모 있는 의논을 하지 못하고 대신 차 쪽을 향해 걸었다. 아이는 우리 뒤를 쫓아왔다. 가을바람에 몸이 떨렸다.

그날 저녁 나는 마인크래프트에서 샘과 만났다. 우리는 함께 돌칼과 횃불을 만들었고 보호용 갑옷을 만들 만큼 충분한 양의 쇠를 모았다. 이제 우리는 성에서 더 멀리 떨어진 곳으로 향하고 있었다. 길을 걸으며 식량을 모았고 돌투성이 비탈길을 지나 동굴들 속으로 들어갔다. 석탄이 군데군데 모여 있어서 욕심껏 파냈다. 어떤 때는 용기를 내어 좀 더 깊숙이 들어간 적도 있었다. 산 밑마다 끝없이 펼쳐진 회색 블록들 사이에서 노랗게 반짝이는 금을 찾을 수 있을까 싶어서였다. 하지만 샘은 언제나 일정 지점에만 이르면 더 이상 깊이 들어가기를 거부하며 몸을 사렸다.

"거미랑 스켈레톤이 나올까 봐. 난 싫어." 그가 말했다.

성 동쪽 우뚝 선 절벽 아래 거대한 동굴이 떡 하니 입을 벌리고 있었다. 아마도 버려진 광산이 있는 모양인데 (마인크래프트 세계에는 이런 광산이 즐비하다) 그렇다면 보물이 있다는 뜻이다. 하지만 아이는 근처에도 가지 않으려 했다. 광산이 있는 곳이면 몬스터도 있기 때문이다.

실망스러웠지만 아이에게 채근하지는 않았다. 바깥세상에서는 늘, 샘을 '정상'이 되는 길로 인도해야 한다고 느꼈다. 하지만 여기서는 그게 중요하지 않다는 걸 깨달았다. 그런 압박감이 없었다. 아이는 두려움을 느껴도 됐다. 시간은 얼마든지 있었다.

그래서 대신 우리는 북쪽 거대한 사막 지역으로 향했다. 노란색 카펫이 끝없이 펼쳐진 것 같은 이곳으로 전에는 온 적이 없었다. 너무 단조롭고 아무것도 없어서였다. 하지만 누가 알겠는가. 우리는 혹시 필요하게 되면 거처를 만들기 위해 돌을 많이 가져왔다. 힘을 내기 위해서 빵도 만들고 포크찹도 구웠다. 준비를 갖춰야 한다는 교훈을 이미 배웠으니까.

한참을 그저 걷기만 했다. 뾰족한 침이 달린 초록색 상자같이 생긴 선인장을 수십 개 지나치고 우툴두툴 드러난 흙과 돌을 지났다. 이제 그만 돌아가자고, 여기엔 아무것도 없다고 샘에게 말하려던 찰나, 사각형들이 모여 있는 모습이 지평선 위에 보였다. 전에는 전혀 이런 걸 본 적이 없었다. 언덕도 아니고 블록들이 무작위로 튀어나와 있는 것도 아니었다. 사람이 만든 것으로 보였다.

"마을이다!" 샘이 말했다.

마을에 대해서 전에 읽은 적이 있었다. 마인크래프트에서 마을들은 풍경마다 산재해 있고 주민들은 별다른 목적 없이 이리저리 돌아다니는 이상한 캐릭터들이다. 가까이 다가가자 오밀조밀 모여 있는 건물들이 한눈에 보였다. 마치 듀플로 블록으로 만든 집처럼 독특하고도 단정했다. 그 주위로 낯선 주민들이 모여 있었다. 저마다 사각형 머리에 긴 코를 가졌고 모두 어느 수도회에서 입었을 법한 긴 갈색 망토를 질질 끌며 말없이 걸었다. 샘도 스스럼없이 그 사람들 사이를 걸었다.

"책에서 읽었는데 우리한테 에메랄드가 있으면 저 사람들이랑 물물 교환을 할 수 있대." 아이가 말했다. "아, 맞다. 대장장이가 금을 갖고 있을 때도 있댔어!"

서둘러 건물들을 뒤져 대장간을 찾아냈다. 납작한 어느 건물 바깥에 용암 같은 쇳물이 담긴 통이 놓여 있었다. 샘과 같이 왈칵 문을 여니 방 한쪽 구석에 상자가 놓여 있었다.

"네가 열어봐." 내가 한 발짝 물러서며 말했다.

아이가 앞장서서 나무 상자를 열고 안을 들여다보았다.

"아우, 금은 하나도 없어." 아이가 말했다. 나는 우습게도 맥이 빠졌다. "잠깐, 보인다. 다이아몬드야! 다이아몬드가 있어, 아빠!"

"챙겨!" 내가 말했다. 하지만 문득 이러다가, 귀금속 절도를 잘 하는 짓이라고 부추기는 게 아닌가 하는 염려가 들었다.

"보통 때는, 우리 것이 아닌 물건을 가지면 안 돼. 하지만, 이건 모험이고 그럴 때는 규칙을 조금 유연하게 적용해도 돼. 아주 조금만 말이야." 내가 말했다.

"그럼 이 말 안장은 여기 두고 갈까?"

"아냐, 가져가자. 쇳덩어리도. 사과를 두고 가. 아냐 잠깐만, 사과도 아마 필요할 거야. 다 가져가자. 미안하다고 쪽지 써두고."

우리는 잠시 더 머물며 다른 상자도 몇 개 더 열어서 빵과 더 많은 쇳덩어리, 그리고 갑옷을 찾아냈다. 책장이 줄지어 있는 서재도 찾아내어 거기 있는 책을 모두 훔쳤다. 그다음에 더 큰 건물에 들어갔더니 방 하나에 작은 책상이 여러 개 놓여 있었다. 우리 둘다 그 방이 교실 같다고 생각했다.

"샘, 뒷자리에 앉아봐. 내가 선생님을 할게." 내가 말했다.

아이가 어느 나무 책상 옆에 섰다.

"이게 내가 교실에서 앉는 자리야. 창가 자리인데 벤은 여기 없어." 아이가 말했다.

"그 애가 네 짝이니?" 내가 물었다.

"응."

"너랑 친구야?"

"아니."

"왜?"

보통 때라면 이 대목에서 샘이 말문을 닫았다. 질문을 회피하거나 주제를 바꾸거나 도망을 갔다. 오랫동안 침묵이 흘렀다.

"그 애가 맨날 책상 밑에서 나를 때려. 나를 울리려고. 그런데 아무도 그걸 못 봐."

"선생님한테 말씀드린 적 있어?"

"아니."

"왜?"

"아무도 내 말은 안 들어. 난 피하고 싶은데 못 그래."

침묵이 흘렀다.

그랬군. 아이는 교묘하게, 신중하게, 여기저기서 슬쩍슬쩍 괴롭힘을 당했다. 아이한테 학교란 언제나 그런 곳이었을까? 그렇게 생각하니 욕지기가 치밀었다. 조디와 나는 종종, 학교에 몰래카메라를 설치해서 아이의 학교생활이 어떤지 볼 수 있다면 정말 좋겠다고 말했었다. 아이가 어떻게 지내는지, 다른 애들이 샘에게 잘해주는지, 관심이나 있는지 알고 싶었다. 하지만 실제론 그럴 수가 없어서 오히려 우리 둘 다 남몰래 기뻐했다.

샘과 나는 마을의 다른 집에서 밤을 보낸 뒤 아침이 되자 당근을 찾아 채소밭을 약탈했다. 그런 뒤 성으로 돌아갔다. 도착하자마자 현관 홀 아래쪽 오크 마루 밑을 파서 비밀 방을 만들었다. 보물 방이었다. 유리 블록 위에 상자를 한 개 만든 다음 샘이 다이아몬드를 던져넣었다. 그런 다음 그 방에서 나온 뒤 입구를 파묻고 자작나무 널빤지로 표시를 해뒀다.

"안전해." 샘이 말했다. "몬스터들이 못 찾아낼 거야."

"대장장이도 못 찾을 거야. 아무튼, 마을까지 가보다니 우리가 꽤 용감했어. 내 생각에 칼과 방패만 있으면 동굴 깊이 들어가도 될 것 같아. 준비가 다 됐어."

"응, 맞아. 나도 이제 준비가 됐다고 생각해." 샘이 말했다.

"넌 용감한 아이야. 사람들은 아니라고 생각하겠지만, 넌 용감해." 내가 말했다.

현관 벨이 울렸다. 일어서서 모니터를 확인해보니 클레어가 현관 밖에 서 있었다. 양가죽 코트를 입고서 초조한지 손톱을 물어뜯고 있었다. 그녀와 알고 지낸 기간 동안 나는 매트나 조디 없이 그녀와 단둘이서만 만난 적이 한 번도 없었다. 조디와 내 이야기를 하려는 걸까? 아니면 조디와 리처드? 제마의 결혼식 때 생긴 일에 뭔가 끔찍한 국면이 새로 있는 걸까?

"샘, 나는 이제 그만 가야겠어. 미안해. 모험은 다음 날 다시 시작해야겠다."

"아우." 아이가 말했다. 나는 필사적으로 타협안을 생각했다.

"그래그래. 너 혼자 성에다 마구간을 만들면 어때? 우리한테 말 안장도 있으니까 나중에 말 한 마리 잡을까?"

"좋아, 담 옆에다 마구간을 지을게."

"좋아, 잘 생각했어. 안녕, 샘." 나는 콘솔을 끄고 인터콤 버튼을 누르러 복도를 지나갔다.

"안녕, 알렉스. 바쁠 텐데 미안해. 5분만 시간 좀 내줄래?"

"그래. 문 열어줄게."

그녀가 올라왔다. 우리는 어색한 인사말을 나누느라 몇 분을 허비했다. 나는 샘 때문에 학교를 보러 갔다는 이야기와 내 직장 구하는 이야기를 그녀와 주고받았다. 그녀는 쌍둥이 이야기를 했다. 그러다가 매트의 안부를 내가 묻자 말문을 닫았다.

"그이 때문에 내가 여기 온 거야." 그녀가 말했다.

거의 본능적으로 나는 부엌 쪽으로 향했다. 영국인다운 행동이었다. 이건 분명 심각한 문제일 테니 나는 당연히 주전자에 찻물을 끓여야 했다. 클레어는 코트를 벗지도 않고 팔걸이의자에 앉아 자기 휴대폰을 만지작대고 있었다. 매트가 문제일 거라고는 생각도 못했다. 매트라니? 그는 일하고 자고 운동 경기를 보고 애들과 노는 것밖에 모른다. 말하자면 똑똑한 호머 심슨이라고나 할까. 대체 무슨 일이 있을 수 있단 말인가? 그가 아픈 게 아니라면? 매트가 아프다고? 묻지도 않고 나는 클레어를 위해 머그잔에 차를 붓고 내 찻잔과 함께 내갔다. 그녀가 찻잔을 두 손으로 감쌌다.

"그런데, 무슨 일이야?" 내가 물었다.

"지난 몇 주 동안 매트랑 얘기한 적 있어?"

"별로. 이런저런 문자는 주고받았어. 축구 시합에도 같이 갔고."

"그이가 무슨 말 한 적 없어? 친구라 곤란하겠지만, 그래도 나는 좀 알아야겠어, 알렉스."

"아니, 대체 무슨 말을? 클레어, 무슨 일이야?"

그녀가 나를 잠시 쳐다봤다. 마치 내 표정에서 뭔가를 가늠하려고 애쓰는 것 같았다. 그러고는 찻잔으로 시선을 옮겼다. 나도 내 차를 한 모금 마셨다.

"그이가 바람을 피우는 것 같아."

나는 방에다 차를 뿜을 뻔했다.

"뭐라고? 매트가! 아이고, 클레어, 왜 그렇게 생각해?"

"그이가 무슨 소프트웨어 행사에 간다고 지난달에 런던으로 간 적이 있어. 사흘 출장이었는데 동료 직원들과 같은 호텔에서 묵었어. 매년 가는 행사니까 그건 좋아. 그런데 거기 다녀온 후로 줄곧 하는 짓이 너무 이상해. 사람을 경계하고 말수도 없어지고 애들한테도 버럭 신경질을 내고. 요전 날 밤에는 티브이로 축구를 보다가 완전 뒤집어져서 방 저쪽으로 리모컨을 던지더라고. 사우샘프턴이 하는 경기도 아니었는데. 무슨 리그컵 경기였어. 그러더니 그 후론 아무 말도 안 해. 알렉스, 너도 알잖아. 그이가 축구 경기를 그냥 꺼버리다니 말도 안 되지."

"제길."

"내 말이! 혹시 그이가 너한테 아무런 언질도 안 줬어?"

"아니, 전혀 없었어, 클레어. 내가 몇 번 문자를 보낸 것도 샘 때문이었어. 그리고 조디 때문에도. 그런데 그 친구는 아무 말도 안

했어."

"미칠 것 같아. 몰래 휴대폰도 살펴봤는데 남아 있는 문자가 거의 없더라고. 그전에 문자 알림음 소리를 내가 분명 들었었는데도. 아마 문자를 다 지우는 것 같아."

"클레어, 그런 짓을 하면—"

"알아. 그런데 달리 내가 어떻게 해야겠어? 이런 일이 전에는 한 번도 없었어. 그런데 조디와 그 남……."

그녀가 말을 멈췄다. 문득 자기가 무슨 이야기를 하고 있는지 깨달은 것 같았다. 그녀가 얼굴을 붉혔다.

"조디와 리처드 말이지?"

"응, 미안해, 정말 미안해."

"그 일은 얼마나 알고 있어?"

"결혼식에 갔다가 그 사람을 만났다는 것만 알아. 술을 좀 마셨대. 한잔하다가 또 한잔하게 되고. 조디가 죄의식은 느끼지만 그래도 다른 일은 별로 없었어."

"그렇지만 본인의 경우가 되니까 걱정스러운 거지. 그게 그렇게 쉽게 벌어지는 일이라면 혹시나……."

"미안해."

우리는 한동안 아무 말 없이 부부 생활이라는 각자의 드라마에 빠져 차만 마셨다. 바깥 저 아래쪽에서 자동차 소리가 낮게 들려왔고 다른 집 누군가가 플리트우드 맥의 노래를 틀고 있었다. 대체 매트가 무슨 짓을 했을까, 무슨 짓을 하기는 한 걸까, 생각해봤다. 하지만 정말 궁금했던 건 클레어가 조디에 대해서 뭘 알고 있는지였다. 그녀가 나를 잠깐 보더니 내 생각을 읽은 눈치였다.

"난, 별로 심각한 일은 아니었다고 생각해." 그녀가 마침내 말했다. "조디는 오랫동안 자신으로 살지 못했어. 무슨 일이든 다 샘 위주였는데 그 일에 알렉스 네가 함께했던 적이 없었잖아. 미안한 말이지만, 그게 사실이야."

"알아. 인정해."

"알렉스, 부탁하기 정말 민망한데, 매트와 이야기 좀 해봐줄래?"

"물론이지. 그런데 클레어, 우린 상황이, 그러니까 우리는 삶 자체가 달라. 매트가 그런 짓은 못하리라고 봐. 그 친구가 숭배하는 게 세 가지가 있는데 하나는 애들이고, 또 하나는 클레어 너, 그리고 나머지는 사우샘프턴 축구 클럽이야. 그 친구는 셋 중 그 어느 것도 저버리지 않아. 알겠지?"

"알겠어. 이제 그만 가봐야 해. 브레이크댄스 교실로 타비타를 데리러 가야 해. 그 애 생일날 정말로 빽적지근한 코스튬 파티를 하기로 했는데 그것도 준비해야 하고. 샘도 올 거지?"

샘도 초대받았다고 조디가 한 말이 기억났다. 그 많은 애들이 기괴한 차림으로 서로에게 괴성을 지르며 이리저리 뛰어다닐 텐데? 자폐성 탈진 도시에 오신 걸 환영합니다, 여러분! 샘 드림.

"생각해볼게." 내가 말했다.

클레어가 일어서더니 거울을 보고 얼굴을 고쳤다. 그런 뒤 우리는 복도를 가로질렀다.

"매트는 걱정하지 마. 무슨 일인지 내가 알아볼게." 내가 말했다.

그녀가 고갯짓으로 대답을 대신한 뒤 엘리베이터에 올라탔다.

"알렉스, 그런데. 이번 주에 조디가 리처드를 다시 한번 만날 거야. 한잔하려고. 이것저것 생각해보려고. 잘은 몰라도. 걱정 마. 그 남잔 얼간이야. 조금만 버텨봐."

문이 닫혔다. 매끈한 금속판에 비친 내 모습을 보면서 나는 혼자 서 있었다.

"뭔가 해야겠어. 무슨 일이든 해야 해." 내가 말했다.

몇 초 후에 다른 엘리베이터 문이 열리더니 커다란 배낭과 식료품 봉지 두 개를 들고 에마가 낑낑대며 나왔다. 우리는 잠시 멍하니 서로를 바라봤다.

"나 왔어!" 그녀가 말했다. "다시 또."

어쩐 일인지 한 가지 생각이 번득하고 내 머리를 스쳤다.

"난 샘 데리고 런던에 갈 계획인데. 너도 갈래?" 내가 말했다.

17

런던행 의견이 놀랍게도 조디에게 순조로이 통과되었다. 샘도 마찬가지여서 더욱더 충격적이었다. 이틀 후 아침 여덟 시에 우리는 아이를 데리러 차를 몰고 갔다. 조디가 문간에 나와 있다가 내게 스파이더맨 백팩을 건네주었다.

"애가 필요한 건 다 넣었어. 샌드위치, 물, 귀마개, 펜 몇 자루랑 노트."

"알았어. 애는 어때?"

"신났지, 그런데 걱정도 되나 봐."

"괜찮을 거야."

"아닐 수도 있어."

"알아. 괜찮지 않아도, 우리가 알아서 해볼게."

샘이 계단을 내려왔다. 검정 카고 바지에 털 댄 모자를 단, 큼직한 파카를 입고 있었다.

"런던까지 멀어?" 아이가 물었다.

"기차 타고 두 시간 정도야. 재미있을 거야!"

"아빠 아이패드 가지고 놀아도 돼?"

"그럼 되고말고. 기차에 카페도 있으니까 음료수도 사 먹을 수 있어."

"멋지다!"

조디가 아이를 안아줬다. 그리고 뭔가 말할 듯 입을 열다가 그만두었다. 나는 아이 손을 잡고 차 쪽으로 데려갔다.

"모험 준비는 다 됐지?" 아이가 뒷좌석에 오르는 동안 에마가 물었다.

"그런 것 같아, 에마 고모님."

"훌륭해. 하지만 너한테 내가 말했지? 고모님이라고 부르지 마. 일흔 살은 먹은 것 같잖아."

우리는 템플미즈 역에 차를 세운 뒤 북적대는 입구를 지나 플랫폼까지 걸어갔다. 장식이 많은 빅토리아 양식 지붕 밑에서 기차와 사람들, 안내 방송 등 온갖 소음들이 웅웅 울려댔다. 나는 샘의 귀마개를 꺼내서 아이가 머리에 쓰도록 도와주었다.

"손 꽉 잡아줘." 아이가 말했다. "더 꽉. 더 꽉."

우리가 탈 기차가 이미 도착해서 사람들을 태우고 있었다. 우리는 테이블 좌석을 잡았고 창가 자리에 샘을 앉혔다. 아이는 창 너머로 검댕이가 묻은 역사를 바라봤다. 에마가 낡은 헝겊 가방에서 마리 클레어 잡지를 꺼냈다.

"괜찮니?" 내가 샘에게 물었다.

"우리 빨리 달려?"

"응, 꽤 빨리."

"안전벨트 매야 해?"

"아니, 그럴 필요 없어."

"그래도 안전해?"

"응. 걱정할 필요 없어."

아이는 다시 창밖을 내다봤다.

나는 아이를, 어린 내 아들을 바라봤다. 색이 짙어가는 금발이 헝클어져 있었다. 시선은 낯선 광경 이쪽저쪽으로 옮겨 다녔고 두 손은 귀마개를 거머쥐느라 분주했다. 다른 승객들이 탑승하자 아이는 이런 상황에서 드러나는 이상한 격식이 흥미로웠던지 몸을 돌려 그 사람들을 면밀히 관찰했다. 그때 삐 소리가 나더니 문이 닫혔다. 바퀴가 덜커덩 소리를 내며 구르기 시작했고 그렇게 우리는 미끄러지듯 역 밖으로 벗어나 부연 햇살 속으로 들어갔다.

샘은 처음엔 창문에 이마를 붙이고 거의 움직이지도 않은 채 도시가 지나가는 광경을 지켜봤다. 그러나 이윽고 신기함이 사라지자 아이는 안절부절못하며 잠깐 그림을 그렸다가 잠깐 내 아이폰을 가지고 놀았다가 또 잠깐 차량 안 승객들을 일일이 둘러보았다. 아이는 차분히 있지를 못했고 문이 열리고 닫힐 때마다 떨듯이 놀랐다. "이제 거의 다 왔어?" 아이가 계속해서 물었다. "저 아줌마는 어디로 가?" 나는 런던에 가면 뭘 할지 설명하는 그림을 그렸다. 조디가 하루 일과를 그리던 것처럼 따라 해봤지만 내 그림 실력은 정말이지 형편없었다. 트라팔가 광장, 국회의사당, 런던탑, 그리고 박물관들. 우리는 그 그림을 여러 번 확인했다. 샘은 마치 스스로를 안심시키려는 듯 계속해서 순서를 외웠다. 샘이 런던 책을 가지고 왔기에 우리는 책 속 사진을 꼼꼼히 들여다봤다. 그동안 끝도 없는 들판이 창 옆을 지나갔다. 그러다 아이가 에마 옆에 앉았는데, 그녀는 마리 클레어를 통해서 아이에게 말을 붙였다.

"이 여자가 쓰고 있는 게 뭐게? 이 남자는 몸매가 좋네. 난 오스트레일리아에 있을 때 이런 모자를 산 적이 있어. 이 남자가 이 여자랑 데이트를 할 거야. 근데 이 여자는 전에 이 남자랑 결혼했었어."

샘은, 유명인사들 이름을 가지고 에마가 자기를 테스트하기 시작했어도, 흥미를 잃지 않았다. 기차가 리딩에 도착했을 때 럭비 셔츠를 입은 한 무리의 중년 남성들이 맥주 캔을 들고 올라타서는 재미도 없는 농담을 요란스럽게 주고받았다. 샘이 재빨리 내 쪽으로 오더니 내 팔을 붙잡았다. 그리고 여행이 끝날 때까지 계속 그런 자세로 있었다.

런던 패딩턴 역에 닿으니 이 도시가 얼마나 혼란스러운지 알 수 있었다. 붐비고 소란스러웠으며 역내 가득한 악취와 기차 엔진 소리를 도저히 피할 곳이 없었다. 승객들이 물결처럼 안내 스크린 앞에 모여들었다가 서로 경쟁하듯 게이트를 향해 달리며 꿈틀대는 군중을 밀쳐댔다. 히스로 특급 열차에서 쏟아져 내리는 관광객들은 냉장고만큼 커다란, 알록달록한 여행 가방을 끌고 다녔다. 길을 잃고 어리벙벙한 사람들에게 자선 사업 직원들이 달려들었다. 나는 샘의 손을 붙잡고 에마 뒤를 따라 이 혼돈을 벗어나서 마침내 바깥쪽 큰길로 접어들었다. 귀마개를 붙들고 있는 아이를 내가 반쯤은 인도를 하고 반쯤은 질질 끌며 버스 쪽으로 향했다.

　버스 계단을 뛰어오르니 기적적으로 맨 앞자리가 비어 있었다. 우리는 다이빙하다시피 해서 그 자리를 차지했다. 나는 샘이 잘 볼 수 있도록 내 무릎 위에 앉혔다. 도시의 막대한 스케일과 소음, 미친 듯한 역동성을 소화하기 힘들었는지, 샘은 앉은 자리에서 전혀 아무 말이 없었다. 갑작스러운 충격 때문에 입을 떡 하니 벌리고는 두 손으로 의자를 붙들었다, 나를 잡았다, 그러다가 다시 귀마개를 붙들었다. 혼란스러운 감각을 달래기 위한 순환 동작이었다. 갑자기, 잘못된 결정을 내린 건 아닐까, 아이가 트라우마에 빠지는 건 아닐까, 지금이라도 당장 집으로 돌아가야 하지 않을까, 자꾸 끔찍한 생각이 들었다. 맞은편 자리에 앉은 에마를 쳐다봤지만 그녀는 휴대폰에 빠진 채 아무것도 모르고 있었다. 버스는 에지웨어 로드를 따라 달렸다. 물담배를 파는 술집과 전자제품 상점들이 지나갔다. 그 뒤 옥스퍼드 거리로 접어드니 널따란 포장도로가 무지막지하게 큰 떼를 이룬 쇼핑객들로 가득 차 있었다. 거대한 상점들 앞으로 끝없는 버스 행렬이 줄줄이 지나가는 리젠트 거리까지 왔을 때 우리가 입을 열었다.

"샘, 괜찮니?" 내가 물었다.

아이가 대답을 하지 않아서 내가 귀마개 한쪽을 톡 건드리자 아이가 내 쪽으로 몸을 돌렸다.

"응?"

내가 귀마개를 들어 올렸다.

"괜찮아? 런던 어때?"

"모든 게 다 한꺼번에 일어나! 무서워." 아이가 외쳤다.

아이가 내 옆구리를 파고들더니 내 코트 단추를 만지작댔다.

"괜찮아. 여기도 브리스틀이랑 똑같아. 다만 크기가 더 클 뿐이야." 내가 말했다.

"징그러운 사람들도 훨씬 더 많고." 에마가 휴대폰 화면을 밀면서 덧붙였다.

버스에서 내린 뒤 트라팔가 광장 쪽으로 천천히 걸어가는 동안 샘은 내 손을 꽉 붙들었다. 샘이 바야흐로 눈물을 터뜨리기 직전, 우리 앞에 우뚝 솟아 있는 넬슨 기념탑이 보였다. 아이는 감탄을 금치 못했다. 아이는 당장에 분수대 가장자리에 앉자고 했다. 런던 책을 꺼내서 거기에 나오는 사진과 실물을 비교하고 싶어서였다. 나는 아이에게 옛날에는 여기서 새 모이를 팔아서 비둘기 떼에게 먹이를 줄 수 있었지만 요즘은 그게 금지됐다고, 새들이 하도 사람들에게 똥을 많이 싸대서 그렇게 됐다고 말해주었다. 내 생각에는 이 이야기가, 여덟 살짜리 아이라면 당연히 재미있다고 여길 만한 역사적 사실이었다. 에마가 분수대 앞에 있는 나와 샘의 사진을 찍어주었다. 내가 아이를 떠미는 척했더니 아이는 비명을 질렀다. 이번에는 국회의사당까지 걸었다. 주변 보행자들이 짜증을 내겠지만 셋이서 손잡고 한 줄로 나란히 서서 걸었다. 여기서도 샘은 실제 현장과 자기 책 사진을 면밀히 비교하고 싶어 했다. 그리고는 사진 속 빅벤에 나온 시간과 지금 시간이 다르다고 실망했다. "그렇다고 일곱 시간이나 여기서 기다릴 순 없잖아!" 에마가 소리 질렀다. 결국에는 우리도 서둘러 움직였다. 북적대는 사람들이 샘에게는 너무 요란스럽고 힘들었기 때문이다.

"너무 빨라. 전부 다 너무 빨라." 아이가 말했다.

우리는 다른 버스를 타고 템스강을 따라가며 승객을 태운 페리들이 강을 따라 내려가는 모습을 구경했다. 정류장마다 차가 서면 샘이 창밖을 내다보며 왜 사람들이 내리는지, 그 사람들이 어디로 가는지 물었다. 에마가 아이에게 휴대폰을 건넨 뒤 구글 맵으로 우리가 움직이는 경로를 보여주었다.

다음 정류장이 오늘의 관건이었다. 버스에서 내려 걸어가니 마침내 런던탑의 첫 담장이 나왔다. 저물어가는 오후 햇볕 속에 우뚝 선 탑이 눈에 불쑥 들어오자 샘이 비명을 질렀다. 마인크래프트에서 우리 둘이 직접 만들었던 바로 그 건물이었다.

"런던탑이다!" 아이가 소리치면서 기쁨에 겨워 에마의 팔을 붙들었다.

"들어가볼까?" 내가 말했다. 처음에는 아이가 신이 나서 고개를 끄덕였다. 하지만 입구로 갈수록 우리 주변이 사람들로 빽빽해지기 시작했다. 어린아이들이 뛰어다니며 싸움질을 해댔고 우리 앞에 선 일단의 관광객들이 자기네들 휴대폰으로 연방 사진을 찍어댔다. 샘이 사람들 때문에 점점 길 밖으로 밀려났다. 아이의 기분이 순식간에 변했다.

"난 여기가 싫어." 아이가 나직이 말했다.

에마가 아이의 손을 잡았다.

"오빠가 앞쪽으로 가서 줄이 어떤지 보고 와." 그녀가 말했다.

입구 대문간이 우리 앞에 우뚝 서서 길게 그림자를 드리우고 있었다. 사람들을 따라 내가 앞으로 가다가 두 사람이 아직도 같이 잘 있는지 확인하려고 문득 뒤를 돌아봤다. 근위병과 함께 셀카를 찍고 있는 에마의 모습은 금방 눈에 들어왔지만 샘이 안 보였다. 나는 걸음을 멈췄다. 갑작스러운 공포가 밀어닥쳤다. 군중 속을 살폈지만 아이는 어디에도 없었다. 그래서 나는 원래 있던 자리로 도로 뛰어갔다. 미친 듯이 관광객들을 밀쳐댔다.

"샘!" 내가 소리쳤다. 에마에게 가까이 갔을 때 나는 이미 꼴이 엉망이었다. "샘 어딨어? 네가 데리고 있기로 했잖아." 내가 소리쳤다.

"멀리 가지는 않았을 거야." 에마가 말했다.

우리 둘 다 그 자리에 서서 주변을 둘러보면서 밀려드는 관광객들 틈으로 어린 사내아이를 찾았다. 어째야 좋을지 궁리를 하는데 낯익은 물건이 길옆에 떨어져 있었다. 샘이 하고 있던 귀마개였다. 나는 겁에 질려 한달음에 달려가 그걸 주워 든 다음 다시 소리쳤다. 공포가 갑자기 현실이 되었다.

"샘!"

절망적인 생각이 머리를 뚫고 지나갔다. 아이가 길을 따라가고 있을까? 강을 따라? 경찰에 신고를 해야 할까? 누군가가 아이를 데려간 건 아닐까? 시간은 흐르고 주변 소음은 얼음장 같은 공포의 심연으로 가라앉았다. 부모라면 누구나 아는 느낌, 아이를 잃어버렸을지도 모른다는 공포가 밀려들자 토할 것만 같았다. 전에도 이런 일이 어느 슈퍼마켓에서 있었던 기억이 희미하게 생각났다. 미친 듯이 통로와 통로 사이를 뛰어다니던 공포의 10분이었다. 하지만 그때는 집 근처 가게였었다. 여기는 런던이고. 안내 데스크도 없는 곳.

"맙소사, 에마, 네가 아이 손을 잡고 있었잖아!" 내가 소리쳤다.

"손 놓은 건 1초밖에 안 됐어." 대드는 목소리였지만 걱정이 묻어 있었다.

"제길, 넌 너무 무책임해!"

그때 낯 익은 소리가 근처에서 들렸다. 이보다 더 반가울 수가 없었다. 샘의 울음소리였다. 담장 옆에서 아이가, 연만한 어느 여인과 함께 있는 모습이 눈에 들었다. 그 여자가 아이에게 무언가 질문을 하며 주위를 둘러보고 있었다. 얼굴에 걱정이 가득했다. 내가 뛰어가자 마침내 아이가 나를 봤다. 아이는 도움을 주던 여인을 뿌리치고 흐느끼며 달려왔다. 나는 아이를 번쩍 안아 올려 꼭 껴안았다.

"집에 갈래. 집에 갈래!" 아이가 소리 질렀다. 하지만 나는 쇼크 상태라 아무 대답도 할 수가 없었다. 공포가 내 전신을 훑어낸 터라 당장이라도 다리가 풀려버릴 것만 같았다. 그 여인을 찾아 눈을 돌렸을 때 그녀는 이미 사람들 속으로 사라지고 없었다. 그때 에마가 우리에게 왔다.

"아아, 휴우우! 대체 널 어쩌면 좋으니?" 그녀가 말했다.

그녀가 내 허리를 팔로 두르려고 했지만 내가 비켜서 버렸다.

"알렉스, 이젠 괜찮아. 이제 애도 찾았잖아. 다시는 안 그럴게."

나는 그녀를 쳐다봤지만 아무 소리도 하지 않았다. 목이 타서도 그랬지만, 열 받은 김에 그녀에게 뭐라고 소리칠지 나도 알 수가 없어서였다.

"이리 와, 나한테 좋은 생각이 있어." 그녀가 말했다.

그렇게 그녀가 이끄는 대로 우리는 탑을 지나 강변길을 향해 가다가 타워 브리지 위로 올라갔다. 나는 맥이 빠져 있었고 샘은 아직도 흐느끼고 있었다. 지금은 다시 귀마개를 쓴 채였다. 일종의 부적이었다.

"여기를 지나 강 저쪽으로 건너가서 피크닉을 하자. 거기가 경치가 제일 좋은 곳이거든." 그녀가 말했다.

"그래." 내가 말했다. "그러자."

우리는 그쪽으로 가서 길거리 트럭에서 파는 커피와 부리토 몇 개를 산 뒤 템스강이 내려다보이는 벤치를 하나 찾아냈다. 샘은 잠자코 있었다. 하지만 내가 아이에게 치즈 피칼릴리 샌드위치와 냄새가 엄청나게 심한 양파 피클 맛 칩이 든 도시락을 건네주자 생기를 띠기 시작했다.

"이건 모험이야. 모험 길에는 이런 일들이 일어나기 마련이지." 내가 아이에게 나직이 말했다.

"그래서 산책이랑은 다른 거야." 아이가 말했다.

그렇게 우리는 한동안 조용히 비둘기들을 지켜보았다. 새들은 우리 주변으로 모여들다가 조깅하는 사람들, 출퇴근하는 사람들이 지나가자 후다닥 물러났다.

"우리 창문이 잘못됐어." 샘이 강 너머 하얀색 탑을 보면서 말했다. 우리가 만든 마인크래프트 탑을 두고 하는 말이라는 걸 알아차리기까지 잠시 시간이 걸렸다. "그래. 사각형만 가지고 아치를 만들기가 힘들지." 내가 말했다. 에마를 돌아보고 말해줬다. "우리 둘이서 마인크래프트 게임을 같이 해. 온라인으로. 런던탑 모형을 만들고 있어."

"대단한 괴짜들이야." 에마가 말했다.

"난 런던이 좋아. 길 잃는 것만 빼면." 샘이 말했다.

"내가 세 번째로 좋아하는 도시야. 뉴욕과 도쿄 다음으로." 에마가 말했다.

"왜 고모는 온 세상을 돌아다니면서 살아?" 샘이 물었다. "아빠가 그러는데 고모가 겁이 많아서 그러는 거래."

"샘!" 내가 짐짓 질색하는 척하면서 말했다.

"너희 아빠는 아마추어 심리학자야."

"아마추어 뭐?" 샘이 말했다.

"몰라도 돼." 그녀가 말을 이었다. "근데, 여행이 재미있는 건 말이야. 네가 되고 싶은 사람이 될 수 있다는 점이야. 매일 매일 새로운 너를 만들 수 있단다."

"비디오 게임처럼!" 샘이 말했다.

"그런 셈이지. 그런데 오래 나가 있을수록 돌아오기가 점점 더 힘들어져. 게다가, 너희 아빠가 나를 너무너무 미워했거든."

그녀가 미소 지으며 자기 팔꿈치로 내 옆구리를 쿡 찔렀다. 나는, 나도 모르게, 미소로 답했다.

"아빠, 에마 고모가 미웠어?" 칩을 입에 한가득 넣고 우물거리며 샘이 물었다.

"미워했지. 지금도 밉고. 조금. 많이는 아니고. 보고 싶으니까 그랬지. 고모가 떠나버리면서 나랑 할머니만 남았는데, 할머니는 속된말로 돌아이(원문은 bananas. 바나나가 휜 모습 때문에 'crazy'라는 뜻을 지닌다-옮긴이) 경향이 있거든."

"돌아이!" 샘이 따라 했다.

"엄마는 어떠셔?" 에마가 물었다.

"넌 아직 전화도 안 드렸어?"

"응. 오빠는?" 그녀가 말했다.

"나도, 한동안 안 드렸어. 어머니는 조디랑 내 일도 모르셔. 어머니가 이런 몹쓸 일로 다시 한번 현명하고 과묵해지실라."

"과거에 머물지 말거라, 아가(원문은 my ansum, 친한 사람을 부르는 콘월 지방 사투리—옮긴이)." 내가 들어본 중 최악의 서부 지방 말투로 에마가 말했다. "미래는 네가 바꿀 수 있는 거란다."

"네, 엄마." 내가 말했다.

"엄마 말이 맞기는 해. 아직 끝난 건 아무것도 없잖아. 오빠 걱정이 너무 많아. 그래서 서른세 살이 아니라 예순세 살처럼 행동한다니까. 그런데 구제 불능은 아니야. 오빠가 노력만 하면 참 매력적인 사람이지."

"고마워, 널 내 인생 상담 코치로 고용해야겠다?"

"에마 고모, 고모도 남편이 있어?" 샘이 물었다.

"아니." 부리토를 마저 다 먹고 은빛 포장지를 구기면서 그녀가 말을 이었다. "남자들은 다 쓰레기야. 너만 빼고."

"진지하게 묻는 건데, 넌 뭘 할 계획이니?" 내가 물었다. "계속 온 세상을 이리저리 떠돌아다닐 셈이냐, 혼자서, 언제까지나?"

"세상에, 오빠, 너무 우울하게 들리잖아. 그럴지도 모르지. 잘 모르겠어. 내 마음 한편으로 나는 엉망진창 혼란이 좋아. 살아 있다는 느낌을 주거든."

"네가 보내준 사진 보니까 베트남이 참 좋아 보이더라. 나야말로 여행을 좀 다녀야겠다."

"오빠가?" 에마가 웃음을 터뜨렸다. "알렉스, 2초 동안 아들이 안 보인다고 바지에 오줌을 지릴 뻔한 게 5분 전이야. 그런데 정글에 가면, 산 채로 잡아먹힐지도 몰라. 진짜야."

우리는 앉아서 배들이 지나가는 모습을 잠시 구경했다. 바람이 불자 길을 따라 낙엽과 잡티들이 흩날렸다.

"에마 고모. 조지 삼촌은 어디 있어?"

"가자. 들를 장소가 한 군데 더 있어. 거기 가서 조지 삼촌 이야기를 해줄게."

사별로 인한 슬픔에는 비밀이 있다. 사별해본 사람이라면 누구나 공감하는 내용이니 이미 다 알려진 비밀이긴 하다. 어쨌든 그 비밀은 이러하다. 사별의 슬픔은 절대로 사라지지 않는다. 시간이 약이 아니다. 낫질 않는다. 시간이 지나면, 몇 달, 혹은 몇 년이 지나면, 사별의 슬픔이 당신 마음속 어두운 구석으로 비켜설 뿐이다. 하지만 무한정으로 그 자리에 남아 있다. 당신이 뭘 하든, 뭘 느끼든 그 슬픔이 스며든다. 그러다가 뜻하지 않은 순간에 전면으로 나선다. 꿈속에도 당신을 쫓아다닌다. 나는 형이 죽은 지 20년이 지난 지금까지도 형 꿈을 꾼다. 어떤 때는 우리 둘 다 애들이고 아무 일도 일어나지 않았다. 우리는 자전거를 타고 박물관을 찾아다닌다. 이게 최고의 꿈이다. 하지만 어떤 때는 여러 가지 사실들이 뒤섞여서 느닷없이 현재의 내 삶에 형이 나타난다. 그런데 형은 아직 아이다. 이런 꿈속에서 나는 교통사고를 기억한다. 하지만 그가 살아 돌아온 게 납득이 간다. "형, 무사했구나. 괜찮구나." 울음을 터뜨리며 내가 형을 끌어안는다. 끝없는 흐느낌을 주체할 수가 없다. 가끔 그 상황이 실제라고 믿으며 잠에서 깨는데 그럴 땐 한동안 시간이 흘러서야 그게 아니라는 어둡고 잔인한 현실이 다가온다. 시간은 약이 아니다. 상처에 뜸을 지져 덮어버릴 뿐이다.

에마와 나는 전에 이런 이야기를 나눈 적이 없었다. 10대 시절에는 스스로에게 매몰되어 조지의 죽음이라는 그늘 속에서 각자의 정체성을 구축하느라 여념이 없었다. 그러다가 그녀가 떠나버렸다. 서너 번 그녀가 집으로 돌아왔을 때 우리는 먼 친척처럼 굴었다. 너무도 예의 바른 대화에 이미 여러 번 해서 시들한 농담을 나누며 각자 삶의 겉면만 훑었다. 우리가 혹시 리얼리티 티브이 쇼 같은 데에 함께 출연한다면 나는 아마 카메라에 대고 "우리는 아직 그 이슈를 가지고 정면으로 맞서본 적이 없어요."랄지 아니면 "과거를 직시한 적이 없어요."라고 고백할 것이다. 그런 쇼에 나갈 일은 전혀 없겠지만. 왜냐하면 첫째 지금으로선 좀 늦은 감이 있기도 하고, 둘째 우리는 영국 사람이니까. 게다가 우리 어머니가 가르쳐준 바에 의하면 우리 마음을 더 기울여야 할 것은 미래이지 과거가 아니기 때문이다. 하지만 나는 여전히 에마를 데리고 런던에 있는 그 카페에 가고 싶었다. 우리가 마지막으로 함께했던 그 완벽한 날을 다시 한번 그녀와 경험하고 싶었다.

지하철을 타고 사우스 켄싱턴으로 갔다. 또다시 셋이서 손을 잡아야 한다고 샘이 우겨서 힘겹게 에스컬레이터를 타고 올라갔다. 다시 지상으로 올랐을 때쯤 날이 저물기 시작했다. 걸어서 5분 거리였다. 멋들어진 맨션과 공들여 만든 빨간 벽돌 테라스를 몇 줄 지났다. 그 후 자그마한 곁길로 꺾어선 뒤, 에마와 내가 별안간 걸음을 늦췄다. 우리가 이 길을 따라 걸었었다. 오래전에. 어느 따뜻한 봄날에. 박물관에서 산 기념품을 들고 조지와 내가 달음질치며 앞장을 섰다. 그리고 저기, 길을 반쯤 가다 보면, 빅토리아 양식가로등 두 개 사이로 팔레스 카페가 서 있었다.

여전해 보였다. 선명했던 빨강 차양의 색깔이 약간 바랬지만 아직도 달려 있었다. 안에는 흑백 체크무늬 타일 바닥에 나무로 만든 긴 카운터, 중고 페이퍼백 책으로 가득 찬 책장, 빅토리아 앨버트 박물관의 대표작들이 담긴 포스터 액자가 길게 늘어선 벽 등이 그대로 남아 있었다. 뒷벽에 붙여두었던 메뉴는 플라스틱 글자를 붙였다 뗐다 할 수 있는 간판이었는데, 지금은 커다란 칠판을 걸고 손 글씨로 다양한 커피와 샌드위치 이름을 적어두었다. 밖에 나와 있는 테이블과 의자는 없었다. 그러기에는 날씨가 너무 추웠다. 우리가 서서 가게를 쳐다보기만 하자 샘이 이상하다는 듯 우리를 올려다봤다.

"들어가서 음료수 마실 거야? 아이패드 갖고 놀아도 돼?" 아이가 물었다. 분위기가 바뀌자 혼란스러운 모양이었다.

"샘." 내가 말했다. "조금만 있다가 들어가자. 여기가 아빠한테는 아주 중요한 장소야. 옛날에, 아빠랑 고모가 할머니랑 조지 삼촌과 함께 여기 온 적이 있었어. 조지 삼촌은 아빠의 형이었는데 굉장히 똑똑하고 재미있는 사람이었어. 그런데 우리가 여기 온 다음 날 사고가 나서 그만 죽어버렸단다. 그래서 아빠는 오랫동안 무척 슬펐어. 그런데 이 카페 바깥에서 아빠랑 조지 삼촌이 찍은 사진이 있거든. 그래서—"

"이제 들어가서 거품 우유 마셔도 돼?"

"응, 잠깐만. 아빠는 너한테 자세히 알려주고 싶어. 우리 가족 역사의 일부니까. 무슨 말인지 알겠니? 그다음 날, 형이 죽고 난 다음에, 너무 힘들었단다. 여전히 힘들어, 지금도 말이야. 내 생각에 아빠가 종종 걱정과 불안에 시달리는 건 그 일 때문인 것 같아."

"내가 들어가서 창가 자리를 잡을게." 샘이 말하더니 먼저 뛰어가서 나무로 만든 좁은 문을 열고 카페 속으로 사라졌다. 내가 에마를 본 뒤 어깨를 으쓱했다. 그녀가 머리를 내 어깨에 기댔다.

"그런 말을 알아듣기에는 애가 좀 어리잖아." 그녀가 말했다.

"알아. 어떤 건 참 잘하는데. 딱 한 번 맛본 피시 핑거 브랜드 알아맞히기, 여객기 디테일 기억하기, 우리 집 셋톱박스 자녀 보호 잠금장치에 통달해서 다른 사람 전부 티브이 못 보게 하기 등등 말이야. 하지만 이런 일은 이해하지 못하나 봐. 일단 저 가게를 보여주면 애한테 뭔가 반짝 시동이 걸릴 줄 알았어. 앞으로도 애가 과연 이해나 할까 모르겠다."

"어쨌든, 여기 오게 돼서 난 기뻐. 다시 오니까 이상하긴 한데, 그래도 기쁘다. 그 후로 우린 줄곧 도망만 다닌 것 같아, 안 그래? 방향만 다를 뿐. 젠장, 들어가서 핫초코나 마시자. 여기 바깥에 있으니까 미치도록 춥네."

안으로 들어갔다. 혹시 샘이 조지에 대해서 뭔가 더 묻지 않을까 생각했지만 아이는 조용히 앉아서 주위를 둘러보면서 자기 몫

의 거품 우유를 마셨다. 아무것도 모르는 눈치였다. 에마와 나는
그날 있었던 소소한 기억을 되살렸다. 무엇을 입었고 무슨 이야기
를 했고 뭘 했는지 등. 그리고 나는 주중에 어머니에게 전화를 걸
계획이라고, 어머니와 대화를 나눈 지도 꽤 오래됐다고 말했다.

"엄마한테 내가 귀국했다는 말은 하지 말아줘." 에마가 말했다.

"왜?"

"그게…… 내가 준비가 좀 필요해서 그래. 부탁이야."

잠시 잠깐 에마 눈동자에 20년 전의 그녀가 보였다. 어설픈 자
기 보호에 여념이 없던 소녀. 자신만만, 여유작작하던 세계 여행
자는 갑자기 사라지고 없었다. 여기 이 카페에 앉아서 생각해보니
그 어느 때보다도 분명해졌다. 조지가 죽은 후 우리 둘은 각자의
모습을 새로 만들어야 했었다. 내 본능은 모든 걸 내가 통제하고
질서를 부여해야 한다고 말했다. 반대로 그녀의 본능은 달아나라
고, 다른 사람이 되어 살아야 한다고 말했다. 하지만 그 어떤 탈출
계획도 완전무결하지는 않았다. 언제나 치러야 하는 값이 있었다.

밖으로 나서자 가로등 여러 개 가운데 하나가 흐릿하게 깜박거
리고 있었다. 그 불빛 뒤로 밤이 짙어졌다.

집으로 돌아오는 기차 안에서 샘은 거의 내내 내 어깨에 머리
를 기댄 채 잠이 들었다. 에마와 나 역시 각자의 상념에 빠져 거의
말이 없었다.

18

에마와 내가 집에서 나온 후 어머니는 콘월로 다시 이사를 가셨다. 어머니는 한 번도 브리스틀에 안착했다고 느낀 적이 없었을 것이다. 그러니 내가 대학에 진학하고 에마가 지구 반대편으로 발을 딛자 어머니는 바라던 핑계를 얻었다. 어머니는 포위(콘월 남부의 경관이 아름다운 항구 도시—옮긴이) 교외 지역, 강의 하구가 보이는 곳에 작은 집을 구입했다. 우리는 샘이 걸음마를 하던 시절부터 몇 년에 걸쳐 여러 차례 그곳을 방문했다. 구불구불한 산책길로 아이에게 빨간색 사계절용 점프슈트를 입혀서 데리고 나가면 아이는 영화 〈쳐다보지 마라〉(1973년 작 영국의 미스터리 호러 무비—옮긴이)에 나오는 무시무시한 난쟁이 살인마와 흡사해 보였다. 어머니 역시 우리와 함께 지내려 브리스틀로 오시기도 했지만 조디와 어머니는 언제나 서로를 조심스레 대했다. 두 사람 모두 자기 생각이 있는 데다 고집도 셌기 때문이다. 특히나 육아에 관한 두 사람의 깐깐한 견해는 양립되지 않은 적이 많았다. 어머니는 무서우리만치 기탄없이 말을 했다. 어머니가 마음먹고 의견을 제시하면 우리는 그 말을 들을 수밖에 없었다. 이는 주차 단속원, 선생님, 직장 동료, 의사, 먼 친척, 기차 차장 등 수많은 사람들이 증언해줄 수 있다. 이러한 연유로, 나는 지금 어머니에게 전화 걸기가 썩 기껍지가 않았다.

조용한 저녁이었다. 댄과 에마는 나가고 없었고 티브이도 재미있는 프로그램이 별로 없어서 지금이 딱 적당한 때인 듯싶었다. 아니 더 이상은 핑계를 댈 수가 없는 때랄까. 나는 댄이 팽개쳐 두고 쓰지 않는 집 전화를 찾아내어 다이얼을 돌렸다. 벨이 울린 지 한 번 만에 어머니가 전화를 받았다.

"여보세요, 조금 기다려줄래요? 보던 뉴스가 다 끝나가는데, 누구세요?"

"잘 지내셨어요, 어머니? 저예요."

"어머나, 알렉스! 안녕? 잘 있니? 뉴스는 나중에 봐도 되겠구나."

"전 잘 지내요. 어머니는요?"

"알렉스, 내가 아는 목소리 톤이구나."

"무슨 목소리 톤이요?"

꼼짝없이 걸렸군.

"지금 그 목소리 톤 말이다. 몇 달 동안 전화 한 통 없다가 지금 건 그 목소리는 처량한 10대 같구나. 내가 미스 마플(애거서 크리스티가 창조한 할머니 탐정―옮긴이)이 아니어도 네게 무슨 문제가 있다는 것 정도는 금방 알겠다."

"조디하고 제가 헤어졌어요." 내가 불쑥 말했다. "이게 잠시가될지 어떨지 모르겠어요. 저는 요즘 댄네 집에서 지내고 있고요."

"아이고, 알렉스, 대체 어쩌다? 무슨 짓을 했기에?"

"무슨 짓을 했냐고요? 세상에, 참 고맙네요." 내가 말을 잠시 멈췄다. "그런 게 아니라 문제가 훨씬 복잡해요. 그동안 샘 때문에 너무너무 힘들었는데, 저는 늦도록 일하는 날이 많았고, 그래서서로 제대로 말도 못하고 지냈거든요."

"그래서 조디가 널 내쫓았구나."

"그런 셈이죠."

"아이고 맙소사. 샘은 어떻게 지내니?"

"그럭저럭이요. 애가 지금 학교에서 잘 지내질 못해서 전학을시킬 계획이에요. 두 군데 학교를 둘러봤는데 확신이 가는 곳이없어요. 샘은 둘 다 싫다고 하고요. 어째야 좋을지 모르겠어요. 아, 그리고 제가 회사에서 잘렸어요. 그래서 그 문제도 풀어야 해요."

"알렉스." 어머니가 한숨을 내쉬었다. "너는 늘 세상의 짐이란짐은 다 걸머지고 다녔지."

지금 내가 '엄마 잔소리 빙고' 게임을 하고 있는 거라면 처음 맞히는 말이 이걸 텐데.

우리는 30분 동안 대화를 나누며 요행히 주요 주제는 피해갈수 있었다. 대신 집안의 뒷담화와 (어머니 사촌 중 한 명이 사기죄로 교도소에 갔고 다른 한 명은 게이 애인과 함께 노르웨이로 도망갔단다) 작은 동네 사람들과 어머니가 벌이는 열띤 경쟁 관계에 관한 이야기를 나눴다. 나는 일주일에 두 번 샘을 데리러 학교로 가고 토요일에는 하루 종일 아이를 돌본다는 이야기를 했다. 같이 런던에 가서 그 카페에 가봤다는 이야기도 했다. 샘에게 조지 이야기를 해주고 싶었지만 아이가 잘 받아들이지 못했다는 이야기도.

"네가 과거에 매몰되면 안 되듯이 그 아이도 마찬가지다." 어머니가 말했다. 빙고! 또 한 단어 맞혔네.

마침내 대화가 끝날 무렵이 되었다. 충고나 격려의 말을 원한 건 아니었지만 딱히 그런 말을 해줄 것 같지도 않았다.

"에마는 어떻게 지내니?" 난데없이 어머니가 물었다. 잠시 말문이 막혔다. 어머니가 아시나?

"잘 있어요, 짐작으로는요."

"아, 걔가 돌아왔나 보구나. 네 말본새를 보니 금방 알겠다. 네가 아무리 숨겨도 난 빤히 보인다. 난 카일로 렌(2015 스타워즈 시리즈의 등장인물, 초능력이 있다―옮긴이)이거든."

"세상에나, 어머니, 어머닌 탐정이 되셔야겠어요. 그리고 〈깨어난 포스〉를 어머니가 정말 보셨단 말이에요?"

"그래. 알렉스, 콘월에도 영화관은 있단다. 디브이디 플레이어도 있는걸. 그건 그렇고 다시 에마로 돌아가자. 걔가 나랑 말도 안 하고 싶다니?"

"우리가 자기한테 화가 많이 났을 거라고 생각하는 것 같아요."

"알긴 아는구나! 어미는 비가 새는 오두막에 혼자 앉아서 소 떼랑 농부 떼에 둘러싸여 지내는데 자기는 비행기로 전 세계를 누비며 근사한 남자들이랑 사진이나 찍어 올리고 말이다."

"어머니."

"사실이잖니, 나도 페이스북에서 다 봤다."

"어머니, 제발요."

"알렉스, 애야. 에마한테 전화 좀 하라고 말해라. 아니지, 여기로 오라고 하는 게 더 낫겠다. 화도 안 내고 잔소리도 안 하마. 그럼, 누가 뭐래도 내가 화가 난 건 아니니까. 그리고 말이 났으니까 말인데 너는 왜 한 번도 안 내려오니? 샘도 데려와라. 할머니가 어떻게 생겼는지 애가 기억도 못 할라."

"네, 그래야지요." 내가 말하는데 댄이 돌아왔다. 그가 현관에서 손을 흔든 뒤 일본 맥주 네 개 세트를 들어 보였다. 내가 엄지손가락을 추켜세웠다.

"샘이 이제 기차 타는 것도 익숙해졌어요. 하지만 뭐든 조디와 먼저 의논을 해야 해요. 그래도 가긴 가야지요."

"그럼, 와야 하지. 그리고 알렉스, 너무 걱정 마라. 넌 너무 짐을 떠맡으려고만 들어. 언제나 그랬단다. 세상일 때문에 너무 궁지로 몰리지 말아라. 조지도 네가 그러길 바라진 않을 거다."

솔직히, 어머니가 이런 식으로 조지 이야기를 꺼낸 적이 한 번도 없었던 것 같았다. 조지의 바람이라니…….

"이만 끊어야겠다, 아들아. 잘 지내거라. 조만간 날짜 잡아서 알려주렴. 그래도 일주일 정도는 미리 알려다오. 길 아래쪽 사는 데이비스 영감 기억나니? 요새 그 양반 시켜서 우리 집 지붕을 수리하고 있거든. 위에서 뭘 하는진 모르겠다만 꼭 지옥에서 벼락 치듯 시끄럽단다."

"어머니, 그 노인 양반이 팔십은 돼 보이시던데요."

"일흔여덟밖에 안 됐고 아주 정정한 사람이다. 후진하다가 내화단 울타리를 뭉개버렸으니 이 정도는 해줄 만하지."

"그래요, 알았어요. 저도 이제 그만 들어가야겠어요. 어머니도 잘 지내세요. 불쌍한 포위 남자들도 살살 다루시고요."

때가 됐다. 더 이상 미룰 수가 없었다. 이제 보물을 찾으러 커다란 동굴을 수색할 때가 되었다. 샘과 나는 며칠이나 준비 작업을 했다. 칼과 갑옷을 만들기에 충분한 쇠를 모았고 소고기 스무 덩어리와 빵 스무 덩어리를 구워서 혹시 우리가 공격당했을 때를 대비해 치료용으로 비축해뒀다. 길을 밝힐 횃불도 백 개나 마련했다. 우리는 그 어느 때보다 더 철저하게 원정 채비를 마쳤다.

"우린 할 수 있어." 내가 말했다. 우리는 십자가 모양 창으로 밤하늘을 내다보던 중이었다.

"우리가 금을 찾을 수도 있어. 에메랄드를 찾을 수도 있고!" 아이가 외쳤다.

아침 햇살이 드러나자마자 우리는 문을 열고 나가 성문을 가로질러 들판으로 나섰다. 샘은 처음에는 앞장서서 뛰다가 산등성과 톱니 같은 동굴 입구가 가까워지자 걸음을 늦췄다. 하지만 멈춰 서거나 징징대면서 돌아가자고 조르지는 않았다.

"학교는 어땠어?" 나무 아래 풀 위로 몸을 숨기며 내가 물었다.

"좋았어. 산수 잘했다고 스티커 받았어. 굉장히 열심히 했거든."

"쉬는 시간에 같이 논 애 있었어?"

"아니, 난 혼자 놀아. 아무렇지도 않아. 가끔씩 급식 아줌마가 와서 나한테 말 걸어주거든."

그렇구나, 그건 가슴 아플 만큼 슬픈 일이야, 라고 나는 생각했다. 그런데 애는 괜찮단다, 괜찮다고 한다.

우리는 동굴 입구로 이르는 계단처럼 생긴 돌들 위로 뛰어올랐다. 동굴은 굉장히 크고 어두워서 그 시커먼 암흑 앞에 서니 우리가 난쟁이처럼 왜소해 보였다. 내가 벽에 횃불을 걸고 안쪽을 들여다봤더니 바위 터널이 산 뒤쪽으로 통해 있었다. 천천히 터널로 들어서자 이내 벽 위로 이리저리 흩어져 있는 석탄 광맥이 보였다. 일이 미터쯤 걸어가자 좁은 통로가 작은 동굴로 뻗어 있었는데 횃불을 몇 개 걸자 바닥에 구멍 한 개가 입을 벌리고 있는 모습이 눈에 띄었다. 각진 입구 아래쪽을 보니 깎아지른 듯한 저 아래쪽이 그저 시커멀 뿐, 바닥도 보이지가 않았다.

"아빠, 틀림없이 저 아래쪽엔 거미가 많을 거야." 샘이 말했다.

"괜찮아. 우린 안전하게 내려갈 수 있을 거야." 내가 말했다. "그래도 내가 조심할게. 지난번에 제대로 단단히 배웠잖아."

벽 가장자리가 일종의 계단이어서 우리는 몇 미터 아래로 걸어서 내려갈 수가 있었다. 가면서 횃불을 놓자 우리 아래쪽으로 소용돌이가 점차 모습을 드러냈다. 나는 돌 블록을 부숴서 발 디디기 좋도록 계단을 만들어가며 차분하게 내려갔다. 샘이 내 뒤에서 조심스럽게 폴짝폴짝 뛰어내렸다.

우리는 드디어 또 다른 동굴에 도착했다. 그곳에서는 작은 통로들이 여러 방향으로 뻗어 있었다. 어디선가 물이 똑똑 떨어지는 소리가 들렸고 횃불을 걸자 작은 개천이 어두운 통로들 가운데 하나로 흘러내리는 모습이 보였다.

"저쪽으로 가자." 샘이 말했다.

"좋아. 오늘은 아주 용감한걸. 겁은 좀 나지, 안 그래? 하지만 함께라면 우리도 할 수 있어." 내가 말했다.

더 아래쪽에 낭떠러지가 하나 더 있었고 또 다른 통로가 나왔다. 그러다 그때, 한쪽 구석 수백 피트 앞으로 뜻밖의 물체가 보였다. 희미한 오렌지색 광채가 어둠 속에서 선명하게 드러났다. 용암이었다. 여태껏 그 어느 때보다도 깊이 들어와 있었다. 우리는 그 빛이 출발하는 근원지를 쫓아갔으나 돌벽이 우리를 가로막고 있었다. 다만 그 벽에 작은 틈이 하나 있어서 반대편에서 깜박이는 불빛이 이쪽으로 새어 들어오고 있을 뿐이었다.

"준비됐니?" 내가 물었다.

"응, 준비됐어!"

내가 돌을 두드린 후 뚫고 지나갔다.

"와아!" 샘이 말했다.

안으로 들어가서 보니 상상 이상으로 큰 방이 나왔다. 우리 위로 몇 층 높이의 공간이 펼쳐졌고, 거대한 용암 폭포 두 줄기가 길고 평평한 벽을 따라 흘러내리며 불을 뿜고 있었다. 그 뒤로 펼쳐진 암흑은 영원으로 이어질 것만 같았다. 지옥을 그린 거대한 그림이 이러할까. 숨 막힐 정도의 장관이었다. 우리 아래로 용암 강물이 흐르다가 어느 지점에 이르자 물웅덩이를 만났다. 그 웅덩이 옆으로 칠흑 같은 돌이 들쭉날쭉하게 보였다.

"흑요석이다!" 내가 흥분해서 소리쳤다. 이 돌에 대해 나는 이미 알고 있었다. 가이드북에서 읽었다. 마인크래프트에 나오는 재료 중에 제일 단단한 물질이어서 네더 지역으로 들어가는 관문을 만들 때 쓰는 것이었다.

하지만 내가 샘을 바라보자 그의 캐릭터는 전혀 다른 무언가를, 거대한 도랑 건너편 벽에 있는 무언가를 골똘히 쳐다보고 있었다. 벽면을 죽 훑어보니 아이가 보고 있는 게 내 눈에도 들어왔다. 녹색 점이 박힌 돌덩어리 두 개가 있었다.

"에메랄드가 있어. 우리 보석 왕관에 쓸 에메랄드야!"

우리는 신이 나서 하이파이브를 했다.

"그런데 어떻게 저쪽으로 건너가지?" 내가 물었다.

우리 둘 다 아래를 내려다봤다. 쩔쩔 끓는 돌 물이 넓은 강처럼 흘러내리고 있었다. 우리 둘 중 어느 하나가 떨어지면 우리가 가진 아이템들을 모조리 잃게 된다. 그리고 다른 사람은 이 동굴에 남아 혼자서 헤매야 한다.

"알았어. 다리를 만들면 되겠어." 샘이 말했다.

"하지만 방법이 없어. 돌을 걸어놓을 게 없잖아. 우리가 건너면서 만드는 방법밖에 없는데 그건 거의 불가능해."

"내가 할 수 있어." 샘이 말했다.

아이가 땅끝 아주 가까이, 불과 몇 센티미터 남지 않는 곳까지 가더니 절벽 아래로 몸을 기울였다. 그러더니 조심스럽게 돌 한 덩어리를 낭떠러지 위로 불쑥 튀어나오게 박았다.

"그런 식으로 저 건너까지 갈 수 있겠니?" 내가 물었다.

"잘 모르겠어."

"넌 할 수 있을 거 같다, 샘. 아주 잘하고 있어."

그때 익숙한 쇳소리가 들렸다. 희미하지만 쉽게 알 수 있는 소리였다. 휙 돌아보니 통로 저쪽 멀리 내 오른편으로 한눈에 알아볼 수 있는 사각형 붉은 눈이 보였다. 거미였다. 그런데 눈이 두 개만 있는 게 아니라 적어도 여섯 개가 있었다. 신중하게 몇 걸음 그들 쪽으로 걸어가 벽에 횃불을 걸었다. 갑자기 확연해졌다. 동굴 거미 세 마리가 서로 엎치락뒤치락 필사적으로 샘과 나를 향해 오고 있었다. 거대한 검은 몸집에 다리와 독니가 엉켜 있었다.

"샘." 내가 조용히 불렀다. "거미가 몇 마리 있어. 계속해서 다리를 만들어. 내가 저놈들 처리할게."

"거미들이 날 용암으로 떨어뜨릴지도 몰라." 아이가 말했다.

"안 그럴 거야. 다리 계속 만들어."

아이는 대답이 없었지만 다시 한번 블록 가장자리를 살피는 모습이 보였다. 극히 느린 속도였지만 아이는 다음 섹션 돌을 떨어뜨리지 않고 잘 놓고 있었다. 나는 돌아서서 거미들을 마주했다. 내게는 쇠칼 한 자루가 있었다. 그놈들이 내게 달려들면 나를 용암 속으로 떨어뜨릴 수도 있었다. 게임이라는 걸 아는데도 긴장과 위기감이 손에 만져질 듯 생생했다. 나는 마음 한편으로, 이 상황이 게임 이상이 되어버렸다는 사실을 분명히 깨달았다. 왜 이렇게 심리 수수께끼가 됐는지, 지금 당장은 거대 거미 세 마리를 해치워야 했기 때문에 깊이 따져볼 시간이 없었다.

샘은 지금 네 개째 블록으로 작업을 하는 중이었다. 아이가 만든 좁다란 다리는 건너편까지 절반 정도 뻗어 있었다. 한 단계만 더 가면 건너편에 닿는 블록을 놓을 수가 있었다. 거미들이 아이를 건드리지만 않는다면.

그때 놈들이 내게 달려들었다. 끼익끽 놈들의 괴상한 비명 소리가 낮게 드리운 동굴 벽으로 울려 퍼졌다. 나는 겨냥도 하지 않고, 볼 새도 없이 칼을 내리쳤다. 마치 호러 영화에 나오는 미치광이 살인마 같았다. 거미 한 마리가 용암 속으로 떨어졌다. 그놈의 둥근 몸체가 불에 타서 사라졌다. 하지만 아직도 한 놈이 내게 달려들어 내 몸을 물고 또 물었다. 내 체력이 뚝뚝 떨어졌다. 나는 칼을 내려놓고 필사적으로 곡괭이를 잡았다. 거의 죽은 거나 다름없는 상태에서 마지막으로 한방을 휘둘렀더니 거미의 옆구리가 찍혔다. 그놈이 경련 같은 발작을 괴상하게 일으키더니 요란하게 몸을 뒤틀며 용암 속으로 떨어졌다. 잠시 안도의 순간이 왔으나 금방 세 번째 놈이 벽을 타고 기어올라서 나를 지나쳐 샘이 만들고 있는 다리 쪽으로 가고 있는 것을 알아차렸다.

"아, 안 돼!" 아이가 말했다.

"에메랄드!" 내가 소리쳤다.

아이가 자기 곡괭이로 벽을 찍기 시작했다. 거미는 계속해서 다리 쪽으로 기어갔다. 내가 질주를 시작했지만 따라잡기에 너무 멀었다. 그때 내게 활과 화살이 있다는 사실이 생각났다. 내가 여태껏 성공적으로 활을 쏘아본 적이 한 번도 없었지만 거미가 기어서 다리를 건너고 있으니만큼 이제 활을 당겨야 했다. 샘은 아직도 벽을 파고 있었다. 드디어 벽에서 헐거워진 에메랄드를 담을 수가 있게 되었다. 나는 살짝 앞으로, 샘과 거미 사이를 겨냥했다. 샘이 뒤돌아서 자기 몸 앞에서 불과 십수 센티미터 앞에 있는 거미를 쳐다봤다.

"아빠!" 아이가 비명을 질렀다.

내가 활을 쏘았다. 화살은 소리도 없이, 보이지도 않게, 동굴 속 공기를 가르고 날았다. 나는 차마 볼 수가 없었다. 쿵 소리가 났다. 뭔가가 떨어졌다. 아래쪽 용암 강물에 닿는 소리가 치이익 하고 들렸다. 살며시 눈을 떠 샘이 있던 곳을 보았다. 에메랄드가 있던 자리의 구멍만 보였다. 샘은 없었다. 거미도 없었다.

'아, 안 돼, 내가 둘 다 쓰러뜨렸구나'라는 생각이 들었다.

"아빠, 내가 보석을 찾았어!"

샘이 바로 내 옆에서 위아래로 깡충거리며 뛰고 있었다. 의기양양 크게 흥분한 모습이었다.

"거미가 날 한 번 물었는데 내가 도끼로 내리쳤어. 그랬더니 내가 잡았나 봐."

나는 활을 숨겼다.

"그랬네. 정말 잘했네. 에메랄드도 찾고 몬스터도 잡았네."

"에메랄드를 성으로 가져가자. 보석 왕관을 우리가 찾았어!"

우리는 동굴을 지나 다시 되돌아갔다. 횃불은 우리의 경로를 표시하기 위해서 남겨두었고 벽에서 쇠와 석탄을 캐내려고 이따금 멈춰야 했다. 그런 뒤 우리는 다시 열린 들판으로 나왔다. 낮 시간이어서 푸른 하늘에 떠 있는 태양 때문에 앞이 거의 보이지가 않았다.

"아빠, 우리는 한 팀이야." 샘이 말했다.

"그래, 한 팀이야. 우리는 용감한 모험 팀이야."

"에메랄드를 다른 보석 왕관이랑 같이 상자에 넣어야겠어."

아이가 성을 향해 달음질을 치는 동안 나는 다시 한번 주변과 동굴 입구를 둘러보았다. 그때 순간적으로 다른 인물이, 몬스터가 아니라 오렌지색 옷을 입은 어떤 캐릭터가 나를 바라보고 있는 모습이 언뜻 보였다. 하지만 내가 한 걸음 다가가자 그 인물이 물러서더니 곧 어둠 속으로 사라져 버렸다.

19

오늘은 내가 샘을 학교에서 픽업할 차례였다. 거기에 한 가지 특별 사명이 더해졌는데, 이건 전혀 예측하지 못했던 일이었다. 아이가 친구를 집에 데려온다고 했다. 올리비아라고, 샘과 유아원을 같이 다녔고 지금은 우리가 좋아하는 학교에 다니고 있는 아이였다. 아주 중요한 사교 관계라고 느껴져서 나는 내가 일을 망칠까 봐, 아니면 샘이 망칠까 봐 초조했다. 그러다가는 생각을 고쳐먹었다. 대체 내가 뭘 이리 걱정하는 거지? 평범한 애들 둘이 놀자고 만나는 건데. 불구대천 두 당파를 맺어주는 왕실 혼인도 아닌 것을.

학교 정문에 가까워지자 늘 그렇듯 잔잔하고 둔중한 떨림이 느껴졌다. 학부모들이 몰려들어 출입구 주변에 모여 환담을 나누자 평생 나를 쫓아다녔던 익숙한 광경이 마저 완성되었다. 공포감도 느꼈다. 샘은 어떨는지, 혹시 선생님이 아이를 데리고 나와 나직한 목소리로 샘이 운동장에서 한 무리의 남자아이들과 또 다른

'반반' 책임인 충돌이 있었다고 말하지나 않을지 두려웠다. 늘 그렇듯 샘에게 하루 동안 무슨 일이 있었는지 보고 싶은 마음과 그러지 못해서 다행이라는 마음 사이에서 갈팡질팡했다.

벨이 울리고 문이 열리자, 오늘은 샘이 제일 처음으로 하교하는 아이들 무리에 속해 있었다. 아이는 시시한 잡담을 나누는 부모들 사이를 뚫고 내게 곧장 달려와 안겼다.

"우리, 올리비아 데리러 가는 거야? 마인크래프트 같이 할 건데!"

"그래, 맞아. 집에 가는 도중에 올리비아를 픽업할 거야. 학교는 어땠어?"

"좋았어."

"뭐 배웠는데?"

"아무것도."

"아무것도 안 배웠어?"

"응."

"굉장하군."

괴로울 정도로 느려터진 교통을 뚫고 세인트 피터 학교까지 운전했다. 낯선 교복 차림 아이들이 문밖으로 쏟아져 나왔다. 그들이 웃고 떠들며 갖가지 그림과 욕실 화장지로 만든 기괴한 모형들을 흔들어댔다. 나만의 상상일지는 모르겠으나 지금 샘이 다니는 학교 아이들과 비교했을 때 이곳 아이들이 근본부터가 나아 보였다. 나는 길 아래쪽에 주차를 한 뒤 샘을 데리고 정문 앞으로 걸어

갔다. 올리비아가 어떻게 생겼는지 기억나지 않아서 샘의 도움을
받아야 했다. 문자로 조디에게 이렇게 무모한 임무가 어디 있냐고
지적했더니 제일 예쁜 애를 찾으면 돼, 라고 답이 왔다. 도움이 안
됐다. 그래도 한 시간 뒤면 조디가 집으로 돌아와서 이 위태로운
사교 행사를 책임질 예정이었다.

"올리비아!" 샘이 소리 지르더니 정문 옆에 서서 기다리던 여
자아이에게로 뛰어갔다. 여자아이는 샘보다 살짝 키가 컸고 길고
검은 직모에 부서질 듯 섬세하게 예쁜 얼굴이었다. 그 애가 샘을
따뜻하게 맞이하더니 말을 하기 시작했다. 샘이 진중하게 고개를
끄덕였다. 어떤 여자가 이쪽으로 다가오기에 단박에 나는 그녀가
올리비아의 엄마인 줄 알아차렸다. 버버리 재킷과 치마를 우아하
게 차려입은 그녀 얼굴은 딸과 마찬가지로 아름다웠지만 어딘지
무심해 보였다. 돈 많은 사람답게 태도는 자신감 넘치고 시원시
원했다.

"안녕하세요? 샘 아버지시죠?" 그녀가 말했다. 딱딱 끊어지는
목소리가 사무적이었다.

"예, 안녕하세요. 알렉스라고 합니다."

"저는 올리비아 엄마 프루던스라고 해요. 우리 올리비아가 댁
으로 가기로 됐네요. 어제 조디하고 얘기 나눴거든요?"

잠시 나는 겁에 질려 아무 말도 하지 못했다. 샘이 친구를 집으
로 부른 적이 전에는 한 번도 없었다. 그런데 이제 보니 이 녀석이
〈태틀러〉(영국의 중, 상류층을 겨냥한 사회, 패션, 문화 잡지─옮긴이)의

사교 동정란에 나오는 집안 자제와 친구인 상황이었다.

"네, 그러네요. 나중에 제가 아이를 댁으로 데려다 드릴까요?" 내가 말했다.

"아뇨, 제가 데리러 갈게요. 댁에서 간식을 주실 건가요?"

"아, 네. 그러니까 샘이 그다지 많이 먹는 아이가 아니라서 아마 토스트에 깡통 스파게티 올린 것 정도 될 겁니다."

그녀가 아주 살짝 움찔하는 모습이 보였다.

"그거면 됐네요."

"아, 잘됐네요."

"올리비아가 댁에 무척 가고 싶어 했어요. 마인크래프트인가요? 우리 애가 하는 컴퓨터 게임이 있는데 샘이 아주 잘한다고 하더군요. 그러니, 둘이서 그걸 하며 놀겠구나 짐작이 되네요."

"아, 네, 그렇겠죠. 저도 그렇게 생각합니다."

"저 애 오빠 해리도 그 게임에 죽고 못 살아요." 올리비아 뒤에 서 있는, 자신만만해 보이는 남자아이를 쳐다보며 그녀가 말했다. "그 애 친구들도 전부 마찬가지고요. 저는 컴퓨터 게임에 대해서는 전혀 아는 게 없지만 적어도 이게 무슨 테러리스트라며 총을 쏴대는 그런 게임은 아닌 것 같아서 다행이에요. 어쨌든, 다음에 다시 뵙지요."

그러더니 그녀가 올리비아의 책가방을 받아 들고 아들 손을 잡은 다음 길 아래로 걸어가더니 티 한 점 없이 커다란 흰색 레인지 로버를 탔다. 그 차가 시동을 걸고 테라스 하우스들이 서 있는 커브길 뒤로 사라져 보이지 않을 때까지 나는 그 자리에 서서 빤히 쳐다봤다.

"올리비아한테 성 만드는 법을 가르쳐줄 거야." 샘이 말했다.

"안녕하세요, 아저씨. 어느 차예요?" 올리비아가 말했다.

"저기 부끄러울 만큼 낡은 저 차." 내가 말했다. "얘들아, 먼저 카페에 가서 거품 우유부터 마실래?"

두 아이 모두 "네!"라고 외치며 기뻐 날뛰더니 때 묻고 낡은 우리 집 스테이션왜건 쪽으로 달려갔다.

카페에 도착해서 내가 문을 활짝 열어줬더니 아이들이 그 틈으로 들어가며 즐겁게 수다를 떨었다(사실, 떠드는 애는 올리비아고 샘은 고개만 끄덕였다). 아이들이 편한 소파를 차지하기 위해서 가게를 가로질러 뒤쪽 자리로 가는 동안 나는 카운터 쪽으로 갔다. 샘이 좋아하는 바리스타가 나이든 할머니에게 자세하고 긴 차 메뉴를 읽어주고 있었다. 할머니가 매우 혼란스러운 표정을 하며 가까운 테이블로 천천히 걸음을 옮기는 동안 내가 주문을 했다.

"오늘은 특별 초대 손님이 계시네요?" 샘을 쳐다보며 그가 말했다. "샘 여자 친구인가요?"

나도 돌아봤다. 아이들이 나란히 앉아서 수다를 떨며 테이블에 놓인 만화책과 잡지책을 뒤적이고 있었다. 대화를 나누는 보통 아이들처럼 보였다. 하지만 우리에겐 평범한 게 아니었다. 나는 마치 〈조찬 클럽〉(1985년 미국의 코미디 드라마 영화—옮긴이)에 나오는 저드 넬슨처럼 한 손으로 공중에다 대고 한 방 날리기라도 하고 싶은 기분이었다.

"이 가게가 우리 아이 상태를 제일 좋게 만들어주는 것 같아
요." 내가 말했다.

"아, 네, 있는 동안엔 잘해드려야지요."

순간 가슴이 철렁했다.

"그게 무슨 뜻인가요?" 내가 물었다.

"주인이 가게를 판대요. 그 양반이 누굴, 사실은 여기 단골손님
으로 어느 분을 만났는데, 두 사람이 이탈리아 어디로 가서 게스
트하우스를 운영할 거래요. 임대 계약은 몇 달 후에 끝나니까 그
때 이 가게도 끝인 거죠."

"아, 세상에. 나쁜 소식이네요." 내가 말했다.

"저는 어떻겠어요. 저도 여기가 좋거든요. 편안한 곳이죠. 일한
다기보다는 친구들과 함께 있다는 생각이 들 때가 많았는데 정말
아쉬울 거예요. 어쨌든, 앉으시죠. 곧 음료수 가져다드릴게요."

보니까 내 뒤로도 사람들이 여럿 기다리고 있어서 물러섰지만
그 뉴스로 받은 충격이 가시지가 않았다. 이곳은 우리의 장소, 우
리의 쉼터였다. 샘에게는 아무 말 하지 않기로 마음먹었다. 오늘
은, 오늘처럼 중요한 놀이가 있는 날은 아니었다. 대신에 아이들
과 같이 앉아서 즐기기로 했다. 올리비아가 자기 학교에서 있었던
일을 끊임없이 재잘댔다. 뭘 했고, 누구와 놀았고 뭐라고 말했고
등 우리가 샘한테서 절대로 들을 수 없는 부류의 이야기였다. 그
러는 동안 샘은 계속해서 마인크래프트 이야기만 꺼냈다.

"나는 사암으로도 집을 지을 수 있어." 샘이 뜬금없는 말을 했다.

그때 갑자기 뭐가 생각났던지 올리비아가 신이 나서 샘의 팔에 살짝 자기 손을 얹으며 말을 끊었다. 뜻밖에도 샘이 몸을 움츠리지 않았다.

"아, 우리 오빠가 그러는데 마인크래프트 건축 대회가 있대." 그녀가 말했다. "몇 달 뒤라고 했는데 너도 꼭 참가해야 해, 샘. 런던 비디오 게임 축제 때 열려. 참가자는 네 시간 안에 작품을 만들어야 하고 제일 잘 만든 작품이 상을 받는대."

"나도 가도 돼?" 샘이 물었다.

나는 벌써 그곳 광경이 눈에 선했다. 광대한 전시장에 요란한 10대들과 게임 콘솔, 귀를 두드려대는 음악이 가득할 테니, 타비타의 생일 파티가 자폐성 탈진 도시였다면 이 경우는 떼쓰기 생지옥이 될 터였다.

"잘 모르겠는데. 언제인지 한번 알아보자. 아마 몹시 시끄러울 거야."

"런던도 시끄러웠어. 그래도 난 구경 다 했어." 샘이 말했다.

"너희 집에 가면, 네 엑스박스로 우리 오빠랑 친구를 맺자." 올리비아가 샘에게 말했다. "그러면 우리가 같은 마인크래프트 세계에서 놀 수 있어."

"아빠, 우리 그래도 돼?"

"그래." 대회에서 화제를 돌리게 된 게 너무 감사해서 얼른 대답했다.

집에 도착하자 아이들이 차에서 내려 계단을 올라갔다. 엑스박스에 전원을 켜는 소리가 들렸다. 나는 부엌에서 우유와 비스킷을 꺼내 쟁반에 담았다. 그러면서 올리비아에게 첫째, 내가 완벽하게 행동하는 믿을 만한 부모이고 둘째, 샘은 늘 친구를 집으로 데려오니까 오늘이 절대로 기적은 아니라는 환상을 유지시키고 싶었다.

침실에 들어가니 샘이 올리비아에게 우리가 만든 성을 보여주느라 바빴다. 아이는 작은 농장을 여러 개 더 만들어놓고 거기서 밀과 당근을 기르고 있었다. 올리비아가 감탄을 했다. 내가 간식을 내려놓고 서서 지켜보는데 샘이 나를 돌아보았다. 나 때문에 민망해하는 눈치였다. 내가 방에서 나오려는데 올리비아가 다시 우리에게 게임 축제와 샘이 꼭 마인크래프트 경기에 출전해야 한다는 말을 했다. 샘은 열정적으로 고개를 끄덕여댔고 몇 초 후 문득 정신을 차리고 보니 (그 분위기에 휩쓸린 나머지) 나도 그래 좋다고 고개를 끄덕이고 있었다.

20

우리는 소소한 이야기로 시작했다. 평일 저녁 일곱 시, 나는 시내 중심가에 자리한 펍에서 매트와 함께 있었다. 그가 여기 와 있는 이유는 맨체스터 유나이티드와 포르토 간에 벌어지는 중요한 챔피언스 리그 시합을 보기 위해서였고, 내가 여기 와 있는 이유는 그가 바람을 피우는지 아닌지 알아내기 위해서였다. 하지만 그 사실을 대놓고 드러낼 수는 없었다. 머리를 써서 대화를 하다가, 아니 우리 경우에는 전투적인 미드필더 장군 로이 킨을 대체할 인물을 왜 맨유가 못 찾아내는지 토론을 하다가 그 목적에 도달해야 했다. 남자들의 업무 수행은 이렇게 이루어지니까.

"그래서," 내가 말했다 (이때가 클럽의 최근 역사를 대략 10분 정도 심층 분석한 뒤였다) "생산성이 한동안 정체되면 찾아오기 마련인 실망감 이야기가 났으니까 말인데 너는 클레어랑 사이가 어때?"

매트가 맥주를 마시다가 얼굴을 들었다.

"좋아, 괜찮아. 우린 타비타 생일 파티 준비가 한창이야. 너도 샘 데리고 올 거지?"

"글쎄, 생각 중이야. 넌 다른 일은 없고?"

"왜 물어보는데?"

"아, 네가 요즘 다소 숨기는 게 있어 보여서. 축구 시합 때도 휴대폰을 꽤나 여러 번 들여다보면서 문자 확인을 하더라. 그러니 모를 수가 없더라고."

천천히 하자, 내가 혼자 속으로 생각했다. 아마 그는 시치미를 떼겠지. 이건 그냥 시작일 뿐, 밤은 창창해, 그러니까…….

"클레어한테는 아무 말도 말아줘!" 그가 정신 나간 사람처럼 속사포로 쏟아냈다.

아 제길, 벌써 무너지다니. 정말로 바람을 피우나 보군.

"알았어. 그런데 대체 무슨 말을 하지 말라는 거야?"

그는 잠시 뜸을 들이며 스스로를 가다듬었다.

"좀 문제가 생겼어. 돈 문제야."

"뭐? 어쩌다?"

그가 몇 차례 큰 숨을 쉬면서 맨유 셔츠 입은 중년 남자가 맥주잔이 든 커다란 쟁반을 들고 우리 앞을 지나가는 모습을 쓸쓸하게 바라보았다.

"도박을 했어. 주로 축구에 걸었는데 거기에 럭비랑 크리켓, 자동차 경주 등등 그때그때 보이는 데다 전부 걸었어. 휴대폰으로."

"언제부터?"

"1년 전에. 나는 출장을 많이 다녀. 개발자들 만나느라. 매번 호텔 방에 혼자 앉아 스포츠 채널만 보는데 너무 지루하더라. 부모가 되면 애들 없이 혼자서 호젓한 시간을 갖고 싶다고 늘 이야기하는데 막상 그런 시간을 얻으면 대체 뭘 해야 될지 모르겠더라고. 그래서 좀 재미있어 보자고 스포츠에다 돈을 걸기 시작했어. 그랬더니 시합을 볼 때마다 내가 뭔가에 내기를 걸고 있는 거야. 처음에는 점수에다가, 골 수에다가, 코너 킥 숫자에다가. 이런 식으로, 말하자면 상승이 된 거지. 샌프란시스코 호텔 방에 앉아서 새벽 여섯 시에 하틀풀 대 바닛 축구 시합에 100파운드를 걸게 될 쯤이면 뭔가 잘못됐다는 걸 알게 되는 거고."

"그러면…… 너, 빚도 졌어?"

그가 킁킁 콧소리를 냈다. "그런 셈이지, 맞아."

"그러니까?"

"대략 만 오천. 그보단 적었는데 사무실 팀 단합 대회 주말에 잃었던 걸 하루 만에 다시 다 따고 싶어지더라. 그날 그래서 오십 개 정도 베팅을 걸었지. 알렉스, 지랄 대참사였어."

"아, 제기랄."

그가 고개를 숙인 채 자기 무릎을 보고 있었다. 처음에 나는 그가 부끄러워서 그러는 줄 알았다. 그러다가 그의 휴대폰이 어디 있는지 이리저리 둘러 봤다. 그가 손에 들고 있었다.

"잠깐, 너 지금 이 경기도 내기하고 있는 건 아니겠지, 응?"

"아니!가 아니고…… 맞아."

내가 손을 뻗어 그의 휴대폰을 뺏었다.

"야!" 그가 소리를 질렀다.

"정말이지, 매트, 대체 무슨 생각인 거야?"

"글쎄. 포르토가 먼저 득점하는 데 오십 정도?"

"매트, 진지하게 묻는 거야!"

"미안!"

잠시 우리는 말이 없었다. 시합 시작을 알리는 휘슬과 맨유 서포터즈가 시끄럽게 소란을 떠는 소리만 들렸다.

"집은 안전해? 주택 담보는 갚을 수 있고?"

"당장은. 하지만 앞으론 힘들 거야. 젠장, 정말 엉망이군."

"클레어한테 털어놔야 해."

그가 나를 쳐다봤다. 절망으로 눈이 시뻘겠다.

"그러려고 해보기는 했어. 그런데 나 혼자 조용히 갚아버리면 그 사람이 모르고 지나갈 수도 있는 거잖아."

"매트, 클레어는 네가 바람을 피우는 중이라고 생각해."

"뭐?!"

"지난주에 날 찾아왔어. 네가 서먹하게 구는 것 같대. 뭔가 잘못됐다는 걸 알더라."

"제길."

"클레어에게 털어놔야 해."

"겁난다, 알렉스. 그 사람이랑 아이들을 잃을까 봐. 어떻게 해야 좋을지 모르겠어."

뒤에서 환호성이 들렸다. 본능적으로, 우리 둘 다 화면을 돌아봤다. 포르토가 골을 넣었다. 매트가 반사적으로 자기 휴대폰을 들여다봤다.

다음 날 나는 시내 길을 걸으며 매트와 나누었던 해괴한 대화를 곱씹으며, 이 말을 어떻게 클레어에게 전달해야 할지 궁리해봤다. 클레어는 벌써 문자를 두 개나 내게 보냈다. 나는 이 아파트에서, 이 우울한 방에서 벗어나야 했다. 유일하게 긍정적이었던 일은, 낑낑대며 이케아를 다녀온 덕에, 부실하나마 바야흐로 나만의 싱글 베드를 갖추고 에어 매트리스는 치워버렸다는 점이다. 더불어 (이케아에 가면 사러 간 물건 이상의 것을 사지 않고는 못 배기니까) 스탠드도 장만했고 정전기가 하도 심하게 일어서 그 스탠드에 전원을 공급해도 될 정도인 싸구려 러그도 장만했다.

할 일도 없고 심심하기도 해서 나는 세인트니컬러스 마켓의 축축한 통로를 거닐었다. 곰팡내 나는 책들이 넘쳐흐르는 책방, 약물 부대용품과 비건 패스트푸드를 파는 가판 노점들이 있었다. 은행 잔고는 겁이 날 만큼 줄어들었다. 하지만 그에 굴하지 않고 파크 스트리트에 있는 음반가게로 가서 엘피 레코드 몇 장을 구입했다. 댄네 집에 있는, 말도 안 되게 비싼데 말도 안 되게 그저 놀고만 있는 턴테이블로 틀어볼 생각이었다. 구르메 버거 집에서 점심을 먹은 뒤 언덕 아래로 걸으니 이저벨이 일한다는 빈티지 옷 가게를 지나치게 되었다. 거기서 멈췄다. 거의 아무 생각도 없이, 내가 무슨 짓을 하고 있는지 곰곰 뜯어볼 새도 없이 나는 뒤로 돌아서 가게 문을 넘었다.

실내는 노스탤지어의 폭격을 받은 대혼란의 장이었다. 벽 쪽에 늘어선 옷걸이에 50년대 원피스들, 야구 점퍼와 길이 잘든 리바이스 청바지 따위들이 걸려 있었다. 벽마다 옛날 영화배우가 나온 잡지 표지로 뒤덮였다. 스피커에서는 모타운(1950년대 흑인 노동자들 사이에 유행한 강한 비트의 리듬 앤드 블루스—옮긴이) 걸 그룹의 노래가 흘러나왔다.

그녀가 가게 저쪽 끝에서 오래된 60년대 현금 수납기로 계산을 마친 뒤 고객에게 커다란 종이봉투를 건네주는 모습이 보였다. 그녀는 검은 원피스 위로 분홍색 카디건을 걸쳤고 머리는 짧은 단발이었다. 멋졌다. 패션 사진작가 데이비드 베일리의 촬영 현장에서 막 나온 것 같았다. 그녀가 흘긋 내게 눈길을 돌렸을 때 나를 알아볼지 궁금했다. 그런데 놀랍게도, 그녀가 2주 전 그 카페를 환하게 밝혔던, 그때와 똑같은 미소를 활짝 지었다.

"어머나. 어쩐 일로 여길 다 오셨어요?" 그녀가 가까이 걸어오면서 말했다.

"지나가던 길이었어요." 내가 말하고는 이 얼마나 뻔하고 재미없는 대답인지 금방 알게 되었다. 아이고, 세상에, 이런 멍텅구리가 있나. "어떻게 지내요?"

"아, 잘 지내죠. 우리 아버지가 제이미를 데리고 낚시를 가셨는데 아주 잘된 일이죠. 주의 산만한 자폐 남자아이와 깊은 물과 날

카로운 낚싯바늘 조합으로 나쁜 일이 일어날 리는 만무하잖아요? 어쨌든 이 가게가 오늘은 꽤 한적하니까 응급실에서 전화가 오면 전 언제든지 가게 문 닫고 달려갈 수 있어요. 만나서 반가워요."

"저도요. 그럼, 저, 몇 시에 문 닫으시나요?" 별 생각 없이 한 질문이었건만 그 말이 향수 잔뜩 뿌린 가게 공기 속으로 퍼지자마자 나는 깨달았다. 내 말이 모종의 수작처럼 들리겠다는 사실을.

"데이트 신청하시는 거예요?" 그녀가 말했다.

"아뇨!" 잠시 대화가 끊겼다. 그녀가 실망한 눈치였다. "그러니까, 네. 제 본심은, 그럴 생각은 없었지만 지금은 그럴 생각이 있다는 뜻이에요. 아아, 맙소사. 잘 모르겠어요. 제가 나갔다가 다시 와도 되겠죠?"

"저는 여섯 시에 끝나요. 혹시 괜찮으시면 근처에서 커피 한잔 하실래요? 여덟 시 정도에는 집에 돌아가야 해서요."

"아주 좋네요. 그렇게 해요. 그럼 그때 여기서 봐요. 여섯 시. 커피 한잔."

나는 밖으로 나가서 길모퉁이에 잠시 서 있었다. 괴상하게도 마음이 몸에서 붕 떠 있는 느낌이었다. 마치 죄책감, 의기양양함, 공포 따위 온갖 감정이 섞인 뷔페 향응을 받은 것 같았다. 그 느낌이 지나가 버리질 않기에 나는 박물관에 가서 고대 이집트 전시관을 보며 마음을 가라앉히기로 했다. 그다음 시간은 그렇게, 오래전에 죽은 문명의 유물들을 쳐다보면서 스스로에게 모든 걸 합리화시키며 보냈다. 나는 외도를 하는 게 아니다. 외도를 하려는 생각도 없다. 이건 일종의 실험이다. 우린 친구고, 그러니까 괜찮다. 다 괜찮다. 그런데 사실은, 괜찮지가 않은 게 분명했다. 내 가정이 솔기 터지듯 갈라지고 있었고 내가 사랑했던 여인이, 내 삶을 10년이나 함께했던 여인이 어느 와인 바에서 리처드라는 이름의 남자와 함께 있을지도 몰랐다. 괜찮은 건 하나도 없었다. 내가 이 난장 중에도 한 가닥 행복을 빚어낼 수 있을까.

가게로 다시 간 시각은 정확히 오후 5시 55분이었다. 나는 구린 표정으로 가게 밖에서 서성였다. 10분 뒤에 이저벨이 동료와 함께 밖으로 나와 문을 잠그고 작별 인사를 나눴다. 그녀의 친구가 곁눈질로 나를 보면서 파크 스트리트 아래쪽으로 걸어 내려갔다.

"자, 이제 어디로 갈까요?" 내가 가능한 한 편안해 보이려고 최대로 노력하며 말했다.

"트라이앵글 근처에 좋은 커피숍이 있어요. 가시죠."

우리는 함께 걸었다. 서로 간에 점잖게 거리를 좀 두고서 무리지어 걷는 학생들을 이리저리 돌아서 걸었다. 바람 때문에 고개를 숙였다. 커피숍은 피자 가게와 홀푸드 슈퍼마켓 사이에 끼어 있었지만 독립된 자그마한 가게였다. 살짝 파리풍 멋을 풍겼는데 그말은 빛바랜 세피아톤 사진들이 벽에 걸려 있고 프랑스 가수 자크브렐의 시디가 무한 반복되고 있었다는 뜻이다. 가게는 피곤해 보이는 쇼핑객들로 가득 찼지만 다만 창가 자리는 맥북을 놓고 일하는, 심각한 얼굴에 어울리지 않는 티셔츠 차림의 20대 남녀들이 차지하고 있었다. 아마도 댄이 아는 사람들일 것이다. 우리는 라테를 주문하고 계산대 옆 소파 자리에 앉았다.

"아버지가 문자 메시지를 보냈어요. 제이미가 물에 빠지지 않았다니 다행이긴 하지만 애가 지루한 걸 못 참아서 낚시도구를 전부 운하에다 던져버렸대요. 샘은 잘 지내요?"

"그럭저럭요, 제 생각에는. 그저 늘 똑같아요. 한 주는 끔찍하고 그다음 주는 멋지고요. 저는 요새 자폐 관련 책들을 모조리 읽고 있어요. 왜 자폐성 탈진이 시작되는지, 어떻게 하면 막을 수 있는지 알아보려고요."

"해답이 있던가요?"

"네, 새로운 일, 예기치 못한 일을 하지 말래요. 정말 쉽죠. 예기치 못한 일이 이 세상에 일어날 리가 없잖아요."

"제이미가 거실을 쑥대밭으로 만든 적이 있어요. 〈잔혹한 세계사〉 방영 시간이 단 10분 달라졌다고요. 제가 할 수 있는 일이 없더라고요. 아이는 중세라면 사족을 못 써요. 옛날에는 〈토마스와 친구들〉이었는데 요새는 고문, 성채 공격 무기, 질병이 주된 관심사예요. 지난주에는 애들이 읽을 만한 흑사병 관련 책이 있는지 물어보러 워터스톤즈 책방에 가야 했어요."

"샘은 마인크래프트 게임이라면 사족을 못 쓰죠. 그 게임을 하고 있지 않으면 게임 관련 책을 읽든가 유튜브 동영상을 봐요. 그런데 사실 좋은 게임이더라고요. 애를 진정시켜주거든요. 그리고 우리 둘이서 같이 게임을 할 때가 많은데 그게 정말 좋아요. 마인크래프트 모델 만들기 대회가 런던에서 열리는데 우리 아이가 거기 가고 싶어 해요. 제 말은 그게 큰일, 정말 크게 한 걸음 나아간 거라는 뜻이에요. 한 가지 걱정은 그 애가 어떻게 출전하느냐죠."

"그래도 좋은 거네요. 창의적이잖아요! 마치 제이미가 화학 실험 도구를 가지고 화합물을 만드느라 몇 시간씩 골몰하는 거하고 비슷해요. 우리 애는 그때만 조용해요. 애한테 나중에 커서 뭐가 되고 싶으냐고 물으면 자기는 연금술사가 되겠대요."

"연금술이 국가 교육 과정에 포함돼 있다죠?"

이런 식으로 우리가 함께하는 시간이 흘렀다. 대화가 산만해질 때마다 화제는 다시 우리 아들들과 자폐로 돌아왔다. 얼마나 커다란 고통인지, 외출마다 계획을 세워서 군사 훈련하듯 자세히 설명해줘야 하고, 질문이 끝이 없고, 기괴한 심리 장애를 겪고, 다른 부모들로부터 못마땅해하는 시선을 받고, 사람들이 되도 않는 조언들을 해대고, 잠 한숨 못 잘 때가 많고 등의 이야기가 계속됐다. 하지만 우리는 우리 아들들이 얼마나 특이하고 유쾌한지도 이야기했다. 아이들이 세상을 바라보는 관점 때문에 우리도 세상을 보는 관점이 달라진 경우들, 아이들이 하는 이야기들, 티브이에 나오는 문장들을 통째로 외워서 완전히 엉뚱한 경우에 앵무새처럼 되풀이하는 경우도 이야기했다.

"한번은 샘이 선생님 사타구니를 치는 바람에 집으로 조퇴를 당했어요."

"제이미는 급식 담당 선생님한테 음식을 뱉은 다음 오줌을 싼 적이 있어요."

"샘이 피시 월드 매장에서 티브이를 넘어뜨리는 바람에 애를 붙잡고 도망쳐 나온 적이 있어요."

"제이미는 우리 부모님이 새로 만든 온실 유리창에다 테니스 라켓을 던진 적도 있어요."

"비겼다고 합시다."

이저벨은 명석하고 유쾌했다. 혼자 자폐 아들을 기르면서 무슨 일을 겪었든 상관없이 끝없이 긍정적이고 낙관적이었다. 반만 찬 잔이 아니라 넘쳐흐르는 잔이었다. 두꺼운 테를 두른 안경 뒤에서 두 눈이 반짝였다. 나는 그 눈에서 시선을 뗄 수가 없었다.

"그럼 일과 제이미 빼고는 뭘 하면서 지내세요?" 내가 물었다.

"글쎄요, 제가 진행하는 클럽 파티에 대해서 말씀드렸나요? 아시겠지만, 저는 60년대를 아주 좋아해요. 걸그룹, 패션, 영화, 연극들을요. 전부 신나고 새로워요. 가능성이 무궁무진하고요. 요즘은, 당시로서는 상상도 못할 물건과 도구들이 너무너무 많아요. 그런데도 다들 냉소적이고 고독하죠."

"제이미 아빠는 어때요? 그 사람도 함께했었나요?"

"하! 아뇨, 전혀요. 그 사람이 음악을 좋아했는지도 모르겠어요. 우리는 대학교 때 만났는데 런던에서 프로덕션 보조 업무로 직장을 잡더니 사라져버렸어요. 지금은 조감독이라나 뭐라나가 됐다더라고요."

"저는 좀 궁금해요. 과연 샘이 나중에…… 그러니까……."

"티브이 조감독이 된 다음 가족을 저버리게 될까 말이죠?"

"아뇨! 제 말은 연애를 할지 궁금하다고요."

"저도 그런 생각을 해봤어요. 그러니까 제이미는 병적으로 자기중심적이에요, 보면 아시겠지만요. 그런데 저는 그 이유가 애가 자폐라서 그런 건지 아니면 남자라서 그런 건지 잘 모르겠어요. 하하, 이건 농담이고요, 아이가 주변에 있는 남자를 보면서 남자들 일을 배울 수가 있겠지요. 실질적인 가이드로요. 불행하게도, 저는 형편없는 교사를 택했던 셈이고요."

"샘이 여자애들을 좋아하는 건 분명해요. 그런데 이것저것 다 따져보면 우리 애는 비행기 앱과 마인크래프트를 더 좋아해요. 그게 10년 뒤라고 해서 달라질지 모르겠어요. 애한테 사람은 너무 복잡해서 피곤하거든요."

"저도 아이의 심정을 알 것 같아요. 당신은 어떤데요?"

"아, 나와 조디 말인가요? 나는……."

"아뇨, 당신요. 뭘 하세요? 좋아하는 건 뭐고요?"

"세상에, 잘 모르겠어요. 8년 동안 일과 육아에 파묻혀 살았어요. 그래서 다른 건 다 연이 끊어진 셈이나 마찬가지예요."

나는 방을 둘러보면서 내 관심이 뭐였더라 기억을 더듬었다. 가게가 어느새 차분해져 있었다. 쇼핑객 몇 명과 사무원 한 명. 잠시 창문 근처에 앉아 있는 아이와 그 애 엄마에게 눈길을 주었다. 아는 사람이 분명했지만 어디서 만났는지를 알 수가 없었다. 혹시 주택 담보 대출 고객이었나? 생각이 안 났다.

"그럼, 푹 빠져 지내는 뭐가 없어요?" 이저벨이 물었다.

나는 퍼뜩 정신을 차리고 머릿속에 처음 떠오르는 걸 붙잡았다.

"글쎄요, 음, 대학 다닐 때 전자음악에 푹 빠져 있었어요. 블로그도 만들었고, 디제이도 했고, 친구가 음반사 차리는 것도 도와줬어요. 음반사가 쫄딱 망해서 금방 접긴 했지만요. 그때를 놓아보면 지금의 나와 완전히 다르죠. 그런데 오늘 음반 두 장을 샀어요. 그러니 그게 시작이겠죠."

"그럼요! 제가 하는 음악의 밤 이벤트에 오셔야겠어요. 제가 우리 펍 주인한테 소개해드릴게요. 어쩌면 당신도 직접 이벤트를 열수 있을 거예요."

"허, 아니요…… 앗, 제 말은, 제가 직접 이벤트를 열지는 못할거라는 거고요, 그래도 당신 이벤트에는 가보고 싶네요."

"좋아요, 자세한 건 문자로 알려줄게요. 괜찮으면 들러주세요. 친구든 누구든 데려오셔도 돼요. 이야기 즐거웠어요."

"네, 저도요."

"안녕히 가세요, 알렉스."

그녀가 다정하게 나를 안아주더니 파크 스트리트 위 커다란 대학 건물 쪽으로 걸어갔다. 나는 반대 방향으로 걸음을 떼며 그녀와의 짧은 신체 접촉을 다시금 머릿속에서 곱씹어봤다. 그녀가 입었던 빈티지 원피스의 거친 촉감과 그녀의 머릿결에서 풍기던 코코넛 냄새를.

21

조디가 마인크래프트 대회 때문에 내게 전화를 했다. 샘이 마치 확정된 일처럼 계속해서 말하더라고 했다. 하지만 우리 둘 어느 누구도 확신이 서지 않았다.

아이가 게임을 무척이나 좋아한다는 사실에는 의문의 여지가 없었다. 우리는 틈만 나면 함께 온라인으로 게임을 했다. 어떤 때는 한 시간, 또 어떤 때는 샘이 잠자리에 들기 전 짬을 내어 몇 분, 이런 식이었다. 서버를 확인해서 아이가 온라인임이 확인되면 나는 흥분으로 전율했다. 내가 샘 나이 무렵, 조지와 함께 제일 좋아하던 보드게임을 했던 이후로 처음 느껴보는 흥분이었다. 우리 둘 다 게임에 푹 빠져서 성에다 새 건축물도 보태고, 새 땅도 개척했다. 우리는 세션마다 우리 왕국이 뻗어가는 모습을 지켜봤다. 어떤 때는 이야기를 주고받고, 다른 때는 말 없이 우리 과제에 집중하며, 우리는 같은 세계에 함께 있다는 이유로 행복해했다. 자신만만해진 샘이 내게 농장 울타리를 고치라거나 나가서 좀비들을 사냥하라는 등 이래라저래라 지휘를 할 정도였다. 아이의 자신감이 점점 자랐다. 이젠 이 자신감을 게임이라는 한정된 영역 밖에서 시험해봐도 되지 않을까 싶었다.

"타비타 생일 파티에 아이를 데려가 보는 건 어떨까?" 내가 말했다. "애가 사람들과 소란에 어떻게 대처하는지 보자고. 그런 거 해본 지 꽤 오래됐잖아."

그러고는 우리 둘 다 속으로 신음을 했다. 마지막으로 생일 파티에 초대받아 갔을 때 일어났던 '아이스크림 다 토하기 대재앙'이 기억나서였다. 하지만 때는 10월 중간 방학이었고, 또 샘에게 하루에 딱 두 시간으로 엑스박스 시간을 제한했어도 아이가 즐거이 지내기를 여러 날째라 조디가 이런 종류의 실험에 좀 더 너그러우리라 짐작했다. 내 진의는, 우리 둘 다 거기 가서 아이를 지켜보고 있다면 뭐가 얼마나 나빠질 수 있겠냐는 뜻이었다.

"그래, 그것도 괜찮은 생각이네. 행운을 빌어." 조디가 말했다.

그 말과 함께, 부모의 책임이라는 공이 내 쪽으로 떼구르르 굴러왔다.

파티 당일 아침 일찍이 내가 샘을 데리러 갔다. 아이가 살짝 경계하는 눈치였지만 진짜 가고 싶으냐고 내가 묻자 고개를 끄덕였다. 분명 조디가 아이패드로 아이를 꼬드긴 게 분명했다.

"좋아. 무슨 복장으로 꾸미고 싶은데? 비행사? 슈퍼 히어로?"

내가 물었다.

"음…… 크리퍼로 할래." 샘이 말했다.

"어? 좋아. 그런데 왜 크리퍼야?"

"왜냐면 내가 크리퍼 같잖아!"

"뭐라고? 사람들이랑 가까워지면 네가 폭발하니까?"

"응!" 아이가 소리쳤다.

그러고는 우리 둘 다 소리 내어 웃었다. 하지만 둘 중 한 사람만 그 말의 은유적 의미를 파악했겠지. 어쨌든 크리퍼를 선택했으니 싸구려 기성품 의상을 사러 길 건너 슈퍼마켓으로 갈 필요가 없어 졌다. 나는 속으로 한숨을 내쉬었다. 내가 직접 만들어야 했다. 보통 부모처럼. 만들기를 좋아하는 보통 아이와 하듯이.

"그렇다면, 우리가 할 일이 아주 많을걸."

먼저 우리는 브리스틀로 차를 몰고 가서 아동복 가게 여러 군 데를 돌아다니느라 한 시간을 소모해야 했다. 샘은 그동안 내내 우리가 뭐하고 있느냐 어디를 가느냐 물어댔다. 판박이 일상 절차 였다. 마침내 초록색 잠옷 바지와 초록색 긴 소매 티셔츠를 찾아 냈다.

"이게 내 옷이야?" 샘이 물었다.

"응, 네 겉옷 속에 이걸 입을 거야."

"내가 왜 이걸 입어야 해?"

"아이고 맙소사."

댄네 집으로 돌아가는 길에 나는 목공예 가게에 들러서 페인트를 샀고 다양한 크기의 종이 상자들을 얻었다. 아파트에 도착한 뒤 커피 테이블을 신문지로 덮고 가위, 붓, 투명 테이프를 늘어놓았다. 우리는 여러 가지 농도의 초록색을 상자마다 칠했다. 샘은 무척 놀랍게도, 붓 잡아도 30분 동안 혼신의 노력을 나했나. 그러다가 지레 혼자 지쳐버렸다. 하지만 내가 크리퍼에 대해 질문을 던졌더니 그때마다 아이는 다시 작업으로 돌아왔다. 이렇게 오래도록 우리가 무언가를 함께 해본 적은 처음이었다. 그러자 문득, 그동안 내가 뭘 놓쳤는지 깨닫게 되었다. 샘과 함께 노는 대신 사무실에서 지내던 숱한 밤, 어떻게든 도망쳐서 한숨 돌리려던 주말들. 나름 내가 뭉클해하고 있는데, 샘이 붓 빨던 물이 가득 든 잔을 들어 댄네 집 바닥에다 죄다 쏟아붓는 실험을 했다. 댄과 내가 다급하게 세탁하려고 내놓은 티셔츠로 바닥을 닦았다. 그러는 동안 댄에게 게임 행사와 대회에 대해서 말해줬다. 그가 그런 걸 접해본 적이 있는지 궁금했다.

"농담하냐? 그거 젠 엑스 엑스포잖아. 나 매년 거기 가. 이번 표도 벌써 구해놨어. 거참 재미있군." 그가 말했다.

내가 그의 마음속 열세 살짜리 소년을 끄집어낸 모양이었다.

"젠 엑스? 엑스 세대라고? 그럼, 거기 가면 소외된 40대들이 득시글거린다는 뜻이잖아?"

"인마, 그게 아니야. 젠 엑스는 제너레이션 익스트림Generation Xtreme을 뜻한다고!"

"그래, 아무렴 그렇겠지."

그렇게, 아이의 의상이 완성됐다. 커다란 박스 하나가 샘의 몸통이 됐고 거기에 구멍을 뚫어서 아이 머리를 통과시켰다. 그런 뒤 양팔에는 각각 와인 상자 하나씩, 발에는 티슈 박스를 사용했다. 크리퍼 상자 얼굴 마스크는 편법을 써서 온라인으로 구매했다. 그렇다 해도 첫 의상치고는 나쁘지 않았다. 조심스럽게 이 모든 걸 아이에게 입혔다. 무게와 익숙하지 않은 질감 때문에 아이가 금세 못 견뎌 할 것 같았지만, 일단은 아이를 데리고 댄 방에 있는 전신 거울 앞에 섰다. 아이는 기분이 좋은 모양이었다.

"난 크리퍼다! 널 날려버릴 테다!" 아이가 외쳤다.

"안 돼! 저리 가!" 내가 소리를 지르며 복도로 달아났다. 아이가 나를 쫓아오다가 곧바로 벽에 부딪히고 말았다. 돌아봤더니 아이가 잠시 코믹하게 비틀대더니 뒤로 벌렁 자빠졌다. 아이가 울고불고할 줄 알았는데 대신 웃음을 터뜨리더니 일어나려고 버둥댔다. 아이는 어느새 슬랩스틱 코미디를 익히고 있었다. 오늘 오후는 잘될 것 같았다.

우리는 점심시간 전에 매트와 클레어의 집에 도착했다. 집 안에서 야단법석 대는 소리가 차량진입로에 들어설 때부터 들렸다. 탄산음료와 하리보 젤리를 과다 섭취한 나머지 머리가 붕붕 뜰 정도로 흥분한 애들이 내는 소리가 틀림없었다. 내가 벨을 누르는데 샘이 내 다리 뒤로 숨었다. 당장에 문이 활짝 열리며 몸집 작은 배트맨이 나타났다. 아치였다.

"의상 멋지다!" 아이가 꽥 소리치더니 고함을 지르며 집 안으로 달려갔다.

안으로 발을 디디니, 괴상하게 차려입은 아이들 천지였다. 디즈니 애니메이션 〈서울 왕국〉의 캐릭터 두 명이 계단을 뛰어서 오르내리며 그릇에 가득 담긴 하리보 해피 콜라를 뿌려댔다. 드라큘라가 로봇을 쫓아 다니고 거실은 미니언즈가 떼를 지어 카펫 위를 끝없이 뱅뱅 돌았다. 카펫 위에는 밟아 부서진 치즈 볼이 짓이겨져 있었다. 부엌을 보니 클레어가 플라스틱으로 만든 가마솥에서 붉은색 체리에이드를 컵에 담아 나눠주고 있었다. 그녀는 마녀 옷을 입고 녹색으로 얼굴 화장까지 마친 완벽한 차림이었다. 샘이 내 손을 꼭 쥔 채 나와 함께 사람들 틈을 비집고 들어가다가 바닥에 누워 있는 아이언 맨을 건너뛰었다. 그 옆에는 로빈 후드가 닌텐도 3DS로 게임을 하고 있었다.

"클레어, 안녕. 의상이 멋지다."

"세상에, 정말 난리도 아니지." 그녀가 말했다. "레스토랑을 5년이나 운영했으니 이런 일쯤은 식은 죽 먹기라고 생각하겠지만 실제론 아니야. 저 위쪽 좀 봐, 알렉스. 천정에서 젤리(영국에서는 젤라틴 푸딩을 말한다—옮긴이)가 뚝뚝 떨어지고 있어. 내가 아직 애들한테 젤리를 나눠주기도 전인데 말이야. 젤리는 냉장고에 있는 줄 알았는데. 이런 건 감당이 안 돼."

그녀가 조무래기 슈퍼 히어로, 공주, 경찰에게 잇따라 컵을 나눠줬다. 컵을 받아 든 아이들은 시뻘건 음료를 뒤로 줄줄 흘리며 정원으로 뛰쳐나갔다.

"잘 지내?" 내가 물었다.

"별로 안 좋아. 매트가 다 털어놨어……. 샘, 안녕, 의상이 정말 멋지구나! 가서 다른 애들이랑 놀고 싶지 않니?"

아이가 내 다리를 붙들었다.

"우리 집에 언제 가?" 아이가 간청을 하는데 마침 아치와 타비타가 뛰어들어왔다.

"너희 둘, 샘 데리고 저쪽 방에 가 있어라. 금방 파티 게임 시작할 거니까!" 클레어가 말했다.

"가자." 애들이 샘 손을 잡으며 소리쳤다. 샘이 아이들을 천천히 따라갔다.

"저 이기적인 바보 놈." 클레어가 컵들을 식기 세척기에 넣어 부엌을 정돈하면서 말했다. "샘 말고. 매트 말이야."

"아, 그 자식은 바보 맞아."

"어쩌자고 그런 짓을 했을까?" 그녀가 식식거렸다. "좋은 직업에, 돈이 쪼들리는 것도 아니고. 대체 왜 그런 짓을 했을까?"

"출장을 많이 가니까 지루했겠지. 요즘은 그런 거 하기가 너무 쉬워. 비디오 게임이나 다름없어졌잖아."

"그래, 그래, 그이한테서 다 들었어. 그래도 난 여전히 이해할 수가 없어. 차라리 그놈의 비디오 게임을 하지 왜 그딴 짓을?! 게다가 나 몰래 그렇게나 오랫동안!"

"그러니 어쩔 작정이야?"

"모르겠어. 지금은 너무 화가 나서 그 사람 꼴도 보기 싫어. 저쪽 방에 있으니까 가보든지. 나는 여기 일 곧 끝내고 파티 게임이나 진행하려고."

그래서 나는 거실로 갔다. 한쪽 구석에서 매트가 풀이 죽은 채 휴대용 시디 플레이어 위로 몸을 숙이고 있었다. 세상에서 제일 슬픈 해적 차림이었다. 목에 두른 분홍색 물방울무늬 수건이 채 여미지도 못한 채 축 늘어졌다. 그렇게 처진 모습은 조끼도 마찬가지였고 안대 역시 턱까지 흘러내렸다. 어깨에 투명 테이프로 붙여둔 귀여운 앵무새조차 축 늘어져 외로워 보였다. 끊임없이 춤을 추던 꼬마 여자애가 그에게 보이 밴드 원 디렉션의 노래를 틀어달라며 치즈 볼을 던져댔다.

"어서 와. 난 해적 디제이야." 매트가 인사했다.

"그러네. 잘 지내?"

"별로야. 클레어는 나한테 말도 안 붙여. 분위기가 겁나. 가족에게 버림받을까 봐 두려워. 모든 걸 다 잃을까 봐 두렵다고."

바로 그 순간, 앵무새가 어깨에서 뚝 떨어졌다.

"가족에게 버림받는 일은 없을 거야." 눈앞에 나타난 불길한 징조를 무시하려고 애쓰면서 내가 말했다. "클레어는 화가 났을 뿐, 널 쫓아내지는 않을 거야."

"그 사람이 그렇게 말하디?"

"그런 말은 할 필요도 없잖아."

"그래도 있을 수 있는 일이잖아, 안 그래?"

그러더니 그가 조디와 내 경우를 이야기를 했다. 클레어도 그러더니. 두 사람 모두 최악의 부부 케이스로 우리를 꼽다니 거참 대단하군!

"이봐, 너희는 경우가 달라." 강한 기시감을 느끼며 내가 말을 이었다. "너희 두 사람은 한 단위야. 무슨 일이 생기든 둘이서 같이 헤쳐나간다고. 열 살도 안 되는 조무래기를 넷이나 데리고 살면서 서로 먹살 잡는 일도 없었잖아. 너희 둘은 잘해낼 거야. 늘 그렇게 해왔잖아. 다만 네가 도박을 끊고 치료도 받아야 한다고 생각해. 클레어한테, 네가 멍청한 짓을 했지만 이젠 조절할 수 있다는 걸 보여주라고."

"파티 게임 하자!" 클레어가 소리 지르자 아이들이 비명을 지르며 모여들었다. 스무 명쯤 되는 아이들이 방으로 우르르 몰려들어 자리를 차지하느라 서로 치고받았다. 샘은 그 뒤로 터덜터덜 들어와 내 바짓가랑이를 붙들었다. 부모들 몇 명이 따라 들어와 아이들 주위를 빙 둘러서서 플라스틱 와인 잔을 손에 들고 밝게 수다를 떨었다. 이 모든 것이 그들에게는 꽤나 일상적인 듯 보였다.

"선물 돌리기 게임 하고 싶은 사람?!" 클레어가 소리쳤다.

그 제안에 사람들이 우레 같은 환호를 보냈다. 샘이 두 손으로 자기 귀를 틀어막았다. 클레어는 방을 돌아다니며 손님들에게 커다란 원을 만들어달라고 요청했다. 어떤 애들은 일으켜 세우고 어떤 애들은 적당한 자리에 앉히기도 했다. 나는 샘을 밀어서 스파이더맨과 요정 사이에 앉혀보려고 했다. 애들 사이에 샘이 끼어들기를, 아니 적어도 뚱하니 구석에 혼자 앉은 모습을 내게 보여주지 않기를 간절히 바랐다.

"해봐, 괜찮아, 그냥 선물 돌리기 게임이야." 내가 말했다.

클레어가 찬장에서 커다란 꾸러미를 꺼내서 아치의 손 안으로 던졌다.

"자, 어떻게 하는 건지는 모두 아시겠지요. 음악이 멈출 때까지 계속해서 이 선물 꾸러미를 돌리는 거예요." 클레어가 말했다. "너무 오래 갖고 있는 사람한테는 내 해적 조수를 보내서 해적 칼로 머리를 싹둑 자르라고 시킬 거예요. 해적 칼을 전당포에 맡기지 않았다면 말이에요."

매트가 고개 숙여 절을 했지만 활기가 없었다.

제목도 모를 팝 음악이 연주되자 아치가 그 즉시 꾸러미를 돌리느라 〈미녀와 야수〉에 나오는 벨 얼굴을 정면으로 가격했다. 아이들 몇 명은 벌써 싸움을 시작했다. 이제 춤추는 소녀는 원 한가운데 서서 열정적으로 맴을 돌았다. 꾸러미는 빠른 속도로 공이 튀듯 원을 돌았는데 그 와중에 차례가 되면 저마다 아이들이 몰래 포장지 한 귀퉁이를 찢어냈다. 드디어 샘의 차례가 되었다. 샘은 꾸러미를 잡고서 놓지를 않았고, 그러자 스파이더맨이 샘을 바닥으로 찍어 누르고 요정이 샘의 손가락 사이에서 꾸러미를 채갔다. 그 모든 과정을 나는 입을 떡 벌린 채 쳐다보고만 있었다. 마치 선사시대에 약에 취해 벌이는 제사 의식 같은 광경이었다. 음악은 계속해서 악몽처럼 반복됐다. 의상은 요란했고 폭력은 거의 제지가 되지 않았다. 체리에이드 한 컵이 신데렐라 무릎으로 날아가자 그녀가 별안간 맹렬하게 비명을 질러대는 바람에 다른 애들 몇몇이 울음을 터뜨렸다. 내가 매트와 클레어를 돌아보니 두 사람은 갑자기 폭소를 터뜨렸다. 클레어는 대혼란 속에서 너무너무 즐거워하면서 자기 한 손을 매트의 어깨 위에 얹었다. 합성섬유 의상과 식품 첨가제로 야기된 동물원 같은 광란에서 유대를 이루는 사람은 저 둘밖에 없을 것이다. 나는 살짝 질투심이 일 정도로 부러웠다. 두 사람이 가진 순탄한 애정과 (그게 못 쓰게 된 카펫이든 엄청난 빚이든) 어떤 어려움도 너끈히 올라탈 수 있는 힘이 가슴 에이게 감동적이었다.

샘이 점점 관심이 생기는지 원을 따라 돌아가는 꾸러미에서 눈을 떼질 않았다. 하지만 음악이 끝나는 마지막 순간, 샘 쪽으로 오던 꾸러미를 스파이더맨이 거머쥐는 데 성공했다. 그 아이가 포장지를 확 찢어내자 작은 레고 세트가 나왔다. 샘이 그걸 뺏으려 하기에 재빨리 내가 말렸다. 샘은 울음을 터뜨리면서 부엌으로 튀어나갔다. 나는 아이를 다시 데려오면서 다른 어른들을 향해 겸연쩍게 웃었다. 내가 모르는 어른들이었고 알고 싶지도 않은 사람들이었지만 그래도 나는 그들을 달래기 위해 내 아들에게 으름장을 놓을 만반의 태세를 갖췄다.

이런 식으로 다음 한 시간도 지나갔다. 의자 놀이를 했고 (디즈니랜드에서 거리 폭동이 일어난 상황과 흡사했다) '그대로 멈춰라' 놀이를 한 뒤 (25초 만에 끝나버렸다) 선물 돌리기 게임을 세 번 더 했다.

샘이 또다시 울음을 터뜨리길 여러 번, 놀이가 끝날 즈음엔 난 정말이지 이 파티가 어서 끝나기를 기도하다시피 했다. 언제 끝내려나 울상을 하며 매트와 클레어를 봤더니 두 사람은…… 최신 히트곡 모음집 시디들을 뒤지느라 여념이 없었다.

게임이 모두 끝나자 거실에서 정원으로 그리고 2층으로 민족 대 이동이 일어났다.

"올라가서 우리 디스코 조명 구경할래, 샘?" 타비타가 말했다.

"가자!" 아치가 말했다.

아이들이 샘의 팔을 잡더니 채 무슨 일이 벌어지는지 알아차리기도 전에 샘을 끌고 복도를 지나 2층으로 올라갔다. 매트가 그 틈을 타서 록 밴드 콜드플레이의 시디를 얹었다. 클레어가 내 쪽으로 다가와서 와인을 한 잔 건넸다.

"한잔해. 그런데, 너야말로 요즘 어떻게 지내?"

"음, 글쎄, 그 얘기는 지금 꺼내지 말자. 당장 너희 부부가 감당할 일이 이렇게나 엄청난데."

"네가 아주 잘하고 있는 걸로 보여. 샘을 도와주고, 책임지고 곁에 있어주고. 그렇게 하니까 조디도 자기 일을 할 기회를 찾잖아. 혹시 조디네 갤러리 가봤어? 아주 훌륭하더라."

"아직. 가봐야겠네. 요즘 우리가 서로 말을 섞고 지내질 않아서. 시험 별거 규칙을 내가 잘 모르거든. 그래서 구글로 알아봤는데 그게 내 실수였어. 보니까 대개 6개월이 지나면 이혼이라더군."

"아유, 알렉스. 절대로 구글로 건강 문제, 이성 문제, 그리고 자기 이름은 찾아보는 게 아니야. 그게 인터넷의 기본이야."

"조언 고마워, 웹의 위키드 마녀님(클레어가 입은 의상이 뮤지컬 〈위키드〉의 마녀 의상이다—옮긴이.)"

그때 갑자기 위층에서 귀청이 찢어질 듯한 소리가 났다. 음향 볼륨을 최대로 높인 상태에서 시디를 교환하는 소리였다. 그러더니 긴 비명 소리, 부딪히는 소리 몇 번, 문이 쾅 하고 요란하게 닫히는 소리가 들렸다. 마지막은 후다닥 계단을 내려오는 발소리.

"엄마!" 타비타가 말했다. "아치 때문에 샘이 무서워해."

"일부러 그런 거 아니야. 실수로 스테레오를 너무 크게 틀었어." 아치가 우는소리를 했다.

멀리서 희미하게, 샘의 울음소리가 들렸다.

"샘은 어디 있니?" 내가 물었다.

"걔는 문 잠그고 화장실에 숨어 있어요." 타비타가 큭큭 웃으며 말했다.

"웃을 일이 아닌데!" 클레어가 말했다.

나는 서둘러 복도를 지나 한걸음에 세 개씩 계단을 올랐다. 그리고 화장실 쪽으로 향했다. 지금은 아이 소리가 분명하게 들렸다. 울면서 머리를 욕조에 찧고 있었다. 공포가 치밀어 오르자 늘 겪던 대로 내 몸이 굳어버렸다. 나는 층계참에 서서 한 손으로 난간을 붙들고 어찌해야 할 바를 몰랐다. 이런 일은 언제나 조디가 맡았다. 조디가 여기 있어야 하는데. 나는 문으로 가서 핸들을 돌려봤다. 잠겨 있었다.

"샘." 내가 불렀다. "샘, 나와 봐. 이제 괜찮아."

"싫어!" 아이가 비명을 질렀다. "난 큰 소리가 싫어!"

"이제 안 나. 나와 봐."

"싫어. 난 ㄱ 소리 싫어. 임마 데려와!"

내가 문에 고개를 기댔다. 아이가 변기 뚜껑을 열었다가 다시 탁 하고 닫는 소리가 들렸다. 그러다가 선반 위 물건을 쓸어서 세면대인지 욕조인지로 내던지는 소리가 들렸다. 이런 패턴을 안다. 점점 더 과격해지는 패턴이다. 아이의 정신이 딴 데로 팔릴 때까지. 하지만 어떻게 해야 좋을지 궁리하는 동안 뭔가 유리로 된 물건이 바닥에 부딪혀 와장창 깨지는 소리가 들렸다. 버럭 내가 소리 질렀다. "샘, 그만해!" 절대로 하지 말아야 할 짓이었다. 왜냐면 깨진 유리가 바닥에 널려 있으니 아이가 겁을 먹었을 텐데 내가 거기에 한술 더 떴기 때문이다.

"시끄러!" 아이가 소리쳤다. "시끄러!"

나는 필사적으로 생각했다. 조디가 아이를 어떻게 달랬더라. 하지만 이럴 때 나는 조디 곁에 있지 않았고, 설사 있었다 해도 화를 내며 나가버렸기 때문에 그녀 혼자 상황 처리를 해야 했었다. 그때 내 뒤에서 클레어의 기척이 느껴졌다.

"어떻게 해야 할지를 모르겠어. 미안해." 내가 말했다. 벽에 털썩 몸을 기대니 기운이 빠져서 주르르 내려앉았다. 그녀가 문가로 다가가더니 조용히 노크를 했다.

"샘, 클레어 아줌마야. 아이패드 가지고 놀지 않을래? 지금 여기 있는데. 재미있는 게임도 있단다. 앵그리 버드, 캔디―"

문이 열리더니 내 아들의 모습이 나타났다. 의상은 엉망이었다. 크리퍼 헤드박스는 바닥에 떨어져 뭉개져 있었고 아이의 눈과 얼굴은 온통 벌겠다. 아이 뒤 욕조에는 열 개도 넘는 데오도런트와 세이빙 폼 깡통이 흐트러져 있었고 향수 한 병이 깨진 채 욕실 전체에 취할 만큼 진한 꽃 냄새를 풍기고 있었다. 아이가 조용히 클레어의 손에 들린 아이패드를 받아 들더니 바닥에 앉아서 화면을 터치하고 밀었다.

클레어가 내 쪽으로 돌아서더니 어깨를 으쓱했다.

"우리 애들한테는 저 방법이 언제나 통했어." 그녀가 말했다.

"화장실은 미안하게 됐어. 자폐라 그래. 알지. 어떤 때는 어떻게 해도 말릴 수가 없어."

그녀가 마땅치 않은 듯 고개를 저었다.

"다른 애들도 똑같이 이러는 거 혹시 알아? 타비타도 자기 방을 쓰레기통으로 만든 적이 여러 번이야. 마치 고주망태 록스타와 같이 사는 것 같다니까. 혹시나 창밖으로 던질까 봐 그 아이 방엔 티브이도 안 들여놨어."

"어쨌든, 내가 치우고 다 도로 장만해 놓을게."

"아유, 벌써 몇 주째 정리하려던 참이었어. 그리고 난 저 향수 냄새도 너무 싫었고. 매트 어머니가 사주신 거라서. 솔직히 말하자면, 샘이 나한테서 한 짐 크게 덜어줬네."

나중에 그 집에서 나와 운전을 하면서 나는 시종 조수석에 앉은 샘을 흘긋거렸다. 예쁘지만 구슬픈 눈, 살짝 통통한 얼굴. 나는 백만 번째로 아이가 무슨 생각을 하는지, 저 작은 두뇌 속에서 무슨 일이 일어나는지 상상해보려고 애썼다. 그러다가 깨달았다. 아이가 태어난 이후 지금까지 줄곧 나는 자폐를 일종의 적으로 간주해왔다. 아이를 두고 누가 이기나 싸워왔다. 그런데 아마 이제는 우리 둘이 평화 협정을 맺어야 할 때인 듯싶었다. 결국, 우리 둘 중 그 누구도 아이에게서 떠나지 않을 테니까.

"있잖아. 우리 다른 걸 한번 해보면 어떨까. 휴가를 가자. 너랑 나랑 둘이서만." 내가 말했다.

아이는 조용히, 아무 말 없이 창밖만 내다보고 있었다.

"우리가 말이야, 음…… 캠핑이나 뭐 그런 걸 한번 해보자. 그래, 그거 좋겠다. 시골로 가는 거야. 내가 어렸을 때는 에마 고모랑 할머니랑 종종 캠핑을 갔었어. 물론, 그때는 여름이었지. 가을이 아니라. 가을은 축축하고 너무 추우니까."

집에 도착하자 조디가 열어준 문틈으로 샘이 들어가더니 계단을 올라갔다.

"일찍 왔네. 어땠어?" 그녀가 물었다.

"썩 좋지는 않았어. 스테레오 때문에 한바탕 했어. 말하자면 살짝 자폐성 탈진이 있었고 그래서 애가 화장실로 문 잠그고 숨어버렸어. 그런데 지금은 괜찮아. 마인크래프트 대회를 다시 생각하게 되네. 아이가 잘해낼 것 같지가 않아."

"애를 포기하지 마." 그녀가 말했다. 위로의 어조였는데도 내 마음속 무언가가 터져버렸다.

"애를 포기하겠다는 게 아니야. 쟤는 내 아들이기도 하단 말이야, 제기랄!"

"그런 뜻으로 한 말이 아니야! 대체 왜 이래?"

"왜겠어? 이 시험 별거라는 게 사실은 그냥 헤어지는 거나 마찬가지잖아. 게다가 난 자식한테 말 붙이는 법조차도 몰라. 그러니 애 옆에서 내가 사라진대도 걔가 상관이나 할지 모르겠어. 그래 알아, 아마 내 잘못이겠지."

"그런 얘기를 내가 당신과 해보려던 거였어. 그런데 당신이 나가버렸잖아. 나가는 게 당신 일이었잖아."

갑자기 분노가 치밀었다. 내 뇌에서 아드레날린이 용솟음을 쳤다. 어떻게 된 영문인지, 비난을 받는데 궁지에 몰린 느낌이었다.

"난 언제나 잘해보려고 몸부림쳤어. 내가 하려던 건 그게 전부였다고! 8년을 그 염병할 사무실에서 허비했어. 집이랑 우리한테 필요한 것들을 마련하려고 말이야."

"그럼 난 뭘 했는데? 하루 24시간 애를 보살펴야 했잖아! 파티에 가서 애가 떼 좀 쓰니까 한나절이 망가진 것 같지? 웃기지 마, 알렉스. 난 매일이 그랬어!"

그때 위층에서 작은 목소리가 들렸다.

"엄마, 지금 잘 시간이야? 지금 몇 시야?"

"이제 들어가봐야겠어." 조디가 말했다. "여보, 나는 쟤가 대회에 참가하는 게 좋겠다 싶어. 물론 난리가 날 확률이야 있지만 그렇다고 큰일이야 있겠어?"

"당신은 정말로 내가 거기 가면 좋겠어? 내가 대회 리스트는 갖고 있으니까 원하면 보여줄게."

"그리고 학교 문세, 이것도 우리가 해결해야 해. 이빈 달에는 걸정을 내려야 한다고 봐. 애가 정하면 좋겠는데. 정작 애는 학교 자체가 가기 싫다는 말만 하고 있으니."

"그래. 애가 어떤 느낌일지 나는 알겠더라." 내가 말했다.

어찌 된 영문인지 전체적인 분위기가 다시 제자리로 돌아왔다. 이게 헤어진다는 건가? 반목과 위로 사이를 계속해서 오락가락하는 게?

"알렉스, 당신 정말 잘하고 있어. 매주 아이를 학교에서 데려오고. 쉽지 않다는 거 나도 잘 알아."

잠시, 그녀가 손을 뻗어서 내 뺨을 만지거나, 나를 당겨 안아줄 것만 같았다. 하지만 그런 일은 일어나지 않았고 그럴 만한 순간은 지나가 버렸다. 아마도 오래전에 지나가 버렸을지도 모른다. 대신 그녀는 두 손을 비비며 길 아래쪽을 내려다봤다. 거실에서 새어 나온 불빛 때문에 그녀의 얼굴에 따뜻한 광채가 감돌았다. 그녀를 보니 내 가슴이 미어졌다.

22

"그런데, 당신이 샘 데리고 캠핑 가서 하룻밤 자고 온다고 했다며?" 다음 날 저녁 통화를 하다가 조디가 내게 물었다. 우리는 다시 학교 이야기, 그 전날 있었던 일 이야기, 샘이 좀 나아진다 싶으면 어째서 어김없이 무슨 일이 발생해서 금세 아이를 제자리로 되돌리는지에 대한 이야기를 하던 중이었다.

"아니, 뭐라고? 그러니까, 그런 말을 내가 차에서 꺼내기는 했는데 애가 듣고 있으리라고는 생각도 안 했어. 애 마음이 아직 안 가라앉을 때였거든."

"글쎄, 알고 봤더니 애가 다 듣고 있었네. 벌써 애는 배낭까지 다 싸서 문간에 놔뒀어."

"그랬구나."

"내 말은, 이제 날도 춥고 하니까, 당신이 원한다면 내가 무슨 핑계를 대서라도……"

당연히 내가 겁이 나서 발뺌을 하리라는 게 그녀의 생각이었다. 나는 화가 치밀어올랐다. 겁이 나서 발뺌하고 싶은 게 솔직한 내 심정이기 때문이었다.

"아니, 아니. 괜찮아. 이불 좀 가져가서 짐퍼 입은 채 덮고 자면 되지. 괜찮을 거야. 좋은 장소를 한 군데 알고 있어. 예쁘고 조성이 정말로 잘 되어 있는 곳이야."

전화를 끊은 뒤 나는 아이패드를 잡고 미친 듯이 캠핑장을 검색했다. 조디에게 내가 한 말이 완전히 거짓말은 아니었다. 나는 데본에만도 열 군데가 넘는 캠핑장을 알고 있었다. 어머니가 우리 어릴 때 데리고 갔던 곳들이다. 텐트는 낡아서 축 처지고 형편없는 물건이어서 비는 물론 온갖 것들이 다 새어 들어왔다. 바람 부는 해변에 있다 돌아와서 보면 슬리핑백 주변으로 민달팽이들이 기어 다니곤 했다. 우리가 그걸 잡아서 에마에게 던지면 그 애는 비명을 지르며 벌판으로 뛰쳐나갔다. 어머니는 작은 가스 스토브를 꺼내어 소시지와 콩을 요리해주곤 했고, 우리는 별빛을 받으며 그 요리를 게걸스레 삼켰다. 잠자리에 들 시간이 되면 조지가 무시무시한 귀신 이야기를 해줬는데 머리 없는 기수는 늘 빠짐없이 등장했다. 이런 게 영국식 캠핑 경험담의 표준일 것이다.

혹시 샘과 함께 그런 경험을 다시 맛보게 될지도 몰랐다. 문명에서 멀리 떨어진, 수렁 같은 곳에서 지내면 연대감이 생기지 않을까? 하지만 조심해야지, 상대는 샘. 예측불허 상황과 텐트 속 불편한 잠자리. 단 하루만 되어도 아이가 안절부절 불면의 밤, 다시 말해 생지옥을 맛보게 될지도 몰랐다. 하지만 캠핑에서는 그 모든 게 즐거움의 일환 아니던가.

잠시 후 나는 시드머스 근처 값싼 장소를 한 군데 찾아냈다. 자기네 캠핑장이 가족 친화적이라는 광고 글귀를 보니 '고객님의 아기가 밤새 울어도 상관없습니다'라는 말로 읽혔다. 한 가지 문제가 더 있었다. 내게는 텐트가 없었고 텐트를 사고 싶지도 않았다. 지금 당장 살 집도 변변히 없는데.

"혹시 텐트 있어?" 나중에 댄이 귀가했을 때 내가 물었다. 그가 웃음을 터뜨렸는데, 그 시간이 족히 몇 분은 됐을 것 같았다.

"아니. 하지만 원한다면 내 포르셰를 써도 돼." 이윽고 그가 대답을 할 수 있었다.

"정말 그래도 돼?" 내가 불쑥 본심을 털어놨다.

그가 또다시 웃음을 터뜨렸다.

내가 에마에게 문자를 보냈다. 그녀는 아직도 친구네 대저택에서 묵고 있다.

'여행하면서 쓰던 텐트 혹시 가지고 왔니?'

'아니, 오빠. 나는 늘 다른 사람들 집에서 잤어;)'

하지만 물론 매트와 클레어에게는 텐트가 있었다. 그 집 식구들이 다 들어갈 정도로 거대한 종 모양 텐트였다. 내겐 필요도 없는 일종의 간이 부엌까지 딸려 있었다.

그래서 다음 날 아침 별 생각이나 준비도 없이 나는 샘과 아이의 배낭을 픽업해서 매트와 클레어네 집으로 갔다. 아이는 밝고 느긋했다. 이틀 전, 침대 가장자리에 웅크리고 누운 아이를 집에 두고 나올 때와는 천양지차였다. 그런 모습을 보니 나도 자신감이 솟았다. 그런데 내 마음은 이상하리만치 치분했다. 얼마 전에 이런 임무를 맡았다면 아마도 공포와 두려움으로 발작을 일으켰으리라. 하지만 지금은, 비록 늘 겪는 긴장감이 희미하게 느껴지긴 해도, 상황이 달라 보였다.

매트는 나를 위해서 텐트를 벌써 차량진입로까지 내어놓았다. 덩달아, 피크닉 테이블과 의자 네 개로 변신하는 플라스틱 가방과 스토브까지 준비해두었다.

"미친 거 아냐. 오늘 밤 엄청나게 추울 텐데." 내가 차 트렁크에 짐을 집어넣는데 매트가 말했다.

"알아. 어떻게 되는지 두고 보자고." 내 목소리에 살짝 날이 서렸다. "너랑 클레어는 어떻게 지내냐? 지난번 파티 때 보니 좀 나아진 것 같던데."

"그래. 완벽한 무질서, 팝 음악, 와인 약간이 부부 관계 특효약이라니 놀랍지. 하지만 썩 좋은 건 아니야. 뭔가 할 일이 남았어. 대화할 시간을 좀 가져야겠지. 참 어렵다."

"내 말이 그 말이다."

"그럼, 잘해봐라." 매트가 내 어깨를 다독이며 말했다. "적어도 텐트 설치는 쉬울 거야."

그런 뒤 우리는 어찌 저찌 데본으로 가는 길을 탔다. 나는 샘에게 우리 일과를 그린 시간표를 건넸다. 거기에 우리가 할 일이 다 적혀 있었다. 20분이 지나자 우리는 브리스틀을 벗어나 공항을 지나쳤다(샘은 공항에 들르고 싶어 했지만 나는 '다음번에'라고 말했다). 멘딥힐스를 따라 휘던 길이 M5 도로를 향할 무렵, 조수석에 앉아 있던 샘이 끊임없이 손가락을 움직여 라디오를 켰다가 히터를 켰다가 하면서 일련의 질문을 10분 간격으로 거듭 쏟아냈다.

"우리 어디 가는 중이야?"

"데본. 내가 만든 시간표를 봐봐."

"거의 다 왔어?"

"아니, 이제 금방 차 탔는데."

"우리 텐트는 어디 있어?"

"트렁크에. 도착하면 우리가 설치해야 해."

"집에는 언제 가?"

"내일. 아마도. 두고 보자."

"오케이……. 우리 어디 가는 중이야?"

우리의 여행길은 그렇게 흘러갔다.

슈퍼마켓에 잠깐 들러 음식과 플라스틱 식기, 그리고 준비가 소홀해서 가져오지 않았던 그 외 다른 것들을 산 다음 캠프장에 도착하자, 거의 점심시간이었다. 크게 호화로운 곳은 아니었다. 언덕 위에 넓은 벌판이 펼쳐져 있었고 뒤쪽으로는 농장이 하나 있었다. 남쪽을 보니 나무들 사이로 해안선이 구불구불 펼쳐져 있었는데 회색 파도가 일고 있어서 멀리서 봐도 추웠다. 근처에 텐트 대여섯 개가 흩어져 있었는데 그 가운데에서 한 무리의 꼬마들이 축구공을 쫓으며 뜀박질을 하고 있었다. 허물어져 가는 콘크리트 도로에서 빽빽한 풀밭으로 천천히 차를 진입시키는 동안, 운전하면서 생각해두었던 악몽 같은 시나리오 다섯 가지를 머릿속으로 돌려봤다.

- 가서 보니 캠핑장이 사실상 늪이나 다름없다. (현장에서 보니 괜찮았다. 그러니 이 경우는 지운다.)

- 끔찍하게도 친환경 야외 화장실이라 구덩이에 응가를 한 다음 흙으로 덮어야 한다. (들판 저 멀리 벽돌 건물이 서 있는데 아마도 거기에 보통 변기가 있을 것 같으니 아직은 패닉에 빠지지 말자.)

- 장비를 과다하게 갖추고 잘난 체하는 전문 캠핑 가족. ("여보, 휴대용 파스타 프레스가 어디 있는지 알아요?")

- 잘 모르는 야행성 야생 동물 소리. ("아빠, 저게 무슨 소리야?" "모르겠는데, 짐 다 놔두고 빨리 차로 가자.")

- 마구 풀어놓은 큰 개. (아직 눈에 띄진 않지만 거의 불가피한 경우겠지.)

다른 가족들에게서 약간 떨어진 곳에 주차를 한 뒤 트렁크에서 가방을 꺼냈다. 가방의 촉감이 마치 이불로 둘둘 감아 놓은 시체 같아서 나는 그 내용물이 진정 텐트이기를 간절히 바랐다. 텐트는 다행히도 펼치기가 쉬웠다. 중앙에 기둥 하나를 세우고 그 위로 캔버스 천을 던져 올린 다음 로프 몇 개를 묶으면 모든 것이 해결됐다. 샘이 커다란 쇠망치를 손에 잡더니 자기가 텐트 못을 박아도 되겠냐고 물었다. "음, 그래."라고 내가 말했지만 첫 번째 나무못을 바닥에 대고 잡아주고 있자니 마치 〈캐주얼티〉(영국의 메디컬 드라마 티브이 시리즈—옮긴이)의 어느 에피소드에 나오는 첫 장면 같았다. 아이는 망치를 크게 두 번 휘두르더니 그만 싫증을 내고 말아서 나는 홀가분하게 혼자 일을 마칠 수 있었다. 마침내 우리가 깔판을 펼친 다음 살펴보니 가방 안에 중산층을 위한 캠핑용 필수품 두 가지가 더 있다는 사실을 알게 되었다. 하나는 꽃무늬 장식 천이었고 다른 하나는 태양열로 작동되는 오 미터짜리 장식 줄전구였다. 샘이 둘 다 달아야 한다고 주장하기에 그 말대로 하고 나니 텐트 내부 모습이 내가 예상했던 튼튼한 피난처라기보다는 마을 축제 때 세우는 소품 텐트 같았다.

매사가 순조롭고 차분했다. 우리는 매트가 빌려준 조그마한 캠핑 스토브 위에 깡통 스파게티를 데운 뒤 플라스틱 그릇에다 담아서 옷이며 얼굴 위로 마구 소스를 튀게 먹으며 자축연을 벌였다. 샘이 조용히 캠핑장을 둘러보았다.

"너 괜찮니?" 내가 물었다.

"응. 텐트에서 사는 사람들도 있어?"

"어떤 사람들은 그래. 하지만 여기 있는 사람들은 그냥 휴가 온 거야. 할머니가 우리를 데리고 캠핑 갔을 때 우리는 뭐든지 다 있었어. 식탁, 의자, 요리용 스토브, 티브이와 냉장고도 있었어. 할머니는 캠핑을 굉장히 중요하게 생각하셨거든."

"아빠는 지금 어디서 살아?"

"지금은, 아빠 친구 댄 아저씨네 집에서 살아."

"금방 십으로 돌아올 거야?"

"잘 모르겠어. 엄마랑 내가 이야기도 좀 더 해야 하고, 또 확인할 일도 있어."

"확인할 게 뭔데?"

"우리가 서로 얼마나 좋아하는지. 엄마랑 아빠는 서로 화가 난 적이 많아서 그것 때문에 많이 슬퍼하고 있어. 하지만 여전히 사랑하고 있고. 복잡해."

"난 집이 제일 좋고 그다음이 마인크래프트야. 캠핑도 좋아."

이렇게 이야기를 주고받다 보니 나도 뭔가 물어보고 싶어졌다.

"학교는 어때?" 내가 물었다.

"난 학교가 싫어." 아이가 말했다.

"알아. 학교에서 제일 싫은 게 뭐야?"

말문을 여는 대신 아이는 농장 쪽으로 눈길을 돌리고 울타리를 지나 터덜터덜 걷고 있는 작은 소 떼를 바라봤다.

"소들이 어디로 가는 거야?"

"아마도 젖을 짜러 가겠지. 학교는 무슨 문제야? 네가 하려던 말이—"

"가서 소 좀 봐도 돼?"

"학교에서 어떤 점이 네 마음에 안 드는지 얘기해주면 가서 봐도 돼."

"잘 몰라. 어떤 때는 화가 나. 내가 나쁜 놈이라. 크리퍼처럼. 어떤 때는 내가 망쳐서 울게 돼."

"뭐라고? 네가 뭘 망치는데?"

"전부 다."

그러더니 아이가 자리를 박차고 울타리를 향해서 뛰어갔다. 아이가 신은 장화가 부드러운 흙 속으로 푹푹 빠졌다. 나는 그릇을 내려놓고 아이를 따라가며 애가 한 말을 생각해봤다. 전부 다라니. 그래, 전부 다 어렵고 전부 다 힘들 것이다. 아이로서는 이해할 수 없는 순간을 견디면 그다음도 역시 이해할 수 없는 순간이 다가와 난타당하듯 세월 대부분을 보냈을 테니까. 아이가 마인크래프트를 그토록 좋아하는 것도 놀랄 일이 못 됐다. 게임에서는 모든 것이 깔끔하고 논리적이지 않은가. 모든 것을 자기 뜻대로 만들 수 있지 않은가. 아이의 삶에서 그렇게 유연하게 다룰 수 있는 건 달리 아무것도 없었다.

우리는 조심조심 소들에게 다가갔다. 소 몇 마리가 걸음을 멈추고 우리를 쳐다봤다. 샘이 내가 예상하던 것보다 더 가까이 다가가 한쪽 손을 내밀었다. 내가 조심하라고 말할 차에 소 한 마리가 킁 하는 콧소리를 내더니 고개를 획 돌렸다. 샘이 몸을 급히 당기며 웃음을 터뜨렸다. 아이가 한쪽 팔을 다시 뻗더니 이번에는 소의 옆구리를 쓰다듬었다. 놀랄 만큼 용감한 행동이었다.

우리는 캠핑장을 두루 둘러보느라 입구부터 걸어서 아래쪽 공터로 갔다. 거기서는 바다가 훤히 보였는데, 저 멀리서 검푸른 하늘과 뒤섞여 그 경계가 구분이 되지 않았다. 우리는 오래된 나무 그루터기 위에 앉아서 한동안 머물렀다. 샘이 내 손을 잡았다.

"바다가 끝없이 펼쳐져 있는 것처럼 보이지만 사실은 안 그래." 아이가 말했다. "저 끝에 가면 언제나 섬이나 나라가 있어. 그런데 그걸 못 찾을 수도 있어. 그러면 물에 가라앉아 죽게 돼."

"음, 좋은 정보 고맙다. 자, 천재야, 가서 나무칼을 찾아보자."

우리는 자그마한 숲속으로 들어가 각자 주운 나무 막대기로 요란하게 이 나무 저 덤불을 공격했다. 우리가 내쉰 숨이 김이 되어 몸을 감쌌다. 헐벗어 번들대는 가지 사이로 부는 바람 소리 말고는 그 어떤 소음도 없었다. 마치 세상 한가운데 둘만 있는 것 같았다.

이윽고 우리는 다시 들판으로 돌아왔다. 아까 본 꼬마들 중에 카고 바지와 파카를 입은 아이가 달려와서 축구를 함께 하겠냐고 물었다. 샘은 땅바닥을 쳐다보며 말없이 고개만 가로저었다.

"청해줘서 고맙다." 내가 그 아이에게 말했다.

텐트로 돌아온 뒤 우리는 한동안 앉아서 만화를 봤다. 그런데 그때 다른 텐트에서 두세 살쯤 되어 보이는 꼬마가 〈꼬꼬마 꿈동산〉 축구공을 들고 우리에게로 건너왔다. 꼬마가 공을 우리에게 던졌다. 샘이 일어나 살며시 공을 차서 돌려주자 꼬마는 신이 나서 깔깔댔다.

"아이가 귀찮게 구나요?" 다른 텐트에서 온 남자가 소리쳤다. 그는 카고 반바지에 폴로셔츠 차림이었다.

"아뇨, 애기가 착한데요." 내가 말했다.

꼬마가 샘 쪽으로 공을 굴렸다. 샘은 앉은 채 바로 공을 굴려 돌려주었다. 샘은 언제나 어린 아기들에게 잘해줬다. 잘 참아주고 돌봐주고 하고 싶은 대로 하게 내버려 두었다. 아마도 자기보다도 더 유약한 존재가 있다는 사실이 위안이 되는 듯했다. 그게 아니라면 아기들에게 샘은, 운동장에서 하는 놀이가 마음대로 안 된다고 울음을 터뜨리는 울보 떼쟁이가 아니라 큰 형아로 보이기 때문일지도 몰랐다. 이유야 어찌 됐든 그 둘은 오랫동안 그렇게 앉아서 공을 주거니 받거니 하며 놀았다. 나는 그동안 매트가 준 소형 캠핑 의자에 앉아서 신문을 읽었다. 정말이지 신문을 읽는 게 가능했다.

나중에 우리는 세면도구 주머니를 차에서 꺼내 화장실 구역으로 갔다. 나는 샘의 얼굴을 씻기고 머리칼에서 스파게티 소스를 닦아냈다. 화장실에서 돌아온 뒤 우리가 담요 위에 앉아서 감자칩과 샌드위치, 초콜릿 쿠키를 먹는데 해가 떨어졌다. 곧 텐트마다 부연 불빛을 내는 랜턴들을 걸었다.

"밤이 내리는 걸 볼 수 있을 거야." 내가 말했다.

그리고 그게 몇 분 동안 우리가 한 일이었다. 말없이 그저 낯선 공간을 함께 경험했다. 늦은 오후일 뿐이었지만 나는 피곤했다. 운전을 한 뒤라 가만히 있는 게 휴식이 되었다. 그러나 그 순간은 오래 지속되지 않았다. 우리 주위가 어둑어둑해지자 샘에게 현실감이 싹텄는지 아이가 차츰차츰 내 쪽으로 파고들었다.

"난 무서워." 아이가 말했다. "여기는 너무 넓어. 난 그게 싫어."

"괜찮아. 그냥 시골이야. 밤에도 낮이랑 똑같아."

"아냐, 그렇지 않아. 우리 이제 집에 가도 돼? 난 집에 가고 싶어. 여긴 너무 넓어, 아빠."

"그게 무슨 말이야?"

"나는 이 장소가 싫어. 이런 느낌이 싫어. 주위에 아무것도 안 보이잖아. 난 그게 싫어."

당장에 아이가 하는 말이 친숙하게 느껴졌다. 아이의 말뜻을 이해했다. 공간과 자유와 불확실성에 대한 공포심. 내게 소중했던 모든 것으로부터 버림받은 느낌, 바로 지난 석 달 동안 내가 가졌던 느낌이었다. 전에는 한 번도 이렇게 생각해본 적이 없었다. 하지만 자폐란 우리 모두가 느끼는, 즉 우리 모두가 가지고 있는 근심 걱정이 집중 증폭된 버전이 아닐까. 다만 차이점이라면, 우리 같은 사람들은 겹겹이 쌓아온 사회적인 학습과 부인이라는 방어기제 아래로 그 모든 걸 숨긴다는 것뿐일 텐데.

나는 텐트 입구를 열고 안으로 들어갔다. 장식 줄전구가 희미하게 내부를 밝히고 있었다.

"들어 와. 안이 제법 따뜻하다." 내가 말했다.

"집으로 가고 싶다고!" 아이가 외쳤다.

잠시, 치솟는 두려움과 패닉이라는 친숙한 조합이 나를 압도해 오는 느낌이 들었다. 아이의 떼쓰기가 과열될 때마다 느끼던, 앞으로 닥칠 일에 대한 무력감이었다. 우리가 속한 자폐 그룹 부모들도 한결같이 비슷한 심정을 토로했다. 상황을 재빠르게 해결할 수 있도록 어떤 말을 할지, 어떤 행동을 해야 할지 미친 듯이 머릿속으로 찾아본다고 했다. 내 경우, 나는 너무나 일찌감치 한계에 부딪히고 만다.

샘은 텐트 앞에 주저앉아 있었다. 얼굴을 두 손에 파묻고 몸을 살짝 흔들고 있었다. 폭풍 전야였다. 하지만 이번에는 내게 좋은 생각이 떠올랐다. 장담은 못 해도.

내가 말을 시작했다. "내 생각엔 우리가 눈을 감으면 마인크래프트 속으로 들어갈 수 있을 거야. 우리는 안전 모드 속이라 크리퍼도 없고 좀비도 없어. 돼지랑 소만 있지. 잘 들어봐. 그 소리가 들리지. 우리가 텐트를 짓는 거야. 음, 사암으로. 아주 가파른 벼랑 꼭대기에 지은 텐트야. 저 멀리 바다가 보이네. 우리는 몇 날 며칠이 걸려서 여기를 찾아왔어. 왜냐면 저 바닷속 어딘가에 작은 섬이 있는데 그 섬에는 금이 산더미같이 쌓인 사원이 있다는 걸 우리가 알고 있거든. 이제 잔잔한 음악이 들려와. 그런데 저기 봐, 하늘이 주홍빛으로 변하네. 자, 이제 게임 로딩을 하고, 와서 같이 놀자! 난 탐험을 하고 싶어!"

슬금슬금, 샘이 서서히 텐트 안으로 들어섰다.

"나는 밖에 있어." 아이가 두 손을 눈 위로 올리고 말했다. "거기서는 해가 보여."

그러자 우리 둘 앞에 해가 나타났다. 육각형으로 빛나는 그 해가 우리 눈앞에서 수평선을 향해 점점 더 낮게 가라앉았다. 그러는 동안 어둑해진 하늘 아래 픽셀로 표현된 파도가 물결쳤다.

"이제 뭘 할까?" 내가 물었다.

"나는 바닷가로 가서 배를 구할 거야." 샘이 말했다.

우리는 상상 속에서 어두운 벌판으로 나갔다. 블록으로 만든 다른 텐트를 지난 뒤 달리고 또 달려서 동굴을 찾아다니며 저 멀리 눈 덮인 산꼭대기에 달빛이 어리는 광경을 가리켰다.

"이제, 벼랑 아래로 내려가자." 샘이 말했다.

그래서 우리는 절벽 면을 따라 한 돌 한 돌 밟으며 해변으로 내려갔다. 서걱거리는 모래 위에 잠시 멈춰 서서 사각형 달이 떠오르는 모습을 바라보았다. 순식간에 달이 우리 머리 위로 크고 훤하게 떠올랐다. 달 안에는 회색과 흰색 픽셀이 점점이 퍼져 있었다. 샘이 바다 기슭에서 둥실대는 배 두 척 쪽으로 걸어갔다.

"배 타고 나가자."

나도 아이 뒤를 따라 달렸다. 아이가 배 한 척에 올랐고 나는 다른 배를 탔다.

"섬 같은 게 보이니?" 내가 물었다.

"응, 저 멀리 보여."

육지가 우리 뒤로 물러서며 칠흑 같은 어둠 속으로 사라지자 우리 주위로는 온통 반짝이는 바닷물뿐이었다. 하지만 우리는 겁나지 않았다. 이 세계의 규칙을 알기 때문이었다. 그리 머지않은 우리 여로의 종점에는 보물이 가득한 섬이 나올 터였다. 틀림없이 우리는 그 섬을 찾을 터였다.

내가 눈을 뜨자 놀랍게도 내 옆에서 잠이든 샘의 모습이 보였다. 아이의 축축한 머리칼이 귀 뒤로 넘겨져 있었고 몸은 꼼짝도 하지 않았다. 얼굴에는 아주 희미하게 미소가 깃들었다. 그때 정말 이상한, 정말로 충격적인 각성의 순간이 찾아왔다. 샘도 독립된 인간이었다. 나와도 별개이고 심지어 조디와도 별개인 한 인간. 아이는 해결하고 처리해야 할 문젯거리도, 내 스케줄의 복병도, 오늘 내 일과에 '해결할 일' 목록에 올라 있는 근심거리도 아니었다. 아이 역시 사람이었고 그 작은 머리 어딘가에 자기만의 생각, 자기만의 우선순위, 미래에 대한 자기만의 꿈이 있었다. 주변에서 벌어지고 있는 그 모든 일들과 자폐 때문에 생기는 곤란, 학교며 끼니며 옷 따위 일상 속의 전투 속에서는, 그 점을 간과하기가 너무나도 쉬웠다. 아이는 한 인간이었다. 아이는 원하는 게 있었고 이 세상에서 차지하는 자신의 위치를 알고 싶어 했다. 그리고 내가 할 일은 그런 아이를 돕는 일이었다.

샘은 내게 닥친 한낱 해프닝이 절대로 아니었다.

나는 아이의 얼굴에서 머리카락 몇 올을 쓸어준 뒤 그 이마에 입을 맞추었다. 아이 손을 잡자 아이가 잠깐 움찔하다가 자기 손가락에 힘을 주어 내 손을 그러쥐었다.

23

아침 여섯 시에 샘은 활짝 깨어 있었고 텐트 입구 덮개 주위로 희미한 햇빛이 비쳐들었다. 나는 조금이라도 더 자고 싶어서 아이에게 만화책을 읽으라고 해봤지만 절대로 가능한 일이 아니었다.

"하룻밤 더 자고 싶어?" 내가 물었다.

"아니. 난 너무 무서워." 아이가 말했다.

마인크래프트 작전이 또다시 통할지 알 수가 없어서 아직 상태가 좋을 때 이만 계획을 접기로 했다.

"알았어. 그럼 다른 걸 하면 어떨까?"

"어떤 거?"

우리는 약하게나마 전파 수신이 가능한 캠핑장 한구석으로 걸어갔다. 그런 다음 내가 조디에게 전화를 걸었다.

"별일 없었어? 두 사람 다 간밤에 잘 지냈어?" 그녀가 물었다.

"응. 우린 잘 지내고 있어. 하룻밤 더 밖에서 자야겠어. 그래도 괜찮아?"

잠시 침묵이 흐르기에 나는 혹시 연결이 끊어졌나 휴대폰을 확인했다.

"당신 진심이야? 내 말은, 너무 좋지, 애만 괜찮다면?"

"응, 나한테 좋은 생각이 있는데, 애도 좋아할 것 같아."

"그래, 그럼. 당신 정말 장하다! 미안, 내가 너무 당신을 낮춰 말했지."

"무슨 뜻인지 내가 아는걸. 내일 오후까지 돌아갈게."

"고마워, 알렉스. 잘해 봐!"

나는 통화를 끊고 휴대폰을 호주머니에 넣었다.

"그래. 나한테 좋은 계획이 있어. 너만 좋다면." 내가 샘에게 말했다.

어머니가 사는 시골집은 조용한 도로에서 살짝 벗어난 지점(그 도로는 콘월 동부 끝없이 펼쳐진 벌판을 굽이치다가 차츰차츰 좁다란 오솔길로 변했다), 터무니없이 예스러운 집 몇 채가 옹기종기 모여 있는 마을의 첫 번째 집이었다. 마치 초콜릿 박스에 그려놓은 그림처럼 때 묻지 않은 영국 모습이 고스란히 남아 있는 동네다. 동네 뒤로 풀이 무성한 길이 절벽까지 뻗어 있고 닳아서 매끄러워진 까닭에 자칫하면 위험할 수도 있는 돌계단이 그 절벽에서 인적이 드문 만까지 이어졌다. 샘이 아직 아기일 때 처음 그 아이를 이곳으로 데려왔다. 어머니가 끝없이 육아에 관한 잔소리를 해대는 바람에 조디는 그때 말은 못해도 거의 미칠 지경이 됐었다. 낯선 장소, 한숨도 못 자는 밤, 오지랖 넓은 조언이란 썩 좋은 조합이 아니었다.

집에 다 와서 내가 차를 세운 때 어머니는 정원에서 앞치마 차림으로 잔디밭에 흐트러진 낙엽을 쓸고 있었다.

"어머나, 이게 웬일이냐." 내가 차 문을 열자 어머니가 말했다. 샘이 펄쩍 뛰어나가 어머니를 껴안았다. "대관절 웬일로 너희 둘이 여기 온 게냐?"

"우리 둘이 데본으로 캠핑 왔어요. 온 김에 인사나 드리자는 생각이 들어서요."

어머니가 의심스럽다는 표정으로 나를 쳐다봤다.

"인사나 드리기에는 먼 길인데." 어머니가 말했다. 역시나 어머니는 나를 열 살짜리 얼뜨기로 만드는 놀라운 능력을 유감없이 발휘했다.

내가 말문을 열었다. "아, 혹시 적당한 때가 아니라면……." 당장에 어머니가 손을 내저었다.

"괜한 소리 말거라, 이왕 왔는데. 어서 오너라, 샘."

어머니는 우리를 데리고 곁문을 지나 부엌으로 갔다. 당연히 아가 오븐(Aga oven, 주물로 만든 오븐—옮긴이)과 짙은 색 슬레이트 바닥이 갖춰진 시골 부엌이었다. 창턱에는 말린 꽃다발이 오래된 깡통에 꽂혀 있었고 낡은 요리책들도 쌓여 있었다. 마치 〈컨트리리빙〉 잡지 촬영장 안에 들어온 느낌이 들었다.

"누가 찾아올 거라고 생각하질 못해서 집 안이 좀 엉망이다."

어머니가 우리를 깔끔한 거실로 인도하면서 말했다. 소파는 얼룩 하나 없었고 넓은 참나무 마루는 잡티 한 점 없었다. 장작이 타고 있는 벽난로 위쪽 선반에 사진 액자가 대여섯 개 보였다. 금세 런 던에 있는 그 카페 앞에서 조지와 내가 함께 찍은 사진이 눈에 들어왔다. 아버지 사진은 없었다.

어머니가 처음 이 집을 샀을 때 이 집은 거의 폐허나 다름없었 지만 몇 년에 걸쳐 어머니가 손수, 혹은 그 동네 가게주인들을 무 섭게 다그치며 건물과 정원을 보수해왔다. 1년 내내 이곳에 사는 사람은 어머니 혼자였다. 주위 대다수 집들은 부유한 도시 사람들 의 별장이어서 그런 집 주인들은 여름마다 반짝이는 사륜구동 자 동차를 몰고서 나타났다. 그 사람들 가운데 몇몇은 자기들이 가고 없는 동안 정원 정리며, 창문 열어 환기하기, 와인 냉장고 온도 유 지 확인 등의 일을 어머니에게 부탁하며 사례를 했다.

어머니는 점심으로 치즈 샌드위치를 만들어주셨다. 샘에게 줄 피칼릴리도 잊지 않으셨다. 그런 다음 자청해서 헛간을 뒤져 그물 과 버킷을 찾아낸 뒤 아이를 데리고 바위틈 웅덩이로 데려가셨다. 그때까지 매사가 순조로웠지만 그래도 어머니의 제안이 반가운 마음을 나는 숨길 수가 없었다.

한동안 나는 거실에서 빈둥빈둥 신문을 읽다가(어머니는 〈더 타 임즈〉를 구독했지만 내가 찬밥 더운밥 가릴 처지가 아니었다) 별다른 생 각 없이 내 아이패드로 인터넷을 훑었다. 그런 뒤 집 안을 한 바퀴 둘러보았다. 부엌을 지나 식당으로, 그 뒤 위층으로 가서 깔끔한 손님방에 넉넉한 크기의 싱글 침대 두 대가 놓인 모습을 보았다. 모든 것이 다 단정하고 정돈이 잘 되어 있었다. 계단 아래 아늑한 공간에는 작은 벽장이 있었는데 그 앞에 일렬로 늘어선 장화들 때문에 일부만 모습을 드러냈다.

뭣 때문인지 벽장문을 열어보고 싶어졌다.

안에는 안부 카드들이 많이 있었다. 수십 장은 되어 보이는 카드들이 한데 묶인 채 쌓였는데 대개는 꽃을 그린 수채화 카드였다. 생일카드일까 아니면 뭘까 궁금해서 한 묶음을 집어 들었다가 이내 그 카드들이 전부 비슷한 메시지를 담고 있음을 알아차렸다. 정교한 손 글씨로 '위로를 담아'라고 써 있었다. 카드 안쪽까지 읽고 싶은 마음이 없어졌다.

다른 선반에는 오래된 어린이 구두 상자가 있었다. 그걸 집어 들었더니 무언가 달그락 소리가 났다. 조심해서 천천히 상자를 열었다. 안에는 조지 사진이 여러 장 들어 있었다. 자전거 위에서, 어느 해변에서, 학교 교복을 입고서 활짝 웃으며 찍은 사진들이었다. 그 가운데 관공서 서류가 한 장 접혀 있었다. 무늬 없는 흰 종이에 손으로 적은 내용이 얇은 종이에 비쳐서 뚜렷하게 보였다. 분명 조지의 사망 증명서이리라. 엄정한 의학 용어로 그 사고가 기록되어 있으리라. 서둘러서 그 서류를 도로 집어넣고 상자 뚜껑을 닫은 뒤 치워두려 했는데 그때 내용물 한 가지가 더 내 눈길을 끌었다. 얼핏 낡은 팔찌처럼 보였다. 플라스틱 제품이었는데 스크래치가 많고 지저분했다. 팔찌는 아니었다. 그걸 빛이 환한 곳으로 가지고 가자 알아볼 수가 있었다. 그건 조지가 언제나 차고 다니던 디지털 손목시계였다. 조그마한 스크린에는 온통 긁힌 자국과 깨진 금이 가득했다. 그걸 사려고 조지는 돈을 모았다. 용돈도 모으고 세차를 하거나 집 주변의 잔일들을 몇 주 동안이나 해서 특별 수당도 얻었다. 그러던 어느 토요일 어머니가 시계를 사러 조지를 아고스(영국의 소매점—옮긴이)로 데려갔다. 조지는 그 뒤 목욕할 때도 그 시계를 풀지 않아서 식구들의 놀림감이 되었다. "조지, 지금 몇 시야?" 우리는 끊임없이 물었다. 그날도 조지는 이 시계를 차고 있었다.

나는 두 손으로 시계를 감싸 들고 내 얼굴 쪽으로 당겼다. "미안해, 형." 내가 말했다.

조심스럽게 나는 모든 걸 제자리에 다시 놓고 벽장문을 닫았다. 그러고는 장화들을 다시 가지런히 놓았다. 잠시 난간을 붙들고 숨을 크게 몰아쉬면서 과거의 기억 속에 잠겼다.

어머니와 샘이 돌아올 때쯤 날은 이미 저물어 있었다. 두 사람이 길을 걸어오는 모습이 보였다. 아이가 수건을 허리춤에 두르고 있어서 마치 꽃무늬 스커트 같았다. 아이의 바지는 어머니가 들고 있었다.

"나 물에 빠졌어!" 요란스레 부엌으로 들어서며 아이가 말했다.

"애는 괜찮다. 오늘 아주 용감했어." 어머니가 말했다.

"할머니랑 물고기 몇 마리랑 커다란 게를 잡았어. 나는 바다 윈

수sea enemy를 잡았어."

"바다 아네모네(sea anemone, 말미잘—옮긴이)." 어머니가 아이의
말을 고쳐주었다.

나는 허리를 숙여 두 팔로 샘을 안았다. 하지만 내가 너무 오래
안고 있자 아이는 참지 못하고 나를 밀어냈다.

"아빠, 아빠도 바위틈 물웅덩이에 가봐야 해!" 아이가 소리쳤다.

"그래야지! 하지만 지금은 주전자를 올릴게."

"가서 우리가 놀 게임도구를 찾아보렴. 벽난로 옆 벽장 속에 있
을 거다." 어머니가 말했다.

샘이 거실 쪽으로 달려갔다.

나는 조용히 주전자를 채우고 컵을 챙겼다. 어머니가 나를 지
켜보았다.

"너 괜찮니?" 어머니가 물었다.

"네, 괜찮아요."

"말 안 해도 안다. 장화 뒤에 있는 계단 밑 벽장이구나."

마치 형사 콜롬보가 어머니 모습으로 환생한 듯했다.

"네, 죄송해요."

그녀가 고개를 절레절레 저었다.

"그것들을 어디다 둬야 좋을지 알 수가 없었다. 몇 년 동안은 다
락에다 두었었는데 숨기는 것 같아서 싫었어. 거기는 공간에 여유
도 있고 또 너무 드러나지도 않는 곳이지. 결국에는 네가 보게 될
거라는 생각도 했었다. 나중에 다시 얘기하자꾸나."

그날 저녁 내내, 샘이 우리가 어릴 때 가지고 놀던 보드게임들을 꺼냈고 우리는 빠른 속도로 하나씩 게임을 해치웠다. 버커루, 마우스트랩, 커플링크 등등 온갖 클래식 게임들을 다 가지고 놀았다. 어찌된 일인지 어머니는 게임들을 거의 다 빠짐없이 간수해두었다. 비록 병원 놀이 세트는 우습게 생긴 뼈 한 개가 없었고 주니어 스크래블은 모음 일곱 개만 남았지만.

"이 게임은 웨일즈어로 해야겠구나(웨일즈어는 모음이 7개다—옮긴이)." 어머니가 제안했다.

그런 다음 저녁 식사 시간이 되었다. 샘에게는 또다시 스파게티를 주었지만 우리는 옆 마을에서 사 가지고 온 피시 앤 칩스를 잔뜩 먹었다. 어머니는 샘에게 말을 거느라 질문을 몇 개 던졌는데 아이가 별로 대답을 하지 않는데도 흐뭇해했다. 나는 어머니가 아이와 당신을 어느 정도 동일시하는 건 아닐까 싶었다. 두 사람 어느 누구도 속을 터놓고 싶어 하지 않으니까. 하지만 어머니가 아이에게 마인크래프트에 관해서 묻자 아이는 마음의 물꼬를 트고서 온갖 재료들과, 움직이는 존재들인 몹과 농장 동물 이야기를 재잘거렸다. 아이는 런던에 벌어질 대회와 자기가 그 대회에 참가할 거라는 이야기도 했다. 이제는 대회 참가가 아이에게는 확정된 일처럼 되어 있었다. 대화는 오랜 거품 목욕 시간을 거쳐 잠자리에 누울 때까지 이어졌다. 아이는 금방 잠이 들었다. 나는 보통 다른 아이들의 경우도 이럴까 궁금했다. 그 아이들도 침대에 들면 바로 잠이 들까? 그럴 것 같지가 않았다.

얼마 지나지 않아 어머니가 와인 한 병을 따고 거실 스토브에 불을 지폈다. 우리는 잠시 말없이 앉아서 장작이 딱딱 터지면서 불꽃을 뿜는 소리를 들었다.

"그런데…… 조디 말이다." 어머니가 말했다.

"네, 말씀하세요."

"이제 어떻게 되는 거니?"

어머니의 어조에는 염려의 기미가 살짝 어려 있었지만 그래도 중립적이었다. 허물어져 가는 내 가정이 아니라 고장 난 보일러에 대해 묻는 것 같았다. 그게 우리가 어렸을 때부터 고수해온 어머니의 방식이었다. 내가 자전거에서 떨어졌거나 에마가 남자친구와 헤어졌을 때도 그랬고, 또 조지 때도 그랬다.

"잘 모르겠어요. 분명한 건 우리가 늘 지쳤다는 거예요. 저는 일하느라 늦었고 조디는 샘이랑 맨날 집에만 있었죠. 그래서 늘 살얼음이었어요. 어느 일요일 우리가 말다툼을 했는데 그 끝에 그만 제가 집을 나왔어요. 시험 별거래요."

나는 어머니에게 실직하게 된 일, 주말 결혼식 날 조디 일, 리처드와 했을지도 모를 데이트 이야기를 했다. 말은 하는데 마치 그게 내게서 멀리 떨어진, 생판 남에게 벌어진 일처럼 느껴졌다.

"그럼 너는 어떻게 할 작정이냐?" 어머니가 물었다.

"모르겠어요. 하지만 그럭저럭 제 나름대로 해결해가고 있다고 생각해요. 샘과 제가 사실상 대화가 가능하고 함께 즐겁게 잘 지내고 있거든요. 이제야 비로소 제가 아이를 이해하기 시작한 듯해요. 둘이서 마인크래프트라는 게임을 같이 하는데 너무 복잡하지도 않고 위험하지도 않은, 신세계더라고요. 제가 그동안 많이 잘못 했고 그래서 많이 바뀌어야 된다고 생각하게 됐어요."

"그렇다면 네가 조디한테 말을 해서 풀어야지. 이런 이야기를 다 해주렴."

"잘 모르겠어요. 너무 늦은 모양이에요."

"내 앞에서 너무 늦었다는 말은 말아라. 너무 늦은 경우는 내가 보면 안다. 장담하는데, 이번은 아니다."

"너무 많은 일들이 벌어졌어요. 저는 조디에게 좋은 남편이 못 됐어요. 제가 예전에—"

"아, 또 시작이구나. 예전에. 네 생각은 거의 언제나 예전으로 가 있지. 내가 너한테 충고 하나 하는데, 과거는 보내버리라는 거다. 과거는 우리가 사는 곳이 아니야."

"어머니는 늘 그런 식으로 감당해 오셨나요?"

"그래야만 했다. 달리 내게 무슨 선택이 있었겠니? 기댈 데라곤 전혀 없는데. 평생 딱 한 번 달아난 적이 있었는데 그게 내 인생 최대의 실수였어. 물론 거기서도 충분히 좋은 열매들이 여물긴 했지만 말이다."

"그래도 조지 일이며 다른 일들 전부…… 어머니는 어떻게 견뎌내셨는지 모르겠어요. 어떻게 우리 모두를 추슬러주실 수 있었는지도."

어머니가 와인 잔을 감싸 들더니 한 모금 마셨다.

"겨우내 이 동네 저 큰 저택들을 돌보다 보면 건물 전체 난방이 이만저만 큰일이 아니더구나. 그럴 때면 사람들은 보통 난방비를 감당할 수 있는 방, 사는 데 꼭 필요한 방을 고른 다음 나머지는 다 닫아걸잖니. 다른 방들은 냉골이 되어도 그냥 내버려두지. 따뜻한 봄이 되면 다시 오겠다고 스스로 다짐하면서 말이다. 조지가 죽었을 때 내가 그렇게 느꼈다. 내게 필요치 않은 것, 내가 감당할 수 없는 건 다 그렇게 닫아걸었어. 그런 다음 혹시라도 꽃이 피나 신호를 기다렸단다."

다시 우리는 말이 없어졌다. 어둠 속 저 멀리서 부엉이 소리가 들리는 것 같았지만 위층 허술한 창틈으로 불어 드는 바람 소리일 지도 몰랐다.

"더 자주 못 와서 죄송해요." 내가 말했다.

"애, 그런 말 말아라! 나중에 더 자주 오려무나. 간단하잖니. 조디도 데려와. 네 여동생이라는 사람도 데려오고. 하지만 알렉스, 네가 무슨 일을 하든, 네가 살아나야 해. 네가 살아나야 한다고. 그게 조지가 바라는 바일 거다. 그 아이가 어디 있든 간에 아마도 지난 몇 달 동안 너한테 그렇게 부르짖고 있었을 거야."

한동안 우리는 아무 말도 하지 않았다. 스토브에서 나직하게 불이 타고 있었다. 그 소리 위로 흐르는 너무나 완벽한 침묵이 마치 짙은 안개처럼 손에 만져질 것만 같았다. 평화로워 좋았지만 며칠간 계속 이러면 아마 내가 미칠 지경이 되겠지. 결국 진짜 부엉이 소리가 들렸다. 희미하지만 분명한 그 소리 때문에 우리의 침묵에 동요가 생겼다.

"혹시 이사하실 생각은 없으세요? 좀 더…… 도시로?" 내가 물었다.

"때로는. 근데 모르겠다. 너와 에마가 집을 떠난 뒤 나는 도시와 거기 사람들에게서 벗어나고 싶었다. 여기가 너무 좋았어. 조용해서. 그런데 이 동네 사람들이 서서히 이사를 가고 대신 은행들이 그 집을 죄다 사들이더라. 이제 여기를 더 이상 마을이라고 부를 수도 없을 지경이지. 이 동네는 이제 휴가지로 변해버렸고 나는 그 관리자인 셈이야. 이러다 결국 잭 니클라우스처럼 도끼를 휘둘러 살인이라도 저지르게 되는 건 아닌가 싶은데, 그렇게 인생을 마감하고 싶지는 않구나."

"어머니, 그 사람은 골프 선수예요. 아마 영화 〈샤이닝〉에 나오는 배우 잭 니콜슨 말씀이신가 봐요."

"나도 도끼는 있단 말이다, 어쨌든. 그리고 생각해보니 타자기도 있네."

"제가 샘 붙잡고 도망쳐야겠네요?"

어머니가 웃음을 터뜨리더니 고개를 저었다.

"나야말로 위선자구나. 네게 네 인생을 살라고, 이 순간을 잡으라고 말하면서 정작 나는 여기서 노처녀처럼 숨어 살잖니. 어쨌든, 이제 나도 자러 가야겠구나."

어머니가 일어서서 내 잔에 와인을 채우더니 부엌으로 갔다. 어머니가 식기 세척기를 채우는 소리가 들렸다. 그러더니 어머니가 다시 문간에 나타났다.

"아들아. 너한테 해줄 말이 있다. 하지만 이 말을 다시 하는 일은 없을 거다. 왜냐면 이 말이 언제나 진실이었고 그건 앞으로도 변함이 없을 거라서 그렇다. 그러니 그 좋은 미리에 단단히 넣어 둬라." 어머니가 말했다.

"그럴게요." 내가 대답했다.

"그 사고가 네 책임은 아니다. 그날 너와 조지 사이에 무슨 일이 있었든 간에, 그건 예나 지금이나 전혀 중요하지가 않단다. 그 애는 언제나 두 발짝 앞서갔어. 그 애는 언제나 '다음에 무슨 일이 있을까?'를 생각하지 '현재'에 대해서는 생각하질 않았어. 난 처음부터 그걸 알아봤단다. 걸음마를 떼는 순간부터 말도 안 되는 짓을 했으니까. 우리가 리 우즈 국립 자연보호 지역에 갔을 때 기억나니? 그 애가 커다란 참나무에 올라가서 타잔처럼 나뭇가지에 매달리고 싶어 했던 거? 그러지 말라고 네가 사정사정하다가 결국에는 울음을 터뜨리는 바람에 그 애가 할 수 없이 내려왔지. 네가 거기 없었으면 그 애는 하고 싶은 대로 했을 테고 그랬다간 아마 나뭇가지가 부러지고 말았을 거다. 옛날 우리 집 낡아빠진 부엌 지붕에서 헛간으로 그 애가 뛰어내리겠다고 했을 때도—"

"제가 이르겠다고 하는 바람에 형이 단념했었죠."

"바로 그거야. 그 애는 겁도 없고 영리했지만 그래도 너무 성급했단다, 알렉스. 학교에서 그날 전화가 와서 '댁의 아드님이 끔찍한 사고를 당했습니다'라고 했었다. 그때 난 이미 어느 아들인지 알았어. 그 애라고 생각했지. 지난 세월 동안 이 말을 너한테 열두 번도 넘게 해주고 싶었다. 넌 죄책감을 느낄 필요가 절대로 없단다. 절대로."

갑자기 눈에 눈물이 고이고 목이 따가웠다. 치밀어오르는 숨을 삼킬 수가 없었다.

"그래요, 어머니."

"잘 알아들었지?"

"네."

"됐다. 이제 그만 의기소침하고 네 앞가림을 잘 해나가려무나."

24

나는 이저벨을 다시 만나기로 작정했다. 그게 작정이라면. 그녀가 60년대 클럽 나이트 행사를 또 한 번 개최한다며 내게 상세한 문자를 보내왔다. 목요일 세인트 워버그에 있는 무슨 사교 클럽에서라고 했다. 나는 가겠노라고 답장을 보내놓고 그 즉시 '오 마이 갓, 내가 무슨 짓을 하고 있지?' 그리고 '이런 행사에는 무슨 옷을 입어야 하는 거지?'라는 두 가지 의문이 들었다. 1997년에 산 케미컬 브라더즈(영국 전자 음악 듀오—옮긴이) 로고가 새겨진 티셔츠 말고는 딱히 빈티지라고 부를 만한 옷이 단 한 점도 없었다. 이저벨의 가게에 가서 뭔가 사볼까도 생각해봤지만 그건 좀 너무 궁해 보이지 않을까 싶었다. 대신 이베이로 가서 찾아봤더니 60년대에 만든 감색 아쿠아스큐텀 양복을 파는 사람이 있었다. 대충 보니 내게 맞는 사이즈일 것 같았다. 나는 성급하게도 125파운드라는 '즉시 구매' 가격을 지불한 뒤 구글로 '60년대 남성 신발'을 검색해서 양복에 어울릴 것 같은 첼시 부츠(신축 밴드가 붙어 있는 발목까지 오는 부츠—옮긴이)를 찾아냈다. 딱 두 번 만난 여자와 술집에서 몇 분 같이 서 있자고 치르기에는 큰돈이었다.

이틀이 지난 아침에 양복과 구두 둘 다 도착했다. 바지가 약간 짧은 데다가 허리가 너무 꼭 맞아서 필시 밤새도록 숨도 제대로 못 쉴 정도였지만 그래도 보기에는 괜찮았다. 내 말은 졸도를 할 수도 있겠으나 그 정도는 얼마든지 감수할 만하다는 뜻이다. 적어도 내가 아는 사람 중에 거기 와서 그 꼴을 볼 사람은 없으니. 댄은 따로 할 일이 있었고, 에마는 말도 안 된다고 생각할 테고, 만약 내가 매트를 초대한다면 당장에 클레어가 무슨 일인지 알고 싶어 할 테고, 그러면 필연적으로 조디가 알게 될 터였다. 그건 내가 감당 못할 일이었다. 안 돼, 이건 그저 실험이야, 절대 그 이상은 아니야, 나는 스스로에게 다짐했다. 나는 내가 원하던 것과 지나치게 동떨어진 삶을 살아와서 말하자면 트릭으로라도 내 머리에서 나오는 정보를 속일 필요가 있었다. "깜짝 놀랐지? 넌 지금 데이트 중이야. 이제 어떻게 할 참이야?"라는 식으로.

클럽은 조립식으로 지은 사각형 임시 건물로, 서글프게 줄줄 늘어선 소형 테라스 주택들을 마주 보고 있었다. 건물 외양은 대형 포르타캐빈(조립식 건물, 제조 회사명이기도 하다—옮긴이)처럼 생겼다. 아니면 마인크래프트 입문 첫날 만들 법한 야간 숙소처럼 생겼다고나 할까.

내가 그 게임 생각이 지나치군.

건물 가까이 갔다. 시커먼 창문을 통해서 현란한 디스코 조명이 불을 뿜고 있었고 축축한 밤공기 속으로 모타운 블루스가 희미하게 퍼져 나왔다. 건물 밖에는 10대 몇 명이 담배를 피우며 열려 있는 문 안쪽을 무심하게 들여다보고 있었다. 내가 그들을 지나쳐 두 번째 문을 열자 물결 같은 소음과 후끈한 열기가 나를 강타했다. 술 마시며 춤추고 있는 사람들이 사십 명가량 되어 보였는데 대부분 20대 후반이거나 30대 초반처럼 보였다. 개중에 훨씬 나이 많은 커플들도 간간이 있었는데 아마 이 모든 것이 처음 세상에 나왔던 당시 기억이 그들에게는 아직도 생생하리라. 클럽에 와 있는 여자들은 모두 진짜 그 시절 옷을 입고 있었고 머리 모양새나 화장도 그 시대를 겨냥하여 과장되게 꾸몄다. 다행스럽게도 남자들은 대체로 양복을 입고 있었지만 댄스 플로어 근처에 있는 한 무리는 청바지에 프레드페리(영국의 테니스 스타 프레디 페리가 출시한 의류 브랜드—옮긴이) 티셔츠를 입고 있었다. 그러니 마치 록밴드 블러(90년대 브릿팝의 전성기를 이끈 주역임—옮긴이)를 기념하는 행사 요원처럼 보였다.

입구 옆 탁자에 앉아 있던 노인이 내가 들어가자 "5파운드입니다, 손님!"이라고 소리 질렀다. 방안을 훑어보며 이저벨을 찾았다. 그녀가 저쪽 구석에서 디제이와 이야기를 나누고 있었다. 디제이가 소지한 현대식 시디 데크와 믹서, 랩톱 컴퓨터가, 아크릴 소재 옷을 입고 머리에 브릴 크림 포마드를 바른 사람들로 북적대는 이 장소에서 생뚱하게 느껴졌다. 나는 바에 가서 (그곳에는 60년대 항공 스튜어디스 복장으로 짐작되는 옷을 입은 여인 두 명이 일하고 있었다) 라거 맥주 한 잔을 주문했다. 맥주는 알코올이 약하고 김이 빠져 있었다. 모타운 트랙이 지나가고 이제는 킹크스(60년대에 가장 영향력 있었다고 평가되는 록 밴드—옮긴이)의 음악이 흘러나왔다. 아홉이나 열 명쯤 되는 사람들이 그룹을 지어 격한 동작의 춤을 한가운데에서 추기 시작했다.

이곳은 내게 편안한 장소가 아니었다.

일부는 어머니 탓이었다. 어머니는 60년대 음악을 싫어했다. 어머니가 살던 동네 예배당에서 벌인 열악한 댄스파티와 어머니 몸을 거칠게 더듬던 젊은 농부들의 손길이 기억나서 싫다고 했다. 어머니가 과거에 침잠은 물론, 생각조차 하기 싫어하는 또 다른 예였다. 이런 생각을 하고 있는데 문득 내 어깨를 두드리는 손길이 느껴졌다. 돌아보니 거기 이저벨이 환한 얼굴로 나를 향해 서 있었다. 흑백 체크무늬 미니드레스를 입고 있었는데 오늘 밤 행사에 딱 어울렸다.

"안녕하세요! 와줘서 정말 고마워요!" 그녀가 소리쳤다. "혼자 오셨어요?"

"네, 그냥 불쑥 들렀어요. 어떻게 하고 있나 보려고요." 말을 하고 보니 어색했다.

"양복이 멋지네요." 그녀가 말했다.

"고마워요. 그냥 대충 걸쳐봤어요. 그런데 여기 온 사람들을 전부 다 아세요?"

"거의 다요. 나중에 소개해드릴게요. 아우, 저기 레이첼이 왔네요. 가서 인사해야 해요. 금방 돌아올게요!"

그녀가 사람들 틈으로 들어가더니 인사말도 나누고 포옹도 하고 잠시 춤도 추고 웃음도 터뜨렸다. 나는 살짝 어색해서 바에 기댄 채 맥주 한 모금을 마셨다. 그 뒤 잠시 휴대폰을 꺼냈다가 이런 빈티지 행사에 휴대폰이라니 자못 심대한 잘못을 저지른 것 같아서 냉큼 도로 집어넣었다. 대신 아무렇지도 않은 듯 방을 둘러보면서 바에 죽치고 앉아 헌팅이나 하러 온 사람처럼 보이지 않으려고 애썼다. 팝 음악이 모드(60년대 영국에서 유행하던 음악, 패션 등 라이프 스타일—옮긴이) 음악과 섞이더니 이윽고 사이키델릭 록으로, 급기야는 노던 소울(영국 북부를 중심으로 유행했던 음악과 춤—옮긴이)로 접어들었다. 열 시가 되자 더 많은 사람들이 도착했다. 서로에게 추파를 던지는 커플들로 바가 후끈하게 붐볐다. 그때 이저벨이 다시 이쪽으로 오는 모습이 보였다.

"아유! 죄송해요, 몇 년 동안이나 못 봤던 사람들이 많아서요. 괜찮으세요?"

"네, 괜찮아요. 음악 듣고 있어요." 내가 거짓말을 했다.

"딱 일 초 후에 돌아올게요. 약속해요."

그러고는 그녀가 손을 뻗어 내 목 뒤에 대더니 몸을 내게 기댔다. 몇 초 동안 지속된 키스였지만, 그저 인사로 하는 키스가 아니었다. 나는 어정쩡하게 맥주잔을 바에 내려놓는 데 성공했지만 어찔할 바를 모르다가 살짝 그녀 허리에 손을 대었다. 눈을 감으니 음악이 먼 곳으로 물러나는 것 같은 느낌이 들었다. 내가 무슨 생각을 하고 있는지 잘 몰랐다. 모든 상황이 우리의 접촉으로 국한되어버렸다. 그녀가 물러섰다가 내게 금방 다시 키스를 했다. 내가 눈을 뜨자 그녀가 나를 바라보고 있었다.

"나중에 봐요." 그녀가 내 귀에 속삭이자 그 숨결이 내 옆얼굴을 간질였다.

그렇게 그녀가 사람들 틈으로 걸어가 버리자 나는 퍼뜩 정신이 들었다. 그녀와의 접촉으로 야기된 관능의 전율에서, 놀람과 갈망의 후끈함을 뚫고 한 가지 생각이 뚜렷하게 솟구쳤다. 이건 옳지 않아. 이건 실수야. 두려움이 철렁 배 속 깊이 내려앉았다. 갑자기 이 방 전체가, 오늘 밤 전체가 죄책감으로 흠뻑 물이 들었다. 그리고 구토가 치밀었다. 대체 내가 지금 여기서 뭐하고 있는 걸까? 나는 한 시간도 넘게 만지작거리던 술을 내려놓고 통로를 향해 반쯤은 걷고 반쯤은 비틀대며 걸어갔다. 해괴한 옛날 옷을 입고 짝을 지어 춤추는 사람들을 밀쳐내며 그 사이를 걸었다. 이중 문의 첫 문에 가까워졌을 때였다. 뒤에서 나를 붙드는 손길이 느껴져 혹시 그게 이저벨일까 덜컥 겁이 났다(말 그대로 겁이 났다). 하지만 나를 붙든 건 문지기였다.

"열 시 후 퇴장은 재입장이 안 됩니다." 그가 말했다.

"돌아오지 않을 겁니다." 내가 말했다.

그렇게 나는 차고 맑은 밤하늘 아래로 걸어 나왔다. 길을 따라,

골목을 돌아, 택시를 탈 수 있다고 생각되는 큰 도로를 향해 나는 걸음을 재촉했다. 택시를 잡자 거의 본능적으로 내가 기사에게 준 첫 주소는 우리 집, 조디의 집 주소였다. 9년 전 조디가 임신한 걸 알고 모든 게 새롭고 신났을 때 우리가 이사 간 집 주소. 이를 깨닫자마자 나는 댄네 집 주소를 다시 알려주었고 10분 뒤 드넓은 아파트 단지에 도착했다. 이 기괴하게 살균된, 괴물 같은 현대로, 스타워즈에 나오는 데스스타 같은 번드르르한 도시의 삶으로 돌아왔다. 나는 이제 여기서 살고 싶지가 않았다. 택시에서 내려 현관까지 걸어가기 위해 나는 전력을 기울여야 했다. 문을 열려고 손을 뻗는데 호주머니에서 휴대폰이 진동을 했다. 꺼내 봤더니 이저벨에게서 온 문자였다.

'어디 계세요?'

나도 몰라요, 라는 생각이 들었다. 솔직히 내가 어디에 있는 건지 몰랐다. 그게 어디건, 내가 있을 자리는 아니었다.

"조디." 내가 나직이 불러봤다. "미안해. 내가 제대로 해볼게. 약속할게."

다음 날 아침 일곱 시에 내 알람이 울렸다. 곧 정신을 차렸지만 사실 밤새 거의 잠을 자지 못했다. 긴긴 밤을 활짝 뜬 눈으로 창밖을 응시하며 옛날 기억을 머릿속으로 되돌려보느라. 나는 조디와 함께했던 세월 전체를 훑어봤다. 처음 과수원에서 조디를 만났던 때부터 시작해서 처음 몇 달 그 축복의 순간을 지나, 휴가와 임신과 샘에 이르기까지. 인생 전체가 어떻게 일련의 순간으로 희석될 수 있는지, 그리고 우리는 어떻게, 별 뜻 없이, 그런 순간에 순서를 입혀서 의미심장한 하나의 이야기로 만들어낼 수 있는지 희한하다는 생각이 들었다. 우리는 우리만의 역사에 끝없이 편집을 가한다. 하지만 때로 우리는 잘못된 편집을 하기도 한다. 내 마음 한편으로, 나와 조디의 결별이 불가피했다고, 몇 년 전에 우리는 이미 그 길로 들어섰었고 달리 피할 도리가 없다는 느낌이 있었다. 그러나 새벽 네 시 반경 문득 어떤 깨달음이 왔다. 그건 사실이 아니야. 언제나 되돌아갈 길이 있어. 그 길은 내가 그녀에게 말을 거는 일로, 해결 방법을 찾기 위해 내가 애쓰겠다고 말하는 것으로 시작해야 했다. 아직 답은 구하지 못했지만 적어도 문제가 있다는 건 알게 됐어. 그게 아니라면 적어도 그 비슷한 말을 그녀에게 해야만 했다. 부부 상담 토크 쇼에 출연하는 전문가 티는 되도록 피하면서.

한 시간 뒤, 나는 그녀에게 정확히 어떤 말을 하고 싶은 걸까 곰곰 생각해봤다. 우리 집으로 차를 몰며 다른 차량들과 공사판, 진로를 방해하는 자전거들 틈을 파고드는 중이었다. "길 좀 비켜라! 난 우리 결혼을 지키러 가는 길이란 말이다!"라고 소리치고 싶었다. 하지만 대신 손가락으로 운전대를 두드리며 앞차 범퍼를 노려볼 도리밖에 없었다. 생각 같아서는 염력으로라도 앞차를 움직이고 싶었다.

대로를 벗어나 도시 외곽 교외지로 들어가는 작은 도로로 접어들었다. 줄 지어 주차해둔 차량 사이로, 학교로 뛰어가는 아이들과 그들을 뒤따라 반쯤은 자면서 걷고 있는 학부모를 지나쳤다. 우리 집 근처에 다다르자 나는 길 건너편 공간에 차를 세웠다. 그때 우리 집 현관이 열리는 게 보였다. 곧 샘이, 아마도 무릎이 해어진 회색 바지에 파란색 폴로셔츠를 입고서 한 치 앞을 알 수 없어 혼돈스러운 학교 일과를 맞이하러 뚜벅뚜벅 걸어 나오리라 나는 짐작했다.

하지만 집에서 나온 사람은 샘이 아니었다. 내가 모르는 남자였다. 그 남자는 짙은 색 스키니 진에 검정 재킷을 입고 갈색 체크무늬 목도리를 매고 있었다. 당장에 나는 그가 누군지 알았다. 리처드였다. 그가 활짝 웃고 있었다. 그가 돌아서자 조디가 문간에 나타났다. 두 사람이 무슨 말을 했고 그가 어깨를 으쓱하자 그녀가 그에게 기대어 입을 맞췄다. 나는 침묵 속에 보고만 있었다. 부글부글 끓어오르는, 이제껏 들어본 가운데 가장 요란한 침묵이었다. 내 고막을 뚫고 나와 차를 흔들 것 같은 침묵이었다. 그녀는 그를 잠시 바라보다가 손을 흔든 뒤 집으로 돌아가 문을 닫았다. 리처드는 시동을 건 뒤 눈처럼 하얀 자기 BMW를 몰고 사라졌다. 그가 저 집에서 밤을 보냈다. 아마 계속 묵고 있는지도 몰랐다. 아마 저 집에서 살고 있는지도 몰랐다.

나는 그대로 그 자리에 앉아서 운전대에 손을 얹은 채 꼼짝할 수가 없었다. 침을 삼키니 꿀꺽 소리에 귀가 멀 지경이었다. 눈도 깜박이질 못해서 눈이 말랐다. 눈을 한 번 깜박이자 구슬 같은 눈물이 코를 타고 입가로 흘렀다.

아주 천천히 나는 그 자리에서 차를 뺀 다음 우리 집 앞에서 액셀을 세게 밟아 집을 지나 도로 끝까지 달렸다. 그리고는 차를 급하게, 지나치게 급하게 몰아 손을 잡고 뛰며, 떠들고 있는 아이들과 학부모들을 지나쳤다. 보행자 조정 신호등 앞에서 끼이익 급정거를 하고는 비틀비틀 서로 의지하며 길 건너는 노부부를 향해 하마터면 주먹을 내리쳐 자동차 경적을 울릴 뻔했다. 횡단보도가 비자 마자 다시 끼이익 소리를 내며 샛길로, 뒷길로 내달려 드디어 내 목적지에 도달했다. 매트와 클레어의 집이었다.

내가 차량 진입로에 들이닥친 다음 보니까 아치가 정원에서 놀고 있었다.

"안녕하세요, 알렉스 아저씨!" 아이가 소리쳤다.

나는 문을 두드리며 벨을 눌렀다.

"나가요, 나가요." 안에서 매트가 외치는 소리가 들렸다.

매트는 어울리지도 않는 막스앤스펜서 양복에 꼴사나운 물방울무늬 타이를 맨 채 문을 열어주었다.

"어, 안녕, 알렉스, 아침부터 우리 집에 무슨 일이야?"

"클레어 어디 있어?" 내가 말했다.

"지금 부엌에 있어. 그런데—"

나는 그를 밀치고 복도를 지나 거실을 가로질렀다. 클레어가 잠옷 가운 차림으로 식탁 앞에 앉았고, 옆에는 똑같이 생긴 두 개의 하이 체어에 쌍둥이들이 하나씩 앉아 있었다.

"심각한 건 아니라면서." 내가 으르렁거렸다. 내 목소리가 하도 커서 놀란 쌍둥이들이 벌떡 일어나 앉아 나를 쳐다봤다. 클레어가 몸을 돌려 나를 쳐다봤다.

"무슨 말—"

"조디하고 리처드! 심각한 건 아니라고 했잖아!"

"그래, 그랬어. 무슨 일이야?"

"방금 집에 갔더니 그 작자가 집에서 나오더라고."

이때 매트가 부엌으로 들어왔고 그 뒤로 타비타가 따라왔다.

"알렉스, 무슨 일이지는 모르겠지만, 이건—" 그가 나직한 목소리로 말했다.

"빌어먹을, 네 집사람은 아는 일이야!" 내가 소리쳤다. 그럴 의도는 아니었지만 무슨 파이프가 터진 것마냥 지금은 주체할 수가 없었다.

"알렉스." 그가 다시 말을 했다. 이번에는 어조가 사뭇 달랐다. "갑자기 우리 집에 쳐들어와서 우리 집사람에게 욕지거리를 하다니 난 용납할 수 없어. 대관절 너 어디가 잘못된 거야?"

이때 타비타가 화가 난 어른들이 벌이는 이 느닷없는 광경에 겁이 나서 울음을 터뜨렸다.

"아무 일도 아니라며 네가 나를 어르고 달랬지. 그냥 실수라며. 그런데, 그 실수가 빌어먹을 내 집에서 내 아내랑 하룻밤을 보냈다고."

"너 그만 내 집에서 나가줘야겠다." 매트가 말했다.

그가 내 어깨에 손을 얹었다. 나는 그를 밀어서 뿌리쳤다.

"나 빈말하는 거 아니다!" 그가 말했다.

클레어가 의자에서 일어섰다.

"알렉스, 대관절 뭘 보고 왔는지 모르겠지만, 나랑은 '전혀' 상관없는 일이야. 그리고 조디가 내게 무슨 말을 했건 안 했건 간에, 이렇게 우리 집으로 쳐들어와서 애들 앞에서 소리소리 지르면 내가 순순히 말해줄 거라고 생각했어? 대체 왜 이렇게 됐어?"

잠시 침묵의 순간이 있었다. 타비타가 자기 아버지의 다리를 붙들고 낮은 소리로 칭얼거렸다. 쌍둥이 가운데 하나가 플라스틱 숟가락으로 그릇을 두들겼다.

"그 말이 맞아. 미안해." 내가 말했다. 내 목소리가 들릴 듯 말 듯했다.

"이만 나가. 나한테 쫓겨나기 전에. 진심이야." 매트가 말했다.

내가 그를 바라보았다. 놀랍고 혼란스러웠다. 그러나 그때 알았다. 내가 얼마나 커다란 해악을 끼쳤는지를. 내 다정한 친구, 이 가정적인 남자가 보호 본능으로 일으킨 분노가 얼마나 격렬했던지 거의 얼굴을 알아볼 수 없을 정도로 변모해 있었다.

나는 뒷걸음질 쳐서 집을 나왔다. 천천히 느릿느릿, 마치 얼이라도 빠진 듯. 엉망진창인 거실을 반쯤 걸었을 때 바닥에 던져 놓은 만화책에 발이 걸렸지만 그래도 넘어지진 않았다. 아치가 나를 보더니 위층으로 도망갔다. 밖으로 나오자 문이 쾅 닫히는 소리가 들렸다. 쇼킹하리만치 요란한 종지부였다. 그렇게 나는 다시 외톨이가 되었다. 뒤를 돌아볼 염치도 없었다. 대신 차 쪽으로 걸어가서 자리에 앉은 뒤 운전대를 세게, 여러 번 내리쳤다. 다시 현관문이 열리는 게 보이기에 나는 얼른 열쇠를 돌려서 새빨리 후진으로 진입로를 벗어나 길 쪽으로 내려갔다. 길 저편에서 어떤 아이 엄마가 자기 아이들을 끌어당기며 내게 고함을 치고 내 차 트렁크를 두들겼다. 순간적으로 내 생각이 20년 전 학교 앞에서 과속으로 운전하던 그 운전자와 그가 저지른 몰지각한 행위의 결과로 돌아갔다. 항상 그런 식이었다. 결국에는, 도리 없이, 뭐든지 그때로 귀결됐다.

25

나와 댄은 그가 요새 일하는 사무실 근처 작은 부리토 가게로 갔다. 앉을 자리가 가게 앞창을 마주 봐야 하는, 터무니없이 높은 스툴 몇 개밖에 없었다. 우리는 그 자리에 기어오른 다음 한동안 말없이 앉아 있었다. 차들이 스토크스 크로프트에서 도심으로 흘러가는 모습만 물끄러미 바라보았다. 나는 아침 일을 머릿속으로 다시 떠올리며 도대체 무슨 일이 일어났던 건지 이해하려 애써봤다. 하지만 너무 엉망으로 꼬인 일들이라 그저 조디의 키스, 매트의 격노 등 하이라이트 장면만 연상될 뿐이었다. 패닉의 한기가 잔잔하지만 빠르게 밀어닥쳤다. 마치 뭔가 무시무시한 물체가 주변 시야에 포착된 느낌이었는데 나는 정면 주시를 할 수가 없었다. 내가 잡은 부리토가 손 안에서 늘어지면서 질척대는 양념이 재활용 종이로 만든 그릇 위로 뚝뚝 흘렀다. 조디가 그 남자를 문간에서 배웅하며 잘 가라고 키스했다. 샘은 어디 있었을까? 내 아들은 어디 있었을까? 두 사람이 내 아이를 나한테서 빼앗아갈 생각일까?

내 의식의 변방 어디에선가, 나만큼이나 넋이 나간 채 음식을 깨작대는 댄의 모습이 인식되었다. 무슨 일이 있냐고 물어봐야 마땅했으나 나는 내 나름의 불행에 흠뻑 젖어 있었다. 아마 지나가는 사람들에게는 우리 꼴이 가관이었으리라. 당장이라도 매장 직원이 우리 어깨를 두드리며 안내판을 가리킬 것만 같았다. 창가 자리에서는 실존 붕괴를 삼갑시다.

마침내, 내가 그에게로 몸을 돌렸다.

"너 괜찮아? 일 때문에 그래?" 내가 물었다.

"응? 아니, 일 문제는 아니야. 늘 무슨 일이 일어나네."

"그럼 뭐야?"

"넌 에마가 다시 떠날 것 같냐?"

"안 떠나면 그게 놀랄 일이지." 내가 말했다. 그러고는 곧, 댄이 원한 대답은 이게 아니라는 느낌이 들었다.

"난 안 떠났으면 좋겠어." 그가, 거의 혼잣말처럼, 말했다.

마침내, 대략 20년이나 늦게야, 내가 깨달았다.

"댄." 내가 말을 멈췄다. 그가 천천히 내 쪽으로 몸을 돌렸다. "너 내 동생 좋아하냐?"

그가 다이어트 콜라를 한 모금 마신 다음 창문 너머 길 위쪽 뱅크시(영국에 거점을 두고 활약하는 길거리 아티스트—옮긴이)가 그린 커다란 벽화를 바라보았다.

"응, 물론이지. 처음 만났을 때부터 줄곧 좋아했어."

"왜 나한테 말 안 했어?"

"야, 친구. 하려고 했었어. 그런데, 자식아, 네가 듣고 싶어 하질 않았잖아."

그의 말이 옳았다. 나는 언제나 내 드라마에 휩싸여 그의 이야기에는 신경을 쓰지 않았다. 다른 사람들이 보기에는 뻔했을 텐데. 지난 10년 동안 에마가 페이스북에 올린 사진마다 그는 '좋아요'를 눌렀고, 끊임없이 내게 그녀 소식을 물었다. 그녀에게 영상통화를 해보라고 나를 부추겼던 사람도 항상 그였고, 그녀가 자기 아파트에 나타나자 환호했던 사람도 그였다. 그래 봤자 다시 사라질 판이지만. 그녀는 등장하는 법도 잘 알았지만 퇴장은 더욱더 능숙했다.

가게 문이 활짝 열리더니 젊은 아빠가 문을 잡아주고 그의 파트너가 낑낑 유모차를 밀며 들어왔다. 입구 주변 의자에 유모차가 이리 저리 부딪히자 그녀가 웃으며 사과하고 빠져나갔다. 유모차를 타고 있는 딸을 보는 아빠 얼굴이 환하게 빛났다. 그들이 함께 계산대로 향했다. 행복한 식구들이었다. 그 사람들이 지나가는 모습을 댄과 내가 지켜보다가 다 식어서 맛없어 보이는 음식으로 다시 고개를 돌렸다.

"미안하다, 댄."

"넌 생각할 거리가 태산이었으니까. 아직도 그렇지, 돌아가는 꼴을 보아하니."

"맞아."

"그 여자 때문이야? 이저벨이라는?"

"아니. 그건은 그냥 실수였어. 난 새로 시작할 준비가 안 됐어. 그런데 조디는 준비가 됐나 봐. 오늘 아침 일찍 우리 집에서 리처드가 나오는 모습을 봤어."

"아. 조디와 이야기는 해봤어? 어떻게 된 일이냐고 물어는 봤냐고?"

"아직."

"왜?"

"왜냐면 대답을 듣기가 두려우니까."

"음, 그 마음은 나도 이해한다."

내가 저녁을 먹고 있는데 전화가 울렸다. 여섯 시, 댄네 집 반질반질한 오크 무늬 마룻바닥에 국수 가닥을 흘리며 뉴스를 보던 중이었다. 내 휴대폰에 찍힌 발신 번호를 확인했다. 조디였다.

"조디, 안녕. 미안해, 국수를 먹고 있는 중이라 잠깐 기다려줘."

하지만 그녀는 내 말을 듣지 않았다.

"알렉스, 샘 때문에 전화했어."

공황 상태의 목소리였다. 나는 국수 그릇을 테이블로 던진 뒤 소파에서 벌떡 일어나 바로 앉았다.

"왜, 무슨 일이야?"

"게임 때문이야. 애가 게임을 하다가 무슨 일이 있었나 봐."

잠시 나는 안도했다. 사고가 아니었다. 아이가 중환자실에 있는 게 아니었다. 그러자 금방 짜증이 밀려들면서 살짝 화가 났다. 그깟 게임 이야기를 하면서 왜 저리 호들갑일까? 세상에, 식겁했잖아.

"알았어. 침착해. 게임이 깨지거나 뭐 그런 거야? 괜찮아. 애한 테—"

"아냐, 그런 게 아니야. 당신도 샘이 온라인 친구들을 사귄 거 알고 있지, 올리비아 오빠랑 그 애 친구들 말이야. 무슨 일이 있었어. 내 생각에는 그 애들이 샘이 만든 성을 부숴버렸나 봐. 알렉스, 샘이 침대에 누워 있는데 긴장형 정신분열증(외부의 어떤 자극에도 정지된 자세를 유지하는 증상을 보인다—옮긴이)인가 봐. 한마디 말도 없이 그저 눈만 뜨고 있어. 알렉스, 난 정말 무서워."

"지금 갈게."

이런 일이 있다는 말은 종종 들었다. 자폐를 가진 사람 중 일부는 너무 벅찬 일, 너무 심하게 벅찬 일이 생기면 스위치를 내려버린다고 했다. 상황에 대처하는 방법으로 세상을 차단하는 것이다. 자폐 부모 모임 회원 한 명이 말하기를 그건 컴퓨터에 전원이 차단됐다가 리부팅되는 것과 다름없다고 했다. 하지만 샘은 여태 그런 적이 한 번도 없었다. 나는 생각할 겨를도 없이 차를 몰고 집으로 향했다.

시간이 빠르게 흘렀다. 내가 직장에 있는데 응급실이라며 조디가 전화했던 때가 기억났다. 샘이 의자 팔걸이에서 떨어졌는데 차갑고 딱딱한 부엌 바닥에 머리부터 부딪혔다고 했다. 나는 대출 상담을 하다 말고 달려갔다. 이런 경우에는 세상이 당신을 조여들다가 급기야는 당신과 당신 가족만 남은 좁은 터널이 되고 만다. 샘의 경우 조그만 상처, 아주 작은 혹에도 불안해한다는 점 때문에 문제가 가중됐다. 아이는 통증을 지나치게 두려워했다. 다른 남자아이들은 넘어지면 스스로 툭툭 먼지를 털며 일어선다. 하지만 샘에게 무릎이 까지는 일은 트라우마에 해당했다. 그러니 병원에 갔다는 건, 피를 흘린다는 건…….

이제, 집 앞에 도착해서 주차를 했다. 나는 현관 앞에 섰다. 문을 두드렸다. 조디가 나왔는데 힘들고 당황해 보였다.

"아이는 위층에 있어. 어떻게 해야 할지를 모르겠어. 의사를 부를까?"

"어디 보자."

층계를 올라 아이의 방으로 갔다. 완벽하게 고요했다. 화면에 게임이 켜져 있었지만 보이는 거라곤 우리가 성을 쌓았던 땅 맞은편 멀리 솟아 있던 산등성이뿐이었다. 침대를 봤더니 거기 샘이 구부리고 누워서 벽만 바라보고 있었다. 눈은 뜨고 있지만 눈동자가 움직이지 않았고 얼굴은 창백했다. 평소에는 쉴 새 없이 활발하게 움직이던 손과 다리가 지금은 무릎 부근에서 딱딱하게 굳어 있었다. 그 모습이 나를 다른 장소로, 끔찍한 기억이 있는 곳으로 끌고 갔다. 전원이 꺼진 소년. 나는 그 기억을 내 생각 뒤편으로 억지로 밀쳐냈다.

"샘? 샘, 아빠야."

아무런 반응도, 알아봤다는 깜박임도 없었다. 어쩐 이유에선지, 나는 손을 아이 이마에 갖다 댔다. 부모라면 보통 다들 그러듯. 체온을 재고 해열제 칼폴을 먹이고. 아이는 서늘했지만 차지는 않았다. 나는 손을 아이 입 근처에 대보고 손가락에 아이 숨결이 느껴지자 크게 안도했다.

"샘, 무슨 일이 있었어?"

이제 조디도 문간에 와 있었다. 머리를 뒤로 묶었고 마스카라가 눈가에 번져 있었다. 그녀가 자기 손을 내 어깨에 얹었다. 나는 잠시 그 손을 잡았다가 곧 어색하게 놓았다.

우리는 복도로 나갔다. 계단 꼭대기 창문이 열려 있었다. 집 바깥 길에서 차들이 지나가는 소리가 들렸다.

"어떻게 해야 할까?" 그녀가 물었다.

"잠시 그냥 둬야지. 아이 스스로 저 상태를 벗어나야 해. 내가 애 옆에 있어야겠지, 아마도. 게임을 살펴보고 무슨 일이 있었는지 알아볼게."

"올리비아 엄마한테서 전화가 몇 번 왔었는데 못 받았어. 전화 걸어 물어보면 무슨 일이 있었는지 그 엄마가 혹시 알까? 의사는 정말 안 불러도 되겠어?"

"두고 보자고. 안 불러도 될 것 같은데."

"난 무서워."

"알아."

나는 아이 방으로 돌아가서 침대 가장자리에 앉았다. 내 손을 아이 등에 대어 내가 와 있음을, 내가 물리적으로 가까이 있음을 알렸다. 하지만 그게 다였다. 나는 가까이 있었다. 아이는 눈도 돌리지 않았다. 깜박일 때조차.

내가 게임 쪽으로 놈을 놀려 컨트롤러를 집어 들었다.

성을 찾아 둘러보니 무슨 일이 있었는지 알 수 있었다. 건물이 전부 사라져버렸다. 울타리는 대부분 남아 있었지만 그 안쪽 우리 건물은 껍데기만 유령처럼 서 있을 뿐 아무것도 없었다. 아래 위 두 층이 모두 사라졌고 아래층은 부서진 채 벽돌만 남았다. 탑들은 구부정하게 하늘을 가리키고 있는 손가락뼈처럼 보였다. 주위에 땅이 크게 갈라진 구멍이 여러 개 나 있었다. 누가 이런 짓을 했는지 모르지만, 폭약 블록인 TNT를 쓴 게 틀림없었다. 흔적도 없이 지워버릴 의도였다. 기분이 참혹했다. 내가 곁에서 이런 일을 막아주지 못해서, 아니 적어도 아이가 이 꼴을 발견했을 때 곁에 있지 못해서 참혹했다. 나는 곁에 없었다.

"아아, 샘." 내가 불렀다. 반응이 없었다. "샘, 우리가 다시 만들 수 있어. 우린 할 수 있어. 넌 정말 훌륭한 일꾼이거든."

뭘 어째야 좋을지 몰라서 나는 마당을 치우고 구멍마다 흙을 채우기 시작했다. 도구가 필요해서 부서진 건물로 향했다. 수납 상자들이 아직도 있는지 찾아봤다. 없었다. 하지만 물건 몇 가지는 남아서 바닥에 뒹굴고 있었다. 곡괭이, 식량, 호미와 빵 몇 조각. 많지는 않았다. 몇 주 동안 일해서 구한 건데. 둘이서 함께 일한 건데. 그때, 우리가 비밀 상자에 숨겨놨던 보석 왕관이 생각났다. 나는 서둘러 건넌방으로 가서 색이 다른 타일 아래쪽을 미친 듯이 파냈다. 상자가 거기, 온전하게 있었다. 내용물도 그대로 안전했다.

현관문이 열렸다가 조용히 닫히는 소리가 들렸다. 조디가 살금살금 계단을 올라 방으로 왔다.

"올리비아 엄마랑 통화했어." 그녀가 말했다. "올리비아 오빠 해리랑 그 애 친구들이 보낸 친구 신청을 샘이 수락한 다음 같이 놀자고 초대했대. 해리가 애들을 잠시 두고 나갔었나 봐. 그런데 애들이 모두 좀 소란스러운 애들이라 폭약 같은 걸 설치했대. 애들은 그게 해리가 만든 성인 줄 알았대. 해리도 아주 많이 속상해한대. 그래서 우리 집에 와서 사과하고 싶어 한대."

"당분간은 안 그러는 게 좋겠다 싶어."

"올리비아도 속상해한대."

"그 애 잘못은 아닌걸."

"아이가 무슨 말 좀 했어?"

"아니. 조디, 이게 다 내 책임인 것 같아. 샘한테 중대한 합동 프로젝트니 뭐니 해가면서 이 모든 걸 만들었는데 이 꼴이 됐으니…… 내 탓인 것 같아. 너무 심하게 여기 매달려 있었어."

"당신 잘못이 아니야. 애가 게임을 얼마나 좋아했다고. 늘 게임 이야기만 했어. 지금까지는 아무 문제도 없었어. 온라인으로 애가 당신이랑 게임하는 모습도 봤어. 애가 너무 좋아하더라."

우리는 말없이 아들 침대 위에 앉아서 각자의 상념에 잠겼다.

이 작은 방에 망가진 장난감과 너덜대는 포스터, 함께 있되 어찌된 영문인지 멀리, 우주 양쪽 끝만큼 멀리 떨어진 식구가 있었다. 무슨 말이든, 회복에 도움이 되거나 희망을 주거나 아니면 살짝 우스운 말 등 뭐든 하고 싶었지만 아무 말도 나오지 않았다. 전혀 아무런 말도 생각나지 않았다.

그러다가, 30분쯤 아니 좀 더 지났을까.

"게임 꺼."

"응? 샘?" 내가 말했다.

"게임 꺼." 아이가 거듭 말했다.

조디가 아이를 안으려 하자 아이는 더욱 몸을 웅크렸다. 잠시 어떤 이유에선지 나는 영화 〈에일리언〉의 한 장면이 떠올랐다. 사람들이 에일리언 우주선에서 페이스 허거(외계에서 온 괴물 생명체의 유충 운반책—옮긴이)가 붙어 있는 존 허트를 데려왔는데, 페이스 허거를 제거하려 하자 카메라에 잡힌 그놈의 꼬리가 조용히 허트의 목을 조이던 장면. 조디가 손을 치웠다.

"내가 게임을 저장할게." 내가 말했다.

"게임 꺼." 아이가 다시 말했다. "난 상관없어. 난 상관없어."

"하지만—" 내가 말을 시작했다.

"난 이제 싫어. 난 앞으로 다시는 게임 안 할 거야."

"하지만 샘, 우리가 도로 고칠 수 있어."

"안 하고 싶어. 애들이 와서 다 부숴버렸어. 내 거였어. 사람들은 뭐든지 다 망가뜨려."

아래층에서 무슨 소리가 들렸다. 올리비아가 사과하러 온 걸까 생각했는데 에마였다.

"안녕?" 에마가 소리쳤다.

"위에 있어요." 조디가 말했다.

그녀가 성큼성큼 계단을 올라 문간에 섰다.

"댄이 그러는데 샘한테 무슨 일이 생겼다네요. 지나던 길이라 들러봤어요. 별일 없어요? 샘, 안녕?"

"어떤 남자애들이 애 게임을 망쳐놨어요." 조디가 말했다.

"아유, 저런." 에마가 연극을 하듯 끔찍하다는 표정을 과장되게 지으며 말했다. 그녀가 우리 집에 와서 수선 떠는 모습이 도가 넘는 오지랖이었지만 오늘의 저주는 풀어주는 듯싶었다. 샘이 애써 다리에서 팔을 풀어냈다.

"난 다시는 게임 하고 싶지 않아." 아이가 말했다.

"남자애들은 못됐어. 당연히 너는 빼고, 하지만 다른 애들은 대부분 다 그래. 난 그래서 되도록 남자애들을 멀리해. 뭐든지 늘 망가뜨리니까, 내 말 맞지?"

샘이 고개를 무겁게 끄덕였다. 하지만 아이가 그 말을 농으로 받아 칠 기분은 아니었다. 아이는 도로 침대에 눕더니 눈을 감았다.

"보석 왕관은 무사해." 내가 아이에게 말했다.

"상관없어." 아이의 대답이었다.

그날 밤 늦은 시간, 나는 댄의 아파트 여분 방에 놓인 내 싸구려 싱글 침대에 앉아 있었다. 여기에는 아무것도 없었다. 나와 내 삶에 속한 그 어떤 것도 없었다. 그저 옷 한 무더기와 댄의 컴퓨터에 기대놓은 사진 한 장이 전부였다. 카페 앞에서 나와 조지가 웃고 있었다. 세상은 우리 앞에 펼쳐져 있었다. 아니, 우리는 그렇다고 생각했었다.

조지가 순식간에 사라지고 나는 다시 이곳에 혼자가 되었다. 낡아서 누더기가 된 앨범 속 사진에서 슬픈 기억이 쏟아져 나왔다. 우리 인생에 점철된 불행에 우리가 얼마나 쉽사리 사로잡히는지 우스울 지경이다. 나는 샘과 나를 위해 안전한 장소를 찾았다고 생각했는데 그게 아니었다. 나는 여기 있고 아이는 저기 있는 동안 대체 내가 뭘 해줄 수 있을까? 아이에게 필요한 건 안정인데 나는 아이에게 그걸 줄 수가 없었다. 화면으로만 존재하는 돌 블록과 보석 상자로는 어림도 없었다. 나 자신이 안정되지 않은 마당에 그걸 아이에게 줄 수 없는 건 당연한 노릇이었다. 안전한 것은 아무것도 없다는 것이 내가 배운 쓸 만한 교훈이었다. 부모라면 가능한 한 늦게까지 버티고 안 가르쳐줄 교훈. 하지만 당신이 아무리 늦게까지 버틴다 해도, 인생이 먼저 기어이 그 교훈을 깨우쳐주고야 만다.

26

사무실 벽에 걸린 커다란 시계가 방에서 유일한 소리를 냈다. 째깍째깍 방 전체에 울려 퍼지는 요란한 소리가 우리 네 사람이 벌이는 어색한 침묵을 오히려 강조하고 있었다. 커다란 오크 책상 한편에 앉은 사람은 샘이 지금 다니고 있는 학교의 교장 선생인데, 어두운 표정에 과하게 심각해 보이는 검정 양복을 입고, 벗겨지기 시작한 머리 때문인지 남은 머리를 이발기로 밀어버린 모양새였다. 그 남자 옆에는 이 지역 교육 당국의 특수 교육 담당자인 잰 파커라는 여자가 앉아 있었다. 면도날처럼 마르고 매처럼 날카로운 60대 여자인데 지금 구슬 같은 눈으로, 책상 맞은편에 함께 (그러면서도 좀 떨어져) 앉아있는 조디와 나를 쳐다보는 중이다.

　누구도 입을 떼지 않았다. 교장인 존스 선생 앞에는 편지 한 통이 놓여 있었다. 지난주에 우리가, 아니 조디가 보낸 편지로 샘을 다른 학교로 옮기겠다는 통지서였다. 그가 눈길을 A4 용지 한 장에서 우리에게로, 다시 그 용지로 옮겼다.

"걱정하시는 바가 뭔지 잘 알겠습니다. 하지만 전학이 최선의 해결책일지는 잘 모르겠군요." 마침내 그가 말문을 열었다.

"제가 여러 번 아이를 만나봤는데요." 무릎 위에 놓인 커다란 서류뭉치를 뒤적이며 잰이 말을 이었다. "산수와 문학에서 향상이 되고 있습니다. 아이는—"

"아이는 행복하지가 않아요." 조디가 말했다.

"학교가 행복하지 않은 애들은 많습니다." 존스 선생이 말했다. 위로의 어조였지만 이상하게도 거의 조롱처럼 들렸다.

"그러니 괜찮다는 겁니까?" 조디가 말했다.

"아, 물론 아닙니다, 저는—"

"전학이 아이의 안녕에 더 큰 도움이 될지 우리는 알 수가 없습니다. 새 학교와 새로 만나는 아이들에게 적응을 해야 하니까요." 잰이 말했다.

조디와 내가 연합 전선을 취해야 한다는 사실을, 함께 싸워야 한다는 사실을 나는 알았다. 하지만 최근 일어난 그 모든 일 때문에 우리 사이엔 그런 연대가 없어져 버렸고, 심지어 그런 연대가 있는 척도 할 수가 없었다. 오늘 아침만 해도 내가 조디를 데리러 가는 대신, 그녀가 따로 오겠다는 문자를 먼저 보내는 바람에, 우리는 각자 걸어서 이 사무실로 들어왔다. 안내실에 앉아 기다리면서도 우리는, 그저 샘이 교실에서 나오다가 우리를 보고 일종의 자폐성 탈진을 하게 될까 두려워할 뿐 거의 대화를 나누지 않았다. 그런 다음 지금 여기에 우리가 앉아 있다. 마치 말썽쟁이 아이들이 훈계가 끝나길 기다리는 것처럼.

"아마 새로 만나는 아이들은 왕따를 안 시키겠죠. 아니면 에이번 스쿨에서는 그런 일을 좀 더 심각하게 다루겠죠." 내가 말했다.

"문제의 상황에 연루된 다른 아이를 우리가 조사해 봤습니다. 그리고 제대로 된 조처가 취해졌다고 생각합니다." 존스가 펜으로 테이블을 톡톡 두드리며 말했다.

"게다가 솔직히 말씀드리면, 좀처럼 에이번 스쿨에 자리가 생길 것 같지가 않습니다. 등록 대기자가 굉장히 많은 학교인 데다가 두 분은 샘의 자폐에 대한 소견서를 받으셔야 하거든요."

"교장 선생님한테서요?" 조디가 물었다.

"처리하려면 저도 관여해야죠."

"처리라고요?" 내가 끼어들었다. "우리는 아이에 관한 이야기를 하고 있어요. 차량 검사받자고 차를 가지고 온 상황이 아니라는 말씀입니다."

"다른 학교는 어떤가요? 세인트 피터는요? 거기는 자리가 있더라고요." 조디가 말했다.

"하지만 이런 논의가 근본적인 문제를 해결하지 못합니다." 잰이 대답했다. "샘은 친구를 사귀는 법, 또래들 사이에서 사회성을 기르는 법을 배워야 합니다. 그런데 아이를 데리고 이리저리 다닌다고 해서 그 문제가 해결되지는 않습니다. 제 생각에는 두 분께서 부모로서, 한 발짝 물러서셔야 합니다. 이 문제는 샘이, 본인에게서 익숙한 환경에서, 그래서 본인이 안전하다고 느끼는 곳에서 방법을 찾아야 합니다."

침묵이 흘렀다.

마치 그 방이 우리를 두고 문을 닫는 느낌이 들었다. 사방의 벽들이 우리를 밖으로 몰아내는 것 같았다. 이런 느낌이 지긋지긋했다. 무력감, 방향 상실, 도대체가 넘을 수 없는 하나의 위기에서 또다른 위기로 가야 하는 이 위기의 난타질. 마치 방향 잃은 쪽배가 바다 멀리에서 산더미 같은 파도의 변덕에 따를 수밖에 없는 상황 같았다. 하지만 나는 뭔가 깨달음이 생기기 시작했다. 내가 샘을 도울 수 있는 사람이 아니라면, 그게 내가 할 수 없는 일이라면, 그렇다면 나는 그 애가 그런 사람과 함께 있도록 해야 했다.

"그러니, 연말까지 기다려보는 건 어떠십니까? 어떻게 진행될지 말이죠." 존스 선생이 이 말을 하며 편지를 집어 든 다음 책상 위 한갓진 구석에 놓인 편지함에 떨어뜨렸다. '회담은 끝났소. 난할 말 다했소'라고 말하는, 상징적인 몸짓이었다.

조디가 어깨를 으쓱하더니 나를 쳐다봤다. 그녀가 아랫입술을 깨물었다. 나는 그게 무슨 의미인지 알았다. 그녀가 눈물이 터질 것 같아서 억지로 참고 있을 때 하는 동작이었다.

내가 존스 선생 쪽으로 향했다.

"아닙니다. 우리는 연말까지 기다리지 않겠습니다. 가능한 한 빨리 샘을 이 학교에서 옮길 겁니다. 교장 선생님께서는 애들이 불행할 때도 종종 있다고 말씀하셨습니다. 네, 물론이죠, 우리도 그건 압니다. 하지만 우리가 세인트 피터에 가봤을 때 그곳 선생님들은 샘이 거기서 행복할 거라고 하더군요. 그분들에게는 그게 제일 중요하다고 말하는 것처럼 들렸습니다. 꼭 해내야 하는 일처럼요. 다른 학교는, 필요하다면 싸워서라도 가겠습니다. 아이가 원한다면요. 우리는 싸워서라도 가겠습니다. 크게 법석을 떨 각오도 됐습니다. 우리가 직접 아이에게 힘이 되어주지 못한다면 힘이 되어줄 곳으로 아이를 데리고 가겠습니다. 그게 우리가 앞으로 할 일입니다. 안녕히 계십시오."

내가 일어서서, 순전히 무의식적으로, 한 손을 조디에게 내밀었다. 자동으로 나온 연대의 몸짓이었다. 그러다 문득 의식이 돌아와, 슬며시 내민 손을 빼려는데 놀랍게도 조디가 내 손을 잡더니 그녀도 따라 일어섰다. 우리는 들어왔던 문으로 다시 나왔다. 어색하고 불안한 침묵 속에. 사무실 문을 닫고 나오자 시계 소리도 희미해졌다.

"이제 어떡하지?" 그녀가 말했다. 그녀의 눈에 눈물이 어리더니 한 방울, 다시 한 방울 흘렀다.

"글쎄, 샘이 하는 말을 들어보고 거기서 시작해야지. 사람들이 못하―"

"아니, 지금 샘 이야기를 하는 게 아니야. 우리 말이야, 알렉스. 우리, 이제 어떡하지?"

안내원이 책상에 앉아 있는 모습이 보였다. 바쁜 척하면서 부지런히 키보드를 두드려대고 있지만 자기 앞에서 벌어지는 이 군침 도는 드라마에 귀를 곤두세우고 있는 모습이 역력했다. 그 순간, 허무하고도 속절없는 분노가 치밀어 올랐다. 나는 이 장소에서, 이 상황에서 벗어나고 싶었다.

"당신은 이미 선택한 것 같던데." 내가 뱉듯 말했다. 그날 아침의 리처드, 그 키스가 생각났다.

나는 밖으로 걸어나갔다. 뒤도 돌아보지 않을 생각이었다.

"오늘 밤 샘 데리고 갈 거지, 아냐?" 그녀가 외쳤다.

"아니, 바빠서."

나는 '리처드한테 시키지 그래'라고 말하고 싶었으나 아무리 막말이라고 해도 내 스스로가 그를 인정하는 말은 할 수가 없었다. 그리고 그의 이름을 소리 내어 말해서 그의 존재가 우리 삶에 들어왔음을 인정하고 싶지 않았다.

"알렉스!" 그녀가 소리쳤다.

그러나 나는 가버렸다. 멀리 가버렸다. 건물을 벗어나 교실 옆을 따라, 이윽고 길로 들어섰다. 나는 통로를 지나, 자그마한 운동장 바깥쪽 가장자리를 따라 달렸다. 전력으로 질주했다. 학교에서 집까지 이렇게 뛰곤 했다. 조지가 죽은 다음 매일같이. 가능한 한 최대로 빨리 내달렸다. 구역질이 날 때까지 그렇게 뛰었다. 나는 교통사고와 나를 뚝 떼어 놓아야 했다. 하지만 우리가 아무리 노력하더라도 충분한 거리를 확보할 수 없을 때가 종종 있다. 우리가 살면서 소중히 여기는 것들은, 심지어 우리에게 상처를 주는 것들조차 모두 중력의 힘으로 우리를 당긴다. 우리가 그 힘을 벗어나게 된다면 그때는 끝이다. 우리는 우주를 떠돌게 된다. 다시는 돌아올 수가 없다.

그날 밤 늦은 시각에 나는 댄네 집 거실에서 불을 끄고 앉아 있었다. 집에 다른 사람은 아무도 없었다. 다 비운 싸구려 와인 병을 옆에 두고 거의 잠이 들었다가 소파에서 갑자기 몸을 숙여 엑스박스를 켰다. 화면이 기괴한 녹색조로 벽을 물들이자 나는 잠시 욕지기가 났다. 나는 마인크래프트 아이콘을 클릭한 뒤 게임이 로딩되는 동안 소파 위에서 살짝 몸을 움직였다. 놀랍게도, 내가 '참여'를 선택하자 샘과 아빠의 세계가 아직 남아 있는 모습이 보였다. 자정이었으니 아이가 여기 있을 리 만무했다. 틀림없이 아이는 기계를 켜놓은 채 버려둔 듯했다. 나는 버튼을 눌렀다.

이른 아침이었지만 하늘은 온통 회색이었다. 비가 쏟아져 내리고 있었다. 빗소리 넘어 들리는 소리라곤 인근 소 떼들이 음메 하고 우는 소리뿐이었다. 무슨 이유에서인지 음악이 없었다. 나는 평원을 가로질러 성 쪽으로, 그 온전한 모습을 볼 수 있기를 희망 반 기대 반의 마음을 가지고, 걸어갔다. 하지만 아니었다. 성은 아직 폐허 그대로였다. 남아 있는 돌들이 비바람 속에서 시커멓게 보였다.

그때 수백 미터 앞, 농장이 있던 자리에 어떤 형체가 내 눈에 띄었다. 나는 앞으로 걸어갔다. 혹시 그게 좀비거나 다른 몬스터일지도 모른다는 생각에 처음에는 천천히 갔다. 하지만 그 형체는 전혀 움직임이 없었다. 훨씬 더 가까이 가자 그 정체를 알 수 있었다. 그 형체는 샘이었다. 전혀 움직이지 않고서, 성이라고 남아 있는 길 마주보고 있었다. 샘은 격렬한 포위전을 마친 뒤의 곤궁한 영주 같았다. 조상 대대로 내려온, 지금은 파괴되어 잃고 만 고향 땅을 보고 있는 모습이었다.

샘이 게임을 할 수 있는 상태가 아니라는 건 알았지만, 분명 그럴 수 없다는 건 알았지만 어쨌든 나는 헤드폰을 집어 들고 머리에 뒤집어썼다.

"샘?" 내가 말했다.

하지만 그 형체는 꼼짝도 하지 않았다. 시선은 무너진 탑을 향해 고정되어 있었다.

나는 재빨리 몸을 돌렸다. 이 유령 같은 몰골에 왠지 오싹한 느낌이 들어서였다.

그런데 그때 뭔가가 눈에 들어왔다.

오렌지색 옷을 입은 인물이 자그마한 자작나무 숲속으로 물러섰다. 끝없이 내리치는 빗속에서 잘 보이지도 않을 만큼 희미했다. 본능적으로 나는 그 뒤를 쫓았다. 나뭇가지와 잎사귀를 쳐내고, 장애물을 위아래로 넘나들었다. 공터로 나오자 비가 좀 개어서 귀먹을 듯 요란했던 빗소리가 한결 조용해졌다. 하지만 마지막 나무 몇 그루를 지나치고 마침내 탁 트인 세상으로 나오자 보이는 거라곤 달빛 어린 돌밭 황무지뿐이었다. 그 돌밭은 거대한 호수로 연결되어 있었다. 아까 그게 누구였든 아마도 나를 따돌리기 위해 숲을 가로질러 원래 있던 곳으로 되돌아갔거나 아니라면 산등성이 쪽으로 방향을 바꿨을 가능성도 높았다. 애초에 누군가가 있었다면 말이다. 나도 모르게 내 고개가 앞으로 끄덕거렸다. 와인과 피로 때문에 시야가 흐렸다. 샘에게 돌아가야 한다는 생각이 들었지만 그 고독한 모습을 마주할 자신이 없었다. 태양은 빛나고 하늘 전체에 푸른빛이 밝게 감돌건만.

내가 눈을 감았다가 화들짝 놀라며 다시 떴을 때 나는 다른 세상에 와 있었고 내가 어떻게 여기까지 오게 되었는지 기억나지가 않았다. 소파에서 일어나려 했으나 뒤로 떨어지고 말았다. 티셔츠에 붉은 와인 얼룩이 졌고 입가에도 와인이 말라붙었다.

나는 기계를 끈 다음 속을 지나치게 많이 채워 퉁퉁한 쿠션 위로 웅크리고 누웠다. 내 휴대폰이 울리다가 진동을 했다. 어머니에게서 온 전화인데 받지 않았다. 이번 주에만도 세 번째였다.

지금은 누구도 마주 대할 수가 없었다.

27

그다음 토요일, 조디는 무슨 갤러리 이벤트 같은 것이 오후에 있다고 했다. 핑계를 대기도 힘들고 죄책감도 들어서 그녀에게 당연히 내가 샘을 볼 수 있다고 말했다. 조디가 점심시간이 지난 다음 아이를 데리고 맨네 집으로 와서는 네 시까지 아이를 올리비아네 집으로 데려다주어야 한다고 말했다. '놀이 데이트'가 있기 때문이었다. 샘은 책과 액션 피겨를 배낭 한가득 들고 왔다. 하지만 조디가 아이를 안아준 뒤 내 쪽으로 떠밀 때 보니 아이 표정은 지친 데다가 경계심이 어려 있었다. 인질 교환할 때의 긴장감 같은 것이 느껴졌다. 그녀가 차를 몰고 사라지는 모습을 보고 난 뒤 샘을 데리고 자동문을 지났다. 아파트 건물로 들어가자 감각이 무뎌질 정도의 추위를 피할 수 있었다. 나는 아이 이마 위쪽에 입을 맞췄다. 헝클어진 아이 머리에서 존슨즈 베이비 목욕 세정제 냄새가 희미하게 풍겼다.

에마와 댄이 올드 쉽에 간 터라 아파트에는 우리 둘만 있었다. 한동안 우리는 소파에 앉아서 아이 책 몇 권을 함께 보았다. 런던 책이 눈에 띄었지만 아이는 런던탑 사진을 그냥 지나치고 넘겨버렸다. 그런 다음 내가 비행 추적 앱을 이용해서 우리 머리 위로 지나가는 비행기를 구경하자고 제안했다. 아이는 잠시 신이 났는지 소파에서 벌떡 일어나 창가로 달려갔다. 하지만 하늘을 보니 시커먼 구름과 회색 구름으로 뒤범벅이 되어서 아무것도 볼 수가 없었다. 나는 액션 피겨가 등장하는 이야기를 지어주려 했지만 생각이 자꾸 딴 데로 흘렀다. 지금 조디는 리처드와 함께 있을까? 언제쯤 그녀가 내게 털어놓을까? 나는 내가 실존의 두 지평, 다시 말해 조디와 샘과 함께 살던 예전의 삶과 앞으로 내게 들이닥칠 삶 사이에 갇혀 있는 느낌이 들었다. 일종의 연옥 상태에.

"이제 넌 뭐하고 싶어?" 내가 물었다. "마인크래프트 켜고 대회 나갈 연습을 좀 하면 어떨까? 너무 늦지는 않았으니까."

"싫어, 난 안 할 거야!" 아이가 소리 질렀다. 더 이상 밀어붙이지 않는 게 좋겠다는 생각이 들었다.

"그럼 딴 거 뭘 할까?"

"나도 몰라. 에마 고모는 어디 있어?"

"펍에 갔어."

"펍이 어디 있는데?"

"길 아래쪽에."

"거기서 뭐해?"

"아마 댄이랑 곤드레만드레 하고 있겠지."

"우리도 가서 고모랑 댄 아저씨 만나도 돼?"

왠지 그것도 쓸 만한 계획이라는 생각이 들었다.

잔뜩 껴입은 몸으로 낡고 좁은 문을 지나 올드 쉽에 들어가 보니 가게가 비교적 바빴다(내가 바쁘다고 함은 테이블 몇 개에 사람들이 앉아 있다는 뜻이다). 나이든 부부가 타블로이드 신문 〈데일리 메일〉을 뒤적이고 있었고 형광 조끼 작업복 차림 일꾼들 몇 명이 와 있었다. 길 아래쪽에 새로 짓고 있는 건물 현장에서 일하다가 쉬는 시간이라 여기 와본 모양이다. 시드도 노상 앉던 자기 자리에 앉아 있었다. 체스판이 나와 있었고 반 파인트짜리 기네스 잔이 그의 옆에 놓였다. 그리고 댄과 에마가 창가 구석 자리에 앉았는데, 빈 잔 몇 개와 감자 칩 껍질이 어지러이 테이블 위에 널려 있었다. 두 사람은 서로를 향해 몸이 기울어 있었다. 나는 팔을 샘에게 두르며 과연 이게 좋은 생각이었을까 의심하기 시작했다.

"샘!" 에마가 소리쳤다. 그녀가 비틀대며 일어서더니 우리 쪽으로 달려왔다. 샘이 내 뒤로 숨었지만 에마는 아이를 덮친 뒤 허리를 안고 이마에 뽀뽀를 했다. 아이 이마에 립스틱 자국이 뚜렷하게 남았다. 아이는 내 가슴에 자기 머리를 파묻었지만 그래도 미소 짓고 있었다. 이때 댄이 일어서더니 내게 손짓을 했다.

"마실래?" 그가 물었다.

"콜라 두 잔." 내가 말했다.

댄이 바로 가는 동안 일꾼들 중에 땅딸막하면서 친근해 보이는 어떤 사람이 손에 잔을 들고 시드에게로 걸어가는 모습이 보였다.

"한 판 합시다." 그가 테이블에 잔을 내려놓으면서 말했다.

하지만 늘 그러듯 시드는 몸을 휙 돌리더니 숙인 고개를 천천히 가로저었다. 그 일꾼이 어깨를 으쓱하더니 잔을 들고는 자기 동료들을 향해 입으로 '미친 놈'이라고 시늉하며 손가락을 관자놀이 근처에서 뱅뱅 돌렸다. 에마가 자기가 앉아 있던 자리로 샘을 데리고 가서 옆에 앉혔다. 나는 부서질 듯 허술한 스툴을 가져다 두 사람 맞은편에 놓은 뒤 조심조심 앉았다.

"그런데 둘이 무슨 얘기를 하고 있었어?" 내가 물었다.

"아, 그런 거 있잖아." 에마가 술잔을 허공에 휘두르며 말했다. 맨정신과는 애저녁에 작별한 사람이 보이는 태도였다. "옛날 옛적 얘기들 있잖아……."

"아이고머니나." 내가 말했다.

"아이고머니나. 아이고머니나." 샘이 흉내를 냈다.

댄이 음료수를 가지고 오면서 감자 칩 세 봉지를 더 가지고 와서 정통 펍 방식대로 비뚤비뚤 봉지를 찢은 다음 테이블 위에 펼쳤다. 당장에 샘이 한 주먹 가득 감자 칩을 쥐었다.

"야, 같이 나눠 먹어야지!" 내가 말했다.

"괜찮아." 댄이 말했다.

나는 에마가 요즘 어떤 계획을 세우고 있는지 대화를 하고 싶었다. 하지만 지금 상황을 보니 제대로 된 답변을 듣지 못할 게 뻔해서 대신 구석 자리에 놓인 때 문은 티브이만 뚫어지게 쳐다봤다. 화면 속 축구 득점 수를 보니 매트와 클레어가 어떻게 지내고 있는지 궁금해졌다. 옆에서, 댄이 샘에게 말을 붙여 보려는 소리가 들려왔다. 거 참 잘 됐군.

"얘, 샘, 넌 요즘은 뭘 좋아하니? 아직도 비행기 좋아해?"

샘은 수줍게 고개를 끄덕였다.

"너 컴퓨터 좋아하니?"

아이가 또 한 번 고개를 끄덕였다.

"커서 프로그래머 되고 싶어?"

"비행기 조종사 아니면 '건축가'요." 아이가 말을 이었다. "아저씨는 무슨 일을 하세요?"

시키지도 않았는데 샘이 스스로 질문을 하다니 나는 놀라서 아이를 쳐다봤다. 지난 8년 동안 내가 크게 잘못 해온 모양이다. 지금 보니, 그동안 살짝 취해 있었어야 했다.

"나는 컴퓨터로 디자인을 해. 웹 사이트, 포스터, 잡지 같은 걸 디자인하지. 때로 음악도 만들고. 커다란 화면에 나오는 걸 만드는 거야."

"집짓기 같네요. 평평한 모양만으로요." 샘이 말했다.

"맞아. 모양과 색으로 짓는 거야. 중요한 건 어떤 모양을 같이 써야 제일 좋을지, 어떤 색을 같이 써야 제일 좋을지 아는 거지."

"잘못된 걸 같이 놓고 보면 슬퍼져요." 샘이 말했다.

댄이 몸을 앞으로 기울였다.

"바로 그거야! 디자인은 사람들 반응을 보는 일이야. 네가 모양과 색을 쓰는 방식에 따라 느낌이 달라져. 웹 페이지에서는 말이나 사진은 거의 중요하지가 않거든."

"말이 모양보다 중요한 건 아니에요. 말도 모양인 걸요."

"어떤 때 창문 너머로 도시를 내려다보는데 도시 전체가……제대로 디자인이 안 됐어. 난장판이야."

"사람도 모양이랑 색이에요. 자기들은 몰라도 진짜 그래요."

"맞았어! 바로 그거야! 모든 건 디자인이야. 사람들은 죄다, 옷 입는 것도, 말하는 것도 다 일종의 레이아웃이라고."

"어떤 사람들은 레이아웃이 엉망이에요!"

그러더니 두 사람 다 웃음을 터뜨렸다. 에마와 내가 두 사람을 물끄러미 쳐다보다가 서로를 쳐다봤다.

댄이 손을 들어 올리자 샘이 신이 나서 하이파이브를 했다. 체스를 두겠다던 그 일꾼이 이제 우리 뒤쪽에 놓인 주크박스 앞에서서 연도별 트랙을 살펴보고 있었다. 그가 돈을 넣어 몇 곡을 골랐다. 그가 자리로 돌아오자 프랭크 시나트라의 〈마이 웨이〉가 흘러나오기 시작했다.

"이봐요, 난 이 곡으로 고르지 않았는데요." 그가 가게 주인에게 말했다.

"네, 몇 년 전에 그 기계를 수리하려고 열었을 때 디스크들이 다쏟아져 나왔어요. 지금은 그냥 뽑기 상자예요. 셔플 재생 단추 누르는 거나 다름없어요."

일꾼들 모두가 서로 쳐다보면서 실소를 금치 못했다. 아마도 작업 현장으로 돌아가면 아는 사람 전부에게 이런 이상한 곳으로는 절대로 가지 말라고 입소문을 내겠지.

그 노래 첫 소절이 시작되자 댄이 우스꽝스러운 비리톤 소리로 노래를 따라 불렀다.

"후회요, 조금 했었죠~"

샘이 손으로 귀를 틀어막자 곧바로 에마가 그걸 따라 했는데 그 뒤를 이어 댄도 자기 귀를 틀어막았다. 샘이 그 모습을 보며 즐거워했다.

"난 딱 세 번 후회했어." 댄이 어눌하게 말했다. 에마가 거의 알아차리기 힘들 만큼 살짝 눈을 들어 그를 주시했다.

"1996년 크리스마스 때 플레이스테이션 대신에 닌텐도 64를 사달라고 한 걸 후회해. 그리고 종합 대학에 가지 않은 걸 후회해. 예술 대학은 얼간이들이나 가는 곳이거든. 그리고 자선 가게에서 단돈 50페니에 라디오헤드의 EP 앨범 〈드릴〉이 깨끗한 걸로 한 장 나와 있는 걸 봤는데 그걸 안 샀어. 그때가 후회돼. 그게 다야."

그가 잔을 들더니 오랫동안 꿀꺽꿀꺽 들이켰다.

"알렉스?" 그가 불렀다.

"왜?"

"후회 없어?"

토요일 오후인 지금, 나는 이런 이야기를 하고 싶지 않았다. 샘이 옆에 있는데 사람들이 모두 흐느적대고 있었다.

"아이고 세상에, 댄, 넌 시간 넉넉하냐?"

"가게 문 닫을 때까진 괜찮아."

"그럼 시간이 모자라겠네. 에마 너는?"

그녀가 생각을 가다듬으며 몸을 흔들댔다. 샘이 일어서더니 시드 가까이 있는 갬블링 머신 쪽으로 걸어갔다. 나는 그녀가 하는 말에 집중했다.

"그게, 〈라이언 킹〉에 관해 대단한 드라마가 있어." 그녀가 어깨를 으쓱했다. "조지 오빠가 죽은 그 주에 엄마가 날 영화관에 데리고 가서 그 만화를 보여주기로 돼 있었어. 내 친구들은 벌써 다 봤기 때문에 누구나 그 얘기만 할 때였거든. 나도 그 대화에 끼고 싶었어. 하지만 우리는 가지 못했지. 난 단념할 수가 없었어, 왜 그랬는지는 몰라도. 엄마한테 너무 화가 났어. 그래서 망나니처럼 못되게 군 걸 후회해. 그 만화, 여태 난 못 봤어."

그녀가 말을 너무 많이 했다고 생각했는지 갑자기 몸을 바로 세우더니 겸연쩍게 웃었다.

"그리고…… 음……" 그녀가 목소리를 밝게 바꾸어 말했다. "아, 난 남미에, 브라질, 아르헨티나, 페루에 가지 않은 걸 진짜로 후회해. 가고 싶었는데 왠지 실천은 못했어. 가야지, 암, 가야 하고말고."

그녀가 손으로 테이블을 내리치더니 마치 연극을 하듯 과장된 행동으로 휴대폰을 집어 들었다.

"비행기 편을 알아봐야겠다." 그녀가 선언하듯 말했다.

"진심이야?" 댄이 물었다. 목소리가 흔들렸다.

그 눈에 전에 없던 것이 깃들어 있었다. 두려움이었다. 진정한 두려움이 잠시 반짝하더니 다시 감쪽같이 가라앉았다. 그가 미소를 짓더니 두 손으로 잔을 감쌌다. 마치 잔 속에 뭐가 있나 보는 것 같았다. 나는 에마의 휴대폰을 흘긋 넘겨봤다. 부재중 통화가 한 통 찍혀 있었는데 아는 번호였다. 어머니의 전화번호. 그 말을 내가 채 하기도 전에 에마가 웹 브라우저를 열더니 검색 엔진에 '브라질행 비행편'이라고 입력했다.

그때, 가게 저편에서 무슨 일이 일어나고 있다는 걸 내가 감지했다. 좀처럼 믿기 힘든 일이었다. 꿈인지 생시인지, 저게 실제로 일어나고 있는 일인지 나는 다른 사람한테서 확인받고 싶었다. 내가 댄에게 눈짓을 했더니 그가 주의를 에마에게서 내게로 돌렸다. 나는 그에게 펍 저쪽 구석을 가리키는 시늉을 했다. 그가 천천히 몸을 돌려 그쪽을 보고는 입을 쩍 벌렸다.

샘이 시드 옆에 앉아서 함께 체스를 두고 있었다.

두 사람은 완벽하게 고요했다. 시드는 테이블을 내려다보고 있었고 샘은 그 옆에 앉아서 조그만 창밖을 내다보고 있었다. 두 사람은 돌을 번갈아가며 조용하지만 재빨리 움직인 뒤 곰곰이 판세를 연구했다.

그 광경을 눈치챈 사람이 우리만은 아니었다. 바텐더도 한 손에 파인트 잔, 다른 한 손에 마른행주를 들고 꼼짝 않고 서서 멍하니 그 광경을 쳐다보고 있었다. 지금에서야, 마침내 내가, 시드에게서 뭔가 낌새를 알아챘다. 지금 보니, 그가 곰곰이 생각을 할 때면 계속해서, 거의 리듬이 느껴질 정도의 움직임으로 귀를 두드렸다. 아아, 세상에, 저게 뭔지 나는 안다, 왜 저러는지 나는 안다, 전에는 한 번도 알아차린 적이 없다니 정말로 의아했다. 시드는 자폐였다. 당연히 자폐였다. 저렇게 두드리는 건, 언젠가 읽은 책에 의하면, 자폐 스펙트럼에 놓인 사람들은 자기 팔을 두드리거나, 입으로 같은 소리를 반복적으로 내거나, 자기 얼굴을 만지작대는 등 종종 스스로 자극하는 행위를 한다고 했다. 자폐라고 하면 나는 언제나 아이들만 떠올렸다. 얼마나 미련했던가. 이 가엾은 남자는, 아마도 평생 낙인찍힌 삶을 살았으리라. 생각해봤다. 교육당국이 2년이란 세월이 걸려서야 샘을 제대로 진단한 것에 대해 조디와 내가 얼마나 분개했던가. 이 남자는 제대로 진단받은 적이 한 번도 없었을 것이다.

"아." 댄이 마침내 입을 열었다. "저 사람은 함께 게임은 하고 싶지만, 말은 하기 싫은 거였구나."

"그 마음 알 수 있을 것 같아." 에마가 말했다.

게임은 5분 정도 만에 끝났다. 시드가 훨씬 더 잘했다. 스무 수 만에 그가 샘의 기사와 여왕, 룩들을 가져갔다. 결국 샘이 왕을 놓은 다음, 여전히 아무 말 없이, 두 사람 모두 돌들을 다시 원위치시켰다. 샘이 일어나서 이쪽으로 걸어 오더니 감자 칩을 한 움큼 집어 든 다음 다시 우리 자리에 앉았다. 댄과 나는 아이를 뚫어져라 쳐다보았다.

"왜?" 아이가 물었다. 입안이 가득 차서 목소리가 가렸다. "왜?"

"오케이." 내가 말했다. "올리비아 만나러 가자."

아파트로 돌아오는 길에 등 뒤로 부는 바람 때문에 우리는 젖은 도로 위를 떠밀리듯 걸어왔다. 샘은 가볍게 수나를 떨었나. 마인크래프트 묵시록이 벌어진 이후 그 어느 때보다 아이가 경쾌했다.

"에마 고모는 또 비행기 타고 갈 거야?"

"그래 보이네."

"나도 가도 돼?"

"안 돼."

"왜 안 돼?"

"왜냐면 고모는 돌아오지 않을 거니까."

"왜 가는데?"

"고모는 여기가 힘들어서 그래, 내 생각에는."

"아빠도 여기서 힘들어?"

"하, 어떤 때는."

"아빠도 비행기 타고 갈 거야?"

"아니."

"왜?"

"왜냐면 나한테는 너하고 네 엄마가 있잖아. 보고 싶을까 봐."

아이가 이 말에 대해 생각하는 동안 우리는 댄네 집이 있는 도로로 접어들었다. 동마다 깔끔한 사각형 주차장을 갖춘, 이상하리만치 인공적인 아파트 건물들이 눈에 들어왔다. 문득, 부동산 개

발업자들이 그저 산업단지를 교체했을 뿐이라는 생각, 그러니까 그 사람들은 창고를 새로 지어서 이제는 물건이 아니라 사람을 수용한 셈이라는 생각이 들었다. 나는 갑자기 가능한 한 빨리 이 지역에서 벗어나고 싶어졌다.

"에마 고모는 왜 돌아왔어?" 샘이 물었다.

내가 상념 모드에서 벗어나 아이의 질문을 이해하는 데 잠시 시간이 걸렸다.

"무슨 뜻이야?"

"비행기 타고 새로운 곳으로 가길 좋아하잖아. 여기는 왜 다시 돌아왔냐고?"

"몰라. 할머니가 만나고 싶어서 왔나 했는데 그건 아닌 것 같아. 뭔가 알아내고 싶은 게 있었나 본데 그걸 알아냈다면 이제 가도 되지 않을까."

"무슨 말인지 잘 모르겠어."

"그건 나도 마찬가지야, 샘."

댄네 아파트 건물에 도착해서 주차장으로 걸어간 뒤 우리 집 낡은 스테이션왜건에 올라탔다. 주위에 즐비한 BMW, 아우디, 미니 쿠퍼와 댄의 포르셰 등 번쩍이는 차들 속에서 낯부끄러운 변종이었다. 올리비아네 집 앞에 차를 세울 때도 마찬가지였다. 차에서 내리는데 우리 앞으로 그 집 식구들이 타는 레인지로버가 우람하게 서 있었다. 그 집 차창 가장자리에는 곰팡이가 피지 않았다는 사실을 의식하지 않을 수가 없었다.

샘이 그 집 현관 벨을 울리자마자 올리비아가 나와서 문을 활짝 열고 아이를 맞아주었다.

"샘, 어서 와!" 올리비아가 소리쳤다.

애들이 집 안으로 사라지자 어떻게 해야 올바른 에티켓인지 잘 모르겠기에 나도 널따란 현관문께로 올라가서 빼꼼 집안을 들여다보았다.

"안녕하세요!" 프루던스가 현관에서 인사했다. 폴로 넥 스웨터에 짙은 녹색 트위드 재킷 차림의 그녀가 그 어느 때보다도 권위적으로 보였다. "들어오세요!"

내키지 않았지만 나는 현관으로 들어가 거대한 계단과 오크로 만든 장식장 앞을 지나쳤다. 우리 집에서라면 열쇠와 뜯지 않은 편지, 씻어야 할 머그잔들로 뒤덮여 있을 장식장이 이 집에서는 티 한 점 없이 깨끗했고 그 위로 굉장히 값비싸 보이는 꽃병이 한 쌍 있었다. 오크 마루는 반질반질 윤이 났고 벽은 패로우앤볼 페인트 회사의 클래식 올리브 색깔이었다.

"차 한 잔 드릴까요?" 프루던스가 물었다.

난 물론 마시고 싶지 않았다. 가능한 한 빨리 이 집을 나가고 싶었다. 이 집에서 아무것도 깨거나 흘리거나 하고 싶지 않았다. 아니면 케임브리지 대학에서 공부했다는 그녀 남편(조디 말에 따르자면 고전 음악 작곡가인데 영화 〈백 투 더 퓨처〉에 나오는 브라운 박사와 비슷하거나 더 괴상하게 생겼다고 했다)과 마주쳐서 담소를 나누게 되는 최악의 경우도 있겠지. 위층에서 이리저리 뛰는 소리에 이어서 애들이 침대 위에서 뛰는 소리가 들렸다.

"저는 괜찮습니다. 이만 가볼까 하는데요, 실례가 안 된다면요?" 내가 말했다.

"그러세요, 실례라니요." 그녀가 말했다. 내가 보기엔 다행이라고 느끼는 것 같았다. "죄송해요. 저희 집이 지금 정말 어수선해요. 요새 건축업자를 불러서 부엌 뒤편을 확장하고 있거든요. 정말 난장이에요."

내가 주위를, 그런 다음 복도에서 부엌까지 둘러보았다. 건축업자의 흔적이라든가 난장은 전혀 없었다.

바로 그때 샘이 "싫어! 안 할 거야!"라고 고함치는 소리가 들리더니 새된 비명 소리가 요란하게 울렸다. 나는 프루던스를 쳐다봤다. 그녀도 나를 쳐다봤다. 깜짝 놀란 그녀의 얼굴이 기괴한 마스크 같았다. 내가 계단을 향해 몸을 돌리는데 그녀가 이미 나를 밀치고 성큼성큼 계단을 오르고 있었다. 꼭대기에 올리비아의 오빠 해리가 나타났다.

"샘이 올리비아한테 컨트롤러를 던졌어!" 아이가 외쳤다.

그때 올리비아가 주춤거리며 방에서 나왔다. 한 손으로 머리를 잡고 있었다. 그 손을 치우자 얌전하게 빗은 검은 머리 위로 피가 흘렀다.

"괜찮아, 엄마." 아이가 나직이 말했다.

"올리비아!" 프루던스가 외쳤다.

"샘!" 내가 소리쳤다.

샘은 침실 안에 있었다. 올리비아의 방이라는 사실을, 바닥에 흩어진 인형이나 벽에 붙은 원디렉션의 포스터로 알 수 있었다. 대형 메탈 프레임 침대 끝머리에 평면 티브이가 놓였고 화면에는 마인크래프트가 커 있었다. 샘은 머리를 두 팔로 감싼 채 침대 위에 웅크리고 앉아 있었다.

"샘, 대체 무슨 짓을 한 거야?"

"올리비아가 나한테 마인크래프트를 하래. 근데 난 싫어, 싫다고! 왜냐면 해리가 내 성을 다 부숴버렸잖아! 여기 이건 내 세계가 이젠 아니잖아."

아이 말이 귀에 들어오지 않았다. 나는 아이를 침대에서 집어들었다. 아이는 이불을 잡고 매달렸지만 내가 아이 손에서 잡아 빼버렸다.

"와서 사과해."

나는 아이를 침실에서 끌어내 화장실에 있는 올리비아와 그 아이 엄마에게로 데려갔다.

"죄송합니다. 아이는 괜찮나요?" 내가 말했다.

"심하게 찢어졌네요." 프루던스가 나무라는 말투는 거의 어린 애 같았다.

"죄송하다고 해." 내가 샘에게 엄하게 일렀다.

하지만 아이는 풀이 죽어 머뭇대더니 흑흑 울음을 터뜨렸다.

"됐다. 이제 그만 아이를 집으로 데려가겠습니다." 내가 말했다.

"아녜요." 올리비아가 말했다. "어쩌다 그랬어요. 샘이 일부러

나한테 던진 게 아니에요. 아냐, 엄마."

하지만 프루던스는 딸을 보호하려는 마음에 분노를 가누지 못하며 우리를 쳐다봤다.

"그러시는 게 좋겠네요." 그녀가 뱉듯이 말했다.

"가자." 내가 말했다. 마음 한편으로는 나도 아이를 보호해야 한다고 생각됐다. 아이가 시달리다 못해 컨트롤러를 던진 거지 올리비아를 맞히려던 건 아니었을 거라고 생각했다. 하지만 나 역시 속상하고 화가 나고 부끄러웠다. 아드레날린이 한껏 분출됐다. 늘 겪던 맹목적인 감정의 소용돌이가 다시 찾아왔다.

나는 아이의 팔을 붙들고 앞장을 섰다. 아이를 질질 끌다시피 하며 계단을 내려갔다. 현관문을 지나 길거리로 나섰다. "빌어먹을Fuck! 너 때문에 뭐든지 엉망이야!" 나는 있는 힘껏 무섭게 소리질렀다. 날이 찼지만, 차 쪽으로 가는 데 바빠, 거의 느낄 수가 없었다. 나는 조수석 문을 활짝 연 뒤 아이를 쑤셔넣은 다음 문을 쾅 닫은 뒤 다른 편으로 성큼성큼 걸었다. 나도 차에 오른 뒤 아이를 노려봤다. 여전히 분하고 악에 받쳐서 뭐라도 한마디 더 악담을 던질 참이었다. 하지만, 모든 감정이 다 멈춰 버렸다. 아이가 안전벨트를 매려고 엉킨 벨트를 풀면서, 두 손을 덜덜 떨고 있었다. 가슴이 미어졌다. 나는 죄책감에 사로잡혔다. 죄책감이 마치 파도처럼 밀려들었다.

"딱 한 번만이라도 이런 일 없이 남의 집 방문이 끝났으면 좋겠어." 내가 나직이, 거의 혼잣말처럼 말했다. "딱 한 번만이라도 말이다. 알아듣겠니, 샘?"

"나 배고파." 아이가 말했다.

"알아. 근데 너 아빠가 왜 이렇게 화를 내는지는 알겠냐고."

"엄만 어디 있어?"

"모르겠어, 샘. 나도 몰라."

댄네 집에 도착해서 주차할 때 엔진이 꺼지자마자 몸을 돌려 샘의 어깨를 두드렸다. 내가 이러면 아이가 흠칫 몸을 움츠릴 때도 있었지만 이번에는 아이가 팔을 들어 자기 손으로 내 손을 잡았다.

"미안하다." 내가 말했다. "소리 지르고 나쁜 말 해서 아빠가 미안해."

"아빠가 F로 시작하는 욕을 했어. 제일 나쁜 말이야. 응가나 쉬보다 나쁜 말이야."

"그래. 그래. 아빠가 잘못했다. 사랑해, 샘."

잠깐 더, 우리는 차 안에 앉아 있었다.

"나 배고파." 아이가 말했다.

28

그날 밤 샘은 나와 함께 댄네 집에서 잤다. 내 옆자리 바닥에 쿠션과 슬리핑백과 이불을 이용해서 잠자리를 마련해주었다. 나는 아이 옆에 누웠고 우리 둘은 같이 비행 추적 앱을 보면서 지구 위를 날아다니는 비행기를 무작위로 골라 그 항로를 추적해봤다.

"샘, 마인크래프트 입장권이 도착했더라? 한번 볼래?" 내가 말했다.

어떻게든 관심을 일으켜 보려는 마지막 시도, 한 가닥 희망을 걸고 하는 비참할 정도의 도박이었다. 아이가 고개를 가로젓더니 다시 앱으로 돌아갔다.

"보잉 747에 탈 수 있는 최대 여객 숫자는 660명이야." 아이가 말했다.

아마 지금은 적당한 때가 아닌 듯했다. 아마 다 끝난 일인 듯했다.

다음 날 아침 나는 아이를 집으로 데리고 갔다. 조디와 나는 다시 한번 한마디 말도 없이 부서질 듯 위태롭게 아이를 주고받았다. 급기야는 이런 의문이 들었다. 이렇게 아이를 주고받다간 장차 할리우드 스파이 영화에 나오는 장면처럼 전개되지 않을까?

"아이를 데러왔소?"

"그렇소, 당신은 혼자요?"

"그렇소."

"가져온 지폐에는 아무 표시도 없고, 일련번호도 다 섞어놨겠지?"

아파트로 곧장 돌아가는 대신, 나는 조용한 아침 거리를 드라이브하기로 했다. 차선과 출구가 헛갈리는 광대한 베드민스터 로터리 다리를 지난 뒤 강을 따라 달리다가 템플미드 역을 지나친 다음 토터다운까지 갔다. 댄과 함께 내가 자주 가던 펍이 그 근방에 있었다. 그 펍은 띠처럼 생긴 스트립 조명에 바닥은 리놀륨이었지만 주크박스가 훌륭해서 올드 펑크와 레게 싱글이 아주 많은 곳이었다. 그런데 이제는 근방이 온통 아파트뿐이다. 그리고 보니 그 카페, 우리 카페가 생각났다. 아마 곧 같은 운명을 맞아, 꺼질 줄 모르는 이 부동산 붐에 함몰되고 말겠지. 우리에게 우리 스스로의 삶을 제어할 힘이 얼마나 적은지 생각해보면 놀랍다. 이론적으로는, 내가 차를 몰아 다시 시내로 들어간 다음 계속해서 M32, M5, M6 도로를 달릴 수가 있다. 그러면 저녁쯤에는 스코틀랜드에 가 있을 것이다. 하지만 그런 일은 당연히 일어나지 않는다. 가족, 책임, 두려움, 심지어 휴게소 음식이라는 끔찍한 현실 등 이유는 많다. 그러니, 우리 역할이 단지 승객에 불과하다는 사실을 받아들이고 그저 스치는 창밖 구경이나 하는 게 제일 쉬운 일이다. 그러다 보면 세월도 교통마냥 흘러가겠지.

나는 다시 베드민스터를 향했다. 빅토리아 시대에 만든, 뱀처럼 고불거리는 도로 양옆으로 얼마나 빽빽하게 주차들을 해놨는지 그 사이를 기다시피 천천히 차를 몰면서 부디 마주 오는 차가 없기를 간절히 기도해야 했다. 뭔가 결정을 내려야 할 것 같은 느낌이 들었다. 아무거라도. 내 옆 좌석에 놓아둔 휴대폰을 흘긋 보니 못 받고 놓친 전화가 또 한 통 어머니에게서 와 있었다. 이거야, 라는 생각이 들었다. 어머니와 에마를 만나게 해야겠다. 어머니를 브리스틀로 오시라 해서 두 사람을 한 방에 밀어 넣고 서로 무슨 말이든 좀 나누라고 해봐야겠다. 반드시. 다른 건 몰라도, 그건 내가 어떻게 해볼 수가 있을 것 같았다.

아파트로 돌아와 보니 에마가 소파에 앉아 있었다. 무릎에 아이패드를 올려놓고 댄의 블루투스 스피커로 요란하게 음악을 틀어놓고 있었다. 나를 보자 허겁지겁 리모컨을 찾아 소리를 줄이더니 결국에는 아예 꺼버렸다. 바닥에는 옷이 쌓여 있었다. 치마, 진, 윗도리, 원피스 등 종류별로 모아둔 듯했다. 마치 해선 안 되는 짓을 하다가 들킨 듯한 표정을 그녀가 지었다.

"안녕, 오빠. 잘 있었어? 뭐 하다 왔어?" 그녀가 말했다.

"샘을 집에 데려다주고 나서 드라이브 좀 하다가 왔어." 에마의 기분을 살피며 내가 말했다.

"아, 잘했네." 그녀가 말했다.

이상한 분위기가 감돌았다. 냉장고에서 나는 진동음과 위층 어딘가 다른 집에서 틀어놓은 희미한 티브이 소리가 귀에 들렸다.

"생각해봤는데, 어머니를 브리스틀로 모실까 해. 새해 첫날 정도로 날을 잡아서 시내 구경도 한 바퀴 다시 시켜드리려고. 그러면 너랑 어머니가 이야기를 나눌 기회도 되겠지, 아마도?" 내가 말했다.

"아이고." 그녀가 말했다.

"왜?"

"오빠……."

현관문이 열렸다 닫히는 소리가 들렸다. 댄이 스키니 진에 커다란 파카를 입고서 아침 먹을거리가 가득 든 비닐봉지를 들고 있었다.

"마침 잘 왔다, 친구. 베이컨 샌드위치랑 차야." 그가 말했다.

하지만 나는 들은 체도 안 했다.

"에마, 왜? 왜 그래?" 내가 말했다.

"리오로 가는 비행기 예약을 마쳤어." 그녀가 말했다. "3주 뒤에 떠나. 그리고는 페루로 갈 거고 그다음에는 멕시코야. 그다음은 나도 모르겠어."

"떠날 거라고?" 댄이 물었다. 믿을 수 없다는 듯, 충격받은 댄의 목소리가 거의 어린애나 다름없었다.

"응. 미안해. 미리 말했어야 하는데. 나한테는 여기가 안 맞는 것 같아서." 그녀가 말했다.

"3개월 다 썼다 이거냐?" 내가 말했다.

"오빠⋯⋯."

"대체 왜 그러니, 에마?" 내가 물었다.

댄은 비닐봉지를 부엌 싱크대 위에 올린 뒤 천천히 코트를 벗었다. 마치 잃어버린 물건이라도 있는 듯 거실을 한 바퀴 빙 둘러본 뒤에야 나갔다.

"어머니는 어쩌고? 한 번 만나는 봐야겠다, 그런 생각도 안 드니?" 내가 말했다.

"왜?"

"왜냐고? 왜냐면 네가 거의 8년이 다 되도록 어머니한테 거의 한마디도 안 했으니까! 페이스북에 올린 어머니 사진에다 좋아요 누르는 건 대화에 해당 안 돼!"

"알아! 안다고! 그래도 난 엄마 못 봐."

그녀가 내 시선을 피하려고 소파에서 몸을 돌린 채 창밖을 봤다. 내가 한 걸음 더 내디뎌 그녀 앞에 바짝 다가섰다.

"에마, 대체 무슨 영문이야? 왜 어머니랑 말을 안 하려 드는 거야? 왜 안 만나냐고?"

갑자기 그녀가 내게로 돌아섰다. 얼굴이 새빨개져 있었고 눈에는 분노와 상처가 이글거렸다.

"왜냐면 나한테 무슨 일이 있었으니까!" 그녀가 잠시 뜸을 들여 마음을 진정시키고 평상시의 평정을 찾은 뒤 말을 다시 시작했다.

"작년에 어떤 남자를 만났어. 그냥 해프닝이었어. 심각한 건 아니었어. 그런데 바보 같은 실수를 저질러서 글쎄 그만, 당연하지만, 생리가 늦어지더라. 그런데 정말로, 너무 늦어버렸어. 임신 테스트를 했는데, 아, 제길 이제 어떡하지, 그런 상황이 돼버렸어. 어떻게 해야 할지 생각도 안 나고 행동도 못 하겠고……. 하지만 결국 결정이 나고 말았어. 유산이 돼버린 거야. 그러니까, 세상에, 그때 난 바닷가 오두막에서 살고 있었거든. 병원으로 가서 진찰하는 의사한테도 잘된 일이라고, 나는 괜찮다고 말했거든? 그런데 집으로 가서 이틀을 울었어. 엄마 보고 싶은 마음밖에 없었어. 엄마가 날 보살펴줬으면 좋겠다고 생각했어. 그러다 보니 엄마가 겪은 일들을 전부 돌아보게 됐고 내가 떠나온 게 너무 이기적이고 끔찍하게 여겨졌어. 도통 아무것도 모르겠더라. 집에 와서 엄마를 직접 본 다음 내가 자취를 감추는 바람에 엄마가 더 힘들었겠다고, 그런 일을 저지르다니 잘못했다고 사죄를 해야 했어. 그래서 왔는데, 정작 엄마를 못 만나겠어."

"왜 못해? 어머닌 다 이해하셔. 네가 집에 자주 안 왔다고 화낼 분이 아니야."

"아, 오빠. 그런 뜻이 아니야."

"그럼 뭐야? 뭐가 그렇게 어려워?"

"앞으로 어떻게 될지 내가 아니까. 어색하게 이런저런 말 나누면서 중요한 말은 전부 에둘러 가지. 빌어먹을 지난 20년 동안 우리가 쭉 그랬듯이! 난 엄마가 나한테 말을 했으면 좋겠어! 그런데 우리 집 식구들은 아무 말도 안 하잖아, 그 뒤로 어떻게 된 건지도 말이야."

그렇게 말하더니 그녀가 박차고 일어서서 현관 쪽을 향해 걸었다. 그때 마침 댄이 복도에서 나타났다. 옆에서 다 듣고 있었음에 틀림없었다. 에마 때문에 가로막혀 복도에서 더 나올 수 없던 댄의 얼굴에는 두려움과 충격이 어려 있었다. 마치 경찰에게 용의자로 엉뚱하게 지목당한 사람 같았다. 그는 에마한테 길을 비켜줘야 할지 아니면 가지 말라고 말려야 할지 몰라 하는 것 같았다. 입을 달싹이며 뭐라고 말을 할 듯했으나 아무 소리도 하진 못했다. 대신에, 말없이 한 걸음 물러서서 그녀가 지나가게 해줬다. 그때 그녀가 뒤로 돌아섰다.

"아무도 말 한마디 안 하잖아!" 그녀가 외쳤다.

그녀가 고개를 설레설레 젓더니 문을 열고 나갔다. 그녀가 하도 세게 문을 닫는 바람에 아파트 전체가 흔들거리는 것 같았다.

댄과 나는 휘둥그레진 눈으로, 한동안 꼼짝도 못하고 서 있었다.

"유산을 했다네." 내가 고개를 저으며 말했다. "그 애는 한바탕 난리를 겪었는데 우리는 전혀 모르고 있었군."

나는 다시 소파 깊숙이 자리를 잡았다. 댄도 와서 내 옆에 앉았다. 둘이서 한참 동안 이렇게 앉아 있었다.

"내가 어떤 마음이었는지…… 어떤 마음인지 에마에게 고백했어야 했어." 그가 말했다. "난 너무 쪼다야. 에마가 떠나기 전에 편지를 썼어. 밤새 책상에 앉아서 부디 가지 말아 달라고 내 컴퓨터로 편지를 썼어. 걔 얼굴에 대고 직접 못 하던 말을 죄다 썼지. 그런 말을 하면 걔가 면전에서 웃을까 봐 두려웠거든. 그래서 내 마음을 다 그 편지에다 쏟아부었어. 심지어는 맞춤법 검토까지 돌렸다니까. 그리고는 프린트를 해서 봉투에 넣고 앞에다 우표까지 붙였어. 그런데 부치지는 못했어. 걔가 겪고 있을 일들에 비하면 내 편지는 전혀 중요하지 않다는 생각이 들어서 그랬어. 대체 내가 무슨 권리로 내 감정을 걔한테 털어놓는단 말이야? 그게 뭐가 중요하다고? 그런데 그게 지금도 마찬가지야."

내가 천천히 그에게로 몸을 돌렸다.

"많이 중요했어, 이 천치야." 내가 그에게 말했다. "지금도 중요하고. 혹시 지금 걔가 마음을 열 수 있는 사람이 있다면, 그건 바로 너야. 제기랄, 이제 그만 하자, 삶을 구경하는 승객인 척하는 거. 우리가 할 일은, 에라 모르겠다, 운전사를 끄집어내리고 그 면상을 한 대 갈긴 다음 그 차를 뺏어서 직접 모는 거야."

그가 내 말을 듣고 생각에 잠기더니 팔을 내 어깨에 둘렀다.

"네가 그랜드 테프트 오토 게임 하는 걸 말렸어야 했는데." 그가 말했다.

29

내가 샘을 데리러 학교로 갔을 땐 날이 이미 어두웠다. 집으로 가는 길에 우리는 별말이 없었다. 마인크래프트가 사라졌으니 나는 다시 옛날 대화 작전으로 돌아갔다. "오늘 하루 어땠어?" "무슨 일이 있었니?" "다들 잘 해줬어?" 전부 무시되든지 아니면 고스란히 내게로 다시 돌아왔다. 샘은 우리 부부의 분위기를 느꼈는지 덩달아 초조해하고 냉담해졌다. 무슨 일이 일어나고 있는지 알지 못하는데도 그랬다. 아니 사실은, 무슨 일이 일어나고 있는지 알지 못해서 더욱 그랬다. 집에 도착한 다음 우리 둘 다 터벅터벅 계단을 올라 아이 방으로 가서 침대 위에 앉았다. 각자 따로 우울했다.

하지만 문득, 나는 뒤로 후퇴하고 싶지 않다는 걸 깨달았다. 이렇게 주저앉지는 않으리라. 함께 모험을 하며 우리가 게임에 기울였던 그 많은 시간은, 그게 뭐였든 간에 그 자체로 의미가 있었다. 그 시간이 우리를 변화시켰으니까. 이제 나는 아이에 대해 뭔가를 알았다. 진실되고 중요한 사실을. 아이는 영리하고 창의적이며 재능이 풍부했다. 우리 둘 다 옛 일상으로 돌아가기에는 너무 멀리 와 있었다.

그래서 나는 바닥에 있던 엑스박스 컨트롤러를 집어 들고 콘솔 스위치를 켰다. 또 다른 빌딩 프로젝트로 샘의 관심을 끌지는 못하겠지만 그래도 내가 아이 바로 앞에서 게임을 하면 자기 물건이니만큼 어느 정도 관심은 살 수 있으리라 생각했다.

게임 로딩이 다 됐다. 메뉴에 샘과 아빠의 세계가 있기에 그걸 골랐다. 기계 속 하드드라이브가 웅 하고 돌아가는 동안, 나는 처음 우리가 이 파일을, 이 광대한 우주를 만들던 날이 기억났다. 우리는 얼마나 신나고 밀착되었던가. 아이를 쳐다봤지만 아이는 책 속에 고개를 파묻고 있었다. 그래서 나는 다시 화면으로 시선을 돌렸다. 새로운 결심이 내 안에서 자라났다.

겉으로는 뭐든지 조용했다. 느리고 침착한 피아노 음악이 평화로운 분위기를 연출했다. 해가 떴고 언덕 등성이를 따라 양 떼가 모였다. 내 앞에 폐허가 되어 서 있는 성이 그 어느 때보다도 처참해 보였다. 풀밭에 거의 숨겨지다시피 널린 초석들이 마치 고대 수도원을 연상시켰다. 내가 성을 다시 지을 수는 있겠지만 시간이 오래 걸릴 테고, 게다가 건물 자체는 중요한 게 아니었다. 그럼 무엇을? 달리 무엇을 할 수 있을까?

그런데 그때, 내가 예전 보물 상자를 확인하려고 앞 벽 기저 부위로 가던 차에 메시지 한 통이 화면에 튀어나왔다. 올리비아가

게임에 참여했다. 처음에는 그 아이가 안 보였지만 훼손된 나무숲에서 걸어 나오는 모습이 곧 눈에 띄었다. 헤드폰을 끼고 있지 않았기 때문에 그 아이의 목소리가 티브이 스피커를 통해 크고 낭랑하게 울려 퍼졌다.

"샘?"

나는 일말의 희망을 안고 샘을 다시 흘끗 봤지만 여전히 아이에게는 반응이 없었다. 나는 어깨를 으쓱한 뒤 시선을 다시 돌렸다.

"샘이 아니란다. 나는 샘 아빠야. 안녕, 올리비아."

"아, 안녕하세요."

그 아이가 나를 지나쳐 폐허 쪽으로 가더니 위를 쳐다보다가 다시 건너편을 봤다. 마치 뭔가를 간략하게 측량하는 것 같았다.

"샘도 같이 있어요?" 아이가 물었다.

"응. 그런데 걔는 지금 책 읽는 중이야."

"우리가 여태 샘을 기다렸어요."

"아, 걔는 이제 게임을 안 하고 싶대, 미안하지만."

"우린 미안하다는 말이 하고 싶었어요."

"안다. 참 착하구나, 올리비아. 네 잘못이 아닌 건 샘도 안단다. 어쨌든 네 말을 전해주마."

"아녜요, 우린 말로만 하는 게 아니라 걔한테 실제로 보여주고 싶어요."

그러더니 다른 아이의 이름, 어느 남자아이의 이름이 스크린에 불쑥 나타났다. 그리고 올리비아가 왔던 바로 그곳에서 그 아이가 걸어오는 모습이 보였다. 슈퍼 히어로의 복장 같은, 흥미로운 의상을 입고 있었다. 그 아이가 나를 보더니 고개 숙여 인사를 한 다음 일부러 올리비아 쪽으로 걸어갔다. 뭐라고 수군거리는 소리가 살짝 멀리서 들려왔다. 그 대화를 나누는 사람들이 나한테 들으라고 하는 말 같지는 않았다.

"제 오빠 해리예요." 마침내 올리비아가 말했다.

해리가 나를 지나쳐서 산 쪽으로 갔다. 손에 곡괭이를 들고 있었다. 그동안 올리비아는 예전에 우리가 농장을 둘렀던 담장 부스러기를 주워들었다.

"뭐 하는 거지?" 내가 물었다.

"청소요." 그 아이가 말했다. "잠시만요."

멀리 떨어진 곳에 굉장히 나직한 목소리가 몇몇 더 있었다. 그들이 나누는 대화가 아스라해서 거의 유령이 내는 소리 같았다. 올리비아가 엄마나 아빠에게 하는 소리인가, 아니면 벌써 지루해져서 이만 퇴장하려는 소리인가 싶었다. 해리는 어디에도 안 보였다. 지리하고 실망스러워서 나도 전원을 끄려던 차에 화면에 메시지 두 개가 떴다. 'BatBOY03이 게임에 입장했습니다.' 'PoTTer45가 게임에 입장했습니다.' 그리고는 두세 이름이 번쩍하고 나타났다가 금세 사라졌다. 나는 다시 걸어서 건물에서 좀 더 떨어진 곳으로 갔다. 무슨 일이 벌어지고 있는지 도통 알 수가 없었다. 설마 뭘 더 부숴보자고 다시 모인 건 아니겠지? 정말이지 뭐 하자는 걸까? 그때, 아이들이 보였다. 마치 디즈니 애니메이션에서 나오는 것 같은, 선명한 색깔 옷을 입은 캐릭터들이 무리를 지어서 숲을 가로지르고 있었다. 모두 곡괭이를 들고 있었고 일부는 산 쪽으로, 대부분은 성 맞은편 바닷가 쪽으로 걸어갔다.

"뭘 하려는 거야?" 내가 물었다.

대답이 없었다. 샘은 아직도 책에 머리를 파묻고 있었지만 책장 넘기는 소리가 들리지 않았다. 샘도 알림음을 들었으니 지금 애들이 몇 명 와 있다는 사실을 알 터였다. 나는 부아가 치밀었다. 어떻게 애들이 이럴 수가 있단 말인가? 휴대폰을 쓰려고 손을 뻗었다. 올리비아의 부모에게 전화를 해서 대체 왜 두 사람이 아이들을 제대로 감독하지 않는지 따지고 싶었다.

그런데 바로 그때, 아이들이 암벽 면에서, 그리고 물가에서 돌아왔다. 아이들이 모이느라 잠시 뜸을 들이는 동안 음악이 잠깐 걷히더니 다시 아름다운 현악 소리로 한껏 고조되었다.

"좋았어." 올리비아의 오빠가 말했다. "이제 시작하자."

부지런히들 움직였다. 아이들이 부서진 건물을 중심으로 사방으로 흩어졌다. 완벽하게 일치단결한 집단이었다.

건축 팀.

아이들이 블록을 옛 건물 원래 라인을 따라 깔끔하게 줄지어 나열했다. 예전과 똑같이, 자갈과 사암을 섞어서 층층이 빠르지만 정교하게, 기술적으로 쌓았다. 캐릭터들이 벽으로 뛰어올라 블록에 블록을 보탰다. 마치 무슨 집 짓는 곤충처럼 소리 없이, 그러나 완벽하게 조화를 이루며 공생의 집을 짓고 있었다.

"샘." 내가 나지막이 아이를 불렀다.

그 아이들 아래, 앞쪽에 따로 떨어져서 올리비아가 농장을 다시 짓고 있었다. 담을 놓고 문을 달고, 정확히 같은 크기의 울타리를 놓았다. 똑같은 크기로, 샘이 그토록 고심해서 징해놓은 그대로의 크기로 만들고 있었다.

"샘."

아이들이 이제는 벽과 벽 사이로 오크 마루를 깔기 시작했다. 각각 다른 지점에서 출발해서 건물의 강화 골조를 가로지르며 부채처럼 마루를 펼쳐갔다. 아직 창문은 안 달았지만 이 건축 일꾼들은 어디다 창문을 달아야 할지 가늠을 하더니 빈자리를 남겨두었다.

"창문 모양을 잘 모르겠어." 어떤 목소리가 말했다.

"지금은 그냥 놔두자." 다른 목소리가 말했다. "샘이 알 거야."

이렇게 다른 남자애가 자기 이름을 부르자, 마침내 샘의 관심이 촉발됐다. 샘은 읽던 책을 침대에 내려놓고 게슴츠레한 눈으로 화면을 봤다. 처음에는 무슨 일이 벌어지고 있는지 모르는 것 같았다. 아이가 티브이 쪽으로 다가오더니 눈을 비볐다.

탑들이 이제 멀쩡해졌다. 네 개가 각각 제자리에 서 있었다. 주 건물의 지붕보다 살짝 높았다. 정확하지는 않았고 한 블록이 더 좁았지만 충분히 근사했다. 의도를 충분히 알 수 있을 만큼 근사했다.

"애들이 성을 다시 만들고 있어. 애들이 전부 고치는 중이야."

내가 말했다.

"샘?" 해리가 불렀다. "샘, 거기 있니?"

내가 샘에게 헤드폰을 내밀었다. 아이가 손을 들어 머뭇머뭇 받아들더니 마이크를 얼굴에 댔다.

"그게…… 그게 좀 잘못됐어." 아이가 말했다. "탑은 넓이가 여덟 개야. 여덟 개."

"미안. 제이, 이 멍청아, 탑은 넓이가 여덟 개야."

당장에 어떤 캐릭터가 탑으로 돌아오더니 블록을 더 넣어 모양을 다듬었다. 밖에서는 올리비아가 벌써 마구간을 만드느라 거친 돌벽을 쌓고 있었다. 샘이 아무 말도 없이 내게서 컨트롤러를 받아들더니 화면 가까이로 다가갔다. 샘이 올리비아에게로 다가갔다.

"생각이 안 나네……." 올리비아가 말했다.

"열 개 넓이고 여덟 개 높이야. 내가 도와줄게." 샘이 말했다.

아 젠장, 내가 활짝 웃고 있었다. 내가 애처럼 활짝 웃으면서, 샘이 벽 쪽으로 가서 만들기를 돕는 모습을 보고 있었다. 음악 소리가 다시 크고 높아지면서 요란하게 울렸다. 나는 입술을 깨물었다. 샘의 어깨에 내 손을 올리고 아이가 벽을 짓는 모습을 봤다. 아이는 벌써 넋이 빠져 있었다. 다른 아이들도 샘 주변에서 건물을 지으니 텅 빈 푸른 하늘에 성이 우뚝 솟아났다.

"네가 좀 도와줬으면 좋겠어." 어떤 아이가 샘에게 말했다.

"창문이 어디로 가야 하는지 내가 알아. 보여줄게." 샘이 말했다.

"그래 보여줘. 보여줘, 샘."

그러자 샘이 흙벽으로 올라서 건축을 지시했다. 창은 십자가 모양이어야 했고 층마다 세 개씩이었다. 한 시간 만에 (더 걸렸을지도 모른다) 성이 거의 다 완성되었다. 우리가 만들었다가 다 같이 다시 만든 성이있다. 남자아이들 가운데 한 명이 밀을 재배하기 시작했다. 이윽고 그걸 이용해서 애들이 소와 양을 불러 모을 수 있었다. 농장이 다시 소생할 참이었다.

소생.

샘이 웃고 떠들었다. 어떤 때는 말을 뒤섞고 어떤 때는 반쯤 말을 흐리다가 어떤 때는 자꾸 반복했다. 하지만 아무도 샘의 말을 고치려 들지 않았다. 그저 들었다. 샘이 용광로를 만든 다음 유리를 녹였다. 아이들에게 숨겨두었던 보물 상자를 보여주었다. 그림을 걸고 서재를 만든 다음 가운데에 마법 테이블을 놓아두면 갑옷과 무기에 마법의 힘을 부여할 수 있다고, 샘이 아이들에게 말했다. 그러면 레드스톤을 이용해서 미닫이문이 달린 제대로 된 비밀의 방을 만들 수 있다고 했다. 아이는 이 모든 걸 다 읽어두었다. 자기 방바닥에 널려 있는 책과 잡지, 오래전에 내가 사준 마인크래프트 가이드에 있는 설명들이었다.

건축을 마치고 아이들은 한 걸음 물러서서 자기들이 만든 건물을 구경했다. 전보다 더 나아졌다. 돌담 위에 나무 담장을 올려서 높이를 돋웠고 아치형 커다란 문을 새로 달았다. 아이들은 실내에 기둥 네 개짜리 침대와 샹들리에, 그리고 커다란 벽난로를 만들었다. 잠시 아이들은 다음 프로젝트에 대한 잡담을 나눴다.

"우리한테 좋은 계획이 있어." 누군가가 말했다. "엔더 드래건 이야기 들어본 적 있어?"

"응!" 샘이 신이 나서 말했다. "게임 끝에 나오잖아. 만나기가 굉장히 힘들어. 커다란 동굴 속에 살고 있고."

"우리가 가서 쳐부술 거야. 너도 갈래?" 올리비아가 말했다. "네가 꼭 가야 해. 네가 게임을 제일 잘하잖아."

"그래, 꼭 가자, 샘."

"활과 화살이 필요해. 다이아몬드랑 갑옷을 만들 쇠도 굉장히 많이 필요해." 샘이 느릿느릿 말했다.

"맞아, 맞아." 아이들 목소리가 일제히 합창처럼 울렸다.

모험이라고 하니 아이처럼 흥분과 전율이 느껴지기에 내가 샘을 살짝 찔렀다.

"가자, 샘. 우리도 할 수 있어. 나도 네더(마인크래프트에 나오는 지옥과 유사한 장소—옮긴이)에 대해서 읽었어. 제대로 된 재료를 구하는 법이랑, 엔더 펄을 따라서 끝까지 가는 법도 읽었고. 우리한테 필요한 흑요석을 내가 파내면 네가……."

아이가 살짝 내 무릎에 손을 얹었다. 처음에는 아이가 내 말에 동의하면서 나를 끼워주려는 줄 알았다. 하지만, 곧 알게 되었다. 그건 나를 달래는 제스처였다. 상상을 초월하게 충격적이었다.

"괜찮아, 아빠. 됐어. 고마워."

"큰 홀에서 만나서 회의를 하자." 올리비아가 말했다.

"오예!" 다른 목소리가 외쳤다.

그 말이 떨어지자 아이들이 너나없이 쉬던 자리에서 일어나 건물을 가로지르더니 매끄러운 돌계단 참을 올라 이글거리는 횃불이 줄지어 걸려 있는 방으로 들어갔다. 하지만 나는 혼자 멀리 떨어져 있었다. 마치 내 앞에서 문이 닫힌 듯한 느낌이 들었다. 샘이 헤드셋에 대고 떠들고 있었다. 혼자서 조력자 무리, 새로 생긴 군사들에게 이야기하고 있었다. 나는 천천히 침대에서 일어났다. 잠시 멈춰 서서 기다렸다. 아이가 "가지마, 아빠가 필요해."라고 말해주길 바랐다. 기억이 나서 그랬다. 아이와 함께 이 성을 지으며 보냈던 숱한 밤을 기억하지 않을 수가 없었다. 어떤 때는 아이 침대에서 아이 옆에 누워 함께 마인크래프트 책을 읽으며 우리의 놀이를 설계하지 않았던가.

매트와 내가 육아에 관해 이야기를 나눈 적이 있었다. 그는 그때 아이가 성장하면 차츰차츰 살며시, 전혀 티가 나지 않게 부모에게서 멀어져서, 부모는 그런 줄도 모르고 있다가 문득 정신을 차리고 보면 이미 아이들은 독립 인간이 되어 더 이상 부모를 의지하지 않게 된다고 했다. 조디와 나는 샘의 경우 과연 그런 일이 어느 정도나 벌어질지 의아했다.

하지만 우리가 만든 이 세계에서, 이윽고 밤이 다가오는 이때, 그런 일이 벌어지고 있었다. 너무 급작스러워서 이상했다. 마치 내 손안에 들어 있던 아이의 손가락이 나를 벗어나 제 맘대로 가 버리고, 그래서 내 손에는 공기만 남은 것 같았다. 그게 세상의 이치였다. 이게 내가 바라던 바, 그리고 내가 제대로 감당할 수 있기를 바라던 바였다. 보내야 했다.

옛날에, 어머니가 조지 형과 나를 데리고 커다란 모험 놀이터에 데려간 적이 있었다. 어딘지는 잘 모르겠지만 아마 어느 친척 집을 방문했을 때였으리라. 어머니는 벤치에 앉아서 잡지를 읽고 조지는 정글짐으로 달려갔다. 늘 그러듯 그 뒤로 내가 따라갔다. 우리는 구름사다리에 매달려 몸을 이리저리 흔들었다. 한 명이 다리를 붙들고 늘어지는 동안 다른 사람은 가능한 한 오래 매달리기 놀이를 했다. 우리는 계속해서 떨어졌는데, 떨어질 때마다 바닥 위로 두 몸이 포개지는 바람에 그게 재미있어서 깔깔댔다. 그 뒤 우리가 술래잡기를 하기로 했다. 그래서 내가 구름사다리에 매달려 두 눈을 감고 숫자를 세는 동안 조지가 숨었다.

눈을 다시 뜨자 나는 깜짝 놀랐다. 커다란 남자애 셋이서 내 주위를 둘러싸고 있어서였다. 그 애들은 통통한 얼굴에 스킨헤드라고 해도 될 만큼 아주 짧은 머리 모양을 했는데 내게 조여오는 그들에게서 시커먼 속셈이 느껴졌다. 그러다가 순식간에 그 가운데 한 명이 내 배를 쳐서 나는 땅바닥에 고꾸라졌다. 그랬더니 애들이 깔깔거리며 웃었다. 그다음 또 다른 녀석이 나를 차려고 발을 쳐들기에 나는 두 손으로 머리를 감싸고 공처럼 몸을 웅크렸다. 그런데 발길질이 오질 않았다. 대신에 뭔가 찰싹하는 소리가 들리기에 올려다보니 조지 형이 내게 한 방 먹인 녀석을 패고 있었다. 우리 형은 분노로 얼굴이 무섭게 일그러져 있었다. 형은 치고 또

쳤다. 으르렁대는 입술 위로 거품이 맺힐 정도였다. 다른 남자애들은 형에게 맞고 있는 자기네 친구를 두고 도망을 쳐버렸다. 그런데 그때 벤치에 있던 어머니가 우리에게 눈길을 돌렸다가 조지가 그 겁쟁이 놈을 흠씬 때려눕히고 있는 광경을 목격했다.

"그만해라!" 어머니가 소리쳤다. "당장 그만둬!"

조지가 어머니에게 시선을 돌리는 동안 마지막으로 남은 그 녀석이 기회는 이때다 콧물 질질 흘리며 절뚝절뚝 도망을 쳤다.

그 후 10분간 어머니가 조지에게 야단을 치셨다. 애들은 이런 일을 절대로 어른 없이 직접 해결하면 안 된다고 소리치셨다. 하지만 어머니가 고래고래 훈계를 늘어놓으시는 동안 나는 형 옆에 가능한 한 바짝 다가서서 등 뒤로 형의 손을 꼭 붙잡았다. 우리가 서로를 바라봤다. 그때 문득 알았다. 아주 중요한 무언가를 깨달았다. 저분은 우리 어머니였고 우리는 어머니를 사랑했고 그래서 언제나 어머니 말에 우리가 귀를 기울일 터였다. 하지만 때로, 그러니까 오늘 같은 때는, 우리 스스로 문제를 해결해야 한다는 사실을 그때 알았다.

그런데 지금 나는 또 다른 걸 깨달았다. 너무 당연해서 웃음이 나오려고 했다. 어머니가 그토록 화를 냈던 이유가 따로 있었던 것이다. 어머니도 그 사실을 잘 알아서였다.

30

며칠 후, 샘이 새로 찾은 자립심 때문에 내가 약간 배척됐다고 여전히 느끼고 있을 때였다. ("그러니까, 샘이 딴 애들이랑 비디오 게임을 같이 하는 게 슬프다는 거냐? 대체 넌 어디가 잘못된 거냐?" 댄이 믿을 수 없다는 듯이 물었다.) 수업을 마친 샘을 데리고 카페로 갔다. 하늘은 하얗게 얼어 있었고 서리가 내릴 듯 예사롭지 않은 기미가 공중에 감돌고 있었다. 학교에서 보낸 하루를 재잘대는 아이들과 다른 학부형 틈으로 우리는 손을 잡고 걸었다. 나도 아이의 하루에 대해 물어보기로 했다. 늘 그러듯 간단한 대답이 나오리라 짐작했다.

"학교는 어땠어, 샘?"

"그냥 그랬어. 벤이 자로 내 다리를 때렸어. 근데 내가 선생님한테 일렀어. 걔가 그랬다고 했더니 선생님이 걔 자리를 바꿔줬어. 대신 그레이시가 내 옆에 앉았어."

"그거 잘됐네. 잘했다. 좋았어."

"이제 나도 친구가 생겼어. 올리비아 같은 애들. 친구가 뭔지 이제 난 알아. 친구는 좋은 거야."

"그래 맞아. 친구는 좋은 거야."

"카페 가면 나 거품 우유 마셔도 돼?"

"그럼 물론이지. 근데 학교에서 다른 일은 없었어? 뭐 재미있는 거 배운 건 없어?"

"제대로 열리는 문손잡이 만드는 법을 알아냈어."

"그거 학교 얘기야 아니면 마인크래프트 얘기야?"

"마인크래프트."

"알았어. 그건 학교 수업으로 쳐줄 수 없지만. 그래도 어쨌든 잘했다."

차근차근. 내가 혼잣말을 했다. 차근차근.

낯익은 건물에 다다랐다. 벌써 두꺼운 유리문 위쪽 벽에 '임대 중'이라고 써놓은 표지가 붙어 있었다. 교복 입은 아이들을 데리고 온 학부모들이 몇몇 눈에 띄었다. 늘 와 있는, 코듀로이 재킷에 스카프를 두른 남자도 보였다. 젊은 커플이 말없이 앉아서 각자 스마트폰 화면을 뚫어져라 쳐다보고 있었다. 샘이 좋아하는 바리스타가 계산대 뒤에 서서 고장 난 티브이 수상기를 다루듯 커피머신을 두드리고 있었다. 그가 우리를 보더니 미소를 지으며 샘에게 손을 흔들어주었다.

"늘 마시는 거?" 그가 물었다.

샘이 즐겁게 고개를 끄덕였다. "나는 문손잡이 만들 줄 알아요." 아이가 말했다.

가게 뒤쪽으로 가다가 별안간 낯익은 얼굴이 눈에 띄어서 잠시 걸음을 멈추어야 했다. 이저벨이었다. 그녀는 낡은 팔걸이의자에 앉아 있었고 그녀 앞 커피 테이블에 얼굴을 대고 엎드린 제이미가 바닥에 놓인 장난감 자동차를 밀고 있었다. 아이고, 맙소사, 내가 생각했다, 이거 참 난처하군. 그날 밤 커뮤니티 센터에서 있었던 일이 섬광처럼 지나갔다. 홍이 돋아, 키스했는데, 내가 천치처럼 문 밖으로 뛰쳐나와 버렸지. 나는 민망스러워서 얼굴이 화끈거렸다. 후다닥 나가버릴까 생각하고 있는데 그만, 샘이 내 팔을 잡더니 가리켰다.

"아빠, 저기, 아빠 친구다." 아이가 소리쳤다.

이저벨이 눈을 들어 한순간도 망설이지 않고 활짝 우리 둘에게 미소 짓더니 가까이 오라고 손짓을 했다. 나는 속담에 나오는, 느닷없이 조명받은 토끼 꼴이 되었다. 그것도 데이트하다가 도망친 주제에 한마디 해명도 못한, 특히 못난 겁쟁이 토끼. 어쨌든 나는 죄책감에 젖어 발을 질질 끌며 그녀 쪽으로 다가갔다. 그러는 동안 샘도 와락 테이블에 달려들어 제이미 옆에 나란히 엎드렸다. 이저벨은 오늘도 멋진 빈티지 드레스를 입고 있었다. 이번에는 짙은 푸른빛이 도는 풍성한 스커트였다.

"안녕하세요." 그녀가 정말로 친근한 어조로 물었다. "어떻게 지내세요?"

"잘 지내요." 맞은편 의자에 앉으면서 내가 조심스레 말꼬리를 흐리며 대답했다.

이 상황을 어떻게 모면해야 할지, 아니 이게 무슨 상황인지조차 알 수가 없었다. 우리 사이에 아무 일도 없었던 척해야 할까? 그녀가 기억이나 할까?

"뮤직 나이트 이후로 소식도 없으시네요." 그녀가 말했다.

아, 그래, 기억하는구나.

"네, 저, 음, 아, 죄송해요." 내가 대답했다.

나는 조심스럽게 건너편에 있는 샘에게 눈길을 보냈다. 하지만 아이는 제이미가 쥐고 있는 장난감 차를 억지로 뺏느라 여념이 없었다. 그녀도 내 시선을 쫓아서 같은 방향을 봤다. 내가 그녀에게 다시 눈길을 돌리자 그녀의 입가에 퍼진, 다 이해한다는 듯한 미소가 눈에 띄었다.

"괜찮아요." 그녀가 나직이 말했다. "이해해요. 좀 빨랐죠? 그렇지 않나요?"

머릿속에서, 내가 나 스스로에게 다짐했다. '당신 탓이 아녜요, 제가 문제예요'라고 말하면 안 돼. '당신 탓이 아녜요, 제가 문제예요'라고 말하면 안 돼.

"당신 탓이 아녜요, 제가 문제예요." 제기랄. "그러니까 내 말은, 미안해요. 이렇게 상투적인 말을 하다니."

샘과 제이미가 이제는 바닥에서 굴러다녔다. 얼핏 보면 사이좋게 껴안고 있는 것 같기도 하고 아니면 험악하게 몸싸움을 벌이고 있는 것 같기도 한 모습이었으나 나는 그 꼴을 무시하기로 했다.

아이들이 내게로 굴러오자 나는 발을 살짝 들어 올려 애들이 걸리는 것 없이 그대로 굴러서 지나가게 해줬다.

"그래도 제게 연락은 줄 수 있었잖아요. 제가 실없는 사람이 돼버렸어요." 그녀가 나무랐다.

"알아요. 민망해서 그랬어요. 놀랍기도 하고 감사하기도 하고 그리고 혼란스럽기도 하더라고요. 그렇게 여러 가지 감정이 섞이는 일은 정말 오랜만이었어요."

"우리, 그냥 친구로 지내요. 저번 일은 그저 경험으로 치고요." 그녀가 말했다.

"정말 처신에 밝군요. 저는 천치 같은데."

"네, 그러시네요. 근데, 우리 아들이 댁의 아들을 좋아하는 것 같아서요. 그러니 어른답게 굽시다."

바리스타가 우리 음료를 가지고 오자 샘이 우유와 케이크를 먹으려고 바닥에서 일어나 소파 위 내 옆자리로 뛰어올랐다.

"여있습니다, 무슈." 바리스타가 음료를 샘 앞에 놓아주며 말했다. "이게 우리가 대접하는 마지막 음료일 것 같아요, 아마도?"

"곧 문을 닫나요?" 내가 물었다.

"이번 주가 마지막이에요. 아직 임대가 나가진 않았지만, 어쨌든 우리는 철수해야죠."

"정말 유감이에요." 내가 말했다.

"예, 여긴 정말 좋은 곳이에요. 손님들을 다 알게 되지요. 연애가 시작되는 모습이며, 가정이 커가는 모습도 보게 되고. 애들도 와서 놀며······"

그가 샘과 제이미를 쳐다봤다.

"액션 피겨로 서로 머리를 내려치는 모습도 보게 되네요. 모두 이 카페에서 일어나는 일이죠. 여긴 시내 트렌디한 여느 카페하고는 다른 곳이에요. 그런 데선 사람들이 허겁지겁 들이닥쳐서는 저지방 우유 모카치노 같은 거나 주문한 다음 또 후다닥 나가버리죠. 우리 가게는 하루종일 있다 가는 손님들도 많아요. 그럴 수 있는 곳이 요즘은 별로 없잖아요."

"혹시 직접 인수해볼 생각 없어요? 정말 잘하잖아요." 내가 바리스타에게 물었다.

"하, 아뇨. 저는 박사 과정 마칠 때까지만 여기서 일할 거라서요. 학위 따면 여기를 떠날 작정이에요. 그때쯤 되면 이 동네는 다른 곳이나 마찬가지로 호화 아파트로 변해 있겠죠."

"어머나, 그런 말 마세요." 이저벨이 소리쳤다. "제이미가 와서 편하게 지낼 곳은 이곳뿐이에요."

제이미는 팔걸이의자에서 방방 뛰면서 체스 돌을 창문 쪽으로 던져대고 있었다.

"아! 두 분 중에 한 분이 하시면 되겠네!" 바리스타가 말했다. "우리 직원들보다 여기 더 오래 계시잖아요."

"네! 정말 좋은 생각이에요." 이저벨이 말하더니 나를 향했다. "당신이 하세요!"

"뭐라고요? 안 돼요! 저는 카페 운영에 대해 전혀 몰라요. 커피

머신이나 박살내겠지.”

“좀처럼 부서지지 않는 기계예요.” 바리스타가 말했다. “카페 운영은 꽤나 정직한 사업이고요. 우리 사장님 말씀에 따르면요. 친구 못 만나는 시간이 굉장히 길고 매출표를 보면서 눈물 흘리는 것만 감수할 수 있다면 말이죠.”

“음, 듣고 보니 내 전문 분야네요.” 내가 말했다.

“솔직히 말하자면, 이 동네에는 좋은 카페가 필요해요. 거대 체인들이 죄다 몰려들잖아요. 그런 체인 카페 아니면, 주문하는 데만도 커피 전공 학위가 필요할 정도로 멋만 잔뜩 부리는 가게들이 많아졌어요. 그런 가게에선 설탕 달라고 하면 우습게 쳐다보더라고요. 커피 찍어 먹을 비스킷은 물론이고요.”

“글쎄요, 저는 잘……..”

“너는 어떻게 생각해?” 바리스타가 샘에게 물었다. “아빠가 커피숍 운영 잘하실 것 같아?”

“네!” 샘이 말했다. “엑스박스 갖다 놓고 사람들한테 갖고 놀라고 해도 될 거예요. 근데 먼저 내가 하고 나서요.”

“보셨죠?” 이저벨이 말했다. “훌륭한 비즈니스 계획이에요. 제 말은요, 제가 소매업에 대해서 좀 알고 있으니까 도와드릴 수도 있다는 뜻이에요. 처음 제 옷 가게를 인수했을 때 저는 장단점 리스트를 아주 길게 적어봤어요. 그런데 단점이 장점보다 훨씬 많았어요. 종이 한 장이 더 필요하더라니까요! 그런데 그때, 방 한가득 걸려 있는 예쁜 빈티지 드레스들, 축음기에서 나오는 옛날 로

큰롤 음반들, 벽 한가득 붙인 영화 포스터들을 상상해봤어요. 너무너무 하고 싶었어요. 가게 일은 힘들지만 만약 안 했더라면 두고두고 후회할 뻔했지요."

"바로 그거예요. 당신은 열성이 있었고 그래서 한 거예요. 저는 제게 그런 게 있는지도 잘 모르겠는걸요."

"아아, 있고말고요. 열정이 없는 사람은 그런 키스 못해요." 그녀가 말했다.

내 얼굴이 비트처럼 새빨개지는 게 느껴졌다. 나는 본능적으로 주위를 둘러보며 샘이 어디 있나 확인했다.

"괜찮아요. 저기 멀리 있는 테이블에서 제이미랑 신문지 말아서 칼싸움하고 있네요." 그녀가 말했다.

"그러네요. 다시 한번 미안해요." 내가 말했다.

"여보세요, 실없는 양반 같으니, 이제 그만 잊어버리세요. 중요한 건, 당신에게 열정이 있다는 거죠. 아시잖아요. 이 가게가 샘한테, 제이미한테, 그리고 저한테도 얼마나 중요한지요. 사람들한테는 갈 데가 필요해요. 집도 말고 직장도 말고 거대 기업이 가축 처리하듯 자기를 다루는 그런 곳도 말고요. 그건 아시죠. 당신은 사람들을 편하게 맞아줘요. 사람들은 그런 느낌을 원해요. 특히나 우리 같은 희한한 사람들은 말이지요. 당신은 누가 조금만 도와주면 돼요. 식음료 분야에 경험이 있는 사람이요."

그러자 나도 모르게, 클레어가 생각났다. 클레어가 식음료 업계에서 일했었다. 하지만 이내 그 생각을 털어버렸다. 이런 대화 자체가 말도 안 돼서이기도 했지만 매트와 클레어가 아직 나한테 말도 붙이지 않아서였다. 나는 그들과의 관계 회복에도 노력을 기울여야 했다. 관계 회복이 아마 요즘 내 주력 업종이 된 듯했다.

아이들이 서로를 쫓으며 우리 주위를 빙빙 도는 동안 이저벨과 나는 좀 더 대화를 나눴다. 나는 그녀에게 마인크래프트와 그 대회에 관한 이야기를 해줬다. 그 대회에 나가려 했지만 이제는 아마 안 나가게 될 거라는 이야기를 했다. 샘의 성이 다시 완전하게 복구가 됐어도. 아이가 다시 그 게임을 좋아하게 됐어도. 그 후 내가 다시 몇 번 그 이야기를 샘에게 꺼냈는데도 아이는 그저 어깨만 으쓱할 뿐이라는 얘기도 했다. 이저벨은 가게와 클럽 나이트 행사에 대한 이야기를 해줬다. 어찌어찌 우리는 우리가 함께했던 일탈을 희석해서 뒤로 돌릴 수가 있었다. 하지만 그녀 입술에 닿았던 내 입술의 감각이 오후 내내 나와 함께 머물렀다. 그 기억에는 죄책감이 희미한 아픔으로 함께 섞여 있었다. 조디와 리처드 일을 내가 안다 해도, 절대로 그 핑계를 댈 수는 없는 일이었다. 이유는 분명했다. 절대로 난 포기할 수가 없으니까.

우리는 샘과 제이미를 지켜보며 잠시 그 자리에 아무 말 없이 앉아 있었다. 아이들은 바닥에 누워서 장난감 자동차 두 대를 가지고 서로 충돌시키고 있었다. 계속해서 그러더니 급기야는 너무 세게 충돌시키는 바람에 마침내 힘이 넘쳐 서로를 치고받는 상황에 이르렀다. 분위기가 망가졌다.

"그만, 그만, 얘들아." 내가 말했다. "샘, 너 이제 그만 엄마 집으로 데려다 줘야겠구나."

"그래, 제이미 너도." 이저벨이 말했다. "즐거운 오후가 또 망가질라. 그렇게 위험한 트럭으로 사람을 치면 경찰한테 잡혀가거든."

모두 일어선 다음 나는 계산을 하러 계산내로 갔다.

"카페 임대, 꼭 하세요." 바리스타가 말했다.

"우리, 여기서 살자." 샘이 말했다.

"이 사람들이!" 내가 않는 소리를 했다.

집으로 반쯤 갔을 때 몇 주 전에 정신과 의사와 예약을 했던 일이 생각났다. 내일이었다. 바로 그때, 샘이 나를 쳐다보며 미간을 찌푸렸다. 마치 내 생각을 읽고 싶어 하는 것 같았다. 진지하게, 묻고 싶어 하는 표정을 짓고 있었다.

"아빠, 지금 뭐 하는 중이야? 아빠는 갇혀 있는 것 같아. "

"그게 무슨 말이야?"

"가끔 나는 어떤 생각에 갇혀서 못 나올 때가 있어. 오래는 아니고. 그 생각이 계속 계속 남아서. 아빠도 생각에 갇혀 있는 거야?"

나는 걸음을 멈췄다.

"이야, 그래, 네 말이 맞는 것 같아. 딱 맞아. 나는 생각에 갇혀 있어. 그러니까, 여러 가지 생각에 갇혀 있어. 우와, 너 제법 똑똑한걸."

정말 놀랍고도 충격적이라는 느낌이 들었다. 샘의 내면세계를 들여다볼 수 있는 기회는 극히 드문 데다가 그 기회가 온다 해도 아주 순식간에 지나가 버렸다. 그래서 그런 순간은 내게 보석이나 다름없었다. 나는 감동한 나머지 바보처럼 아이 앞에 쭈그려 앉았다.

"내 생각해줘서 고맙다. 샘, 고마워." 내가 말했다.

아이가 재빨리 눈길을 돌렸다. 아이는 도로를 훑어보며 내 시선과 감사의 마음을 외면했다. 내가 살짝 아이 머리를 쓰다듬었지만 아이가 몸을 뒤로 빼며 손길을 피했다. 너무 생생했었다, 허물없던 그 대화가. 아이는 자기가 한 말이 이렇게 될 줄, 이런 감정으로 귀결될 줄 몰랐겠지.

나는 마음을 접고 다시 일어섰다. 아이 손을 잡고 다시 걷던 걸음을 떼며 생각했다. 다 지난 거라고, 잠시 잠깐 친밀했던 마음의 창이 이제는 닫혀버린 거라고. 그런데 우리가 걸음을 멈췄을 때, 아이가 잡고 있던 손을 내게서 빼내더니 내 등을 토닥토닥 두드렸다.

"우리 아빠잖아." 아이가 말했다.

너무나 완벽한 순간이었다. 별들이 우리 위로 쏟아져 내리는 것 같았다.

31

어셈블리 센터는 바스 로열 크레센트 호텔 뒤쪽 나무가 무성한 도로 위에 있었다. 센터는 조지아 양식 저택 두 채를 차지하고 있었는데 여기에 내가 진료받을 '비위협적이고 매우 아늑한 상담실(내 상담 의사가 전화상으로 이렇게 표현했다)'이 있었다. 그 표현을 듣고는 진료실에 빈백 의자와 라바 램프(액체와 왁스가 담긴 병이 연결된 램프로, 전구를 켜면 온도 차이 때문에 왁스가 액체를 오르내리는 모습이 용암 lava 같다고 붙인 이름임—옮긴이)가 있을까 기대가 됐다. 내가 브리스틀이 아니라 바스까지 온 이유는 혹시 나를 아는 누군가가 정신과 진료실에서 나오는 내 모습을 보고서 무슨 일이냐고 물을까 두려워서였다. 내 스스로에게도 하기 힘든 말이었다. 하물며 다른 사람에게는 오죽하랴. 다행하게도 어셈블리 센터는 비밀 보장이 핵심 사안인 듯했다. 문 옆에 붙은 작은 청동판만이 이곳이 어떤 사람을 위한 장소인지 짐작할 수 있게 하는 유일한 단서였다. 게다가 커다란 창틈으로 내가 안을 들여다보려 해도 안쪽으로 레이스 커튼이 드리워져 있어서 보이는 거라곤 값비싸 보이는 체스터필드 소파밖에 없었다. 내가 뭘 보고 싶어 했는지는 나도 몰랐다. 아마 소파에 드러누워 있는 사람과 그 뒤에 앉아서 메모판에 필기를 하고 있는, 지그문트 프로이드를 닮은 사람?

문을 밀고 들어갔더니 벽에 기댄 소파와 그 위로 걸어둔, 바스의 스카이라인을 그린 빅토리아 시대 대형 그림 말고는 그 큰 대기실에 아무것도 없었다. 내가 걸어 들어가자 반짝이는 오크 마루에서 삐걱거리는 소리가 났다. 그게 신호라도 되는 듯 맞은편 문에서 한 여인이 나타났다. 폴로 넥 스웨터에 체크무늬 치마, 편안한 옷차림이었다. 아마도 그녀는 40대 후반일 듯, 매우 총명하고 자신감 있어 보였다. 금발이 살짝 세어가고 있었다.

"알렉스?" 그녀가 물었다.

"네." 내가 더듬더듬 답했다.

"제니퍼라고 해요. 반갑네요. 찾아오기가 어렵지는 않았나요? 좋습니다, 이쪽으로 오시죠."

우리는 문을 지나 복도를 통과했다. 벽에는 바스의 풍경을 담은 작은 그림들이 걸려 있었다. 마지막 방이 그녀의 진료실이었다. 작은 방이었지만 환기가 잘되고 편안했다. 작은 서재 같은 방에 팔걸이의자가 두 개(빈백은 없었다, 슬프게도), 책장 한 개, 그리고 자그마한 정원을 내려다보는 창문이 있었다.

"앉으세요." 그녀가 말했다.

갑자기 이 모든 게 실감이 났다. 내가 정말로 정신과 진료를 받고 있었다. 나는 정신과 의사 앞에 앉아 있었고 그녀는 우리 어머니에 대한 질문을 내게 던질 참이었다. 인성검사지 같은 걸 작성하게 될까? 뭘 어떻게 해야 하지?

"좋습니다." 내 맞은편 의자에 앉으며 그녀가 말했다. 손에는 두껍고 빳빳한 겉지를 두른 작은 공책을 들고 있었다. "오늘은 '서로에 대해 알아봅시다' 세션입니다. 제가 질문을 몇 가지 할게요. 제게도 하고 싶은 질문 있으면 하세요. 우리 둘 다 흡족하면, 생각해보고 다음 약속을 잡으면 됩니다. 괜찮죠?"

"네, 네, 그렇게 하시죠. 고맙습니다."

그녀는 지금 당장 내가 어찌 지내는지, 왜 여기 올 결심을 했는지 물으며 세션을 시작했다. 나는 지난 5개월간의 이야기를 간략하게 해주었다. 점점 증폭되던 소진감과 근심, 좌절감 때문에 급기야 조디와 내가 갈라서게 된 과정 말이다. 그녀는 내 성장 배경과 인간관계, 식구들에 대해서 알고 싶어 했다. 처음 내 대답은 짧고 애매했다. 목소리도 이상했고 흔들렸다. 이렇게 낯선 장소에서 이 모든 이야기들을 풀어놓는다는 생각 자체가 기괴했다. 하지만 그녀의 질문이 온화하고 긍정적이어서 말하는 게 차츰차츰 거의 자연스러워졌다. 그때쯤 샘의 이야기가 나왔다.

"아주 오랫동안, 저는 자폐라는 말이 듣고 싶지도 않았어요." 내가 말했다. "어떤 구실, 딱지 표라는 느낌이 들어서요. 애가 말이 느린 건 중이염 때문에 청력이 나빠서라고 생각했죠. 그냥 낮을 많이 가리고 불안감이 심한 애라고 생각했어요. 직시하고 싶지 않았어요. 아무것도 직시하고 싶지 않았어요."

"지금은 어떤 느낌이세요?"

"지금은 아이와 세상 사이에 구획을 나누는 선이 있다고 느껴요. 굵지는 않지만 확실히 선이 있어요. 말하자면, 우리가 도저히 넘을 수 없는 지방 사투리를 쓰고 있는데, 아이는 어떻게든 이해해서 적응하고 싶어 하는 경우와 마찬가지라고나 할까요. 저는 아이가 얼마나 이해하는지 잘 모르겠어요. 그런데 그러다가도 이따금 아이가 저를 놀래켜요. 아주 우스운 이야기를 할 때도 있고 아니면 참된 애정의 단편을 보여줄 때도 있어요. 그럴 때는 숨이 막힐 정도예요."

"그런데 아이한테 말은 거나요? 그 애가 어떤 느낌인지 물어는 보세요?"

"그러려고 해요. 많이는 아니지만. 그래도 애는 써요. 그러다 보니 알겠더라고요. 아이는 자기 아빠한테 말하는 것도 이렇게 힘든데, 하물며 다른 사람들한테는 어떨까? 학교에서는 어떨까? 애가 너무 외롭겠구나. 우리 동네 술집에 어떤 노인네가 한 명 있는데, 제 생각에는 그 사람도 자폐가 틀림없어요. 그 사람이 늘 혼자 앉아 있는데 아무도 그 사람에게 어떻게 말을 걸어야 할지 몰라 해요. 저는 샘도 나중에 그렇게 될까 봐 걱정이에요. 사람들은 아이를 '고기능성'이라고 해요. 그 말 들으면 무슨 컴퓨터나 아니면 최고급 냉장고가 생각나지요. 정작 다른 애들에 비교하면 우리 애는 많이 뒤지거든요. 죄송해요. 조디와 제가 최근 몇 년 동안 나눈 이야기는 이런 이야기밖에 없어서요. 이 이야기랑 제가 늦게까지 일하는 이야기요."

"일부러, 셈 걱정을 안 하려고 일부러 늦게끼지 일했다고 생각하세요? 현실을 마주치지 않으려고?"

"모르겠어요. 그렇다면 몹쓸 짓이겠죠, 안 그래요?"

그녀가 고개를 저었다. "사람들은 모두, 스스로를 보호할 방법을 찾고자 해요."

그러고 나서 우리는 과거로, 어린 시절로, 조지 이야기로 거슬러 갔다. 비통함으로 가득한 저수지에 아주 잔잔한 물결이 일었다. 90분이 지난 뒤 (채 30분도 안 된 줄 알았는데) 우리는 말을 마쳤고 세션이 끝났다. 그녀가 조용히 몇 초 동안 메모를 하더니 고개를 들었다.

"자, 상담을 계속할 수 있을 것 같은데요, 본인만 좋다면요?" 그녀가 말했다.

"네, 괜찮으시면요. 상담이 어떤 건지 확신이 없었는데, 그런데 아주 좋네요. 시간이 정말 빨리 지나갔어요."

말을 하고 보니, 마치 내가 간단한 치과 수술을 받은 듯 이야기하고 있었다.

"좋습니다." 제니퍼가 공책을 덮은 뒤 자리에서 일어서며 말했다. "예약을 합시다. 그리고, 제가 숙제를 하나 드릴게요. 다음번에 내방하기 전에, 즉흥적으로 당신 성격답지 않은 행동을 몇 가지

해보세요. 오늘 육아에 대한 이야기를 했으니 본인이 직접 아이처럼 굴어 보는 것도 좋겠죠. 적어도 한 번은요. 그런 다음 그에 대해 같이 이야기를 나눕시다. 알겠죠?"

"네." 내가 답했다.

밖으로 나갔다. 바스 기차역으로 가는 넓은 도로를 걷는데, 몸이 한결 가볍게 느껴졌다. 비록 조깅 바지 차림이 아니고 땀내 나는 라커룸도 없었지만 마치 헬스장에서 갓 나온 느낌이었다. 오늘 만난 이 낯선 사람에게 한 말이 내가 최근 몇 년 동안 그 누구와 나눈 대화보다도 많았다. 그녀는 나에 대해 조디만큼이나, 아니 어쩌면 그녀보다 더 많이 나에 대해 알았다. 왜 진작 상담을 받아보지 않았을까?

그 이유는 알고 있었다. 언제나 뭔가가, 내가 억눌러야만 했던 어둠이 나를 가로막고 있었다. 하지만 그 어둠은 우리가 어떻게 하든 언제나 되솟아났다. 결국 우리는, 돌아서서 정면 대결을 해야 한다.

브리스틀로 돌아온 뒤 댄네 집으로 향하는데 댄이 나에게 올드 쉽에서 볼 수 있겠냐는 문자를 보내왔다. 상담 후 한 잔이라니 꽤나 좋은 제안인 듯싶었다.

"이런 생각을 해봤어." 내가 옆자리에 앉자 댄이 말했다.

우리는 늘 앉던 구석 자리에 앉아서 술 장식이 달린 가죽 재킷 차림으로 슬롯머신에 조용히 머리를 찧어대는 남자를 애써 모른

체했다. 시드는 자기 자리에 앉아서 이따금 우리 쪽을 보다가는 곧 시선을 돌리곤 했다.

"그래, 무슨 생각인지 말해줄 거지?" 내가 말했다.

"에마에 대한 거야."

"아."

"그니까, 너무 늦기는 했지만, 그래도…… 수요일에 걔 생일인 건 너도 알지, 그치?"

"물론이지." 내가 거짓말을 했다.

"그래서, 걔한테 해주고 싶은 게 있어서 그러는데, 네가 좀 도와 줘야겠다."

와, 오늘 하루는 놀랄 일이 왜 이리 많지.

"물론이지, 뭘 어떻게 도와줄까?" 내가 말했다.

그가 자세히는 말하지 않았지만 멋진 카페와 속임수가 필요한 일이라고 하기에 나는 물론 기꺼이 돕겠다고 말했다. 우리가 일어서서 나가려는데 시드가 우리 쪽 방향으로 걸어왔다.

"댁의 아들이 여기 왔어요?" 그가 물었다. 그는 나나 댄을 바라보지 않고 우리에게서 몇 미터 떨어진 바닥 어느 지점을 보고 있었다.

"아뇨." 놀란 티를 애써 수습하며 내가 말했다. "우리 애는 아마 집에서 비디오 게임 하고 있을 거예요."

"꼬마가 체스 잘 둬요." 그가 말했다.

"네, 아마 엄마 닮아서 그럴 거예요. 우리 애도 여기서 또 체스

두고 싶어 할 거예요. 혹시 원하신다면?"

그가 딴 데를 보며 고개를 끄덕였다.

"꼬마가 체스 잘 둬요." 그가 다시 말했다.

"애한테 그렇게 전해줄게요. 그리고 우리 애 이름은 샘이에요."

"샘." 그가 따라 하더니 다시 한번 말했다. "샘이 체스 잘 둬요."

그가 자기 테이블로 돌아가는 동안 댄과 나는 서로 시선을 교환한 뒤 자리를 떴다. 시드가 우리에게로 와서 말을 거는 일이 얼마나 힘들었을지 나는 알았다. 샘에게서도 그 모습이 보였다. 어중되게나마 세상과 만나보려고 애쓰는 모습이었다. 그러나 세상이 요구하는 건 더 많았고, 그래서 샘은 그 간극을 넘기 위해 올리비아와 다른 애들에게 손을 내밀었다. 이제 내가 아이에게서 배울 차례였다. 세상과 다시 이어지려면, 나도 강건해져야 했다.

32

다음 날 매트가 전화를 했다. 착 가라앉고 조심스러운 목소리였다.

"알렉스, 너 이번 주말에 별일 없니?" 그 집에 쳐들어가서 아무나 대고 고래고래 소리 질렀던 일을 채 사과도 하기 전에 그가 대뜸 물었다.

"아마 그럴걸. 매트, 저기 말이야―"

"그럼 됐다, 저기, 클레어랑 내가 정리할 시간이 좀 필요해서 그러는데 어디 가서 바람 좀 쐬고 오려고 해. 쌍둥이는 우리가 데려갈 수 있어. 그런데 나머지 두 애를 네가 와서 봐줄 수 있을지 모르겠다. 토요일 오전부터 일요일 오후까지야. 네가 바쁘지 않다면."

속으로 계산을 해봤다. 물론 난 두 사람에게 마음의 빚이 있고, 타비타와 아치를 봐준 적도 있었다. 비록 애들이 잠자리에 든 이후이거나 아니면 여기저기서 한 시간 정도에 불과했지만. 하루 종일은 아니었다. 주말 내내는 물론 아니었고.

매트가 꼬리를 물고 지나가는 내 생각을 읽은 듯했다.

"야, 애 보는 게 네 전문이 아니라는 거 나도 알아. 하지만 우리가 널 전적으로 신뢰하는 데다가 애들도 널 좋아하잖아. 게다가, 우린 지금 방법이 없어." 매트가 말했다.

알고 봤더니 둘이서 아는 사람들에게 모조리 연락해본 뒤였다. 조디는 엑세터에서 열리는 아트 페스티발에 간다고 했고, 부모님, 이웃, 먼 친척들, 스카이 티브이 설치하겠냐고 물어보러 온 사람(나는 매트가 농담하는 줄 알았다) 등에게 물었지만 아무도 시간을 낼 수가 없었다. 두 사람에겐 다른 방도가 없었다.

"기본적인 육아 규칙도 다 열외야. 뭐든 너한테 쉬운 쪽으로 하면 돼. 애들이 영화를 봐도 되고 비디오 게임을 해도 되고 이틀 내내 감자 칩만 먹어도 되고. 우린 상관없어. 후환은 돌아와서 우리가 감당할게."

"글쎄, 토요일은 나도 샘을 봐야 해서……."

"걔도 데려와. 데려오고 싶은 사람 있으면 다 데려와. 냉장고는 맥주로 가득 채워 놓을게. 네가 마셔도 되고 애들 줘도 되고."

몇 달 전이라면 당장 나는 무슨 핑계라도 댔을 것이다. 샘 하나만 보는 것도 무서워서 죽을 판에 애 셋을 보라고? 주말 내내? 미친 짓이지. 결국 나는 차고에 대짜로 뻗어버리고 애들은《파리 대왕》에 나오는 무정부 상태로 빠져버리겠지. 하지만 다시 생각해보면, 타비타야 제 몸 하나 돌볼 정도 조심성은 있었고 아치는 그

나이 때 샘보다 몇 배는 수월했다. 게다가 제니퍼의 목소리가 내 머릿속에서 들렸다. 말하자면 벤 케노비의 여성 버전 음성이었다. "물 흐르듯, 당신의 느낌을 믿으세요. 삶의 요청에 '네'라고 하세요." 그다지 미친 짓 같지는 않아 보였다. 친구를 위해서라면, 해볼 만할 것 같았다.

"그래. 알았어. 내가 할게." 내가 말했다.

조디에게 전화해서 샘을 데리고 가도 되겠냐고 물었다. 매트의 엄숙한 어조를 내가 설명하자 그녀는 깜짝 놀란 듯했다.

"정말 이상하네. 왜냐면 어제 내가 클레어를 만났거든." 그녀가 말했다. "걔 말로는 두 사람이 다 정리했다고 했어. 부부 공동 계좌는 클레어가 관리하기로 했고 매트가 쓰던 신용 카드는 전부 걔한테 주기로 했대. 걔는 다 괜찮은 것처럼 말하던데. 둘이 얼굴 마주 보고 앉아서 처음부터 끝까지 다 얘기했대. 성인답게 말이야."

"아." 내가 말했다. 가시가 돋친 조디의 마지막 말은 잠시 무시하려고 했다. "혹시 두 사람 관계가 다시 악화된 건 아닐까?"

그런 연유로, 토요일 아침에 나는 샘을 데리러 집으로 갔다. 나는 샘이 운동화 벨크로 테이프를 붙이는 과정을 끈기 있게 기다렸다. 샘은 정확히 자기가 원하는 만큼 팽팽하게 테이프가 조정될 때까지 여러 차례 테이프를 뗐다 붙였다 했다. 그런 다음 겨우 아이를 차에 태우고 출발할 수 있었다. 가는 길에 아이는 우리가 왜 매트와 클레어네 집에 살러 가는지, 잠은 어디서 자게 되는지, 앞으로 서른두 시간을 정확히 어떻게 보내게 되는지 일련의 질문을 몇 차례나 거듭했다.

"나도 몰라. 되는대로 유연하게 대처해야겠지." 내가 대답했다.

"유연하게, 가 무슨 뜻이야?" 샘이 말했다.

나는 잠시 이 질문의 아이러니에 대해서 생각했다.

"그건 상황이 어떻게 될지 봐가면서 지내겠다는, 너무 많은 계획을 미리 세우지 않겠다는 뜻이야."

"난 그런 거 싫어."

"알아. 하지만 앞으로 무슨 일이 일어날지 모를 때도 있으니까 그때그때 상황을 봐가면서 지내야 하잖아."

아이가 이 말을 듣자 잠시 생각에 잠겼다.

"내가 어른이 되면 무슨 일이든 난 꼭 계획을 세울 거야." 그가 말했다.

"글쎄, 살다 보면 어떤 일은 그냥 마구 닥쳐오던데."

"그런 일은 피할 거야."

그 집에 도착하자 매트가 벌써 밖에 나와서 자기 은빛 아우디 왜건에 몸을 기대고서 쌍둥이 아이들을 카시트에 태우고 있었다. 나를 보더니, 실제로 나타난 게 놀랍기도 하고 흥분도 된 듯, 격하게 손을 흔들었다.

"안녕." 내가 차에서 내리며 인사했다. 차량 진입로 그의 차 옆에 내 차를 나란히 세우고 보니 유난히 내 차가 누추해 보였다. "좀 늦었지, 미안하다."

"안녕!" 그가 말했다. "진짜 고맙다. 잘 지냈니? 애들은 위층에서 〈어드벤처 타임〉 보고 있어. 아침은 이미 먹었고. 좋은 소식이 있어. 클레어 어머니가 쌍둥이를 봐주시겠대. 공식적으로 서른 시간 동안 애들 없이 지낼 수가 있게 됐어. 안됐지만 우린 바로 떠나야겠어. 코츠월드(런던에서 이백 킬로미터쯤 떨어진 아름다운 전원 마을—옮긴이)까지는 길이 멀어서. 우린 버퍼드로 가서 내가 클레어에게 프러포즈했던 펍에 묵을 거야. 클레어, 가자!"

클레어가 현관문을 벌컥 열고 나와서 손에 들고 있던 작은 여행 가방을 자동차 트렁크에 던져넣었다. 나는 사과할 준비를 갖췄다.

"알렉스, 안녕, 와줘서 정말 고마워!"

"이봐, 클레어. 저기 말이야, 요전 날은 정말 미안하게 됐다. 그렇게 들이닥치면 안 되는 거였어."

그녀는 너그럽게 나를 쳐다보더니 한 손을 내 팔 위에 얹었다.

"식탁 위에다 메모를 남겼어. 고마워, 알렉스."

그러더니 그녀가 차 속으로 사라졌다.

샘과 나는 진입로에 우두커니 서서 매트가 자동차 트렁크를 요란하게 닫은 다음 총총걸음으로 운전석으로 들어가 둔탁한 소리를 내며 문 닫는 모습을 지켜봤다. 아우디 엔진이 떠들썩한 소리를 내며 살아나더니 차가 후진으로 진입로를 벗어나 도로로 들어섰다. 끼이익 타이어 소리를 시끄럽게 내며 차가 멀어졌다. 조디가 전화로 했던 말이 생각났다. 그리고 문득, 쌍둥이를 낳은 이후 두 사람이 한 번도 호젓한 주말을 갖지 못했다는 사실이 머리에 떠올랐다. 내가 작전에 말려들었군.

"아, 목적은 화해의 섹스로군." 내가 혼잣말을 했다.

"화해의 섹스가 뭔데요?" 어린아이의 친근한 목소리가 내 뒤에서 들렸다. 웬일인지, 타비타가 집 안에 있지 않고 진입로에 나와서 아빠 차가 사라지는 광경을 지켜보고 있었다.

"음, 아무것도 아니다. 너랑 네 동생은 뭘 하고 싶니?" 내가 물었다.

그 소리가 끝나자마자 아치가 집에서 굴러 나오더니 우리 주위를 펄쩍펄쩍 뛰며 맴돌았다. "만화영화 볼 거예요! 그런 다음 마인크래프트 해도 된다고 했어요!"

내가 샘을 쳐다보니 아이가 내 손을 잡았다.

"애네들 소리치니까 무서워."

"흥분해서 그래. 그뿐이야. 너도 만화 보러 갈래? 아빠도 곧 올라갈게."

"그래."

우리는 집으로 들어갔다. 샘이 조심스레 다른 두 아이를 따라 계단을 올라갔다. 계단에는 언제나 그렇듯 장난감 자동차, 스케이트, 레고 블록이 부비 트랩처럼 널려 있었다. 알록달록 파편들 밑으로 계단 몇 개가 보이는 걸로 판단하건대 그래도 대충이나마 매트가 치운 눈치였다.

거실로 가보니 부부가 나를 위해 신문을 모아두고 와인 한 병

과 함께 클레어가 쓴 메모가 있었다. 읽어 보니:

뭐든지 해도 돼. 냉장고에 음식은 많이 넣어놨고 애들은 치킨 너겟만 먹여도 며칠은 살 거야. 목욕시키느라 고생할 것도 없어. 애들 잘 시간은 보통 저녁 일곱 시 정도야. 혹시 애들한테 무슨 문제가 생기면 전화해. 아, 맞다, 용서해줄게.

이거였다. 내게 주는 속죄의 기회가 분명했다. 이제 나는 살아남기만 하면 됐다.

책임감 있는 여느 어른처럼, 나도 애들에게 두 시간 동안 만화를 보라 하고, 각자 몫으로 샌드위치와 감자 칩을 하나씩 준비한 다음 아래층으로 애들을 불러 내렸다. 거실에 있는 커피 테이블에 둘러앉아서 점심을 먹는데 타비타가 샘 옆에 앉겠다고 고집을 부렸다. 그 애는 샘에게 잡담을 늘어놓느라 이런저런 질문을 던지고는 샘이 그저 고개만 젓거나 짧은 대답만 해도 별로 신경 쓰지 않았다. 반면에 샘은 웃는 얼굴인 걸 보니 관심받는 게 좋은 모양이었다. 아치가 나직이 중얼대면서 샌드위치를 갈라서는 자기 얼굴에 온통 다 발라버렸다.

"알렉스 아저씨, 아저씨가 이제는 조디 아줌마랑 같이 안 산다는데, 정말이에요?" 타비타가 물었다.

아이의 어조는 별 뜻 없이 예의 발랐다. 마치 내가 제일 좋아하는 색깔이 뭐냐고 묻는 때나 다름이 없었다. 아빠와 엄마가 하는 이야기를 넘겨들었겠지. 나는 샘이 혹시나 이런 말을 맘에 담을까 싶어서 아이를 쳐다봤다.

"응, 정말이야." 내가 조심스럽게 대답했다.

"엄마가 그러는데 아저씨가 스트레스가 많대요."

샘이 이제 우리를 주시하고 있었다. 하지만 아이는 무표정했다. 샘이 내게 했던 그 어느 질문보다도 더 깊은 내용이었지만 아이가 얼마나 받아들였을지 나는 아직 알 수가 없었다. 하지만 조심조심 운을 뗄 필요가 있었다. 부모가 헤어지면 아이들은 그게 자기 때문이라고 자책한다는 말을 얼마나 많이 들었던가. 우리 애도 역시 그런 생각을 했을까 몰라?

"우리는 여러 가지 큰 문제들을 해결해야 했어." 내가 마침내 입을 뗐다. "그러다가 더는 못 견디게 됐어. 그래서 당분간 따로 지내는 게 좋겠다고 생각했지."

다시 흘긋, 내가 샘을 쳐다봤지만 아이는 감자 칩 그릇에 관심이 가는지 낯선 사기그릇만 꼼꼼하게 살피고 있었다. 나는 아이가 질문을 할까 싶어서 기다렸지만 정작 아이는 아무 말이 없어서 그 속을 읽을 수가 없었다.

"우리 엄마가 아빠한테 소리 질렀어요. 아빠가 방귀를 뀌어서요." 아치가 말했다.

아이들이 웃음을 터뜨렸다. 나는 화제가 바뀌어서 다행스러웠다. 몇 분 뒤에 클레어가 보낸 문자가 도착했다. 모두 잘 있는지 물었고 두 사람이 묵을 펍이 너무 아름답다고 알렸다. 나는 답장으로 그곳 정원 오두막을 불태울 계획이냐고 물었다.

점심을 다 먹은 뒤 매트가 새로 구입한 엑스박스로 마인크래프트를 할 시간이었다. 나는 아이들 손에 끈끈한 샌드위치 찌꺼기가 묻어 있지 않은지 꼼꼼하게 검사를 한 다음 컨트롤러를 만져도 좋다고 허락했다. 매트가 티브이 옆에다 고급 물티슈 여러 통을 쌓아둔 걸로 보아, 컨트롤러가 끈끈해지는 불상사가 일어났다가는 무척 속상해할 것 같아서였다. 타비타는 확실하게 게임을 알고 있어서 메뉴 화면을 잘 다루었지만 아치는 마구잡이로 이 버튼 저 버튼을 눌러댔다. 우리는 서바이벌 맵을 새로 만든 다음 화면을 네 구역으로 나누어서 각자 자기 화면을 확보했다. 각자 여기저기 둘러보고 만들기를 하느라 한동안 혼란스러웠다. 우리는 코블스톤과 나무판자, 흙을 가지고 괴상하게 생긴 별채를 여러 채 만들었다. 그 별채들을 서로 연결하니 기괴하게 생긴 집이 만들어졌다. 마치 영화 〈매드 맥스〉의 세트장 같았다. 타비타와 샘이 다이빙 보드를 갖춘 수영장을 보태고 나는 채굴 카트 레일을 이용해서 롤러코스터를 만들었는데 아치가 곡괭이로 박살내버리고 말았다. 시끌벅적 즐거웠지만 이제 모두 게임을 중단하고 전원을 내릴 시간이라고 내가 말했다. 실망하는 아이들에게, 거실에서 마인크래프트 집을 실제로 지어보자는 말로 달랬다. 나는 빨래 건조대와 갖가지 이불보와 시트를 가져왔다. 샘과 타비타가 둘이서 함께 빨래집게를 집어가며 테이블 위로 지붕을 만들었다. 나는 이 프로젝트에 흠뻑 빠져서, 차고 선반을 몽땅 뒤져서 랜턴을 찾아낸 다음 종이 상자로 공작 테이블을 만들었다. 그런 다음 타비타를 도와서 장난감 주방을 가져다가 가상 용광로로 삼았다.

"빈틈이 있어야 우리가 안으로 들어가지." 타비타가 소리쳤다.

"문을 만들지 않으면 좀비나 해골이 쳐들어올 거야." 샘이 답했다.

샘은 대화를 나눌 때 자기 입장을 고수했고, 그러면서 계획을 전달하고 묻는 말에 답도 했다. 아이들이 빨래 건조대를 탑으로 변신시켰는데 샘이 그 안에다 스툴을 넣어서 탑 꼭대기 위에서 정찰할 수 있도록 했다.

"주위에 양이 많다, 우린 침대를 만들 수 있겠어."

"난 엔더 드래곤을 죽이고 싶어." 타비타가 말했다.

"우리가 흑…흑요석을 구해야 포털을 만들 수가 있어. 어떻게 하는지 내가 알아."

"샘은 마인크래프트를 잘하네."

나는 오븐을 켠 다음 타비타에게 책을 고르라고 했다. 그런 뒤 우리가 마인크래프트 동굴로 만든 식탁 아래에 앉아 그 책을 읽어 주었다. 내가 책 읽기를 시작하자 샘도 슬금슬금 다가와서 내 무릎에 머리를 뉘였다. 편안할 때 하는 이런 소소한 행동을 아이가 너무나 자연스레 취하는 바람에 나는 너무 놀란 나머지 잠시 읽기를 멈추고 아이를 향해 미소 짓지 않을 수가 없었다. 아이가 걸음마를 하던 무렵이 생각났다. 나는 아이를 품에 안고 한 권 한 권 계속해서 책을 읽어주었다. 아이는 라임을 좋아해서 반복 구절을 따라 했다. 아이는 말을 배우려 했지만 입에서 나오는 단어는 전부 뒤죽박죽이었다. 결국 아이는 끈기를 잃고 가만히 앉아 있지를 못했다. 대신 몸부림을 치며 내게서 빠져나갔다. 너무 과했었다. 어쨌든 그 책들을 우리는 계속 간직했다. 나는 때때로 아이 방으로 가서 정작 애는 자고 있는데 책을 읽어주기도 했다.

음식이 다 됐다. 우리는 이불 밑에서 케첩에 흠뻑 적신 치킨 너겟과 생선 튀김을 먹었다. 타비타가 샘에게 억지로 너겟을 먹어보라고 시키는 바람에 샘이 구역질을 시작했다. 아이는 내가 다급하게 두 손을 컵처럼 오므린 데다가 때맞추어 토해낼 수가 있었는데 아치가 그걸 보고 무척 재미있어했다. 나는 반쯤 소화되다 만 정크 푸드를 손에 가득 담고 식탁 밑을 기어나가 부엌 쓰레기통에다 손을 털었다. 샘은 놀라서 질색하는 대신 이 모습을 보면서 나머지 두 아이와 함께 깔깔거리고 웃었다. 우리는 커서 뭐가 되고 싶은지 이야기했다.

"나는 배우 아니면 컴퓨터 프로그래머가 될 거야." 타비타가 말했다.

"난 배트맨이 될 거야." 아치가 말했다.

"건축가!" 샘이 말했다.

"아저씨는 직업이 뭐예요?" 타비타가 내게 물으며 상황의 핵심을 꿰뚫는 놀라운 능력을 다시 한번 보여줬다.

"지금은 잠시 직업이 없단다. 하지만 카페를 하나 할까 해. 네 생각은 어때?" 내가 말했다.

마치 실제 일어날 일이라도 되는 양 소리 내어 그 말을 하고 나자 놀랄 만큼 행복해졌다.

"우리가 가서 아저씨네 케이크 다 먹어도 돼요?" 타비타가 물었다.

"물론이지. 네 생각은 어때, 샘?" 내가 물었다.

"좋아." 샘이 소리쳤다. "아빠는 '어서 오세요, 손님, 무슨 음료를 드릴까요, 자리에 앉으시죠!'라고 말할 거야."

아이가 이 말을 '어른 목소리'로 우스꽝스럽게 흉내 내는 바람에 다른 아이들이 재미있어했다.

"그러니까 너는 그 생각이 좋다는 말이지?" 내가 물었다. 뭔가 아이에게서 유용한 대화를 끌어내고 싶어서였다. 아이가 열심히 고개를 끄덕였다.

"학교가 끝나면 아빠 만나러 갈 수가 있잖아." 아이가 대답은 했지만 꼬마 친구들의 열광이 더 좋은 나머지 진지한 대답은 별로 못 하고 다시 그 이상한 목소리 흉내로 돌아갔다. 이제 보니 내 흉내를 내는 것이었다. "안녕, 샘. 너 케이크 먹을래? 앉아라. 다음 분 주문하시죠? 시끄러워요, 다들. 거품 우유 먹을래?"

나머지 애들이 배꼽을 잡고 웃어댔다. 오후가 계속 이럴 것 같았다.

한참 뒤에, 내가 아이들을 데리고 타비타의 방으로 올라갔는데, 그 방바닥에 샘과 아치의 잠자리도 준비되어 있었다. 우리는 함께 이야기를 만들었는데, 급기야는 마녀와 슈퍼 히어로, 런던탑과 마법을 거는 다이아몬드가 나오는 장편 서사시로 발전하게 되었다. 클레어가 보낸 문자가 또 도착했다. 나는 만사 오케이 상태이고 영화 〈쏘우〉로 밤샘 마라톤 시청을 할 거라고 답신을 보냈다. 나는 아이들이 거의 잠들 때까지 곁에 있었다.

내가 샘에게 잘 자라고 입을 맞추자 아이가 잠시 눈을 뜨고 나를 봤다.

"진짜로 아빠가 카페 할 거야?" 샘이 물었다.

"글쎄다. 두고 보자. 잘할 수 있을지 나도 모르겠거든."

"잘할 거야. 잘할 거라고 난 생각해."

"너 또 내 목소리 흉내 내는 건 아니겠지, 응?"

아이들은 아침 여섯 시에 일어나 각양각색의 놀이 의상을 입고서 온 집안을 휘젓고 다녔다. 샘은 아이언맨 마스크를 쓰고 뱀파이어 망토를 두른 채 손님방으로 쳐들어와 거기서 자고 있는 나를 깨웠다. 시계를 봤다. 아직 적어도 여덟 시간이나 남았다. 잠시 나는 조디 생각을 했다. 대체 우리한테 무슨 일이 벌어지고 있는 걸까. 그녀가 어디 있는지, 누구와 함께 있는지, 그리고 다음 단계는 어떤 것일지 궁금했다. 나는 이저벨을 떠올리며 그녀가 무슨 의미일지도 생각했다. 하지만 샘이 내 팔을 잡아끌었다. 우리는 아래층으로 내려가서 타비타, 아치와 함께, 시리얼을 엎지르고 우유로 웅덩이를 만들고 잼 묻은 손으로 곳곳에 손자국을 내어, 부엌을 묵시록에 나오는 황무지로 탈바꿈시켰다.

"좋아." 이성적인 판단은 집어치우고, 내가 말했다. "공원으로 갈까?"

애들 전부 옷을 입히는 데 한 시간이나 걸렸다. 나는 애들을 차에 태운 다음 차를 몰고 한갓진 도로를 달렸다. 샘이 내 옆에 앉았고 다른 두 아이는 뒷좌석에, 매트가 남기고 간 카시트를 설치한 뒤 앉혔다. 주차를 하자 아이들이 전부 달음질을 쳐서 공원 문을 지나 그네로 향했다. 나는 늘 그러듯이 공원을 한 바퀴 정찰했다. 개는 없는지, 나이든 아이들이 무리 지어 있지는 않은지 살폈다. 하지만 샘은 오늘 내 옆에 숨어 있는 대신 다른 두 아이와 함께 저만치 달려가 있었다.

"정글짐을 우리 성이라고 하자!" 아이가 소리쳤다.

"난 여왕님이야." 타비타가 말했다.

그렇게 해서, 나도 여느 부모들처럼, 의자에 앉아서 아이들을 지켜볼 수가 있었다. 샘은 나를 찾거나 심지어 아는 체도 하지 않았다. 늘 판박이처럼 겪던 소란도 난리도 없었다. 아이는 어딘가 다른 곳, 다른 아이들은 당연히 여기는 곳으로 가 있는 듯했다.

매트와 클레어는 오후 두 시에 돌아왔다. 애들은 이미 점심을 먹은 다음 위층으로 가서 영화를 보고 있었다.

"애들이 아래층으로 내려오긴 했었어?" 매트가 물었다.

"세상에, 여기서 무슨 일이 있었던 거야?" 클레어가 말했다.

"거긴 지금 마인크래프트 맵이야. 부엌은 마음 단단히 먹고 들어가." 내가 말했다.

"아이고." 그녀가 부엌을 다녀온 뒤 말했다. "아주 재미있었나 봐. 너무 고마워, 알렉스."

"이제 난 풀려나는 거지?" 내가 물었다.

"청소비만 치르면." 클레어가 말했다.

"사실은, 멍청한 질문 하나 던질게."

"말해 봐."

"내가 샘 데리고 다니는 카페 알지? 지금 주인이 계약 갱신을 안 하려나 봐. 그래서 미친 생각이 하나 떠올랐는데…… 그걸 내가 인수할까 해. 미쳤지, 알아, 하지만……."

"난 미쳤다고 생각 안 해."

"아아, 고마워. 하지만 나는 그런 거 경영하는 법을 전혀 몰라서."

"아. 무슨 말을 하려는지 알 것 같다." 그녀가 말했다.

"나 혼자 생각해봤는데, 거기 가서 한번 살펴보려고 약속을 잡았거든, 혹시 같이 가서 봐줄 수 있겠어? 한번 둘러보게?"

"그럼. 하지만 내가 그 업종 떠난 지 벌써 몇 년 된 거나 알아둬."

"그거야 알지. 그래도 네가 거기 가주기만 해도 좋을 것 같아. 내 말은, 네가 그 일을 두루 도와주면 참 좋을 것 같단 뜻이야."

그녀가 잠시 나를 바라보며 서 있었다. 마치 내가 얼마나 진지한지, 그러니까 내게 투자할 가치가 있는지, 아니면 그저 중년의 위기를 좀 일찍 맞이하는 건지 가늠해보는 것 같았다.

"한 번에 한 가지씩 하자. 먼저 가게를 보러 가는 거야." 그녀가 말했다.

조디의 집으로 가는 길 차 안에서 샘은 그저 조용히 내 옆에 앉아 있었다.

"재미있었어?" 내가 물었다.

"응!" 아이가 말했다. "아빠가 재미있었어. 마인크래프트 동굴 만들기도 난 좋았어."

"나도 그랬어."

"아빠?"

"응?"

"나 다시 대회에 나가고 싶어졌어."

"진짜로?"

"진짜로."

이번 주말이 사실 그다지 힘들지도, 그다지 불안하지도 않았다는 생각이 들었다. 그저 약간, 놓으면 되는 일이었다. 아마도 좋은 부모가 된다는 건 즉흥성과 자발성이 필요한 일인 듯했다. 그게 아이와 진정으로 '함께' 있어주는 일일 테니까.

그리고 좋은 부모가 된다는 건, 때때로, 아이가 토한 걸 손으로 받아내는 일이기도 하다.

33

"우리, 얘기 좀 할 수 있을까?"

내가 물었다. 조디는 한 발짝 비켜서 샘이 집 안으로 들어가 2층 자기 방으로 뛰어가게 해주었다.

"그래." 그녀가 대답했다.

그녀 뒤를 따라가면서 보니 그녀는 낡은 내 티셔츠를 입고 있었다. 올이 헤어지고 작은 구멍이 여기저기 패어 있는 옷이었다. 검정 진 바지는 무릎이 크게 찢어져 있었고 머리는 꾀죄죄한 빨간 고무줄로 질끈 묶은 채였다. 오늘은 빨래하는 날이거나 아니면 꾸미는 데 전혀 신경을 쓰지 않은 날이다. 리처드를 만나는 날이 아니라서 그렇겠지. 그 남자를 생각하니 마음속에 분노의 불길이 일렁였으나 더 생각하고 싶지는 않았다. 난 무난한 대화를 하고 싶었다.

"갤러리 일은 어때?" 내가 물었다.

"좋아. 큐레이션과 기획 일을 더 맡아서 화가도 더 많이 만나고 그럴 거야. 굉장하지. 나는 이 일이 정말 좋아. 당신은 어때?"

내가 그 카페와 어쭙잖은 계획에 대해 말해주었는데도 그녀는 미친 짓이라며 진저리를 치지 않았다. 좋은 징조였다.

방 안을 둘러보았다. 구석구석 빈틈마다 책이 쌓였고 커피 테이블은 만화책과 잡지 홍수에 파묻혀 있다. 내가 떠난 장소 그대로였다. 벽난로 선반 위에 얹어둔 가족사진에서 내 얼굴만 시커멓게 지워지는 일은 아직 없었고 리처드 얼굴 사진이 벽난로 위에 떡 하니 걸려 있는 불상사도 없었다. 위층에서 엑스박스 스위치 켜는 소리가 들리더니 익숙한 음악이 흘러나왔다. 아이가 대회를 대비해 연습을 하려는 것이다.

"그럼 매트랑 클레어네 집에서 아무 일 없었던 거야?"

"응, 사실은 아주 재미있었어."

"그랬던 것 같더라. 클레어가 당신이랑 애들이 만든 동굴 사진을 보내줘서 봤거든."

"우와, 거 참 빠른데."

"클레어가 꽤나 감명받았나 봐."

조디가 부엌으로 들어가기에 나도 따라 들어갔다. 그녀가 주전자를 채우고 전기를 꽂은 뒤 찬장에서 머그잔 두 개를 꺼냈다. 그 잔들이 항상 들어 있던 찬장이었다. 그녀는 내게 차를 마실지 커피를 마실지 묻지 않았다. 그녀는 이미 답을 알았다. 오후 두 시가 지나면 나는 언제나 차였다. 생강 비스킷을 곁들이면 더 좋고. 바로 그때, 마치 신호라도 받은 듯, 그녀가 싱크대 위 쿠키 단지에서 비스킷 봉지를 꺼냈다.

"아직 잊지 않았구나." 내가 농을 쳤다.

"비스킷을 잊을 리가 있나."

우리는 미소를 지었지만 우리 둘 다 이 대화가 어디로 향하는지 알고 있었다. 이건 전초전 같은 대화로, 화제를 더듬으며 분위기를 파악하는 것이다. 누군가가 개입해서 기어를 한 단 올려줘야 했다.

"나는, 음, 상담을 받고 있어. 의사 선생이 좋아, 모성이 느껴져서. 우리 어머니와는 딴판이지만. 이런 걸 완전히 다 믿지는 않지만 그래도 한번 해보려고 해." 내가 말했다.

"잘됐다." 조디가 말하는데 진심으로 열띤 반응이었다. "정말 좋은 소식이야."

"두고 봐야겠지. 당신은 어때? 일 말고 뭐 다른 건 없어?"

"아, 별로. 요새 샘이랑 학교 관련 사항을 전체적으로 생각해봤어. 아이한테 제일 좋은 게 뭘지 걱정돼서 말이야. 이번 주에 두 학교에서 다 편지를 보내왔어. 우리한테 답을 해달래."

"나한테 말해줄 생각은 있었어? 그 결정에 아직도 내 의견이 중요하냐고?" 내가 물었다.

나는 아드레날린이 낮게 요동치는 게 느껴졌다. 내 머릿속에 설핏 어떤 그림이, 리처드가 학교에서 샘을 픽업하는 장면이 떠올랐다.

"지금 당신한테 말해주고 있잖아, 안 그래?"

나는 아무 대답도 하지 않았다. 물이 끓기 시작하자 조디가 탁 소리를 내며 스위치를 끈 뒤 베이스에서 주전자를 홱 잡아당겨 뜨거운 물을 컵에 부었다. 물이 넘쳐 싱크대까지 흘렀다. 그녀가 나를 밀치고 냉장고에서 우유팩을 꺼내더니 우유도 그 위로 부었다.

"솔직히, 당신이야말로 '우리' 일에 아직 관심이 있나 몰라?" 그녀가 말했다. 그러면서 나는 쳐다보지도 않고 행주로 싱크대만 닦았다. "로티가 그러는데 몇 주 전에 당신이 어떤 여자랑 카페에 있는 걸 봤대."

아 그래, 그때 그 여자가 학부모였구나. 갑자기, 1초도 안 돼서, 역할이 뒤바뀌어 이젠 내가 비난을 받고 있었다. 뜻밖이었다. 뭐라 말할 작전이 내게는 아직 없었다. 등골이 쭈뼛해졌다. 마치 얼음물 벼락을 맞은 것 같았다. 한순간 최악의 시나리오가 눈앞에 펼쳐졌다. 조디를 영원히 잃을지도 몰랐다. 샘을 잃을지도 몰랐다.

나는 침착해지기로 마음먹었다. 하지만 전혀 그러질 못했다.

"아, 이저벨?" 내가 불쑥 털어놨다. "그 여자도 자폐 아들이 있어. 어쩌다 말을 섞게 됐는데, 그다음 다시 만났어. 둘이서. 그러다가 그 여자가 주최한 60년대 클럽에 가게 됐는데 대실패였어. 키스를 했거든. 하지만 당장에 난 그게 엄청난 실수라는 걸 알았어. 그래서 달아났어……. 이 생강 비스킷 맛있네. 아주 맵고."

그녀가 나를 쳐다보더니 자기 차를 가지고 조그만 우리 식탁에 앉았다.

"당신이 달아났다고?" 그녀가 말했다.

"그래, 정말이야. 나, 아직은 멀쩡한 사람이거든."

그녀는 비스킷을 차에 담그며 내 말을 곰곰 생각했다. 나에 대한 가늠을 다시 해보는 눈치였다.

"리처드는 진짜 악몽이었어." 조디가 간단하게 말했다. "그 사람이 런던에 있는 무슨 예술 기구를 관리한대. 프로세코(이탈리아의 스파클링 와인—옮긴이) 몇 잔을 마시고 나니까 그게 대단해 보이더라. 하지만 결혼식 다녀온 뒤에 그 남자를 다시 만나보니 아주 끔찍한 사람이었어. 오만하고 잘난 척하는 사람. 끝없이 자기 말만 하는 사람. 나는 한마디도 못하고 그저 듣기만 해야 했어. 그런 사람들 알지? 어떻게 지내시냐고 인사하면 '글쎄요, 정말 많은 일들이 있었는데 시작은 2004년 피터보로였어요······.' 이런 말 하는 사람 말이야. 그러곤 알게 되지. '아, 이런 개똥 같은 말을 앞으로 적어도 30분간 꼼짝없이 듣고만 있어야 되는구나'라고."

커다란 안도가 밀려왔다. 클레어 말이 맞았다. 그 남자는 얼간이였다. 하지만 그때 그날 아침, 그 키스가 생각났다. 조디가 내 생각의 흐름을 다 읽어낸 눈치였다. 결혼한 뒤 줄곧 그랬듯이.

"마지막으로 그 남자를 만난 건 그 남자가 런던으로 돌아가는 길에 아침 일찍 여기 들렀을 때야. 그 사람이 나를 자기 사무실 직원으로 고용하고 싶어 했어. 개인 비서나 뭐 그런 걸로 말이야."

"그래서 당신은 뭐라고 했는데?" 내가 물었다.

"음, 알렉스, 당신도 알잖아, 이십 미터 떨어진 곳에 차대고 있었으면서. 그건 작별 키스였어."

"그때 날 봤어?"

"글쎄. 아니면 그로부터 30분 뒤에 화가 머리 꼭대기까지 치민 클레어한테 전화를 받았든지. 걔가 그러는데 당신이 자기네 집에 들이닥쳐서는 내가 리처드랑 함께 있는 모습을 봤다며 난리를 부리더래. 그리고 클레어가 나한테 멍청한 짓 좀 하지 말란 말도 했어, 당신 듣기 좋으라고 덧붙이자면."

"그 말 맞지. 난 클레어가 참 좋더라." 내가 말했다. 머리가 어지러웠다. 마치 롤러코스터를 타면서 이런 대화를 나누고 있는 것 같았다. 싱크대 상탑을 붙들었다. 다른 손에 잡고 있던 머그잔이 흔들렸다. "그럼 이제 어쩐다?"

"나도 모르겠어." 그녀가 말했다. "미안해. 어떻게 될지 두고 보자. 좀 더. 우리 둘 다 풀어야 할 난제들이 있잖아."

"그럼, 만나서 커피 한잔하는 건 어때?" 내가 말했다. "내가 일하던 곳 근처에 괜찮은 가게들이 좀 있어. 아니면 내가 당신 근처로 가든지. 아니면 그 중간 어디쯤?"

"그래, 좋아. 그러면 좋겠네."

"좋았어! 거기서 학교 얘기도 할 수 있겠군."

"아니면 기분 전환 삼아 우리 얘기도 하고?"

차를 다 마시고 나자, 애매하지만 약간이나마 긍정적인 지금 이 기운을 품고 집을 나서야겠다는 생각이 들었다. 인간의 힘으로 가능한 한 빨리 집에서 빠져나가야겠다는 충동에 사로잡히지 않은 게 몇 년 만에 처음이기도 했지만, 마음 한편, 대화를 더 오래 끌었다가는 내 쪽에서 크게 헛발질을 날릴까 봐 걱정도 됐다. 나는 잘 있으라고 샘에게 고함을 지르고 집을 나섰다. 조디가 문까지 배웅을 했다. 자연스러웠다. 그저 주말여행을 떠나는 것 같았다. 우리는 대충 계획을 잡은 뒤 포옹을 나눴다. 등 뒤로 문이 닫혔다. 내 눈앞 세상이, 희망으로 가득하진 않았으나, 적어도 예전만큼 노골적인 악의를 보이지는 않는 것 같았다. 어쨌든, 이게 시작이었다. 그리고 지금 내 삶이 와 있는 곳은 바로 여기, 결말이 아니라, 시작이 가득한 이곳인 듯했다.

34

예전 그 카페 바깥으로 비가 심하게 내리고 있었다. 매끈하지 못한 포장도로 위로 벌써 빗물이 웅덩이가 되어 고이기 시작했고 그 위로 차가 지날 때마다 진창 파도가 솟구치는 바람에 나는 몸을 멀리하느라 거의 등을 벽돌담에 기대다시피 해야 했다. 카페 창문은 널판으로 막아뒀는데 맞은편 유리문 쪽으로 뜯지 않은 편지가 쌓여 있었고 바닥에는 무료 배포되는 신문지가 널려 있었다. 가구들은 모두 사라지고 없었다. 목재 카운터와 부서진 팔걸이의자 몇 개가 남은 전부였다.

혼자 일시적인 기분으로 세운, 가게 인수 계획을 들고 지금 나는 이곳에 서 있었다. 클레어에게 와달라고 한 부탁이 거의 죄스러울 정도였다. 그녀는 실제 문제가 있는 실제 가정을 가진, 실제 부모였다. 카페 경영이라는 내 환상에 말려들 필요가 전혀 없는 사람이었다. 하지만 어쨌든 그녀가 오기로 했다. 적어도 오겠다는 말은 했다. 시계를 보니 그녀도, 또 부동산 중개인도 10분 늦었다. 빗방울 사이로 도로를 내다보니, 밝은 색깔 코르사 한 대가 몇백 미터 떨어진 곳에 주차하는 모습이 보였다. 어떤 종류의 사람이 저런 차를 모는지 나는 잘 알고 있었다. 아니나 다를까 회색 정장 차림의 젊은 남자가 지나치게 큰 골프 우산과 메모판을 손에 들고서 차에서 내렸다. 차라리 확성기에 대고 '네, 제가 부동산 중개인입니다'라고 큰소리로 외칠 것이지. 그런데, 그 남자가 다가올 때 보니까, 당혹스럽게도 내가 잘 아는 사람이었다.

"대릴, 안녕." 내가 말했다.

"오, 안녕하세요, 형님! 어떻게 지내세요?" 그가 어색한 미소를 지으며 대답했다. 그는 마치 삼류 시골 팬터마임 배우처럼 과장된 몸짓으로 마치 연극을 하듯 나를 빙 둘러 살피고 다시 길 쪽을 죽 훑어보더니 마침내 알은 척을 했다.

"아아, 우리 고객이 형님이셨군요?"

내가 천천히 고개를 끄덕인 뒤 어깨를 으쓱했다.

"지난 몇 달 동안 희한한 일이 참 많았어." 내가 그에게 말했다.

잠시 우리는 아무 말 없이 서로를 쳐다보았다.

"그러게요……." 그가 한숨을 쉬더니 우산을 접었다. 무늬가 현란한 우산이 접힌 사이로 그의 머리가 거의 끼다시피했다.

그때, 이 이상 어색하고 불편할 수가 없을 거라고 생각되던 바로 그때에 쌍둥이용 유모차를 밀며 클레어가 도착했다. 그 조그만 꼬마들 위로 투명 비닐 창을 쳐 놔서 애들이 마치 커다란 풍선 속에 떠 있는 것 같았다.

"늦어서 미안해." 그녀가 소리쳤다.

"이쪽은 내 친구 클레어. 클레어, 이쪽은 전에 내 직장 동료였던 대릴이야." 내가 소개했다.

"안녕하십니까." 대릴이 인사했다. 그가 전문가로서의 태도를 서서히 회복했다. "네, 저도 한 달 전에 스톤윅스를 그만뒀습니다. 합병 이후 회사 상황이 다소 안 좋아졌거든요. 요즘 저는 상가 임대 일을 합니다. 좀 더 역동적이라서요."

그가 손가락에 건 열쇠를 빙빙 돌리면서 클레어 쪽으로 어설픈 곁눈질을 했다. 필연적으로 열쇠는 도로 쪽으로 날아갔고, 그걸 줍느라 대릴은 지나가는 버스에 목이 잘릴 뻔했다.

"그러니까, 카페 사업에 뛰어들고 싶다 이 말씀이지요?" 마치 아무 일도 없었다는 듯이 그가 말했다. "시기가 좋네요. 지역도 활기차고, 청년 인구 유입도 풍부하고, 입지도 최적인 데다가…… 이런 개똥 같은 말은 이만 하고 이제 우리, 안으로 들어가볼까요, 빗물에 빠져 죽기 전에?"

그가 자물쇠를 더듬어 연 뒤 어깨로 문을 밀치니 쌓여 있던 우편물이 먼지가 뿌옇게 쌓인 나무 바닥 위로 미끄러져 흩어졌다.

"와줘서 고마워." 내가 클레어에게 말했다.

"여기 와서 나도 좋아. 신이 나는걸." 그녀가 말했다.

"집안 사정은 어때?"

"전보다는 나아. 아직 매트한테 화는 나지만, 적어도 그날 주말

이후로 그이가 다친 개처럼 풀이 죽어 있지는 않아. 그런 꼴 보고 있자니 더 열불이 치밀었거든. 아마 이번 일로 내 결혼 생활이 끝나지는 않겠지만 내가 다시 그이를 신뢰하기까지는 오래 걸릴 거야. 가진 돈을 전부 공동 계좌로 옮겨서 내가 틈틈이 감시하기로 했어. 내가 그이를 말썽꾸러기 학생 취급하긴 하지만, 그래도 예전만큼 살벌하지는 않아. 다행이지. 그 영향이 쌍둥이 그레이스랑 아멜리에게도 미쳤거든. 애들도 눈치가 있잖아, 안 그래?"

"난 모르지. 알 수가 없지."

"그렇구나. 샘이랑은 다르구나. 미안해." 그녀가 말했다.

"자, 이곳이 어떤지 네 생각을 말해줘, 동업자 양반."

우리는 끙끙대며 거대한 탱크 같은 유모차를 카페 안으로 밀고 들어갔다. 안으로 들어가자 희미하지만 익숙한 커피 향기와 가구 광택제 냄새가 훅하고 끼쳐왔다. 낡았어도 푹신했던 가구들이 빠지자 가게는 크고 황량해 보였다. 내가 이리저리 둘러보는 동안 내 옆에서 대릴이 앵무새가 영혼 없는 주문을 반복하듯 가게 특징을 줄줄 읊어댔지만 나는 그 말이 거의 귀에 들어오지 않았다.

"내부에 형님의 취향을 심을 수 있는 여지가 크네요." 그가 계속해서 읊었다. "미국식 다이너 스타일도 괜찮아요, 요새 인기죠. 아니면 클리프튼에서 우리가 계약했던 어떤 곳은 도쿄 고양이 카페라는 걸로 만들더라고요. 그게요, 고양이가 여기저기 돌아다니게 해서는, 차 한 잔 마시고 고양이 한 번 쓰다듬고 그러는 곳이에요. 그런데, 환경보건과에서 2주 동안 영업 정지를 먹었더라고요.

그 조그만 것들이 여기저기 하도 똥을 싸대니까요. 별로 권하고 싶지는 않아요."

클레어는 카운터 뒤로 갔다가 문을 열고 주방 쪽도 둘러봤다. 쌍둥이들은 유모차에 앉아서 조용히 주변을 둘러봤다. 휘둥그레 뜬 눈이 유순해 보였다. 우리가 이곳을 운영하는 모습이 잠깐 머릿속에 떠올랐다. 벽은 새로 칠하고 바닥은 사포질을 해야지. 요란한 동네 작가의 그림도, 시끄러운 음악도, 고양이도 사절이고 아마 보드게임 몇 개와 책 몇 권은 가져다 둘 것이다. 그래야 사람들이 여유롭고 안전하고 편안하다고 느낄 테니까. 거기까지 생각이 미치자 짜릿한 흥분이 느껴졌다.

"저어, 주방은 좋아 보이네." 클레어가 메인 홀로 나오면서 말했다. "내 말은, 안에 아무것도 없긴 하지만 공간도 넓고, 습하지도 않고, 전기 소켓도 넉넉해. 내가 기억하는 보건 안전 수칙을 전부 다 준수하고 있다는 뜻이야. 좋다, 알렉스."

대릴이 기대에 찬 눈으로 나를 바라보았다.

"여기를 다 채우려면 얼마나 들 것 같아?" 내가 클레어에게 물었다.

"글쎄, 먼저 시설 설비물을 철저히 점검해봐야 하고, 커피 머신, 음식을 팔 거면 냉장 진열장, 식기 세척기, 전자레인지, 가구, 카펫, 수도관 작업, 전기, 그런 다음에는 식기 도구, 알람, 소화기 등……. 만 오천 정도, 안전한 쪽으로 잡아서."

"임대료 석 달치 선납금도 구해야 해요." 대릴이 말을 보탰다.

"하지만 이 지역치고는 임대료가 싼 편이에요……. 솔직히. 그리고 어쨌든 여기가 브리스틀 시내 한복판도 아니니까 사람들도 알아요. 코스타 커피(영국에서 두 번째로 규모가 큰 다국적 커피 회사—옮긴이)가 여기 들어오지는 않을 거라는 현실을요."

그의 목소리에 변화가 있었다. 이상하게도…… 인간적이었다. 나는 그가 진실을 말해주고 있다는 걸 깨닫고 깜짝 놀랐다.

"난 말이지, 정말 나도 도와주고 싶어, 투자라도 하고 싶긴 한데, 그런데……." 클레어가 말끝을 흐렸다. "지금은 그럴 수가 없게 됐네."

오기 전에 은행 잔고를 확인했는데 돈이 부족했다. 주택 담보 대출과 댄에게 주는 월세가 퇴직금을 꽤나 축내버렸다.

"사업자 대출을 알아보실 수도 있겠네요." 본능적으로 내 생각의 흐름을 읽어낸 대릴이 말했다. "도움이 될 거예요."

우리 모두 잠시 아무 말 없이 서서 빈 방을 둘러보았다.

"저기, 이제 가봐야겠어." 마침내 클레어가 말했다. "애네 둘을 집에 데리고 가서 점심을 먹여야 해서. 하지만, 알렉스, 내가 도울 일이 있다면 나도 참 좋겠다. 내 말은 당분간은 애네 둘 중심으로 내가 움직여야 하지만, 그래도 응원한다는 뜻이야. 내가 필요하면 큰 소리로 불러."

"고마워, 그럴게." 내가 말했다.

그녀가 유모차를 밀며 문을 나서서 끝없이 쏟아지는 빗물과 요란한 차 소리 속으로 발을 디뎠다가 돌아섰다.

"알렉스, 너한테 이 가게가 좋겠어. 네가 여기서 라테나 쿠키를 사람들에게 대접하는 모습이 눈앞에 선해."

"그래, 그럴지도 모르지. 그런데 경험이라곤 전혀 없으니, 미친 짓 아닐까. 쿠키는 구울 줄도 모르는걸."

"아니, 그렇지 않아. 그리고 그런 건 내가 다 해줄 수 있어. 중요한 건 분위기를 띄우는 거야. 사람들은 천편일률 같은 커피 체인에 다들 넌더리가 났어. 뭔가 인간적인 걸 원하지. 그리고 알렉스 너는 사람들을 아껴. 그게 드러나. 아주 못되게 굴 때도 그래. 한번은 조디가 나한테 뭐라 그랬는지 알아? '난 그이와 함께라 자랑스러워'랬어. 네가 잘생겨서 그런 말 한 건 아니야. 실제로 넌 잘생긴 건 아니니까. 그건 그보다…… 사람들이 널 좋아해서야. 왜 그런지는 하늘만 알겠지. 그래서 너무 슬퍼, 너랑 조디 말이야. 그러니까 네가 어떻게든 관계를 회복해야 해. 그렇게만 되면 이 카페를 연 다음 넌 스타벅스도 박살낼 수 있을 거야."

뭔가 내 눈을 찌르는 듯했다. 가구 광택제 냄새 때문일까. 그녀와 작별을 나눈 뒤 내가 문을 닫았다. 대릴이 자기 휴대폰에 뭔가 입력하고 있었다.

"한 번 더 둘러봐도 괜찮지?"

"그럼요, 어서 보세요."

그를 그 자리에 남겨두고 나는 방 뒤쪽, 샘과 내가 즐겨 앉던 자리로 갔다. 소파가 놓였던 자국이 보였다. 그 바닥에 주저앉았다. 때로, 샘이 아주 어렸을 때 그 애를 안고 데려와 소파 위에 앉힌 다음 큰 소리로 주문을 한 뒤 일요 신문 주말 부록 잡지를 함께 보곤 했었다. 나는 사진들을 연관시켜 이야기를 만들어주곤 했다. 어떤 때는, 사실은 아주 자주, 십 분만 지나면 아이가 지루해했다. 또, 이곳이 너무 시끄러워서 아이가 울 때도 있었다. 하지만 여기 들어 와서 아이와 단 몇 분만이라도 앉아 있으면, 토요일 점심시간의 활기나 일요일 오후의 평화로움을 사람들과 공유할 수 있었다. 어떤 의미에서는 마법과 같은, 회복의 순간이었다. 한 주일 동안의 고군분투와 눈물, 언쟁과 근심이 단 15분 동안 커피와 소파와 우리 주변에 있는 사람들과 함께하는 시간만으로도 현저히 감소했다.

나도 할 수 있으리라, 나도 그런 느낌이 만들어낼 수 있으리라, 다른 사람들을 위해서. 한 번 해보고 싶어졌다. 내가 당장 할 일은 어떻게든 돈을 구하는 일이었다.

"다 보셨죠?" 대릴이 내게로 건너와서 물었다. "손님 보여드릴 가게가 다음에 또 있어서요."

"응, 다 봤어." 내가 힘겹게 일어서면서 말했다.

"어떻게 생각하세요?" 그가 물었다.

"하고는 싶은데, 단지……."

"비용이요?"

내가 고개를 끄덕였다.

"은행에 가서 물어보세요. 부자 친척도 찾아가시고요. 다른 손님들한테는 이 물건 홍보를 설렁설렁 할게요. 이 건은 안 밀어붙

일게요. 하지만 아무한테도 이런 말 하면 안 돼요. 저도 평판이 있으니까요."

그를 꼭 끌어안고 싶은 충동이 걷잡을 수 없이 일었지만 다행히도 참을 수가 있었다.

"대릴, 고마워." 나는 겨우 이 말만 했다. 그런 뒤 우리는 자리를 떴다. 그가 문을 단단히 닫은 뒤 자기 코르사가 있는 곳으로 달려갔다. 나는 한동안 그 자리에 서 있었다. 두렵기도 했지만 행복했다. 잠시, 내 기억 신경이 세월을 돌려 나를 저 멀리 런던에 있는 카페로 데리고 갔다. 돌이켜보니, 그곳이 내가 안전을 느끼는 또 다른 장소였다. 두 소년이 바깥에 있고 여동생과 어머니. 실컷 먹은 케이크와 탄산음료. 눈에 선했다. 유리를 통해 비쳐드는 햇살로 눈이 부셨다. 어쩐 일인지, 쏟아져 내리는 이 차가운 빗줄기 속에서 그때의 온기가 지금 내 뺨에 느껴졌다.

잠시 마음이 벅차서 균형을 잡기 위해 손으로 벽돌담을 짚었다. 그런 다음 간판을, 아니 한때 간판이 있던 곳을 바라보았다. 나는 그때, 이곳이 내 가게라면 뭐라고 부를지, 그때 벌써 정해놓았다.

35

알고 봤더니 나는 미끼였다.

댄이 내게 전화를 해서는 작전명 에마가 시작됐다고 말했다. 오늘 밤이었다. 나는 그에게 작전명 에마라고 부르지 말라고 했으나 그는 내 말을 듣지 않았다. 나보고 그녀에게 전화를 걸어서 더 박스에서 만나자고 하라는 말만 했다. 더 박스는 스토크스 크로프트 도로 끝자락 학생용 숙소 블록 아래쪽에 자리한 소규모 아트 센터였다. 생방송 디제이가 있는 멋진 카페도 갖춘, 댄에게서 연상되는 활력이 넘치는 곳이다. 내 짐작으론, 댄이 그곳에 서서 에마에게 장미 한 아름과 30분짜리 하드 하우스(1990년대 생긴 일렉트로닉 댄스 음악, 클럽과 생방송 디제이가 함께한다—옮긴이) 세트를 안겨줄 준비를 하는 것 같았다.

"그런데 댄, 내가 오늘 오후에 샘을 돌봐야 해. 지금 애 데리러 학교에 가야 한단 말이야." 내가 버텼다.

"걔도 데려와. 괜찮아." 그가 말했다.

그런 연유로 나중에, 교문 앞에서 (음, 정확히는 교문에서 오십 미터쯤 떨어진 곳이긴 했지만 매번 그 거리가 조금씩 더 가까워지고 있다) 샘을 만난 뒤 댄이 에마에게 깜짝 이벤트를 해주려는데 우리가 도와줘야겠다고 아이에게 말했다.

"게임 같은 거야?" 아이가 물었다.

"아마도? 나도 잘 몰라. 어쨌든 우리도 거품 우유 정도는 얻어먹겠지."

"좋았어! 댄 아저씨 도와주자."

차 쪽으로 걸으며 내가 에마에게 전화를 걸었다. 하지만 곧 당황스러웠다. 뭐라고 말해야 할지, 사실은 왜 하필 시내 그 동네에서 만나자고 해야 할지 도대체 모르겠어서였다.

"안녕 에마, 댄이……. 아니 내가, 아 저, 나 알렉스다. 생일 축하해! 잘 지내지?"

"음…… 잘 지내. 오빠는? 목소리가 심상치 않은데. 엄마 때문에 그래? 엄마 괜찮아?"

"아니. 아 그러니까 응. 그게 아니구나, 아냐. 그러니까 엄마 문제는 아니라고. 내가 오늘 저녁에 시내로…… 샘이랑 가는데. 샘한테 구경시켜주려고. 있잖니, 야경 말이야."

"댄 아저씨 때문에 가는 거라며." 샘이 말했다.

"쉬이이이." 내가 아이를 말렸다.

그런 뒤 다시 에마에게 말했다.

"혹시 너도 생일 기념 커피나 한잔하러 올래? 샘도 시합하기 전에 너 만나고 싶어 해서 말이야. 행운을 빌어달라고. 바쁘지 않으면?"

이거 참 웃기네.

"좋아. 난 지금 내 친구 파샤네 집에 있어. 여행 계획을 짜고 있었거든. 어디에 있을 건데?"

"그럼, 다섯 시에 더 박스에서 만날까? 우리가 한턱낼게."

"더 박스? 좋아. 거기서 만나 그럼."

나는 전화를 끊고 재빨리 댄에게 승낙했다는 문자를 보냈다. 게임 시작.

거의 동시에 그에게서 답장이 날아왔다. 고맙다.

차를 몰고 베드민스터를 천천히 기어서 시내로 접어들 때쯤 샘은 질문이 많았다.

"우리 어디 가?"

"더 박스라는 카페에."

"왜 박스래?"

"그냥 이름이 그래. 넌 어떻게 돼가? 만들기는 잘 돼가?"

아이는 자그마한 숄더백을 메고 있었다. 거기에는 샌드위치와 마인크래프트 책, 레고 몇 개와 어제 아이가 공원에서 주운 새 깃털 한 개가 들어 있었다. 아이는 에마에게 그 깃털을 보여주겠다며 가방에서 꺼내더니 손등을 살살 간질였다.

"아빠, 우리가 더 박스에 왜 가는 거지?"

"우리는 에마 고모를 만나기로 했어. 아마 댄 아저씨도 만날 거야. 기억나? 아저씨가 무슨 계획이 있대서 내가 돕기로 했잖아. 아저씨는 에마 고모한테 할 말이 있는데 겁이 좀 난다고 해서 우리가 도와줘야 해."

이 설명을 듣고 아이가 너무 정신없어할까 봐 라디오를 틀었다. 그렇게 해서 아이 주의를 딴 데 돌리려 했지만 실패했다. 꼬치꼬치 오랜 탐문 분석 끝에, 감사하게도 우리는 목적지에 도착했다. 캐벗 서커스 쇼핑센터 근처 요금이 비싼 주차 빌딩에 주차를 한 뒤 우리는 아트 센터로 이르는 언덕길을 걷기 시작했다. 걷는 동안 샘이 내 손을 잡았지만 이번에는 꽉, 더 꽉 잡아달라는 부탁은 하지 않았다. 대신 아이가 재잘재잘 말을 했다. 아이는 내게 마인크래프트 이야기를 꺼내더니 자기가 올리비아와 함께 등대를 만들었는데, 등대에서 하늘로 하얀 빛 줄기를 보내게 만들었다고 했다. 아이는 찬찬하고 구체적으로 설명했다.

"그 빛이 천국까지 올라가는 거야. 내 생각에 천국은 사람들이 나중에, 우리가 그 사람들을 더 이상 못 보게 될 때 가는 곳인 것 같아. 좋지."

나는 아이가 자기 말뜻을 아는지, 아니면 올리비아가 했던 말을 그저 되풀이하고 있는 건지 궁금했다. 내가 물어보기도 전에 아이는 주제를 옮겼다. 아이는 에마와 그녀의 여행 계획에 대해서, 구체적으로 무슨 비행기를 타고 가는지 등을 더 알고 싶어 했다. 우리가 목적지에 다 와 가자 아이는 말을 멈췄다. 나는 댄이 뭘 하고 있는지, 무슨 계획을 세웠는지, 다른 장소 다 그만두고 왜 하필 이곳이 적합한 장소인지 등이 궁금했다. 에마는 상관이나 할까? 어쨌든 그녀는 일주일도 안 돼 떠날 것이다. 얼마나 오래 나가 있을지도 몰랐다. 그가 그녀에게, 가령 올드 쉽 같은 곳에서 피시 앤 칩스를 먹으면서는 못할 말인데 조그마한 아트 센터 카페에서 할 수 있는 말이 대체 뭐가 있을까? 게다가, 그는 이런 로맨틱 제스처에는 문외한이었다. 오, 맙소사, 이거 대형 참사가 일어날 수도 있겠는데? 이런 일에 내가 샘까지 끌어들이다니.

우리가 더 박스에 도착했을 때 에마는 벌써 와서 카페에서 우리를 기다리고 있었다. 누추한 운동복 윗도리에 진 바지를 입고 있었는데 라테 한 잔과 아이패드를 앞에 두고 있었다. 짧은 머리는 헝클어져 있었고 화면에서 나오는 불빛 때문에 얼굴이 살짝 빛났다. 그녀는 우리를 보자 활짝 웃으며 가까이 오라고 손짓을 했다. 샘이 그녀에게로 달려가다가 활짝 벌린 그녀의 두 팔 앞에 멈춰 잠시 주춤대다가 결국 그 품에 안겼다.

"에마 고모, 깃털을 한 개 주웠어." 아이가 말했다.

"아, 예쁘겠다. 나 보여줄 거야? 안녕, 오빠."

"안녕, 생일 축하한다." 내가 말하며 혹시 주위에 댄이 있는지 둘러보았다. 카페는 작고 조용했다. 황량한 실내는 온통 콘크리트와 유리뿐이었다. 저쪽 구석 테이블에 한 무리의 학생들이 앉아서 스마트폰에 담긴 서로의 사진을 비교하며 소란을 떨고 있었고 록 밴드 소닉 유스 티셔츠를 입은 중년 여인이 너덜거리는 배너티 페어 잡지를 읽고 있었다. 내 생각에, 모두 단골손님들이었다. 그들 중 누구도 댄은 아니었다. 물론 변장한 댄도 아니었고. 제길. 대체 이 인간이 어디에 있담? 에마와 샘이 아이패드 화면을 들여다보며 비행 편과 기종에 대한 이야기를 주고받고 있었다. 나는 간간이 고개를 끄덕이면서 계속해서 주위를 훑어보았다. 에마가 화장실을 가려고 자리를 뜬 사이에 전화를 확인해봤지만 댄은 문자조차 남기지 않았다. 작전명 에마에서 작전명 포기가 된 걸까?

그때, 그가 보였다. 극장 안으로 들어가는 문 안쪽에 그가 서 있었는데 몸에 꼭 맞는 하늘색 정장에 잘 다린 흰 셔츠를 받쳐 입었다. 마치 산마리노 야회장에 나타난 플레이보이 슈퍼 모델 같았다. 그가 내게 손짓을 했다.

"안녕, 댄. 준비 다 됐어?" 내가 물었다.

"응. 나 어때?" 그가 말했다.

"돌체앤가바나 화보 모델 같다."

"알았어. 좋단 말이지?"

"물론이지. 왜 안 좋겠어? 넌 어때?"

"응, 좋아. 에마는 어디 있어?"

"화장실 갔어."

"오케이. 좋았어. 그럼, 에마가 돌아오면, 여기로 데려와 줄래?"

"물론이지. 너 정말 괜찮아?"

"좀 초조해."

"괜찮을 거야. 상대는 그저 에마잖아, 이 멍청아. 그 애 데려올 게. 넌 기다리고 있어."

그가 심호흡을 몇 번 했다. 음악이 잦아드는 바람에 내가 몇 발짝 떼었는데도 그의 혼잣소리가 들렸다.

"좋아, 가자."

우리 테이블로 돌아오니 에마도 화장실에서 돌아왔다. 여긴 아무 일도 없었다.

"음, 그런데, 에마. 저쪽에 내 친구 한 명이 있는 걸 봤어. 가서 만나보자."

에마가 다소 의아한 눈으로 나를 쳐다봤다. 샘은 아무것도 모른 채 아직도 아이패드 화면을 문지르고 있었다.

"어서. 너 소개해주고 싶어서 그래."

"그래애애애애." 그녀가 천천히 말했다.

댄은 문 뒤로 사라지고 없었다. 나는 샘의 손을 잡은 다음 에마의 아이패드를 집어 들었다. 그녀가 나를 쳐다보다가 내가 문 쪽으로 걸어가자 어슬렁어슬렁 내 뒤를 따라왔다. 카페 카운터 직원 두 사람이 에마를 보더니 자기들끼리 뭔가를 속삭였다. 문간에 다다라서 내가 문을 밀어 열었다. 복도가 나오고 그 끝에 이중 문이 있었는데 살짝 열려 있기에 그리 들어가니 어둡고 커다란 방이 나왔다. 전에 한 번도 와본 적이 없는 곳이었다. 내가 어디로 가고 있는 건지 나도 전혀 몰랐지만 그래도 에마를 데리고 계속 앞으로 향했다.

"대체 어디를 가는 거야. 오빠 오늘 정말 이상하다." 그녀가 투덜거렸다.

"나도 알아. 그냥 따라와." 내가 말했다.

그녀가 주위를 둘러보다가 막 몸을 돌려 다시 나가려는데 댄이 이중 문 앞에 나타났다. 예의 그 미소를 지으며.

"무슨 일을 꾸미고 있는 거야?" 에마가 소리쳤다.

"에마, 안녕." 그가 말했다. "네 생일을 기념해서 깜짝 놀랄 만한 일을 준비했어. 음, 네가 싫어하지 않는다면 좋겠다. 네가 떠나기 전에 알아줬으면 싶은 게 있거든. 그런데 먼저, 이리로 좀 와볼래?"

"뭐 하자는 거야, 멍청이 같으니." 에마는 그렇게 말하면서도 그가 손을 내밀자 그에게로 다가가 그 손을 잡았다. 그러더니 두 사람이 함께 문 안으로 들어갔다. 나도 그 뒤를 따라갔다. 가서 그가 무슨 준비를 해놨는지 봐야 했다. 안쪽을 들여다보자마자, 알 수가 있었다.

영화 상영실이었다. 이 건물에 영화 상영실이 있다는 사실을 잊고 있었다. 작은 방이었지만 이 건물 다른 장소와는 달리 빨간 벨벳으로 호화롭게 치장한 방이었다. 마치 30년대 정통 영화관처럼 물결치는 커튼이 양쪽 벽을 따라 드리워져 있었고 좌석은 푹신하고 넓었다.

다른 사람은 한 명도 없었다.

댄은 객석 정중앙의 좌석 두 개로 에마를 데리고 가서 앉힌 뒤 자기 옆쪽 바닥에서 거대한 팝콘 상자를 집어 올려 두 사람 무릎 사이에 쏟아지지 않게 잘 놓았다.

"하. 우리, 영화 보는 거야? 댄, 무슨 영화를 볼 건데? 왜 다른 사람은 한 명도 여기 없어?"

"내가 방 전체를 빌렸어. 주인을 좀 알거든. 어쨌든, 에마, 음, 중요한 건 이거야. 우리가 옛날에, 데이트하던 때, 나는 널 정말 사랑했어. 정신없이 빠져들었지. 넌 아마 몰랐을 거야. 그러다가 어느 날 네가 떠나기로 했지. 난 이해했어. 정말로 이해했어. 그리고 너를 극복할 수 있을 거라고 생각했지. 그런데 에마, 난 그러질 못했어. 전에도 그러지 못했고 앞으로도 못 그럴 것 같아. 그래서 네가 다시 돌아왔을 때 난 믿을 수가 없었어. 얼마나 다행인지 믿을 수가 없었다니까. 그 당장에 너한테 이 말을 했어야 했는데. 그런데 한편, 너한테는 다 지나간 과거일 수도 있겠다는 생각이 들었어. 곧 네가 다시 떠난다니까, 이젠 상관없어. 난 이제 잃을 게 없어. 그래서 이제 너한테 말하려고. 네가 세상 어디에 있든, 거기서 뭘 하든…… 너는 내 세상 전부야."

잠시 아무 말도 없었다. "댄, 설마 노래도 부르는 건 아니겠지?" 에마가 말했다.

"부를 거야. 커튼 뒤에 재즈 밴드도 고용해뒀어. 신호만 보내면 돼."

"어머나, 세상에."

"농담이야. 그런데, 난 정말 상관없어. 네가 브라질로 가든, 베트남으로 가든, 태국으로 가든, 아니면 맨 섬으로 가든 말이야……. 난 너만 생각할 거야. 어쩔 수가 없어. 언제나 그랬고 앞으로도 그러겠지. 혹시 너한테 뭐라도 필요하게 되면, 그게 뭐든지 말이야, 내가 여기서 해결해줄게. 혹시 내 말이 소름 끼치니? 난 소름까지는 아닌 것 같았는데, 지금은 잘 모르겠다. 어쨌든, 네가 떠나기 전에 너한테 뭔가 주고 싶었어. 이게 좀 싱겁긴 해도, 넌 이해할 거야."

그러더니 그가 팔을 올렸다. 어디선가 그의 신호를 알아차린 사람이 있었다. 왜냐하면 스크린을 가렸던 커튼이 열리고 영화사 로고가 보였으니까. 그리고는 익숙한 뮤지컬 선율 〈별에게 소원을〉이 흘러나왔다.

그리고는 영화가 시작됐다. 그리고 당연히, 당연히 영화는 〈라이온 킹〉이었다.

"뭐야?" 샘이 속삭였다. "무슨 일이 있는 거야?"

아이가 나를 밀쳐내고 방안을 들여다보았다.

"영화야? 우리도 봐도 돼? 무서운 거야? 내 귀마개 어디 있어?"

"아냐, 샘, 우린 안 볼 거야. 에마랑 댄만 볼 거야. 이제 두 사람만 남겨둬야 해."

나는 아이를 데리고 나오다가 뒤돌아 잠깐 문이 닫히는 틈으로 안을 들여다봤다. 앞으로 수그려진 에마의 어깨가 살짝 들썩이고 있었다. 댄이 한 손을 그녀 어깨 위로 올리는 모습이 보였다. 얼굴에는 염려가 가득했다. 그 순간, 그녀가 와락 두 팔로 그의 목을 끌어안더니 입술에 키스를 했다. 그러자 그도 그녀를 포옹했다. 화면 속에서 떠오르는 태양이 두 사람의 얼굴에 빛을 뿌렸다. 팝콘 통이 기울기 시작하다가 바닥으로 떨어지니 마치 종이 꽃가루처럼 팝콘이 휘날렸다.

저 두 사람. 아름답고 매력적이지만, 어이쿠 맙소사, 천하의 바보들 같으니. 여기까지 오는 데 반평생이나 걸리다니. 이 나이에 디즈니 영화 보며 데이트라니.

두 사람이 어렸을 때가 생각났다. 그 후로 벌어진 그 모든 일들도. 행복이란 얼마나 머뭇대며 찾아오는 것이며 또 얼마나 쉽사리 깨져버리는 것인가. 놓치기는 또 얼마나 쉬운가. 행복이란 종종 보지도 못했는데 지나가 버리고 만다. 하지만 간혹, 혹시 당신이 상상 이상으로 끈질긴데 운도 받쳐 준다면, 먼 길에서 되돌아오기도 한다.

"무슨 일이야?" 샘이 물었다. "그럼 나 계속해서 아이패드 해도 돼?"

나는 대답을 못했다.

"아빠? 지금 우는 거야?"

36

매트와 클레어네 집으로 가는 길에 나는 모든 무게를 가늠해보았다. 조디, 샘, 학교, 일. 내가 저글링할 공들이 너무 많았다. 하물며 이들이 탁구공도 아니었다. 볼링공이었다. 속이 시멘트로 꽉 찬 볼링공으로 내가 재주를 부려야 했다. 오늘 아침, 카페의 순조로운 출발을 기대하며 소상공업 컨설팅을 받으러 갔었다. 담당자는 마치 장례 지도사 같은 침울한 연민을 보이며 식음료 소매업을 창업할 때 겪을 수 있는 온갖 종류의 위험과 실패율, 긴 노동 시간, 인간관계의 위기 등을 설명해주었다. 그러더니 정부 보조금 청구서와 5년간 사업 계획서 양식을 건네주면서 잘 생각해보라고 말했다. 이는 동기부여라는 측면에서 보면, 마치 첫 데이트를 나가기 전에 록 밴드 더 스미스의 앨범을 듣는 것과 다를 바가 없었다.

문을 열어준 사람은 클레어였다.

"들어 와. 미팅은 어땠어?" 그녀가 말했다.

"음, 괜찮았어." 나는 거짓말을 했다. 집 안으로 들어서다가 하마터면 흩어져 있는 롤러스케이트를 밟고 미끄러져 넘어질 뻔했다.

"그렇군. 조심해, 우리 집 가사 도우미가 일 년간 쉬게 됐어." 그녀가 말했다.

실내는 언제나 그렇듯 난장이었다. 아치와 타비타, 그리고 아이들 친구 몇몇이서 뛰어다니고 있었다. 부엌에서는 매트가 스토브 옆에서 소동을 피우고 있었다. 부글부글 끓고 있는 팬이 네 개나 되는데 김이 하도 많이 분출되는 바람에 부엌은 이미 안개가 자욱한 미세 기후 지역으로 변해 있었다.

"그래서 결론은?" 클레어는 우리가 앉을 자리를 내느라 소파에 쌓인 그림책을 치우며 물었다.

"모르겠어. 내 말은, 내가 창업자 대출을 받을 수는 있겠지. 그리고 내가 모아놓은 돈도 좀 있고. 하지만 전체적으로 위험이 너무 커. 초기 투자금이 너무 크고 게다가, 글쎄, 난 이런 일에 전혀 경험이 없잖아. 그리고 우리 둘 다 큰돈을 투자할 만한 여유도 없고."

안 그러려고 했지만 흘긋 매트를 쳐다보니 때마침 그가 이리로 들어오려다가 멈칫하고 다시 천천히 뒷걸음질을 치며 부엌으로 돌아갔다.

"경험은 내가 있잖아. 게다가 난 네가 잘해내리라고 믿어. 작은 가게인 데다가 사람들이 좋아했던 곳이라는 게 눈에 보이더라. 우리가 시내 한복판에 대형 커피숍을 새로 세우는 것도 아니잖아."

"알아, 하지만 솔직히 말하는데……."

나는 클레어의 눈을 피해 아래쪽 바닥을 쳐다봤다. 카펫에 짓이겨진 바나나 같은 게 묻어 있었다.

"나는 나 자신에 대한 믿음이 별로 없어." 마침내 내가 털어놨다. "내 말은, 나한테는 제대로 됐던 일들이 없었단 뜻이야. 너도 알아차렸겠지만."

"피차 매일반이잖아." 클레어가 말했다. 무시한다기보다는 위로하는 말투였다. "2년 전엔 나도 쌍둥이나 도박 빚 같은 건 생각도 못했어. 좋은 집에 좋은 차, 좋은 동네, 좋은 학교. 덜거덕거리긴 해도 제법 잘 꾸려간다고 생각했었지. 하지만 인생이란 게 사람을 어김없이 이리저리 흔들어대네. 그러더니 정면으로 따귀를 한 대 갈기고. 그러더니 정통으로 불알을 걷어차고. 그러더니—"

"알았어, 알았어. 무슨 말인지 다 알아들었어."

"너는 형을 잃었지만 그래도 잘 견뎌냈고, 그리고 너희 가정을 아름답게 잘 꾸려냈어. 5개월 전에는 샘이 큰 소리가 나는 것도, 사람이 많이 모인 것도 다 무섭다고 했는데 지금은 비디오 게임 대회에 나간다잖아. 알렉스, 넌 잘할 수 있어. 넌 이 카페를 해야 한다고 생각해."

"고마워." 내가 말했다. 그 말밖에 할 수가 없었다. 내가 북받치는 감정을 막 쏟아내려는 순간 타비타가 비명을 지르며 들어오고 뒤따라 그 애 동생이 플라스틱 칼과 레이저 총을 휘두르며 들어왔다.

"난 이제 안정 같은 건 없다고 봐." 남매들의 행진이 지나가는 동안 클레어가 말했다. "삶이 지나가는 속도로 보나 매사가 불확실한 걸로 보나 말이야. 어떻게든 버텨야 하잖아, 안 그래? 중요한 문제가 있으면 해결하려고 애를 써야지."

몇 초 동안 우리가 아무 말 없이 앉아 있었다. 매트가 부엌에서 파스타를 차리는 소리가 들렸다.

"클레어." 내가 나직이 불렀다. "너 요즘 페이스북 인생 조언 포스팅 다시 읽기 시작했어?"

나는 그 주 내내 몇 시간씩 내 랩톱 앞에 쭈그리고 앉아서 임대료, 가구, 기구, 직원 월급 등 카페 운영을 위해 필요한 비용 명세표를 만들었다. 저녁에는 조디와 샘을 보러 (주로 샘을 보러) 집에 들렀다. 대회가 임박하자 우리는 샘이 게임을 더 많이 하도록 허락했다. 아이는 매일 저녁 온라인으로 올리비아를 만났다. 대부분의 시간 동안, 두 아이는 건축 연습 삼아 새로운 것을 시도해보고 피스톤과 배터리를 이용해서 간단한 소품 기계를 만들었다. 하지만 다른 친구들과는 엔더 드래건을 조여 갔다. 아이들은 경관을 샅샅이 뒤져서 몬스터를 처단하고 보물을 모았다. 신비의 최종 포탈을 찾아내기 위해서였다. 마인크래프트 최종 장소가 지표면 아래 깊숙이 숨어 있었다.

드래건이, 거기서 기다리고 있었다.

37

마인크래프트 대회 전날이었다. 나는 구글 맵을 보고 런던으로 가는 운전 길을 계획해놨고 또 입구에서 우리를 만나 안내해달라고 댄에게 부탁도 해뒀다. 오늘 이따가 집에 들러서 샘의 훈련이 어떻게 되어가는지 보기로 했다. 그렇다, 훈련이었다. 우리는 이 대회를 매우 진지하게 생각하고 있었다. 미친 짓 같지만. 클레어 말이 옳았다. 몇 달 전 아이는 이런 데로 가는 것조차 무서워했다. 나는 웹 사이트에 올라있는 지난 대회 사진들을 확인했다. 거대한 격납고를 가득 채운 10대들이 거의 캄캄한 어둠 속에서 커다란 화면을 보며 게임을 하고 있었다. 소음은 상상으로만 가능했다. 내 마음 한편으로, 우리가 그곳에 도착하면 아이가 내 팔을 붙들고 당장 집으로 돌아가자고 할 것만 같았다. 그러면 우리는 그 상황을 받아들이고 그저 경험으로 치부해버리고 말 수도 있다. 이런 식으로 끝났던 숱한 다른 경우들처럼. 하지만 또 다른 한편, 이번에는 그러지 않을 거라는 생각도 있었다.

나는 댄네 작은 테이블 앞에 앉아서 도시 전체를 내다보았다. 어느덧 빌딩 하나하나를 마인크래프트 모델로 상상하는 버릇이 들어서, 샘과 내가 과연 클리프턴 서스펜션 브리지나 윌스 메모리얼 빌딩, 아니면 하다못해 괴상하게 생긴 그 치즈 레인 샷 타워라도 만들 수 있을까 궁금했다. 내 손 안에, 뜯고는 아직 읽지 않은 책 한 권이 들려 있었다. 제목은 《당신만의 커피숍을 운영하는 방법》, 아마존에서 좋은 평을 얻고 있는 책이었다. 나는 몇 번이고 책을 시작하려 했지만 번번이 딴생각에 빠져들었다. 학부형들이 모여 있고 타이어가 미끄러지면서 내는 찢어지는 소리. 애를 들여보내지 마세요. 애를 막아요. 내가 뭔가 새 출발을 하려고, 내 삶을 살아가려고 마음먹을 때마다 쏟아져 나오는 이미지들. 조지는 내려본 적이 없는 결정들.

하지만 이제는 뭔가 달라졌다. 아마 상담의 효과일지도 몰랐다. 샘과 나, 조디 등 모두를 대상으로 요즘 내가 갑자기 갖게 된 목적의식 때문인지도 몰랐다. 장담할 수는 없었다. 하지만 예전에는, 조지 생각이 날 때마다 내가 그날로 끊임없이 돌아가지 않으면 나는 나 스스로를 책망했다. 죄책감이 모든 것을 지워버렸다. 하지만 오늘 아침에는, 그날보다 더 오래전에 우리가 함께했던 순간들이 생각났다. 일요일 오후 공원에서 축구공을 차던 일이며, 티브이 앞에서 싸움 흉내 놀이하던 일, 학교가 파한 뒤 우리 침대에 누워서 몇 시간이고 만화책을 보던 일 따위가 생각났다. 문득 내가 미소 짓고 있다는 걸 깨달았다. 조지 목소리는 잘 기억나지 않았지만 조지 웃음소리는, 낄낄낄 톡톡 끊어 웃던 장난기 가득 했던 그 웃음소리는 기억이 났다.

이러다 보니 샘이, 그리고 내가 최근 몇 달 동안 아이에게서 보았던 불꽃이 생각났다. 아이가 이미 그 불꽃을 갖고 있었음은 의심할 여지가 없었다. 하지만 나는 눈에 뭐가 씌었는지 그걸 알아보지 못했었다. 나는 샘의 '문제'에만 너무 매몰되어 있었다. 이제 나는, 그 아이가 세상을 보는 눈이 나와는 전혀 다르다는 사실을 안다. 아이의 세계에는 내가 볼 수 없고 이해할 수 없는 패턴과 경이와 아름다움이 있다. 아이가 아장대는 아기일 때 주말이면 우리가 늘 하던 일과가 있었다. 나는 아이를 유모차에 태우고, 베드민스터를 구불대는 어느 큰 길 근처 작은 공터에 있던 특정한 벤치로 갔다. 거기 앉아서 한 시간이나 그보다 좀 더 오래 있다 보면 아이는 지나가는 승용차와 밴, 버스를 가리키며 물었다. "어디 가, 아빠?" 그러면 나는 목적지를 지어냈다. 멀리 언덕 위에 여러 가지 색깔 집들이 줄을 지어 서 있었다. 내가 한 개씩 손가락으로 가리키면 아이는 "파랑, 노랑, 빨강, 파랑"이라고 말하곤 했다. 아이가 부르는 색깔은 실제 색깔에 좀처럼 맞지 않았지만 그건 중요하지가 않았다. 아이와 함께하는 그 고즈넉함이 나는 너무 좋았다. 나는 그게 그저 싱거운 장난, 거듭되는 반복 연습이 주는 위안 같은 것인 줄 알았다. 내 생각이 틀렸다. 그건 아이가 자기 주변에서 벌어지는 미친 듯 부산한 움직임을 읽어내어 나름의 방식으로 세상을 이해하고 분류하려는 시도였다. 아이가 주변 정보를 처리하려면 아무리 허약하더라도 시스템이 필요했다. 도시는 아이에게 싫으면 꺼버릴 수 있는 배경 음악이 아니었다. 세상은 아이의 감각에 끝없는 공격이었다. 아이는 세상을 이해하기 위해 필사적으로 노력해야 했다.

하지만 이제 모든 것이 좀 더 분명해졌다. 마치 낯선 풍경 속으로 밝은 햇살이 비쳐든 것 같았다. 아이는 골칫거리가 아니었다. 똑똑했다. 어여쁜 내 아들. 아이는 유쾌하고 영리했으며 호기심이 왕성해서 사물들을 이상하지만 뛰어난 방식으로 연결지었다. 아이의 상상력은 이 뒤죽박죽 소음에서도 어떤 의미를 구축해낼 수 있는 거대한 용광로였다. 나는 그걸 왜 몰랐을까? 가장 속상한 점은 내가 이 모든 걸 이해하기까지 무척 고생을 한 데 반해, 올리비아나 타비타처럼 영리한 아이들은 한눈에 알아봤다는 점이다. 나는 그동안 줄곧, 자기만의 세계에 고집스레 갇혀 지낸 건 샘이라고 생각했었다. 하지만 정작 그랬던 건 나였다.

나는 아침 느지막이 집에 가서 도로변에 주차를 하고 차에서 내려 익숙한 거리로 발을 디뎠다. 하늘에 구름이 가득해서 부싯돌 같은 이상한 회색 하루였지만 우리 집 거실 창에서는 크리스마스트리 장식 전구가 깜박깜박 따사로운 불빛을 뿜었다. 그 위쪽 샘의 침실에서 순간순간 다양한 색깔의 섬광이 비쳤다. 아이가 마인크래프트를 하고 있었다. 현관 벨을 울리자 조디가 문을 열어주며 내게 포옹을 했다.

"잘 지냈어? 거사 일이 닥쳤어."

내가 고개를 끄덕였다. "이제 우린 뭘 어떻게 해야 하지?"

안으로 들어서자 방 앞쪽이 정돈된 걸 알 수 있었다. 책들이 바닥이나 테이블 위에 쌓인 대신에 전부 책장에 꽂혀 있었고 크리스마스 카드 수십 장이 벽을 따라 드리운 기다란 줄에 매달렸다. 심지어 커피 테이블까지 새로 장만해서 그 아래쪽 공간에 박스를 놓고 장난감과 만화책을 담아두었다. 조디는 창턱을 따라 교회용 초도 여러 개 얹어두었고 벽난로에는 실제로 불을 지펴놔서 이 멋없고 컴컴한 날에 아늑한 저녁 분위기를 돋웠다.

"우와, 집이 예쁘다." 내가 말했다.

"고마워. 시간이 좀 생겨서. 갤러리도 미친 듯 바쁜 일은 끝났고, 샘도…… 그러니까, 샘한테 진짜 친구가 생겼잖아! 올리비아랑 걔 오빠가 와서는 셋이서 같이 게임 잡지도 읽고 얘기도 많이 해. 마인크래프트 얘기는 물론이고 레고나 〈어드벤처 타임〉 같은 거. 그거 말고도 내가 모르는 얘기들을 굉장히 많이 해. 애가 다른 애들 말을 따라가느라 여전히 고생은 해. 말하는 것보다 듣는 게 훨씬 더 많지만, 그래도 다른 애들은 그게 별로 싫지 않은가 봐. 그걸 보고 생각했어. 우리 애가 많이 외로웠겠구나, 그런데 우리한테는 그런 말을 할 길이 없었겠구나."

"애랑 학교 얘기는 해봤어?"

"지금은 밀어붙이고 싶지 않아. 대회 때문에 애도 생각이 많을 거 아냐. 하지만 다음 주까지는 그 사람들한테 꼭 연락을 해야 해. 난 지금 학교에서 또 한 해를 보내고 싶지 않아. 애가 드디어 앞으로 나가는 것 같거든. 성큼성큼 큰 걸음이 아니라 잔잔한 걸음이기는 해도."

우리는 지금 함께 서 있었다. 이 깔끔한 방에서. 일 미터 간격. 그녀의 머리칼과 피부에 벽난로의 오렌지 불빛이 물결쳤다. 그녀의 눈동자와 미소에도. 잠시, 그동안 우리 둘이 줄곧 여기 함께 있었고 앞으로도 영원히 그럴 거라는 착각이 들었다. 그녀가 다정하게 내 팔에 손을 얹었다.

"위층에 가서 애 만나봐야지."

계단으로 올라가는 동안 늘 그랬듯이 음악이 먼저 들려왔다. 굽이치는 피아노 소리가 나직하게 나를 불러 시간 내서 세상을 탐험해보라고 청하는 것 같았다. 문을 여니 샘이 침대 위에 앉아 있었는데 책과 잡지로 둘러싸여 있었다. 작은 엘시디 화면 말고 조명이라고는 조그만 독서등 한 개가 전부였다.

"밤에 이 근처를 밝힐 횃불을 몇 개 만들어." 아이가 나를 보자 말했다. "몬스터들이 횃불 주변은 피할 거야."

"안녕, 샘. 뭐 하고 있어?"

"만들고 있지. 이젠 담이 있어. 사진에 있는 것처럼 런던탑을 둘러쌀 커다란 담이야."

정말로, 몇 주 전에 우리가 함께 만들었던 건물 너머에는 평범한 돌과 코블스톤을 절묘하게 섞어서 건축한 커다란 담이 있었다.

좁은 창문들이 담을 따라 나 있었고 출입문 몇 개가 블록으로 만든 아치 형태로 자리했다.

"아빠도 모험하고 싶어?" 아이가 물었다.

나는 컨트롤러를 집어 들었다. 우리는 다시, 그 세계에서 함께하게 되었다.

햇볕이 따뜻했다. 바람이 근처 숲속 나무 꼭대기 이파리들을 스치는 소리가 들렸다. 우리는 성에서 더 멀리 나와 숲속으로 들어갔다.

"나는 선로를 깔 거야." 샘이 말했다. "성에서 마을까지 뻗게 할 거야. 당근을 더 훔쳐야 될 경우 카트를 타고 가려고."

"그거 좋은 생각이다." 내가 말했다.

우리가 참호로 들어가자 동굴과 터널 여러 개가 그물처럼 연결되어 있었다. 다른 날 탐험할 장소였다. 자작나무 숲속에는 깊은 호수가 있었는데 한가운데에 작은 섬이 떠 있었다. 웬일인지 그 섬을 보자 캠핑장에서 샘이 무서워서 잠도 못 들던 날, 내가 샘을 데리고 갔던 상상 속 섬 생각이 떠올랐다. 이제 보니 거의 현실이었던 듯한 느낌이 들었다. 밤이 다가오기에 나는 샘이 경기를 일으킬 줄 알았다. 그런데 아이는 오히려 칼을 뽑아 들었다.

"이건 쇠로 만든 칼인데 마법이 걸려 있어. 아주 강력해."

"좋아, 하지만 우리, 돌아가는 게 좋을지도 몰라. 완전히 길을 잃으면 안 되잖아."

마지못해 아이가 내 뒤를 따라 돌아섰다. 저물어가는 빛 속에서 나무들이 이제는 회색빛을 띠었다.

"우리 오늘 재미있었지, 안 그래?" 내가 물었다.

"응, 고마워, 아빠."

성이 시야에 들어올 때쯤, 뭔가 익숙한 소리가 들려왔다. 그리 멀지 않은 곳에서였다. 뼈가 부딪히는 소리였다. 순식간에 화살 한 대가 슉 하고 날아왔다. 그 뒤로 또 한 대.

"스켈레톤이야." 샘이 말했다.

나는 나무 밑으로 뛰어든 다음 발치에 닿는 무성한 풀을 도끼로 쳐내가며 도망쳤다. 샘을 찾았다. 하지만 아이는 시커먼 나뭇가지들 사이로 사라지고 없었다. 활 든 놈이 어디 있는지 보이지는 않지만 달그락 뼈 소리는 퍽 가까웠다. 그때 그놈이 보였다. 창백한 달빛 아래 하얗게 생긴 놈이 활시위를 당기고 있었다. 그놈은 성문을 가로막고 내 앞에 서 있었다.

"오도 가도 못하겠어!" 내가 소리쳤다. 그놈은 빠른 속도로 연달아 화살 두 대를 내게 맞췄다. 에너지가, 생기가 내 몸에서 쓸려나가는 게 느껴졌다. 이렇게 해서 모험이 끝나는 건가? 우리가 지은 건물이 바로 눈앞이건만, 그래도 들어가기엔 너무 멀겠지?

하지만 아니었다. 갑자기 소리와 형체가 움직이더니 샘이 숲속에서 튀어나왔다. 칼을 높이 쳐들고 있었다. 스켈레톤이 돌아봤지만 너무 늦었다. 샘이 칼을 휘두르자 우지직 소리가 났고 몬스터의 몸이 뒤로 움찔했다.

"꺼져!" 샘이 외치며 다시 칼을 내리쳤는데 그만 칼날이 부서지는 바람에 샘도 도망을 쳐야 했다.

나도 앞으로 달렸다. 체력이 심장 반만큼 밖에 남지 않았는데 성문 안 안전한 곳까지는 아직 십여 센티미터 정도 거리가 남아 있었다. 스켈레톤이 다시 내 쪽을 향하더니 한 번 더 시위를 당겼다. 슉 하는 화살 소리가 들리기에 나는 목숨이 빠져나갈 치명상을 각오했으나 화살 꽂히는 소리만 들릴 뿐, 아직 살아 있었다.

몸을 돌리자 샘이 보였다. 활을 손에 쥔 채 자기가 쓰러뜨린 적 옆에 서 있었다.

"내가 때마침 무기를 바꿨어! 내가 아빠를 구했어."

"대단하다, 샘!"

스켈레톤을 돌아보니 그놈이 떨어뜨린 전리품이 보였다. 반짝이는 물체 하나가 풀과 꽃들 가운데 놓여 있었다. 가까이 다가가자 그 정체를 알 수 있었다. 금으로 만든 헬멧이었다.

"마지막 보석 왕관이야." 샘이 말했다.

"우리가 해냈다. 원정이 이제 끝났어." 내가 말했다.

샘이 앞장서고 나는 그 뒤를 쫓아서 관문을 지난 다음 우뚝 솟은 탑으로 향했다. 안쪽 메인 홀 모습이 완전히 달라져 있었다. 오크 패널을 붙인 벽에 줄줄이 그림이 걸려 있었고 그 사이에 간간이 거대한 돌기둥이 배치되어 있었다.

"따라와 봐." 아이가 말했다.

그래서 우리는 함께 계단을 올라 위층으로 갔다. 긴 복도를 지나니 작은 방이 여러 개 있었다. 나는 방마다 돌아다녔다. 마치 자연문화 유산으로 지정된 호화 저택을 둘러보는 관광객이라도 되는 듯, 나는 온갖 세부사항을 다 확인한 다음 유리창 너머 풍경까지 내다봤다. 아이는 나를 데리고 조그만 나선형 계단을 올라 흉벽까지 갔다. 벽의 가장자리까지 가느라 우리는 몸이 바짝 붙어서 거의 손을 잡은 것과 다름이 없었다. 낮게 드리운 다각형 구름 아래에 서서 우리는 아무 말 없이 벽 너머 저 멀리에 뻗어 있는 산들을 바라보았다. 아래쪽 방목지에서 들려오는 말과 소의 울음을 제외하고는 아무 소리도 없었다. 이 세계에 우리 둘만 있다는 게 커다란 축복으로 느껴졌다.

"샘, 내일 준비 다 됐니?"

"내일 뭐?"

"대회 말이야. 비디오 게임 행사."

"아, 맞다. 뭔가 근사한 걸 내가 만들어야 해. 그게 내 과제야. 올리비아도 보러 오겠다고 했어."

"거기로 사람들이 굉장히 많이 오는 거 알고 있지?"

"컴퓨터는 거기 있대. 그래서 내 콘솔은 안 가져가도 돼."

"우리가 런던에 갔던 것 기억나? 나랑 에마 고모랑?"

"런던탑을 봤었지! 근데 내가 길을 잃어서 무서웠어."

아이가 흉벽에서 내려와 계단 쪽으로 걸어가기에 내가 뒤를 따랐다.

"그랬는데도 그 행사에 가는 거 괜찮겠어? 귀마개 쓰면 상관없 겠지?"

"응. 내가 안 슬퍼할게."

"그런데 슬퍼도 돼, 샘. 무슨 일이 있건 간에, 슬퍼해도 돼. 사람 들은 다 슬플 때가 있거든."

"아빠도?"

"그럼, 물론이지."

"뭣 때문에?"

"아빠는 가끔 형 때문에 슬퍼해." 조디가 말했다.

우리 둘 다 뒤를 돌아보니 차 한 잔과 우유 한 잔을 들고 조디가 문간에 서 있었다. "아빠가 어렸을 때 아빠 형이 죽었어. 그 때문에 아빠는 좀 슬픈 사람이 됐어. 그러니 우리가 아빠를 잘 보살피자."

샘은 스크린에서 눈을 떼지 않았다.

"어떤 때는 늑대들이 들어와서 돼지랑 양을 잡아먹으려고 해. 그러니까 문을 열어두면 안 돼. 아빠, 들어올 때 문 열어두면 안 돼." 아이가 말했다.

"안 그럴게."

"소한테 밀을 주면 소들끼리 사랑을 하게 돼."

"그래, 그거 말 되네."

내가 조디를 쳐다봤더니 그녀가 안됐다는 듯 어깨를 으쓱했다. 나는 미소를 지은 뒤 샘의 머리에 대고 입을 맞췄다. 아이는 피하 지 않았다.

"나도 같이 해도 돼?" 조디가 물었다.

"그게…… 당신이 게임을 하겠다는 거야?"

"응. 어떻게 하는지 샘이 가르쳐준 적이 있어서."

그녀가 다른 컨트롤러를 집어 들더니 우리 옆에 앉아서 시작 버튼을 눌렀다. 제3의 캐릭터가 화면에 나타났다. 오렌지색 작업복을 입은 캐릭터였다. 몇 초가 흐른 뒤 감이 왔다.

"그게 당신이었구나! 오렌지색 옷 입은 사람이 당신이었어."

"당신이랑 아이가 뭘 하는지 궁금했어. 처음에는 샘이 하는 걸 구경만 했는데 그러다 보니까 나도 참가하고 싶어지더라. 하지만 내가 참견한다고 당신이 생각할까 봐 걱정됐어. 그래서 숨었지."

"엄마가 아빠한테는 말하지 말라고 했어." 샘이 말했다.

"마인크래프트에서 당신이 우리를 스토킹 한 거네?" 내가 짐짓 끔찍하다는 듯 말했다.

"감쪽같이는 아니지만. 하기는 했지. 미안."

"미안할 거 없어. 그게 당신이었다니 반갑네. 다음번에는, 다 같이 모여서 뭔가 함께 만들어보자."

"같이 새로 뭔가 시작해도 될 거야." 샘이 말했다.

"오케이. 그런데 네가 이건 알아줬으면 좋겠어. 우리가 대회에 갔는데 갑자기 네가 하기가 싫어지면, 그래도 괜찮아. 대신 우린 아이스크림을 사 먹으러 가면 되니까."

샘이 깊은 한숨을 내쉬었다.

"아냐, 난 할 거야. 올리비아가 그러는데 내가 꼭 우승할 거래.

내가 번쩍대는 플래시 불빛을 만들 줄 아니까."

"그래, 그럼 다 된 거네. 우리 런던으로 가는 걸로 정하자." 조디가 말했다.

"당신도 가려고?" 내가 물었다.

"물론이지! 난 놓치고 싶지 않아. 우리 모두 같이 가자. 신나는 모험이 될 거야."

나중에, 조디와 내가 아래층으로 내려왔을 때 나는 집을 다시 한번 둘러보면서 변화를 음미했다.

"그런데 상담 선생에게…… 우리 얘기는 했어?" 조디가 물었다.

내가 잠시 망설였다.

"미안해." 그녀가 불쑥 말했다. "상담은 비밀로 해야 하는 내용인데. 그런 걸 묻다니 예의가 아니지."

"아니, 아냐, 그런 건 괜찮아." 내가 말했다. "맞아, 우리 얘기도 했어."

"그랬더니? 아, 정말 미안해!"

"괜찮다니까! 아직 상담 초기야. 두 번밖에 안 가봤거든. 그래도 그 의사에게 얘기하긴 했어. 알잖아, 직장이며 돈이며 샘 이야기며, 그리고 그 모든 게 어떻게 얽히고설켜서 내 진을 뽑았는지. 그렇게 이야기하고 났더니, 내가 이유는 좋았어도 잘못된 결정을 여러 번 내렸다는 걸 알게 됐어."

조디가 뭐라고 말을 하려는 걸 내가 막았다.

"알아, 알아. 당신 말이 옳았어. 나는 모든 걸 짊어지려고 했지만 꼭 그럴 필요는 없었어. 오히려 집에 더 오래 있었어야 했어. 그런데 집에 와 있을 때조차도 나는 마음이 다른 곳에 있었어. 내가 좀 더 일찍 이 사실을 알았어야 했는데."

"당신은 언제나 조금씩 늦어." 그녀가 말했다.

지금 우리는 서로에게 바싹 가까웠다. 그녀의 숨결이 내 얼굴에 닿을 정도로. 그녀가 내게 기대왔고 나도 그랬다. 그녀가 뿌린 향수 냄새가 후끈했다. 우리는 눈을 감았다. 이게 생시일까.

그때 갑자기, 장작이 요란하게 터지는 바람에 우리가 홀려 들던 마법의 주문에서 문득 깨어났다. 이루어지려던 희미한 가능성이 또다시 우리에게서 물러나 버렸다.

"음, 이제 그만 가봐야겠다."

알 수 없는 표정이 그녀 얼굴에 스쳐 지나갔다.

"그래." 그녀가 자기 눈 위로 쏟아지는 곱슬머리를 치우며 말했다. 하지만 우리 둘 누구도 움직이지 않았다. 현관 밖에서 내 등 뒤로, 12월의 한기와 거리의 소음이 스며들었다. 우리 주변은 멀리서 들려오는 차량 진동음으로 가득했다. 우리는 서로 마주 보았다.

"댄네 집에서 얼마나 더 오래 지낼 작정이야?" 조디가 물었다.

"나도 몰라." 내가 말했다. "학교 일이나 매한가지야. 카페도 그렇고 또…… 우리도. 결정을 내려야지."

"그래, 맞아." 그녀가 말했다.

멀리서 자동차 경적 소리가 들렸다. 창에서 웃바람이 들어 커튼을 살짝 흔들었다.

"그래서, 생각해봤는데……" 그녀가 말했다. "저기 말이야, 당신이 혹시 원하면, 내가 알고 싶은 건 혹시나……."

"혹시나?"

조디가 겸연쩍게 웃더니 내게서 눈길을 피했다. 우리 두 사람 사이의 공기가 뜨거워졌다. 마치 불꽃이 튀는 것 같았다.

"생각해봤는데……."

그때 내가 손에 들고 있던 휴대폰에서 진동이 울렸다. 긴장이 너무 커서 살짝 덜어볼 요량으로 화면에 잠시 눈길을 돌렸다. 틀림없이, 내게 어디냐고 묻는 댄의 문자일 거라고 생각했다. 그런데 내용을 읽으니 그게 아니었다. 그런 게 전혀 아니었다.

"당신 괜찮아?" 조디가 물었다. "귀신이라도 본 사람 같아."

"어머니에게서 온 거야. 입원하셨대." 내가 말했다.

38

나는 조지를 보고 싶지 않았다. 분명히 기억한다.

어머니가 물으며 나보고 선택하라고 했다. 내가 원한다면 들어가서 작별 인사를 할 수가 있다고 했다. 마지막으로. 조지는 영안실 작은 방에 금속 침대 위에 혼자 누워 있었다. 하지만 나는 고개를 저은 뒤 발밑을 내려봤다. 비통해서가 아니었다. 나는 겁이 났다. 피가 낭자해서 무서울 것 같았다. 어머니 손을 붙들고 그 자리를 뜨면서 수치심을 느꼈다.

그때 결정을 지금은 어떻게 생각해야 할지 잘 모르겠다. 아마 적절한 때에 상담 선생이 말해주겠지. 하지만 병원에 대한 내 이미지는 전적으로 그날, 그리고 그날의 여파로 고정됐다. 병원이란 어둠과 재난의 장소였다. 내가 사랑하는 사람들이 가서는 돌아오지 않는 곳이었다.

나는 즉시 어머니에게 답 전화를 드렸다.

"여보세요?" 어머니가 받았다. 약간 흔들린 음성이었지만 아직 노인네다운 힘과 자신감이 여전히 남아 있었다.

"어머니, 저예요."

"그래 안다, 액정에 네 이름이 뜨는구나, 얘야."

"무슨 일이세요? 괜찮으세요?"

"어젯밤에 낙상이 있었다. 위층 층계참 전구를 갈다가, 친환경 제품으로 말이다, 그런 거 알지. 정말 비싸지 않니, 그게?"

"네, 비싸요, 그런데 무슨 일이 있었는데요?"

"글쎄 받침 의자가 쓰러지면서 내가 떨어졌지 뭐니. 부딪히면서 의식을 잃었고 손목이 부러졌다. 밤새도록 그렇게 누워 있었는데 윗길에 사는 페리스가 자기 개 몇 시간만 봐달라고 부탁하러 아침에 우리 집에 왔었어. 그 여자가 목요일마다 브리지 카드놀이를 하거든. 난 생전 초대도 안 하고. 어쨌든 내가 대답이 없으니까, 그 참견쟁이가 위층으로 올라왔다가 나를 봤네. 그 여자가 나를 경상자 센터에 데리고 왔는데 병원에서는 하룻밤 입원해서 지켜보자는구나. 그래서 문자했다. 그런데, 너는 어찌 지내니?"

정말로 어머니다웠다. 내 신경은 쓰지 마라. 난 그저 뇌진탕에 뼈가 부러졌을 뿐이란다. 별거 없어, 그냥 잘 지내거라. 하지만 나는 죄의식으로 뒷골이 지끈거렸다.

"마침 간호사가 옆에 있는데 네가 통화 좀 해볼래?"

"네, 그럴게요."

전화기가 건네지는 소리가 들렸다.

"로 선생님이십니까?"

"네, 저희 어머니는 괜찮은가요?"

"그렇다고 생각합니다. 손목에 콜리스 골절을 당하셨지만 노인이 넘어질 경우 아주 흔한 경우입니다. 그래서 오늘 아침 관절을 다시 맞췄어요. 하지만 어머님이 넘어지기 전에 어지럼증을 느끼셨다고 해서 염려가 되어 몇 가지 검사를 했습니다. 아무 일 아닐지도 모르지만…… 글쎄요, 무슨 신호가 될 수도 있는 일이라서요. 당뇨라든가 일과성 허혈 발작이라든가요."

"일과, 뭐라고요?"

"일과성 허혈 발작이라고 미니 뇌졸중입니다."

잠시 침묵이 흘렀다. 전화기 너머로 어머니가 '노인'이라는 표현에 항의하는 소리가 들렸다. 간호사가 어머니에게서 멀리 물러서는 소리도 들렸다.

"뇌졸중이라고요?" 내가 되풀이했다. 조디가 내 팔 위로 자기 손을 얹었다.

"확실하지는 않습니다. 몇 가지 테스트를 했으니 나중에 알게 되겠지요. 아무것도 아닐 수도 있습니다. 그래도 어머니께서는 향후 며칠 동안 손목 때문에라도 주변 도움을 받으셔야 합니다. 아버님은 댁에 계시나요?" 간호사가 말했다.

"아뇨, 아뇨, 안 계신 지 오래됩니다."

표현도 이상하지.

"그럼, 선생님이나 다른 친척분이 하루 정도 함께 계셔줄 수 있을까요?"

"네……. 제, 제가 가능한 한 빨리 거기 가보도록 하겠습니다. 감사합니다."

나는 조디를 쳐다봤다. 마음 깊은 곳에서 치솟는 공포를 드러내지 않으려고 애썼다. 그때 계단에서 들려오는 목소리가 있었다.

"할머니한테 무슨 일 있어?"

샘이 내려와서 마지막 계단을 밟고 있었다. 아직도 손에는 컨트롤러가 들려 있었다.

"괜찮아." 조디가 아이에게 달려가며 말했다. "넘어지셔서 병원에 입원하셨는데 그래도 괜찮으시대."

"내가 차로 가봐야겠어. 지금 출발하면 네 시쯤 거기 도착할 거야." 내가 말했다.

"내가 같이 가줄까?" 조디가 물었다. "클레어랑 매트한테 샘 좀 봐달라고 부탁할게. 그러고 싶어. 당신만 좋다면?"

나는 말 없이 고개를 끄덕였다. 그녀의 다정함에 응대할 적당한 말이 없었다.

"나도 가고 싶어. 나도 할머니 보고 싶어." 샘이 말했다.

"대회는 어쩌고?" 내가 두 사람에게 물었다.

잠시 침묵이 흘렀다.

"에마랑 댄이 샘을 데려다줄 수 있겠지." 조디가 말했다.

"나도 할머니 보고 싶다니까!"

"아, 제기랄. 에마가 있지. 에마한테도 말해줘야지."

에마가 전화를 받는데 목이 잠겨 목소리가 둔했다.

"여보세요? 오빠? 나 침대에 누워 있어. 술이 안 깨서."

"에마, 어머니가 입원하셨어. 낙상을 했는데 손목 관절이 부서졌대. 그런데 몇 가지 테스트를 더 받으셨는데, 의사들은 어머니가 미니 뇌졸중 아닐까 의심하나 봐."

전화기 너머에서 웅얼웅얼 다른 사람 목소리가 들렸다. 자고 있는 게 틀림없었다. 그 사람이 댄이라는 건 알았지만 지금 동생에게 다시 불 지핀 로맨스 따위를 물을 계제는 아니었다.

"에마, 어머니한테 지금 가보려고 해. 무슨 일이 있었는지 너한테 알려주는 거야."

"나도 갈래. 나도 가야겠어." 그녀가 말했다.

그녀가 더듬거리는 소리가 들렸다. 틀림없이 옷을 찾는 거겠지.

"뭐라고? 너 정말이야?"

"응. 제길. 응. 벌써 몇 주 전에 엄마한테 가봤어야 했는데. 아, 젠장, 엄마. 나 좀 데리러 와줄래? 부탁이야, 알렉스, 나도 가봐야 해."

나는 전화기에 손을 얹고 조디를 쳐다봤다. 그녀는 이미 다 듣고 고개를 끄덕이고 있었다.

"알았어. 10분 뒤에 도착할 거야. 준비해."

나는 샘을 내려다보면서 얼마나 많은 정보를 아이가 실제로 알아들었는지 궁금했다. 언제나 궁금하긴 마찬가지였다. 어머니 집에 도착하면, 그때는 아이가 대회에 못 나간다는 사실을 알까? 어머니가 병이 있다면, 그건 아이가 이해할까? 나는 아이 앞에서 무릎을 굽혔다.

"샘, 고모도 가고 싶대. 하지만 댄 아저씨는 비디오 게임 행사장에 널 데리고 가줄 수 있어. 넌 그렇게 해도 돼."

"아냐, 난 아빠랑 엄마랑 같이 갈래. 할머니 보고 싶어. 할머니가 가버리면 안 돼."

"할머니는 아무 데도 안 가셔. 그냥 사고가 났을 뿐, 그게 다야."

"나도 가고 싶어. 상관없다니까!"

"대회는 내년에도 나갈 수 있어." 조디가 말했다. 처음에는 그녀가 샘에게 하는 말인 줄 알았는데 다시 보니 나를 보며 하는 말이었다. "우리 다 같이 할머니를 보러 가자, 오케이?"

우리는 온 집안을 헤집으며 옷과 화장도구를 챙겨 짐 가방에 넣었다. 모든 것이 급속도로 진행되어 감정의 소용돌이를 추스르기가 힘들었다. 하지만 근심과 혼란 와중에 별도의 감정이 내 가슴 깊이 있다는 걸 알았다. 실망이었다. 샘 편에서도 그렇지만 내 편에서도 실망이 컸다. 나는 아이가 그 실없는 대회에서 뭔가 증명해주기를 바랐었다. 그게 내게 얼마나 중요한 일인지 그때까지는 나도 모르고 있었다.

결국 우리는 한 차에 몰아 탄 뒤 브리스틀 외곽 도로를 지나고 다시 M5 고속도로를 탔다. 뒷좌석 샘 옆자리에는 술에 절어 있는 에마가 가슴팍에 커피가 가득 담긴 커다란 보온병을 꼭 붙들고 처량하게 신음을 하고 있었다. 그녀는 어젯밤 댄과 함께 클럽에 갔다가 새벽 세 시에 댄네 아파트로 돌아왔다고 했다. 샘은 일종의 어두운 호기심을 가지고 그녀를 관찰하고 있었다.

"고모, 토할 거야?" 아이가 물었다.

"아아아아아니." 에마가 신음했다.

"어머니께 뭐라고 할 거야?" 내가 물었다.

"나도 모르겠어. 오빠한테 전에 했던 말을 엄마한테는 못해. 적절한 때가 아니야, 안 그래?"

"그렇지."

"내 말은, 엄마가 문제지 내가 문제는 아니잖아, 지금."

"그러게."

"그저 완벽하게 쿨한 척해야지."

"그래라. 하지만 어머니께 샘의 마인크래프트 시합 얘기는 하지 말아라. 어머니 보살피느라 우리가 무슨 기회를 놓쳤다고 생각하시면 안 되니까. 알았지?"

"좋아. 뭐가 어쨌든, 난 좀 잘게."

남은 길 내내 나는 뇌졸중 생각밖에 없었다. 뇌졸중이라니. 그래, 지금 당장 어머니가 괜찮아 보인다 해도, 앞으로는 어떻게 되는 걸까? 뇌졸중이 다시 올까? 확률과 추이에 대한 생각이 머릿속에서 우후죽순처럼 자라났다. 언제나 어머니가 살아계시는 게 당연했다. 어머니는 철옹성이었다. 어머니는 내가 가진 유일한 확실성이었다. 이제 어쩐담?

네 시간 뒤 동네 작은 지역 병원 주차장에 차를 댔다. 병원은 깔끔하게 정리된 잔디밭 사이에 단정하게 자리 잡은 모던한 벽돌 빌딩으로, 그 외양이 차라리 양로원 같았고 또 그런 곳에 어울릴 만큼 적막할 정도로 고요했다. 우리 모두 차에서 내렸다. 에마는 몇 초 동안 차 문에 몸을 기댄 채 거친 숨을 내쉬었다. 샘은 차에서 쪼르르 달려나가 잔디밭 근처 벤치 위로 뛰어올랐다. 조디는 앞장서서 벌써 입구를 향해 걸어가고 있었다. 지나가면서 샘에게 손을 뻗었다. 우리 모두 그녀 뒤를 따랐다.

문이 열리자마자 익숙한 병원 냄새가 우리를 강타했다. 살균제와 익은 채소가 절묘하게 복합된 그 냄새가 전에 방문했던 병원 기억을 순식간에 떠올려줬다. 냄새로 각인된 기억은 폐부를 찌른다. 데스크 뒤에 젊은 간호사 접수원이 메모판에 붙은 쪽지를 읽고 있었다. 그녀는 많이 시달린 듯 피곤해 보였다. 내가 그녀에게 어떤 일로 왔다고 알리자, 그녀는 우리를 데리고 아이들 그림이 줄줄이 걸린 밝은 복도를 지나 이중 문을 통과한 뒤 어느 작은 병동으로 갔다. 침상 두 대가 비어 있었다. 한 침대에는 빅토리아 시대 드레스 같은 옷을 입고 있는 아주 늙은 여인이 차지하고 있었다. 그녀는 똑바로 앉아서 훨씬 더 나이가 들어 보이는 남자에게 말을 걸고 있었는데, 그 남자는 플라스틱 의자에 깊숙이 앉아서 그녀 쪽으로 몸을 기울이고 있었다. 얼핏 보니 졸고 있는 듯했다. 그런 다음 오른쪽 구석을 보니 우리 어머니가 거기 있었다. 어머니는 이미 코트를 입었고 무릎 위에 가방을 놓고서 침대 가장자리에 꼿꼿한 자세로 앉아 있었다. 어머니는 두툼한 석고 붕대를 팔과 손에 두르고 있었다.

갑자기 너무나 익숙한 느낌이 나를 강타했다. 아마 피로감일지도, 아마도 근심일지도 몰랐다. 하지만 사실은 내 의식 저 뒤편에 굳게 자리를 틀고 있던, 몇 년 전 비슷했던 상황에 대한 기억이기가 더 쉬웠다. 어머니가 병원에서 대기 중이었다. 혼자서 어리둥절해 계셨다. 누군가가 설명하고 있었다. 우리가 할 수 있는 일은 아무것도 없습니다. 작별 인사를 하시겠습니까?

비통함이 나를 쥐어짰다. 시커먼 심연, 수면 아래 숨은 해류가 나를 훑는 것 같았다.

그 간호사가 나를 보더니 걱정스러운 표정을 지었다.

"어머니께서 어제 대단한 하루를 보내셨어요." 그녀가 미소를 지었다.

"검사 결과는요?" 내가 물었다.

"의료 컨설턴트가 전부 설명해드릴 겁니다." 그렇게 말한 뒤 그녀가 사라져 버렸다. 컨설턴트가 설명한다고? 그게 무슨 뜻이지? 좋은 거야, 나쁜 거야? 왜 저 사람이 말해주질 못하지? 그건 나쁜 건데. 나쁠 수밖에 없는데.

우리 일당이 어머니 침상으로 우르르 몰려들었다. 어머니가 우리에게 손짓을 하더니 이런 곳에 와 있게 된 것이 기가 막힌다는 듯 혀를 차며 어깨를 으쓱거렸다.

"안녕, 아들아!" 어머니가 말했다. "나한테 컨설턴트가 오기 전까지는 퇴원하지 말라는구나. 여긴 콜디츠 같구나. 음식이 그만 못한 점만 빼면 말이다. 잘 지냈니? 안녕, 조디, 안녕, 샘. 아, 안녕, 에마. 정말 반갑고 놀랍구나. 너 오게 하려면 이렇게 돼야 했나 보다? 좀 더 빨리 알아낼걸!"

"안녕." 에마가 어머니에게 어색하게 엉거주춤 포옹을 하며 말했다.

우리는 어머니를 둘러섰지만 무슨 말을 해야 할지 몰랐다. 수선 떠는 식구들과 달리, 침대에 혼자 동그마니 앉은 어머니는 평소의 단호함이 다소 누그러져서인지 늙고, 창백하고, 겁이 나 보였다.

"나는 정말이지 이만 집으로 가고 싶구나." 어머니가 말했다. 어머니가 눈길을 이리저리 던지며 둔탁한 녹색 벽과 삑삑대는 의료 기구들, 부산스럽게 오가는 간호사들을 쳐다봤다. 그 두려움은 어머니가 당한 사고와는 아무런 상관이 없었다. 우리 식구 모두를 끈질기게 따라붙던 두려움이었다.

마침 빳빳하게 다린 하얀 셔츠 차림의 중년 남성이 성큼성큼 걸어왔다. 소매는 걷어붙이고 안경을 코에 걸고 있었다. 컨설턴트임에 틀림없었다.

"로 선생님?"

"네." 내가 대답했다. 마치 어린아이처럼 작고 경외심 가득한 목소리가 나왔다.

"어머님 검사 결과가 나왔습니다."

티브이 드라마를 보다가 이런 장면이 나올 때가 있다. 중대한 소식을 앞두고 환자가 책상 앞이나 침상 위에 있다. 걱정과 긴장이 넘친다. 극적인 침묵을 길게 끄는 동안 카메라는 최후의 감정까지 낱낱이 다 잡아낸다. 그러나 이런 상황이 실제로 벌어지면, 이렇게 정말 무섭고 불안한 순간에 처하면 사람들 반응은 전혀 다르다. 그저 내리막에 더 가깝다. 장중한 음악도, 잘 연출된 감정도 없다. 빳빳하게 다린 하얀 셔츠 차림의 남자가 그냥 최악의 경우를 말해줄 준비만 할 뿐. 당신은 그저 그 통고를 받아들일 수밖에 없다. 카메라는 촬영을 멈추지 않는다. 절대로 카메라는 멈추지 않는다. 누군가 내 팔을 잡아당기기에 나는 그게 샘이라고 생각했다. 하지만 살짝 몸을 돌려보니 에마였다.

컨설턴트가 느릿느릿 차트를 넘겼다.

"어머님은 괜찮습니다. 가벼운 충돌 충격이었네요." 그가 말했다.

갑자기 산소가 펌프로 주입된 듯 방 전체가 확 밝아졌다. 나는 현기증이 났다. 에마는 귀에 들릴 정도로 크게 한숨을 내쉬었다.

"그러면 현기증은요?" 내가 물었다.

"그게, 어머님이 어젯밤 의사들에게 말하지 않았던 사실이 있더군요. 낮에 이웃분과 와인 반병을 드셨다고요. 현기증은 그래서였을 겁니다." 그가 말했다.

"어머니, 취하셨어요?"

"아니, 천만에!" 어머니가 말했다. "우리는 즐겁게 점심식사를 했을 뿐이다. 이제 부디 퇴원해도 되겠니?"

어머니가 일어서다가 살짝 휘청대기에 내가 달려들어 어머니 팔꿈치를 붙들었다.

"조심하세요!" 내가 말했다.

에마에게 거들어 달라고 부탁하려고 돌아보니 놀랍게도 에마가 흐느끼고 있었다.

"엄마, 미안해요." 갑자기 에마가 통곡을 시작했다. "너무너무 미안해요!"

그러더니 앞으로 쓰러질 듯 와락 어머니를 껴안는 바람에 두 사람은 침대에 벌렁 쓰러지다시피 했다. 조디와 나는 놀랍기도 하고 재미있기도 한 마음이 복합되어 서로를 쳐다봤다.

"무슨 일이야?" 샘이 물었다.

"잘은 모르겠는데, 내 생각에는 에마 고모가 많이 미안한가 봐." 내가 대답했다.

어머니 집으로 가는 운전 길은 말로 표현 못할 긴장이 넘치는, 불편한 길이었다. 로씨네 식구들이 전부 다시 모여서 낡아빠진 스테이션왜건에 탔고, 조디와 샘이 그 사이사이 끼어 앉았다. 끓어오르는 후회와 불확신의 벤 다이어그램이었다. 가는 길에 피시 앤 칩스 가게에 들르느라 어머니 집 자갈길에 차를 세울 때쯤에는 이미 날이 완전히 저물어서 하늘에 뜬 반달이 집 주변 나무들을 희미한 푸른색으로 비추고 있었다.

집 안에서, 어머니를 도와 에마가 접시를 꺼낸 뒤 김이 모락모락 오르는 감자튀김과 생선튀김이 가득 든 봉투를 식탁에 올렸다. 다행히도 조디가 샘을 위해 치즈와 피칼릴리 샌드위치를 싸와서 샘은 조용히 그걸 먹으며 기묘한 가족 간 역학이 다시 살아나는 모습을 바라보았다.

식탁에 둘러앉자 어머니가 에마에게 여행에 대한 질문 몇 가지를 조심스럽게 던졌다. 에마가 지난 10년 동안 이 나라 저 나라 떠돌아다녔던 이야기를, 어머니와 조카가 함께 들어도 될 만한 일화들로 추려서, 자세히 해주었다. 어떤 건 그녀가 지난번에 집에 왔을 때 이미 했던 이야기들이었지만 아무도 그녀를 막지 않았다. 걱정으로 힘들었던 하루를 보낸 뒤였던 터라, 아무 말도 보탤 필요 없이 그저 듣기만 하는 것만으로도 한숨 돌릴 수 있었기 때문이다. 이제 그녀는 영국으로 돌아온 이야기, 다시 한번 영국에서 살아볼까 반쯤 마음먹었던 이야기, 그리고 제일 친한 내 친구가 포함됐을지 아닐지 아직 알 수 없는 그녀의 장래 계획으로까지 화제를 옮겼다.

"너 댄이랑 다시 사귀니?" 어머니가 불쑥 물었다.

"응. 왜? 댄이 뭐가 잘못됐어?" 에마가 물었다.

"아, 절대 그런 건 아니다. 하지만 그 불쌍한 아이가 너 떠난 후 1년 동안이나 구슬픈 얼굴로 지냈단다. 네가 그런 몹쓸 짓을 그 애한테 두 번 다시 안 했으면 좋겠다."

에마가 나를 쳐다봤지만 아무 말도 하지 않았다.

그래서 대신 어머니가 이야기를 시작했다. 어머니는 콘월에서 지내온 이야기를 에마에게 해준 다음 조디에게는 갤러리에 대해서, 나에게는 카페에 대해서 물었다.

"그리고 너는 뭘 하고 지내니, 샘?" 어머니가 물었다.

"아무것도 안 해요." 샘이 대답했다.

"좋아하는 건 뭔데?"

"마인크래프트랑 비행기는 좋은데 학교는 싫어요. 할머니는 이제 좋아졌어요?"

어머니가 웃음을 터뜨렸지만 나는 아이가 대회 이야기를 꺼낼까 봐 걱정스러웠다.

"괜찮다. 하지만 이제 더 젊어질 수는 없지. 이제 이 집을 팔고 브리스틀 근처로 다시 이사를 갈까 생각 중이다. 두고 보자꾸나."

"정말로요? 제 말은, 그게 좋겠다는 뜻이에요." 내가 말했다.

"너희들만 괜찮다면 말이다. 그렇다고 해서 너희도 거기서만 살아달란 뜻은 아니다."

"아뇨, 거기서 살아야죠." 내가 말했다.

"이이는 그래야 해요. 우리는 어머니 의견에 찬성이에요."

우리가 서로를 바라보았다. 나는 어머니가 보낸 문자를 읽기 전에 그녀가 나에게 무슨 말인가 하려던 게 생각났다. 하지만 내 멋대로 상상하고 싶지는 않았다. 헛된 희망을 품고 싶지는 않았다.

"그때쯤이면 너는 카페를 하겠구나." 어머니가 말했다.

"글쎄요, 두고 봐야죠. 돈이 많이 들고 위험도 있어서요. 시작하려면 적어도 2만은 필요해요. 저는…… 음, 지금 당장은 돈이 좀 모자라요."

"하지만 하고 싶기는 하고?"

"네, 신이 나요. 생각만 해도요. 그 가게는 우리 생활의 일부거든요, 안 그래, 샘?"

아이가 말없이 고개를 끄덕였다.

"그렇다면, 해야겠구나. 조지라면 그러라고 했을 거다. 그 아이라면 말했겠지, 한번 해봐, 나쁜 일이야 있겠어?"

샘이 무슨 말인가 하려다가 그만두었다.

"좋구나, 이제 설거지를 해야겠다." 어머니가 말했다.

"엄마 손목이 부러졌잖아, 내가 할게요." 에마가 말했다.

"세상에나, 너 정말 달라졌구나." 어머니가 말했다.

"사실은 엄마한테 할 말이 있어요. 나한테 무슨 일이 있었는지. 그 말을 엄마한테 말해야 하고, 그리고 내가 달아나서 미안하다는 말을 꼭 하고 싶었어요. 하지만 다른 사람들 듣는 데선 말고요."

나는 어머니가 뭔가 재치 있는 대꾸를 할 거라고 생각했다. 하지만 어머니는 에마를 쳐다보더니 에마에게는 용기가 필요한, 아주 심각한 이야기라는 사실을 간파했다. 어머니가 한 팔로 에마를 감싸 안고 부엌으로 데려갔다. 두 사람 뒤로 문이 닫혔다.

나중에 우리가 잠자리 채비를 하는 중이었다. 조디와 샘이 빈방에서, 나는 그 옆 조그만 골방에서 자기로 했다. 에마는 아래층 소파에 잠자리를 마련하고 있었다.

"그래서 이제 계획이 어떻게 돼?" 슬리핑백을 펼치며 에마가 내게 물었다.

부엌에서는 어머니 기척이 들리고 조디는 위층 화장실에서 샘이 이 닦는 걸 도와주고 있었다.

"우리 모두 내일 여기 남아서 어머니가 어떤지 지켜봐야지. 너는 일요일 저녁 비행기지, 아마? 기차 타고 갈 수 있어? 아니면 댄이 데려다줄 거니?"

"그건 내가 알아서 할 일이고. 대회는 어쩔 거야?"

"아, 그건 괜찮아. 너 혼자만 어머니랑 지내라고 두고 갈 수는 없어. 그건 안 돼. 우린 내년에 참가할게. 솔직히 샘이 그 행사를 끝까지 치러낼지 확신이 안 서. 애가 그런 상황에 처하지 않아도 되는, 좋은 핑계일지도 몰라."

그녀가 끄덕이기는 했지만 썩 납득이 된 눈치는 아니었다.

"그럼 잘 자." 그녀가 말했다.

39

내가 자는 방문을 누군가가 살짝 두드렸다. 그러더니 좀 더 큰 소리로 끈질기게 계속 두드려댔다.

"뭐야? 무슨 일이야?" 내가 웅얼거렸다.

"나야." 에마가 말했다.

전화기를 확인했다. 아침 일곱 시였다. 처음 든 생각은 어머니에게 무슨 일이 생겼구나였다.

"별일 없는 거야?" 내가 말했다.

"응. 그런데 계획을 바꿔야겠어." 에마가 말했다.

그때 샘이 문 쪽을 돌아보는 모습이 눈에 들어왔다. 아이는 옷을 다 입은 채 마인크래프트 책을 한쪽 팔 아래 끼고 있었다. 조디가 그 옆에 있었다.

"우리가 얘기를 좀 했는데, 오빠네가 대회에 가야겠어." 에마가 말했다.

"뭐라고?" 내가 말했다.

"엄마는 괜찮아. 내가 오늘 엄마랑 여기 있다가 일요일에 기차 타고 갈게. 오빠네가 대회를 놓칠 이유가 없어. 하지만 지금 당장 떠나야 해. 엄마가 일어나면 내가 다 설명할게. 괜찮으니까 얼른 일어나서 떠나."

"하지만—"

"오빠. 괜찮아. 샘을 대회에 참가시켜. 언니가 설득하세요."

"알렉스, 에마가 아침 여섯 시부터 내게 저런 얘기를 하는데, 그 말 들어야 할 것 같아."

샘이 방 안으로 들어왔다.

"가자, 아빠."

"알았어." 내가 일어나며 침대를 더듬댔다. "내 팬티 어디 갔지?"

그렇게 우리는 차에 올라 런던을 향해 가고 있었다. 조디는 나와 함께 앞자리에 앉았고 샘은 뒤에 앉아 마인크래프트 책을 들여다봤다. 대회는 한 시에 시작한다. 우리가 런던까지 가는 데 다섯 시간이 걸린다. 빡빡한 시간이었다. 교통 체증이라도 있다면 제때 맞춰 닿을 수가 없을 터였다.

아무도 말을 많이 하지 않았다. 우리는 각자의 상념에, 각자의 공포에 잠겨 있었다. 나는 조디에게, 우리가 집 떠나기 전에 나눴던 대화에 대해 물어보고 싶었다. 그녀가 내게 집으로 돌아와 달라고 부탁하려던 참이었을까? 나는 이제 상황을 훨씬 더 좋게 느

낀다고 그녀에게 말하고 싶었다. 내가 어디에서 잘못됐는지, 왜
그렇게 소원해져서 뭐든 혼자 하려 들었는지도 알게 됐다고 말하
고 싶었다. 우리 두 사람 사이에는 언제나 뭔가가 가로막고 있었
다. 그 뭔가는 예전, 아주 오래전 그 추웠던 오후 그 끔찍했던 사
고로 거슬러 갔다. 상담 선생은 그게 생존자의 죄의식이라고 했
다. 사고가 웬일인지 나 때문에 일어났다는 느낌, 아니면 내가 당
했어야 한다는 느낌이었다. 그 죄의식이 마치 가시로 만든 두꺼운
천막처럼 그간 줄곧 내게 드리워져 있었다.

우리가 서머싯에 접어들었을 때 내 전화가 진동음을 울리기 시
작했다. 나는 호주머니에서 전화를 꺼내 조디에게 건네주었다.

"댄이야." 조디가 말했다.

"제길, 이벤트 홀에서 그 친구를 만나기로 했어. 30분 전에."

"우리한테 무슨 일이 있었는지 댄이 알아?"

"에마가 말해줬으면."

"그럼 모른다는 뜻이네?"

그녀가 전화를 받아 스피커폰으로 돌렸다.

"여보세요?" 내가 고함을 쳤다.

"그래, 안녕." 댄이 말했다. "다들 어디 있어? 두 시간 뒤면 대회
시작이라는 거 알고는 있나?"

"음, 알지, 그런데 사소한 문제가 좀 생겼었어. 우리가 좀 늦을
것 같아."

"야, 벌써 사람들이 굉장히 많이 와 있어. 샘도 와서 등록을 해

야 해. 내가 대신 해줄까?"

"그래!"

"알았어. 근데 너희 식구들, 서둘러라. 에마도 너랑 같이 있니? 어제 갑자기 사라지더니 그 후로는 문자를 해도 답이 없네."

"음, 같이 있는 건 아니고." 내가 말했다.

그렇게 해서, 내가 중앙이 분리된 자동차 도로를 누비는 동안 조디가 댄에게 그간 있었던 일이며 에마가 어쩌다 지금 콘월에 남아서 어머니를 돌보게 되었는지 설명해주었다.

"에마가 나한테 연락해줬을 거라고 생각했겠네요." 댄이 말했다.

세 시간 뒤에 우리는 A303 도로를 탔다. 그 도로를 타고 우리가 질주했던 월트셔에는 진흙밭과 농장이 끝없이 펼쳐졌고 간간이 이름 모를 마을들이 나타났다. 나는 한 시를 향해 째깍대는 시계를 몇 초 간격으로 확인하면서 트럭과 미니밴 앞을 들락거리며 곡예 운전을 펼쳤다. 백미러로 보니 샘은 혼자 조용히 앉아 있었다. 아이의 세계는 언제나 우리와 동떨어져 있었다. 그 정도는 이미 나도 알았다. 하지만 지금 내가 아는 건 그 세계에 우리도 들어갈 수 있다는 사실이다. 그걸 비디오 게임을 통해 알게 되었다니 참으로 희한했다. 시간 안에 대회장에 닿으면 우리는 수백 명이나 되는 사람들과 함께 그 게임을 할 터였다.

런던에 가까워지자 교통량이 증가하는 바람에 우리는 속도를 늦추기 시작했다. 조디가 휴대폰에 설치된 위성항법 앱을 켜니 우리가 40분 거리에 있다고 떴다. M25 도로가 눈앞에 보일 무렵 댄이 다시 전화를 걸어왔다.

"음, 이봐, 대회가 이제 20분 뒤에 시작이야. 내가 샘 자리를 확보해두기는 했는데, 이 사람들이 기다려줄 것 같지는 않아."

"우리 이제 다 왔어?" 샘이 물었다.

"거의 다 왔어." 내가 대답했다. "댄, 어떻게든 시작을 늦출 수 있을까?"

"음, 어떻게?" 그가 말했다.

"나도 모르지! 사람들한테 우리가 오롯이 대회 때문에 거기까지 가는 길이라고 말해줘!"

"벌써 말했지. 그랬더니 그냥 어깨만 으쓱하고 말던데."

나는 액셀을 꽉 밟아서 대형 버스 몇 대를 추월한 다음 급행 차선에 있는 BMW의 거울을 거의 박살낼 뻔했다. BMW 운전자가 경적을 울린 다음 알아들을 수 없는 말을 외쳤다.

"저 아저씨 화났어." 샘이 말했다.

"자, 댄, 무슨 생각이든 좀 해내 봐."

자동차 도로가 대책 없이 붐볐지만 나는 차를 급하게 틀어가며 어떻게든지 밴과 버스 사이를 들락거리며 앞으로 나갔다. 조디는 대시보드를 붙들고 샘은 오른쪽 왼쪽으로 흔들렸다.

자동차 도로를 벗어나자마자 차가 꼼짝할 수가 없었다. 우리가 들어가야 하는 도로 쪽으로 차량 행렬이 마치 뱀처럼 구불구불 늘어서 있었다. 샘이 앞으로 몸을 숙여 조디의 휴대폰 화면을 들여다보았다.

"다른 길로 갈 수 있어. 저 길하고 또 저 길." 아이가 말했다.

"그 길로 가볼 수 있을까?" 조디가 내게 말했다.

"제길, 아무렴 어때, 한번 가보자." 내가 대답했다.

우리는 끼이익 타이어 미끄러지는 소리를 내가며 두 차선을 가로질러 옆길로 접어들었다. 댄이 전화했다.

"너희 식구들을 위해서 대략 십오 분 정도 시간을 벌어놨어." 그가 말했다.

"어떻게요?" 조디가 물었다.

"내 친구 제이한테 전화해서 네트워크 해킹으로 서버를 다운시켜달라는 식으로 부탁했어요. 괜찮아요, 아주 경미한 해킹질이거든요. 사람들이 이제 금방 해결할 거예요."

그때 드디어 컨벤션 센터가 눈앞에 나타났다. 초현대식 오피스 빌딩들의 배후 지역에 둥지를 튼, 마치 격납고처럼 보이는 건물이었다. 주위로 십만 평이 넘는 주차장이 둘러싸고 있었다. 무슨 음험한 군사 기지처럼 보였다.

"다 왔어?" 샘이 물었다.

"그래, 거의 다 왔다." 내가 대답했다.

미로 같은 주차장으로 차를 몰고 들어가자 10대와 20대쯤 된 듯한 사람들이 행사 장소로 크게 무리 지어 향하는 모습이 보이기 시작했다. 대부분 진 바지에 후드 티를 입었지만 몇몇 사람들은 무술 도복에 좀비 복장을 하고서 추위에 떨고 있었다.

형광색 안전 복장 차림 진행요원들이 무심한 표정으로 우리를 주차 공간으로 안내했다. 우리 모두 차에서 나와 다리를 뻗으며 오합지졸 게이머들의 행렬을 관찰했다. 입구 위쪽으로 젠 엑스 게임 대회라고 쓴 거대한 각꽈이 걸려 있었고 그 양옆으로 내가 듣도 보도 못한 게임을 광고하는 스페이스 마린과 기관총을 든 근육질 남자들이 서 있었다. 샘은 스톰 트루퍼 복장을 한 사람들이 낄낄거리며 뛰어서 옆을 지나가자 내 손을 붙잡았다.

"가자, 우리도 서둘러야 해." 내가 뒤로 처지는 샘을 끌어당기며 말했다.

우리는 기괴한 복장의 군중이 행사장을 향해 구불구불하게 줄지어 있는 곳에 합류했다. 웅장한 입구 로비에는 스낵바와 외투보관실, 상품 판매대들이 늘어서 있었다. 엄청난 사람들이 줄을 서서 음식을 주문하거나, 전시장에 들어가려고 기다리거나, 휴대용 게임 콘솔로 게임을 하며 돌아다니거나, 웃거나 고함치거나 하고 있었다.

"사람들이 너무 소란스러워. 난 싫어." 아이가 말했다.

아이가 가던 길에 우뚝 서더니 아래만 쳐다보며 앞으로 가기를 거부했다. 학교 가는 길에 천 번도 넘게 겪은 익숙한 광경이었다. 천 번도 넘는 아침마다 아이를 어르고 달랬다. 결국 화가 치밀어 아이를 떠메고 학교까지 날랐지만.

하지만 오늘은 아니었다.

대신 나는 무릎을 굽혀 아이가 이 소란 속에서도 나를 정면으로 볼 수 있도록 몸을 낮췄다.

"샘." 내가 불렀다. "괜찮아. 겁이 나도 괜찮아. 하지만 엄마랑 아빠가 여기 있고, 그리고 네 귀마개도 가져왔어. 우리, 이게 게임이라고 생각하자. 이 많은 사람들을 지나갈 방법을 찾아야 해. 스파이처럼 말이야. 런던에서 있었던 일 기억나지? 결국에는 네가 해냈잖아, 안 그래?"

"내가 내 두려움을 다스렸었어." 아이가 고개를 끄덕였다.

"넌 다시 한번 해낼 수 있어. 이렇게 하는 거야. 우리가 같이 우리의 두려움을 다스리는 거야, 알았지?"

"알았어."

아이가 잠시 가만히 서 있더니 손바닥으로 머리를 두드리며 뭔가를 곰곰 생각했다. 이럴 땐 아이한테 조용하게 생각할 시간을 줘야 한다는 사실을 이제는 나도 알았다. 나는 내 재킷 주머니에 들어 있던 귀마개를 쥔 채 쇼룸으로 연결되는 참가자 입구로 눈길을 돌렸다. 아이는 준비가 되자 내 손을 잡더니 나를 앞으로 밀었다.

"이쪽이야." 내가 자신 있게 말했다.

"잘했어." 우리가 다시 출발하자 옆에서 조디가 속삭였다.

우리는 가능한 한 빨리 걸어서 보안 검색을 통과하고 여러 홀들이 줄지어 늘어선 커다란 복도로 갔다. 이때 굉음이 우리를 습격했다. 고막을 찢는 듯한 전자음 저음이 반짝반짝 윤이 나는 돌바닥에 총질하듯 마구잡이로 난사됐다. 실내는 혼돈의 도가니였다.

칠흑처럼 어두운 격납고 전체에 부스 수십 개가 눈이 닿는 곳까지 설치되어 제각각 다른 게임 회사에 할당되어 있었다. 거대한 모니터 수백 대가 줄을 지어 정렬한 채 비디오 게임 영상들을 쏟아내고 있었는데 그 주위로 시끌시끌 사람들이 모여서 번쩍번쩍 매혹적인 그림들을 뚫어져라 보기도 하고, 웃기도 하고 또 서로 하이파이브를 주고받기도 했다. 수백 개의 사운드 시스템이 경쟁적으로 쏟아내는 요란한 댄스 음악과 록 기타 소리, 그리고 총격전의 폭발 굉음이 말 그대로 퍼붓는 포화와 다름이 없어서 그 방은 섬광이 점멸하는 폭발 현장 같았다. 우리가 그 광경을 서서 보고 있자니 최신 게임 출시를 보려는 사람들이 사방에서 우리를 밀치고 당겨댔다. 내가 샘을 내려다보자 아이가 뭔가 말을 하고 있었지만 도대체 알아들을 수가 없었다. 나는 허리를 수그렸다.

"뭐라고?" 내가 소리쳤다.

"귀마개, 아빠, 귀마개."

나는 귀마개를 잡고 아이의 머리에 씌워주었다. 아이도 절박하게 귀마개를 붙들었다. 나는 입구를 들어올 때 누군가 내 손에 쑤셔 넣어준 프로그램 뒤 페이지에 나온 지도를 확인했다. 조디가 처음에는 다이어그램에 나온 마인크래프트 지역을, 그다음으로는 홀 한쪽 구석을 손으로 가리켰다. 우리는 움직이기 시작했다. 게임 티셔츠를 입은 10대들과 팩맨이나 소닉 더 헤지혹 의상을 입은 진행요원들 틈을 비집고 나갔다. 마인크래프트 간판이 보였다. 게임 특유의 돌 모양 글자를 확인하고는 나는 사람들을 밀쳐댔다.

마침내, 우리가 넓게 트인 곳으로 나왔다. 높은 스크린을 쳐서 메인 홀과 구별시켜 놓은 지역이었는데 두꺼운 마분지를 오려서 만든 스티브, 크리퍼, 좀비 모형으로 장식해놓았다. 샘이 우리를 올려다보며 미소를 지었다. 시간 맞춰 도착할 수 있을 것 같았다.

안에 들어가니 갑자기 분위기가 딴판으로 달라져 훨씬 더 조용해졌다. 줄지어 늘어놓은 책상마다 모니터와 의자가 딸린 모습이 마치 학교 컴퓨터실 같았다. 방 가장자리에는 커다란 상자를 마치 마인크래프트 블록처럼 칠을 한 다음 작은 헛간 모양이 되도록 쌓아두었다. 모조 잔디 카펫을 깔고 그 위로 빈백 의자를 이리저리 던져둔 곳도 있었다. 한쪽 구석에는 커다란 거미 모형을 벽 위로 기어 올라가는 모양으로 붙여두었다. 눈이 햇불처럼 번쩍거렸다. 샘이 겁먹을까 걱정되어 나는 아이 시야에서 거미를 가려주려 했지만 아이는 내 뒤에서 이미 봐버렸다.

"괜찮아. 저건 진짜가 아니잖아." 내가 말했다.

"낮 시간에는 거미가 공격 안 해. 먼저 우리가 공격하지만 않으면." 아이가 대답했다.

이 구역 게이머들은 눈에 띄게 어렸다. 책상마다 열 살에서 열두 살가량 아이들이 차지하고 있었다. 헝클어진 머리에 대부분 마인크래프트 브랜드 로고가 새겨진 윗도리를 입고 키보드를 두드리거나 조이패드를 붙들고 열띤 눈으로 각자의 화면을, 그리고 마인크래프트 게임을 응시하고 있었다. 나는 차에서 내린 다음 이제야 비로소 내가 아는 것을, 나와 관련 있는 것을 만난 기분이 들었다. 저 아이들이 뭘 하고 있는지 나는 알았다. 샘을 내려다보았다.

아이는 드디어 내 손을 놓더니 그 광경을 죽 둘러보았다. 아이의 눈동자가 이 화면에서 저 화면으로 옮겨 다녔다.

줄마다 다른 형태의 마인크래프트 미니 게임을 하고 있는 것 같았다. 플레이어들이 시험 삼아 서로 대결하고 있었다. 아이들이 고함을 지르고 큰 소리로 웃으며 자기들이 시청하던 유튜버들처럼 무슨 일이 벌어지고 있는지 끊임없이 코멘트를 해댔다.

"내가 다이아몬드 칼을 얻었어!"

"난 곡괭이가 필요해!"

"동굴에 숨었으니, 그냥 가도 돼."

"내가 보물 상자를 찾았어."

게임 용어도, 게임의 재료와 규칙도 거기 있는 아이들에게는 너무나 익숙했다. 그곳이야말로 그 아이들에게는 타고난 서식처였다. 모두 샘 같은 아이들이었다.

초록색 마인크래프트 윗도리를 입고 등판에 스태프라고 써 붙인 한 여인이 허리를 숙여 어떤 플레이어에게 말을 거는 모습이 내 눈에 띄었다.

"만들기 대회에 참가하려고 왔습니다." 내가 말했다.

"오오, 이 아이가 샘인가요? 기다리고 있었습니다. 선생님의 친구 댄이 아이의 자리를 맡아두고 있어요. 모셔다드리지요."

우리는 그 여자를 따라서 훨씬 더 큰 구역으로 갔다. 긴 탁자 위에 모니터들을 올려서 수백 명의 플레이어들이 이용할 수 있는 공간이었다. 이미 많은 플레이어들이 도착해서 한가하게 만들기를 하고 있거나 이리저리 풍경 속을 뛰어다니고 있었다. 드디어 댄이 보였다. 그는 책상에 앉아서 닌텐도 3DS를 손에 들고 버튼을 누르고 있었다. 콜 오브 듀티 티셔츠와 툼 레이더 모자 차림이었고 주변에는 포스터와 또 다른 티셔츠들이 가득 든 가방이 잔뜩 놓여 있었다.

"아이고 세상에. 저 녀석 아주 살판났구나." 내가 중얼거렸다. 그가 우리를 보더니 벌떡 일어나서 샘과 하이파이브를 한 다음 내 등을 철썩 두드렸다.

"드디어 왔구나!" 그가 말했다. "서버가 전부 다시 살아났어. 이제 당장 시작할 거야!"

"고마워." 내가 말했다.

"뭐가?"

"아, 그게, 너도 알잖아, 여기 와서, 우릴 도와주고, 대회 서버를 다운시켜주고 했으니."

"아, 별거 아냐."

샘이 자리에 앉았다. 샘과 대략 같은 나이일 듯한 여자아이들이 양옆으로 앉아 있었는데, 두 아이 모두 게임에 흠뻑 빠져 있었다. 샘은 엉거주춤 자리에 앉더니 가방을 가슴에 꼭 끌어안았다. 아이가 여기까지 온 것만 해도 놀라웠다. 하지만 이제 바야흐로 여기 왔으니, 실은 이렇게 혼란스러운 환경에 처한 바로 이 순간이야말로 감당하기 힘든 때일지도 몰랐다. 하지만 나는 미리 계획을 세워뒀다.

"네 자리를 장식해주려고 장난감을 몇 개 가지고 왔어." 내가
말했다.

그런데 그때 조디가 자기 가방을 뒤져 액션 피겨와 모델을 한
주먹 꺼내는 모습이 보였다.

"멋진 생각이야." 조디가 말했다.

"난 헐크랑 비행기를 가져왔어."

"나는 배트맨, 레고 차, 우리 셋이 바닷가에서 찍은 사진." 그녀
가 말했다.

"아, 그래, 그래야지."

우리는 아이의 물건을 모조리 모니터 주위에 늘어놓았다. 그때,
게임이 PC 버전이라는 사실을 알았다. 우리는 늘 엑스박스 버전
으로 했는데. 둘 다 비슷하긴 하지만 컨트롤과 메뉴가 달랐다. 하
지만 샘은 마우스를 잡더니 곧 지도를 로딩했다.

"애가 PC도 할 줄은 몰랐는데." 조디가 말했다.

"올리비아 오빠가 PC 버전을 가지고 있어. 쉬워." 샘이 말했다.

"애가 네 살 때, 케이블 시스템 조작해서 〈바다탐험대 옥토넛〉
전 회를 녹화했던 것 생각나? 우리가 하는 걸 보고 배워서 한 거였
어. 우리 스마트폰 비밀번호도 알아내고."

"내 산악자전거 열쇠 번호도." 조디가 말했다.

"당신이 자전거 타다 떨어질까 봐 자전거를 정원 뒤 숲속으로
갖다 놓느라 그랬었지."

"그래! 다 생각난다. 당신이 그런 걸 다 기억하고 있다니 놀랍

네. 좋은걸."

"좋은 기억들이 다시 떠오르기 시작하네." 내가 말했다.

"나도." 그녀가 말했다.

진행요원 한 명이 와서 우리를 네트워크에 연결시켜줬다.

"괜찮아?" 내가 물었다.

"두려움을 이겨내고 있어." 샘이 말했다.

'샘과 아빠의 세계'를 함께 만들었던 때가 마치 전생에 있었던 일만 같았다. 우리가 따로 떨어져 지내면서 함께 공유했던 그 공간. 우리 둘 사이의 끈. 우리 인생 다른 모든 것이 아수라장일 때, 우리 두 사람은 함께 도망쳐 모험을 할 공간이 있었다. 논리와 규칙과 명확한 경계가 있던 공간. 우리는 우리의 위치를 알았다. 우리는 안전했고 우리가 원하는 건 다 만들 수 있었다. 여기 와 있자니 갑자기 그 모든 것이 벅찰 정도로 선명하게 부각되었다.

아이가 준비를 시작하기에 나는 한 걸음 물러나 댄 옆에 섰다. 그가 내 마음을 읽은 모양이었다.

"우리가 해냈다." 그가 말하더니 한쪽 팔을 뻗어 내 어깨를 감싸는, 친구끼리 포옹을 했다.

"그래, 샘한테는 정말 큰일이지. 우리가 여기까지 온 것만도 나는 믿기지가 않는다."

"난 믿겨. 난 네가 해낼 줄 알았어. 너라면 전부 다 좋게 만들 줄 알았어."

"난 아무것도 한 게 없는데." 내가 말했다.

"넌 늘 그렇게 생각하더라. 그래서 넌 늘 틀려. 내가 널 얼마나 의지하는지 넌 정말 모르냐? 우리가 너희 옆집으로 이사한 다음 날부터 줄곧 그랬어. 넌 내 자전거도 고쳐주고, 무슨 컴퓨터를 사야 할지도 알려주고, 네 여동생이랑 데이트를 해도 날 두들겨 패지 않았잖아. 나는 네가 샘을 여기까지 이끌고 올 줄 알았어. 그 애가 가야 할 곳이라면 아마 넌 어디든 데리고 갈 거야."

"우와. 뭣 때문에 이런 말을 늘어놓는 거야? 이 최루 폭탄 같은 녀석아."

"나도 몰라……. 하지만 두고 보자고."

그런 뒤 우리는 잠시 서로를 바라보았다. 우리 둘 다 '지금 얼싸안을까 말까?'라는 남자친구들끼리 몰래 하는, 고통스러운 저주를 생각하고 있었다. 하지만 곧 우리는 서로 얼싸안았다. 조디가 옆에서 크게 놀라는 눈치였다. 나는 우리가 영원히 친구로 지냈으면 좋겠다고 말하려 했다. 하지만 대신 나온 말이 "우리 영원히 함께하자."였다. 하지만 내가 무슨 뜻으로 한 말인지 그는 알고 있었다. 왜냐면, 그게, 음, 그게 진짜 내 본심이기 때문이다. 나는 가진 것 하나 없이 그의 아파트에 나타났다. 형편없이 부서져 있던 나를 그는 순전히 호의로 다시 돌려놨다. 몇 달이나 흘렀다. 하지만 그는 한 번도 내가 언제 자기 집에서 나갈지 물어보지 않았다. 솔직히 말해서, 그가 물어보고 싶어는 했는지조차 모르겠다.

이 상황을 더 이상 감당할 수가 없었는지, 근처 빈 소파를 발견한 댄이 그쪽으로 달려가 풍성하게 속을 채운 초록색 쿠션 속으로 쓰러졌다. 댄 옆으로 부모들이 줄줄이 앉아 있었다. 어떤 사람들은 감탄의 표정으로 주변을 두리번대고 있었고, 다른 사람들은 마치 병원 대기실에서처럼 무표정하게 잡지를 읽거나 휴대폰을 들여다보고 있었다. 마치 특별한 일은 전혀 없다는 것처럼.

샘은 가상공간을 뛰어다니고 있었다. 농장 동물들을 쫓고 나무 사이를 달리며 조정법을 익혔다. 샘 옆에 앉아 있는 여자애는 열 살이나 열한 살쯤 되어 보였는데 크리퍼가 그려진 스웨트 셔츠를 입고 있었고 두꺼운 안경에 머리는 양 갈래로 묶고 있었다. 그 아이가 샘의 스크린을 가리키더니 뭐라고 말을 걸었다. 샘이 듣지를 못하자 그 아이는 조심스럽게 귀마개 한쪽을 들어 올렸다. 나는 아이의 반응이 걱정스러워 몸이 움찔거렸다. 아이가 두려움이나 분노로 펄쩍 뛰지 않기를 바랐다. 그런데 샘이 그 애 말을 열심히 듣더니 고개를 끄덕였다. 또 한 가지를 배웠다. 아이를 믿어주자.

방 앞쪽에서 진행요원 한 명이 자그마한 무대 위로 올라가더니 마이크를 잡았다.

"안녕하세요, 여러분. 창작 대회가 곧 시작됩니다. 참가를 원하시는 분들은 지금 모두 게임을 중단하고 크리에이티브 모드로 전환하시기 바랍니다. 우리가 돌아다니면서 여러분 이름을 확인하겠습니다. 그다음 금년 대회 테마를 여러분에게 알려주면, 그 후 네 시간 안에 여러분의 창작품을 완성하면 됩니다!"

나는 샘의 귀마개를 들어 올린 다음 그 메시지를 전해줬다.

"내가 옆에 있어줄까?" 내가 물었다.

"아니. 소파에 엄마가 앉아 있네. 아빠도 계속 소파에 앉아 있을 거야?"

"응, 우리 둘 다 거기 있을게. 괜찮겠지?"

"응. 전부 다 괜찮아. 아빠, 내가 뭘 만들어야 할까?"

"샘, 사람들이 말해줄 거야. 사람들이 아이디어를 말해주면, 넌 그 아이디어에 맞는 걸 만들면 돼."

"성을 만들어도 될까?"

"그거야 오늘의 테마가 뭐냐에 따라 다르지."

"테마가 뭐야?"

나는 무릎을 굽히고 샘 옆에 앉아서 내 손을 아이의 손 위에 얹었다.

"샘, 그건 중요하지 않아. 그냥 네가 원하는 걸 만들어. 멋진 걸로. 넌 잘하니까, 뭐든 원하는 걸 만들어. 그냥 즐겨."

"하지만 난 이기고 싶어."

"알아. 그것도 아주 좋아. 근데 걱정 마. 마음이 흔들리면 아빠 쪽을 돌아봐. 그러면 내가 올게, 샘. 데리러 올게."

젊은 남자가 메모판을 들고 오기에 내가 자리에서 물러섰다. 그가 샘의 화면을 확인한 뒤 아이의 이름을 물었다. 대회에 참가하려는 아이들이 몇 명 더 달려와 의자에 올라앉은 뒤 자기들 랩톱과 게임 머신을 연결하느라 전체 준비에 술렁임이 있었다. 현재 대략 칠십 명쯤 되는 아이들이 주먹을 부딪치거나 재잘거리고 있었다. 어떤 참가자들은 20대 초반으로 보였는데 자신감 있는 표정으로 조용히 자리에 앉아 있었다. 나는 옆을 지나치며 실수인 척 그 사람들 파워 케이블을 죄다 뽑아버릴까 생각도 해봤다. 그러나 대신에 소파 쪽으로 갔다. 조디가 나도 앉도록 자리를 좁혀주었다.

"애는 괜찮아?" 그녀가 물었다.

그러나 내가 대답도 하기 전에 스피커에서 요란한 소리가 울렸다.

"자, 모두 준비됐나요?" 아나운서가 소리쳤다.

모여 있던 게이머들이 "네."라고 기운 없이 대답했다.

"이거 반응이 별로인데요. 준비됐나요?" 아나운서가 외쳤다.

"네!"라는 대답이 크게 퍼졌다.

눈에 띄게 동요된 샘이 귀마개를 벗고 주위를 두리번거렸다. 옆에 앉은 여자애가 뭔가 말해주며 무대를 가리켰다. 샘은 귀마개를 무릎 위에 놓았다.

"좋습니다. 젠 엑스 마인크래프트 창작 대회 올해의 테마는……"

사회자가 극적인 효과를 위해 말을 멈췄다. 화면에 비친 아이들은 모두 입을 벌린 채, 두 손은 키보드와 컨트롤러 위에 얹은 채 그녀만 바라보고 있었다. 모두 게임 풍경이 전혀 없는 플랫 모드로 화면을 전환하라는 지시를 받았기 때문에 내 눈에 들어오는 화면 수십 개가 전부 텅 비어 있었다. 그 화면들은 바야흐로 창의력이라는 신성한 불꽃을 맞을 준비가 되어 있었다. 천지창조를 기다리고 있었다.

"올해의 테마는 '런던에서 가장 중요한 건물'입니다. 시작하세요!"

갑자기 부산한 움직임과 속삭임이 있었다. 칠십 명 참가들이 모두 동시에 각자의 제작 인벤토리를 연 다음 건축 재료들을 훑었다. 어떤 참가자들은 창을 하나 더 열고서 '런던 건물'이라는 주제로 검색을 시작했고 다른 참가자들은 거의 즉시 만들기를 시작했다. 샘은 런던 빌딩들에 대해서 이미 연구를 했었다. 벌써 런던 탑을 만들어봤으니 그걸 다시 만들어도 됐다. 나는 샘이 나를 돌아보는 모습을 봤지만 아이 얼굴에 드러난 표정은 읽을 수가 없었다. 게다가 지금은 진행요원들이 돌아다니며 참가자들 주변에 일종의 통제선을 치고 있었다. 나는 보초병들 너머로 샘에게 오케이 사인을 보내며 힘내라고 웃어주었다. 아이는 여전히 나를 쳐다보고 있었고 이제 조디도 그걸 알아차렸다. 뚫어질 듯한 시선이었다. 저런 표정을 나는 안다. 아이는 생각을 하는 중이었다. 돌아가도 되냐고 물으려는 걸까. 하지만 천천히, 아주 살짝, 아이 얼굴이 미소로 바뀌더니 아이가 시선을 화면으로 돌렸다.

그런 다음, 아이가 만들기를 시작했다.

40

샘이 빌딩을 만드는 동안, 낯익은 얼굴이 마인크래프트 존 입구 부근에서 두리번대는 모습이 내 시야에 들어왔다. 에마였다. 어리 둥절하고 상기된 표정이었다. 아주 잠깐, 나는 에마가 어머니를 혼자 집에 버려두고 왔다고 생각했는데 바로 그때, 다행스럽게도, 그 곁에 어머니가 보였다. 댄이 두 사람을 발견하고 열렬하게 손을 흔들다가 문득 손짓을 멈추더니 생각을 좀 하는 눈치였다. 그가 나와 조디를 돌아봤다.

"아아, 맙소사, 에마가 어머니께 내 얘기를 했을까?"

나와 조디가 눈을 맞춘 뒤 우리 둘 다 다시 그를 쳐다보았다. 우리는 동시에 고개를 끄덕였다.

"그렇군." 그가 말했다.

에마가 뛰어오더니 댄을 껴안았다. 나는 어머니를 맞이하러 마인크래프트 모델들을 구경하고 있는 아이들을 뚫고 지나갔다.

"어머니, 괜찮으세요? 말도 없이 와버려서 죄송해요. 에마가 하도 그러라고 하는 통에."

"나는 괜찮다." 어머니가 내 팔을 붙들며 말했다. "나한테 말을 했어야지, 샘이 이 대회를 놓치길 내가 바랄 리가 있었겠니! 샘은 어디 있니?"

내가 스크린 너머에 있는 샘을 가리켰다. 아이가 마우스와 키보드에 익숙해진 것 같았다. 아이는 완전히 몰두해 있었다. 행복해 보였다.

"쟤 좀 보게, 지금 하고 있구나!" 어머니가 말했다.

"네! 옆에 앉은 여자애랑 친구도 됐어요."

나는 자부심으로 몸이 터질 것 같았다. 정말 이상하고 낯선 감정이었다.

"어머니가 오셔서 너무 기뻐요. 어머니가 저 모습을 봐서 너무 기쁘다고요." 내가 말했다.

에마가 댄을 끌고 우리에게로 다가왔다. 그가 마치 수줍은 학생처럼 끌려왔다.

"안녕하세요, 아주머니." 댄이 말했다.

"아, 그래, 잘 지냈니, 댄?" 어머니가 말했다. 이 만남을 즐기는 게 분명해 보였다. "내 딸을 다시 만나기 시작했다며. 이번에는 그 애랑 버젓한 관계를 맺을 참이겠지?"

"어…… 음……." 그가 말했다. 어둡고 희미한 방이었지만 그가 당황하는 모습이 손에 닿을 것만 같았다.

"엄마!" 에마가 소리쳤다.

"농담이다. 다시 만나서 참 좋구나, 댄. 그리고 에마 말이 맞네, 넌 정말 섹시하구나."

"엄마!" 에마가 또 한 번 소리쳤다. 이제부터 이 순간이, 에마가 어른이 된 이후 가장 굴욕적인 대화로 꼽힐 게 분명했다.

"자, 이제 자리 잡고 앉아서 구경 좀 하자고요." 내가 말했다. "구경거리라 봤자 일흔 명이나 되는 애들이 시커먼 방에서 컴퓨터 앞에 앉아 있는 게 다지만요."

그래서 그렇게, 나는 아내와 어머니와 여동생과 절친한 친구와 함께 앉아서 내 아들이 컴퓨터 화면 속에 뭔가 만들고 있는 모습을 지켜봤다. 끊임없이 무슨 소리가 메인 홀에서 울렸고 그 방의 어둠을 밝히는 조명이라고는 눈부시게 내리쬐는 스포트라이트밖에 없었다. 수선을 떠는 진행요원들과 심판들, 이리저리 뛰어다니는 아이들, 부스럭대는 부모들만 보일 뿐 내 아들이 실제로 뭘 하고 있는지는 파악하기가 힘들었다. 그래서 우리는 기다란 소파에 앉아서 서로 귀에 대고 별 뜻 없는 말을 주고받거나, 아니면 이따금 누군가를 보내서 커피를 사오게 했다. 터무니없이 비싼 그곳 커피는 형편없는 향기에 걸쭉한 것이 혹시 여과도 하지 않은 템스강 물로 만들었나 싶었다.

"당신이 커피숍을 정말로 열게 되면, 이 커피 레시피는 꼭 배워야겠어!" 조디가 소리쳤다.

어머니는 잡지를 읽고, 에마와 댄은 메인 전시장에 게임을 하러 갔다. 두 사람이 돌아왔을 때 보니 에마도 댄과 똑같은 콜 오브 듀티 티셔츠를 입고 있었다. 나는 앉은 채 몸을 앞으로 숙인 뒤 고개를 좌우로 돌려가며 샘의 화면에 뭐가 있나 보려고 애썼다.

그런데 어쩐 일인지 내 생각이 다른 시간 다른 대기실로 흘러갔다. 마지막으로 어머니와 이렇게 앉아 있었을 때. 말없이 보면서 기다리던 때. 글쎄, 생각도 하기 싫은 일이었지만, 그래도 어쨌든 기억은 늘 잠복하고 있다가, 무시할 수 있으면 해보라고 이렇게 나한테 덤벼댔다. 또 한편의 기억 속에서, 조디와 내가 셀 수 없이 많은 진료소와 병원 대기실에서 샘의 검사 결과를 기다리고 있었다. 아이의 청력 검사도 수차례 했었고, 그런 다음에는 운동 기능을, 그다음에는 기억 기능을 검사했었다. 그렇게 많은 검사를 했는데, 대부분은 불명확하다는 결론이었다. 왜냐하면 아이가 자신에게 주어진 최소한의 실험에도 협조를 하지 않았기 때문이다. 이런저런 점을 따져보면, 우리는 10년 동안이나 샘의 결과를 기다리고 있는 셈일지도 몰랐다. 나는 조디 쪽을 보면서 그녀의 시선을 끌어보려 했지만 그녀도 나와 마찬가지로 앉은 자리에서 들썩거리며 샘의 화면을 들여다보려 애쓰느라 여념이 없었다.

"애가 뭘 하는지 알 수가 없네." 그녀가 아무나 들으라는 듯 말했다. "애 화면은 텅 빈 것 같아."

이 말을 듣자 걱정이 됐다. 아이가 이 모든 것이 너무 혼란스러운 나머지 아무것도 못 하고 앉아만 있는 거라면 어쩐다? 갑자기 아이가 옴짝달싹 못 하는 경우라면? 하지만 아이 손에는 마우스가 쥐어져 있고 아이는 신중하게 손가락을 움직여 버튼을 누르고 있었다. 즉, 아이가 무언가 하고 있다는 신호였다. 어떤 면에서, 나는 그 점만으로도 충분했다. 아이가 여기, 이런 희한한, 화면과 액션이 난무하는 혼란 속에 앉아 있는 것만도 굉장한 일이었다. 아이가 여기에, 여느 다른 아이들처럼 앉아 있다니.

하지만 한편으로 샘은, 여느 아이들과 전혀 달랐다. 그래서 나는 너무 자랑스러웠고 그래서 감탄을 금할 길이 없었다. 아이는 자기 의지로, 자기 불확실성을 스스로 이겨가며 여기까지 왔다. 세상에 대한 아이의 이해는 찰나였고 가냘팠다. 아이에게는 세상이 공포로 다가올 때가 잦았다. 하지만 어떻게든 아이는 자기 안에 힘을 키워 여기까지 왔다. 공원에서 혼자 놀며 늘 위협을 경계하던 아이가 생각났다. 그 옆에 서서 우리 아이가 또래 다른 애들처럼 자신만만하게 함께 뛰놀기를 바라던 내 모습도 생각났다. 지금 나는 그런 걸 전혀 바라지 않았다. 샘은 샘이니까. 스스로 자기만의 세상을 만들 수 있으니까. 아이의 세상은 내 세상과 같지 않아서 더 많은 체계를, 훨씬 더 많은 계획과 시간표를 갖출 것이다. 나는 그런 걸 걱정하지 않아도 됐다. 다만 이해만 하면 됐다.

"당신 괜찮아?" 조디가 물었다.

"응, 생각하고 있었어. 우리가 배우는 방식이 어떤 때 보면 참 이상해. 샘이랑 내가 각자 방에 앉아서 온라인으로 게임을 하던 그 숱한 밤에 말이야. 우린 둘 다 혼자였지만, 어찌 보면 함께이기도 했었어. 실제로는 함께였어, 그전에는 그렇게 함께였던 적이 한 번도 없었는데."

"나도 알아. 나도 거기 있었잖아, 안 그래?" 조디가 여전히 나를 건너 샘의 자리를 응시하면서 말했다.

"한 시간 남았습니다!" 어떤 남자가 마이크에 대고 소리를 질렀다.

그 남자가 무대에서 내려가자 조디가 벌떡 일어서더니 누구에겐가 손짓을 했다. 그녀가 손짓하는 방향을 쳐다봤더니 프루던스가 올리비아와 해리를 데리고 있었다. 세 사람은 풀 죽은 부모들이 두런거리는 사이를 비집고 들어왔다.

"안녕하세요!" 올리비아가 소리쳤다. "여기 계실 거라고 샘이 말해줬어요!"

조디와 프루던스는 별다른 감정 없는 포옹을 능숙하게 나눴다. 하지만 나는 그녀를 맞이하려고 일어서서는, 어색하게 중산층의 입맞춤을 나눴다. 나는 한 번만 하고 그만두려 했는데 그녀가 두 번까지 시도하는 바람에 결국 반쯤은 헤딩이 되고 반쯤은 입을 맞춰버리는 불상사가 일어났다. 내 사교생활에 찾아온 또 한 번의 악몽 같은 실수였다.

"작년에 여기 왔을 때 애들이 너무 좋아했어요." 방금 전 해프닝을 전혀 없었던 척하면서 프루던스가 소리질렀다. "애들이 샘을 보러 가자고 하더라고요."

"샘은 어디에 있어요?" 올리비아가 소리쳤다. 나는 샘 쪽을 가리켰다.

"뭘 만드는 거죠?" 해리가 물었다.

"나도 모르겠다. 보이지가 않아. 테마는 런던에서 제일 중요한 건물이란다."

"런던탑을 만들겠네요!" 올리비아가 흥분해서 손뼉을 치며 말했다.

하지만 누가 알겠는가? 아이가 무슨 생각을 하는지 그 누가 알겠는가 말이다. 나는 샘의 두뇌가 완전히 구획이 나뉘어졌다고 본다. 그래서 아이의 생각과 감정이 옛날 우체국 분류실처럼 각각 다른 카테고리로 저장된다. 그 무엇도 분류실의 균형과 질서를 방해해선 안 되는데, 아이의 경험은 언제나 새로운 정보와 내용으로 그 시스템을 때려 부순다. 그러니 아이는 빠른 속도로 분류할 수가 없게 된다. 아이가 여기 오는 것만 해도 대체 어떻게 가능했을까?

어머니는 아직도 독서 중이었다. 조디는 프루던스와 큰 소리로 담소를 나눴다. 에마와 댄은 김빠진 맥주가 담긴 플라스틱 글라스를 들고 나타났다. 시간은 째깍째깍 흘렀다. 대회 참가자들은 마치 공항 관제탑 요원처럼 무덤덤하게 각자의 화면을 들여다보고 있었다. 이 모든 광경에 댄스 음악과 난사하는 총기 소리가 깔려서 마치 가빠진 심장박동처럼 쿵쿵거렸다.

"10분!"

화면 몇 개를 겨우 힐끗 들여다볼 수 있었다. 버킹엄 궁전 같은 건물과 정체를 알 수 없는 마천루 몇 개, 그리고 거킨 오이 빌딩이랍시고 만들었지만 거대한 남근처럼 생긴 건물 따위가 보였다. 대회 테마가 단순하지 않고 까다롭다는 생각이 갑자기 내 머리를 스쳤다. 누구나 알아보는 랜드마크를, 건축의 경이를 네 시간 만에 커다란 빌딩 블록으로 재현하라고? 출제자들은 대체 무슨 생각이었을까? 우리가 책에서, 그리고 또 런던에 직접 가서 본 건물들을 샘은 기억이나 할까? 아이가 런던과 브리스틀을 뒤섞지나 않을까? 샘의 화면에 나타나는 모형이 유치하게 덩치만 큰 SS그레이트 브리튼이면 어쩌지?

"다 됐습니다, 마우스를 내려놓으세요." 무대 위 누군가가 소리쳤다. "경기가 끝났습니다! 부디 컴퓨터에서 물러나 주세요. 심판관들이 둘러보게요."

샘이 일어서서 우리에게 오다가 올리비아를 발견하고 손을 흔들었다. 조디가 먼저 일어나 아이를 와락 끌어안았다.

"잘했어, 샘, 정말 자랑스럽다!"

"넌 뭐 만들었어?" 올리비아와 그 애 오빠가 거의 동시에 물었다.

"비밀이야." 아이가 말했다. 그러더니 한 손을 내밀어 내 손을 잡았다.

심판들이 화면을 하나씩 지나칠 때마다 서로 담소를 나누고 메모를 했다. 또다시 이상하다는 생각이 들었다. 저 사람들은 대회를 아주 심각하게 생각했다. 거의 크러프츠(세계 최대의 애완견 대회—옮긴이)나 터너 프라이즈쯤으로 여기는 것 같았다. 무대 뒤쪽 거대한 프로젝터 스크린 위로 젠 엑스 로고와 '올해의 마인크래프트 건축가'라는 글자가 보였다. 기술자들이 화면 뒤에서 스파게티처럼 생긴 케이블들을 그 옆에 쌓아둔 서버와 컴퓨터 쪽으로 흐르도록 정돈했다. 대회 참가자들이 그들의 친구, 친척들과 뭘 만들었는지 이야기하느라 주위가 두런두런 소란했다. 거기 내가 서 있었다. 눈만 껌벅껌벅, 자신 없이 주변만 돌아보고 있었다. 댄이 내 손에 맥주 한 잔을 쥐어주고는 등을 철썩 두드렸다. 조디가 내 팔짱을 꼈다.

"당신이 해냈어." 조디가 말했다. "당신이 샘을 여기까지 데려왔어."

"당신 생각은 어때, 애가 뭐라도 만들었을까?"

"몰라. 상관없어. 우리 애 좀 봐."

우리가 함께, 맞은편을 바라보니 아이는 지금 올리비아, 해리와 함께 마인크래프트 버전 〈헝거 게임〉 토너먼트를 보고 있었다. 손짓을 해가며 큰 소리로 웃고 있었다. 심지어 샘은 올리비아한테 으스대는 중이었다. 화면을 향해 크게 몸짓을 하면서 올리비아의 관심을 음미하고 있었다. 됐다. 뭐가 됐든 간에, 이제 됐다.

바로 그때, 짙은 청색 바지에 연한 하늘색 윗도리 차림의 스티브로 분장한 남자가 무대 위로 올라갔다. 그는 양쪽 옆으로 크리퍼 모양 박스를 뒤집어쓴 진행요원들을 거느렸다. 사람들이 환호했고 행사가 시작된다는 기대감 때문에 소수의 사람들이 무대 앞쪽으로 밀려들었다. 시작이다!

"올해는 출품작들 수준이 대단히 높았습니다. 대단한 작품들이 많았습니다. 그러니 참가자들에게 여러분 모두 힘찬 박수를 부탁 드립니다."

정중한 박수와 휘파람 소리가 들렸다.

"하지만 수상자는 단 한 명뿐이고, 이 작품은 정말로 특별했습니다. 누가 수상자인지 발표할까요?"

"네!"라는 외침이 군중에서 터져 나왔다. 근처에서 지루해하던 한 부모가 "빨리 합시다!"라고 소리치는 바람에 몇몇 사람들이 웃음을 터뜨렸다. 긴장이 솟구치는 통에 내 위장이 요동을 쳤다.

"자, 그러면, 마인크래프트 대회 올해의 수상자는……"

극적인 정지가 길었다. 샘을 보니 살짝 지루하고 살짝 혼란스러운 표정이었다.

"해나 제임스! 해나는 빅벤과 국회의사당을 장대하게 표현해냈습니다. 무대로 나오세요, 해나."

열다섯 살쯤 되어보이는 10대 소녀가 고슴도치처럼 뾰족하게 선 검은 머리칼에 녹색과 검은색 줄무늬 스웨터를 입고 있었다. 그녀가 무대 위로 뛰어 올라가서는 근처에 있던 한 무리의 친구들에게 손을 흔들었다. 그때, 커다란 화면에 그녀가 만든 모델이 영상으로 나왔다. 진정 인상적인 국회의사당 건물의 재현으로, 위풍당당한 고딕 건물의 위엄과 줄지어 늘어선 작은 창문들을 잘 잡아냈다. 내가 조디를 쳐다보니 그녀는 어깨를 으쓱했다. 나는 심장이 마루 밑으로 꺼지는 느낌이었다. 가까이 와 있던 샘이 우리 사이에 서서 해나가 무대 위에서 질문을 받는 모습을 바라봤다. 하지만 특별히 관심이 있는 건 아닌 모양이었다. 나는 아이에게 무슨 말을 해야 할까, 뭐라고 달래줄까 필사적으로 궁리를 하면서도, 과연 행사가 끝났다는 사실을 아이가 이해는 하는지 궁금했다.

이런 생각을 하느라 무대에서 하는 말을 나는 거의 듣지 못하고 있었다.

"하지만 아직 다 끝난 게 아닙니다." 아나운서가 말을 이었다. "한 가지 모델이 더 있습니다……. 우리는 이게 무슨 건물인지도 모르겠고, 또 왜 그 건물이 중요한지도 모르지만, 우리 모두 이 모델이 너무나 마음에 들었습니다. 그래서 특별상을 수여하기로 결정했습니다."

관객들이 웅성대는 소리가 희미하게 들려왔다. 몇몇 부모들이 아이들을 조용히 시킨 다음 다시 무대 위를 주시했다.

아래를 내려다보니 내가 조디의 손을 잡고 있었다. 샘은 어머니와 함께 서서 붕대 감은 어머니의 손목을 곰곰이 들여다보고 있었다. 올리비아와 그 애 오빠는 바닥에 주저앉아서 큼지막한 가방을 뒤적이고 있었다. 가방마다 메인 전시장에 설치된 각종 매대에서 공짜로 받은 상품들이 잔뜩 들어 있었다. 나는 조명이 눈부셔서 살짝 현기증이 났다. 조디가 나를 더 꼭 붙들었다. 시간이 질질 흘렀다. 옆으로 지나가는 아이들의 모습이 슬로우 모션으로 보였다.

"그런 이유로, 샘 로를 무대 위로 청합니다."

나는 못 들었다. 아니 적어도 내 머리가 그 말을 입력하지를 못했다. 그저 정적만 있다가 그다음에는 '윙윙', 마치 희미한 이명 같은 소리가 들렸다. 그러다가 조디가 샘을 품에 안더니 어머니도 아이를 얼싸안았다. 댄이 한쪽 팔로 내 목을 감더니 뭐라고 소리를 질렀다. 그러더니 소리가 터졌다.

음악, 사람들, 여기 오게 됐다는 기적 그 자체가 소리로 터졌다.

"엄마?" 샘이 불렀다. 조디가 나를 보더니 다시 무대를 봤다. 아나운서가 눈 위에 손을 올리고 방 안을 훑으며 기다리고 있었다.

"샘?" 그가 불렀다.

"너 저기 올라가고 싶어?" 조디가 말을 이었다. "꼭 그러지 않아도 돼. 사람들한테 내가 말해줄게."

아이가 몇 발짝 뒷걸음질치며 내게로 다가왔다. 올리비아가 샘에게 다가와 와락 끌어안았다. 샘은 어리둥절해 보였다. 아이가 내 다리를 붙들었다.

"아빠, 나랑 같이 가줘."

나는 잠자코 고개를 끄덕였다. 아이는 귀마개를 썼다. 우리는 앞으로 나갔다. 나는 어떻게든 얼굴 표정을 지어서 진행요원들에게 기적적인 방법으로 아이가 자폐라는 사실을, 그래서 아이가 정말로 무대 위로 올라갈지 알 수가 없다는 사실을 전달하려고 애썼다. 하지만 그 사람들은 그저 아이에게 올라오라는 손짓만 할 뿐이었다. 정중한 박수 물결이 쏟아졌다. 마치 빗소리 같았다.

드디어 우리가 앞으로 나왔다. 어쨌거나 아이는 천천히 단상으로 올라갔다. 아나운서가 아이 쪽으로 가려는데, 내가 미친 듯이 몸짓을 해서 그를 내 쪽으로 불렀다. 아나운서는 겨우 스무 살이나 됐을까, 열의에 가득 찬, 통통 튀듯 활발한 사람이었다.

"저 애는 자폐아예요." 내가 소리 질렀다. "우리 아들은 자폐아예요. 이런 일이 너무 벅찰지도 몰라요."

그가 고개를 끄덕인 후 내게서 멀어진 다음 재빨리 다른 사람들에게 이야기를 건넸다. 잠시 후 그 남자가 마이크를 끈 뒤 샘 옆에 무릎을 살포시 구부리고 앉는 모습이 보였다. 나로선 들을 수 없는 말을 그가 했는데 샘이 고개를 끄덕였다. 아이는 무대 바닥을 보며 미소 짓고 있었다. 그러자 아나운서가 마이크를 다시 켰다.

"샘이 만든 모델을 함께 보시죠." 그가 말했다.

하지만 나는 샘만 쳐다봤다. 아이의 표정을 살피면서 아이가 괜찮은지 필사적으로 확인했다. 아이가 무대 위에 오르다니. 수백 명이나 되는 사람들 앞에서. 자기 안전지대에서 너무 멀리 벗어난 바람에 아이는 아마 다른 별에 떨어진 느낌일지도 몰랐다. 게다가 내게서, 우리에게서 이토록 멀리 떨어져 있다니. 그런데 문득, 아이는 그간 줄곧 그렇게 멀리 떨어져 지내왔다는 생각이 들었다.

내 주위 사람들이 화면에 비춰진 아이의 모델을 보면서 웅성거렸다. 손으로 가리키며 서로 질문을 주고받았다. 마침내, 나도 심사숙고 몇 발짝 물러나 커다란 화면을 올려다봤다. 보고 파악하는 데 몇 초간 뜸이 들었지만 곧 벼락처럼 꽂혔다. 확 들어왔다. 마음으로 알았다. 아이가 만든 게 뭔지 알 수 있었다.

"아아, 샘." 내가 중얼거렸다. "아아, 내 아들."

내 어깨를 잡는 손길이 느껴졌다. 조디였다. 나는 팔을 둘러 그녀를 안았다.

"어떻게 알았지? 어떻게 이해힐 수 있었을까?" 내가 말했다.

"당신이 아이한테 말해줬으니까." 그녀가 말을 이었다. "당신이 그 사진을 어디든 가지고 다녔으니까. 애는 늘 알고 있었어, 바보같으니."

화면에는 아름답고 섬세하게 재현된, 육 미터 높이 팔래스 카페가 서 있었다. 켄싱턴에 있는 조지의 카페였다.

빨간 차양, 유리 전면, 자그마한 나무 문.

건물 양쪽으로 세워놓은 가로등 두 개가 밝게 빛나고 있었다. 심지어 그중 하나는, 샘과 에마와 함께 거기 갔던 바로 그날처럼, 깜박거리고 있었다. 카페 안에는 책장과 사각형 흑백 타일, 벽에 점점이 걸린 그림들도 있었다. 샘은 카페 양쪽에 늘어선 집들도, 그 앞 도로도 만들어놨다. 자기 게임 캐릭터는 카페 바깥에 두었다. 사진과 똑같았다. 그 캐릭터 옆으로 등대를 만들고 하얀 빛 줄기를 하늘로 쏘게 했다. 그걸 보고 나는 마음이 녹아내렸다.

더 이상 볼 수가 없었다. 눈에 눈물이 가득해서 흘러넘치고 또 넘쳤기 때문이다.

"자, 샘." 내 의식의 끝자락 어딘가에서 들려오는 목소리가 말했다. "이 건물이 무슨 건물인지 설명해줄 수 있겠니? 못 해도 괜찮으니 걱정은 말아라."

오랜 침묵이 흘렀다. 샘이 무대 위에서 좌중을 둘러보며 우리를 찾았다. 조디가 손짓을 하고 나는 쳐다봤다. 아이가 우리를 찾아내곤 손짓을 했다. 그러더니 천천히 조심조심 귀마개를 벗었다.

"이건 카페예요." 아이가 말했다.

"그래그래."

"우리 아빠가 갔던 곳이에요. 아빠는 형이랑 갔어요. 즐거웠대요."

"런던에 있는 카페니?"

"네, 근데……. 며칠 후에 아빠 형이 죽었대요. 우리 아빠는 늘 그 카페 사진을 가지고 다녀요. 보고 싶으시다면, 아빠한테 보여 달라고 할게요."

"그래서 이곳이 중요하게 됐니?"

"네, 왜냐면 아빠가 늘 기억하는 곳이니까요. 카페 때문에 아빠는 슬프기도 하고 행복하기도 해요. 어떤 빌딩은 커서 중요해요. 그런데 다른 빌딩은 그 안에 기억이 있어서 중요해요. 우리 아빠 형이 여기서 사는 것 같아요. 내 생각에는요."

"그 일로 아빠가 많이 힘드셨겠구나?"

"힘들지만 아빠는 헤쳐나갔어요. 내가 겁내 하면 아빠랑 엄마가 그러는데……."

아이가 눈을 돌려 나를 찾기에 내가 손을 흔들었다. 아이가 나를 찾더니, 어둠과 그 많은 사람들을 뚫고, 나를 똑바로 쳐다봤다. 아래도 아니고 옆도 아니다. 똑바로 쳐다봤다. 한 번도 그런 적이 없었다. 아이가 할 말을 나도 예상했던 지라, 나도 입으로 아이가 할 말을 읊조렸다.

"인생은 모험이래요, 산책이 아니라. 그래서 그렇게 힘든 거래요."

내 심장이 터질 것만 같았다. 자랑과 사랑이 폭죽처럼 넓게 넓게 퍼졌다. 나는 몸을 돌렸다. 조디에게 뭔가 말을 하고 싶었지만 적당한 말을 찾을 수가 없었다.

'그래서 그렇게 힘든 거래요.' 인생은 각별하고 소중한 것인데 그런 것들은 값을 후하게 치러야 하는 법이다. 참아야 하고 준비해야 하고 강인해야 한다. 나는 내 모험에서 오랫동안 어리석게 굴었다. 샘을 장애물, 내가 회피할 대상으로 봤다. 내가 틀렸다. 샘이 가이드였다. 언제나 나를 이끌어온 가이드였다.

아이가 아나운서에게 몸을 돌렸다.

"이제 엄마 아빠한테 가도 돼요?"

"그래, 물론이지. 잘했다, 샘."

샘이 무대에서 걸어 나와 조심스럽게 계단을 내려왔다. 박수가 다시 시작됐다. 조용히, 그러나 점점 커졌다. 아이가 두리번거리자 사람들이 아이가 지나가도록 길을 터주었다. 누군가 우리를 가리키자 아이가 뛰어왔다. 내가 아이를 맞이하려 허리를 숙이고 두 팔을 벌리자 아이가 내 품으로 뛰어들었다.

"아빠 보라고 만든 거야." 아이가 말했다.

"알아."

"내가 거의 우승한 거지."

"네가 해냈어. 네가 우승한 거 맞아."

우리는 갈채와 함성에 파묻혔다. 하지만 내겐 오직 내 아들만 눈에 보이고 내 아들만 손에 잡혔다.

41

일요일 아침 런던 히스로 공항. 어젯밤, 우리는 흥분이 잦아들자 공항 근처 호텔을 잡기로 했다. 에마를 배웅하기 위해서였다. 우리는 지금 드넓은 5번 터미널 출국 라운지에 서서 피곤하고 지저분한 몰골로 내 여동생을 둘러싸고 서 있었다. 우리 주변에는 수많은 여행객들이 두툼한 플라스틱 가방이 쌓인 카트를 밀며 체크인 게이트를 향해 종종걸음치고 있었다. 아이들도 게슴츠레한 눈으로 어리둥절한 채 부모 뒤를 쫓아 걸으며 낯선 소리와 광경을 소화하려 애썼다. 공항은 늘 흥분과 공포가 기묘하게 뒤섞여 있다. 심지어 아무 데도 가지 않는 사람들조차도 그렇게 느낀다.

"작별이 긴 건 질색이야." 에마가, 우리 모두 그녀를 둘러싸고 뭘 해야 할지 몰라 할 때 말했다. 큼직한 후드 티와 트레이닝 바지를 입고 서 있는 모습을 보니 그녀가 리오로 날아가도 되겠지만 그게 아니라 필라테스 수업을 받으러 가도 될 것 같았다. 어머니는, 딸과 함께했던 시간이 워낙 짧았던 터라, 가능한 한 최대로 많은 관심을 챙겨주려 했다.

"비행기에서 바를 보습제는 있니? 물티슈도?" 어머니가 계속해서 물었다. "특별 양말도 챙겼니, 그 뭐냐, 방지하는 거, 뭐더라? 독성 쇼크 증후군이라던가?"

"엄마, 아마 심부 정맥 혈전증을 생각하나 봐." 에마가 말을 이었다. "난 비행기 여행 많이 했거든. 그래서 이런 일은 잘 알아서 해. 어쨌든 고마워요."

샘은 우리에게서 약간 떨어져 창가에 서 있었다. 아이는 하늘을 올려다보며 우레 같은 소리를 내며 지나가는 비행기를 관찰했다. 오늘 아침 아이는 우리에게 여러 차례 마인크래프트 대회 이야기를 했다. 그 이야기를 눈 뜨자마자 시작하더니, 아침 먹는 내내, 그리고 공항으로 오는 중에도 계속했다. 그 모든 일을 다시 꿰맞춰 보려는 듯했다. 그러지 않으면, 아이는 이상할 정도로 조용히, 우리와 동떨어져 있었다. 아마 지난 하루 동안 너무 과도한 사랑과 긍지를 우리가 아이에게 퍼부어준 듯했다.

이런 생각을 하고 있는데 댄이 연극하듯 과장되게 목소리를 가다듬더니 떨리는 목소리로 말했다. "에마, 잠깐 이야기 좀 할까?"

그 말과 함께 댄이 우리에게서 에마를 데리고 나가 회전문 바깥으로 나갔다. 우리는 모두 어리둥절한 채 묵묵히, 그가 그녀에게 무슨 말을 하면서 종이 한 장을 보여주는 모습을 구경했다. 잠시 후 에마가 고개를 끄덕였고, 그 승낙의 표시는 즉각 포옹으로 바뀌더니 댄이 그녀를 번쩍하고 안아 올렸다.

"두 사람이 뭐 하고 있는 거야?" 샘이 물었다.

"전혀 모르겠는데." 내가 대답했다.

"난 알아." 조디가 말했다.

두 사람이 손을 잡고 돌아왔다. 바보처럼 신이 나 있었다.

"저어, 저도 떠나기로 했어요." 댄이 말했다.

그러더니 어마어마하게 비싸 보이고 터무니없이 낭만적으로 보이는, 마지막 순간에 구매한 리오행 비행기 티켓을 들어 보였다.

"이이가 어제 온라인으로 구입했대." 에마가 말을 이었다. "나한테 말할 적당한 때가 되기를 기다렸대. 아마 출발 두 시간 전이 적당한 땐가 봐."

우리 일행이 꽤나 깩깩대고 웃고 껴안고 했지만, 나와 샘을 제외하고는 아무도 충격을 받거나 놀라거나 하지 않았다. 우리 둘은 이 이상한 쇼가 펼쳐지는 모습을 멍하니 구경만 했다.

"무슨 일이 있는 건지 모르겠어." 샘이 말했다.

"나도." 내가 말했다.

"이 젊은이를 잘 보살펴야 한다." 어머니가 에마에게 말했다.

"그럴게요. 미안해요, 엄마. 연락할게. 약속해. 이번엔, 제대로."

"알았다. 나도 집 떠나 너를 만나러 갈지 누가 알겠니."

"그러세요." 에마가 말했다.

어머니가 에마에게 체크리스트 확인을 계속하는 동안 내가 살짝 댄을 옆으로 불렀다.

"너 어때?" 내가 물었다.

"응, 좋아. 이 모든 일이 미친 짓이라는 점만 빼면 말이야. 지난 주 이맘때, 나는 직장도 있었고 아파트도 있었는데, 지금은 브라질로 가는 중이잖아."

"아파트도 '있었는데'라니?"

"팔 거야, 알렉스. 우리가 얼마나 오래 해외에서 살지 모르는데 세놓는 건 번거롭잖아. 난 처음부터 다시 시작하고 싶어. 미안하다, 친구. 그래도 분명 몇 달은 걸릴 거야. 하지만 그 정도면 너한테도 충분하지 않겠니?"

"내가 뭘 하는 데 충분하다는 거야?"

"조디와 문제 해결하는 데, 안 그래?"

"그래."

"진심으로 하는 말이야, 이 똥멍청아. 조디가 너한테 다시 한번 기회를 줄 거야. 그럼 넌 꽉 붙들어야 해."

"그랬으면 좋겠어. 꼭 그럴게."

"그리고 그 카페도 해. 넌 할 수 있어. 다스 베이다가 그랬지, 그게 네 운명이다."

"흠, 글쎄, 내 운명이 자금도 좀 보태줘야 할걸."

그가 뜻 모를 미소를 싱긋 웃더니 내 등을 철썩 내리쳤다.

"네가 그렇게 믿음이 없는 게 난 불편해." 그가 말했다.

내가 에마에게로 가서 포옹을 했더니 그녀가 똑같은 조언을 귓속말로 속삭였다. 집으로 돌아가서, 커피숍을 열고, 내 삶을 좀 살라고. 샘도 에마에게 달려가서 난생처음으로 어색해하지 않으며 에마를 안아주었다.

"이제 어디서 비행기를 타는지 알아봐야 해." 에마가 말을 이었다. "샘?"

"고모 게이트는 S48이야. 걸어서 15분 거리에 있어." 샘이 말했다.

"고맙구나." 그녀가 말했다.

눈물도 없었고 마지막 순간의 변심도 없었다. 남아달라거나 다시 생각해보라는 간절한 요청도 없었다. 우리는 그런 가족이 아니다. 결국, 우리는 겪은 게 많은 사람들이었다. 에마의 출발은 (이제 우리 모두 알게 됐다고 생각한다) 불가피했다. 물론, 그 애가 내 절친한 친구를 데리고 갈 줄은 몰랐다. 하지만 괜찮았다. 적응하겠지. 우리에겐 언제나 올드 쉽 인이 있을 테고 우리에겐 언제나 시드가 있을 테니까. 사실, 샘과 나는 조용하게 한잔하러 오늘 오후에 거기로 갈 예정이었다. 아이에게 체스를 두어도 좋다고 했으니 아마도 규칙적으로 가게 될 것 같다. 안전과 우정은 중요한 것이다. 그런데 어떤 사람들은 그 둘을 얻기가 다른 사람들보다 훨씬 더 어렵다. 도울 수 있을 때 도와야지.

우리의 여행자 두 사람이 보안 검색대를 향해 걸어가는 동안 우리는 말 없이 서서 그 두 사람이 체크아웃 카운터 너머로 사라지는 모습을 바라보았다. 내 어깨를 짚는 손이 있어서 돌아보니 조디였다.

"당신 괜찮아?" 그녀가 물었다.

"응, 쟤가 내 절친을 뺏어갔지만, 그래도 괜찮네."

"집으로 갈까?"

그녀 손에 내 손을 올렸더니 그녀의 살이 마치 내 살처럼 느껴졌다. 그녀에게 다가가서 그녀 입에 입을 맞추자 어쩐지 흥분도 됐지만 편안하기도 했다. 아주 잠깐이지만, 다른 모든 것이 다 녹아내렸다. 우리를 둘러싼 소음들이 희미하게 웅얼대는 소리로 변했고 하늘 위로 날아가는 비행기조차 소리 없이 지나갔다. 지금 여기엔 오직 이것, 내가 한때 잃었던 것, 아주 오래전에 사과 농장에서 맺었던 인연밖에 없었다. 나는 스스로에게 다짐했다. 우리가 혹시 또다시 맺어진다면, 다시는 이런 친밀감을 당연히 여기지 않으리라.

그 순간 우리 둘 다 같은 생각이었다고 느껴졌다. 왜냐면 우리 둘이 함께 고개를 돌려 샘을 찾았으니까. 아이는 거기 서서 출국 안내판을 어머니에게 가리키면서 항공사 이름과 도시 이름과 비행시간을 읽어주고 있었다. 어머니는 아이 손을 잡고 잠자코 아이 말을 들어주고 계셨다.

더 꽉, 아이가 하는 말이 들렸다. 조금만 더 꽉. 더 꽉. 이제는 안다. 아이가 소란을 떨거나 성가시게 하려고 일부러 저러는 게 아니다. 세상에 대한 아이의 이해는 우리의 이해보다 훨씬 더 섬약하다. 아이는 세상을 그다지 믿지 못한다. 우리가 아이 손을 절대로 놓지 않는다는 확신을 아이에게 심어주어야 한다. 그렇게 하면, 아이는 괜찮아질 것이다.

"오케이." 상념에서 깨어난 뒤 내가 말했다. "이제 우리 차로 갑시다."

어머니가 고개를 끄덕인 뒤 장난스레 샘을 우리에게 밀었다. 나는 어머니한테 브리스틀이 아니면 근처로라도 이사 오시라고 설득할 수 있기를 바랐다. 다른 건 모두 제치고라도, 베이비시팅의 기회가 여기에 있지 않은가.

우리가 출구를 향해 뚜벅뚜벅 걷는 동안, 나는 어깨 너머로 보안 검색 지역을 돌아봤다. 그때 분명 댄과 에마가 게이트를 지나 반대편으로 가는 모습을 본 것 같다. 두 사람은 서로에게 팔을 두르고 있었다. 궁금했다. 저 두 사람을 언제 다시 만나게 될지, 만난다면 상황이 어떻게 달라져 있을지.

42

학기 첫날, 새 학교 첫날이었다. 우리의 도움으로, 샘이 선택한 학교였다. 한때 나는 이런 날이 두려워 무슨 짓을 해서든 피하려고만 했었다. 하지만 지금은 아침 일곱 시, 집 바깥에 차를 세운 뒤 문을 향해 뛰어가고 있다. 등교의 일원이 되고 싶어서였다.

크리스마스는 조용히, 하지만 불과 몇 주 전만 해도 나로선 기대도 할 수 없을 만큼 행복하게 보냈다. 나는 그 전날 집에 가서 묵었다. 조디와 내가 앉아서 샘에게 줄 마인크래프트 책 수십 권과 장난감, 레고 세트를 포장한 뒤 크리스마스 당일은 가족으로서 함께 보냈다. 며칠 후 나는 다시 집에 가서 지냈는데 그게 어쩌다 보니 주말 내내 머물게 되었다. 내가 자는 방은 여전히 남는 방이었고 우리는 신중하게 진도를 밟았다. 안전하게 진행하고 싶어서였다. 우리는 가족으로서 함께 상황에 대처하는 법을, 그리고 서로의 말에 귀 기울여주는 법을 배우는 중이었다.

내가 벨을 누름과 거의 동시에 샘이 문을 열어줬다. 새로 맞춘 교복이 비어져 나와 벌써 아이의 옷매무새가 흐트러져 있었다.

"내 새 신발이 없어졌어!" 아이가 소리쳤다.

"도와줄게."

내가 들어서자 조디가 나를 지나 날듯이 계단을 올랐다. 그녀가 손에 든 커피잔에서 내용물이 넘쳐 나무 계단 위로 흘렀다. 라디오 소리가 귀청을 울렸고 장난감과 잠옷과 타월이 사방에 널려 있었다.

"안녕, 애가 아직 아침도 못 먹었어." 그녀가 걸음을 멈추지도 않은 채 말을 이었다. "신발이 아무 데도 없어!"

"내가 그린 그림 보여줄까? 크리퍼랑 스파이더맨이 싸우는 그림인데." 샘이 말했다.

"보고는 싶은데, 신발부터 먼저 찾자. 자, 서둘러. 이것도 원정이야."

우리는 거실 전체를 뒤졌다. 도중에 맞닥뜨린 쿠션과 담요와 장난감을 모두 집어 던졌다. 나는 헐크 시늉을 내며 소파를 들어 올린 뒤 아이가 그 아래를 살펴보게 했다. 내가 소파로 발등을 찍자 아이가 웃음을 터뜨렸다. 부엌으로 가서는 식탁 아래를 기면서 바닥에 흘렸던 시리얼을 서로에게 던지다가 의자 다리 사이에 몸이 끼어버렸다. 아이가 자라고 있었다.

마침내 우리가 몸을 빼냈을 때 우리 위쪽으로 조디가 짐짓 못 참는 척하며 서 있는 모습이 보였다. 손에 아이 신발이 있었다.

"빨래 바구니에 두 짝이 다 들어 있었어." 조디가 간단하게 말한 다음 신발을 건넸다. "거기에 책이랑 액션 피겨도 여럿 들어 있던데."

샘이 이제야 생각난다는 듯 '아아아아아' 소리를 냈다.

"빨래 바구니?" 내가 물었다.

"내가 노느라. 그게 내 보물 상자였거든."

조디는 새 전시회를 맡았다. 갤러리에서 제일 큰 전시회였다. 화가는 비디오 게임 그래픽을 벽에 투사해서 몰입성이 강한 디지털 태피스트리를 만들었다. 조디는 보자마자 그 작품의 매력을 이해했다. 샘이 어떻게 자기 주변의 세상을 발견하고 건설했는지 그 과정을 봤기 때문이었다. 그녀가 서류와 노트를 챙기는 동안 나는 샘이 입은 교복을 단정하게 해주었다. 셔츠를 집어넣고 스웨터 입는 걸 도와주었다. 정전기 때문에 아이의 머리칼이 곤두서는 모습을 보고 우리가 웃었다.

"새 학교에 가는 날이야." 내가 말했다.

"알아."

"기분이 어때?"

"약간 좀 무서워. 제일 무서운 공항은 지브롤터야. 활주로가 너무 짧아서 비행기가 끝에서 떨어질 수가 있거든."

"그래. 듣던 중 정말 무서운 말이네."

우리가 드디어 집을 나섰다. 가족처럼, 여느 평범한 가족처럼 떠들며 바쁘게. 소리 지르거나 불안해하는 대신.

그리고 학교 교문 앞에 도착했다. 몹시 추운 아침이었다. 다른 아이들이 우리 옆을 줄줄이 지나가는 동안 샘은 잠자코 지켜만 보았다. 우리 주변에는 새로 보는 학부모들이 와자지껄 떠들고 있었다. 교문에 가까워지자 나는 여전히 공포가 느껴졌지만 그래도 우리는 계속해서 밀고 나갔다.

우리는 잠시, 우리가 내린 결정이 과연 옳았기를, 부디 우리 아이가 잘 받아들여지기를 바라며 거기 서 있었다. 우리는 그 순간이 필요했다. 우리가 보다 나은 곳으로 향해 나아갈 힘을 모으고 있다는 느낌이 들었다.

"괜찮니?" 내가 샘의 머리칼을 쓸어 넘겨주며 물었다.

"응." 아이가 답했다.

"이 학교가 딱 맞는 학교라고 생각하는 거지?" 조디가 물었다.

"그런 것 같아." 아이가 답했다.

우리가 처음 부모가 되면 성공, 인기, 영재성…… 아이에 대해 이런 야심을 갖는다. 하지만 살다 보면 어떤 때는 그 척도가 훨씬 심오한 것으로 바뀔 때가 있다. 행복으로. 우리가 샘을 위해 바라는 것도 행복이었다. 행복이 마치 머나먼 별이라도 되듯 너무나도 요원하게 느껴질 때도 있었다. 그런데 다른 모든 걸 제치고 비디오 게임 하나로 우리는 행복이 얼마나 가까이 있는지, 얼마나 쉽게 손에 잡히는지 배울 수 있었다. 샘은 어느 학교에 가면 자신이 행복해질 수 있을지 우리에게 말해줬고 우리는 아이 말을 믿었다.

우리 아들이 몸을 떨면서 학교 운동장을 훑어봤다. 아이들이

삼삼오오 모여서 놀고 있었고 부모들은 걱정스레 아이들을 쳐다보거나 자기들끼리 이야기를 나누고 있었다. 샘이 뭘 찾고 있는지 알 수 없었으나 내 보기에 아이는 문턱까지 남은 마지막 몇 걸음을 디딜 용기를 쥐어짜는 모양이었다. 아이를 슬쩍 떠밀어야 하는 걸까, 라는 생각이 잠시 들었다. 아이에게 이런 결정을, 아이의 여정에 이런 갈림길을 가져다준 장본인이 바로 우리 아닌가. 아마 마지막 박차를 가해야 할 때인지도 몰랐다.

바로 그때, 샘이 그 아이를 포착했다. 그 아이가 샘을 향해 달려오면서 새로 산 책가방을 흔들어댔다.

올리비아였다.

"샘!" 그 아이가 소리를 지르더니 스스럼없이 샘을 얼싸안았다. "우리 학교로 오는 거야?"

"응." 샘이 말했다. 자랑과 부끄러움이 섞여 있는, 수줍은 미소가 아이 얼굴에 퍼졌다.

그렇다. 세인트 피터, 몇 달 전 조디와 내가 서로 거의 말도 섞지 않을 무렵, 차를 몰고 찾아왔던 그 학교였다. 그때 덴튼 선생님이 우리에게 샘이 여기 오면 아마 행복해질 거라는 말을 했었다. 그토록 비참했던 때조차 우리 가슴을 울리는 뭔가가 그 약속에서 느껴졌다. 아마 그 느낌을 우리 생각 이상으로 명확하게 샘에게 전달했던 모양이다. 샘의 친구이자 동지인 올리비아가 아이를 도왔던 듯도 했다. 그때, 올리비아 뒤로 해리와 그 아이의 친구들이 나타나더니 샘 주변에 모여서 샘 등을 두드리며 잘 왔다고 환영해주었다. 그러더니 우리가 채 마음의 준비도 갖추기 전에 아이들이 샘을 데리고 교문을 지나 학교 안으로 들어가 버렸다. 조디가 긴장하는 모습이 옆에서 눈에 띄었다.

"아아." 그녀가 조용히 말했다.

내가 팔을 그녀의 어깨에 둘렀다. 다시금 자연스러워진 몸짓이었다.

"괜찮아. 저게 좋아. 좋은 신호야." 내가 말했다.

그런데 바로 그때 한 무리의 아이들이, 몸보다 큰 배낭과 겨울 코트 차림으로 소란스레 교문을 향해 길을 따라 내려올 때, 갑자기 샘이 일행에서 벗어나 우리에게로 뛰어왔다. 그리고는 우리 품에 안겼다.

"안녕, 엄마. 안녕, 아빠. 이따 데리러 학교 올 거지?"

"그럼, 물론이지." 조디가 말했다.

"아빠도?"

"응." 내가 말했다. 그러자 우리 아이가 천천히 교문 쪽으로 걸어갔고 다른 애들이 그에게 길을 내주었다.

"커피 한잔할까?" 내가 말했다.

"좋아. 시간이 좀 있네, 생각해보니까. 어디로 갈까?" 조디가 물었다.

차 쪽으로 우리가 걸었다. 어떻게 대답을 할까 생각했다.

그날 오후에 아파트로 가서 문을 열자 고요와 적막감이 물밀듯

544

나를 덮쳤다. 댄이 없으니, 이곳의 극명한 모던 디자인이 차갑고 엄하게만 느껴졌다. 문득 몇 달 전 내가 여기 처음 왔던 때가 생각났다. 손에 스포츠 가방 하나만 달랑 든 나는 달리 가진 것도, 그리고 달리 갈 곳도 없었다. 그때 나는 쇼크 상태였고 세상이 끝장난 줄 알았다. 실제로 그렇지는 않았지만. 나는 손님방으로 갔다. 거기에는 여전히 내 물건이 흩어져 있었고 그 끔찍한 에어 매트리스도 마찬가지로 한쪽 구석에 놓여 있었다. 처음 여기 온 후 몇 주 동안 그 위에 누워 천정만 바라보며 별처럼 많았던 내 공포와 비탄을 자리매김해보던 기억이 떠올랐다. 그때는 보지 못했으나 지금 너무나 분명해진 점은 당시 내가 비통과 슬픔에만 빠져 있었다는 사실이었다. 사방이 내게는 공포였고 나는 조디 포함, 샘 포함, 그 모든 것으로부터 뒷걸음질 쳤다. 미래는 꿈도 꾸지 못했다.

나를 다시 데려온 것은 내 아들이었고 그게 가능했던 건 그 아들과 헤어져 살아야 했기 때문이었다. 인생이 풀리는 방식은 참 신기하다. 나는 늘 아이 주위에 벽이 있다고 생각했다. 파고들 틈이 없다고. 접점을 만들고 이해할 방법이 내게는 보이지가 않았다. 그때는 내가 몰랐다. 그 지점을 우리가 함께 만들다 보면 아이가 방법을 알려주리라는 사실을.

좁은 통로를 지나 거실로 갔다. 거대한 티브이 아래로 전원 플러그를 뽑아놓은 콘솔이 있었다. 거기 커피 테이블 위에 내가 구매했던, 구겨지고 손때 묻은 마인크래프트 가이드북이 놓여 있었다. 좀 찔지지만, 그날 같이 집어 들었던 자폐에 관한 책들은 대충 보기만 했지 거의 읽지 않았다고 자인해야겠다. 나중에는, 별 필요가 없어져 버리긴 했지만.

건물을 나오다가 우체통에 우편물이 있나 확인했다. 고지서 몇 통과 동네 신문 그리고 뭔가 다른 우편이 있었다. 내 이름으로 온 편지였다. 내가 알기는 하지만 한동안 보지 못했던 필체였다. 편지를 열자 그제야 기억이 났다. 댄이 쓴 편지였다.

알렉스에게,

리오에서 새해 인사를 보낸다! 크리스마스 잘 지냈기를, 그리고 조디와 잘 지내고 있기를 바란다. 아니라면, 하느님 맙소사, 내가 해결해주러 가야겠냐?

어쨌든, 떠나기 전에 내가 차를 팔았는데 (미안하다, 네가 그 차 무척 좋아했는데) 그랬더니 어마어마하게 큰돈이 당장에 수표로 굴러들어오더라. 아파트도 내가 샀던 가격보다 두 배로 오를 거야. 그래서 너한테 동봉한다. 선물이기도 하지만 투자라고 생각해라. 뒤에 지시 사항을 잘 읽어봐. 그리고 그대로 해줘. 조지도 이걸 원할 거야. 용기를 가져.

네 친구, 댄

봉투 속을 봤더니 종이 한 장이 나왔다. 그게 수표라는 걸 알게 될 때까지 잠시 시간이 걸렸다. 사람들이 아직도 수표를 쓰고 있는지 몰랐다. 하물며 댄이. 이게 먼저 든 생각이었다. 두 번째 든 생각은 그 수표가 내게로 발행됐다는 사실이었다. 2만 파운드. 나는 허파에서 바람이 다 빠진 듯 머리가 빙빙 돌았다. 댄, 이 미친 자식. 수표를 뒤집어봤다.

반대편에, 큰 글씨로 쓴 메시지가 있었다. 내 이럴 줄 알았지, 금세 나는 그 메시지가 왜 거기 있는지, 내가 뭘 해야 하는지 알았다. 나를 위해, 조디를 위해, 샘을 위해, 미래를 위해. 단 두 단어였다.

좋아, 가자.

감사의 말

알고 봤더니 책을 쓴다는 건 정말로 힘든 일이었다. 내 경우는 사실, 많은 분들이 도와주지 않았다면 불가능했을 것이다. 감사의 말을 전하고 싶은 분들이 있다. 내가 필요할 때 나를 도와주신 몇몇 분들이다.

말하자면, 내가 글을 쓰는 동안 실질적인 가이드를 많이 받았다. 제이크 매턱은 부동산 중개사에 대한 유용한 정보를 많이 주었고 리즈 앤드루는 커피숍을 차릴 때의 핵심을 말해주었다. 또한 자폐와 자녀 양육이라는 주제로 브리지드와 아담 모스, 존 해리스와 지니 럭허스트와 오랜 대화를 나누었다. 이분들께, 일부러 시간 내어 본인의 경험을 내게 나눠주신 데 대해 감사드린다. 마인크래프트 모델링에 관한 값진 충고를 준 애덤 클라크(마법사 킨으로도 알려진 분)에게도 감사드리고 마인크래프트 대회를 알려주신 조시 링에게도 감사드린다.

〈가디언〉의 내 동료들에게도, 내가 이 책을 쓰는 마지막 순간에 한 달이나 휴가를 가질 수 있도록 너그럽게 배려해주신 데 대해 감사드리고 싶다. 저마이머 키스와 조너선 헤인즈, 고마워요. 알렉스 헌과 새뮤얼 깁스(어쩌다 보니 당신들 이름을 따서 주인공 이름을 지었더군요)도 고마워요. 스튜어트 드레지, 해나 제인 파킨슨, 시오나 트레가스키스도 고마워요.

물론, 마인크래프트의 창작자 마커스 노치 퍼슨과 모장의 전직원들이 없었더라면 이 책은 절대로, 절대로 나올 수 없었을 것이다. 이분들께 엄청나게 훌륭한 게임을 만들어 너무나 많은 사람들의 삶을 풍요롭게 해준 데 대해 감사드린다. 특히, 나는 마인크래프트 엑스박스 360 버전(내가 처음 이 게임을 알게 되어 두 아들과 같이 놀았던 버전이다)을 만든 패디 번즈와 4J 스튜디오에게 감사드리고 싶다. 샌프란시스코에서 열린 혼잡했던 프리뷰 이벤트 기간 동안 일부러 시간을 내서 나를 안내해주고 그 후로도 계속 연락을 취해준 마이크로소프트사의 로저 카펜터에게 초특급 감사를 드린다. 패디와 로저 두 분께, 당신들이 우리 식구들의 삶을 좋은 쪽으로 전환시켜줬다고 꼭 말씀드리고 싶다.

게임 산업에 종사하는 내 친구와 동료 모두에게 감사드리고 싶다. 내가 글을 쓰는 동안 같은 사무실을 쓰던 주앙 디니즈 산체즈는 내가 하는 우스꽝스런 질문과 과장된 신음 소리, 징징 우는소리, 책상에 머리를 박아대는 소리 때문에 주기적으로 업무 방해를 받아야 했다. 사이먼 파킨과 크리스천 돈런, 윌 포터는 훌륭 그 자체였다. 또한 라디오 쇼 〈하나 남은 인생〉의 앤 스캔틀베리, 사이먼 바이런, 스티 큐란에게 감사드린다. 멋진 스커미 머미즈 팟캐스트를 선사한 엘리 깁슨과 헬렌 손에게도 감사하다. 두 사람은 내가 책을 쓰고 있는 동안 나를 그 쇼에 출연시켜 주었다. 내게 화이트 와인과 고급 티브이, 편안한 숙박을 제공해준 엘리도 감사하다.

끝없는 감사와 존경을 나의 편집자 에드 우드에게 보낸다. 그가 먼저 내게 다가왔는데 그의 이메일을 무시하자 또 한 번 내게 다가와서는 그 후 믿기 힘들 정도의 따스함과 인내와 열정으로 전 과정을 인도해주었다. 그는 시종 대단했고 그에 대한 내 빚은 갚을 길이 없을 것이다.

나는 어머니와 내 누이들 캐더린(내 의학 자문이기도 하다)과 니나에게 감사드린다. 아버지도 살아계셔서 이 과정을 보셨다면 좋을 텐데. 정말이지 그분이 살아계시다면 좋겠다.

끝으로 내 끝없는 사랑과 감사를 내 아들들 잭과 올비, 그리고 내 아내 모락에게 전한다. 아내는 내가 글을 쓰는 내내 내 글을 읽으며 훌륭한 피드백을 주었고, 또 제일 좋은 몇 장면의 아이디어를 제공했다. 모락은 정말이지 위대하다. 이상이다.

소년의 블록

초판 1쇄 발행 2020년 7월 20일
초판 2쇄 발행 2020년 9월 7일

지은이 키스 스튜어트
옮긴이 권가비

펴낸이 김현태
펴낸곳 달의시간
등록 1975. 5. 21. 제1-517호
주소 서울시 마포구 잔다리로 62-1, 3층(04031)
전화 02-704-1250(영업), 02-3273-1334(편집)
팩스 02-719-1258
이메일 editor@chaeksesang.com
광고·제휴 문의 creator@chaeksesang.com
홈페이지 chaeksesang.com
페이스북 /chaeksesang **트위터** @chaeksesang
인스타그램 @chaeksesang **네이버포스트** bkworldpub

ISBN 979-11-5931-470-4 03840

이 도서의 국립중앙도서관 출판예정도서목록(CIP)은 서지정보유통지원시스템 홈페이지
(http://seoji.nl.go.kr)와 국가자료종합목록 구축시스템(http://kolis-net.nl.go.kr)에서
이용하실 수 있습니다.(CIP제어번호: CIP2020007551)